井原西鹤（1642—1693）雕像

鸟居清长作品《萩寺赏萩》

鸟居清长作品《汤岛》（茶室十景系列）

鸟文斋荣之作品《茶馆女戏仿"雁金五人男"》

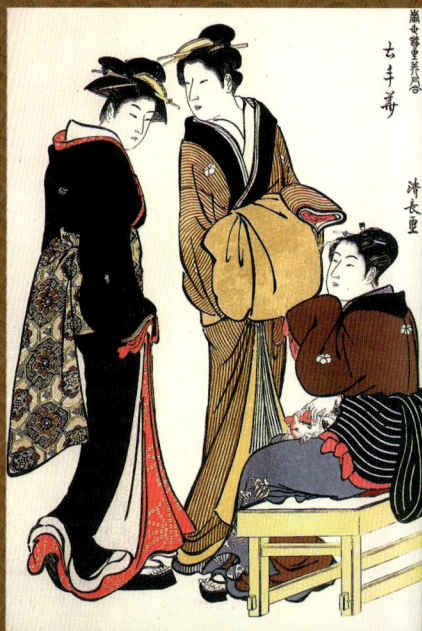

鸟居清长作品《当世游里美人图》

鸟居清长作品《河滨纳凉》

喜多川歌麿作品《智慧美人》

風流七小町
関寺

喜多川歌麿作品《母与子》

梅
い
ろ
も
か
を
人
除
し
つ
三
文
珠
袖
に
あ
ふ
や
植の
木
下
に

鈴木春信作品《梅下吹泡》

鸟居清长作品《宫妇》

鈴木春信作品《座敷八景 涂桶暮雪》

鈴木春信作品《伞下美人》

喜多川歌麿作品《情人窃语》

铃木春信作品《夜访神社》

铃木春信作品《梅之夜》

铃木春信作品《座敷八景 镜台秋月》

歌川广重作品《东海道五十三次 日本桥: 朝之景》

葛饰北斋作品《千绘之海——总州铫子》

玉川
堤の花

名所江戸百景

葛饰北斋作品《富岳三十六景 甲州犬目峠》

歌川广重作品《名所江户百景 堀切之花菖蒲》

歌川广重作品《名所江户百景 玉川堤之花》

译者序：井原西鹤及其"浮世草子"

　　十七世纪初至明治维新之前的二百六十多年间，是日本历史上的江户时代（又称德川时代），从文学史上看，相当于中国文学史上的明清时期，是文学世俗化的时代，这个时代最有代表性的文学家有三人，即俳人松尾芭蕉、戏剧文学家近松门左卫门、小说家井原西鹤。井原西鹤的"浮世草子"继平安时代的《源氏物语》、镰仓时代的《平家物语》之后，形成了日本古典小说的最后一个高峰，产生了很大影响。

一　井原西鹤、"浮世"与"浮世草子"

　　井原西鹤（1642—1693）出生于大阪的一个町人富商之家，父母早逝，继承家业，青年丧妻、丧子，家庭不幸，彷徨苦闷，曾一度出家，将家业托付他人管理，游历日本各地，具有丰富的人生阅历。十五岁时开始曾热衷于俳谐创作，俳号（俳人的名号）"鹤永"，师从著名俳人、谈林派的西山宗因学习俳谐，并改俳号为"西鹤"，特别擅长连续不停飞速吟咏的所谓"矢数俳谐"，发表了《一日独吟千句》（1675）、《俳谐大句数》（1677），编辑俳谐集《飞梅千句》（1679）等，但由于他的俳谐只追求句数，不免粗制滥造而招致了批评否定，四十一岁时便转向了小说创作。

　　那时，日本流行的市井通俗小说一般称作"假名草子"。"假名"指的是日本字母，"草子"即"册子"、"书册"之意，"假名草子"就是主要用假名书写的通俗小说。由于读者是文化水平不高的一般町人，所以作品几乎全用假名书写，很少用汉字汉词，故称"假名草子"。西鹤在世时，他的小说还被称为"假名草子"，如北条团水在为西鹤晚年的作品《西鹤织留》所写的序言中，就称《西鹤织留》为"假名草子"。西鹤去世后十余年，即十八世纪初，人们开始用"浮世草子"来称呼西鹤的小说。当时的评论家之所以称西鹤的小说为"浮世草子"，一方面是因为西鹤作品独具特色且影响日益增大，"假名草子"这一概念已经难以涵盖，另一方面是西鹤的作品总体上也确实体现了"浮世"观念，而且他的作品中经常大量地使用"浮世"一词，也有"浮世女"、"浮世比丘尼"、"浮世狂"、"浮世寺"、"浮世小纹"等词组。现在看来，所谓"浮世草子"，是以井原西鹤为代表的描写江户时代町人社会生活、世相风俗的通俗小说，在性质上有似中国的"三言两拍"。

"浮世"，本来是汉语，指的是飘浮无定的人世，也就是现实的人间社会，后来日本人在佛教的层面上使用"浮世"，相当于汉语的"尘世"这个词，但作为岛国环境中的日本人，不像干燥环境的大陆人对"尘世"之"尘"的感受那么深切，倒是对漂浮不定、流荡无着的流水，有更深的感受，所以不使用"尘世"一词，而更倾向于使用"浮世"。所谓"浮世"，既有"浮尘之世"，也有"浮华之世"的意思。"浮尘之世"含有佛教的厌世观念，与佛教的"尘世"、"忧世"同义；"浮华之世"则表现了经济繁荣、商业发达的江户时代町人（城市工商业者）阶层的世界观，包含着町人的享乐意识乃至"好色"的追求，是佛教的虚无主义与町人的现世主义的矛盾统一。

"浮世"，西鹤在作品中有时简化为"世"，表现了西鹤对町人现实世界的一种本质的认识，"浮世"就是"无常之世"。这个世界是无常的，起伏荣衰、生死无定，全是宿命。西鹤"好色物"在有关作品的开头结尾，一般都会发出这样的感慨。这既是佛教思想影响的表现，也是町人的人生阅历的总结。在江户时代的士农工商"四民制"（四个等级）之下，作为工商阶层的町人处在社会最下层，没有什么社会地位，属于草根阶层。他们不像贵族那样有权威，不像武士那样有权利，而且，贵族武士阶层如果不是赶上幕府政权更替，是相对稳定的。而町人所直接从事的工商业活动，除了靠个人本事、努力之外，还取决于市场、取决于社会环境，风险和变数都很大。井原西鹤在专门描写町人经济活动的"町人物"中，描写了町人是如何在发家致富和倾家荡产之间剧烈变动的悲喜剧，充满着令人无奈的偶然，使他们痛感在"浮世"上的"无常"。为了在无常中追求相对的"有常"，町人们就拼命劳作，努力赚钱，寻求安全感。

在西鹤笔下的町人们看来，人既然生在"浮世"，既然是生于"浮世"之草，就要及时行乐，享受生活；要享受生活，就要有钱；要想有钱，就得赚钱。这就是町人朴素的"浮世"人生观，也是贯穿"浮世草子"的基本思想。西鹤在专门描写町人经济生活的《日本永代藏》开篇第一段就有这样一段议论：

> 人生第一要事，莫过于谋生之道。且不说士农工商，还有僧侣神职，无论哪行哪业，必得听从大明神的神谕，努力积累金银。除父母之外，金银是最亲近的。人之寿命，看起来虽长，也许翌日难待；想起来虽短，抑或今夕可保。所以有人说："天地乃万物逆旅，光阴乃百代过客，浮世如梦。"人也会化作一缕青烟，瞬间消失。若一命呜呼，金银在冥土有何用处？！不如石块瓦砾。但是，把钱积累下来，可留给子孙使用。私下想想，世间一切人的愿望，不使用金钱就不可能实现。用金钱无法买到的东西，天地间只有五种，那就是万物之本的地、水、火、风、空，

此外别无他物。所以，世上胜过金钱的宝物是不存在的。

这样的"浮世"观建立在佛教基础上，含有一种淡淡的虚无主义和悲观主义，也含有及时行乐的必然逻辑。在西鹤看来，活在"浮世"，必须赚钱，但赚钱本身并非最终目的，除了留给子孙之外，就是享受"浮世"之乐。"浮世"之乐是什么呢？无非吃喝玩乐。而最大的游兴和乐趣，无非"好色"。这种"浮世"观也决定了"浮世草子"的性质，决定了西鹤对两大主题和题材着力最多，一是对町人的"好色"即爱欲生活的描写，叫做"好色物"（"物"即"题材"或"作品"的意思），代表作是《好色一代男》《好色二代男》《好色一代女》《好色五人女》等；二是专写町人的经济活动或经济生活，叫做"町人物"，可以说属于"经济小说"，代表作是《日本永代藏》、《世间胸算用》、《西鹤织留》等。"好色物"和"町人物"在西鹤的"浮世草子"中最重要、最有特色，本书所选译的，正是这两类作品的六部代表作。此外，还有以武士为主人公的"武家物"（代表作是《武道传来物语》），以讲述各地奇闻异事的"说话"（代表作有《西鹤诸国奇闻》）等。

二　西鹤的"好色物"

发表于1682年的长篇小说《好色一代男》（亦译为《一代风流汉》）是西鹤的第一部小说，也是"好色物"代表作。《好色一代男》分八卷五十四章，以编年体形式描述了主人公世之介一生爱欲生活的经历。世之介是一个色鬼与岛原的"太夫"（高级妓女）的私生子。七岁就懂得恋爱。在那年夏天拽着一个女佣的袖子说："你不明白恋爱要在暗处搞吗？"从这时至十九岁期间，他与上了年纪的女用人、表姐、有夫之妇及各种妓女发生关系。十九岁那年，父亲因见他放荡

过度，一气之下断绝了父子关系。世之介一边做些小买卖，一边浪迹
四方，追求色情享乐。三十四岁时，父亲去世，世之介回家继承了巨
额家产。其后凭借金钱的力量，更加为所欲为。在京都、大阪、江户
三城与第一流的名妓结交。六十岁时，他已对狭小的日本失去兴味，
便约好友七人，乘所谓"好色丸"船，到"女护岛"追求新乐去了。
继《好色一代男》之后，西鹤又发表了《好色二代男》（1684）、《好色
五人女》（1686）、《好色一代女》（1686）、《男色大鉴》（1687）等艳情
小说。其中，《好色二代男》可以看作《好色一代男》的续篇，但相
对独立，更进一步表现了西鹤的"好色"观念。《好色五人女》收有
五个短篇，有四个短篇以当时社会上发生的真实事件为素材，描写了
主人公的爱情和婚姻悲剧，比较深刻地触及到了町人阶级的生活欲望
与现实之间不可调和的矛盾。《好色一代女》则描述了一个女人充满
辛酸的卖笑史。

　　"好色"是个汉语词，《论语》中就有"吾未见好德如好色者也"
一句，早就传到了日本。日本式的表达方式是"色好み"，两个词的
意思完全一样。这个词在中国文化语境中，在汉语的语义情感判断
中，无疑是个贬义词。但是在日本，"好色"却是个中性词，至少到
了近世时期，随着对日本"国学"及对"好色"之书《源氏物语》研
究的深入，"好色"甚至变成了一个褒义词，在意义上接近"风流"
和"风雅"。此外，在汉语中，"好色"一般只就男性而言，但在日
语中，既可以说男人"好色"也可以说女人"好色"，于是就有了西
鹤的《好色五人女》和《好色一代女》。这样一来，日语中的"好色"
一词，就基本上剔除了汉语中的否定的道德价值判断，而仅仅是一个
情感状态的描述性词汇。

　　从社会伦理上理解"好色物"，当然是一个不可缺少的重要层
面。若从否定的立场上说，无论是哪个国家、哪个时代，嫖妓卖淫
都不能谓之高尚，甚而可以说是一种堕落和糜烂的生活。这样的站

在道德批评立场上的评判是最为简单、最为省事的。然而，另一方面，西鹤的"好色物"是站在"好色"本身的立场上的，正如日本学者阿部次郎所说：西鹤的"恋爱观中缺少狭义上的伦理的要素"[1]，因而在其"好色物"中，道德伦理意识是整体缺席的。这与中国的明清小说中的类似作品如《金瓶梅》《肉蒲团》中无处不在、君临一切的伦理道德，形成了鲜明对照。既然缺乏伦理道德意识，那么研究和评论者从伦理道德角度加以考察，就不免有缘木求鱼之嫌了。当然，从正面的、肯定的角度说，在西鹤的"好色物"中，即便是花街青楼卖淫与嫖妓的男女，也有真挚的爱情存在。事实上西鹤写了许多这样的故事，然而他们最终都被金钱社会、道德社会所毁灭。从这里就可以看出西鹤对社会现实直接、间接加以否定的一面，这也是其作品的价值之所在。以上即是站在"社会学批评"的立场上所能得出的一般看法。

或者，再进一步，用辩证唯物主义与历史唯物主义的观点来考察，如笔者在近三十年前所写的一篇文章中所说的那样：《好色一代男》等作品，"未能在积极的意义上产生自觉的反封建意识，但它所体现的反理性与反道德的倾向，却是对传统封建道德的一个冲击。……西鹤所描写和表现的固然是一种'恶劣的情欲'，但从历史发展的角度看，它在反封建的最初阶段上，起到了一定的积极作用。西鹤肯定人的情欲追求，是在物质本能意义上发出的解放个性的先声。当封建的理学思想在日本江户时期占据统治地位的时候，这种解放情欲是与'存天理，去人欲'的封建观念相对立的"[2]。然而，虽然这些观点在今天看来依然不能说是不靠谱的，但这却不是西鹤本人的创作意图，而是我

---

[1] 阿部次郎：《江户时代的文艺与色道》，王向远译，见《日本意气》，吉林出版集团 2012 年，第 182 页。

[2] 王向远：《井原西鹤市井文学初论》，载《北京师范大学学报》1988 年增刊，第 11 页。

们的"后见之明"。这样的评论只能是外围上的清理作品，却难以穿透作品。因此，对于"好色物"，还是要从日本独特的"好色"观念、"好色"美学乃至"色道"中寻求理解。

据日本著名学者中村光夫在《"好色"的构造》一书中的看法，在平安王朝时代初期，由空海大师从中国传到日本的佛教真言密宗及其经典《理趣经》，将男女交合视为神圣之事，带有印度思想的强烈印记。当时的宫廷贵族受真言密宗的很大影响，"按当时的真言密宗及其经典《理趣经》的看法，男女性欲本来是'清净'的东西，男女交媾时进入恍惚之境，使人获得了在人世中的最高的自由，达到了菩萨的境地，在性欲高潮的瞬间，便进入了控制这个世界的超越的心理状态，也就是达到了解脱的境地"。同时，根据从中国传入的汉译学而汇集编纂的《医心方》等性学书，在王朝贵族中也流传甚广，使得当时的日本人更多地从自然与养生的角度看待男女与好色问题。① 例如紫式部在《源氏物语》的《夕雾》卷中，借源氏的口议论说："多么大好的年华啊！真实人生中最光辉的时候，干出那种风流好色之事，别人也不该说什么，鬼神也会原谅他。"② 中世纪僧侣作家吉田兼好在《徒然草》中也认为，不好色的男人，就像一个没有底的玉杯，是好看而又不中用的东西。一些本来是禁欲修行的和尚，也以"好色"为荣，花和尚的风流破戒，成为日本文学作品所津津乐道的话题，尤其是室町时代一位名叫一休（一休宗纯）的和尚，以其风流好色的行径与诗篇，而被人广为传颂。到了江户时代，在町人享乐风气的带动下，人们对于"好色"持更为宽容开放的态度，例如"俳圣"松尾芭蕉在《闭关之说》中写道："好色为君子所恶，佛教也将色置于五戒

---

① 中村光夫：《"好色"的构造》，岩波书店 1985 年，第 108—109 页。
② 转引自《日本物哀》，本居宣长著，王向远译，吉林出版集团 2010 年，第 81 页。

之首。虽说如此，然恋情难舍，刻骨铭心。……恋情之事，较之人到老年却仍魂迷于米钱之中而不辨人情，罪过为轻，尚可宽宥。"① 他认为老人沉溺于恋爱比沉溺于金钱要好得多。

然而在"浮世"中，在现实生活中"好色"，并不是轻而易举的事情。西鹤的《好色五人女》描写的五个"好色女"的故事，除了最后一个以喜剧收场外，都是为了"好色"而付出了惨重的乃至生命的代价。这些"好色"有的是有夫之妇的出轨，有的是青年男女的恋爱，但结果却都是悲剧性的。《好色五人女》表明：在现实生活中，社会伦理道德乃至法律习俗，对男女的"好色"构成一张防范和惩治的大网，一旦触动这张大网，就要酿成灾祸。即便在性道德相对宽松的日本，情况也是如此。《好色五人女》似乎说明了："好色"不能是无条件地社会化，"好色"必须是有空间制约，有条件限制的。换言之，好色必须有其"道"。

在日本，江户时代是一个求"道"最殷切的时代，几乎所有传统技艺都被"道"化。例如武士有了"武士道"，插花有了"花道"，剑术有了"剑道"等等，"好色"也不例外。当"好色"堂堂皇皇地入了"道"，便有了专门阐述色道的著作，如藤本箕山的《色道大镜》、柳泽淇园的《独寝》，还有《湿佛》《艳道通鉴》《心友记》等等。所谓"色道"，概言之就是为"好色"设定前提和条件，具体而言就是把"好色"行为局限在花街柳巷中，在此基础上，对"好色"加以伦理上的合法化与道统化，哲学上的体系化，形式上的艺术化，价值判断上的美学化，从而使"色"这种"非道"成为可供人们追求、修炼的，类似宗教的那种"道"，而只有成其为"道"，才可以大行其"道"。

---

① 松尾芭蕉:《闲关之说》，见王向远译《日本古典文论选译》（古代卷下），中央编译出版社，第399页。

那么，西鹤的"好色物"是怎样表现从"好色"中修炼"色道"的呢？根据藤本箕山《色道大镜》及《色道小镜》的要求，进入"色道"正如进入佛道一样，是需要一步步修行，方能最终登堂入室。藤本箕山仿照《法华经》"二十八品"，将"色道"的修炼过程分为由低到高的二十八个品级。总体上就是先满足好色之欲，甚至是过度满足（用日语表达就是"满足以上"），然后厌腻、超越。《色道小镜》中的色道二十八品的最低的等级，是沉溺于好色而难以自拔，然后逐渐在好色中加强自身修炼，在花街柳巷的交际中熟悉规矩规则，逐渐做到举止潇洒，应对自如，乐而不淫，持之有节，到最后看透了男色女色，能够入乎其内、超乎其外，在"好色"中彻底悟道，"悟到此处的人，舍弃已有的修炼大功，而不再踏进青楼之门，是'即心即佛'也"①！井原西鹤在《好色一代男》和《好色二代男》中，都提到或援引了藤本箕山的著作，可以看出在色道方面，西鹤是深受其影响的。

事实上，西鹤的"好色物"系列作品，仿佛就是在"色道"修炼的不同阶段展开的。最早的《好色一代男》处在色道的初级阶段上，主人公世之介一生沉溺于好色，到了老年，也只是对日本之色感到厌腻，而对外部的世界仍充满跃跃欲试的探求欲望。可以说"一代男"只是好色，只是享乐，而没有达到"色道"。《好色二代男》中的"世传"及其他好色人物则进入了较高的层面。他们仍然沉溺于好色，并且悟到"浮世"之中没有比"好色"更高的享乐了，没有比妓院的"太夫"更好的女人了。但与此同时，似乎少了些"一代男"那样的以肉欲驱动的疯狂与亢进，对花街柳巷、人情世故的冷静观察，甚至常常对好色表现出悲观的态度。同时，更多地表现男女交往中各自的心性与审美的修养，强调好色中的精神层面的重要，欣赏那些作为花

① 藤本箕山：《色道小镜》，王向远译，见《日本意气》，吉林出版集团2012年，第245页。

魁、作为当代都市文化之风向标的"太夫"们的美的言行与举动，并有意识地接受她们的熏陶。这些都属于"色道"的修炼。在这样的熏陶与修炼中，那些原本来自小地方，虽有钱但见识不多的嫖客们，便逐渐由拙笨的、土气的或半土不土（所谓"半可通"）的人，变成了在妓院的复杂人际交往中，在熙熙攘攘的大都市中，能够得心应手、礼貌有节、善解人意、不卑不亢行事的"通人"，再进而变成内外兼修的"帅人"。所谓"帅"，是当时"色道"中最高的价值判断用词，西鹤"好色物"中通常写作"帅"，读作"すい"（sui），也读作"いき"（iki），江户时代其他相关作家也写作"粹"或"意气"。"帅人"其实就是从内到外都把握了"色道"真谛的人，就是将妓院中的买笑卖笑的功利关系转变为审美关系的人，就是把花街柳巷变成审美场所的人。"帅人"对"太夫"的关系不能以婚姻为目的、指向，不能动不动就想把自己中意的太夫娶回家中为妻，而只是"游"（游玩消遣），只是寻求"慰"（抚慰、慰藉），并且把"游"和"慰"变成有规则规矩的、有审美价值的行为。这不仅是一般的色道修炼的标志，而是色道修炼到相当高度的表征。从这个角度看，《好色二代男》比《好色一代男》更多地体现了西鹤的色道观，因而学者们在阐释色道的时候，也更多地援引《好色二代男》中的案例和描写。

相比于"一代男"世之介六十一岁仍去海外做渔色冒险，"二代男"世传却在三十三岁的盛年便"大往生"，解脱了。《好色二代男》的最后一卷的最后一节这样写道：

> 二代男将三十三岁的三月十五，作为在世间的最后期限。没有后嗣，一切都花光用尽，以便得以大往生。这样做，是为了告诉那些享尽世间奢华的男人：事物是有限度的。
>
> 一位知情的和尚说："二十岁以前的游乐，都是进入色道的阶梯。"然后在下一个十年，才能达到登堂入室的境地，才

能欣赏太夫的可贵可爱之处。假如四十以前不适可而止，那就会陷入无尽的深渊。

作者说"二代男"是"大往生"了，就是死了，究竟是病死的还是自杀的，并没有明写。但这似乎不重要，显而易见地，作者让二代男在三十三岁上，即在"四十岁以前"，以这种"大往生"的方式解脱而进入"色道"。

如果说《好色二代男》是以莫名其妙的方式通过早夭摆脱了"好色"而入了"色道"，那么以"好色女"为主人公的《好色一代女》，则通过"一代女"一生的好色体验和履历充分表现了忏悔之情。"一代女"是一个在好色人生中随波逐流，一辈子都没有入"道"的人，到了六十岁后，才隐遁山中，从早到晚念佛，并且面对前来请教的三个男子，忏悔了自己好色的一生。这也算是一种悟道和入道了。

总之，西鹤"好色物"，从《好色一代男》到《好色二代男》，再到《好色一代女》，都有一个由"好色"的沉溺到好色的解脱的过程，而贯穿其中的即是"色道"。"浮世"的快乐莫过于"好色"，但"好色"须有"道"，"色道"就是将"好色"加以特殊限定，就是要好色者领悟到"好色"的可能与不能，入乎其内出乎其外，成为有"色道"修炼，有人生修养的"帅人"，最终洞察人生、超脱浮世，使"好色"有助于悟道和得道。这就是西鹤"好色物"的真义。

三 西鹤的"町人物"

西鹤是町人出身，对町人的生活十分熟悉，他写"好色物"实际上写的是町人，而以"町人"的商业生活为题材的"町人物"写得当然也是町人，读者对象，也主要锁定町人。

日本町人作为一个"阶层"，是城市生活的产物，日本中世时代的商人与所谓"町众"则是其前身，而作为一个独立的"町人阶级"，则形成壮大于十七世纪至十九世纪中期的江户时代。江户时代的町人是属于"士农工商"四民制身份等级中的"商"，与欧洲中世纪后期、近代初期的市民阶级有相似之处。但是日本町人在四民制的身份等级中，形成了自己的特点，就是不依附官吏（贵族武士），不与官吏勾连，不做"官商"（这一点与中国传统商人"升官发财"、"发财升官"的哲学大相径庭），只服从官府法律，而不认同、不践行官方伦理道德，特别是不认同武士统治阶级提倡的禁欲主义，即"清贫"的哲学，而提倡适当享乐人生的反禁欲主义。在这样的条件下，町人有着明确的身份自觉与社会定位，就是不关心政事，不羡慕权力，而只把追求财富金钱、适度消费与享乐作为人生价值实现的目标，因而提倡重商主义的伦理，而在经商牟利中，又提倡以"诚"（诚实、信用、率直）为中心价值观，以精打细算、勤俭持家为荣的商业道德。由此，产生了一大批町人阶级自己的思想家、哲学家，如西川如见、石田梅岩、富永仲基、山片蟠桃、海保青陵等；产生了自己的文学艺术家，如井原西鹤、近松门左卫门、喜多川歌磨等。他们都从不同方面阐释、宣扬、表现町人的思想哲学、伦理道德与审美意识。而井原西鹤则是文学领域町人思想与行为的最重要的描写者和表现者。

发表于 1688 年的《日本永代藏》是西鹤"町人物"的代表作之一。题目中的"永代"，有"永远"、"世世代代"的意思，"藏"是"库房、仓库"，又可引申为"财富"的意思，"日本永代藏"意即"日本永远富有"，亦可以译为"日本致富经"。

《日本永代藏》全书共五卷二十章，由许多小故事合成。其主观意图是讲述町人的成功诀窍及失败教训，以供世人借鉴。在西鹤看来，町人要发家致富，首先必须经商，这表现了他浓厚的重商主义思想。《日本永代藏》卷六第五节强调："家世和血统无关紧要，对町人来说，只有金银才是氏系图。即使有大官显贵的血统，而住在蓬门笙户，穷困潦倒，那就不如一个耍猴的人。总而言之，町人希冀大福大贵而成为财主，是头等重要的事情。"西鹤认为，善于经商是立身之本，处世之第一要谛，也是町人最可贵的才能。作为町人，即使对各种雕虫小技十分精通，也无益于生计。只有会拨算盘，记好账目，能识别银质好坏才有出息。因此西鹤极力提倡町人的道德伦理主要有四：一是勤奋节俭，二是精打细算，三是聪明才智，四是诚实守信。关于勤奋节俭，西鹤笔下的成功者都是从点滴做起，靠勤奋节俭逐渐致富的。破产者也是由于奢侈过度、吃喝嫖赌所致。勤奋节俭的精神，为日本人民世代发扬光大，成为日本实现现代化并跃入发达国家的重要因素之一。"精打细算"即所谓"算盘精神"，也是由日本町人阶级首创，并在《日本永代藏》中得到集中具体的反映的，它已成为日本国民性格的一个重要的组成部分，并深深地影响了现代日本人。精打细算的算盘精神又与重视个人的聪明才智是相辅相成的。福泽谕吉指出，古来日本人所谓道德，涵义非常狭窄，不包括聪明才智在内。[1] 把聪明才智作为对町人的一项基本要求大加提倡而首先发声者，或许就是西鹤了。强调个人的才智，也就是强调个人的作用和价值，本质上是与封建的等级身份观念不相容的。关于"诚实守信"的商业道德，《日本永代藏》用了正反两方面的许多例子反复加以申明，纵有勤奋节俭、精打细算、聪明才智，但若没有商业道德，最终也将一败涂地，不得长久。卷四第四节强调："因为有利可图，用废弃的东西以假乱真捞取金钱，用冒牌货骗人，用不正当手段娶来带有陪嫁钱的女人，借的寺院祠堂的钱因破了产就不予偿还，参加赌博，购买毫无用处的矿山，强卖人参，有夫之妇与其他男人通奸以取得钱财，套狗剥皮，买来婴儿却让其饿死，捞取溺死者脱落的头发而卖给假发店，如此等等的勾当，虽说是为了生计，但做违背道德之事，一时享

---

[1] 福泽谕吉：《文明论概略》，北京编译社译，商务印书馆 1959 年，第 75 页。

用却难以长久度世。这些事一旦染身，就不知自己的所作所为有多么恶劣，这实在是令人切齿。所以，过日子还是应当循规蹈矩，这样才不愧为人。试想，人的一生只有短短的五十年左右，只要不做恶事，做什么不能生活呢？"

在《日本永代藏》中，也表现了西鹤町人思想中许多矛盾之处。他希望町人在金钱的世界中找到自己的位置，以便与特权阶级抗衡。同时，他却找不到町人阶级在经济上的独立发展的道路。西鹤看到了金钱的巨大作用和威力，他指出那个时代是"银生银"的时代，也详细描写了放债、借债及利息，还有交易所、兑换所等方面的情形，并对高利贷资本赢利予以肯定，但他尚未看到高利贷资本对町人社会的消极作用，他的有关主张只是为少数上层町人服务的。西鹤所提倡的伦理道德观，基本上是以获得金钱作为价值标准的。这样，他一方面主张"正直"，谴责不义之财和投机取巧；另一方面又认为靠正常手段不能致富，有时不免津津乐道于运气、机遇、偶然性甚至旁门歪道。他既主张町人要靠自己劳动，又认为家里不雇用人不体面，表现出剥削意识；他既主张勤奋努力，不得懈怠，又认为四十五岁以后可以闲居，吃喝玩乐，颐养天年；既提倡技术改良与发明创造，又认为像研制钟表那样耗费三代人时光，对过日子不合算，还反对购买和开采矿山，表现出浓厚的小市民意识和急功近利的实惠主义观点。这些积极与消极、进取与保守的矛盾，都反映了日本町人阶级的特质，反映了历史时代的局限性。

1692 年，西鹤发表了另一部描写町人经济生活的作品《世间胸算用》（一译《处世费心机》）。这是西鹤晚年的不朽名著，标志着他在创作上的新的飞跃。小说由五卷二十个故事构成，副标题是"除夕日一日值千金"。小说以一年中经济生活的结算日——除夕日——为背景，描写了町人，主要是中下层町人的生活情景。除夕前后对町人来说是一道难以逾越的关口。他们要在此期间进行收支结算，要收回或支付利息和欠账，还要花钱购物准备过新年。总之，这是町人生活中最重要的日子，也是颇"费心思"的日子。西鹤抓住了这个典型环境，也就是抓住了为金钱所左右的町人社会生活的核心。

《世间胸算用》是《日本永代藏》在逻辑上的必然发展。如上所述，《日本永代藏》强调"银生银"的高利贷的作用，并把它作为致富的主要手段之一，这当中包含着不可回避的矛盾。《世间胸算用》对由此产生的矛盾进行了集中而具体的揭示、描写和反映。在这里，首先是债主与债户双方的矛盾斗争。讨债者四处出动，有的态度强硬、咄咄逼人，有的精心策划、巧施计谋、欲擒故纵、无孔不入。而债户更是狡如兔狸，绞尽脑汁对付债主。或蛮不讲理、赖账不还；或外出躲避、逃之夭夭；或施偷梁换柱之计，互换男主人以蒙骗要债者；或夫妇佯装吵架以拒债主于门外；或磨刀霍霍、装疯卖傻借以吓人。债主与债户的金钱之战，在西鹤笔下绘声绘色，精彩生动。这一切都说明，高利贷资本固然对传统生产方式起了一定程度的破坏和瓦解作用，但它加剧了町人阶级的贫富两极分化。正如西鹤所指出的，这世界是穷人的地狱，富人的天堂。虽有家藏万贯的富商大贾，但更多的是穷得难度年关的下层町人。小说中有贫困潦倒而耍无赖的"浪人"（失去主子的流浪武士）之妻，也有为了糊口丢下婴儿而给人家当乳母的妇女；有铤而走险、拦路抢劫的浪人，也有因借不到钱而被妻子赶出家门的跑脚商。

还需要指出的是，西鹤在《日本永代藏》和《世间胸算用》中，还写到了对中国的看法及中日两国的商业往来和文化交流。《日本永代藏》卷五第一节中说："中国人平心静气，从容不迫，处理家业也不忙忙碌碌、急于求成。伴随琴棋诗酒度日，秋天在滨边赏月游玩，春天去山里观看海棠开放。三月的节日也不提前准备，过得悠闲自在。这是中国人的风俗习惯。在日本，若想仿效这种做法，是毫无道理的愚蠢行为。"表明了中日两国的差别意识。西鹤还在许多地方表达了对中国人的好感，赞扬中国商人"正直"，批评日本某些商人在对华贸易中投机取巧、弄虚作假的行为。例如《日本永代藏》卷四第二节写道："中国人是正直的，他们决不自食其言。在卷起来的丝绸里面没有以次充好、以假乱真之类的事情，中药材之中不掺杂物。木是木，银是银，分得一清二楚，哪一年去取也不会有变。而狡猾的却是日本的商人。针的长度越来越短，织布的宽幅越来越窄。雨伞上不涂油，无论如何都以省钱为第一；货卖出去不承担责任，只要自己淋不着，甚至可以让亲爹亲娘赤着脚在大雨滂沱中行走。什么事都是雁过拔毛，捞它一把。"并以在烟草中兑水增加分量欺骗中国商人，却被中国商人识破，而自认倒霉，以此强调，"骗人是长久不了的。倘若正直，神也额首；倘若洁白无瑕，佛也安心"。《世间胸算用》卷四第四节说到一些日本的精明商人"枕边离不开算盘和小账本，终日挖空心思，想方设法企图欺骗中国人中的马虎人，做笔漂亮的生意。可是，如今的中国人也学会使用日语了，即便有多余的银子，除了以房产抵押以外概不出借，而且他们认为首先应购置合算的房产。所以中国人也不是赚大钱的对象。况且日本人在一般的事情上要心眼儿，无孔不入，中国人是不会净让日本人占便宜的"。此外，他还提到了我国的生产业技术对日本的吸引力和影响力，例如南京的"金饼糖"及其生产方法。

　　从世界文学史上看，西鹤的"町人物"即"经济小说"，是十分独特的。在印度古典文学例如《五卷书》中，在阿拉伯的市井故事集《一千零一夜》中，在西方古典文学例如薄伽丘的《十日谈》、乔叟的《坎特伯雷故事集》中，在中国的"三言两拍"中，都有商人及经商的描写，但像西鹤的《日本永代藏》《世界胸算用》《西鹤织留》这样的通篇专门以商人的经济生活、经商活动为题材和主题的作品却是十分罕见的，西鹤的"町人物"在世界古典文学中可谓独树一帜，对日本近现代文学也产生了深远影响。二十世纪后半期在日本很繁荣的

“经济小说”可以说是西鹤“町人物”的现代发展。在东方各国的传统社会中，为什么只有日本出现了作为社会上一个特殊“阶级”（等级）的“町人”，并且出现了像石田梅岩、富永仲基那样的町人思想家或哲学家，井原西鹤与近松门左卫门那样的町人文学家艺术家？日本的“町人”与欧洲的市民、与中国明清时代的商人，有哪些相同及不同之处？这些都是饶有兴趣的课题，而井原西鹤的“町人物”不仅是我们欣赏阅读的作品，也是日本历史文化、比较文化与比较文学的重要文本。

四　西鹤小说艺术的特色与审美价值

西鹤的文学，不仅题材主题上极富特色，而且艺术上也极有特色。

西鹤小说的艺术，与物语、和歌等日本传统文学是密切相通的。日本传统文学的一个显著特点，就是多写儿女人情，表面上看没有什么博大精深的气象，没有什么耐人寻味的寓意，无非男欢女爱、风花雪月，貌似很简单、很好懂，但是它又很日常、很原态、很人性、很情绪，与既定的观念、通行的道理、社会政治、伦理道德离得很远。读者无法套用现成的道理、观念来加以理解与说明，这就容易造成一种感觉：乍看上去浅显，甚至叫人无话可说，但要真正弄懂它，彻底说透它，实在很难。在一千多年前平安王朝时代的文学，这种情况就很明显了。例如古典名著《伊势物语》作为短篇物语集，均由两三百字的男女恋爱的小故事加一两首和歌构成，简单得不能再简单了，但是反而叫人觉得简单得不简单；著名的《源氏物语》在刚介绍到中国的时候，中国读者也觉得此书结构松散，篇幅虽相当于《红楼梦》，实际上是多个短篇故事的连缀，而且写喜剧不够滑稽搞笑，写悲剧不够悲怆深刻，过于平淡无味了。但如今细心的读者却发现，《源氏物语》的平淡实则是表面的现象，自然天成而不着痕迹的简单，比起一看上去就是刻意精心的结撰，更叫人有感而难言。与《源氏物语》齐名的清少纳言的散文集《枕草子》，无非是写一个敏感的女性在宫廷中的狭隘的见闻与感受，而且在论事论人写景抒情的时候，张口一个"をかし"（有趣），闭口一个"をかし"，絮絮叨叨的，但仔细读去，却觉得绝不是"浅显"、"单调"或"絮烦"可以概括的。

　　日本文学从平安时代的《伊势物语》《源氏物语》《枕草子》等，发展到室町、镰仓时代僧侣与武士的文学，再发展到江户时代的市井文学，在作者阶层、作品类型等方面的构成发生了很大变化，但有一点是始终未变的，那就是外貌的单纯简单，而且简单得变本加厉。例如，三十一个字音的"和歌"，到江户时代演变成了将和歌的"发句"（首句）加以独立成体的十七字音的俳谐（俳句），成为世界上最短小的诗体；在小说方面，虽然江户时代出现了《八犬传》那样的结构相对"复杂"的所谓长篇"读本小说"，但那是直接学习了中国明清小说写法的。本来，在平安王朝时代就出现了的叙述技法高度成熟的《源氏物语》的基础上，后来的作家有可能变得更"复杂"些，但事实上江户时代除了读本小说之外的其他市井文学固然在人物设置等细节方面也受到了《源氏物语》的一些影响，但在叙事手法上却整个抛开《源氏物语》而另辟蹊径，于小说体式上返璞归真，更求简单。这样一来，以"假名草子"为名的妇幼读物、以市井町人为读者的"浮世草子"，在小说体式上都显得相当"幼稚"，简直令人不敢相信被今人公认为"世界最早的成熟的长篇小说"的《源氏物语》早在此前七百年就已诞生，不由得不给人以"退婴"之感。

　　说起井原西鹤小说的简单或单纯，首先表现在结构体式方面。《好色一代男》，现代日本学者一般称之为"长篇小说"（其实只能算是"中篇"，但日本没有"中篇小说"的概念，非长篇即短篇），但基本上采用按主人公世之介从七岁到六十一岁逐年成长体验的编年体的结构方式，这是相当原始的一种叙事结构。而且，场景与人物也随着世之介的足之所至而随时转换，除了世之介这一个人物贯穿始终之外，没有第二个贯穿全书的副主人公。《好色一代女》的结构也是如此，全书是"一代女"从小到老的好色的体验史，不同的是采用了"一代女"晚年回顾以往的倒叙结构，而这一点叙事技法，据日本学者的研究，也是从中国唐代张文成的传奇小说《游仙窟》学来的。《好色二代男》在结构上则更随意。"一代男"的私生遗弃子——名为"世传"——被人捡起收养，成为步生父之后尘的"二代男"，这个结构似乎是受《源氏物语》中源氏与儿子薰君两代渔色经历的影响，但《好色二代男》全八卷四十节，只有第一节和最后一节写的是"世传"即"二代男"，其他的则是与他完全无关的一个个单独的故事。在结构上，井原西鹤看似完全不讲究、不用心，读者在阅读时，也完全不必前后照应。

西鹤"好色物"的貌似简单，首先就体现在这样散漫的、无结构的结构上。他面对纷纷扰扰的现实世界与町人的日常生活，只是用他的眼睛去看，用他的耳朵去听，然后原样加以描写、反映，他的描写与反映的方式是日本式的纷然杂陈、不加整理、照原样形诸笔墨的"物纷"①方法，是一种无结构的结构。因此，看西鹤的"浮世草子"，如同看万花筒，随意一摇动，必有可观之处，但又是无头无尾，任你随处着眼。这种"物纷"的写法，也使得西鹤在语言叙事上自成一体，我们可以称之为"饶舌体"。"饶舌"这个词，在日语中与汉语的意思一样，一是爱说话、爱废话的意思，二是滔滔不绝、口若悬河的意思。换用日语固有的词汇来说，就是"瞎掰"（しゃべる，音

---

① "物纷"：日本式的创作方法，关于这种方法的分析研究，请参见拙文《"物纷"论——从"源学"用语到美学概念》，原载《上海师范大学学报》2014年第2期。

shaberu）的意思。这样的话看似啰嗦无意义，但又说得毫不造作，信口道来，兴致勃勃乃至自成一体即"饶舌体"。"饶舌"的时候不必费心思量章法结构、遣词造句，而是心口同步，甚至口比心快。这种"饶舌体"是如何形成的呢？原来，西鹤早年曾以俳谐创作知名，他的拿手好戏就是一个人连续吟咏俳谐，"五七五"、"五七五"的三句十七字音，不打腹稿，不断地吟咏，中间尽可能地不停顿，可以一日独吟千句，据说最终创造了一昼夜 23500 句的最高纪录。这种俳谐吟咏的最大特点就是流畅快速，因而有"矢数俳谐"之名，形容像箭头飞得那样快。"矢数俳谐"除了快速以外，还有一个特点，就是每首俳谐都是各自独立的，并非长篇叙事诗，因而每首俳谐的话题都需要重新转换，只是转换的幅度有大有小。不管转换幅度大小，反正必须转换。"矢数俳谐"这样的灵活转换话题、东拉西扯、说南道北、天马行空、飞鸟行云式的表达方式，极大地影响了后来西鹤的"浮世草子"写作，可以说，"浮世草子"的漫无结构、杂然散漫的叙事方法就是"矢数俳谐"手法的一种移植。虽然，无论是《好色一代男》还是《好色二代男》，都是分卷、分章、分节的，而且卷数节数都显得很整饬，但是这些分章分节，基本上是按篇幅字数来划分的，就像切豆腐块，切成块只是为了方便接受，而与叙事章法结构无甚关联。这样的无结构的、自然散漫的、极为简单的结构，最大的好处就是松弛、放松，仿佛与人聊天，就在当下，不用瞻前顾后，说话人不累，听话人也不太累。

　　西鹤的"浮世草子"及"好色物"的简单、单纯，不仅表现在结构叙事上，也表现在题材上。所谓题材的单纯，就是将当时不同的人群、不同的生活内容分开来写，而不是把它们置于同一个舞台。西鹤的小说有专门写町人的，有专门写武士的（如《武道传来记》与《武家义理物语》）。在专门描写町人生活的作品中，再析出"町人物"与"好色物"。"町人物"与"好色物"两方面的题材，概括起来就是"赚钱"和"享乐"两条。他是把町人的经济生活、男女的情欲生活分开来写了。"町人物"写町人怎样发家致富的，或从反面说是如何导致倾家荡产；"好色物"则是专写町人有了金钱以后，如何消费，如何嫖妓玩乐的。在"好色物"中，西鹤又进一步将"好色"的形态加以单纯化。例如，写"好色"题材中，又把"男色"与"女色"分开来写。于是有了专门描写男色（又称为"众道"）的《男色大鉴》；将以花街柳巷为舞台的男女卖淫嫖妓题材单独来写，就有了《好色一代男》和《好色一代女》；将日常町人家庭中的男女悲剧故事专写一书，就有了《好色五人女》。

这种题材的单纯化，与日本传统和歌、连歌、俳谐的题材分类有很深的关联。在日本"歌学"、"连歌学"的众多论著中，题材分类甚细致，使用规矩甚多，不同的题材以及相关词语不能随意乱用。其要旨是题材使用的细化、单纯化，目的是用最细小的题材来适应和歌、俳谐这种世界上最短小的诗体。西鹤是俳谐（又称俳谐连歌）出身的，他从俳谐创作转向了小说创作后，题材细分的意识迁移到小说中来，是自然而然的。西鹤的"浮世草子"乃至整个日本江户时代市井小说中的题材的单纯化，与中国明清小说颇有不同。中国的明清小说虽然也有题材类型的划分，但那些类型是后代的研究者给划分出来的，而且也多少受到了日本学者的影响，例如鲁迅在《中国小说史略》中较早将中国传统小说加以系统分类，便是受到了日本学者盐谷温的启发。明清小说家并没有明确细致的题材分类意识，在创作实践中也是采用全方位、全视角综合表现的方法，例如《金瓶梅》，虽被后来的小说研究者归为"言情小说"一类，但却非仅仅"言情"，而是把那时的社会历史、政治经济、家庭伦理、男女私情、身体与心理等多样的内容糅合在一起，可谓纷纭复杂；《红楼梦》既曾被人视为"言情小说"，也曾被视为"政治小说"，可见其题材内容的复杂性和交叉性。

　　与题材的简单化、单纯化相辅相成，人物性格同样简单、单纯。西鹤的"好色物"中的人物，无论是"一代男"、"二代男"，还是"一代女"、"五人女"，都是性格极为单纯的人物，只是"好色"的化身而已。通常所说的"人是一切社会关系的总和"，在这些人物身上不能体现，因为他们的社会关系极其简单和单纯，无非妓女与嫖客或嫖客与妓女的关系；他们的行为指向也一样简单和单纯，就是买春与卖春的金钱与肉体交换的关系；他们的性格特征极其简单和单纯，就是对唯美的、唯情的追求，都是为了男色女色、为了身体之美而义无反顾，哪怕倾家荡产，哪怕付出性命，都不计后果。

　　或许为了使人物的社会关系简单化，西鹤的"好色物"就把人物写成了"一代男"和"一代女"。所谓"一代男"、"一代女"就是没有老婆孩子、没有兄弟姐妹，又没了（死了）父母，孤身一人，只活"一代"的人。"一代男"与"一代女"就是为了"色"和"好色"，宁愿绝后，而终其一生的人，用中国话来说就是"绝户"。至于"二代男"，实际上也是"一代男"，因为他是"一代男"一不小心生出来的遗弃子，他也和"一代男"一样，终生好色，不同的是"一代男"六十一岁的时候往海外"女户岛"继续探求色道，而"二代男"却在三十三的盛年时，"一切都花光用尽"，而完成了"好色"的一生。《好色五人女》中的那些女子，虽然都不是青楼女子，而是寻常町人家的年轻女子，但在西鹤的笔下，"五人女"都是凭着"好色"的直觉而行事的人，她们会以莫名其妙的原因爱上一个男人，然后不管不顾，去冒险甚至去死。这样的人物只是"好色"的化身，太单纯了，太平面了，甚至单纯得有些太抽象了，不具备复杂的社会内涵。

　　中国文学、西方文学名著几乎都追求人物性格的复杂性，井原西鹤等日本作家却非如此。西鹤笔下的"一代男"、"二代男"和"一代女"、"五人女"，这些人物都不是作为常人被描写的，因此也不能使用"典型人物"这一通常的文论概念加以理解。一般认为，中国早期小说中的许多人物，与西方近代小说的"典型人物"相比，因为人物的善恶忠奸过于分明而具有"类型"的特征，但即便是这种具有类型化倾向的人物，其性格也是丰满复杂的。如果拿井原西鹤"好色物"中的人物跟中国的小说中的"类型"人物相比，则"好色物"中的人物基本上没有"性格"与"个性"的刻意描写，而是将人物单纯化为某种特殊行为（例如"好色"）的符号与代表。与其说是写人物，不如说是写"好色"；与其说是写"好色"的人物，不如说是写人物的"好色"。写"好色"并非为了写人物，而是为了写"好色"而必须设计一个人物。这样的人物不是西方文学和中国文学中塑造的那种立体、浑圆、复杂的人物形象，而是某种"异常偏执"行为的流动着的扁平的人体符号。这似乎不仅仅是井原西鹤"好色物"的人物特点，也是日本文学许多名作中的人物特点。例如《伊势物语》中的美男子在原业平是风流多情的化身；《源氏物语》中光源氏是情种的化身；现代作家谷崎润一郎的《富美子的脚》中的男主人公是异常性癖（拜脚癖）的化身；《痴人之爱》中的男主人公是痴汉的化身；川端康成《一只胳膊》中的老人是性幻想者的化身……日本文学中给人留下深刻印象的人物大都是这样"变态"，作者突显人物某一方面的异常性格与行为表现，其描写常常忽略人物性格的多面复杂性，而只是表现人物某方面的"气质"。"气质"（日语写作"気質"，音"きしつ"）一词不同于"性格"，"气质"具有一定的滞定化、外在化、符号化、单面化的特性。日本江户时代市井作家喜欢描写"气质"型的"单面人"，着力表现某一类人、某一类行为，而不是表现复杂人物的复杂性格。

不仅题材是单纯的，人物性格是单面的，小说的环境也是单纯的。西鹤"好色物"的另一个显著特点，就是极力简化人物活动的环境，使之极其单纯。"好色物"的舞台是"游廓"、"游里"，即妓院。"一代男"、"二代男"、"一代女"等人物即便一生中走南闯北，从关东到关西，从南部的九州到北方的北海道，走遍了整个日本列岛，但环境却依然是单纯的，不出妓院及与妓院相关的场所。妓院当然也是社会环境的一部分，但那却是一个不受世俗社会道德约束的特殊环境，江户的吉原、京都的岛原、大阪的新町等有名的游廓都是政府允许经营的，在这里有与普通社会完全不同的规矩法则，来到这里，便是暂时切断了与一般社会之间的关系。单纯的"好色"人物也只能在这样的特殊环境中才能有单纯的"好色"举动。

就这样，西鹤"好色物"中，看似简单而单纯的散漫的叙事，看似简单而单纯的题材，看似简单而单纯的人物及人物性格，看似简单而单纯的环境设置，都是貌似的简单与单纯，要真正理解它、说明它、评论它，却很不简单；要研究它、说透它，甚至比一般貌似复杂的作品更困难。对于这种现象，我们可以用"伪浅化"来概括。伪浅化，就是看似浅显而实非如此，是貌似浅显而实则复杂。因为对这类作品，运用我们所习惯的产生于中国文学与西方文学中的现代文学理论乃至文化理论来解读，虽然并非完全不可行，但常常使人感觉隔靴搔痒，有时甚至显得方凿圆枘。从文学创作、文学评论的角度来说，西鹤的"浮世草子"为小说究竟该怎么写、怎样评论，提供了一种特殊的参照。

目
录

好色一代男

好色二代男

好色五人女

日本永代藏

世间胸算用

好色一代男

卷
一

一　灯火熄灭生恋情

　　樱花凋零令人叹，月亮有缺隐于山。且说此处的但马国^①的银山附近，有位男子终日不问世事，一味沉迷于色道，与男女戏玩。人家给他起了个绰号，叫"梦介"。梦介与当时风流男人名古屋的三左、加贺的阿八等人结为兄弟，因为他们同是和服上有七处菱形家徽的，因而身份相同、臭味相投，终日沉湎于酒色。夜深时，他们常常走过京城一座河上的大桥，有时打扮成留有前发的青年男子模样，有时又改头换面，变成身着墨染僧衣的出家人，有时头发直立，好像是一群妖魔，真可谓恬不知耻，我行我素。梦介为当时红妓葛城、薰和三夕这三位妓女赎了身，与她们在一起，或深居于嵯峨别墅，或悄悄地住在东山之阴，或住在京都的藤之森，日夜沉溺。就这样，终于让其中一人怀了身孕，生下一子，取名"世之介"。此事不必细说，知道的人自然也都知道。

　　父母对世之介真是疼爱有加，常常逗他拍拍手、摇摇头，他的头和脖子也逐渐硬邦起来。四岁那年的十一月，父母为他做了留头发的仪式，次年春天为他举行了穿裤裙的仪式。多亏曾向痘疮神祈祷过，

――――――――――――

　　① 但马国：日本旧地名，今兵库县的一部分。本书的所有脚注均为译者注，
　　下同。

他出的痘疮连一点痕迹也没了。就这样平安地过了六岁。第二年，也就是七岁那年，一个夏夜里，世之介突然醒来，离开枕头，打开了拉门的锁环，又打了一个哈欠。隔壁房间值宿的女用人发现世之介醒了，知道他要干什么，便点亮手烛，领着他沿着长长的走廊，咚咚咚咚地朝宅院东北面房后走去，那里南天竹枝叶掩隐处有一厕所，世之介往铺有松叶的便器里撒了一泡尿。在他洗手的木板窗檐下，有许多平铺着的竹板，女用人觉得若踩上了钉子什么的很危险，于是便拿着手烛靠近他，但世之介却说道："把灯熄掉，过来些！"女用人道："我担心您脚下，才靠过来给您照着，为什么要熄灯呢？"世之介煞有介事地说："难道你不知道恋爱是要在暗处搞吗？"听世之介这样一说，那位手持护身短刀的女用人，便把灯给吹灭了。于是，世之介便拉住女佣长袖和服的左衣袖说："不会被奶妈看见吧……"女用人听了，感到很可笑。

这种事情，若打个比方，就好像日本远古男女始祖在天之浮桥下的最初交合①一样，世之介虽然并不是真有那方面的本事，但是他的小心思却是蠢蠢欲动了。女用人便如此这般地向世之介的母亲讲了此事，他母亲听罢，似乎也觉得很开心。

随着时间的推移，那苗头越来越明显了。平时在游玩时，也注意收集美人画之类的东西。正如《徒然草》②中所云"书房里的书多多益善"，世之介的美人画多而杂乱。还吩咐说："我不叫，你们不要到我房间来！"严禁别人出入，这也未免太过分了。有时候，世之介做好手工折纸，就说："比翼双飞的鸟儿就是这样的哦！"说着就给了侍女；或者做一朵花，把它挂在树枝上，说："这是连理枝，送给你

① 出典《古事记》，讲的是日本男女始祖神欲在浮桥下交欢，创造日本列岛国土的故事。
② 《徒然草》：吉田兼好著，成书于1324年至1331年间，是日本随笔文学的经典作品。

啦！"无论做什么都不离男女之事。

兜裆布也不求别人帮忙而自己来系，和服带子也是自己在前面打结，然后把结转到后面去，身上带着一种叫作"兵部卿香袋"的香袋，衣袖上也熏上香，那副风流状，连成年人也自愧不如，让女人不由不动心。即便与年龄相仿的小伙伴一起玩耍，也不看放上天空的风筝，却说道："自古就有'云梯'一说，那流星也是夜间幽会的人吧？牛郎织女一年只能相会一次，要是偏偏赶上了阴雨天，那心情该是多么郁闷呢！"如此仰天而悲，为恋情而叹息。

直到五十四岁为止，世之介共染指女人达三千七百四十二人，染指的男子也有七百五十二人。这是他亲手写的日记上所记录的数字。自从情窦初开的儿童时代起，他一直不断地消耗着肾水，呜呼！人的命是如此来玩的吗！

二　羞于启齿便写信

到七月七日的七夕的早晨，落满整整一年灰尘的铜座灯、注油壶、小桌子和石砚等物都要冲洗干净，因而平素清澈见底的芥川河，现在都变成了尘芥之河了。这芥川河北侧的金龙寺钟声响起之时，不由令人想起后醍醐天皇的皇子八岁时作的一首恋歌。此时世之介也已经八岁了，到了该上小学的年龄，但当时，世之介还被寄养在山崎的姨母家里。

古代有名的俳句大师山崎宗鉴①居住过的一夜庵遗址的庵内，仍有一位僧人在住，此人精于泷本派的书法。姨母便让世之介前往那里跟他学书法。有一天，世之介把一张白纸递到师傅面前，说道："不好意思啦！请您按我说的，写封信吧！"作为师傅的僧人大吃一惊，

---

　① 山崎宗鉴（？—1533）：室町时代后期的连歌、俳谐作者。

反问道:"虽说如此,你到底让我写什么呢?"于是,世之介口述道:"我们虽然已经非常熟悉了,但我还是不好意思当面说。你也许从我的眼神中可以看出来吧!两三天前,在姨母睡午觉时,我不小心踩坏了你的缠线板,可你却说:'一点也没关系的!'本应生气的事情你却完全没生气,那是不是对我有什么悄悄话要说呢?如果有的话,我很想听一听。"世之介嗫嚅着说了这番话,师傅听罢很是无奈,写到这里说:"没纸了。"世之介拜托说:"那就先写这些吧。"师傅说:"以后再接着写吧,今天就先给你写这些。"老师虽然感到此事有点蹊跷,但也没有太在意,便另外给世之介写了"伊吕波"几个字的字帖,让他练习去了。

夕阳西下,天色渐暗,有人来接世之介回家,世之介便从寺院回家了。初秋的风声萧萧,榨油作坊吱吱作响,捣衣声此起彼伏,令人心烦。在姨母家中,女用人们正在收拾绷布用的架子,其中一个女用人问道:"这件染得非常漂亮的和服是小姐平时穿的,可是,这件在腰上带红瞿麦家徽的橙黄色的,是谁的呢?"另一个女用人答说:"那是世之介少爷的睡衣。"于是,订有一年契约的女用人便一边叠衣物,一边冒冒失失地大声说:"要是他的,就本该用京都的水洗啊!"世之介听到了女用人的挖苦话,说道:"让你们给我洗了这脏衣服,不好意思啊!不过,俗话不是说'出门在外,朋友担待'嘛!"被世之介这么一说,女用人听罢羞得脸红,无言以对,只是说:"对不起,请原谅。"说完,正想离开时,世之介拉住她的衣袖说:"拜托,请你将这封信送给阿阪表姐吧!"女用人没有多想,遵命将信交给了阿阪。可阿阪却完全想不到能有谁给她写信,羞得面红耳赤,便对女用人呵斥道:"谁让你送给我的?"待女儿平静下来后,母亲拿过那封信一看,便断定这笔迹出自那个和尚之手,说:"看文字虽带有孩子气,但也没准儿是那和尚写的呢!"于是僧人无端受到怀疑。后来,那位僧人对此越是解释越是说不清。本来是子虚乌有的事情,人言可畏，却也被弄得沸沸扬扬。

世之介主动向姨母表明了心意。姨母心想："我一直以为他仍是个毛孩子呢！明天我要把此事告诉妹妹，让她在京都也大笑一回吧！"心里这样想，表面上却毫不动声色，她又想："我女儿相貌一般，已经和人家定亲。本来，只要年龄般配，是应该许配给世之介的。"姨母把一切都藏在心里，从此以后，巨细无遗，留心观察，但越看越觉得世之介是闹着玩的。同时，被世之介牵连的那位僧人也遭到了人们的非议："无论怎么说，这种事，即使求你写，你也不该写呀！"

三 女人洗澡他偷窥

鼓也是一种很好玩的乐器，但是，那世之介从早到晚不停地练习敲打"从此后让那恋情折磨"① 那一段鼓法，最后连他父母也被吵得受不了了，干脆令他停止练鼓，而希望他去学习男人的谋生本事，打发他到镇上一家名为春日屋的亲戚家开的钱庄，去学习金币真假、金银币的识别方法之类。但是，不久，人家便把早已写好三百目② 银子的借据写给了他，约定如果父亲死后，世之介继承了遗产，就要加倍偿还这些钱。即便是在这金钱万能的世上，像这样放债，未免也太不近人情了。

当时，世之介九岁。那年的五月四日，多层菖蒲葺顶的屋檐前面的杨柳枝繁叶茂，树阴下已是暮色昏暗。屋檐下，以细竹围成的遮人眼目的围篱内，一位"中居"③ 模样的女用人刚刚脱去条纹外衣和贴

---

① 谣曲《松风》中的一个段子。
② 目：重量单位，一"目"的重量为 3.75 克。
③ 中居：中等地位的女佣，位于"奥女中"（腰元）和"下女"之间。

身内衣，正准备洗菖蒲热水澡①。她以为，除去自己之外只有吹动松枝的风的声音了，还能听到的也许只有隔壁的一点儿响动，在这地方，即便露出儿时留在臀部的伤疤也没关系。她冲洗了小腹处的污垢，进而又用米糠袋②尽情地搓洗下腹部，澡盆里泛起的水沫都显得腻乎乎的。

就在此时，世之介爬到了屋顶上，拿着望远镜，偷看那女人洗澡的样子。盯着女人那专心洗澡的样子真是妙不可言。忽然间，那女人发现了世之介，很不好意思，却没有说什么，只是双手合十，示意他退下。但是，世之介却依然嬉皮笑脸地指指点点，并发出笑声来。那女人实在难以忍受，便匆匆忙忙洗完，穿上油漆木屐，出了澡盆。世之介却从两侧篱笆的稀疏处，对那个女人说："在初更钟声响过，夜深人静时，请事先打开小门，我要你听一听我的心里话。"女人说道："你真太不像话啦！"世之介说："如果你不听我的，那我就把今天的事告诉给其他人。"那女人以为自己洗澡时的动作被他看穿了，心中感到奇怪。

女人犹豫了一下，便说道："那就照你说的做吧！"说完，返身回去了，其实她并没有把此事放在心上。那天夜里，她将蓬乱的头发随便扎上，穿着平日的衣服，却忽然听到了世之介的脚步声，女人无可奈何，只好投其所好地接待他。随后，她找出一只小箱子，将小玩偶、不倒翁和云雀笛子等等全部拿了出来，说道："这些都是我珍藏的东西，只要你喜欢玩，我不吝惜，全都给你，拿去玩吧！"女人想这么哄他，但是，世之介却不吃这一套，说："这些玩意儿，等你有了孩子，用它来哄孩子不哭吧！哎，你看那个不倒翁，好像迷恋上你

---

① 菖蒲热水澡：原文"菖蒲汤"，日本风俗，端午节前后，用泡了菖蒲的热水洗澡可以驱邪。

② 米糠袋：当时洗澡时用稻米糠袋搓洗，也有日本学者认为，米糠袋是女性的一种自慰工具。

了，朝你那边歪了。"世之介说着，便把身体歪过来，枕着女人的大腿躺下来，那样子真像一个成年男人。

女人羞红了脸。这种样子要是被人看到，也未必会被认为是小事一桩吧。于是她努力平静下来，轻轻地抚着世之介的侧腹，说道："去年的二月二日给你灸天柱穴的时候，为了止痛，在这里涂了盐。和那时相比，你现在长更大了。喂，你过来吧！"说着，她系上和服带，把世之介紧紧地抱在怀里，抱着他跑了出去，用力敲着格子拉门，喊道："世之介少爷的奶妈在吗？"她把奶妈叫出来说："这孩子很天真啊！想要奶吃啦！"便如此这般把事情的经过讲了一遍，说着捧腹大笑起来。

四　雨湿衣袖成良缘

世之介的少年聪明，也许可以用"十岁之翁"①这个词来形容吧。他本来就生得英俊，还喜欢男色。当时，流行乙种下坂小八发式，这种发式是把两鬓剪得很短，将发髻竖着扎起。梳着下坂小八发式的世之介很有男性魅力。只要有人注意到他并夸赞他，他便主动邀约，随时期待相遇。但是，人家还是认为他太小不太懂事，且期待着他像雪中梅花盛开那样成长起来。

有一天，世之介去拜访家住鞍马山脚下的一位熟人，说是一起去捕鸟，他们惊扰枝头小鸟，或用鸟网，或用捕鸟竿，或者给枭鸟蒙了红头巾，自己藏在松树下或草丛中。尽情玩耍之后，仍然兴犹未尽。世之介在回来的途中，走到一处山脚下，天空乌云密布，但雨下得不大，雨点如碎露般洒落下来，情景十分有趣。四周没有一棵可以用来

---

① 当时有"十岁之翁"和"百岁之龙"的谚语。前者形容聪明过人的儿童，后者形容童心未泯、健康活泼的老人。

避雨的大树，世之介心想，反正已经淋湿了，干脆以袖遮雨吧，便继续赶路。但是，用墨汁画出的假胡须①被雨水淋得稀里哗啦，令他很尴尬。正在此时，一位隐居此山中的男子，从后面走来，悄悄地为世之介撑上了一把雨伞。世之介突然有了雨过天晴的感觉，回头一看，说道："您这深情厚意，我很感激。今后我们还会见面的，请您将尊姓大名告诉我吧。"但那男人并不搭话，而是递给他一双替换的草鞋，又从怀里掏出一个精致的梳子交给他的仆人，说："梳理一下你那蓬乱的头发吧！"

这时候的世之介，很是高兴。他们互相交谈，直到雨过天晴，晚霞消尽。世之介说："以前我心里没有什么人，虚度了年华，这完全是因为我没有什么可爱之处，我真有些恨自己。今天我们相识，真可以说是奇缘。今后，还请多加厚爱啊！"可是，那男人听了，反应却冷淡，只是说："我不过是帮助你摆脱途中困顿而已。关于男色之类的事，我可完全没有那个意思啊！"接着便不想再和他说下去了。世之介感到非常懊丧，心中怨恨道："上了年纪也不懂得恋情的木头男人，让他成个老朽就好了！"他在一棵枯松下坐下来，又说道："你是一个多么薄情的人啊！打湿衣袖的泪水，与刚才流出的兴奋的泪水，根本是不一样的。那个以孔子自命的鸭长明②，即便隐居于山中，也会不时地挑逗门前的美貌少年。熄掉方丈的灯火后，他会感到心烦意乱。那个名叫不破万作的著名美男子，其美貌羞花闭月，在势田的桥头与情人幽会，兰麝的芳香染于情人衣袖，难道这不都是同性爱慕之情吗？"听了世之介这番话，那男人仍然不为所动。真是又一个《秋夜长物语》③啊！

---

① 因年龄小，画上假胡须可以显得成熟。
② 鸭长明（1155—1216）：镰仓前期的著名僧侣、歌人、作家，代表作有《方丈记》《发心记》《无名抄》等。
③ 《秋夜长物语》：室町时代的一部少儿故事的名字。

那男子心想："这少年说的此番话，从寺院说到尘世，颠三倒四，又引经据典的，真是不可理喻。干脆，不喜欢就说不喜欢！"于是那男人说道："那么，改日我们在中泽村神社正殿前再见吧。"他草草约定后，就返身而归，世之介却尾随其后，抓住在细竹丛中穿行的那男人的衣袖，说道："中国古代有一个美男子叫李节推，先一步去风水洞恭候盟兄苏东坡，我也会像李节推那样，恭候您的到来。"此时，夜幕已经降临，世之介只好停下脚步，目送着那位男人远去。

后来，那男人将此事讲给长年与他"以命相许"的男人听，并说："那样的事情再也不会有了。但我不能忘记我与他的约定。不再理他吧，那未免太无情了！唉！怎能就这么抛开他呢？"后来，他终于与世之介再度相会了。另一个男人只好放弃。

五　倾诉身世更相知

古人有"新枕"一说，九月十日的傍晚，世之介带着重阳节畅饮的余醉，与"唐物店"①老板濑平，一同前去伏见的花街柳巷。刚听到东福寺的晚钟，不久就来到了目的地——伏见的撞木町。他们在孙右卫门的枪械铺一带下了轿，急急步行赶去，走得气喘吁吁。连墨染寺内的著名泉水也顾不上尝一口，便径直来到花街的南口。"东侧入口为什么给堵上了？真是寻花不怕路远呢！"他们一边聊着，一边窥视着花街的情景。只见一位男子，仿佛是京城来的高官，肤色白皙，留着可戴冠冕的发型，看来是悄悄来寻花问柳的。还有一个男人，好像是宇治茶馆的二掌柜。是的，没错，应该就是他。此外，还有六地藏的赶脚人，还有等候上船的游客，包袱里面装着佛前卓和粽子。他

---

① 唐物店：专门经营进口品的商店。

们一边把包袱背在肩头，一边数着成串的钱："哪家更好呢？"在巡视了一遭之后，又改了主意，转向泥町方向去了，真是可笑。

世之介与濑平一面等待人少了，一面往西侧中部向外突出的带有横木格窗标志的一家妓院走去。那里糊在隔扇上的印着龙田川红叶图案的纸已七零八落了，室内烟雾缭绕，连放烟头的烟灰缸都没有。就是在这家破败的妓院里，却有一位温柔女子，对走过的客人也不招呼，也不作引人注目状，正在伏案写字。待写下了"今菊花，袖香"这五个字之后，便提着笔，显出琢磨不定的神态，那样子格外可爱。于是，世之介问道："这女孩儿如此出众，为什么在这下等的地方呢？"濑平说道："她的老板在这里是最穷的，所以她才这么可怜啊。即便不是美人，如果衣着华贵，看上去也很好。若把岛原①的那些花魁们穿旧的衣服，例如菖蒲色八丈岛绢丝织品，或中国绸缎旧和服等，拿来给这里的女人穿上，她们也会变得更吸引人。"看来，这里实在是一个很好的玩乐场所。

世之介大大咧咧地在那家妓院坐下，他将短刀和手纸匣随便放在地上，开始端详那位女子，越端详越觉得她好，便问道："是谁介绍你到这地方来的？不是很辛苦吗？"那女子说道："被你看穿了，很不好意思啊！我干这一行，就自然变得醍醐了。总之都是因为穷，所以就有了连自己也意想不到的欲望，向嫖客索取金钱、日用物品啦，就不用说了，就连室内墙下部糊的纸也求别人来给换。像小野木炭啦，吉野出产的纸啦，悲田院村出产的蔺草编成的草履啦，还都需要自己掏钱来买。不仅如此，赶上下雨天刮风的夜晚，便没有客人来。即便是御香宫的祭祀，或者五月五日、六日等节日，也没有一个客人来让我陪他一起游玩的。我还常常受到老板唠唠叨叨的训斥，就这样稀里糊涂地过了两年。一想到将来，心里就害怕。在乡下的父母究竟

———————————

① 岛原：江户时代京都的著名妓院街。

怎么过的呢？自从我来到这里之后，他们音信全无。更不会到这里来看我了……"女人一边说着，一边流泪。

世之介问："你父母住在哪儿？"她回答："住在山科的乡下一个叫源八的地方。"世之介说："以前我不认识你，如今我们认识了，近期我就去你家拜访一次，给你父母报个平安。"那女子听罢并没有显出高兴的神情，而是说："您可千万不要去我家啊！实在不敢当。原先他们靠挖茜草根活着，如今都老了，依靠向往行人乞讨为生。而且，更不幸的是，他们都染上叫人讨厌的病。"

与那女人分手之后，世之介就想去她家看看。来到她的家，只见喇叭花正温柔地缠绕在小柴门上，一支长枪架在两根立柱横梁上，马鞍也一尘不染，主人身上也带着插在朱鞘中的大刀和短刀，保持武士风度。世之介与主人讲述了他们女儿的境况后，父亲说道："身为女子，不幸干了那种贱业，还好意思提父母，实在让我羞愧啊！"说着流出眼泪来。世之介给予诸多安慰，也理解了那位女子为什么刻意隐瞒自己的身世了。不久，父母便把女儿赎了回来，她回到了山科的家乡。此后，世之介一直和她保持着交往。

这是世之介十一岁那年初冬发生的事情。

六　污垢烦恼要搓洗

听人说，八月十三日夜晚的月亮称夜月，十四的叫待宵月，十五的叫中秋明月，无论何地都有许多关于月亮的名胜，不过，须磨①的月是最漂亮的。于是，世之介等人便包租了一条小船去须磨，绕过和田海角，便是角松原，不久便抵达了须磨的盐屋。

---

① 须磨：日本旧地名，今神户市须磨区一带。

据说盐屋这个地方曾是熊谷①抓获平敦盛②之地，也是他们喝源氏酒③的地方。于是他们租了一间能看海景的房子，打开从京都带来的舞鹤酒和花橘酒的酒坛盖子，通宵开怀畅饮。随着夜色渐深，月光也显得格外凄凉，偶尔有一只鸣叫的海鸟飞过，也使人感到是那样的孤独。有人叫道："哪怕一个晚上，没有女人也很难熬啊。难道这里没有年轻的海女④吗？"他们决定派人去找一位海女来。不一会儿，果真来了一位海女，她头上没插梳子，脸上也没化妆，衣服的袖口很窄，下摆很短，浑身发出一股海腥味，叫人很不舒服。世之介心想："从前，在原行平⑤究竟是让什么样的海女给他搓脚，并消除郁闷心情的呢？而且临分别之际，他还把香包、香道用的香炉及小勺子、研钵，甚至连用了三年的日常用品全部送给了她，那到底是为了什么呢？"

第二天，他们来到兵库的妓院，了解了这里的游女⑥接客有昼夜之分。所谓"夜"只是半夜，而且有时间限定。因为在这个港口上停留的客人，多数要根据风向的变化而起程，他们只要一听到船老大的喊声，即使正在听着情歌小调，或者正在和女郎喝着酒，也要起身离去。那恋恋不舍之情自别有一番滋味。以这样的女人为对手，会弄脏身子，所以他们决定立刻去洗澡。于是，有一位兜齿、高鼻梁的汤女⑦说："若出艳闻，便泼冷水啊！"这女子竟能说出这样的双关成语来，世之介便抓住她，以谣曲《忠度》中的语调问道："请问芳名。"她立刻答道："忠度。"世之介对她说："无论如何，我不会不

---

① 熊谷：熊谷次郎直实，平安末期武将。
② 平敦盛：平安末期武将，平经盛之子，一谷之战中被熊谷直实斩首。
③ 源氏酒：以《源氏物语》中的人名卷名作为酒令的一种饮酒游戏。
④ 海女：潜入海水中拾贝类、海藻的女人。
⑤ 在原行平：平安时代初期的歌人、皇子，传说曾与海女交好。
⑥ 游女：江户时代妓女的通用称谓，又叫"女郎"。
⑦ 汤女：澡堂妓女。

管你的。"两人便匆匆做了约定。从她送浴后净身用温水的方式来看，这位女子也与众不同。但总体来说，让客人喝香米粉、拿浴衣、送来供客人抽烟用的小火罐、送来头油、借镜子等，这里的服务与各地的澡堂都没有不同。

这里汤女的装束是，只穿一件下摆提得很高的和服外衣，腰间一条白腰带系得很紧。有人还嚷着："腰带破了，老板可就亏了。久三呢，快来把灯笼点上！"边说边取出草鞋，刚从小门出来就大声说同伴的坏话，而且还说什么"早饭晚饭的酱汤太稀了"、"剪刀当然是给啦，但不知是否好使"之类的，全部无聊之极。一进世之介他们等候的房间，她们就立刻摘下棉布帽子挂在墙上，站在那里拨弄方形纸灯罩。然后，便坐到略显昏暗的坐垫上，大口地吸着烟，以至烟袋锅中燃成一团火。还不住地打着哈欠，又毫无顾忌地起身去小便，开关拉门的动作也粗手大脚。即便躺下身之后，仍隔着屏风和同伴搭讪，或者扭着身子找跳蚤，或者算计着时间，说："现在是半夜呢？还是凌晨两点呢？"只要是不合己意的事情，就拒绝回答，对客人敷衍了事。连擤鼻涕用纸也拿客人的。干完事后便鼾声大作起来。睡梦中还不知不觉地把凉凉的小腿搭在客人身上，口里还嘟哝着"烧火呀"、"打水呀"之类的梦话。虽说这些女子也都不容易，但如此这般，也未免太卑贱了。

关于所谓的"丹前风"是有来由的。从前，江户的丹后的一个老板开了一澡堂，那里一位名叫胜山的，是一个秀外慧中的女人，她的"胜山髻"发型流行开来，显得身段婀娜，所穿和服的袖口宽松大方，下摆高高提起，为世人所仿效。据说，日后这位女子去了吉原①，侍奉显贵，是一位无与伦比的女人。

---

① 吉原：江户时代的江户（今东京）的著名妓院街，与京都的岛原、大阪的新町齐名。

七　大户人家女用人

　　女用人用竖条纹薄丝织品的碎布头儿，给世之介缝制了一个挂在前腰的钱包。世之介在钱包里攒了一些碎银子。一天傍晚，他将学徒出身的二掌柜招呼出来。两人都想去寻欢作乐，便来到了清水八坂一带。"不就是这一带吗？你不是说过吗，这里有能歌善饮、长得还算可爱的女人，是菊屋，是参河屋，还是常春藤屋呢？"他们四处寻找着，穿过胡枝子篱笆的小路往里走。找到了一间房子。只见里面立着一个带有梅花黄莺图案的屏风，地板上放着一把用青冈栎木制作的三弦琴，一根琴弦已经断了。这把琴不知是谁在弹断琴弦之后，随便丢在那里了。涂了黑红漆的烟盆内，木炭依然是红着的，榻榻米上好像还是湿的，叫人看着有点不舒服。这时，便有人端出了那种放酒杯的托盘，出自祇园工艺的带腿儿的圆盘里，放着烤串、例定的章鱼、咸梅、红生姜等，还有涂漆的竹筷。这个女人，身穿适于晚春时节的淡紫色中国花纹绸料制作的和服，腰间系一条美丽的宽幅茶色缎带，未打结，带子两端掖在腰间，隐约可见带朝鲜花纹的下等丝绸做的内裙。从小杉原手纸缝间可看到廉价牙签儿；头发打了四折，松散地扎着。左手还提一只带有朱红漆盖的烫酒锅。她一进来便说道："让你们久等啦，请喝点儿酒吧！"说话的口音也有些俗气。世之介在那里挑着那些其实没有果仁的榧子来吃，但是，也不能总是没吃装吃，所以就接过女人递来的酒，一饮而尽了，又用筷子随便夹了一块烤好的鲜鲷鱼段吃了。女人说："再来一杯好吗？"

　　开始的时候，世之介觉得不堪忍受，想离开这里，换个地方。就在女人匆忙起身去换酒壶的时候，他突然注意到此女子的腰肢有一种难以言喻的魅力，觉得这女子又像妓女又像陪酒女，所以不想离开了。听到她把木枕放到对折的花纹席子上的声音，也觉得很有意趣。

那女人把刚才穿的条纹和服脱掉，换上了看上去并不太干净的浅黄色睡衣，躺下来等着，嘴里还哼着小曲儿。

从去年十二岁时起，世之介就已经变声了，他早已成熟了，连成年人都会自叹不如，并且一点儿也没有羞涩感，他对那女人说："你我之间的这种短暂的缘分，不是一般的缘分，是清水寺的观音菩萨撮合的。今后，咱俩将会更好。如果你真的怀上了我的孩子，所幸附近有可以保佑顺产的地藏菩萨。虽然需要花钱，但是，上供用的百块年糕之类的，我这个当父亲的都能操办。请不必有什么顾虑，解开腰带吧！"世之介喋喋不休，那女人什么话也没说，两个人颠鸾倒凤，尽情玩乐。

等到两人如胶似漆之后，有一天，那女人垂头不语，独自流泪。世之介看见后，便问缘由，那女人起初不肯说，过了一会儿她平静地说："我现在虽然干了这一行，但是，直到上次那府上更换用人为止，我一直在一位皇族府邸干活儿。可是，想不到的是那位公子爱上了我，最后竟然偷偷地跑到了我的房间，向我表示爱意，那天夜里的事我至今不能忘记。十一月三日那天下了冬天第一场薄雪，没想到他居然揉了一个雪团儿，说：'你的肌肤如同这白雪！'说着便把雪团塞到我怀里了。您使我想起了那时的他，所以不由得回忆起往事。"世之介开玩笑地问："你说我像那位皇族公子，究竟什么地方像呢？"女人立刻说道："什么地方像？没有一个地方不像啊！他在一个寒风凛冽的早晨，特意跑来问候我。然后，送给我一件白绫子衣服。而且，说我母亲一个人住在西阵，不方便，便派人给我家送去了米、酱、木柴和房租。才十一岁的年纪啊，难得对别人想得如此细致周到！因为我看到您也非常细致，很像他，所以，就更觉得您非常可爱了。"女人根据世之介的年龄，如此这般说了这一段合乎对方胃口的话。京城人大概都是这样会说话吧。

卷
二

一 乡村陋室铺被褥

十四岁的那年春天刚过，从更换夏季服装的四月一日起，世之介便开始穿上把袖口缝紧的成人衣服了。人们总希望看到他穿美少年衣服的时间再长一些，好多看看他那身段俊美的后影。

世之介因有事求佛保佑，便去位于初濑的寺中参拜。他带着两名男用人，沿着云井坊一带的坡道向上走去。纪贯之[1]那首《人之心不可知》的和歌中所赞美的梅花早已凋谢，已是绿叶满枝了。世之介边走边自言自语："求神佛保佑，什么时候才能收到那个女子的回信呢？"两个男用人听了，心想："原来这次也是为了这个目的来祈祷的呀！"

回来时，世之介他们途经樱花盛开的樱井镇。他朝北眺望着十市町和布留神社，傍晚时来到了椋桥山的山脚下，看见一家破败的农家小屋，因为此时正值麦收时节，到处都是农家打麦子的声音。村子里的孩童们用麦秆编织养雨蛙的小笼子。从垃圾堆上自然长出的刀豆爬满篱笆墙。透过篱笆墙向里看，这里不愧是男妓聚集之处啊！只见里面有一些身着长袖和服的少年[2]，正让男仆为其梳妆打扮。从发髻

---

① 纪贯之（约870—945）：日本平安王朝时期著名歌人、作家学者。
② 少年：原文为"若众"，美少年，江户时代多指男妓。

的结法来看，他们都是行家里手，还有他们编的带纸纽的草笠，也使人觉得这里哪能是乡下呢！向附近的人打听，对方显出无所不知的样子，说道："这里是仁王堂①，是京都、大阪的男戏子②们的隐居处。"世之介心想："虽然只有一个晚上，但是如果没有色恋，也好寂寞。就在这里小憩吧！"便确定留下来，悄悄走进一家，老板将男妓一一介绍给他。

思日川染之助、花泽浪之丞、袖岛三太郎等等，都生有一副可爱的美少年的样子。当然少不了一起喝酒，因而叫来了侍者金刚角内和九兵卫，给了赏钱，然后酒席上便热闹起来，推杯换盏，闹闹哄哄。谈天说地、风花雪月，无话不谈。眼看着夜色更深了，便开始拿出被褥，准备入睡了。在横条纹的棉被下放一只用截下的圆木段做成的枕头。听说这里还有去年夏天活下来的蚊子，所以点着研钵里的稻谷壳来熏。一想到反正同样也是烟，就把这个当作燃起的沉香了。世之介不由得将身体靠近一少年，少年那男妓皮癣刚好不久的手，便伸了过来，世之介觉得既喜且怜。

世之介对他说："即便身体不舒服，你还得这样，真是可怜。以前，你都在哪些村庄和地区待过呢？"少年答道："既然我们已经这么亲近了，我也就没什么不可以说的了。最初，我在京都歌舞伎剧团系缕权三郎那里干过，后来，又到吹笛子的喜八那里了，成了宫岛戏剧爱好者的玩物。也去过备中的叫宫内，以及赞岐的金毗罗。居无定所，有时在吉安立町的隐居处，有时去河内的柏原。现在又来到这个村里，主要伺候今井和多武峰的那些和尚们。其中最难忍受的，莫过于落入八幡的学仁坊、豆山的四郎右卫门那些少见的好色者手中。对于男戏子来说，这两个人就是难逃的魔掌。只要能经受这两个人的蹂躏，在

---

① 仁王堂：奈良县樱井市谷的仁王堂。
② 男戏子：原文"飛子"，江户时代四处游动出卖男色的歌舞伎少年。

这一行当里就什么都不在话下了。有时候，还要引诱上山的砍柴樵夫赚点儿小钱，或者替渔夫脱下满是盐渍的衣服，这些全都是为了多挣一点儿钱，真是没出息啊！干这一行的，把尊严全都丢光了。"听起来，这些话好像是编造的故事，但世之介也不完全把这些当谎话来听。

世之介又问："那么，夜间遇到了你讨厌的客人，如何呢？"少年答道："比方说，即便遇到了满脚皲裂的人，或从来都没使用过牙签的人，也不能显出不喜欢的样子。不仅如此，在漫漫秋夜里，一切都要任凭人家随心所欲。我也曾多次绝望懊恼，悄悄地流泪，但是，这样的岁月总会慢慢熬过去的，来年四月合同期满，我就自由了，现在只盼着那个时候的到来，我在心里祈祷，从后天起金命的人就开始走运了，我就能过上七年的幸福日子。"

"要是金命的话，那么他今年就是二十四岁，比我大十岁。"世之介想。他知道，在这种萍水相逢的游乐场合，是不能打听对方年龄的。

二　断发也难断世情

人们常说："世间到处有风流，寡妇最容易上手。"长年厮守的丈夫刚离去时，成了寡妇，就常常有自杀或落发为尼的。但是，时间一长，也不乏寻找后夫而改嫁者。不过，有时候因为有孩子或财产，虽然有改嫁的想法，却依然守寡，这也是情有可原的。

认真收着仓库的钥匙，留心门是否关好，在火灾多发季节自己亲自值守，有时候也求别人帮忙。但对寡妇来说，最头疼的是院内飘满了树叶，忘记该重新铺屋顶而使房屋漏雨了。夜里下雨打雷的时候，她们就会想起曾紧靠在丈夫身边，用被子蒙着头，在噩梦中被丈夫"喂喂"地叫醒，那情景更令寡居之人感到守寡的悲哀。于是就打算入佛门，连带花纹的衣服也不想穿了。生意是谋生之本，所以她们特别珍视以前的老客户，但是，拨动算盘算账或鉴别金银成色，一个女人是不擅长的，因而一切都托付给二掌柜。这就使得二掌柜不知不觉间反仆为主了，跟女主人说话也不加敬称了。尽管如此，女主人仍设法讨好。这样一来，不顺心的事情就渐渐少了。但就在这时，却听到了伙计和女用人之间的艳闻，于是，心也就乱了，在这种情况下，很容易与二掌柜发生私情。

有人曾对世之介说："以前，我曾搞定了好几个寡妇。我先是向参加葬礼的人打听清楚这家的情况，知道男主人死后应该如何如何。即使本来与死者并无关系，也穿上武士坎肩去吊丧，动情地对她说：'我与您丈夫情同兄弟啊！'以后要常去关心她的孩子，在发生火灾等场合，一定要跑过去帮忙，让她觉得你事事可靠。等关系密切后，便不断地用杉原出产的上等纸写去情书。就这样，好几个寡妇都让我如愿以偿了。"

世之介饶有兴趣地听这话的时候，时年十五岁。那年的三月初六，世之介的前额发际的鬓角便剃去了①，这标志着他已接近真正的男人。正在这时，他因去参加观赏捕捉萤火虫的活动，而来到石山寺。那天正好是四月十七日，湖水显得清凉宜人。抬头看去，只见有一位女子，身穿淡蓝色丝绸夏衣，用相同颜色的线在衣服上缝了四个菱形图案；打的是中国丝绸制作的中等宽度的和服饰带，并在前面打结；斗笠下飘着一条时髦的手巾，看样子绝非寻常女子。就连陪同她的女佣们，看上去也不像是打水推磨之辈。那个女人优雅地登上石阶，对侍女们讲述那部物语②的情节，接着走到佛龛前短栅处，不知许了什么愿，抽了签，说道："三次签都不好，可恨！"从她的侧影来看，

———————

① 江户时代风俗，男人在十四五岁时，举行接近成人的冠礼，剃掉左右额发，叫"半元服"。
② 那部物语：指紫式部的《源氏物语》，据说该书在石山寺写成。

虽然已经剪去了乌黑的头发，但却是一位美丽的寡妇，使人觉得仿佛是紫式部①再世了。世之介便向她送去秋波，并与她擦袖而过。

没想到那女人不经旁人，而是自己叫住了世之介，说道："刚才啊，你腰上的饰物刮破了我的丝绸衣服，却装作不知不觉的样子。您可要马上赔我哦！要像原来的一模一样！"世之介不断道歉，她仍然坚持："一定要赔我和原来相同的布料。"世之介觉得进退两难，便说："那么，我派人去京都给您买来。您请先到这边来。"他一边安慰她，一边带她来到松本村内，租了一处僻静的房子。进来之后，那女人说："实在不好意思啊！只是因为想要接近您，才自己把袖子撕破的。"接着两人尽情交欢。完后，那女人说："您今后还想我的话，就来找我吧。"便把自己的住处告诉了世之介。此后，他们如胶似漆。不久那女人怀孕了，并生下一子。世之介不知如何是好，便想起了一首和歌："可怜啊，夜半弃子的哭声，还做着母亲搂抱时的梦。"②世之介虽然感到孩子可怜，却仍然把孩子扔在了叫做六角堂的寺院，便转身离去了。

三 出乎意料贞洁女

小盐山上那著名的樱花现已落花满地了，格外令人惋惜。从前，从一位名叫"宪法"的男子开始，擒获和"居合"③的武艺流行，在男子装束上，也流行把鬓角剃成细细的线鬓，再系上两条扎发髻的细绳，留着小胡须，身着袖长不足九寸的衣服，系一条用不同颜色的线编织的腰带，腰带上挂一口长腰刀，用背上有梅花纹的鲨鱼皮作刀

---

① 紫式部：《源氏物语》的作者，守寡后在宫中做女官，并写作《源氏物语》。
② 传说这是平安时代女歌人小野小町的和歌。
③ 居合：日本剑道的一种招数，跪坐抽刀杀敌尔后迅即入鞘。

鞘。人们认为只有这样打扮，才算是堂堂男子汉。住在王城的人，在装束上现在看起来一点也不落伍。去参拜北野天神庙，应等梅花散落；若去大谷，则应去折取紫藤花。鸟部山上升起的青烟，他们觉得也像大烟袋锅冒出的烟似的，让随行侍者提着葫芦，提着毛皮制作的烟包，那时的男人有一种独特的野气。

与东山相连接的冈崎那个地方，有一座名叫妙寿的比丘尼所造的草庵，采光不佳，阴气很重，看上去隔扇门是用旧信纸裱的，写着收件人姓名的地方被撕掉了。这其中必有什么缘由，而且房间被弄得很昏暗，也使人感到有点蹊跷。

"这里是什么地方？"世之介问，朋友回答："这里类似于京都的色情旅馆。小川街线铺的卖线女，室町街和服绸料店的女推销员，此外还有染坊女工，没有不在这里赚钱的。"说话间，一位年轻的身材娇小的女人走过来。她的两眼水灵，脸上有痘痘，看样子是个好色的女人。她把魔芋豆腐，还有一支海棠花送给妙寿，看到这里人很多有点害羞，说道："今天，主人说让我去一趟熊野那里，去买眼药。"说着，急忙退出。有人问妙寿："她是谁？""她是乌丸大街的，说起来大家都知道，是那位隐士家的用人。已经和那家的二管家定亲了，这是人们想也想不到的事啊。""哦，那对我们来说，她就是不结果子的柿子树了，没有什么可摘的了。——有没有好吃的呀？"正开玩笑的时候，壶里的水烧开了，妙寿擦净了茶碗说："是啊，正想弄点儿什么东西招待各位呢！"

正午刚过不久，外衣是穿不住了，就是穿内衣也觉得闷热，世之介却依然戴着头巾不摘下来，看着有些不自然，大家劝他："摘掉，摘下来吧！"但他还是不肯摘。

有一个人说道："你已经十六岁了，已举行了元服仪式①，人家都

---

① 元服仪式：日本古时男子成年后开始戴冠的仪式。

称你是'在原业平再世'呢！我想看一下你那剃成半月形的额头。"那人不由分说扯下了世之介的头巾，于是露出了左鬓角上一条红红的、四寸来长的血道子。显然是为人所伤。

众人见了大吃一惊，齐声问道："是谁把你打成这样？我们这些哥们儿，决不能饶了他！即使他是不可一世的天狗金兵卫、中六天清八，或是烟花店的万吉，我们也一定替你报仇！"世之介却说道："不是那么回事，这都是我搞不伦之恋惹的祸啊！"众人忙问："到底是怎么回事呢？"

世之介说："说起来，你们可能完全想不到。我在河原町有另一所房子。那附近有个小杂货店，老板叫源介，他常去丹后的宫津做生意。他一旦外出，便委托我为他照看家。因受人之托，我就常去转转看看，嘱咐他家的伙计们小心火灾。他的老婆原来在楗木町某大户人家当过用人，举止很是文静，难以言喻。一见到她，我就情不自禁了，写了许多不像话的情书来勾引她，她却一次也不回信。有一次，我就当面地直接向她表白，她说：'我已经与丈夫有了两个孩子。即便不是这样，这事也不可想象。你也太下流了！'我不顾羞辱，仍对她说：'我说的话，既然说出来就不会收回了。你不答应，我宁愿死！'女人怔了一下，说道：'我原来不知道您是这样爱我。今天是二十七，夜晚没月亮，应该没人看见吧。您悄悄来吧！'说完，转身走了。夜深人静时，我蹑手蹑脚地来到她家大门前，这时小便门儿从里面打开了，就听她说：'请进来吧。'说话间，头上却重重地挨了一棒。就这样眉间被打出了血。只听她说：'我如何能有两个男人！'说罢，便把门关上了。"世间确实也有这样的女人。

四　誓文情书捺朱印

世之介的父母对他说："这会儿在奈良买进漂白布，再把布卖到越中和越前的多雪地带，也会让那里的人们感到夏天快来了。你要是不知道经商的门道可不行啊！"正好在春日之里①有几个熟悉的商人，便把儿子派到奈良三条街的批发店去见习。世之介却白天去观赏若草山的新绿，天黑后在田野上追逐萤火虫。想到再过几天就要回京城了，却在这里流连忘返。

那天，恰好是初夏的四月十二日。相传古时候有一位十三岁的孩子，在这一天杀死了春日神苑的神鹿，而被处死，所以兴福寺的钟要敲十三响。听了那钟声，叫人不由心生物哀。不过，即便在今天，若有人杀死神鹿，其罪也不可赦免，是要被处死的。鹿也许知道人们不敢奈何它们，便随心所欲地在山上、田野里，甚至在城内的街道上窜来跑去。到了发情期，雌鹿雄鹿随处交配，看上去实在可笑。那时节，已经是中秋了，那里的胡枝子和狗尾草花想必正是盛开之时，世之介从花园町向西走去，遇到一群人，腰插腰刀，留厚鬓发髻，用笛子或大鼓演奏吹打着。这些人看上去都是春日神社里的孩子，还有这一带的武士浪人。这些人熙熙攘攘，边打闹边举起遮阳扇，掩住自己的面孔，大概是在掩饰什么吧。

一个对当地风俗了如指掌的男人夸耀说："这里是有名的木迁町，北面是鸣川，那里的女郎绝不亚于京都。人们不只听她们弹奏的三弦，若不一睹芳容，是不会回去的。"听他这么一说，世之介便来到了七左卫门的妓馆。挑选妓女是随机的，世之介点了正好闲坐无事的志贺、千岁、和牧三个人，但她们仅仅给世之介斟了杯酒就离开了。随后来的是叫近江的女子。看上去，近江和世之介认识的大阪的那个名叫玉井的妓女很像。世之介尽管阅女无数，但也感到今天住在此地很有意思。那天夜里，幸而近江没有别的客人，世之介便和老板娘说定，让近江陪他直到深夜，他和近江很谈得来。

---

① 春日之里：今奈良的春日野町一带。

这里的妓馆内没有女用人，妓女要亲自照管温酒等。世之介以前没见过，也感到很有意思。"晚上好！"听着招呼声，看来又有年轻人进来了。这里的房间是由六张榻榻米大小的房间隔成的小间，在日本纸隔扇的下部，写着"君命"、"我想你"等，字体还不错。是什么人睡在这里，并写下了这些字呢？世之介边想，边坐起来。他还没躺下时，那男仆又来敲门，说："请您用茶。"把开水壶和天目茶碗①放下。这种轻松气氛，感觉就像乘船沿淀川顺流而下一般。在那样的小船上，人们会相互说："因为只是一夜，即使脚碰到您，也要相互担待啊。"刚和衣而卧，就听隔壁传来声响，一听就知道那是伊贺上野的米店老板。从他们的谈话中得知，米店老板和大崎已经有四五回的交情了。明天，米店老板就要回家乡，大崎恋恋不舍，所以送给他二月堂的牛王护身符和西大寺制的药品作为临别礼物。米店老板也是个很搞笑的人，说道："见了家乡的山神，他发怒时，凭着这个就可以驱走它吧？"说着大笑起来。那位嫖客临走时，把老板叫来，说道："总的来说，我所费不多，玩得挺好。我觉得，现在的我也变成了粹人②啦。"老板也喜欢谈笑，说道："您还有不足之处啊！真正粹人是不会到这种地方来的，而是在自己家里数钱！"听他这样一说，在场的人都表示赞同："言之有理。"世之介从旁听了这些话，感慨在这样的地方，人们好像都很辛苦啊。

天亮了，世之介起身道别，但对那近江恋恋不舍。后来他又把近江招到家来干活，让她缝制生意上使用的商标等，由此更加喜欢她了。他在不离不弃的誓文上盖了朱印，两人相约要像那永不变色的朱印一样不变心。

---

① 天目茶碗：抹茶茶碗的一种，中国浙江天目山一带原产，后传入日本的。

② 粹人：懂得花街柳巷、擅长谈情说爱的人；也指在"色道"方面有修炼、修养，能够入乎其内超乎其外的人。

五　旅行途中一冲动

江户的大传马町三号街，有世之介家经营的丝棉分店。那年年底，世之介父亲对他说："你去查对一下年终账目吧！"于是，在十八岁那年的十二月九日，世之介便从京都出发，翻越"云雾蒸腾"的山，穿过关口时，水珠打湿了他新穿的草鞋。心想就当是锻炼了吧，于是就这样不避艰险地越过了一座险峻的山峰。今天是外出的第二天，他借宿在铃鹿坡下一家名为大竹屋的旅馆。大竹屋旅店是当地最大的一家客店。世之介为了消除旅途疲劳，先冲了一个澡，他急不可待地问道："喂！你们这里有没有乖巧的美人啊？"接着就准备开始品评挑选了。

有人告诉他，这里的阿鹿、山吹和阿蜜三位美人，连在附近山上打柴的樵夫们都哼着小调夸赞她们，于是，世之介立刻把她们都召来，通宵达旦、无休无止地饮酒作乐。直到鸡鸣报晓他才与女人们分手，再踏旅途。此后的几天里，他又在御油、赤坂同那里的女郎玩乐。每次住宿，他都嫖宿不同的女人。

终于来到了骏河的江尻地方。总之，到今天为止世之介都平安无事，明天就要通过鸟不拉屎的一片波涛汹涌的海域，说不定自己会葬身海底。世之介一边这样想着，一边向南眺望，三保入海口就在眼前了，岸边的松树好像也伸手可及了。

这里旅店的老板名叫舟木屋甚介，对世之介坦诚相待。他将当地海边出产的海露藻和海松贝做成菜肴，与世之介一起畅谈饮酒，世之介还听他讲述了当地习俗。

世之介问："在此地，一步①金能兑换多少铜钱？"明白之后，盼

---

① 一步：重量单位，一两的四分之一。

咐准备明天用的零钱，然后让人安好木板套窗，换好衣服，准备睡觉了。这时，不知是谁人唱起了说经曲，听起来很哀伤。听着歌声，世之介以手为枕迷迷糊糊睡了，但又醒过来。他问那个正在为一早动身的客人准备早餐的女人："是什么人在唱歌呀？""哦！您是说唱歌的人吗？是我们旅馆的若狭、若松两姐妹。她们可漂亮啦！要是白天，我真想让您看看她们。"世之介急不可耐地问："那能不能现在就见见她们？"女人说道："现在就想见她们啊？那是不可能的。有些客人为了见到她们，一直等到很晚，甚至在这里住上五六天，还有人假装生病呢！"

世之介一听，就觉得去江户没有意思了，心想，幸而这一带没有关隘，不用担心，就住下来吧！于是跟那姐妹就混熟了。相会的那天夜晚，三人同床共枕，左侧是若狭，右侧是若松。这情景就像古时候中纳言行平①召来松风、村雨两姐妹的一样。此事传出去了，于是人们便称世之介为"当代的中纳言行平"。

世之介对姐妹的老板说："我回京都时，无论如何要带她们走。"便为两个女人赎了身。过今切关隘时，因为托人帮忙，顺利通过了检查。这一天，天又黑了下来，他们在三川这个地方投宿。姐妹二人谈起了让来往于东海道的客人留宿的故事——

"六月份的时候，蚊虫很多，我们在客人隔壁的房间内吊起一个两张席那么大的蚊帐，一边自言自语地说：'既然没有人看我的身体，那就光着身子睡啦！'那时，肯定会有客人接上话茬说：'那就让我来陪你好吗？'这样，立马就成事了；或者在严冬的夜晚，说好要把被子借给客人，却就是迟迟不拿去；或者半夜里往公鸡栖息的竹管里灌热水，好让公鸡打鸣把客人唤醒，使他们快点走。如此千方百计捉弄客人，我们还以为将来会有什么报应呢，没想到您却让我们逃出苦

---

① 中纳言行平：即在原行平，在原业平之兄，官拜中纳言。

海了，这实在是太感谢了！"两个女人高兴地说着，但没想到接着却
碰上了一个不小的麻烦。

麻烦就是去京都的旅费已经用光了。他们不知道什么时候才能见
到京都的音羽山。无奈，两个女人只好卖掉自己的外衣。终于来到了
三河的芋川村，这村子里有若松的一位熟人，托他帮忙，他们把一间
人家住旧的破木板顶房屋收拾了一下，住了下来。两个女人学会了
当地名吃扁平面条的做法，开了一个小客店，专门接待过往的车马行
人。俩姐妹一边烧着火，一边唱着"见吉野山上有白雪"，一只手还
不停地弹拨着三弦。即便如此，小店也渐渐开不下去了。后来两个女
人被世之介抛弃，生活无着，便在花园山下的村子落发为尼，脱离尘
世，成了道心坚定的出家人。

六　迫不得已要出家

阳光透过窗子，方知天明；见到烛光，方知日暮。世之介夜以继
日，沉溺于女色。最后，拖着瘦弱之躯来到了江户。分店的人见到他
都很高兴，告诉他说："因为不知您的下落，您的母亲大人整天叹息
啊。"他们都非常体谅世之介一路上的辛苦。

但是，世之介的放荡却不见收敛。他去深川的八幡、筑地，本所
的三目桥旁和目黑区的茶馆等处，到处渔色；还到品川的连飞、白山
或三崎一带去找那些乱七八糟的女人。在浅草桥一带，他与女人眉目
传情，最后竟和缝衣女幽会。板桥一带的客栈女郎他都找遍了，并开
始想涉足吉原红灯区了，其所作所为实在可怕。

这些事情，都被世之介的父亲知道了，于是父亲决定与他断绝父
子关系。

"这实在太严厉了。但是，如果任你这样折腾的话，恐怕连性命
都得搭进去啊！"江户分店的老板精明能干，他拜托一座寺院的住

持，让世之介在十九岁那年的四月七日，出家当了和尚。

于是世之介住进了谷中东部七面明神的旁边，除了能使人心旷神怡的明月之外，他没有任何朋友。在毛竹林中，世之介踏平忍冬花和天剑草，开出一条小径，搭起一间草顶的临时住房，作为自己的栖身之处。此地吃水也极为不便，要架起引水竹管，把水从远处的山岗引过来。在这种环境中，他自然收敛了一些，最初的一两天，他甚至还念诵阿弥陀经，看上去一本正经的样子。但是，他又仔细想想，觉得信佛来世如何，谁也没见过，还是以往那种不近神佛的俗世更好一些。于是，他断然卖掉了珊瑚念珠，想去尝试更有意思的生活。

正在此时，一位十五六岁的美少年出现了。他身着一件表里均为黑褐色的细花纹的绸料衣服，腰间系着有小鹿图案的在后面打结的缎子饰带，带一把中等长度的腰刀，挂在腰间的小药盒和荷包也很可爱，脚穿高崎产的短腰布袜，足踏一双廉价竹皮屐，头上梳着后部突出的发髻。身后跟着的是一个貌似精明的男子，身背梧桐木衣箱，衣箱上有小账本和算盘。这些装束虽然并不引人注目，但是越看越使人觉得有魅力。据说他们是卖香具的。被吸引住的世之介把那位美少年叫回来，说想要买沉香。但是，那少年却是磨磨蹭蹭，令人觉得奇怪。少年说道："今后如果有什么事，可以来找我！"世之介问他的住处，回答说："我是芝神明前面的花露店的五郎吉，我的老板叫十左卫门。"说完就走了。世之介也不明就里，好生奇怪。

此后，世之介向人打听，人家告诉了相关内情，说："比如说，你买了一只京都产的便宜酒杯或是一支贝壳熏香，给他一步金。然后你拿出酒劝他喝，陪在他身边的人便心领神会，退在一旁假装打盹。如果你对他有意，不要一开始就把价钱压得很低。这种人，品位也各有不同，和那些男色暗娼是一样的。老板从那些给人家当仆从的年轻人中，选出相貌好的少年加以调教，让他们去勾引每年轮换一次的、东国或西国诸侯宅院的单身近侍。有时，出入宅院会受到严格盘查，那些少年便买通门卫，并拉拢那些负责监视的官人。一遇到麻烦的时候，他们就装作彬彬有礼的样子，只说一些冠冕堂皇的话。"

世之介又问道："那么，他身边带着随从是怎么一回事呢？"人答："这种人各有各的小兄弟，都是非常靠得住的人，照管日常生活和身边财物。他们也是只跟熟悉的主顾交易，此外一概不随便乱来。每月大概有四五次，出入于其服务的宅邸。但近年来武士大名家的宅邸不能进了，他们又被寺院包养下来了。"

世之介记住了这些话。他在寺院内收了一个年轻人葛西长八作自己的随从，又和卖香具的少年池端万吉和黑门清藏交好。他与这三位少年日夜狂欢，不知不觉间，变得披头散发，衣冠不整，厨房里常常是雁骨架、河豚汤之类，残羹剩汁，一片狼藉。真可谓"烧焦木炭，一点就燃"，世之介又放荡如初了。

七　陋巷破屋作住所

"发配地的月亮没有罪，被逐出家门，与心上人一同赏月，仍是很美。"[①]据说这是某美女留传后世的一段话。落到如此田地的世之介，感到这话正符合他此时的境况。在黄昏的风中，只听到檐端的荻草沙沙作响，早晨，卖豆腐的人也很少来这里。每天只吃素食的肚子总觉着饿得慌。

别人也许会认为世之介根本不懂得儿女情长。他常常把香火烧得很旺，心想，人生苦短，朝不保夕，不能这样坐以待命。于是他离开草庵，趁天还亮时，朝太阳将要落入的山岗那边走去。正巧遇上了

---

① 这段话出自《徒然草》第五节，原文是："发配地的月亮没有罪，想一同赏月。"据说是显基中纳言的话，但这里的词有所改动，是戏仿。

最上①的修验僧们，在大乐院的带领下，正列队从这里经过。世之介拉住大乐院的衣袖，请求带他去吉野。大乐院看他这副模样，说道："你怎么既没有春花，也没有秋友啊？"并与世之介结拜为师兄弟。世之介心猿意马起来。越过冈崎大桥时，他就想起从前与若松、若狭一起生活的情景，感到自己做事太狠心，便用那顶柏木片编的斗笠盖住脸，走了过去。经过几天的旅行，他们一行队伍来到了有前鬼山和后鬼山之称的大峰山中。这里山高路险，按习俗，世之介对以往所造罪孽做了忏悔，并感到羞愧，为了将来的幸福，他发心要入佛道，于是踏着岩石险路前行，终于来到了娘子茶馆。

然而一到了这里，世之介却又故态复萌了，正像这里的地名"泥川"一样，他觉得自己一生都注定不能洁净了，于是乎他离开了这些人，改变路线，朝大阪走去。在位于大阪东南部的藤棚租了一间屋住下来，用鲸鱼须子制作挖耳勺，以此糊口，聊以度日。

尽管如此潦倒，他仍然不能摆脱色恋，去小谷，在十字路口按指示牌去找私娼、包小妾，或玩一夜情，无所不为，已经完全恢复了以前的纵情沉溺。也不管传出污名，竟然还做了妓女名义上的丈夫。

要问这到底是怎么一回事呢？原来，卖淫女怕官府查她们的身份，就随便找个男人，让他做名义上的丈夫，暗地里却照样卖身。她们还在中寺町或小桥一带勾引和尚，甚至不放过那些没有能力渔色的隐居老者，将他们的养老钱骗走，如此这般。

色欲是难以戒掉的。

有一种店铺，招牌帘上模模糊糊地写着"洗衣店"三个字，白纸糊的透光的拉门总是关着，室内铺着新的铺席，这其中自有缘由。

即便同样是做小妾，富贵人家的是为有钱有势但无后者生儿育女，或是为妻室长期患病者消愁解闷，但这种店里的女人却不然。她

① 最上：地名，位于山形县。

们非常下作，以一人的身体，今天和北滨的年轻人同床，明天又和某个收买棉线的商人共枕，每夜都要侍奉各种不同的男人。明白了这些，就会觉得污秽不堪，而那些男人们却对此麻木不仁。

世之介也染指这类女人。有一天他去找这种女人，来到一家挂着杉树叶招牌的零售小酒馆旁的小胡同里，那里建有一排排狭长的房屋，各有各的入口，所有的房间都有朝北的窗户。透过窗子向室内窥视，只见里面有换笋底的篾匠、凿磨槽的石匠，此外还有托钵僧、玩魔术的等等。各色人等都在此艰难谋生。看到这情景，那拈花惹草的心情也会有所冲淡吧。

那里有一条大水沟，有的人家便在阳光充足的沟坡上支起晒衣架，晒贴身丝绸裙或洗澡用的糠包。都是些乱七八糟的人。其中有一婆娘，如果让吉田兼好①见到的话，可能会称为"寿长则辱，苟且偷生"者。她有一个乖巧的女儿，好像会写字，家里摆着砚盒之类的东西。最扎眼的，是在佛像挂轴下面放着的和尚常用的双人枕头，屋内还有一块与这种房子不相称的大切菜板，还有一只破旧的锡制酒壶。看到这些物件，世之介心想："她们从前一定是有身份的人无疑。"如此想入非非，期望能到这家来入赘为婿。看来像从前的小栗②那样的人，如今也不是没有。

① 吉田兼好（约 1283—1352）：镰仓时代末期歌人、随笔作家，其随笔集《徒然草》是日本古典文学名著。
② 小栗：指常陆地方的小栗城主小栗判官，据说他因迷恋相模国横山郡郡司的女儿，而强求入赘，为此竟被毒死。

卷
三

一 恋情需要金钱买

平常过日子与人交往，就要身穿和服裤裙、坎肩等，穿起来是很麻烦的。男人注重仪表，每天早晨要让人梳头盘发，也是麻烦事儿。所以有人干脆剃掉了头发，身着缝上袖口的短和服。听说，以往曾有一个人，原本是一个大家庭的户主，如今却做了逍遥隐士，他隐居于男山脚下柴座那个地方，优哉游哉。在宅邸的东侧建造了一处仓库，里面存有价值三十万两金币的物品，西侧建起了饰以银箔的住房，室内有画着春画的隔扇，从都城招来许多美女，常让女人们脱光衣服摔跤，或者让她们只穿一件薄纱贴身裙，那白嫩的肌肤和那下面黑乎乎的地方都可一览无余。所谓"非礼宴乐"大概就是对此而言的吧。此人原本是若狭小滨地方的人，他玩遍了北方各港口的女人以及敦贺的游女，尽兴了，如今住在了京都。

此人就是世之介。他与父母断绝了关系，无依无靠，只得靠打莲花落说唱糊口。他边走边唱，沿着淀川河岸流浪到交野、枚方、葛叶等地，最后来到京都的桥本住下来。此地是大和的耍猴艺人、西宫的木偶戏艺人和挨门卖唱的乞讨艺人的居住处，都是一丘之貉。一个个都隐姓埋名，乔装打扮。

这里也是男妓和卖淫比丘尼们的栖身之所。在这里，世之介白天挣来的财物，到晚上就用光，只剩下旧扇子和草笠等谋生的物件。他戴着那顶草笠渡过了放生川，来到了常盘町，在一簇竹林深处发现了寺院侍童①模样的人。世之介问当地人："这是什么地方？"回答："是富贵人的游乐场所。"

世之介觉得若在此卖唱不太协调，于是提高调门唱了一曲"弄斋调"，模仿歌手忠兵卫的唱腔，面对柴扉，用足力气高歌起来。有某位耳朵好使的听到歌声，走了出来，说："你唱得很不一般啊。进来吧！"那人一看世之介的模样不像卑贱出身，认定他是富贵人家的私生子，便说道："你是把钱挥霍光了，被父亲断绝了父子关系，才落到这步田地的吧？"世之介被人看透了，感到难为情。

正好在此时，这里的杨弓②射箭游戏开始了。比赛的人都竭尽所能，争取达到在计分板上以红字记分的水平。

世之介借了一个人的弓箭，一口气射出去四支箭，箭无虚发，发发中靶，而且，有的还射中了靶心，场上的人无不吃惊，接着又要求他再射了几支。这时有一位人士把琴调好了，却忘了带来拨子，世之介见状，便从破衣衫里面掏出了一只淡紫色花纹的小包，从中取出一个带有红瞿麦家徽的拨子，递给他，说："您看看戴着合适么。"这简直是雪中送炭，人们仿佛在泥土中发现了玉石，对他说话的口气也变了，挽留道："在这里住几天吧。"还有人对他说："明天，我们要进京城选女纳妾，一起去好吗？"在众人的热情邀请中，世之介说："京城的情况我略知一二。终究是京都山清水秀啊，所以那里女人的皮肤从少女时代就很美，而且她们又用热气蒸脸，同时，为了不使手脚粗大，她们手上都套着戒指，睡觉时脚穿皮革短袜。她们用南王味子汁洗头，常用洗身粉冲洗身子，早晚两餐也很讲究，她们还掌握了

---

① 寺院侍童：原文"寺小姓"，养在寺院中的侍奉主持的男少年，大多成为男色的对象。

② 杨弓：一种长二尺八寸的游戏用的小弓。

全套的女人礼节，不穿棉布衣。总之，她们是最适合做小妾的女人。她们并不是自然长成的美人。没有人生来就具备做妾的条件。当今时尚的女人是桃红色的圆脸庞，看上去叫人完全可意。"

于是，他们一同来到御幸町甚七开办的中介所，声称是为"西国的某诸侯"选妾。对店主说道："请你们找些年龄为二十岁到二十四五岁的美人来，我们想对照着画像挑选。"于是，老板娘就去张罗，当天就召来了七十三名女子，其中也有坐着轿子，带着用人来的。她们各自都经过了精心打扮，令人联想到当年唐玄宗的花军。主人从中选出了柳马场裁缝店的阿册，给了一百五十两银子作聘礼。世之介也挑选了七条斗笠店的阿吉。中介店的甚七除按规定收取了十分之一的手续费之外，还得到了一份赏钱。大家都高兴而归。今天是吉日，万事如意，不愧是在京城啊！

二 小仓海岸卖鱼女

为了参观石清水八幡神宫日之头的祭神仪式，小仓的人们都来到京城。然而身居京城的世之介他们，则因为厌倦了这里的生活而受人之邀，一同前往外地。他们沿淀川而下，来到大阪的鹈殿。鹈殿堤上的芦苇已经发芽，看似一丛丛朝天的毛笔。真可以以之作笔，记录旅途心情了。左方是天野川，接着是矶岛，据说此地也有私娼。

右方是被西行法师①为之作歌咏"惜与君小住"的妓女住所的遗址。在朴树和柳树的树阴下，至今依然保留着一间凄凉的草庵。坐落于同一河岸边的三岛江村，据说也是从前游女们的居住地。由此地继续向下游去，便是神崎中町，据说这里是历史上著名的游女白户和白

① 西行法师（1118—1190）：平安末期、镰仓初期的歌僧，《新古今集》收录其作达九十四首之多，占第一位，另著有《山家集》《西公谈抄》等。

目的出生地。这些都已经是遥远的往昔了。

波浪逐渐汹涌起来。在河口换乘了小型快船，一路顺风，很快就在备后国①的港口上陆了。在这里，世之介由三名走红的妓女花鸟、八岛和花川陪着，但时间很紧，连初会的情话都来不及多说，就听到观察天气的船老大的催促了。于是他们便在卷帆声、卖酒声等一片嘈杂之中，匆匆完事。当晚相逢，次日一早依依离别，甚至连对方的面孔都没有记清，就随着"如果有缘，下次再会"的告别声，踏上了登船跳板。小船向左调整航向，行出两三里路之后已到了海上，世之介突然想起忘了拿手纸袋，觉得遗憾。人问其原由，他说："昨天夜里，我让花川写了誓文，让她咬破指头，用血在姓名下按了指印，却偏偏忘了带来。"众人说道："时间那么紧，你还让人家写下了誓文。你可真是情场老手啊！"众人都敲着船帮哄笑起来。

船不久行到小仓。看到清晨的港口，一群女人身着碎花纹的棉布和服，暗红色的里子折起来作和服下摆，腰缠京都出产的丝绸饰带，并在前面打着结，头扎粗大的平发髻并向后垂着。她们头顶浅底的木桶，木桶中有混杂着海藻的樱贝、青箭鱼、竹蛏、石蝶、纺车鲷等等。她们走过大桥，各自匆忙赶路。一打听才知道，是这里的卖鱼人，来自大里或小岛，是所谓"踏踏女"。伊势方言则将这种女人称作"丫丫女"，地域不同称呼不同，很有意思。再一问，人家告诉说："这些人一听说谁要买鱼，就脱去草履进到房间来。"闻着那围裙上的海腥味儿，有时反倒觉得别有一番情趣。

有一天，世之介和同伴儿沿海滨，划着一只没有篷的小船，前往对岸下关的稻荷町去游玩。稻荷町的女郎们具有典型的上方②风格，举止稳重大方，散垂着秀发，大抵都身着系带子的长袖衫，说话操一

---

① 备后国：日本旧地名，今广岛县的东部。
② 上方：指京都及其附近地区，上方人指京都人或关西人。

口地方口音，使人觉得别有情致。如今这里最走红的女郎是长崎屋的蟒川、茶馆的越中、香烟馆的藤浪。这三名女郎在"太夫"中是出类拔萃的。打听她们的身价，说是三十八目银子。一来到妓馆①，同来的大款嫖客好像都安排好了，所以被直接带到客厅。老板和老板娘反复向他们寒暄，说什么："我们真的不知道该怎样才能把上方的贵客伺候好，这里是小地方，让各位见笑啦！"

过了一会儿，陪客的女郎们都到了，拿出酒壶来轮番斟酒。此地还保留着一些古风，每喝完一杯酒，都要接着让对方再喝一杯，这种互相敬酒的方式确实有些古板，上菜也按顺序不断端上来，使人感到太麻烦。但是，这都是定制。喝醉酒，趁着酒劲儿，大家就放得开了，有唱歌的，有弹三弦的，喧闹不止。

女郎躺下之后，努力侍奉客人，无奈客人却喝多了，不太清醒，不知道该聊些什么话题，便问女郎有没有男友啊之类，女郎便支应、辩解。所有的房间都是这一套。女郎之间不能互相聊天，也觉得无聊。

在这里逗留的五六天内，世之介背着和自己定好的那个女郎，染指了这里所有的姑娘，这有点太过分了。不久事情被发现，那女郎对他很失望，不理他了，他便悄悄地回到了京都。

三 衣服也是讨来的

世之介颠沛流离，边走边问道，过了丰前②的中津，何处落脚也不知道，那天晚上，只好在路边的小佛堂内过夜。正在想明天天气如何，便听到村落里传来重捶鼓声。他过去一看，只见有人正在大声喊

---

① 妓馆：原文"扬屋"，专指"太夫"、"天神"级别的高级妓女的接客处。
② 丰前：旧地名，大部分在今福冈县，一部分属大分县。

叫："这里是藤村一角的巡回演出！"看了看节目招牌，演员中有伴奏庄七的名字。在京城时，世之介曾关照过庄七，还送给他一件短外褂。他马上找到了庄七，向他说明了自己的境况，庄七说："人生无常，变化无定。事已至此，不必叹气！"接着又说："您也会唱歌，就算临时糊口，就一起在舞台上卖艺吧！"于是，从那天起，世之介就穿上了旧的长褶裙。尽管步法不稳，却煞有介事地唱起了主角品之丞登场时的一段台词。摇头摆脑地，总算跟着别人糊弄过去了。

色心难改，世之介居然忘记了自己的处境，勾引年轻的扮女角的男演员而妨碍了人家和其他的好客人来往，因而又被从这里赶出去了。

辗转多日，大难未死，之后，世之介来到了大阪的浮世小路。他想起了一个人，心说着"她也许没忘了我吧"，便动身去找她。在西边一条小巷内，在卖花的、卖碎烟叶的以及轿夫等人住的地方，住着一位独身女人，不知她何以为生，门口挂着一块柿色布帘。此人就是世之介奶妈的妹妹。两三年前，奶妈已离开人世，那独身女人说，世之介家待她姐姐有恩，所以很热情地收留了他。

那天傍晚时分，来了一位化了妆的女人。下身穿一件带红色的郁金色丝绸衣，上身穿一件深蓝色棉布和服，系一条半幅的条纹缎子腰带，左侧打结，扎一条红色围裙，脚踏一双泡桐木屐，手提一束牛蒡和一些花柚，进门后便小声问道："前些日子，托您当的那件竖条纹和服的当票，还在您手中吧？"

世之介感到奇怪，便问奶妈的妹妹："她是什么人？"回答说："她是人家的用人，在厨房里干活的。"世之介说："要是个用人，她的穿着打扮可够阔气的。即便收入很好的手工纺织女工，挣多少钱我也大体上知道，在这一带，只与主人签半年合同赚得很少，这样的女用人大概很少吧？"世之介这么一问，奶妈的妹妹便如实相告："你是和以前不一样了，连这么细微的地方也注意到了，真叫人惊奇！

那个女人是批发店的莲叶女①。批发店雇佣有姿色的女人陪着从东国、西国来的客商过夜，所以这些女人很放荡，不分昼夜，随心所欲地去找男人，甚至当着老板的面也肆无忌惮。要是怀孕了，就随随便便打掉完事。她们的衣服都是从人家那里要来的，零花钱也是有多少花多少。今年正月的衣服、和服，等不到夏秋就卖掉了，换成了荞麦面条或者酒。有三人结伴，就大笑，而忘记已过高丽桥②。去参拜神佛时也戴着棉帽子，脚穿带有蔷薇色带子的竹皮屐，故意发出大声；路上说话，竟矫揉造作地把嘴贴近对方的耳朵，谈的都是'昨晚夜深之后被唤醒也不知道，信写着写着就睡着了'，或者'玳瑁插梳上有泥金画，有三目五分银子就够啦'之类，都是一些无聊的话。男人听了这些话，应该觉得跟这样的人谈情说爱很无趣吧。在参拜神佛回来的时候，也不径直返家，而是投宿旅馆，叫来花钱大方的男人，以不惹人讨厌为界限，向人家要钱要物。她们平日里就是这样轻浮放荡，最后，便与搬运工或装卸工结为夫妻，一下子就变得俗不可耐了，前面抱着或身后背着婴儿，手里领着大孩子，去米店买米也吵吵嚷嚷地与人争斤较两，实在是不要脸了。而我的家，也是这类女人与男人幽会的地方。即便我瞒着不说，您迟早也会知道。"

于是，世之介又将兴趣转移到这类女人身上来，干了很多荒唐事。未来如何，不得而知。反正二十三岁这一年，也就这样过去了。

四 枕边一夜有狂欢

世之介的生活穷困潦倒，到了揭不开锅的程度。大年三十最为可

---

① 莲叶女：批发店雇佣的接客女子，为客人提供陪宿等日常服务。

② 高丽桥：是当地的一座桥。此处似是中国"虎溪三笑"的典故的戏仿。说的是中国晋代的慧远法师在庐山修行，发誓三十年不过虎溪、不出山。有一次陶渊明、陆修静来访，他送行时不知不觉过了虎溪，于是三人相视大笑。

怕。世之介被人们称为"欠账不还的无赖世之介"。他为了躲债，常常装作不在，藏在二楼上。每当听到敲门声，就抑制不住心惊肉跳，堵起耳朵。他想，现在的处境是很惨，可是，如果长寿的话，这些也许是将来忆苦思甜的内容呢！听到街上"卖扇子！卖扇子！""请财神！今年的财神爷来啦！"的喊叫声，总算有了一点儿过年的感觉。出门一看，毕竟是大年初一，阳光明媚，有钱有势的人家在门前装饰着绿松，"请问某某住在哪里呀？"问路拜年的声音不绝于耳。

有拍球的，还有打羽毛毽子的。毽球板上画有夫妇、子女的图画，世之介看着也觉得羡慕。那些买来"化想文"①阅读的女人、男人，都觉得新的一年很珍贵。历书的开头竟写着"宜首次房事"，也很有意思。新年天一亮，人们的心情就快活起来，将往日的烦恼忘诸脑后，今天就过今天的。

正月初二是辞旧迎新的日子，世之介受人邀请，到鞍马山游玩。一走过市原这个地方，就听见驱邪的歌声，还可以听到有人叫卖画有獏以驱除噩梦、邪气的护身符和宝船。只见家家户户都在门前插上了驱邪的沙丁鱼头和刺叶桂花，撒了驱除鬼邪的红豆。一到天黑，则所有的人家紧闭大门，挂好了窗钩、门闩。

世之介在通过悬金坂那个地方时，正要去摸鞍马寺前鳄鱼口状的吊铃时，突然触到了一只柔嫩的女人玉手。这可是色恋的契机啊！从前，中将贞平看到扇子上的美女着迷，便祈求与之相会；还有一位女子写出了"如有所思，请从我始"的和歌②。这时，世之介不知不觉想入非非起来。听到有参拜者模仿鸡叫，他才如梦方醒，人们也都各自散去，回家了。

这时候，世之介悄悄地告诉同伴说："按当地风俗，今天夜里在

① 化想文：江户时代，京都等地在新年期间出售的如同情书的读物。
② 据说是平安时代的歌人和泉式部的和歌。

大原的乡村有'杂鱼寝'的活动。无论是村长的太太、女儿、女用人，还是男仆人，大家也不分男女老少，都睡在大殿里。这一夜可以为所欲为。喂，咱们去看看怎样？"

于是，他们从昏暗的清水河边，沿着山后的小路，拨开松树丛来到了大原村。夜色漆黑，但仔细观察就可以发现天真烂漫的少女四处奔逃。还有女人即便被抓住了手仍然不从，有的女人主动挑逗男人，也有的两人在一起喁喁私语，更有意思的是两个男人同时在争夺一个女人。有的男人抓住的是年过七旬的老妪，发现后大呼倒霉；有的男人制服了阿婆，有的男人故意让老板娘难堪。人们为所欲为，乱作一团，哭的笑的，不一而足，真可谓百闻不如一见。

将近天亮的时候，人们返回自己的家，那样子看上去也是形形色色。其中，有一位老女，手拄拐杖，躬腰驼背，头戴一顶棉帽子，把脸捂得严严实实的，有意避开人群，绕道而行。走得稍远一些了，脚步也变得轻快了，弯曲的腰也挺直了。她回首观望时，石灯笼的光照出了她的模样。世之介觉得奇怪，便尾随其后观察。果然如他所料，此人实际上是一位二十一二岁的女子，肤色白皙，一头秀发，举止温文尔雅。这样的女子即便在京都也毫无愧色。

世之介向她示好，她说道："您既然是都城的人，那就请多加原谅了。村里很多人迷恋我，可是我讨厌他们，所以才化妆成这副样子，终于逃过一劫。"听她这样一说，世之介愈发喜爱，两人海誓山盟。她说道："您可不要抛弃我呀！""我如何会抛弃你呢！"说话间，他们躲在一棵千年老松下，欲成美事。就在这时，有五六个男人，接着又来了三四个，都是壮汉子，正到处找人，边找边嚷道："村里最漂亮的那个女人哪里去啦！"他们说的正是这个女人。他们俩把身子缩成一团，不敢出声。世之介觉得，此时的心情，简直与从前拐了别人的女人而逃到武藏野藏身的那个在原业平一样了。骚乱过去后，世之介便带着这个女人来到下贺茂一带，投靠熟人住了下来。

早晨起床，生起炉灶，烧火做饭，两人过起了小日子。但是，若被女人家乡那到处叫卖木炭的人发现了，那可不得了啊。于是两人深居简出，避人耳目，倒也别有一番乐趣，何况住的地方又靠近京城呢！

五　游乐杂费五匁①银

世之介与在大年狂欢之夜从大原村偷来的女人和睦度日，但是，在他二十五岁那年六月底的一天，米柜里的米吃空了，日子过不下去了，如同被吹破的纸蚊帐一样。他只得丢下那个女人，抱着一线希望，到佐渡的矿山去了。

他来到距佐渡还有十八里的出云崎那个地方，等待晴好天气渡海去佐渡岛。世之介耐不住寂寞，把港口旅馆的老板叫过来，问："这里有没有女人帮助消愁解闷呢？"老板说道："此地虽是北国的边远之地，但请您别小瞧我们啊。在寺泊那地方就有妓院。来，我带您去看看吧。"于是，傍晚他们便到那里去了。

这里的妓女并没有什么"格子女郎"和"局女郎"②之类的等级分别。在稀稀落落的板房里，妓女们三五成群地坐着等客，看上去很有意思。

此时正值八月十一，晚风寒凉，当地人已经穿上了夹衣。此地一般认为竖条纹的衣服潇洒，所以她们都穿着捻线绸条纹和服，而且都镶有带金线的衣领。腰上系着时下流行的较短的金线织花和服饰带，非要在后面打结不可，贴身内裙则为红色的越后漂布。这样的打扮，

---

① 匁：重量单位，又写作"文目"，简称"目"，古时叫作"钱"。一"贯"的千分之一，约3.75克。近世实行银本位制后，成为银子的计量单位，按照元禄十三年（1700）制定的比率，一两金子等于六十匁银子。
② 格子女郎，即仅次于太夫的高级妓女；局女郎，为最低级妓女。

即便不施脂粉，也很漂亮了，但是她们还要涂抹厚重的白粉，额发剪得圆圆的，用墨将发际涂得浓黑，头发一圈圈地卷起然后再高高束起来，前面的头发稍微分开，再用花纸绳扎好，脚上穿着带有红色屐带的竹皮草屐。她们从怀中伸进手去提着和服下摆姗姗而行的样子，看上去有点叫人不舒服，但除此之外也是无可挑剔的了。从她们之中选出有姿色的来玩，也是很划算的。所有女人无论美丑，嫖资都是五目，由此可见此地人朴素诚实。

在这里有一个人称"迷倒男人"的美人，名叫阿金，世之介点名要她。因为除这地方之外不再有"扬屋"那样的接客场所，所以，他们就在阿金的老板七郎太夫家里约会。那里的房间铺着崭新的带边草席，围着一圈漂亮的屏风。看看屏风上的画，有拿着鲜花去参加吉野藏王堂法事的偶人，有木版套印的弘法大师像，有老鼠娶亲的场面，有镰仓的演员团右卫门和多门庄左卫门①扮演侍从的戏剧场面等等。这些画全是大津的追分那一带②绘制的。

看到这些画，世之介不禁怀念起京城来。就在这时，老板将饭盘端上来了。世之介奇怪：天刚黑不久，就要吃夜宵吗？打开碗盖一看，里面装有红豆饭，世之介心想："这很有意思，还有一盘把青花鱼切成片配上蓼花穗的菜肴，正合我胃口。"用完餐，又喝酱汤，却始终不见端上咸菜来。女郎不动筷子，世之介心想，大概她们都听说过上方妓院的礼节规矩吧；却又见她不时地用手指拨弄油灯的灯芯，接着用沾有油垢的手指整理鬓角，看到这举动，世之介忍不住想笑，只能捂住肚子不让自己笑出声来。这时，老板又来了，说道："您尽量多吃点吧，吃饱了才不会饿。"还没等世之介回答，送世之介来的那个正在打盹的港口旅馆老板就被吵醒了，于是便一起喝起酒来，刚才那

---

① 团右卫门、多门庄左卫门：都是江户时代初期的歌舞伎演员。
② 大津的追分：今滋贺县大津市追分町。

可笑的一幕也就忘记了。

在隔壁的房子里，人们开始喝酒了。六七个人一起唱起小曲《三国里数第一》。他们唱得并不合拍，而且反复唱同一句，世之介问老板这是为什么，老板说："最近，上方流行起了《咋咋嗡咋》①小调，这里的年轻人也在学，可总也唱不好。"想来这世界之大，真是四通八达。于是世之介又问："你们知道篱笆舞吗？"老板道："从来没有听说过。"世之介说道："要是这样，只好去睡觉了。"

在一张包了边儿的榻榻米上，放有一床染着松竹鹤龟图案的棉被褥，枕头放了两个，老板道声晚安便退了出去。世之介头南脚北地躺下来盖上被子。正等待得不耐烦的时候，传来了女人的脚步声。阿金站在铺前解开衣裳，一边把和服脱在旁边，一边说："我脱光啦！"便急急忙忙钻到被窝来了。又说："这个也不需要了。"把内裙也脱掉，接着紧紧地搂住世之介，摸索寻找着他身上的那家伙，身子还剧烈地扭动起来，让世之介觉得性趣盎然。

尽兴之后，世之介回想起自己在江户曾遭到名妓初代高尾②的三十五次拒绝，那以后也一直没有与她见面，今天回想起来，依旧感到很遗憾。可惜眼前这个女人不是高尾太夫，她虽然这样热情主动，却令世之介感到无趣了。一回想起那段往事，世之介便感到窝心，猛地坐起来说："我要回去了。"说着，就托那位领他来的港口旅馆老板给些小费。那老板心领神会，给了这里的老板三百文、老板娘一百文、用人们二百文，总共给了六百文钱。大家都惊叹不已，说道："您真是大方的客人啊！"女郎们以袖遮面，送他到船边，然后频频挥手送别。那个阿金在世之介上船时，对他悄声说道："您在全日本这块土地上再也没有第二个了。"世之介听清楚了此话，却不解其意。

---

① 《咋咋嗡咋》：狂言小调的名称，其意为风吹松树发出的声音。
② 高尾：江户吉原的太夫（名妓），1660 年去世。

六 棉袄也得租着穿

据说干鲑鱼要在霜降以后吃。这年冬天在佐渡岛上没有谋生之道，世之介就向出云崎的那个老板求助，找到了一份卖干鲑鱼的营生。世之介越过北国的群山，挨村叫卖。转过年，他就二十六岁了，初次来到出坂田这个地方。

这里的海滨，樱花与波涛交相辉映。从前，西行法师曾作歌赞美这个地方，说："荡于花海上的是渔夫的钓船。"从寺院门前远眺，见一群化缘的比丘尼齐声唱着歌走过来。这是怎么回事呢？世之介近前一看，只见她们身着褐色棉袄，系着半幅宽的黑绫子腰带，在前面打结，以黑巾包头。本来，化缘比丘尼并不是卖身的人，不过，不知从什么时候起，领头人败坏了风气，如今她们和妓女一样了，听说要两个女人只收一百文的钱，真是太荒唐了。

世之介一看，其中有一个，是在江户的灭多町和自己有过关系的，由清林比丘尼手下的小尼姑。于是把她叫住，说："那时你还是个孩子，记得曾经戴着菅草斗笠走路。现在已经长成大姑娘啦。"对方问道："那么，您现在怎么是这副样子啊？"世之介无可奈何地回答说："因为过于吃喝玩乐，腻味了，为了散散心，出来做生意。"说完就走开了。

世之介接着去找那家熟悉的批发商帮忙。这里的港口很繁荣，与各地的贸易往来很多，人们一年到头总是拨着算盘过日子。老板热情款待他，老板娘也阿谀奉承。总之都是为了赚取金银。在这家批发店里，店头并排坐着十四五位女子，貌似上方的那种"莲叶女"。她们的装束也很特别：头发一圈一圈地卷着，口红涂得很浓，身着白色碎花纹的小袖和服，系一条锦缎腰带。无论哪个女人，只要你一注意她，马上就显出媚态。她们一人各招待一位客人，在客人逗留期间，十天，或许二十天，甚至三十天内，天天为客人叠床铺被，伺候一日三餐，给客人揉腰、剃胡须等。客人临走的时候，给她们一步金币。她们很稀罕金币，因而很开心。这些女人并不是批发商的女用人，她们各有各的家，只是为招徕客人才聚到一起的。仔细想想，这种行当与摄津国有马温泉的汤女很相似，当地人为她们起的外号叫"木勺"。世之介问："'木勺'的意思，指的是舀取人心吗？"不过，对此谁也说不出个所以然来。

世之介并没有受到这些女人的特别接待，只好邀出了批发商家的男仆，于傍晚时分来到海滨游玩。听说这里有些有夫之妇模样的女人，故意让船老大给抓住，两人便在船上共枕同衾。匆匆完事之后，船老大如果给她东西，女人便收下；如果不给，也只好空手而归。当地人称她们为"干瓢"，意思是葫芦做成瓢，可轻轻漂摆。这种女人与京都和大阪的街头娼妓没有什么不同。

世之介问："这类女人在平日都干些什么呢？"回答说，这些人中，有的总也找不到婆家，有的是年已四十仍未再嫁的独身寡妇。她们白天睡觉，到了晚上便梳妆打扮起来，脱去平时穿的旧衣服，换上灰色开襟和服，腰系黑色饰带，扮成年轻姑娘的模样，在黑暗中勾引男人。于距自己家四五条巷子的范围内，她们披一件薄布罩衣，头上蒙一条手巾，以避开熟人的耳目，等着和做马仔的男人会合后，便在那边的十字路口或者这边的沿岸大路上站街。待到夜深时，她们便边溜达边唱着《愿在君之睡衣上添香》，把铁匠铺的、赶马的、拉车的等等之类的人从梦乡唤醒，或者去挑逗那些更夫，接近天亮时便去勾引马夫或者来自乡间的运货船员。一夜之间多次接客，头发蓬乱，累得步履蹒跚，腰酸腿疼，哈欠连天。马仔手持一根木棒跟在女人身后，大概是为了驱赶追着狂吠的狗。天近拂晓，店铺就要开门营业了，于是，她们加快了脚步，钻进小胡同，以免被人发现，她们毕竟还爱面子。

　　干这种勾当都是为了糊口。小姑娘是为了养活父母；有夫之妇则让自己的丈夫做马仔；有的女人把孩子托给母亲，自己出去卖身；还有的姐姐带着妹妹干；也有让伯父做马仔，做侄女的和伯母一起出来拉生意的。人们因为死又死不了、活又活不好，才干这种事。说起来，这真是一个悲惨无耻的世界。听了这些，情何以堪！

　　在那些分不清落下的是眼泪还是雨水的夜里，从木屐到雨伞，她们都必须付租金去租借。即使是租一间陋巷内的破房子，因为被人催逼房租或避人耳目，也很难连续在一个地方居住三十天，今天藏在这里，明天又躲到那里，还要讨租房担保人的欢心，用四两半斤的酒笼络邻居。有了一点钱便买来米柴，燃起炊烟做饭，但是，这炊烟很快就会消失的。像这类夜间的街头夜莺，无心欣赏月光白雪，也从未欢度过盂兰盆节或新年。

七　担任神职更放荡

　　乡村女巫来了，嘴里唱道："哎哟，有趣的灶神呀，在灶前植松树……"一边歌着祭文，一边手摇驱邪的铃铛。白衣里面露出一条红褐色的衣领，薄纱衣上是日月图案，外面是一件无袖罩衣，一条红色饰带挂在身上，在背后打着结。还化了淡妆，双眉浓黑，秀发自然下垂。如此华美的行头，仅靠人们的赏钱是无论如何也买不起的吧。

　　世之介看着，觉得不可思议，便向人打听。有人告诉他说："她们的出色之处您已看到了，虽然打扮与妓女不同，但如果谁想要，她们就会像妓女一样服从你。"

　　于是，世之介立刻把女巫招来，到了男人的住处，她脱去了女巫装束，完全显出了那婀娜动人的女人身姿。世之介顺手从厨房拿来供敬神的酒给她喝，她渐有醉意，便开始说了这样那样的神谕。这时候还听什么神谕呢！索性抱着她躺倒了。从玩乐的梦境中醒来之后，世之介偷偷地从袖子下面塞给她一些神乐钱。此时越看越觉得她实在漂亮,简直就像是淡岛上的那位女神①的妹妹,于是问道:"你今年多大?"女人如实回答说她二十一岁。世之介越看越喜欢。这时正好是他二十七岁那年的十月,他说:"这个月神都不在②。所以,我们做的事情谁也听不见、看不到的呀!"……后来,他们便一起到了常陆国③的鹿岛,世之介也任了神职,巡游各地。

有一天,世之介来到水户的本町,对人说道:"初到宝地,请多多关照。在刚刚过去的二十五日那天,男女始祖枕边吵架了,天神输了,非常生气,说要刮起一股'恋风'。而且发布神谕说,要把那些从十七岁到二十岁之间的薄情姑娘,和那些嫉妒心强的妻子全都杀死!这实在太可怕了!如果你们担心的话,就尽快给男人写一封情书吧,让迷恋你的男人高兴一下吧!"到处说着这些莫名其妙的话。同时又向当地人打听:"此地有没有什么好玩的?"人家告诉他,这里管制严格,公开的妓女是不允许的,不过,在感到寂寞难耐的时候,可以去找那些被雇佣在粮仓干活的舂米女郎。

那些人是在别人家做工的女佣,闲暇时到东家的粮仓舂米。她们数百人一起,成群结队地从住宅区走过,其中自然不乏有姿色者,可是即使拉她们的衣袖,她们也不轻易相从,从者多是很不起眼儿的女人。模样好一点的女子,大都有了相好的,人人都各有所爱。傍晚时分,碾米女郎就要回去了,她们都系着围裙,掸着粘在和服下摆的米糠。一个个累得腰酸腿疼,怪自己长相平平。那些不干活的干干净净的女子,可以随心所欲地午休,手脚也不敏,头上插着玳瑁梳子,身

---

① 淡岛上的那位女神:即和歌山加太神社的女神,人称淡岛明神,以给女人看病灵验著称。
② 十月份是所谓"神无月",据说各地的神都到出云大神社集合了,都不在自己的神社帮男女结缘。
③ 常陆国:旧地名,大部位于今茨城县。

上洒上花露水，淡香四溢。主人对此也不管不问，只要拿回来一天舂米挣的三十六文钱，别的就不说了。

世之介和这种碾米女郎也好上了，但是，听说对方怀孕了，他只好悄悄逃走了。他又到了奥州路，去了八号街，把那里的女子都玩遍了，不久又来到仙台。这里的花街早已不存在了，世之介面对旧址，感怀不已。他下决心：至少去体验一下松岛和雄岛一带的女人们吧！身体要像水里的石头，一直都得是湿的，只要自己的腰杆还没有像末松山上的老松一样弯曲，就决不能白白闲着。

这样想着，他又来到了盐釜的守护神社。在小女巫为他用热水净身时，他一下子就迷上了她，于是他对神主说："我从鹿岛远道来参拜贵神社。我要在此连续祈祷七天，以圆那次神梦。"神社的人说："您的心情真可敬佩啊！"于是给他关照。世之介发现自己看中的那个小女巫已有男人了，但他却仍然百般挑逗，同时瞅准她的弱点，加以威逼利诱。有一天世之介强闯入她家中，女人也不敢出声，心里是多么害怕就可想而知了。"这是作孽啊！"她一边说，一边紧紧地并着双膝，流出了眼泪。她决心不让世之介得逞，拼命反抗，要把压在她身上的世之介推下去。此时，女人的丈夫本来在外面值宿，忽然感到心跳，心想莫非家里有强盗闯入吧，于是慌忙跑回家来，正好撞上世之介在施暴，便抓住世之介，不由分说给他剃掉了一边的鬓角①。也没有声张，当天夜里就把世之介赶走，世之介落荒而逃。

---

① 剃掉一边的鬓角：日本镰仓时代起就有的一种惩戒强奸犯的方式。

卷
四

一 因果报应难过关

当年抽签，占卜吉凶，如今全都应验了。去年十二月底，有一位据说能预测世界变化的算命先生，名叫安部外记，他对世之介说："你在二十八岁这一年，会因一时冲动而迷上人妻，并有可能会遭受身体致残的灾祸，你要多加小心啊！"世之介听罢，不以为然地说："你说什么呢！简直是个胡说八道的骗子！"于是将算命先生的话当了耳旁风，结果他的话完全说中了。

现在的世之介只好把那被人剃掉的鬓角遮掩住，但每当靠近过往行人，总觉得羞愧难当。他踏上了去信浓①的路。一日，越过碓井岭，来到追分那个地方。那里所谓的游女，都把天生浅黑色的皮肤洗干净，把干活时留下的手脚上的胼胝磨掉，将平常穿的带补丁的衣服脱下，换上木曾麻布的和服。世之介早已忘记了京都的女人是什么样了，此时此地有这样的女人，他也觉得满足了。莫非是偶尔与她们同宿的客人曾开导过她们吧，她们对酒席上的礼节都很懂得。这对于旅途中的世之介来说是一种安慰，这比总是和粗鲁的男人打交道要好得多了。

在这里过了一夜，第二天一大早，世之介便动身上路了。客栈附

---

① 信浓：旧地名，今长野县。

近的山后面设了新的关卡，对手上带伤的人严格盘查。过往行人必须把头上的斗笠或头巾都摘下来，世之介因被剃掉了鬓角，也被拦住了，很是难堪，他问："为什么要查得这样仔细呢？"守关的官员正色道："这是因为，有个强盗闯入我区西部的柏原村，不仅偷了东西，而且还杀了人。在他要逃跑时，那家的主人正好醒来，使强盗的手上负了伤。因为天黑，未能认清强盗的模样。为此，各路口都设了关卡，对过往行人加以严格盘查。你一边的鬓角被剃了，有可疑之处。如果有什么问题，现在就讲清楚，否则，你是过不去的！"世之介无奈，便说出了在盐釜与那个巫女的事情。他还没说完，守关人便说："看着你这家伙就是可疑，必须好好审你！"就把世之介关进了牢房。世之介是倒大霉了，这也算受到了天罚。

　　一想到早晚都要吃监狱中的配饭，世之介感到很难过。刚进去时头晕眼花，泪水涟涟，几乎要晕过去了。就在这时，从牢房那边传来十几个男人的声音："刚进来的那小子，你听着！按照这里的规矩，你要被我们扔到天上！"一边叫嚷一边围了上来。那些人皮肤黝黑，披头散发，眼冒凶光。看他们的样子，简直就像画在世界地图①上的牛鬼岛上的人。

　　这伙人从两边抓住世之介的手脚，使劲把他往上抛。身体腾空时他几乎停止了呼吸，掉下来才倒吸一口气。被如此这般折腾一番，世之介意识到自己好歹还没死，从地上爬起来，他们又抓住他，并命令道："给我们跳个舞！有什么才艺就使出来吧！"世之介没办法，勉强站起来，说："我唱个嘲讽妓院的小调吧！'长刀上再插长腰刀，插呀！妙哉！'"那伙人听罢，却一脸茫然。这个听不懂，他就换了一个，跳了《越过松原》舞给他们看。这么一跳，众人高兴得手舞足

---

① 世界地图：指当时日本流行的世界地图屏风，画有想象中的世界各地的国民和居民。

蹈起来。

　　就这样，打那以后，正如俗话说的"住在地狱爱地狱"，世之介与这伙人在同住同睡之间，就成了朋友。他们对世之介说："我们都不是这次要抓的强盗。我们在伏屋森林那一代，对来往的旅人拦路抢劫，人称我们是当今的长范①。拦路抢劫没被抓到，在这里却被抓了，也算是幸运吧！"

　　天黑了，无聊；天亮了，寂寞。那伙人用手纸做成了双六②棋棋盘。玩棋时，"二六"、"五三"地摆弄棋子时，众人说道："砍这里！"看来他们对这个"砍"字很介意，这很有意思。还会说"关上门别让他出来"之类的话，世之介听着就更不舒服了。

　　"听说在中国唐代，杨贵妃与虞子君还玩双六棋呢！"说话间，世之介透过采光的小窗口朝隔壁牢房一看，竟发现有一位美人，便凑上去问："你是怎么回事啊？"她老老实实对世之介说："我讨厌丈夫，离家出走，但是，过关手续好像不全，就被……"世之介心想："这女子真是太有意思了！"他用牙签蘸着天花板上的黑灰，不断写情书勾引她。于是两人就互通书信，写"只要从牢房中出去的话，就如何如何"之类的话。背着别人耳目，一到深夜就彼此趴在窗口处。想想到底没办法在一起，便心急火燎，又无可奈何。

二　黄杨木梳成遗物

　　由于幕府大将军做法事，所以，各地牢房中的轻罪犯人都得到了赦免。世之介也得以从囹圄脱身。他背着隔壁牢房中的那个女人，渡过了筑摩川。

---

　　① 长范：即熊坂长范，平安时代的大盗。
　　② 双六：又作"双陆"，一种从中国传入的棋艺。

当天晚上，天上下起了大雪。女人饿昏了，嘟哝着胡话："顺着草房的屋檐，一串串地落下来的，好像是酱团子吧？"世之介把女人放在一辆丢在山脚下的柴车上，一个人到村子里找吃的。过了一会儿，他手上拿着小米饭还有腌茄子，急匆匆地往这里赶，在距柴车还有两町①远的地方，他突然听到了女人的哭喊声："世之介先生！"他大吃了一惊，赶紧跑过去一看，只见四五个粗野的男人正挥舞着尖竹枪、鹿套子和扁担，在抽打那女人。他们边打边说："好大胆的女人啊！性命得救了，就应该直接回家去。竟说什么忘记了回家的路，却被哪个混蛋带到这里啦！你不在，给亲兄弟们带来麻烦。你也太可恨了，干脆打死算了！"世之介拦住那些人，赔礼道歉，可是，他们根本不听。"原来就是你这家伙呀！"说着便围上来殴打。世之介被打倒在荆棘和山栀子丛中，浑身哆嗦着，差点断了气。

树叶草丛上的水滴，滴进世之介嘴里，他恢复了知觉，喊道："那女的不能给你们！"他爬起身来寻找，但是，那女人早已经无影无踪了。只剩下那辆柴车，使人想起她躺在那里的样子。世之介悲痛欲绝，心想："本来，今天是我们同枕共衾的日子啊。我们会一起看天上的明月，看地上的露水如何落在我们的寝床，我给你穿上衣裳，没想到，我们刚要在一起，连你的肌肤是怎样的我还不知道呢！太可惜了！"他踅摸四周，见有一只黄杨木梳子落在那里。世之介捡起梳子，仔细看着："还带着股头油味儿，这肯定是那女人常用的。我可以用它占卜问路。"他把梳子揣进怀里，顺着山后的小路行走。遇到一个男人，扛着火枪，枪尖上挂着一只雌野鸡，自语道："真可怜啊！打死了母鸡，那只公鸡该有多难过啊！"

男人的话更引起了世之介的悲伤。在那六七天里，世之介风餐露宿，到处寻找那个女子。十一月二十九日的夜里，世之介怀着黯淡的

---

① 町：日本旧时长度单位，一町约合一百零九米。

心情走在漆黑的夜路上，来到一片远离村庄的长满狗尾草的原野。借着微弱的篝火，看到不远处立着几个墓标。这里埋的是什么人呢？若是遗憾而死的人，那么，用竹子围起来的小石塔就显得更加可怜了。想必坟中埋的是因天花或者麻风而夭折的孩子吧，这是最叫父母伤心的了。世之介这样想着，从梅白檀树后往那边观看，发现那里有两个看似当地农民模样的人，正在那里盗墓。他心想这行径真是太龌龊了。那两个人听到人的脚步声便想躲起来，这就更可疑了。世之介走上前去厉声喝道："你们在干什么？"对方不知所措，无言以对。

世之介说："若不实话实说，我当场宰了你们！"说着就要拔刀，那两人说道："请您饶命！我们因为日子艰难，才不得不想办法糊口活命。我们想把今天刚埋在这里的美女挖出来，取下她的头发和指甲。"世之介问："你们要这些干什么？"答道："我们每年都去京都的花街，去兜售这些东西。"世之介问道："她们买这些干什么用？"对方答道："那里的女郎为了向客人表达感情，要剪下头发或指甲相赠。她们一般是将自己的头发或指甲赠给情人。对另外的五个或七个有钱的嫖客，则把买来的指甲或头发用情书包起来，说：'这是为您特意剪下来的。'那些偷偷来妓院的客人，将其奉为至宝，把它装进贴身的护身符袋子里，说来不是很荒唐的嘛！所以，不管怎么说，到那时候，您可要让她们当面剪啊！"

"这种事我以前真没听说过。或许是真的吧。"说着，世之介看了看脚下被挖出来的女子，突然说了一声"是她！"便俯下身紧紧搂在怀里："你落到这么悲惨的地步，这是什么因果报应啊？要是我不带你逃跑，你也许不会这样死。这都是我造的孽啊！"世之介悲痛欲绝，哭天抢地，仿佛见那女人睁开了双眼，露出了笑容，但又很快恢复了原样。世之介哭道："我在世上活了二十九年，也没有什么可留恋的了！"说着就要抽刀自杀。旁边的两个男人拦住了他，然后回家去了。世之介在那里沉思良久。

三 睡梦中刀光剑影

世间一切都归于地、水、火、风、空，人也不例外，最终都要把这肉体还给阎王爷。算起来，世之介做梦似的，已经活过了三十年，今后前途如何不得而知。居无定所的世之介，想起最上地区的寒河江一带[①]，有一个少年时代曾倾心相恋的男友，于是在走投无路之时，长途跋涉来投奔他。

他们都没忘记十九年前分手时彼此的样子，两人相见，回忆往昔友情，热泪纵横。这男人与男人之间的恋情，比男女之间更为真诚纯粹。当初他们在大和的中泽正殿交好时，世之介曾把一个慈觉大师做的一寸八分大小的十一面观音护身符送给了他，没想到至今他仍然随身带着。世之介看了很是高兴。

此人未能得到所希望的一官半职，身边连个用人也没有。一个小炉加一只锅，倒也自得其乐。明天烧的薪柴，还要待把风卷下的落叶收来才有。炉边仅仅扔着一些芋头，此外连个滤酱的筛子也没有。若说墙上挂的，只有一把用纸捻儿作扇轴的旧扇子、一个竹篦子、一串辣椒、拴马鼻子的小木棒和一捆绳子。世之介说道："看来你的生活也是很苦的。这些年，都在做什么事情呢？"回答说："如今，江户流行饲养捕蝇蜘蛛[②]，我也养过。有时也削假长刀，能卖一文钱，人家买去哄孩子用。常言道'天无绝人之路'，我总算凑合活到今天。你远道而来，咱多年不见，总得喝点酒吧。"说着，他解下腰刀的护手，提着酒壶就要出门。世之介极力劝住他，说："我一路劳累了，先歇

① 最上地区寒河江一带：今山形县寒河江市，位于最上川的西岸。
② 捕蝇蜘蛛：一种小蜘蛛，能够结网捕苍蝇，江户时代一些地方有人以此戏玩。

一歇。剩下的事情，明天再说吧！"说着，就枕着放在手边的一块细磨刀石躺了下来。

夜深之后，主人打开旧藤箱，取出带响的套野兽的套子以及竹弯弓，说道："附近的山后有许多狐狸出没，我去捉一只来，犒劳犒劳你！"说完便出了门。

世之介躺着，身体尚未暖和过来，眼皮尚未合上的时候，发现从二楼的楼梯走出一个怪物，头是女人，脚像大鸟，身子像条鱼，说话声音里也带着海浪声："世之介呀，你把我忘记了吗？我是石垣町鲤鱼屋的阿满，现在我要让你知道我的怨念！"世之介立刻要抽出枕边的腰刀砍过去，却感到手上无力，那怪物却消失了。接着，从身后又出现了一个长着鸟嘴的女人，她咬牙切齿地说："我是木匠家吉介的女儿阿初的魂灵。你曾说我们两人要做比翼双飞的鸟儿，你却骗了我，我患相思病而死，现在我要报仇！"说着扑了上来。世之介挥刀将她杀退。这时，从院子的一个角落里，又出现了一个身长两丈左右，手脚呈枫叶状的女子，她柔声细气地说道："你将我邀去看了高尾红叶之后，我就爱上了你，毒死了相依为命的丈夫，可是你却很快抛弃了我。我是次郎吉的老婆，你不记得了吗？"说着就扑过来咬住世之介。世之介把她杀退了。

经过这番折腾，世之介两眼冒金星，精疲力竭，他以为自己要死了。就在这时，从空中垂下一条十四五间①长的粗绳子，绳索上吊着一个女人头，头朝下垂落而来，说道："我曾在上醍醐一带身穿法衣，为来世而净心修行，你偏偏使我再次留起长发，却又抛弃我，使我烦恼之极恨难消，现在我要杀了你！"说着，那绳索便缠住了世之介，女人头上的嘴咬住了他的咽喉。世之介用力挣脱，一闪身刺死了她。世之介觉得这回自己死定了，于是，口中念佛，放下腰

---

① 间：日本旧时长度单位，一间约为一点八米。

刀，朝西方跪拜。

就在此时，那出去打猎的浪人①回到家来，一看，世之介倒在血泊中，神志昏迷，他大吃一惊，马上把嘴贴近世之介的耳朵，大声反复呼喊。世之介慢慢醒了过来。那浪人便问他怎么回事，世之介只说"不可思议"。到二楼一看，世之介曾让这四个女人写的情书誓文都被撕碎了，但是，其中求神降临保佑的句子却留在上面。看来，誓文这种东西是不能随便要人写的。

四　另一类男色倾城

说起来，世上最叫人"物哀"的，莫过于受雇于某大名②家的太太，终日不见太阳的贴身丫环或女用人了。当她们情窦未开时，便在夫人身边侍奉，甚至连男人也很少见过，更不用说和男人干那种事情了。她们二十四五岁以前的光阴就这么过去了。终于看到令人心旌荡漾的枕绘春画之类，她们便说："这些人简直是疯了，真讨厌啊！"说着却羞红了脸，两眼发直，呼吸也急促起来，便咬着牙，扭动着细腰，嘟囔道："哎呀竟然还有那样可恶的女人么！却那样趴在睡觉的男人的肚子上，真没出息啊！还用那不漂亮的腿蹬人家，那眼睛好像眯成了一条缝儿，别人都看得见了，她却脱光了衣服。从侧腹到大腿，那么肥胖的身子，下面的人不觉得压得慌吗？虽说只是画画，可这种女人呀也太……"真的是打心里厌恶，就将春画给撕了。

贴身丫环中有一个总管，也属春画中的那种女人。有一天，她把一只布袋交给一个值班的侍女，吩咐她说："长度比这个再长一些，粗点细点倒是不要紧的。今天就要用，一定要做出来。"侍女让男仆

---

① 浪人：旧时失去主子的流浪武士。
② 大名：日本武士诸侯。

拿了一个包袱皮儿，让门卫看了"请准此女与男仆二人通行"的纸条，从后门出来，跨过常盘桥。在堺町一带有一位手艺高超的制作此物的师傅，他们便去找他。进了小房间，师傅让一个七岁左右的女孩子，拿出那种道具给他们看，却没有一件说满意。于是，侍女也顾不上不好意思了，便把师傅叫了出来，当面定好大小尺寸，便回去了。

此时正好赶上戏院开场的时候，戏院入口的看门人大声喊着："丹后掾①上演的净瑠璃②！就要开始啦！"

这时候，世之介又来到了江户，并得到当地的地头蛇唐犬权兵卫的关照。今天世之介的发型与众不同，风流倜傥，样子很讨女人喜欢。当他正要走进戏院小木门时，刚才那位侍女让同行的男仆走过来，对世之介说："有人想见见您，她有话要对您讲。"

世之介不知其意，跟着他走过来，问道："您有什么事吗？"那女人低声道："最近我遇到了一件难事，我看您人好，无论如何请您帮忙。我在某大名家当用人，是夫人的丫环。说来话长啊，就在今天，我找到了我家的仇敌，可是，凭我一个弱女子，怕是治不了他。我想请您支持我，也好解除心病啊！"她流着泪央求世之介。

世之介虽然不明原委，但又不好拒绝，就说："这里人太多，先到那边去说详细些。"便来到附近的一家茶馆。世之介说："请在此稍候便来！"立刻返回旅馆，穿好防身衣，缠上护头巾，检查了一下刀身与刀柄是否松了，然后返回那家茶馆，说："那么，请您说说那仇敌是谁？"

女人却显得不急不忙，取出了那个布带，说道："您一看这个就明白我的意思了。请看。"说着，她就已经羞得用衣领遮住了脸。世

---

① 丹后掾：本名为七郎左卫门，江户净瑠璃剧的创始者之一。
② 净瑠璃：江户时代盛行的一种用净瑠璃曲伴奏的木偶戏剧，有完善而又富有文学性的剧本。

之介解开红绳一看，原来是一个七寸二三分长、前粗后细的阳具模型。因长期使用，头部已经磨得光滑。世之介扫兴地说："原来是这个呀！"女人说："可是，我用它的时候，简直跟要死了差不多哦！它难道不是我的仇敌吗？请您帮我制服它吧！"说着就紧紧地抱住了世之介。没等世之介反应过来，便被她按倒在身子底下了，竟然将三层草席都湿透了。女人起身告辞时，从装小镜子的袋子里取出一包金币，以衣袖相掩，悄悄递给了世之介，说："到七月十六，我们一定再见啊！"然后转身离去。

五　瞒天过海藏玄机

人们一面唱着歌舞伎第十六曲《加贺大圣寺的报时鼓》，一面期待天明以观赏日出。在参加这项看日出活动的人中，有一位名叫梦山的人。他既无父母也无子女，是连续富贵了七代的大财主。莫非他的祖先为他敲过无间钟①？他每天挥金如土，而财富却不见少。虽不停游山玩水，却从未见过京都的舞女和舞伎，所以当听说世之介要去京都，他也想跟去看看。于是，他把路上的一切事都委托世之介，就这样出发了。到达京都之后，在知恩院的古门前町租下房子，包了一名订好十天合同的女郎以供夜里在房间消遣，白天则招来十名舞伎取乐，讲好价钱，舞伎每人赐一步金币。

这些舞伎都天生丽质，小时候就学跳舞唱歌。跳起舞来的姿势样子，像是男子。在十一、十二到十三、十四、十五岁以前，她们也应女客之召，去酒宴上陪酒。这个年龄一过，她们便将前额至头顶的头发剃光，平时模仿男人的嗓音，穿着两边开口的带里子的裤裙，佩着

---

① 无间钟：远江国（今静冈县）佐夜的中山附近观音寺中的大钟。按当地民俗传说，敲此钟，今世可荣华富贵，来世则会堕入地狱。

带樱花斑点鲨鱼皮套的大刀小刀，戴一顶虚无僧戴的那种深斗笠，脚上穿一双粗带子的竹皮屐，很神气的样子，身后跟着一名拿草屐的仆人。这时的她们，被称作寺院侍童①，过了当侍童的年龄后，便成为所谓"间女"，既不能做茶馆女招待，也不做一般的妓女，最后会成为妓馆的老鸨，尽管如此，还是要顺从客人的意思去做。年龄再大一些，便成了无用的老太婆了。

"无论干什么事，还是年轻时最好。"一位女郎怀念起当年的舞伎生活，给世之介他们讲述了她经验过的一些乱七八糟的事——

四条街上有"相互打通的厕所"，是供那有身份的寡妇用的，她们身边总有女佣、侍女及其他许多随从，行动不便。贵夫人一进入这种内设通道的厕所，便可匆匆与男人交欢。

还有所谓"隐蔽橱柜"，即在橱柜的后面设有一条暗道，先让男人偷偷进去，再让女人进去与他幽会。

还有"揭起铺席"，是指在房间木地板下面建有一条暗道。遇到紧急情况，就揭开铺席下暗道，逃之夭夭。

还有"假睡的恋衣"，指的是放在隔壁小房间柜子里的大棉帽子、带穗的念珠和白底子上绘有水墨画图案的寡妇穿的和服等。先把这些东西放好，然后让男人混进去，并让他换上放在柜内的那些衣物，躺在那里，谎称是某位居士的老夫人，这样来糊弄用人们，然后便可在里头幽会。

还有"劝入来世"，就是让男人事先装扮成漂亮的尼姑，身着黑色僧衣，让他跟在阔太太的身后，说："这里就是寒舍，请您光临。"两人便进去幽会。

还有"立马头晕"，就是在幽会茶馆的布帘上系一块红手巾，赴约的女人打这里经过时，当场装作头晕发病，说："我要进去歇歇。"

---

① 寺院侍童：当时寺院中专为主持服务的女扮男装的妓女。

趁机与男人幽会。这些勾当，只要稍留心看，就可以看出来。

还有什么"男女交情板"的玩艺儿，就是在小房间的一角，事先铺好一块擦干净的隔板，女人轻轻躺上去，躺在下面的男人把那家伙从板子上的小孔中伸出来。只要事先留出能让男人仰卧的一尺左右的空隙就可以了。

还有"洗澡间折叠梯"的设备，这种设备事先进行了巧妙的伪装，从外面看，那地方连一只小水桶也无法通过。待女人脱光衣服进去，然后从里面把门反锁上，从天花板上垂下一个细绳软梯，女人爬上去，完事之后，再顺着软梯下来。

这位女郎说："这些幽会的方式真是五花八门，无所不用其极吧！女人只要想做，就不愁没有办法的。不过，这种事情可不能讲给人家的太太或女儿听，这可是秘密哦！"

六　开了眼界又开怀

京都不愧是花都，四条、五条大街上行人川流不息。由于风雨灾害，以前见到的东山如今也变样了，原来位于城中心的长明寺也已迁至东川原了。在鸭川两岸建起了石围墙，甚至连慈镇法师①在和歌中吟咏的真葛原一带，也不知何时建起了一片民宅。"无论如何，还是名门大户家的女子叫人迷恋。"梦山和世之介这样想着，走进了名为浪屋的茶馆内坐下休息。

"这里和外地偏远地区很不一样哦！哎，你看那边！"仔细看去，只见一群女子，里面穿一件染有淡蓝色圆花纹的小袖衬衣和表里一色的小棉袄，外穿一件紫色的带有海浪花纹的和服，用银箔剪的帆形家

---

① 慈镇法师：平安、镰仓初期的歌僧，谥号慈圆，著有《愚管集》和《拾玉集》等。

徽缝在和服的五个地方，闪着银光，和服饰带同外衣一样是紫色的，在左后方系结。衣服边角处饰有铅坠。头发上插有一把梳子，以黑色头巾遮着面孔，却使颈部显得格外白皙。头戴一顶木架的藤斗笠，白色带子在下颚处系好，白袜子衬有红色里子，并带有纽扣。这拨女子足有二十四五人，装束相同，年龄相仿，都穿着带鞋带的草屐，随行的男女跟在后面。梦山问道："她们是些什么人？"世之介答道："这是某朝臣家的贴身女佣。女主人也应该就在其中，但是，到底是哪一位看不出来。她们每天都要上山去玩，这爱好真是与众不同啊。"

"啊，很有意思呀！从前，我在松本名左卫门^①那里，也曾想与那种高贵身份的女子交往。老是这样子可望不可即，还是请你世之介凭你的智慧和手腕，弄来一个供我们消遣吧！"于是，世之介便让一位扇子铺的女店员送来一幅流行的扇面，借此把她叫来。世之介问梦山："她行吗？"梦山不屑一顾地说："若是为了雨天解闷，或者是在禁欲的高野山之类的地方见到这种女人，也许会冲动起来。可是现在是在京都，漂亮女人见得多了。所以……"只好让那女人回去了。

"那依你的意思，咱们非要去岛原不可啦？"听世之介这样一说，这里有一位叫善吉的有名人物，接着说道："刚知道世之介先生也是此道高手啊！所以，今天我请你们两位见识一下我善吉的手腕。"于是，这个善吉打扮得英俊潇洒，带着挑衣箱的仆人和随从，提着和服裤裙的下摆，打扮成街头地痞的模样，头上深深地戴着斗笠，来到了岛原。

这天正好是正月十六日，这里的花街上，像往年一样偶人店都把偶人摆出兜售，妓院门前人满为患。无论哪位太夫，今天的嫖客都会给她们买一个价值十两或十五两银子的偶人，以讨其欢心。所以，在这一天富有的嫖客就又大把撒钱了。在这样繁华热闹的气氛中，连本来没有灵魂的偶人藤六、见斋、粉德、麦松等，看起来也显出了兴奋

---

① 松本名左卫门：当时的大阪的歌舞伎演员兼剧团老板。

的样子，别有一番情趣。

善吉正值身强力壮之时，在江户，他曾被吉原的一个小太夫迷住了，于是下定决心，任凭别人怎样说，也要干出与众不同的花样给人瞧瞧。有一天，天上稀稀落落地飘着雪花，善吉要回家，太夫便卷着衣袖为他撑伞，赤着脚把他送到大门口，此事被世间视为前所未有的稀罕事。妓院的老板从中阻挠他们的关系，但是，那太夫却置之不顾。被太夫如此义无反顾地爱着的男人，身上一定有某种人所不知的长处吧。江户的花街柳巷之中，善吉这个名字是无人不知的。

不过，在京都的岛原这里，善吉却没有熟人。他让人将衣箱等放在丸太屋妓院的门前，坐下来，向妓院里头打量着。只见游女们聚在一起饮酒，名叫石州的太夫接过一杯喝了，指着呆坐在门前的善吉，吩咐身边的侍女说："去，给门前那位不相识的男人送酒去。"善吉说："这太感谢了！"喝了两杯，将酒杯还了回去。在石州接过酒杯时，善吉说："我给您助兴吧！"说着打开衣箱，从中取出便携式三弦弹了起来，并对同行的人说："我们唱啊！"世之介便认真地唱了一段《弄斋曲》，歌声动听，伴奏高超。真不愧是石州看中的人，大家都很佩服，便把善吉请了进去。那天，石州向善吉求爱，无论如何要与善吉在一起，还写了一封信回绝了一位常客，专心与善吉交谈。

但是世之介却遭到了太鼓女郎[①]的拒绝，懊恼不已，心想，看来在这地方光有钱也没用，我无论如何不能就此认输啊！

七 遇雷暴时来运转

在深宅大院的房子内，不时传出称量金银的天平声。一听到这种

---

① 太鼓女郎：妓女的一个等级，主管歌舞音曲，位居"太夫"、"天神"、"鹿恋女郎"之下。

声音，世之介就觉得烦，心想："现在即便我有很多钱，我也不想忍耐着欲望而不花钱。我要挥金如土让全世界所有的妓院都瞠目结舌。我只要喊一声'来呀'，立刻就有十几个人齐声应诺。"但转而又想："父亲曾说只要他还活着，就不让我进家门，毅然与我断绝了父子关系。我并不恨他。我干了坏事，就该受到惩罚。为此无论到什么样的深山之中隐居，过那种不食荤腥的斋戒生活都行。"听说在那远离尘嚣的音无川①山谷后面，有一位令人尊敬的和尚。听说此人原来也迷恋女色，后来脱胎换骨，步入佛门。"我得找这个人去！"于是，他沿着海岸，来到了泉州的佐野、嘉祥寺和加太，这一带海滨都是渔民居住地，不仅是年轻姑娘，甚至有夫之妇都公然卖身，这里的人也都模仿城里人的打扮，人人都头戴一顶紫色棉帽子。

这里的男人都忙着出海打渔，他们不在家的时候，女人们为所欲为，也没人管。男人们在家的时候，她们在家门前竖起船桨，作为标记，人们都明白是什么意思，不至贸然入内。

黄昏时分，世之介想起淡岛明神这个女神来。从这里可以看到由良海峡，他便忆起"恋之道兮"这一诗句，在此之前，早有人先于自己而"知物哀②"了，所以才有了这样的咏叹。

世之介在这里染指了当地的不少女人，便觉得"此地宜居"。日子长了，许多女人都来诉说自己的苦恼。无论对谁，他都不是认真听人说话并开导人家，而只是心不在焉地支应她们，这反倒使她们更加苦闷。他想，仅凭我一个人的身体，应付这么多女人，肯定是吃不消的。为了帮她们消除烦闷，可以劝她们喝点酒，或者回忆一些往事，只要安慰她们就行。于是，有一天，他让人将这里的好几只小船合

---

① 音无川：河流名称，在今和歌川县境内。
② 知物哀：日本传统美学概念，意即懂得物哀之情，即有情商、审美眼光和审美心胸。

并，一起划出很远。那时正值六月底，山顶上布满了被称之为"丹波太郎"的可怕的积雨云。忽然间，人们头顶上风雨大作、电闪雷鸣，女人们乘坐的那几只小船被打散了，不知所终。世之介一个人在海上飘荡了两个时辰之后，被冲上了一个名叫吹饭的海滩。

一时间，他完全昏迷了，被半埋在沙子中，多亏那些来拣漂流原木的人发现了他，大声呼喊，他才隐隐约约听到鹤鸣，好不容易过了生死关，保住了性命。他挣扎着来到泉州的堺那个地方。在大路边的柳町，知道有一个从前他家雇佣过的小伙计的父亲，他便一路找来，夫妇见了他，都很高兴，说道："我们刚才还在念叨你呢！你母亲派了很多人，分头到各地去寻你。这个月初六的晚上，你父亲已经去世了。"正说着，从京都那边又来了人，说道："简直没想到您到这儿来了！您母亲很难过，要您马上回家去！"说着，让他坐上了一顶快轿，不久便回到了老家。母子多年不能相见，相对泪眼汪汪，就像是炒熟的豆子又发出了芽似的。母亲说道："如今还有什么不该交给你的呢？"于是就把家里所有库房的钥匙都交给了世之介。长期以来，世之介一直过着颠沛流离的生活，如今一下子时来运转了。

母亲又放心地对他说："这些金银，你随意用吧！"便将两万五千贯目①都交给了世之介。母亲的话实实在在，没有虚假。世之介对神宫发誓说："这些钱，我可以随时尽情地花了！我要把这些钱献给那些太夫们，我平生的心从今天起就可以实现了！我要将所有喜爱的女人都赎出来！所有名妓，我都一个不落地去嫖！"于是，世之介召集了一伙帮闲，帮闲们都口口声声"大老爷！大老爷！"地叫着他，开始了恣意游乐。

---

① 贯目：简称"贯"，日本重量单位，一贯约为三点七五公斤。

卷
五

一 对吉野刮目相看

有人咏歌云："斯人已逝去，吉野花也已凋零，都城没了花香。"①
斯人已逝、芳名永传的太夫吉野，是一位绝世无双的游女。她有着无
可挑剔的容颜，而且很重情义。

在京都的七条街上，有一位打制小刀的铁匠，名叫骏河守金纲。
他有个徒弟，第一眼看到吉野，便一见钟情，念念不忘，害了单相
思。每天晚上打一把小刀到深夜，竟在五十三天之内打制了五十三把
刀，卖了小刀，便有了五十三目银子，太夫的嫖资攒够了。他一直等
待时机去见吉野。但是，鲁班的云梯无法攀登，苦苦相思无法排遣，
只有相思的泪水却是真真切切的。

在"吹革祭"②那天傍晚，他偷偷来到岛原，心想，本来是有钱
就能办到的事情，只可惜自己身份低微，太夫不会把我放在眼里。于
是暗自叹息。好在有人将此事告知了吉野。吉野为他的真诚所感动，
便悄悄地把他叫了来说话，小刀匠人激动得浑身发抖，不太干净的
脸上泪水涟涟，说道："这真是太感谢了！您如此厚待我，我永世难

---

① 此乃 1631 年娶名妓吉野太夫为妻的佐野绍益所作的和歌。
② 吹革祭：阴历十一月初八神社的节日之一，在"稻荷神社"举行燃火祭神
  仪式，铁匠铺、佛具店等的手工艺人提供风箱，故停止营业。这一天也是
  妓院的节日。

忘，我多年的宿愿这回总算实现了！"说完，他起身就想走掉。吉野
却拉住他的衣袖，留下了他。熄了灯，连和服饰带都未解开，便抱住
他，说道："我把身子给你，让你如愿以偿。"吉野扭动着下身，男人
忙不迭地解开胯间出产的棉布兜裆布，一边担心地说："有人来了！"
说着又要起身。吉野紧紧地抱住他说："我们的事没有做成，天亮了
我也不让你回去。说真的，你不一样也是男人吗？你好不容易来到这
里，趴在我吉野的身子上了，难道能让你失望而归吗？"吉野边说边
抚摸他的侧腹和大腿，扳着他的脖子，又触动他的腰间，就这样从傍
晚躺下，一直到报时钟响了四下①，总算成了这桩美事。然后，两人
又一起饮酒聊天，尽兴方归。

　　吉野因用这么长的时间接待小刀匠，让其他人久等，而受到了妓
院方面的责怪，认为她这事做得太过分了，吉野说道："我知道今天
等着我的客人，是经多见广的世之介先生，所以什么事都不要隐瞒，
我也不会把错误推在你们身上。"

　　说这话的时候，夜已经深了，有人通知世之介说："世之介先生
请进！"于是，吉野太夫将刚才的事，原原本本地讲给世之介听。世
之介立刻称赞道："女郎就应该这么做啊！我决不会嫌弃你！"两人
当天晚上就谈妥了，世之介要为吉野赎身，并娶她为妻。

　　吉野天生丽质，气质高雅，而且深谙人情世故，像她这样聪明贤
惠的人很难找到。她随从丈夫世之介，为祈求来世幸福而信奉了法华
宗。因为世之介讨厌别人吸烟，她也把烟戒掉了。万事都让丈夫称心
如意。

　　但是，世之介家里的人，都认为把妓女娶为正妻，是不合家风
的，希望将吉野休掉。吉野也感到很难过，向世之介提出离开世之
介家，她说："哪怕让我住到别处的宅子里做你的偏房吧！"但世之

---

　　① 相当于晚上十点钟左右。

介不答应。她又说:"那么,让我想办法缓和家人的矛盾吧。"世之介说:"哪怕是僧人或神官出面说和,他们也不会听的,你会有什么办法呢?"

吉野劝世之介说:"首先,请您发出一封信,以谦恭的口气写:'本人明天就打算休掉吉野,只是希望今天前来能够一聚。'然后再写:'趁庭院内樱花盛开之际,诚邀各位女客光临寒舍'。"她们收到邀请函后,心想:"原本就没有什么恩怨啊。"于是,大家当天就乘车坐轿来到世之介家。

人们并排坐在假山下的宽敞的书院内,喝酒聊天。估计着大家酒兴正浓时,吉野出现了。她身穿浅黄色布棉袄,腰系红色围裙,头蒙一块手巾,是一身女用人的打扮,手托一个木制方盘,盘内放有切碎的干鲍鱼片。她来到在座的长辈面前,低头垂手,说道:"我本是住在三筋町、名叫吉野的游女。我知道我出现在这里,实在是冒犯各位了!但是,今天我就请求告辞,就要回娘家了,现在跟各位道别。"接着便唱起了一首让人回忆往日的歌,在座的人都听得动情了。然后,吉野又弹琴吟咏和歌,与众人交流茶道、插花,调整时钟,给姑娘梳理头发,又一起下棋、吹笙,谈论人生无常、居家过日子之类的事,一切都令众人觉得非常愉快。

其间,吉野因事回到厨房去,也很快被叫出来。由于吉野的周到招待,众人竟忘记了回家的时间,一直玩到天亮,才一一告辞回家。这时,有一位来客说道:"世之介不能没有吉野这样的贤惠妻子呀!我们都是女人,看到吉野这样的人都觉得很开心!她真是温顺又贤惠,嫁给什么样的男人做妻子都毫无愧色。在我们这个家族的三十五六个女人中,像这样的一个也没有。我们都希望你别走,做世之介的夫人吧!"不久,家人为他们举行了婚礼,婚礼上堆满表示祝贺的酒桶和装在薄杉木板盒内的礼品,还有蓬莱山形的盆景。人们为他们唱了一首《相生的松风》表示祝愿,并祝世之介与吉野长命百岁，白头偕老。

二　大轿子里烤年糕

"我并不是要硬套'虽有三井古寺钟'这句唱词，可我确实'虽有多余的钱，难有多余的闲'，直到如今我还未曾去过那柴屋町^①，这岂不太说不过去了吗！据说，从前有和歌写，那长柄山的山芋都能变成鳝鱼，说不定那里果真有什么新奇事儿呢！那咱们就去那里看看吧！"帮闲勘六便应声说："遵命！好的！"于是世之介带着勘六，坐上了从白川桥到大津的轿子，说了声："勘六，咱们走吧！"便上路了。忽然想起了要越逢坂关，于是很快来到了作为大津之门户的八町。一到那里，旅店的人便围上来问："您不住店吗？"

世之介订下一家宽敞漂亮的旅店，问道："要说这里的女人，如今最走红的是谁呀？"回答："是石山的观音菩萨最走红。"世之介一听，生气了："你太小瞧我们了吧！"然后把老板喊来，说："请带我们到花街妓院逛逛！"老板说："我劝您那地方就不要去了！走一趟六七匁银子都不够花的。"勘六听罢，气得切齿说道："我们只是悄悄出来玩的，才没带很多仆人，穿着也故意朴素些，可是你……"世之介看他生气，觉得很好笑，便道："把放在你那里的金币拿出来给他们瞧瞧吧！"老板便就站在厨房里高声喊道："今晚有来此地嫖名妓的贵客在这里投宿呢！"说着用手指着勘六，样子很滑稽。

世之介不耐烦了，走到外面，就听人们嚷道："从京都来了大人物，是参拜伊势神宫来的！"人们拥挤在门口，仿佛举行祭祀一样。大阪的名马黑舟、伏见的名马涟波、淀的名马樊哙，共有三匹，用白色绉绸的带子将七层坐垫绑在马背上，马蹄子上套的也是中国丝线编

---

① 柴屋町：位于大津的花街。

织的蹄套，马背上各坐着一位十二三岁的女孩子。她们身着四种色调的长袖和服，头戴一顶红绸子做里儿的菅草笠，草笠上有红白交织的带儿。这时，马夫正唱着请客人下马住宿的"小室调"，有两个雄赳赳的马夫在左右两侧各抓着马缰绳。

那三个姑娘是京都妓院太夫的侍女，一见到世之介，便打招呼道："喂！您好啊！"边喊边让马夫抱下来。三人都过来围在世之介身边，说："我们是来参拜伊势神宫的。您怎么也到这里来啦？"世之介说道："是勘六要来玩，我随着他来的……我现在头有些痛，来给我揉揉吧！"于是，三个姑娘一人揉头，一人揉腿，一人揉腰，她们连自己的旅店也不想去了，说："您带着我们去看看此地的柴屋町吧！回去以后也好给太夫们讲些新鲜事儿，拜托啦！"

世之介说："那我就带你们去吧。"于是让三个姑娘走在前面，向南口的大门走去。他们看到，即便这里离京城不远，女郎们的习惯做派却很有不同。那些下等妓女在她们的房间里无所顾忌地大声说话，走起路来也是大大咧咧、匆匆忙忙的样子，衣服穿得邋里邋遢，腰带系得松松垮垮，浓妆艳抹过于刺眼。妓女们不分等级高低，人人都手持一把三弦，摇头晃脑地哼唱着歌。

聚集在妓馆门前的人是马夫、独木船的船主、海边的渔民、相扑力士、鲫鱼寿司店及小批发店的伙计等。他们在女人面前都肆无忌惮，与熟悉的妓女嬉笑怒骂，或者因为互相磕碰而吵嘴。还有一些脾气大的男人在吵架，有拳打脚踢的，有抢头巾的，有外衣掉了的，乱作一团。有人披头散发，有人半露着膀子，有人手里攥着木棒，有人手持明晃晃的刀子。这里简直就是打斗场，是一些亡命之徒、夜不归宿者的聚集地。

那天夜里，世之介在一家熟悉的妓院里，召了兵作、小太夫和虎之介等女郎，玩得很开心。第二天为给京都来的那三位妓院侍女送行，备了酒宴，并将这个妓院区的高级女郎一个不落地包了一天。世之介酒喝多了，带着醉意对三位侍女说："你们就要回去了，无论有什么要求，都请提出来，我会满足你们的。"于是，她们说："因为我们的主人太夫把一切都安排好了，我们也没有其他什么要求了。不过，我们骑的马总是有先有后地分开走，聊天不太方便。如果让我们三个人坐在一起，白天就可以一边躺着闲聊，一边烤年糕片儿吃。如果您能让我们这样，那就好了。"

世之介一听，说道："这个太容易办到了！"说着，他马上让人将两顶轿子并在一起，把中间的隔板拆掉，用钉子和板子连接起来，并在轿内放一只火盆，吊一个支架，又放一架枕边小屏风和一个手巾架儿，挑选了十二名轿夫抬轿。这样的轿子抬起来时，简直像一间小房子在移动。

只要世之介想做的，就没有做不到的。

三　心不为金钱所动

据说日本国最早的游女始于江州的朝妻和播州的室津，如今已扩展到全国各地。朝妻的游女已不知从何时绝迹了。那地方贫家聚集，女人织布，男人拉网打渔，以此度日。而室津至今仍是西部第一大港，游女也比从前更美，风俗习惯与大阪没有太大不同。

有一天，世之介邀来了关门歇业的金左卫门。这两人都喜欢游玩，他们乘坐临时雇来的小船，划得飞快。当天，当空中布满晚霞时，他们来到所谓"恋情之港"的室津，暂且将小船停在这里。

那天正值七月十四日之夜，当地有个习惯，以七月十三日为限，一切账目都要结清，到了十四日晚上，就显出盂兰盆节的气氛了。男人头戴着草编的小斗笠，有的女人把头巾向后折起来，腰挎大刀和小刀，搞成男人的样子。妓女也混在人群中跳盂兰盆舞。世之介他们一靠近，就被她们衣袖上的香气吸引住了，并在她们的引领下，来到所谓"橘香浴池"、"丁香浴池"之类的地方，实际上就是妓院。

他们又来到所谓的"广岛浴池"，让老板八兵卫带着，把丸屋、姬路屋和明石屋三处的八十多名游女看了一遍，从中选出了"天神"和"围女郎"级别的七个妓女，但并未具体选中哪个人，而是先一起喝酒。世之介对老板小声说："这七个人中，到时我看中了哪个，就请她陪我过夜吧。"女郎们听到这话，便各自梳妆打扮，准备起来，很有意思。为了醒酒，在名为"千年川"的香炉中点起了厚厚的香木让她们闻。但她们无心嗅香，匆匆拿起香炉过了一遍，看上去极不雅观。

坐在末座的一位身着开襟和服的女郎①，乍看上去并不是那么机灵，露着肩膀，贴身麻布夏衣上的家徽带有地藏菩萨的图案，这让人觉得仿佛有什么来由。当香炉传到她面前时，她沉静地仔细闻了闻，稍稍歪着头，反复将香炉打量两三次之后，说："我觉得……"说着从容地放下香炉。世之介接着问她："你觉得这是什么香木？"她回答说："这是真正的诸葛香。"世之介说："看来你对香很懂哦！"说着，又将手伸到怀里想掏出什么，这时那女郎阻止道："不，我这样的人怎能分辨什么香呢？也许，您这块香木与江户吉原的若山小姐有什么关系吧？"世之介说道："是的，叫你说中了。这是她给我的相识纪念物。"那女人说："果然不出所料。我刚才之所以能说出这香木的名称，是因为我认识的备后福山那地方的某位先生也有这种香。在我与他共枕的那天夜里，他拿出一个香包，对我说这是江户的若山小姐给他的，而他又使用这种香熏了衣袖。那天夜里我很开心，所以我没忘这种香，到现在还记得呢！"

世之介听罢被她迷住了，不由得鼓起掌来，说："缘分这东西真

---

① 当时风俗，穿开襟和服的女郎，是未满十八岁的年轻女郎的一种标志，江户时代的妓女一般都是满十九岁。

是神奇啊！我要能得到你给那位备后的男人的十分之一的爱，就满足了。"老板见状，马上铺好被褥，吊起蚊帐，说道："请到这边来。"世之介道："那么，今晚会共有美梦吧！"便进了蚊帐。这时他身上热得出了汗，那女人让一位侍女把许多一直能活到秋天的萤火虫拿了过来，放在蚊帐中让它们飞舞，并且把插着水草和鲜花的水桶也放进蚊帐，让人顿觉清凉。那女人随口吟诵了一句和歌："房间中飞着萤火虫，乡野搬到都城中。"说着，也进了蚊帐。那就寝前的身段显得特别美。世之介觉得，见到她这样子，怎么也把持不住了。而且，她那颠鸾倒凤的技巧也非同一般。

这女子言谈举止很高雅，世之介觉得她非常可爱，说："我理想的女人就是你这样的。"说着，他把钱袋中所有的金币银币都拿出来，一共四十块，包起来放到了她脱下来的和服袖中，但是，她并没有碰那些钱。

天亮时分，当世之介要回去时，过来了一位云游僧，对女人说道："请您布施一些吧。"女人便将袖中的那包钱币原封不动地给了那僧人，云游僧也不假思索地收了。但是他走出了四五町远，又转身回来了，对世之介说："我完全没有想到啊！贫僧只要一两文钱，这些请给那位女子吧。"接着丢下钱币便走了。

这位女郎出身何处呢？想必是富贵之家吧。世之介为她的气度而惊诧，便询问起她的身世，据说是某知名人士家的女儿。世之介便立刻为她赎了身，并把她送回家乡丹波。此后的情形如何，便不得而知了。

四　闪闪发光水晶球

"男色也很好玩啊！"在朋友的劝诱下，世之介他们来到了京都的灵山。在能乐排演结束后，人们都离去了，只听得傍晚的松风和寺院炸面筋的声音。吃寺庙里的斋饭是不能喝酒的。有人说道："哎各位！在这里酒也不能喝，该干点什么呢？""今天咱稍变变花样吧，把玉川千之丞、伊藤小太夫①等四五个人，叫到这里来吧！"于是，派人用快轿前往富川町去接他们，眨眼工夫，就有人禀报：人已经接来了。

只要见到他们，就没人会说"不喜欢"。曾有人说："和美男在一起，就像在凋零的樱花下和一只狼共眠；与美女在一起，那心情就像明月落下之前没有点灯笼。"人们当然对此趋之若鹜。

这些人彻夜不眠，像孩子一样喧闹，有人抛枕头玩，有大年龄的就玩贝壳陀螺，也有人玩折扇、猜拳。热得汗流浃背，想透透风时，便来到南面的檐廊下。眼下正巧是五月初，夜空黑暗，高墙外有一棵茂盛的朴树。从繁茂的枝叶间，隐约可见一些小球闪闪发光。人们大吃一惊，立刻跑进了厨房或方丈，吓得魂不附体，有的甚至瘫倒在地。

有一个男子自恃有力气，便把一支鸟舌形箭头搭在短弓上，从走廊跳到院子里。一个名叫泷井山三郎②的歌舞伎男优跟在后面，阻止他说："无论是什么，也不必射杀啊！请你稍等一下，我过去把它捉来！"说着，他走到院子边上的树下，向上一看，看到了那星星一样的东西还在闪闪发光，并且有一团黑乎乎的东西在动。

山三郎平心静气地说："你是什么怪物？"接着树上便传来了一个人的声音："哎呀！我心里难过啊！如果让我中箭而死，就不会受这样的煎熬了。您不让那人射死我，我对您更感激了。但是我却更难受，真是痛断肝肠啊！我活着，就如同在烈火地狱之中！"说着，他那热乎乎的眼泪便滴落到山三郎的衣袖上。

---

① 玉川千之丞、伊藤小太夫：均为当时扮演女角的著名歌舞伎男演员。
② 泷井山三郎：当时的著名歌舞伎年轻男演员，十九岁时早逝。

于是，山三郎问他说："那么，你是在恋慕什么人吗？"树上人回答说："您这么一问，我就更难过了。我每天去看戏，为的是看到您的面容。您从戏院后台回家时，我偷偷地尾随在后面。不知曾有多少次伫立在您家门前。听到您的声音时，激动得几乎要晕死过去。今天，我去东山的庙会，偷听几位提草屐的随从说的话，想再次见您一面，然后上吊而死，所以才爬上了这棵树。而且，现在您与我又能如此交谈，我已经没有遗憾了。如果您觉得我是个可怜的人，就请在我死后为我祈求冥福吧！"说着，他将水晶念珠从树上丢了下来。

山三郎说道："听你这么一说，我很理解了。我放心不下，才阻止了刚才那位，亲自到树下弄个明白。现在我们能够相通心迹，不是最值得高兴的事情吗？我一定会满足你的愿望。现在请你等到天亮，明天请你一定到我家里来！"说话时众人已经点起了火把，一起围过来，要把树上的人弄下来。山三郎极力劝阻，但没有劝住。拉下来看，原来他是一个衣衫褴褛的穷修行僧。

这时世之介心想："男人之间的情意也是值得尊敬的。"于是，为修行僧和山三郎安排见面，使他们自由来往。但是据说后来这位修行僧却因此而自大起来，连山三郎写的誓文也信不过，竟然让人在山三郎的左臂上刺了"只爱庆顺"四个字，因为这个和尚的名字叫"庆顺"。

这个故事并非虚构，是后来世之介与歌舞伎演员们在一起时讲的。世之介说："这有什么不能说的呢！"便感慨地讲述了关于山三郎的种种事。

五　伪装的生意兴隆

世之介手下的那些帮闲，一天到晚只在京都眺望山景，世之介便对他们说："我要带你们到堺那一带的海湾，让你们看一看用拖网打捞出的活蹦乱跳的樱鲷。"于是说走就走。

他们途经住吉神社①，进入堺地区的北端，眼前就是高州的花街柳巷了。又经过中之町，抵达了袋町。他们没有把妓女叫到一起一个个挑选，而是大家在一起游玩，但实际上也没有几个妓女，而且还要按"天神"、"小天神"这样的高级别来收取嫖资。

在二楼的房间里，确定某位妓女陪某位客人，还没等酒杯传到末座，便有侍女来叫道："葛城小姐，暂借你一下！"叫葛城的妓女便应声起来走了。过了一会儿，那侍女又喊道："高崎小姐！"妓女刚刚返回就座，又有人来叫，这样反复不断地在一个时辰之内，每个妓女竟都出去了七八次。世之介心想："看来她们的生意真是兴隆啊，是不是有很多熟客呢？"边想边向楼下看，却看不到一个男人，女人们也都头枕手臂躺在那里，或大口大口地喝着茶。打哈欠了便上二楼，一到了楼下就阅读净瑠璃剧本。实际上，她们一个客人也没有，却这样白白地坏了在座客人的兴致。这是此地妓院的一贯伎俩，让人以为好像多次被其他客人请去，看起来就生意兴隆了。

这真是让人郁闷。整个晚上就好像很多人挤在淀川上限客三十人的渡船上。躺下来，只要一伸腿，脚就露出来，因为被子太短了。有位帮闲说道："哎呀，世之介先生，这次我可真的体验了出外旅行的苦楚了。我们还是回去讨京城女郎的欢心吧！"世之介说道："是啊！不过，我觉得在这里受点苦，年老之后也可作为谈资。我是担心睡了会感冒，就没有和女人睡在一起，是系着衣带睡的。"他向旁边一看，伙伴中有一个人把砚台拉过来正在画房屋建构草图，另一个人则躺着捻斗笠上的纸捻儿，说："这总比发呆好。"还有一个人从自己的小药盒里取出艾草，正在灸足三里穴，一脸痛苦的表情。女郎们则扎堆，直到深夜，她们还在做翻花线或掰手腕的游戏，不时打个盹。大家都盼着赶快天明，在这里感觉简直就像拥挤在佛堂中。

---

① 住吉神社：在今大阪府住吉区住吉町。

这样待着实在无聊，有人便聊起天来，说道："此地有钱有势的年轻人，也去大阪的新町结交称心的女郎，有的也攒足了零钱，在京都的岛原上花光，这都是值得的。世界上再没有比吝啬的嫖客和蹩脚的剃头匠更令人讨厌的了。去嫖那些不干不净的妓女，或者让那些按钟点计价的低级妓女穿上漂亮的衣服，都是不划算的事。就好比是节约了一文钱，却不知珍惜四十六两银子。去看一看太夫那身着睡衣的身姿，哪怕只是一次，也是值得的。她们不可能穿褪色了带红绢里子的、脏兮兮的贴身裙，也不可能把头枕在脏枕头上。两者的差别可是太大了。如果是乡下人偶尔去逛一次也倒罢了，那些常常进出花街的有钱人却不用心，把什么人都盖的被子盖在自己身上，那就太不应该了。在京都，有的人在七左卫门的丸屋妓院里，专门放了一件带有家徽的、漆着梨皮斑点花纹的大柜子，里面放着四季用的被褥，甚至枕边的盒子、烟盆、其他器皿和水杯也新置办一套，干干净净地放在那里备用。这绝不是摆谱奢侈。仔细想想啊，还是身体最金贵。不知世之介先生对这类事情怎么看呢？"

世之介深表赞同地说："是啊，比如说某位患有脏病的嫖客与某位太夫相会之后，第二天，手持柏骨扇的达官贵人来找这位太夫，他当然不会知道昨天的事的。这次回到京都，我知道该怎么做了。"世之介回京后，果真置备了几只大柜子，里面装入了与女郎们相会时用的各种用具，吩咐手下人抬到常去的各个地方。

六　有眼却不识泰山

正如梅花飞出京都①，世之介从京都远奔九州的博多，到了那里的

---

① 梅花飞出京都：据说平安时代菅原道真被贬为太宰府权帅，临行时，他特为宅内梅花吟咏了一首和歌，日后，这梅花竟从京都飞去了。

叫"柳町"的花街。

从前，此地曾有一位人称"博多小女郎"的与众不同的女子。但是自从袖之港发生杀人暴乱之后，这里的花街到了晚上就戒严了，甚至有时白天也紧闭大门，而让人们一个个地从小门进入，尤其是武士更要受到严格的盘查。这些当然都使人感到很扫兴。

时间正是六月初，世之介他们乘船旅行，愉快地来到了安艺的宫岛。正巧，这里正值集市，人们不远百里来到此地。有的正在引诱在严岛神社大经堂暂宿的乡下小姑娘，有的迷上了歌舞伎演员，还有两个客人在争夺同一个妓女。这里不分昼夜，熙熙攘攘，其景象在其他地方是见不到的。

即使是妓院，房子也不大，从外面一览无余。女郎们身着染有浴衣花纹的丝绸夏衣，故意显露出暗红色的贴身裙，显得浅薄可笑。她们好像刚刚学会了《冈崎》这支曲子，但弹起三弦来发出的全是砰砰的拨子声。听她们唱着当地流行曲"矮竹虽然不起眼，却能做成好竹帘"，怪腔怪调的很可笑。

各处转了一遍之后，世之介选定一家走进去，吩咐说："无论哪位都没关系啊，我只要性情最傲慢、甚至善于拒客的女郎！"不久，来了一位妓女，还有两位弹奏助兴的"太鼓女郎"。她们并排坐下来。世之介与金左卫门、勘六，都穿一件浅柿色夏衣，外罩一件浅蓝色粗纺短外褂，在直径四寸五分左右的家徽上，绣着由镰刀和车轮以及"奴"字组成的图案，完全是土俗的打扮。他们说："穿这样连我们自己都觉得丑。"妓女们看到这身行头果然瞧不起他们，连酒都不给他们斟。她们之间使用黑话交谈，对世之介加以挖苦嘲笑。这时候，山里人把正应时的苹果装在提篮里来出售，世之介说道："给我来只苹果！"说着，他把腰包里的零钱扔了出来，妓女高声笑话说："昨晚你就是这样买野鸡的吧！"接着，又插科打诨地大笑起来。

世之介问其中的一个装腔作势的妓女说："依你看，我们像是什么人？"对方答道："像是人。"世之介又问道："你这回答不新鲜啊！我让你猜我们是做什么生意的？"于是，对方认真考虑之后答道："也许我眼光有偏差，你们都是坐在铺席上干活的人。大概这位是做毛笔生意的，这位是专糊纸盒子的，另一个是编织和服腰带的。"

世之介故意以惊讶的神情说道："哎呀，你真是了不得啊！我们当中，没有编织和服腰带的，你说得不对，另两个人你都猜中啦！"女人们听了，更加自以为是起来。

世之介接着说："本来，不管穿得怎样，凭随身佩带的腰刀、小药盒的做工以及手脚的样子，其身份地位大体上是可以判断出来的。尤其是，今天本人带来的这位堀川的胜之丞，即使在京都那种大地方，这样出色的随从也是难以见到的。我带着这样的随从，你们却把我的身份估计得如此之低，你们太蠢了！想必跟你们这种女人，即使上了床也是无趣。还不如我们自己玩木偶戏游戏呢！"说着，世之介让人从衣箱中取出折叠舞台组装起来。上部幕布、遮面幕布、下部幕布都齐全，在不足五尺见方的舞台上，镶金嵌银，使用灵便，他们按六幕古净瑠璃的剧情起了偶人。"看呢！《信太妻》①中的这位夫人打扮得像是江户人呢！"另一个帮闲说："世之介先生，您说这位偶人简直和吉原的那位太夫一模一样吧。"

世之介说："你一眼就看出来了。这是我让人照她的样子制作的。据说，关于这位太夫曾有一段故事：某位大名与两个随从，穿着一样的衣服，悄悄来到市左卫门妓院，在客厅与这位太夫相会。大名对她说：'三人之中，请按你的判断，给你的主要客人斟酒吧。'太夫不慌不忙地说：'我并非神人，若看错了，请多原谅！'说着，她来到

---

① 《信太妻》：古净瑠璃曲名，剧情为安倍保名与信太森林中的狐狸发生关系，生下安倍晴明，安倍晴明为此剧主人公。

厨房，低声与侍女耳语几句，让她放跑了亲手饲养的黄莺，然后，又让侍女到假山上呼喊：'有人吗？快来啊！'三位客人齐声问：'什么事啊？'打开拉门向外走的时候，太夫辨别出来了，给真正的主人斟满了一杯酒。她这种聪明的做法受到了称赞。后来有人悄悄问太夫：'你是怎么看出来的？'她说：'虽然三个人都穿着淡黄色布袜，但是，其中只有一人的袜子上，没有被木屐带磨过的痕迹。这就表明他是一个只坐轿子不踩泥土的人，所以我判断他就是主人。'"

七　放屁也得看时候

虽然还有一些花街柳巷没有去过，但是，那些偏远乡村是很乏味的，不必再去。世之介他们赶上好天气，决定乘船回难波。来到海面，感到很高兴，航标也渐渐靠近了，船不久就到了三轩屋。以前这里也有游女，她们曾唱着"常去淡路的雄鹿毛，做成毛笔"等小调，但是，这已成为逝去的梦了。

眼下正是秋风吹拂芦花的时节，町人们自由自在地吹笛、敲鼓、泛舟取乐，在屋形船的船舱里，有外山千之助、小岛妻之丞、小岛梅之介等年轻的歌舞伎演员。松岛半弥、坂田小传次、岛川香之介等另几个歌舞伎演员则坐在那边的船上，手中红酒杯与夕阳交相辉映。碧波荡漾，令人心旷神怡。河对岸，松本常左卫门、鹤川染之丞、山本勘太郎、冈田吉十郎等歌舞伎演员正在伸长钓竿钓虾虎鱼，自成一道景观。在随行的船中，设有竹叶葺顶的临时洗澡间，游船还拖着一只养着活鲷鱼及鲈鱼的网箱。这些人白天在扇子上写字后放入江中漂流，夜晚则放起烟花，与天公同乐。

世之介说："哈哈，乘船的游乐确实比在京都游山好啊，真想让那些宫中的贵人们也来看看。虽然这里不是宫中，但在卫士燃起的篝火上架起薄锅，煮一些味道清淡的菜粥，此中乐趣，不会喝酒的人是体味不到的，我总算还能喝上一两杯。在大阪逗留时和歌舞伎男优们玩一天，也很好嘛！不过，和今天的快乐相比吧……"有个男人听到这些，问道："您就是世之介先生吧？"世之介反问道："你是谁？"对方答道："我是那位小仓来的男人的朋友。""哦，那后来怎么样呢？再也没去过京都吗？"世之介问。那人说道："啊，我有话要对您说，请到我船上来吧！"

世之介来到对方的船上一看，船上人都是熟悉的朋友，他们正在用世之介见过的带家徽图案的小酒杯饮酒打闹取乐。说话间，游船已到四桥一带。有人说："上岸吧！"

"又去那坏地方①吗？"

"是的，大体看看就回。听说观看新町的夜市，就像观赏吉野花一样。"

他们从东口进入新町，来到了九轩町的吉田屋。见厨房中有个上了岁数的男人，身穿红里子的白色绉绸宽袖和服，正在指挥着女人们干活。世之介问老板娘阿成道："那人是谁？"回答："是我丈夫。"世之介说："这两三年常到您这里来玩，却不认识您丈夫，这也太奇怪了。这是因为什么事情你阿成都能搞定的缘故吧。今儿晚上我不挑剔，只要是有鼻子有眼的女人，无论谁都行啊！"他这么一说，那些无人待见的妓女就都被叫来了。

世之介提出这样的要求，是从来都没有过的。他在其中点了某位"天神"。

他们先上到二楼房间，月光从南面的天空照进室内，还跟以前一样。这里曾是加贺的一位人称三郎的人和市桥太夫约会的专用房间。但是，那时墙脚贴的是金箔，如今则贴上糊墙纸了。世之介心里说："还记得那时曾见过的东西，有放在四尺长桌上的大砚、笔架和香盒

---

① 坏地方：原文"恶所"，指花街柳巷。

等进口用具。即便放在这儿不管，也没有挪动过。可是现在，连木枕都少了，烟盒里也没有烟草，烟袋也不见了，莫非是女用人拿去了吗？"正在这时，艺人城春拿着捐献簿走进来，是为买三弦琴而来要钱。大家讥讽道："知道啦，你是找机会就来要钱吧！"又说："女郎们还没来吗？如果来了，只是看一眼，不让陪着坐一会儿就让她们回去，那岂不是……"正说着，世之介点的那位"天神"女郎来了。

那女郎不知在什么地方喝了酒，似乎喝多了。她很快给铺好了被子。世之介说道："难得这样睡啊！"说着，连衣带都不解，就打着鼾睡了一觉。醒来后正与女人枯燥乏味地缱绻时，同来的人站在门厅叫喊道："咱们该走啦！"

"好的，马上就走！"世之介应声起了床。那女人却说："还没有醒酒呢！"依旧躺在那里，连道别的招呼也不打。世之介为了提神，手里一直拿着烟袋吸烟，就着坐灯上的火一连吸了七八袋烟。这时，妓女的屁股从被子中露出来。世之介正觉得奇怪，她却放了两个响屁。气得世之介用热烟袋锅打在她屁股上。她明明知道客人还没走，就这么放肆，真是不要脸皮。但倘若是无意为之，则连释迦牟尼也是难免的吧。

卷六

一　袖中蜜橘传真情

三笠生来多情多义，天生就是做太夫的气质。衣着也很讲究，在应召去妓馆的途中也要更换衣服，和一般太夫有所不同。所以，那些没有气魄的男人会望而生畏，很少有人与她约会。

但是，与她熟悉之后，就会发现她的优点很多。酒席上活泼可爱，床榻上温柔可人，能使人依依不舍，欲罢不能，急切等待下次再会。而且，她对客人的随从或轿夫也很关照，每逢寒夜，她会自然而然地请他们喝杯酒。这虽然都是些小事，但是，她使下人也能体会到温暖和关怀。即使对在酒席上演奏的太鼓女郎，她也很宽厚，对她们平常的风流事从不追究。但当她们与妓院内部的年轻男人发生关系时，因怕日后坏了名声，便暗中予以提醒。她从来不听人们搬弄是非，手也从来不沾金银。即使身边侍女犯困打盹儿，她也不斥责，而是对人说："每晚都熬到深夜，打盹儿也是很自然的呀。"她把一切都处理得恰到好处，让客人高兴，常使人想，太夫就应该是这个样子的。不过，她在私下也是有自己的隐秘私情的。

世之介因为欠账的原因，不能定期与三笠约会了。当年他在三文字屋权左卫门经营的妓馆与三笠太夫初次相会之后，就发誓永远不离不弃。开始交往时，两人乐趣无穷，中间更有滋味，但最后出现了一些障碍。妓院把世之介拖欠的账单拿出来，老板从中阻挠他们往来。世之介曾想一死了之，但是又想到三笠太夫那样有情有义，就舍不得了。因为不能自由自在地与她幽会，只能悄悄地在他认为是三笠太夫刚走过的地方走来走去。他边走边想："在这昏暗的地方，能捡到鬼神丢下的钱包就好了，或者若有那著名的加贺判官为我说句话，也能如愿了。"他忍受相思的痛苦，千百次地在梦幻中见到三笠太夫的面影。

到了与世之介约会的时候，三笠太夫偷偷地出来，她对世之介说："今晚在经纪行竹屋的七先生举办的宴会上，与纪州来的一个叫吉如的人初次相会，没想到他追问我与您的关系，而且要我断绝咱们的关系，我很难过。我怎能抛弃您呢！"说着，她把手伸进世之介的左袖口，摸着他的侧腹，哭了起来。

如今正是梅雨季节，她却拿出一只蜜橘来，让世之介觉得似乎到了产橘子的秋季。三笠说："这橘子我留着一直没吃。"说着把它递给世之介，道："你还记得吗？去年秋天，您揪下我的一根头发，把蜜橘皮捆成小猴子的样子。那个夜晚，我们无忧无虑玩得多开心啊！那个负责按摩的休斋还从二楼上掉下去了呢。"正当她说这些话的时候，传来了寻找她的喊声："太夫小姐！"三笠太夫无限悲痛地说："明天晚上，天快亮的时候再见吧！"便与世之介洒泪告别。又听有人吩咐"把大门关上"，世之介只好混在随从和不住宿的人们当中，走出门去。茶馆的灯笼很亮，他害怕被人看见，便侧着脸走了过去，心想，要是在从前，就会有人送他到这里。如今只得暂且去先斗町的一家小旅馆。

没有不透风的墙，太夫三笠与世之介的事情被人知道了，老板对三笠严加斥责，但是她就是不肯中断与世之介的关系。老板越是残酷惩罚她，她的态度越是坚决。老板无计可施了，便把她贬为打扫卫生的女佣，让她身穿破旧棉布衣，干那些打酱油、买豆腐之类的粗活儿。但是，她并不以此为耻，为了自己的心上人，她可以忍受这一切。那年十一月，初雪下得很大。老板将三笠的衣服扒光，捆在院内的柳树上，喝问道："从今以后，还和那家伙来往不？"但是，三笠决不说出"不来往了"这几个字。

她抱着必死的决心，一连绝食了五六天。有一天，一位比她年轻的同伴看到她在流泪，便说："看你多可怜啊！"太夫说："我并不是为自己的遭遇而流泪，我在想，我这样，他是不是知道呢？"

正说着，卖梳头油的太右卫门正好来到这里，见状悲叹不已。三笠想起，这个人平素常常出入世之介家，便对人说："我要认错了，请将绳子给我解开一下。"松绑后，她从自己的白绫子贴身裙上撕下了一块布，咬破了小手指，用鲜血写了心迹，然后将它交给太右卫门，说："拜托您了。"做完这事情后，她又让人把自己绑到树上。正当她感到活不过今天，想咬断舌头一死了之的时候，世之介收到了她的血书，身着自杀时穿的白衣赶了过来。很多人都过来劝说调停，辩明道理，把事情解决了。此后，世之介把她迎进了家门。

这种真挚感情是很宝贵的。"大阪屋的太夫三笠"的名字也就广为人知了。

二　烧死也心满意足

大阪生玉神社水塘中的荷叶，每年七月十一日都要收割。人们划着小船在水塘里穿来荡去，挥镰割荷，惊得鲤鱼、鲫鱼和泥龟东游西窜，鹚鹚乱飞，什么杀生之罪、神佛面前要小心之类的，全都置诸脑后了，倒也饶有趣味。

那一天，越后町扇屋的老板，一大早就让人提了装有高粱年糕和美酒的提盒，邀请朋友一同游山。这些朋友是住吉屋、吉田屋的两位，还有名叫什么"平"的人、佐渡岛的传八，世之介也在其中。他们坐在东南方的小岛上，打着拍子齐声唱起了当时的流行小曲："松树的浓阴，被阵雨打湿了，打湿了。"他们都是当今的风流男，好不容易凑在一起，各人都把自己所结交的女郎写的信拿出来，展示谈情说爱的手腕，结果拿出来的都不是给女郎的回信，而全是她们主动倾吐思恋之情的。虽然她们都是风尘女子，但也不一定没有真爱着的人。这些"色道"的行家里手，便借这聚在一起的机会，什么也不隐藏，对太夫们品头论足起来，以作今晚的消遣。

背山太夫快要期满从良了，令人难禁惜别之情。虽然身材矮小，算是有所不足，但是她生得漂亮，气质高雅，聪明善良。

大桥太夫身材修长美丽，目光清凉，只是言谈不够文雅，走路的样子也不太好看。端坐在室内的时候，像是不会吟咏和歌的小野小町①，事事都要依靠侍女阿纯的智慧。

太夫阿琴长得一般，有人不喜欢，但也有人专门喜欢。她聪明过人，但又贪心。脖子上长了一瘊子，是令人遗憾的。但在酒宴上她却很善于应酬，从不出差错，有太夫的风度。

太夫朝妻身材苗条，招人喜爱，侧面看上去很美，高高的鼻梁，可惜的是鼻孔黑，使人觉得似乎刚刚帮人做过清洁。不过，她会显出彬彬有礼的样子，人很温和，有时显得有些狡黠。以上的无论哪一位，作为太夫都不能说是不招人喜欢的。

从一日到三十日不停地陪客，有位太夫堪称妓院"福神"。她是古往今来女郎的典范。她的姿色美丽无比，头发即便不梳理也很漂亮，不化妆的脸、赤裸的双脚也都很美。手指柔软而纤细，胖瘦适度，目光中透着灵气，举止高雅，皮肤嫩白如雪。尤其是床上功夫好，知情者有口皆碑，令男人神魂颠倒。她有酒量，歌声悦耳，擅长弹琴，特别是三弦弹得最好。在酒席上她应对自如，情

---

① 不会吟咏和歌的小野小町：小野小町是古代美人和歌人，比喻只是长得漂亮而缺乏文化修养。

书写得优美有格调，并且善于写长篇书信。不对客人索要财物，同时慷慨大方，以情动人，交往技巧娴熟，若问此人是谁？五个人异口同声地说："除了夕雾之外，全日本再也没有第二个了，非她莫属呀！"

他们相互谈了得到她的眷顾的感受。当客人为情所困想不开的时候，她会开导并疏远他；当得知有关她的议论时，她能使客人充分理解；对于那些为恋情而昏头昏脑的人，她会晓之以理，此后不再与之来往；对于必须顾及自己身份的人，她就让他们明白家中的妻子是多么痛恨这种事。连鱼铺的常兵卫，她也允许他攥攥她的手；对蔬菜店的五郎八，她也能说上几句温存话，而使他感到开心。她从不冷落人，有一颗真诚的心。

五个人起初还是高谈阔论，说着说着声音就低下去，无不热泪盈眶。就连平常爱嘲笑别人的传八，也爱上了这位太夫。

世之介听了他们的谈话之后，在这里坐不住了。他谎称有病，先回了家。他满怀爱慕写了一封信，托人送给夕雾。他下决心一定实现自己的心愿，便日夜兼程，冒着雨雪，赶往她所在的地方。夕雾理解了世之介的真情。阴历十二月二十五日，在人们最繁忙的时候，她给世之介送来信说："请今晚悄悄来吧。"

夕雾比往常更早地来到妓馆，高兴地等待世之介到来。她与打扫房间的女用人商量好，让世之介进入小房间，以方便交谈。不知想起了什么，夕雾把暖炉中的火熄灭了。当时正值严冬，熄了炉火有点叫人奇怪。这时世之介来了。正当两人谈得火热时，事先约好的客人来了，就听有人不断地喊着："权七先生到啦！"

夕雾不慌不忙，把世之介藏到暖炉下面，刚才熄灭暖炉的用意就在这里。这聪明机灵实在太难得了。世之介心里想，即便烧死在这里，也心满意足了。

夕雾为了迷惑权七，拿着一封无关紧要的信逃到了厨房。权七追了过去："让我看看嘛！""不给看！"在他们你争我抢的时候，世之介乘机逃到里面去了。世上竟有这样的恋爱之道啊！

三　情意盒里藏真情

夜晚盼凉风，远处河原上的茶馆搬出了纳凉床，柳马场的帮闲长七手提烟草盆，拿着大团扇，好像在那里等人的样子。世之介便问道："喂！你傻啊！那么远你能看见什么？又在找谁呢？"

长七却一言不发地独自发笑，用手往那边指，世之介顺着方向一望，只见长七的老婆与平常不同，打扮得花枝招展，带着临时雇来的侍女和用人，长七则是一副男仆打扮，让老婆变成了主人。世之介问道："你这是搞什么新花样啊？"

于是，长七说道："只因她心疼我，平常，家里从烧菜煮饭到担水都是她一人干，我每天回来得很晚，还没敲门呢，她立刻就把门给我打开了，还说：'今晚上，因为知道你回来得晚才把门关上的。没不开心吧？今天的事情办得还顺利吗？'无论家事还是外面的事情，她都非常关心我。因此，今天我特地让她打扮成夫人的模样，让她身披罩头外衣出来。天黑后就让她这样躺下，让她享受一下做夫人的乐趣，以此来感谢她平日里从不为独守空房而发脾气，也从来没有因为自己是帮闲的老婆就觉得没有面子。"

长七说的是实情。原来他老婆是岛原的太夫藤浪的侍女阿春。"你们俩情投意合才结为夫妻，阿春积攒下的那笔钱还没花吧？"世之介这样一问，长七便苦笑说："那些钱早就花完了。好在现在还没有孩子！"他嗫嚅着诉说了过日子的艰难。

世之介说："现在到我家来吧，彻夜不眠也好，想一起聊聊往事，我也有话想讲给你们听。"于是世之介带着长七夫妇二人回了家，把他们让到安静的内室客厅里。这时他们闻到了一股香味儿，长七说：

"挺浓的油香啊。老婆，你觉得这是什么味儿？"阿春回答"不知道"。这时世之介走出来说："今天，我晾了一件秘传的东西。"

他们走到小书斋，见角落有一只小盒子，上面写着"御心中箱承应①二年封"的字样。其中装有女郎、美男们诉说衷肠的誓文，大部分是血书。从壁龛柱子上拉着一根琴弦，上面挂着女人剪下来的黑发，并标着八十三个人的姓名，后面还有多少就不好数清了。右侧的搁物架上，放有不计其数的带着肉的指甲。除此之外，还有许多东西用小纱巾包着。这些东西好像都有来由。房间内的情形，如同寺院在铸钟时，女人向寺院敬献头发和镜子以表心愿一样，拉起的琴弦又像寺院启龛时那通向佛界的五彩绳。在隔壁的小房间里，还可以见到在红色布料的和服上写了一些字，白色和服上写着血书。还有在和服上写着的清早分手时依依不舍的句子。那件带有十六子跳棋棋盘格纹的紫地和服，肯定是岛原的太夫花崎的留念品了。还有带着家徽的三弦琴，还有以贴身裙作材料、以饰带镶边装裱的美人画轴。各种物品五花八门，不计其数。

看了这些，长七说道："既然您让这么多的女人神魂颠倒，您自己也难以自拔吧？"长七的话音未落，佛龛上挂着的那一缕缕女人头发突然间向四面飘摆开来，然后复归静止。如此反复了两三次，好像要说话似的，看上去简直像有生命的东西一样。

长七被吓得浑身汗毛直立，说："这是怎么回事呀？"世之介回答说："这个，也许阿春还记得。这是让藤浪剪下来的头发和指甲，当时这样做是出于多种原由的。在这些留念物品中，唯有它使我至今难忘，所以，我特别地把它摆放在这里，一刻也没有忽视过。藤浪有时在我梦中出现，有时在我幻觉中出现，有时则出现在现实中，和我谈起为她赎身的那个男人的事情。因为这样，我觉得现在跟当时总是见

----

① 承应：后光明、后西天皇的年号，公元 1652 年至 1655 年。

面的时候，也没有什么两样。而且，有些话她不会对别人讲，只会对我讲。特别是昨晚临别的时候，藤浪说：'如果把这块新织出来的条纹绉绸做成短外褂，让您穿上，那更会让女人们着迷吧。'说罢，放下布料就回去了。这当然是我梦见的情形，可现在那块布料就在我手边啊！实在不可思议！我就是为了想说一说这件事，才叫你们来的。"

阿春和长七都很惊诧："藤浪小姐这样舍生忘死地爱上了您，这件事在京都已经是无人不知的了。"后来，阿春去看望藤浪。其实藤浪也在纳闷："那种绉绸布料怎么会少了一块呢？"正在这时候，阿春来了。她悄悄地把世之介的话讲给藤浪听，于是藤浪流了眼泪，说："我在想方设法把它送给世之介呢！我和他的交往是神佛相助的吧。我日夜不能忘记他，但要把这缘分永续下去，我就不能在家待下去了。"于是她剪掉了头发，辞别丈夫而出家为尼，自此看破了红尘，在尼姑庵里祈求来世。

藤浪作为一代名妓，受到了人们无尽的赞扬。

四 睡梦中美味佳肴

夜里下了一场大雪，京屋妓院里那棵令人引以为豪的松树，都被压断了枝条，老板仁左卫门觉得心疼。在这样的风雪之夜，人们自然想喝酒。酒后，世之介说道："喂！给我拿个枕头来！我想睡一会儿。"他和御舟两个人躺进被窝里，很快同时打起鼾来。

在用屏风隔开的邻床上，睡着新屋的金太夫和槌屋的万作，御舟不知道自己响亮的鼾声被他们听到了会受嘲笑，却不知不觉地做了一两个梦。只见她眉头紧锁，睁大眼睛，粗声粗气地说："哎呀我的妈呀！现在这时候，七左先生你不能逃走啊！"说着，咬住了世之介的左肩头，并且泪如雨下。世之介吃了一惊，慌忙提醒说："我是世之介呀！"使劲地摇着御舟。御舟从睡梦中醒来，说道："请您原谅啊！关于我的绯闻瞒也瞒不住的。刚才我梦见丸屋的七左卫门了，他说人言可畏，要中断与我的关系。我很难过，才这样子。不好意思啊！"说着，她流露出不想活了的意思，世之介极力劝慰，她的心情才好起来。世之介听了她与丸屋七左卫门相好以后所遭受的痛苦，感到这个女人是今世难得的令人钦佩的女人。

起床道别时，御舟显得落落大方，喝酒也能适量。其他妓院派人来请她去，她跟没听见一样，一直要陪客人到最后，令对方满意为止。有事和老板娘、管家、女佣请假时，也和和气气地使人感到很舒服。穿涂漆木屐走路时脚步轻盈，下雪仆人为她撑伞时雪花落在和服袖上，她也毫不在意。

"为什么她在京都没升为太夫呢？"世之介问，身边人答道："大概因为不是那么漂亮吧？"世之介反驳道："胡说！太夫难道是仅凭长相来决定的吗？！"世之介边说边久久凝望着御舟的背影，独自寂寞地上了二楼。

来接的人迟迟未到，这些女郎们便聚集在楼下茶炉周围等着，妨碍了用人收拾碗筷。她们把盘子里的鲫鱼冻吃得乱七八糟，又呷汤，又喝水，嘴上一刻不停。把圆盘打碎了，却若无其事地拼在一起，还有的将盲人乐师城浪的三弦踩断了，却装出无所谓的样子放在别处。世之介在暗处看到这情景，觉得啼笑皆非。她们的这些所作所为甚至连厨房里的干鱿鱼、干海参也看不下去吧。

接的人来了，临走前，她们或者脱去外衣只穿一件内衣，或者将内衣改穿在外面。被房檐上滴下的水滴吓了一跳，便高声叫骂道："就不能在门口安个竹水管儿吗？！仁左卫门那蠢货！"真是太粗俗了。

吉田屋的某位太夫，从毛马村的乡下嫖客那里硬要来了不少红色绉绸兜裆布，听说第二天就用它做了贴身裙。还有一位太夫，总是贴身带着斜纹绸料荷包，其中装有淡黄色的椭圆形金币。世之介曾挖苦她说："要是夜间发生火灾，逃命的时候也要带上这个吗？"这些行为太不雅观了。

世之介对能听进别人意见的女郎说："在这五年多的时间里，我所看到的有碍观瞻的事情，多得说也说不完。要是一一点名道姓地说出来，未免太刻薄，所以就不说了。请你们在别人看不见的时候，也要注意自己的言行举止啊！"说罢便离开了。

从位于越后町北侧中部妓院的格子窗内，传出了睡意蒙胧的声音："我想吃生鲳鱼片。"虽然不清楚此话的来由，世之介还是说："听一听，大家都别出声！"侧耳细听，原来说话者大都是自己熟识的太夫。"我真想把那有核桃的年糕吃个够！"话音刚落，另一个又说："真想吃脱骨鸡！"还有人说想吃"红烧山芋"、想吃"炖山鸡"、"炒芹菜"、"糖瓜"，还有人想吃川口屋做的帆船形多层提盒里放着的满满一碗清炖鲍鱼。她们各自说出自己想吃的菜，听起来很可笑。世之介问身边人道："这些你们都听到了吧？"以新町西二初音茶馆老板太兵卫为首的四个人齐声道："今天，算是饱了耳福啦！"于是大笑而归。

去年夏天，世之介请吉冈太夫吃西瓜时，她露出了那颗龅牙；请妻木吃洋粉时，她说出了"倍儿香"这个土词儿。这些都是世之介故意干的。

那一年，在九轩町住吉屋妓院的储藏室里，伏见堀的一位爱挑剔的男人，见到初江和初雪从供桌上拿来饭团子，在被炉上烤热，边吃边喝茶的情景，却觉得这也很有意思。

五　大年初一会初音

去妓院区的轿子走得很快，大年初一的一大早就赶到了岛原花街的入口处丹波口。茶馆老板小六子跑过来向世之介祝贺新年。这里靠近朱雀的郊野，所以到这里来就是为了看到新年的初音，有言道：
"不来看看名叫初音的太夫新年的初姿，是要后悔的。"①于是，世之介
坐在了岛原出口处的这个茶馆里。茶馆老板娘佐近端来了所谓的"大
福茶"表示祝福。世之介问道："你说有人到这里来了三次招请客人
了，是哪家的人呢？"回答说："是鹤屋传左三郎派来的。"世之介
说："那么，我们就到那里去吧！"

世之介他们来到了那条妓院街。看到满眼美色，令人眼花缭乱。
用人给世之介介绍说："那位是小太夫小姐，这位是野风小姐，那位
是初音小姐。"

初音小姐身着富于情意的天蓝色贴身衬衣，中间穿一件带有散乱
梅花图案的桦木色缎子服，外衣为粉红色绸缎，饰有五色印花、羽
毛、毽子板、驱邪弓和玉片等，上面有新年驱邪的稻草绳、交趾木
叶、相思叶等吉祥图案。紫色短外褂上系一条红色锁边的饰带，有黄
莺栖白梅的图案。她那婀娜多姿的样子，令人不由得心生爱意。花
街上一位叫又市的男人曾说过："女郎外表撩人，内心聪慧，那是上
品。"所言极是。

正月二十五之前，初音小姐的客人已经排满了，世之介希望的此
前相会不能如愿。最终约定二十六日或者二十七日来与初音见面。见
面那天，初音小姐对世之介说："有时我也想见您呢！和您相会过的
人一定很幸福。您果真是个好男人哦！"听了这话，世之介完全不能
自持，注意起自己的仪表来，一时语塞，浑身冒汗，感到气氛凝固
了。于是兀自喝起酒来。竟一根根地胡乱点起了沉香。看到二楼上的
设施陈旧，便把老板叫来说："这个样子可不行啊！"主动提出承担
装修费用，又送给了老板娘许多新年礼物，还给正在演唱流行小曲的

---

① 此话出自藤本箕山《色道大镜》，这是江户时代研究妓院、嫖客及"色道"
的专著。

女郎一把紫檀活杆三弦琴。世之介在初音太夫面前，极力摆出一副财大气粗的样子，看上去就像来自粗犷的乡下的土豪。使得陪他前来的金左卫门很是困惑。当世之介摆谱显阔时，他好几次打断他并支吾过去。

平日里，这世之介是大名鼎鼎的花街里手，但这次在初音面前却乱了方寸。初音的应酬手段非同一般，是其他的太夫根本无法比拟的。当酒席上的气氛有点沉闷的时候，她会使人欢笑起来，她能把那些以"粹"自居的男人弄得服服帖帖，也能使初来的生手高兴得流泪。她能够根据具体情况，每次都变换接客手法，只要稍一大意，连神仙也可能被她蒙住。她的智慧，是一般人比不了的。

初音床上的功夫也很高超。她说："今晚很困了。"就是婉转地催人准备被褥，自己则开始梳妆。金左卫门留心观察，发现她多次含水漱口，仔细地梳理秀发，用两只香炉熏和服袖口，用写着"室津八岛"字样的盒子中冒出的烟，来熏香和服下摆，并以镜子反复映照侧脸加以修饰。

一走进旁边的小房间，她就让人打开隔扇拉门，让其他女佣退出去，只带一个贴身侍女进去。就着灯光，她来到世之介枕边，说道："哎呀！看呢！很少见的蜘蛛啊，有一只蜘蛛！"于是，世之介起身道："怎么回事！"初音却用力抱住他，说道："是一只女郎蜘蛛缠住了你！"说着帮世之介宽衣解带，自己也解下衣带。"这样，喜欢吗？"说着把世之介拉到自己怀里，双手沿着他的背向下抚摸。"以前，不知有多少女人摸过您这里吧？"当她的手触到世之介的下面时，世之介已经不能自已了。

世之介忍耐不住了，二话不说，便趴在了她上面，将身子压在她的胸上。初音说道："您这样，太粗暴了。"世之介说："我受不了啦，请原谅啊！""有的是时间呢！今晚您……"世之介说："在江户，我也曾在这时候被迫停下来，现在还懊悔呢！我不下去，你把我抱下去才行。"说话间，他那关键的家伙却变软了，没有用了。不得已，世之介要下来，初音太夫却从下面抓住了他的耳朵说："您到现在为止一直趴在人家上面……干不成好事，您也别想下来！"于是两人交鱼水之欢。

这样的床上技巧的确罕见。两人又打闹一番。他被初音踢了一下，也许是世之介说了句什么话，使她不高兴了吧。

六 道别礼物是留香

使京都女郎具有江户妓女的傲气，并与她们在大阪的妓馆中相会，这大概是世间最高的享受了。

江户的吉原有一位无人不知的太夫，名叫吉田，善于辞令。论姿色，她比京都岛原一文字屋的金太夫更胜一筹；论书法，像大阪屋的野风一样出色，而且在和歌方面也造诣颇深。有一次，一位名叫飞入的俳谐①名师，咏出和歌的上句："凉爽呀，昨夜吉田陪着我。"吉田小姐则即兴吟咏出了下句："萤火虫呀，飞进我的床榻上。"不仅如此，她的聪慧和才能还有很多，歌儿唱得很好，三弦琴也会弹，天生就是一位适合干这一行的女子，其聪明才智出乎人们的意料。

山手那地方有一位富豪特别喜欢她，给予她种种关心照顾，使她难以拒绝。最终吉田为他而回绝了其他的熟客，还咬破手指写了誓文，渐渐从内心深处爱上了他。但是，就在这时候，那人又与另一位太夫一见钟情了，想与吉田断绝交往，便想出种种办法，无论如何也想挑吉田的刺儿，但最终也无从挑起。

---

① 俳谐：日本古典诗歌的样式之一，带滑稽诙谐趣味的和歌、连歌；江户时代的俳谐常指"五七五"格律的"俳句"。

有一天下午，那富豪约上了小柄屋的小兵卫，去妓院找吉田。他对小兵卫说："无论用什么办法都行，反正今天是最后一次了。我要难为她，然后利利索索地与她断绝关系，再换一个玩伴儿。咱们快去吧！"他们来到了尾张屋清十郎那里，与吉田太夫会面。那人从一开始就显得暴躁无礼，但是，吉田很快就觉察了他的用意，便完全逆来顺受，像平常一样陪他喝酒，那人咕咕噜噜连饮数杯，又在菜肴方面挑刺儿。

那位富豪佯装大醉，在室内横冲直撞，酒从踢翻的烫酒锅里流出来，淌到铺席上，目不忍睹。小兵卫想用手纸挡住流溢的酒，但也无济于事。当酒流到吉田的和服下摆时，侍女小林用自己脱下来的黑色薄丝的和服把酒蘸干，收拾利索。大家嘴上没说，心里却想，真不愧是吉田太夫的侍女啊！都很佩服。见到小林这样做，吉田当然也很高兴。真可谓"春宵一衣值千金"了。

到了掌灯秉烛的黄昏时分，太夫起身去厨房。当她刚刚走到走廊中间时，不留心放了一个屁，那确实是放屁的声音无疑。在场的世之介和小兵卫都高兴地拍起巴掌来，那富豪说道："这屁放得太是时候了！可以拿这事找她的茬儿！等她回来的时候，就对她说，这屋里臭得没法待了！"两人说："不，不，还不如我们俩都捂住鼻子。她问是怎么回事时，就说我们今天是来闻香味的！"就这样商量好对策，只等吉田回来，但是左等右等，吉田太夫一直没从厨房里走出来。

"她现在根本没法露面了！"正当他们得意大笑时，吉田换了一套衣服，手持一束樱花走来。他们定睛一看，只见她来到刚才放屁的铺木地板的地方，走路的样子格外小心，打开拉窗后又回到铺席上。这可是关乎她一生的大事啊！这时小兵卫心想，可不能胡乱说啊！便一时没有开口。世之介走过去仔细踩了踩那段铺地板的地方，并没有踩出任何声音来，然而他却什么话也没说。还是吉田先打破了尴尬场面，她对着那富豪说："最近您的所作所为完全是莫名其妙。我们从初次相会到您厌倦我为止，我一直没有变。但是，从今天起，我够了！"说完，她便到外面房间去，若无其事地逗着小狗玩起来，那样子有点可恨。两人没有办法，闻了屁味，又让吉田给羞辱了，连声"再见"也没能说，只好灰溜溜地回去。妓院的人知道了此事，都说世之介和小兵卫的做法不高明，而那位富豪也终于未能与他想要替换吉田的那位太夫相会。

吉田太夫对此事也没有隐瞒，她将各等级的女郎、老板娘、名叫重都的盲人乐师和管家阿满等人召集起来，向他们一五一十地讲述了事情的经过，说："那时对方故意想找茬儿，我就想说：'这么找茬儿也太无聊了吧！想找茬儿吵架，借口不是多得是吗？'因此，我回来的时候才故意绕开那段铺木地板的地方。对方也被搞糊涂了，很好玩吧？其实，那时放屁的，确实是本太夫。"

对这事，世间没有一个人说吉田太夫做得不好，反倒对她的聪明表示钦佩。太夫有空时，许多人争着与她相会，就连来自八王子的卖柴的樵夫、神田桥上的化缘僧、金杉的马夫，也因思恋她而来，伫立于街头的十字路口。甚至那些风餐露宿、无家可归的人，只要见到吉田太夫在街上行走，也会呆呆观望，失魂落魄一般。

七　纸外衣上写和歌

嫖客的时髦装束是进口细条纹布衣，女郎的衣裳则讲究潇洒，让人在衣服上画上《源氏物语》的故事人物，家徽也对称地绣在衣服上，袖口是黑色的，下摆染成山道形。以前的客人头戴细孔斗笠，女郎则脚穿带有红色带子的棉袜，但是，这与如今什么也不穿的"素足"相比，就显得土气多了，所以那种装束也早已过时。可见，装束打扮，还是顺从时尚为好。

近来的嫖客越来越奢侈了，焚名香也相互攀比，最后跟烧火一样，以至于让侍女焚香火来温酒。如此，多少钱都会花光，即便从中国的咸阳宫拿来四万两银子，也别想从雁门①拿回去。

那一年，初雪的一天早晨，世之介身穿一件纸外衣②，这件外衣非同一般，是用藤原定家的和歌手稿、原赖政亲书的三首和歌、三十六歌仙之一的素性法师③的长歌④以及其他历代歌人墨迹的纸张缝合而成。而且这些古籍都经由一位名叫了佐的古籍鉴定行家加以鉴定确认。把这样的外衣穿在身上，简直是不知天高地厚的暴殄天物。而尾张的传七也不遑相让，他将二十三位倾城女郎写的誓文缝合在一起，制成一件外衣穿在身上，两个人互相攀比。他们都是今年初次来会野秋太夫的，为了野秋太夫而欲一比高低。这两个人都是此道老手，所以，此后比着花钱就不用说了，甚至豁出性命也在所不惜。

野秋心想，从前曾有两个男人同时迷恋上一个名叫菟名日的处女，最后两人都跳入生田川死了。如今的世之介与传七就像那两个人。对他俩，她并不喜欢谁或讨厌谁，所以只好隔日与他们分别相会。野秋生来聪明伶俐，是一个昨天的事今天不谈、今天的事明天也不说的人。她写信给他们两人，都表达同样的情意，誓文也事先说要只写给他们两个人。这实在是一种很特别的做法。

对此，世间也有一些不好的议论，有人说："野秋对客人是一手拈着花，一手捏着叶，脚踩两只船。"这是不懂游戏三昧、不懂妓院恋情的人才说出的话。多少懂一点内情，哪怕是与太夫身边的女郎交往过一次的人，就可能有所体会。野秋无论选定两个人中的哪一个，

① 雁门：咸阳宫门，据说把守极严。
② 纸外衣：一般的纸外衣是廉价的衣物。
③ 素性法师："色道"理论家藤本箕山的别号。以上为藤本箕山在《胜草》一书中写的一段话。
④ 长歌：和歌的一体，与"短歌"相对而言。

他们都会天天与太夫相会，哪怕是连续五万天。这样说并非要抬高野秋太夫。

有一个下雨天，没有客人，也没有什么可供消遣的，正值二月十五日的"涅槃会"。老板娘温好了煎茶，为了优待野秋小姐，不等樱花盛开，便揪下了吊在柳枝上的年糕片儿，用砂锅儿煎得香喷喷的，大家都不用像平时那么文雅了，老板娘说："只要牙齿不累，就尽量吃吧。"女佣阿久也夹杂在中间，她们开始毫不顾忌地谈起了姐妹之间的私密话。野秋坦率地说："说心里话，世之介和传七两位，是一辆车上的两个轮子，我们大概是前世因缘，所以我才如此恋慕他们。只希望自己能有两个身子。"说着，她不由得流出泪水。

"这种真挚的恋情，绝不是像世间那些流言蜚语说的那样卑贱啊。"敲鼓艺人清介曾在众多女郎和客人面前这么说过。他说的大概就是实情。

此后的三月二日，是野秋与世之介相会的日子。第二天，由于世之介喝醉了，次日未能离去。那天以曲水之宴①为由约好了的传七也如期赴会。三人阴差阳错地聚在一起了。他们相互交谈之后，便同榻而眠，但并没有狎戏之举。这样的嫖妓，真是古今未闻。两个都是好男人，有金钱、无父母、有空闲，极尽奢华，让那些爱摆谱的人甘拜下风。

至于野秋的事情，《胜草》和《怀鉴》②中都有如实记载。但除了书中记载的之外，她还有两点，如不亲身体会就不会知道。

首先是天生丽质，解开衣带，便露出滑腻温暖的肌肤，高声喘息，头发蓬乱了也顾不得，头不知不觉偏离了枕头，目光含情，腋下

---

① 曲水之宴：又叫曲水流觞之宴，每年三月三日在日本宫中和豪门府邸举办的宴会，后来影响到民间。

②《胜草》、《怀鉴》：均为江户时代关于"色道"的书，前者的作者是藤本箕山，后者作者未详。

湿润，睡衣被汗水浸湿，腰部悬空抬起，脚趾向下弯曲，一切姿势都是自然而然的，这是招人喜爱的第一条。第二条可喜的是，其叫床声有如画眉鸟的鸣啭，折腾得蚊帐钩都震掉了九次，如此，任是什么样的男人都不能自持。良宵苦短，依依惜别，点上亮观其花容月貌，即便画中的虞姬也相形见绌。说声"再会"，声音温柔动听，犹如天外之音。据说她的家乡在宇治的朝日山附近。那里茶叶很有名，如今仍保留着古风。

卷七

一　倔强的高桥太夫

　　没有一个男人不喜欢高桥太夫。与高桥小姐共枕过的某男人说："她天生具备了做太夫的一切条件，长着一个漂亮的脸蛋儿，一双水灵灵的大眼睛，腰肢窈窕诱人。此外她还有很多优点。那发型、伶俐的口齿，都是太夫的风度，令她风情万种，堪称当今女郎们的榜样。"

　　某个下雪的早晨，高桥为装满新茶的茶罐启封举办茶会。以世之介为主客，还有上林的太夫们也在座。用屏风将喜右卫门家的二楼围出了做茶室的地方，在墙上的挂轴上，贴了一张装裱好的白纸，让人想到这是有意布置的。茶点放在一个女儿节时使用的提盒中。天目茶碗和洗刷用具上都带有橘形家徽，还有一些一次性使用的新器皿工具，也都各归其位，颇具情趣。

　　过了一会儿，从厨房那边传来话："久次郎刚从宇治回来了。"人们立刻开始过滤打回来的水，大概是特地从宇治桥第三桥墩的上游打来的吧，这实在是令人欣喜。客人们一到齐，高桥便开始研墨，说道："我们大概不能只是欣赏这雪景吧？"说着，就请客人们当场吟咏俳谐。众人在那挂轴上面的白纸上各自提笔抒怀，从首句到第五句全部写上去了，都是美妙的唱和之辞。

　　接着，按引导员的引导，三弦琴奏出了狮子舞的舞曲，大家又兴致勃勃围了上来。却看见这次仅挂了一只竹筒，里面没有插花，多少有点令人意外。揣测其用意，大概是因为今天是太夫们的聚会，没有任何鲜花能与太夫们的容貌相比吧。

那天，高桥穿的是染着红梅的内衣，白缎外衣上绣有"三番叟"①的刺绣，浅黄色的薄绢配着一串红穗，礼服上有长尾鸡飘散着尾羽的图案。秀发打理成饰有金箔纸的蝴蝶髻，这美丽的风姿，简直就像仙女的姊妹一般。她点茶的手法也高雅娴熟，让人觉得就像千利休②转世。

茶会结束之后，大家无拘无束地畅饮起来，这痛快是平日少有的。世之介借着酒劲儿，从纸袋里倒出了所有的金币银币，用手捧着，说道："我蒙受了太夫款待，这个，请收下！"按规矩，这种场合太夫是不便收钱的，那些见识不深的女郎为此都羞得面红耳赤、浑身发烧。高桥却沉静地微笑道："那么，我就只好收下啦。"用身旁的圆盘接过来。"现在，我是当着大家的面接受的，和在信上写的都是一样的哦！"边说边把侍女叫过来，"这东西不收不行，先收下吧。"像这样巧妙地处理事情的手法，哪朝哪代能有呢？

茶会令人开心，无论女郎还是客人，都为这样的一天如一枕黄粱般转瞬即逝而感到遗憾。就在这时，丸屋方面来人好几次催促高桥说："尾张的客人早就到了，都等得不耐烦啦！"那位客人是一位初客，不好通融。高桥流出了泪水，干这一行的真是身不由己啊。高桥说："我先去一下，回绝之后立刻就回来。冷落了世之介先生，那就拜托诸位陪他了。"说着走出门去，但又转回身两三次，叮嘱说："我不在的时候，请用小酒杯给他斟酒啊！"她把侍女留在这里，自己到丸屋去。

---

① 三番叟：能乐中的人物类型。
② 千利休：即千野利休（1522—1591），茶道千家总派的始祖，因触怒丰臣秀吉而自杀。

到了丸屋，她也没有立刻到客房，而是坐在厨房里给世之介写起了长信。丸屋的老板和老板娘都来劝她说："哪怕是一会儿也好，请您去见一下吧。"但她不听。不久，帮闲们过来催促说："饭菜都上来了，请上二楼吧。"高桥说道："你们要是真正懂得此道的规矩，就该了解这里太夫的脾气，和如此性急的客人相会，也没有意思！"说完，扬长而去，返回喜右卫门那里。无论七左卫门那边怎么劝请，也都无济于事。

世之介理解对方的心情，便劝说她："无论如何请去一趟吧！"高桥却道："今天，我向全日本的神佛发誓，我决不会去的！"世之介说："你可不要太固执了。对方未必善罢甘休。他如果动武来抢你，把你截成两段，把脑袋砍下来放在这儿了，怎么办？"高桥说："这个我早就想到了。"说着让世之介弹起了三弦琴，她则枕在世之介的膝头上，唱起了《只要还有命》的流行小曲。尾张那个土豪果真找上门来，说："我决不能忍下这口气！"说着抽出刀来就要砍。高桥对此却不屑一顾，照样唱她的歌，而且音调一点儿都没变。

人们拦住那土豪，多方安抚他，但他无论如何也不肯罢休。两家妓院和地方衙役都来调解了，吵吵嚷嚷，乱作一团。这时高桥太夫的老板赶来，说道："今天，我们既不陪尾张来的客人，也不陪世之介先生了。"说着，揪住高桥的发髻，就把她拉回住处了。高桥面无惧色，临走时向世之介招呼道："世之介先生，再会啊！"真是一位倔强的女子，世之介实在是令人羡慕啊！

二　众帮闲狂欢游乐

"与从前的薰太夫相比，现在第五代的薰更胜一筹，她使她的老板上林家名声大振。尤其是她对服装的特别兴趣，是人人都啧啧称道的。"素性法师曾这样说。薰认为"秋天的花草最艳丽"，因而就请画家狩野雪信在白缎子夹衣上画了秋日原野，并请八位公卿高官为此画书写相应的古代和歌一首，印在这件衣服上。这样的作品即便在当今也是稀罕之物。有人说："如果就这样堂而皇之地把它穿在身上，即便是绝代美妓，也太过分了。但是，话虽如此，却有许多人都来看她的这身打扮，而且说，在京都，只有薰才能穿这样的衣裳。"那些经多见广的人，看过之后也都久久不能忘怀。

随着社会的变化，嫖客们也日益奢侈，那些有名的富豪，穿深红色的隐条绸衬衣，外衣则在淡黄色绉绸面料上印着相好的名妓的家徽，系着仿中国织法的浅灰色腰带，外罩则以黑色粗毛织品作面料，以条纹天鹅绒衬里。町人们则喜欢有七处装饰物的大型腰刀，挂在腰间稍向后翘着，靛蓝色鲨鱼皮刀鞘，带有铁质小型古式护手，刀柄很长，打着两只镀金穿钉，用京都鼠屋的淡紫色合股丝线缠着刀把，腰间还挂着扁平形小药盒和彩色革制腰包，上面饰有玛瑙佩物和硬木工艺品坠子。扇子是十二根骨的，扇面上画的是宫崎友禅的浮世绘。身上带着小菊牌的高档手纸，脚上则是运斋式棉袜，一双精编细带草屦。他们让仆从们拿着手杖和斗笠，再带着几个有名的帮闲，即便天黑看不清楚，也知道这是逛花街柳巷的。

"日常只穿一件日野产的破旧绉绸衣服，连一条替换的兜裆布也没有的男人，那地方是去不了的。"如果你觉得藤屋市兵卫①说的这话是实情，那就得好好攒钱才行。

不过，世之介却认为，不管攒多少钱，人总是要死的，所以有钱就该花。有一天，世之介包下了一家澡堂，把众多帮闲召集来，说是要痛痛快快地玩一整天。他让所有人都穿上了带有他的家徽的红瞿麦浴衣，披头散发，不系兜裆布，九个人排成一行，闹闹哄哄地涌上花

---

① 藤屋市兵卫：当时京都的富豪。井原西鹤在《日本永代藏》卷二中写到了他如何节俭起家的故事。

街八文字屋二楼，盖过了整条街上的喧闹声，煞是可笑。京都的怪人凑到一起，就是这样子的。

弥七把祭神驱邪幡挂在棕榈笤帚上，从小格窗口伸了出去；接着，丸屋的二楼就挂出了财神像；见到这个，柏屋的二楼马上打出了正月悬挂的小鲷鱼旗；庄左卫门则亮出在砂锅上画的翘胡子的人头像；从隔壁则打出了三座神社的神谕让人叩拜；对面楼上则伸出了象征遭神惩罚的铁锤；这时，绰号叫鹦鹉吉兵卫的人，点着了吊灯盘里的灯亮了出来；接着，从丸屋又打出了戴头巾的佛像；柏屋则伸出捞吊桶的钩子象征救度众生；八文字屋则伸出切菜板；丸屋又伸出一束牛蒡；有的让猫佩带大刀和小刀跑出去给人看；有的则示衔着牙签的干鲑鱼；有的刚一拿出绑了避邪草绳的灭火罐，对面的房子里便马上伸出了挂在吹火竹筒上的买酱油的账本。弥七戴上一顶象征财神爷的黑漆帽子把头探出来，从对面屋子里就扔出了一个包有十二文钱的小包。当北面伸出一根缠上棉帽子的木杵，南侧的拉窗上便伸出了写着"最上等的堕胎药，并有可供临时雇用的接生婆"字样的纸幅。花街中部的二楼还伸出了幡、天盖等葬礼用具，人们假装哭泣后又大笑起来。这一天，这条妓院街上的女郎和嫖客一个不剩地全跑到街上，观看三家妓院二楼窗口这些折腾表演，真是古今罕见的游乐。看客们兴犹未尽，喊道："再来！再来！"最后，楼上的帮闲们都跑到大路上，大声狂欢，一个个笑得前仰后合。其他的游乐都显得乏味了，只有这里聒噪不止。

"就没办法使他们安静下来吗？"东侧中部妓院面街的房间里就有一人说："我立刻去让他们停下来，你们瞧好吧！"他吩咐小伙计："去让太夫们都来拣金币吧，供大家开眼！"于是，小伙计们便把金币像雨点一样撒出去，但是竟然没有一个人去捡，大家仍然专心地看帮闲们的表演，这就是京都人的做派！那位富豪撒出那么多金币却无人理睬，反而遭到嗤笑，觉得扫兴，躲到房间里面去了。后来，那些钱都被化缘僧和拣废纸的人收拾起来，拿到天部①那边去了。

三　贪婪骗人的太夫

"喂，喂！请您过来一下！"世之介被高岛屋的女佣叫住了。"有什么事吗？"他说着回头一看，女用人便递过一封信来，说："给您的。"世之介把这封没有写收信人姓名的信揣进怀里，什么也没说便匆匆走了。

有件事虽然不重要，但世之介还是没忘。就是很久以前有个男人迷上了高岛屋的太夫泷川，自己从中撮合，并一直在等她的回信。世之介心想，大概这就是那位泷川太夫的回信吧。他等不得回家，便悄悄来到庆顺街十字路口的路灯下，站着看信。有些话看不明白，于是再从头细看，才明白这并不是泷川的回信，而是另一位太夫写的，说她对世之介如何爱慕、爱得死去活来。世之介略感得意地对随身侍从说："看看吧。有的人，我从中极力撮合也白搭，人家却对我主动示爱。这封信可是一位太夫写给我的呢！世上有很多年轻男人，她却偏偏看上了我，这大概是我留着厚鬓②的缘故吧。你还是跟我世之介好好学着点吧！"但是，那侍从却笑着说道："这个，我看未必。"

世之介着急了："难道是我说谎吗？你自己看看这信呀！"

"用不着看，我也知道是怎么回事。不就是那个太夫写的吗？"

"你是怎么知道的？快说啊！"

"您别急啊。如果是那女人写的信，您就用不着这么高兴啦！原因是，她不光是给您写，就在前不久，她给半太夫的客人和萨摩太夫的客人都写去了情书。抢别人的客人，是她最近的新手腕。那女人的

---

① 天部：地名，京都东三条天部。
② 厚鬓：当时官员、神官戴冠时留的一种发型，被认为是高雅有身份。

心眼儿太坏了，那完全不是什么恋情。她专对那些每逢节日必逛花街柳巷的富豪耍这种伎俩。至于男人本身到底是怎样的人，她并不在意。给您举个例子吧！河州有一个村长，是个没鼻子的人，她甚至给这样的人也写了热情如火的情书，为的是让他偿还这三年间因不去接客而欠下的妓院的账，还有买东西的赊账。那时她一直闭着眼睛与那位村长睡觉，后来却以'我不喜欢你这张脸'为由，与那村长找茬儿吵架。那村长无可奈何，气愤地说：'你现在才看到我的脸吗？事先你这个那个地要了我很多财物，现在又翻脸了，真是太歹毒了！我的心可一点没变。你要我给老鸨送去小麦，今天我就把刚打下来的小麦运来了两草袋；你说你父母家要棉花，我就让人在四五天之前送去了干净的棉花一百多斤。还有芜菁干、瓜果、茄子，都源源不断地送到遥远的大阪天满去，这些都是为了让你开心啊！今年夏天，仁和寺的淀川大堤决口了，你认为我的农田绝收了，就看不起我了呀，真是太叫人伤心了！'那男人流着泪回了家。当时有很多人看到了这场面，听到了男人的这些话。对这样的女人，你还是躲她远远的吧！"

世之介听了这番话，说道："真是可恶啊！这种女人，能白白饶了她吗？"说完，将计就计马上给她写了一封回信，约定要避开其他客人的耳目偷偷约会。当那位太夫与丰后的某客人初次相会时，世之介来到了那里。那太夫一见世之介，就立刻写了"请绕到后面"的小纸条交给他。世之介想，结果如何，就看今宵了。于是，他躲进放柴禾的屋子，从暗处悄悄窥探：只见那女人连酒杯也拿不住了，突然说肚子疼，样子十分痛苦。这时，那位乡村土豪嫖客打开小药盒，给了她几样药，太夫假装吃药，却把药扔进了烟灰桶里，接着让侍女拿着烛火，起身去院内的厕所。侍女在厕所门口等候，自己却偷偷绕到后面，紧紧抱住世之介说："这样来相会真开心啊！"那位土豪还以为她真的去了厕所，便打开通往院子的拉门，问道："太夫小姐去了好久了，肚子还疼吗？"侍女回答："很快就会出来的。"虽然这是此女的惯用伎俩，但是免不了会上一次当。

那女人和世之介从木炭包中间站起来，将要分手时，她为衣服被灰尘弄脏而生气了，嘟囔说："这太亏了！"毫无顾忌地让侍女用笤帚扑打背部的灰尘。但接下来她并未直接回到房间，而是坐在佛龛前，就着咸鳕鱼吃起了茶泡豇豆饭。吃完之后，她又拿出手边的百文钱串，一文一文仔细数起来。而数钱之类的事情，女郎本是不该做的。

那位土豪受不了冷漠，实在待不下去了。他起身要走的时候，看到那女人正在数钱，便说了一句："看到你数钱，我放心了。"道声谢便回家去了。女人却满不在乎，把一个像是小伙计模样的人叫过来问道："如今借贷金币的利息是多少啊？"看到这里，世之介真想朝她脸上泼水。这样的女人也配做太夫，而且居然还有名了！不过，今后人们会识破此女的真面目的。

后来，世之介又与她悄悄约会了四五次，之后，果然不出所料，她写信来要钱了。世之介立刻给她写了回信：

"年末繁忙之际，你正月花销所需费用，信悉。如您所知，若花钱嫖妓，本人就不必与深爱我的太夫们长久保持关系。你曾来信说让我去您那儿免费一游，我才在谈情说爱的百忙之中，出于同情之心而抽空与您数次相会。您若挣钱，就应该找其他男人去！若想从我这里借当日偿还的高利贷，我倒愿意协助。因本人很忙，只谈正事，闲话休提。敬复如上。"

四　不远千里会名妓

不顾露水和阵雨打湿衣装双袖，作为色道第一人的世之介，想去看看那名闻天下的太夫高尾的风采，于是身穿红叶图案的旅衣，坐上八人抬的大轿，带着五名帮闲，浩浩荡荡从京都出发了。仿佛是当年的爱神在原业平乘轿出行一样，这位当今一流的色道老手日夜兼程，不久便来到宇津山下。世之介心想，要是有一个人能给京都岛原那儿捎个信就好了。恰巧三条通龟屋的清六来到这里，没等下马，清六就赶忙说："唐土太夫还好吧？我去江户找小紫了。我替你给京都那边带个信，就说回头就给她们敬酒去啊！"他们站着聊了起来。

只听这话，便觉得江户充满了恋情，而京都的恋情更使人难忘。世之介对清六说："请稍等一下！"他用石笔在手纸上写了这样的话："今日在小径上巧遇清六，看到了他长途劳顿，但对您思念有加，只要有命在，定当再会，以此为证。"世之介掐下缠在岩石上的爬山虎的叶子，与信一起封好，委托清六转交给金太夫。五位帮闲也都各自挥泪，委托清六转述问候，又说："哎，有件事差点忘了。让上林的阿满好好洗洗脖子啊，不好意思请转告。"然后哄笑而别。

沿着长满青苔的小路向山下走去，在那幽暗的草房茶馆前，有一个卖十个一串的年糕团子的女人，看上去也很俏丽，世之介向她招了招手。之后便到了手越村，见到了酒馆的招牌时，世之介说："这就是从前千手①的父亲住的地方吧！"

渡过安倍川，听到东方有人打着拍子唱道："等不来的好人啊，真可恨！""看呢！那里好像是此地的妓院区吧。咱们不能白白走过啊！"说着，他们放下掖起的衣服下摆，手拿绘有旅程地图的扇子走了过去。但又想起了一句话："看不见的都是花。"便没有进去，继续赶路，因为这里的妓女太没意思了，连岛原北边的妓女也比不上。

他们在三岛投宿，寻找早已荡然无存的妓院旧址。之后又越过了严格盘查过往女子的箱根关口，来到了武藏野，这里是盛产紫色"恋草"的地方，他们来到了专用恋草染"江户紫"布料的染坊老板平吉家，说："我们想先打听一下吉原的情况。"老板听罢，便将新出版

---

① 千手：《平家物语》中描写的妓女。谣曲中也有以她为主角的《千手》。

的相关书籍拿出来给他们看。一看到"红叶是三浦屋太夫的家徽"几个字，他们便激动起来，说道："说不定什么时候清晨起风，就把红叶吹掉了，要趁早把红叶抓住啊！"于是这六个人立刻动身进入"恋山"。他们朝金龙山方向，乘双橹快船直下浅草川，经过驹形堂，抵达日本堤。因为这里有浅茅原、小塚原和吉原三处著名的郊野风光，所以称为"三野"或"三谷"。

他们在大门口的茶馆里整理了衣装，来到清十郎妓院说道："我们是从京都来的。"对方立刻说道："久闻大名啊。我想您可能会来下榻，早已经准备好了！"说着，打开隔扇门，只见一个八张草席大的小客厅布置一新，室内摆有一个纸标牌，上面写着"京都世之介先生之榻"。老板的用心实在是周到。不仅如此，在酒杯、温酒锅和汤碗上都贴上了世之介家徽红瞿麦的图案，真是精明的生意人。

世之介问："太夫小姐呢？"老板答道："九、十两个月，她已被一位客人在市左卫门那边包下了。十一月也排得满满的，已约好到利右卫门那边去。十二月年终的三十天和我们这边订了合同，正月的生意也确定下来了。因此，今年她是一天空闲都没有了。您几位就先在我们这里过年吧，等明年春天好好玩！"他们听了，一下子怔住了，问道："那些嫖客都是什么样的人？"答道："那些人啊，他们都是一些不知道金币是树上结的，还是海里产的人啊！"世之介本打算这次在此地挥霍黄金千两，可现在看来，这些根本不够用。

从十二月初二起，好说歹说，再加上清十郎与平吉多方周旋奔走，世之介才得以于腊月二十九日这天，约定与高尾私下幽会一次。

因为是偷偷幽会，世之介只带了平吉一位帮闲来。傍晚时分，高尾从妓院过来，穿一件鹿皮花纹的中国丝织面料的和服，腰带高高束到胸部，款款移步，与京都人截然不同，或许是为了避人耳目，不和熟人打招呼，两个侍女都身着同样的衣服陪在左右，管家和接送者也都穿着带红叶家徽的服装。这一行人看着就像美丽的秋日山景在缓缓移动。

"一定就在今宵！"世之介早已等得着急，此时夜半钟声响起，一顶女人乘坐的轿子从静夜中抬进来了。为了不让别人看见，特地熄灭了厨房的灯火，妓院老板娘把引见酒席也摆好了。酒足饭饱之后，天快要亮了，这是一个宝贵的夜晚，老板娘请世之介先躺下等着。平吉也和一位名叫枷山的女郎情意绵绵地睡下了。

过了一会儿，高尾才匆匆进来，说道："我可不能让您先躺下！"便把世之介拉了起来，同时也把平吉与枷山喊过来，让大家坐在褥子上，做猜谜游戏。"这么玩没什么意思啊！"枷山和平吉又去睡了。高尾对世之介说："请解开腰带吧！"但是，世之介激动得连腰带也解不开了。高尾说："你不解腰带，我们怎么做呢？我嫌被褥凉，事先特地叫两个侍女过来暖热了，这样不是白暖了？"说着麻利地解开衣带子，将身子靠过来。又说："近期我们不能相见了，请您尽情玩吧！"初次相会，就如此热情相待，这样的好太夫世上恐怕不会再有了。

五　寄托相思写长信

对女郎们而言，最高兴的事是当天客人早早离去，自己在偏房小屋里与情人偷偷幽会又悄悄道别，或者管家因病不在，自己又收到客人寄来的装着钞票的长篇情书。话说世之介也收到了一封很长的情书，写情书的是大阪新町木村屋的太夫，她就是比吉野的鲜花还要美丽鲜艳的和州。和州给世之介寄来的是她在三月里三十天的日常记录。

这封信来自人称"恋山"所在地的出羽国①，那时，去出羽国庄内

---

① 出羽国：日本古地名，在今山形县。古代和歌常以"出羽国"作为和歌的修饰词（即"歌枕"）。

购买大米后返回大阪的船，因为绕远了，所以姗姗来迟。世之介等得不耐烦，对和州更怀念了。他忙打开信封，开始看信，信中写道：

"天刚亮就有客人来了，来者是中岛盐屋宇右卫门的二掌柜。本来昨天白天累了一天了，在高岛屋妓院接客，身上仍然有昨夜的疲劳感，虽然拿起了纸和笔，但是却感到神情恍惚。躺下以后，您的样子清晰地浮现在我面前。正在这时，听见有人敲格子窗。我有多烦啊！要是不马上应答，敲窗声就会响个不停，甚至连贪睡的八千代也被吵醒了。'喂！喂！'外面不停地叫着，不得已我只好说：'我要冲个澡！'可是，来接我的那个男人没等到我洗完澡，竟气鼓鼓地一人回去了。他害怕车铺的那条大黑狗，又转到西侧的横街去了，真是可笑。心爱的男人与厌恶的男人竟有这么大的差别啊！连我自己都觉得可怕。妓院的男仆来了，我去了那里。初一这天，和二掌柜吵嘴了。

"初二，我在川口屋，与肥后八代地方的米商们初次相会。在座的有八木屋的雾山、伏见屋的吉川还有'净瑠璃'演员清水利兵卫。大家谈起净瑠璃戏曲中男女私奔的场面，我听了'东方之空在那边'一节，不由得吃了一惊。心想：'如果我去找世之介……'便难过地流了泪，旁人也许以为是这恋爱的剧情感动了我呢！那天不必陪客人过夜，天黑之后回家时，听有人从暗处嘲讽我说：'灯笼上的家徽是红瞿麦，难道她现在还迷恋那男人？'我听不清是谁说的，回头一看，是天满又先生。他曾经问过我：'世之介先生啥时回来啊？'他与越前太夫发生了矛盾，有二十多天不来这里相会了，他又爱上了南边剧院街上的峰野小曝，每天去那里消遣玩乐。您的兄弟吉弥先生也越来越漂亮了。

"初三和初四，都去住吉屋的长四郎那里了。客人是唐津的庄介先生，他在去年盂兰盆节那天曾关照过我。白天他去住吉海岸赶海，拣了一些樱贝和空贝壳，他开玩笑地说我是'尚未相见便泪沾衣袖'

的人。他也是一位很温和的人。

"初五，在茨木屋，见到了那个您早就知道的讨厌的男人。按业内习惯，我也给他写了一封言不由衷的誓文。他回复我的誓文，我随信寄给您，请您代我收存吧。

"初六，所幸这天没有客人，从从容容地艾灸。

"初七，本来在茨木屋，后又被叫到井筒屋，去接待了一位做红花染料生意的客人。

"初八，接待的客人同上。

"初九，正值母亲去世十三年忌日，去千日寺立了石塔，以表孝心。

"初十，经八郎右卫门的调解，与鼬堀的客人重归于好。

"十一日，在木盒铺，与来自播磨网干的客人初次相会。这位客人曾与八木屋的雾山相好，我了解他们的分手是情有可原的，才接待了他。

"十三日，我在自己家里。我托漆器泥金画店的治介做的砚台盒已经做好了，而且给送过来了。砚台盒上画的是和歌浦的风景，真是别具一格，特别是和歌浦的布引松林，画得栩栩如生，我很满意。今天我第一次用它，就给您写了这封信。

"您曾给我一件带有春画的贴身衬衣。十四日突然想起了，便把它穿在里面出了门。刚刚出门，庄介死乞白赖地要，我不能拒绝，就假装乐意地送给他了。这并没有什么其他原因。他写信说，过一两天就送给我一卷带木纹图案的印度绸，在那封信中还装着重一步的金币五十枚，其他事情什么也没说。我把那些金币原封未动地给了丝绸店催账的讨厌的佐兵卫。

"只因为您不在这边，不论什么事情，我总觉得有许多委屈。"

和州太夫把妓院的生活，详详细细写给他。世之介流着泪读那些信时，觉得和州太夫的幻影在他身后出现了，只听她说："去岛原的事，很快就谈妥了，明后天，我就要离开大阪了。"她又哭道："即便这边客人少一些，但是觉得若去京都，我会很快死掉的！"

"唉！"世之介伤心地抬起头来，突然听到了离去的四五步脚步声。他无力地转过身去看，那幻影却消失了。"即使这是幻觉，也不能不管她呀！"世之介心想，他再次回到难波的花街去找和州。

六　名妓吾妻痴情女

男女之恋，正如《杂书》①所言："始而为吉，终而为凶。"有一位金命男人，虽说是金命，其实也就是三百两黄金的福分，他用这笔钱赎出了吾妻太夫，把她接到了待兼山脚下的村子里，两人过上了无忧无虑的生活。但是，其实吾妻却并不觉得快乐，终日郁郁寡欢，感叹自己身不由己。据说，她是不能忘记与世之介的旧情，曾经写下遗书，拿起剃刀想寻短见。但是，她毕竟是被人从为娼的火坑中救出来的，虽然现在的男人并非自己的意中人，但她也不能不感恩。然而，她最后决定选择自杀，这样留下的恶名会小一些。从那年春天开始，她开始缓慢绝食，不久身体就像鲜花一般枯萎了，延宝五年五月八日清晨，她离开了人世。

真是太令人惋惜了。这位吾妻太夫颇有修养、温顺聪明、举止高雅。入席后从不起身去厨房，也不同女用人交头接耳，给客人写回信从不遮人耳目，只写一些礼貌性的词句，为的是不引起当日所接待客人的不满。接待初次到来的客人时，她也注意让客人安心，即便偶尔起身如厕的时候，也是若无其事地走到院子里，一边走一边平静地欣赏着胡枝子篱笆，提着和服下摆以免被露水打湿，当打开厕所门时，

---

① 《杂书》：也称《大杂书》、《三世相》，专讲男女生辰八字、阴阳五行、预卜吉凶的书。

也注意不发出声响，不从厕所的竹格窗往外看，方便后注意用纸遮盖。从厕所出来后并不立刻返回座席，却是若有所思地眺望着假山的景色。不知不觉间已经洗过手，然后点上一炷香，熏一熏和服下摆。太夫的举止就应该像她这样。

平常，吾妻太夫除接客之外，跟别的男人连手也不握。而且，在等待客人的时候，她总是待在厨房里，决不躲在隐蔽处。她品行如此端正，所以人们都认为她私下决不会有情夫之类。但是，就是在这两年之中，她与世之介有了亲密来往，那是越后町某妓院的老板娘从中撮合的。某天傍晚，即席舞蹈结束后，女郎们衣饰不整，吾妻拿过要换的浴衣，正想冲个澡，发现连贴身衬裙都被汗水弄湿了，便匆匆脱掉。那将要入浴的赤条条的身体，久米的仙人①肯定也会忍不住偷看的。

世之介偷偷地站在柳杉下的窗格子处窥探，老板娘故意熄掉了那里的灯笼，说道："哎！到那边去吧！"他被老板娘推着，战战兢兢地进了浴室。因心情激动，匆匆完事后就出来了，但被管家阿好发现了。他为封住阿好的嘴，只得讲好给她买一块郡内产的条纹丝绸衣料给她，真让人尴尬。这次幽会之后，世之介和吾妻太夫每天都有那样的美事。如今在世之介看来，那些花钱嫖妓的男人，都是没本事的傻瓜。

那年的十一月二十五日，吾妻告诉世之介："今晚我在九轩町的纸屋，与平野棉花店的阿吉相会，阿吉到了晚上肯定回家，请你悄悄来吧！"世之介便来到这里，藏身于花草丛中，伺机而动。阿吉把名叫久都的盲乐师留下来吩咐说："请您陪着太夫聊聊天吧！"阿吉回家去了，久都却寸步不离太夫身边，实在叫人无奈。

---

① 久米的仙人：民间传说奈良的久米寺的久米仙人，在天上飞行时看到了在河里洗衣服的美女的腿，遂失去法力而从天下掉下来了。

世之介在黑夜中一直等待着机会。可是，半夜后开始下雪，雪花多得难以用衣袖拂去了，他只好在放鞋的石板上，枕着低齿木屐躺下，虽然很冷却迷迷糊糊睡着了。在楼内的房间，扇屋的长津太夫陪熟客睡了一觉醒来，打开拉门，问侍女道："我的木屐呢？"听到这话，世之介便缩着身子躲到走廊下面。长津太夫发现了世之介，便阻止侍女说："算了，不要找了。"真是一个通情达理的人。这时的世之介高兴地默默祈祷："但愿神佛保佑长津太夫。"

在二楼上，久都甚至连上下楼梯的脚步声都非常留神，真是可恨。吾妻心情焦躁，将一些旧书信撕成纸条，捻成长长的纸绳，在一个不大的吊篮内放一只天目碗，碗内斟满烫热的美酒，自己抿一口之后，用纸绳将吊篮吊下去送给世之介。世之介体味到她这细致入微的体贴，三次拱手致谢，然后把酒喝下去，美酒下肚，快何如哉！永世难忘。喝了一半，正要歇息时，长津太夫拿来一串腌花椒，低声说道："给你当酒肴。"世之介又受感动。

接着，长津太夫拉世之介的手上了二楼，靠在久都身上说："可爱的光头先生啊！我的胸口堵得慌，给我揉揉吧！"说着，拿起他的手放入自己怀里，逗他高兴。又说："是这儿，是下面，还要往下！"说着，一直让久都的手触到了自己最重要的部位，让久都无心他顾，以便让吾妻和世之介如愿以偿。这办法真是巧妙。久都才是"眼不见心不烦"的菩萨呢！正在忘情地抚摸太夫那黄金般的肌肤，忽听得妓院催促声："时间到了，客人请回！"

七 岛原晨曦新町夜

身着浅黄色上下分身的麻布礼服，外披茶色小花纹和服，腰挎一口小刀，装束打扮与往日完全不同，看上去很有学问，根本想不到他竟是俗人。面目一新的弥三郎在节日里行礼回拜。他先说了一番祝贺节日的话，又说今天是九九重阳节，妓院要举行九九重装活动①，而参观这种活动就可以延年益寿。这里的节日充满艳情，菊花芳香四溢，到傍晚更是诱人。世之介为了赏景，来到了新町妓院区。只见莺之太兵卫家的檐头挂上了竹帘，透过竹帘隐约可见女郎们的身姿。今天就连那些不知名的"围女郎"都显得漂亮动人，这都是因为今天是佳节的缘故吧。

高间太夫更为美丽动人。她带着刚刚接客的雏妓走在路上的样子，使人觉得只要看到这情景，不远千里而来也值得了。这里真是一片极乐净土。在妓馆入口的客厅里，金吾太夫把衣箱摆出来。井筒屋里的管家等勤杂人员，都得到闪闪发光的一步金币，显得很开心。

世之介又换了个地方，前往九轩町住吉屋。他跟口吃的老板四郎右卫门说了一番玩笑话，又让留着抓髻的小侍女留伊喝了她喜欢的酒，然后让她坐在门口，拦住在此走过的女郎，一个个地逗弄她们，硬让她们坐下来，用小酒盅喝上几杯。吉田太夫见状，说道："我就是喜欢能喝酒的男人。"

那天，世之介正在扇屋与某太夫相会，可是又突然怀念起京都的岛原来，真是心猿意马。接下来便丢下这位太夫，立刻动身前往道顿堀。到达叠屋町，在一位熟悉的演员处稍作逗留，本来光明正大的人，却又掩人耳目地坐了一顶四人抬的轿子。他突然想起自己和好哥们儿吉弥有约。他急忙托人转告吉弥取消约会，继续连夜赶路。当初更的钟声敲响时，轿夫说："到佐太的天神家了。""尽管没有太夫陪，和天神一起喝两杯不也很好嘛！"说着，他们劈柴温酒，以烤酱做菜肴，然后趁着酒劲儿上路，经过了交野、禁野等地，淀之小桥便在晨雾中出现在眼前。又走了一会儿，轿夫说已到达了鸟羽的"恋塚"，

---

① 在九九重阳节前后三天，妓院中的太夫、天神等高级妓女要把丝绸棉衣、化妆盒、砚台箱等等摆出来，以互相竞艳。

世之介睁开眼说了声"知道啦"，很快就到了四塚茶馆。他们敲开竹门进去了，轿夫说："开水等不及了！快渴死了，先来凉水吧！"

说起来，前几年就在这一带，有个姓森的嫖客为了赶路，把轿夫给累死了。想到这里，他们便更加希望到达岛原。当晨星尚在闪烁时，他们来到了丹波口小兵卫的茶馆。小兵卫立刻就把早晨离夫的客人空出的地方给收拾出来，对世之介说："您难得来京都一趟啊，昨天高桥太夫还说和您好久没见了。我马上通知她，让她高兴高兴。"说着，敲开街口的茶馆的门，派人到三文字屋去了。

"此处的晨景非常漂亮哦！难怪西行法师会赞美松岛的曙光、象潟的晚霞呢！昨天刚看罢新町的夜景，今天又看到岛原的晨光，这种乐趣即便在中国也没有吧！世之介先生，您说是不是？""确实如此！"说话间，他们来到街口彦右卫门的藤屋茶馆小坐。茶馆里的夜灯已经熄灭了，角落有一只旧锅正烧着水。他们以炒岩仓松茸为菜肴，用中型的汤碗喝了两碗酒，连说："这酒好喝！"正说着，人称"歌仙"的那个女郎，像个有夫之妇似的走了过来。她曾幸运地被人赎身了。世之介问："我们分手后，你去哪里了？"她回答说："在我家。"说完就出去了。"咦？怎么去宇治了呢？哦，我明白了，她是被六角堂后边的人赎身的。"话音未落，太夫派来的人到了，有引舟女郎①对马、三芳和土佐等。妓馆方面还派来了次兵卫和一个男用人。对世之介说："请您到那边去吧！"简直像请神一样，这说明高桥太夫在那里很有势力。世之介觉得，自己所受到的待遇，即便大名也不过如此了。

白天睡了一觉，世之介他们消除了昨夜的旅途疲劳。为了九月十日赏月，傍晚在外面支上了躺椅，这都是京城特有的风情。在座的女郎，有聪明伶俐的高桥、野风、志贺、远州、野世、藏之介，还有活

---

① 引舟女郎：太夫手下的妓女，协助太夫招待客人。

泼的对马。听着三吉、土佐的合奏，世之介不知不觉喝多了。因为他们之间都有亲密关系，不由回忆起过去的事情，与唐土太夫的耍笑，向太夫薰暗送秋波，让太夫奥州乖乖就范，所有这些回想起来都余味无穷。这里的女郎温柔可人，服饰丰富多样。只要在这里见识过，就会觉得其他地方都无甚可观了。

过了半夜，开始铺被褥，共准备了三套被褥以便替换。枕头也很高级，至于睡衣就更不用说了。从解衣带子到所有的一切，都由身边侍女服侍着，连装烟袋也不用自己动手，被子也给盖好。世之介听着太夫的甜言蜜语睡去，一定会有美梦的吧。

卷
八

一　众帮闲驱车出游

"很多人家都有年龄大的老太太。虽说世间万事不可太过讲究，但如果身边没有年轻女子，那就好比山上只长松树一样，没什么意思了。像妓院这种使人自由自在的地方，不知是什么人发明出来的，真能使人充满活力。与其向往那遥远的龙宫净土，与其和那喜怒无常的名门小姐交往，还不如去找熟悉的丸屋的老板娘呢！"一伙帮闲们聚在一起聊天。

其中神乐庄左卫门说："像今天这样轻闲的时候很难有了吧？怎么样，咱们马上去参拜石清水八幡神宫吧？神佛知道我们每天说谎话，我们得去消消灾吧。"

另一个接着说："明天是十九日，人多拥挤，弄得满身是灰尘也不好。不如现在就去夜宫①。"

又一个人说："我们在路上若是一起饮酒聊天，那就没有参拜神社的时间了吧？这件事还是听听世之介先生的高见吧。"

"这比修行者洒水净身还容易呢！"世之介说着，向随从的管家招呼道："那个！"于是，管家心领神会，从隐蔽处伸开双手，帮闲神乐一看，知道是给一贯钱的意思，于是表示这些不够用，管家又从

―――――――――――

① 夜宫：亦作"宵宫"，祭日前夜举行的小型活动。

怀里掏出十两黄金说："这是香资！"便扔给了他。"这回遂愿啦。我
们每次都让您破费不好意思啊！"帮闲说着，高兴得跳了起来。

　　他们决定先租几辆车，于是找来了三辆准备会鸟羽的牛车，车上都
铺着花毛毡。他们也将此事通知了太夫们。大家都穿上相同的淡蓝色
鹿纹和服，头戴方形袋状头巾。四个人乘两辆车，另一辆车装载酒桶、
盒装食品、多层饭盒、放置零钱和日用品的小箱子等等。烛台上插了
一支大蜡烛。车从岛原的大门口一出来，他们就开始喝酒，经过歌中
所唱的那条"令人怀念的朱雀小路"，又沿着大宫街一直向南走去。

　　"真是天子所在之地啊，这样惬意的地方，哪里还会有呢？"他
们这样想着，心里充满感激。不久，寒月升起，一阵晚风掠过一望无
际的竹林，衣袖在不知不觉之中被露水打湿，仿佛是泪水濡湿的一
样。不知何时，三弦声停下了，只因太开心了，反而使人觉得寂寥。

　　抬头向南方望去，在小井田的桥头上发现了灯笼光，灯笼上还有
岛原太夫们的家徽。他们上前问道："这是怎么回事？"回答说："太
夫们吩咐下来，在此特备美酒，给诸位接风。"九位妓院管事的人叫
住牛车，为驱除寒夜凉风，他们特意让人从京城拿来几床被褥，在附
近草屋中安好了被炉，甚至准备了扁枕头，劝世之介一行在这儿小睡
片刻。她们用银制温酒锅烫上各种名酒，用木碗盛上茶水泡饭，同时
摆好了雁肉素烧和咸沙丁鱼，叫人感到很温馨。饭后，每人各有一杯
茶，并各自备有一方彩色纱巾，还准备了一次性使用的烟草盆。招待
得真是无微不至。

　　"这次时间短暂，却准备得这样周到，可以说是特殊的优待了。
尤其是给我们准备了被炉，改日定当再来致谢。"说完便欲上车赶路。
但世之介转而一想，又说道："今晚的款待太让人高兴了。难道我们
没有什么送给她们的礼品吗？你们现在就给我拿个主意吧！"愿西弥
七说："有日本首屈一指的豆包啊。"世之介问："为什么称得上首屈
一指呢？"愿西说："据说定做一个要五目银子，因为上面装饰着金

银箔。"于是，世之介向二口屋能登点心店订了九百个豆包，让他们在一夜之间做好，给九位太夫送去。

帮闲们买的是小小的驱邪弓，上面挂着祛病消灾的护身符，说道："祝你们永远无病无灾；但愿不必因休假而自己垫付应交的嫖资；希望您的从业年限能比合同书中写的十年更长；祝愿你们在接客时不会因争风吃醋而发生口角。"

他们将礼品赠给了太夫们，并祝愿他们能"永为名妓"。

二 为打赌巧做周旋

十藏事先让租来的马在三条街大桥上等候，急匆匆吩咐随从说："钱袋放进马鞍上了吗？咱现在就走！"

"世之介先生，我马上要去江户，特来向您禀告一声。"世之介平时予以关照的裁缝铺的十藏，过来向世之介打招呼。他站在门口说："详情，我回头再跟您说吧！"

世之介马上让人给了他旅费。他将要出门时，世之介又把他叫住了，问道："你这次为什么要去江户呢？"十藏说道："不瞒您说，我要见江户吉原的阿紫太夫。我想，她也不会因初次相会而拒绝我吧。正当我说出了这个大话之后，有人说要跟我打赌。他让他的帮闲宇兵卫做见证人，和我一起去江户。我现在就去嫖阿紫太夫。"

"你可真有雅兴啊！你们怎么个赌法？"世之介问道。

"我若不遭到阿紫的拒绝，就可以得到他那座木屋町的别墅；要是遭到拒绝的话……"十藏说到这里，脸色变得铁青，声音也发抖起来。

"你就说出来嘛！"世之介催促道。

"倒也没有什么大不了的，我如果遭到了拒绝，倒也没有生命危险，就是按照契约，要把我那命根儿割掉。"十藏说道。

看来那要打赌的人显然是把十藏当成了个容易糊弄的傻瓜了，是拿钱来寻开心的。世之介又问："跟你打赌的是什么人？"

"约好不准对别人说的。"十藏答道。

"那可是一辈子最重要的东西啊！你可得想好了啊！如果您那命根儿已经是无用的长物，留在那里也无用，正如在龟头上挂着的念珠，留着能给谁呢？你也别那么抠门了，前几天我送给你的那块红绫子的兜裆布，这次就穿上吧！"听世之介这么一说，这个生性憨直的男人，刚才的劲头一下子没了，不由得落下泪来，说声"再见"，却犹犹豫豫地没有挪步。

世之介看他那样子，感到好笑，说："这事好像也很好玩。我和你一起去吧！"说着，他穿着便服，就让人备好车马，带着十藏到江户去了。

到了本町四号街的江户分店，世之介立刻把十藏和宇兵卫打扮成大财主模样，让他们去了吉原。尽管如此，他仍然有点不放心，便让人带上自己的亲笔信，去找妓馆的利左卫门。信中说，十藏是一位了不起的大财主，还说："阿紫的事，拜托你成全。"妓院的老板娘保证，这四五天之内，一定让阿紫与十藏相会。

约好相会日期后，十藏为了表示感谢，给了老板娘一包东西，说："这是在江户见不到的稀罕物。"宇兵卫看见后生气地说："你钱给得太早了吧！"

十藏说："那不是钱，是京都的新玩艺儿，人们都把这当宝贝呢！"

老板娘一看，那纸包上写有"古释"二字。打开纸包，只见里面包着扇骨、刀上用的竹钉、针、丝线、年糕糊糊、挖耳勺、牙签等，总价钱不过三文钱左右。

"不管怎样，这些东西总是有用的好东西吧！"十藏这么一说，宇兵卫气得话也没说，扭头回去了。

约好的日子终于来到了，十藏和阿紫太夫见了面，高兴地与她推杯换盏。十藏把酒杯伸过去说："阿紫小姐，我敬您一杯。"没想到粗手粗脚地把酒洒出来，溅到了太夫的衣襟和膝盖上。十藏一脸羞愧的样子，很可笑。阿紫太夫却说："您不必介意。"说完起身离开座位，吩咐说："给我准备洗澡水！"不一会儿就从洗澡间出来了，换好的衣裳和刚才一模一样，仍然是一件白绫贴身衬衣，中间是一件红色鹿纹的表里一色的和服，最外面是一件浅黄色上等八丈岛绸和服，这副气派是京都的女郎无法效仿的。令人欣慰的是，她早就准备了一套备用的衣服。

这里的妓院有个习惯，无论是谁，初次来相会都不带被褥来。阿紫太夫躺下，把十藏叫过来，与他亲切聊天，然后自己解开衣带，也让十藏宽衣解带，成其美事。然后，小紫拿过笔砚，在十藏的兜裆布的一角写道："初会即以身相许于十藏，以此为证。"又落款"阿紫书"，尔后交给十藏。这种事以前是没有先例的。

宇兵卫觉得非常奇怪。回到家里向主人回报了原委。

后来世之介与阿紫再会时，又问起这件事。阿紫说："我一看他那副模样就知道，是有人看他傻呆呆的，就同他打赌，我很痛恨那种欺负人的人，所以，就见了十藏。"

世之介拍手道："不瞒你说，他千里迢迢从京都来，就是因为与别人打了赌啊！"此后，虽然十藏不断恳求，阿紫再也不肯见他了。阿紫就是这样的人。

三　酒兴未尽去恋乡

大阪的一位商人为购买绸缎布料来到京都，住在室町。他前来拜访世之介，说："久疏问候，一切安好吧？"于是，世之介邀请他："今天是东寺院的弘法大师御影供①，咱们一起去看看吧。"

---

① 御影供：真言宗供奉弘法大师的法会。每年在大师忌日3月21日举行。

东寺法会的主办人是与世之介常来常往的纸店老板吉介。他备好了五个人的饭菜，在畜生门一带支起了幔帐。那天的天气晴朗，真是佛法大盛之日。他们谈着"人如落日，谁也不会永留此世"之类的话，边就着凉拌菠菜和红烧香菇之类的素菜喝酒。谈到了佛法信仰，大家都有些醉了。法会将散时，世之介给吉介倒了一杯酒，说："来，干杯！"吉介说道："那我就领了。"再要倒酒的时候，连一滴也没有了。"这不行，给我拿酒来！"吉介又派人去买酒。酒买回来后，他们又就着烤盐花①，畅饮起来，很快便酩酊大醉了。

"难道就这样回去吗？"

"咱们一起去岛原玩吧！"

"说得对啊！"

大家商量着，于是来到八文字屋，说道："把这里所有的女郎，哪怕有一千个，都叫来吧！"但是，今天恰逢节日，所以有名的太夫一个也没闲着，来的只是不能令人满意的天神级的女郎。世之介说："这太不成样子了。我本人倒无所谓，冷落了大阪的客人可不行！"于是到各处去请太夫，却没能请来。

老板屋喜右卫门的太太亲自出来，说："有一位从大阪来的名叫吉崎的太夫，今天初次接客，正在丸屋七左卫门那里。刚刚去问过她，并说因为我们这儿有重要客人，好像可以请来的。"

世之介说："不就是因为初次接客要高价吗？没问题，叫她来吧！"便派人到七左卫门那里去请，终于把吉崎请来了。

按这里的规矩，与嫖一般的妓女不同，初次接客的太夫要有引舟女郎和天神陪伴，而且要包连续九天，还要给妓院送礼，给用人小费。但是，有世界上最慷慨大方的世之介的关照，一切都能痛痛快快地搞定。所有的花销都给列了一份清单，大家都很开心。

---

① 烤盐花：原文为"烧盐"，将盐放在器皿中加以蒸馏，放在模具里制成花型。

八文字屋的老板身穿和服裤裙、坎肩，老板娘也更换了新装。厨房点着大蜡烛，卖菜的和卖鱼的人在灯光中跑前跑后，厨师正在烹饪。这种热闹景象令人终生难忘。这时，来了四位下等妓女为太夫准备房间，她们将十二件丝绸衬裙挂在衣架上，棉睡衣摞成了小山，被褥多得形成一座座峰峦。房间里有画轴、书柜、香盒、文书匣、烟盆及其他日用工具等，此外还有古香古色、令人眼花缭乱的泥金漆画工艺品。

过了一会儿，从门口传来了喊声："太夫小姐高高兴兴驾到！"只见太夫在两支手持烛台的引导下，款款地登上楼梯，在上座的正中间就座。左侧坐着来自同一家的十一个女郎，她们是特意护送太夫来的；右侧，从太夫身后直到末座，共有十七个"围女郎"，都穿着深红色衣裳，并排列坐。在太夫面前，坐着引舟女郎和侍女，垂手听候吩咐。

这时，妓院老板娘把太夫介绍给客人，太夫说："很高兴再次相会。"原来世之介在大阪曾经见过她。相互寒暄时，把蓬莱山盆景和金色酒杯摆了出来，就像举行婚礼一样。他们用酒壶和酒漏斗来斟酒。按惯例，太夫中途退席更衣，更别具一番风情。

从太夫到妓院方面，都要赠送应时服装，还要给用人们散发小费。侍女、管家和马仔等人头攒动、熙熙攘攘，各方送来的贺礼摆在廊下。有女佣将礼品登记造册、归置。没见过世面的人定会感到惊讶。"连理相生、松风飒飒"的小曲吉祥欢快地唱着。

四 京都的美女人偶

世之介对一位要去长崎采购进口货物的朋友说，自己随后就到，先托他将钱箱带走。

"您想买什么中国货呀？"那人问世之介。

"这些钱是专门买日本货的。"世之介答道。

"那么说，您的意思要专门去游玩？那好吧，我在那里恭候您。"

那天是六月十四日，京都的祇园要举行月矛①游行，那朋友说："我自己游行去了。还是赶快去做生意吧！"于是，他先出发了。

世之介说自己做的事情很多，在京都大把花钱，出资建寺院佛塔，供奉长明灯，为歌舞伎青年演员买房，为熟悉的女郎赎身，每天都大量挥霍，尽管如此，仍有许多余钱。怎么办呢？

他心想："那这次就直下长崎，说不定那里会有什么好玩的吧！"动身的那天是八月十三日。据说古代在唐朝留学的阿倍仲麻吕②曾怀念故乡之月，并咏歌一首，而世之介却相反，他倒向往大海那边的月亮，便乘淀川的船抵达大阪，在一位熟悉的男友家里玩了两三天。那男友真情相待，离别时，世之介给了他五百两金子。

来码头送行的演员兵四郎笑道："我们歌舞伎演员的生活，大都是今日灿烂夺目，明天就烟消云散，都是一些没有出息的人。他们有时候喜欢玩斗鸡，有时候又热衷于玩花草盆栽，但不久就得弄得变卖家产。住在京都，又搬到江户，又从江户搬到大阪，一生都到处漂泊。我这个人啊，是既无罪，也无钱。"时值清风吹拂，海浪缓缓，船抵达了长崎港。

眺望长崎港入口处的樱町，世之介感到心旷神怡，投宿后没有休息，接着就到了丸山。那里的妓院比听说的还要好，每家门厅内都坐着八九位到十位女郎。听说专门接待中国人的妓女被单独区分出来。中国人热情执著，他们不喜欢被别人看见，他们不分昼夜地服用春药，不知餍足地连续作战，这是日本人自愧不如的。荷兰人喜欢把妓女约叫到他们的住所，中国人则喜欢把妓女叫到市内的旅馆去自由享用。

---

① 月矛：装饰着矛和戈造型的彩车。
② 阿倍仲麻吕（700—770）：奈良时代的文学家。

曾在京都的四条河原①和岛原玩过的人们，都为世之介能到长崎来感到很稀罕。他们说："让女郎们演出能乐给您观赏吧！"这里的院子里有常设的舞台，能乐中的伴奏和伴唱就不必说了，就连能乐中的主角和配角都由女郎们来扮演。她们仔细地选择安排了剧目，确定了《定家》、《松风》、《三井寺》三出戏，唱腔和伴奏的曲调低徊婉转，又十分优雅。这种游兴实在难得。

正值红叶初红的时节。他们在树枝上吊起了金质温酒锅，要把中国诗人白居易诗文中所写的酒德颂再现出来。三十五位妓女各自随心所欲、花枝招展地打扮起来，有的系红色网状围裙，有的披金线窄绶带、有的头插一片绫杉的相思叶，唱起能乐中的"岩间的泉水呀，千代流淌"的段子，真是一场狂欢大会。

世之介夸赞说："我在京都，曾把价值三十五两金币的烤鹌鹑肉串送给太夫作菜肴，但是，看到这里的酒宴，我仍然感到吃惊。而且，这里的风俗也与京都不同，很可爱啊。"

有人说："我们想知道京都女郎是什么样子。"

"问这个嘛，就问对人了！请教世之介先生啊！"

世之介说道："幸亏这次我带来了这一类的东西。"说着，让人搬来了十二只长方形大箱子，从中取出了穿着太夫服装的人偶，其中有京都的太夫人偶十七个，江户的八个，大阪的十九个。都一一写上太夫们的姓名，把它们摆在能乐舞台上。人偶的着装、脸形、身段等，都各有千秋。所有的人偶没有一个不讨人喜欢的，吸引了整个长崎的人都来赏玩。

五　好色丸启程远航

世之介的母亲曾留给他总共两万五千贯的银两，让他随意使用。

---

①　四条河原：京都的贺茂川、三条和四条之间的河滩，设有剧院。

他终日尽情吃喝玩乐，如今已经挥霍了 27 个年头。

广袤日本的所有的花街柳巷，他都无一遗漏地逛遍了，身体也在不知不觉间为恋情所累，而逐渐孱弱。如今，他突然觉得对这个浮世没有什么留恋了。他没有父母，没有子女，也没有固定的妻室。回头想想，自己一直沉溺于色道，不知身处火宅，而无力自拔。年复一年，来年不觉已经六十一岁了。已感觉到腿脚不灵，耳朵发沉，走路不拄着桑木拐杖，便不稳当，渐渐就要变成一个无用之人。而且不仅是他本人，他以前结交的女人们也已经两鬓花白，脸上皱纹纵横，天天为此而悲伤。那些当年骑在大人肩上，手拿小阳伞的女孩儿，如今也都出嫁做了人妻。

斗转星移，人世沧桑。没有比人生变化更快的了。如今已没有什么念想，只有死了被恶鬼吃掉拉倒。想到此，即便立刻回心转意，也再难步入正道。

"没有指望啦！以后会怎样？随它去吧！"世之介决定把自己的财物都放弃，将剩下的六千两黄金深埋于东山的山坳，上面压上了一块宇治石，让牵牛花蔓爬上来。石上还刻了和歌一首："晚霞里开牵牛花，六千两金光留地下。"后来，那些想发财的人都这么传说，但藏宝的地点究竟在哪里，没有人知道。

此后，世之介邀来了有同样心情的朋友七人①，叫人在难波江的小岛上打造了一艘船，取名"好色丸"。船上那鲜红的绉绸的风帆，是用从前吉野太夫留下的贴身裙改做的，又把过去结交过的女郎们作为纪念品赠予的和服缝在一起，作为船上的帐幕。船舱内铺着草席，四壁的下半部糊着品评太夫时使用的格纸，而船的缆绳，则是用女郎们的头发搓在一起制成。船上的厨房里，养鱼槽内养着泥鳅，地上放着

---

① 七人：下文又作"六人"。

牛蒡、山芋和鸡蛋。船舱板下装有地黄丸五十罐、女喜丹^①二十箱、
女用性玩具"轮玉"^②三百五十个、男性用具"荷兰绳"七千根、"海
参圈"^③六百个、水牛姿^④二千五百个、锡制阳具三千五百个、皮革制
阳具八百个、春画二百幅、《伊势物语》^⑤二百部、兜裆布一百条、上
等手纸九千卷。后来又想起来,再增添丁香润滑油二百桶、花椒药^⑥
四百袋、牛膝根^⑦一千支,外加水银、棉籽、辣椒粉一百斤,还有另
外的一些五花八门的催淫用品。又将大量男人穿的漂亮衣服和小儿褓
褓装在船上。世之介说:"此次离去,不知是否还能返回都城。来吧,
大家一起喝杯出门上路的酒吧!"

六人听罢,吃了一惊,问道:"您说不再回来,那么,我们陪您
去哪里呢?"

"这个世界上的各式各样的男妓、妓女、风流女子我都见识遍了。
以我为首,咱们这些男人都是没有牵挂的人了,所以,我们现在起程
前往女护岛吧!那里的女人要多少有多少。"世之介说道。

朋友们听罢,欢呼雀跃。世之介说:"即便是肾虚而死,说不定
还能再生出个'一代男'^⑧来呢!这才是我的本意啊!"

于是,他们乘着"恋风",在一个晴好的天气里,从伊豆岛出发
了。那是天和二年^⑨十月末,此后不知所终。

---

① 女喜丹:女性的催淫药物。又作"女喜药"。
② 轮玉:当时的女性使用的性趣用品,锡制小球一对,里面有水银,可发出
微妙的声音。
③ 海参圈:将活海参切成圈状,风干后制成的男性用具。
④ 水牛姿:用水牛角加工成的男根。
⑤《伊势物语》:平安时代的以男女恋情为主题的物语作品。
⑥ 花椒药:房事用催淫药物。
⑦ 牛膝根:一种中草药,用于堕胎。
⑧ 一代男:没有妻子儿女,没有后嗣,只为了好色,而独身活一辈(一代)
的男人。此为点题之语。
⑨ 天和二年:相当于公元 1682 年。

好色二代男

卷
一

一　生来未见父母面

　　我是在生生死死的轮回转生中，再次来到人世的。我的母亲如今是京城无人不知的年轻寡妇，据说是京都西洞院一带的时髦女子，世间对她的流言蜚语满天飞。我的父亲叫"一代男"①，他连自己儿子的第一声啼哭都没有听，就让接生婆把我包在襁褓里，直接扔到了六角堂②的门前了。那是庆安四年③的萧瑟之秋，夜霜寒凉、晨风刺骨，本来不久就会被冻死，或者被野狗吃掉，不料却奇迹般地活了下来。

　　这个六角堂，是京城的乳母们常去玩的地方。玩具小鼓、竹哨声、竹马上的铃声，此起彼伏，不绝于耳。乳母昨天还抱着婴儿，今日便怀中空空了，不由得泪湿双袖。拿着死去的孩子脖子上挂的带竹筒的护符，乳母不由得咒骂起神佛来，简直像疯了一样，对着周围的人哭诉道："可怜啊！好不容易生下来的孩子呀，却像花叶上的露水，被狂风吹掉啦，埋在了舟冈山啦！我老不死的，还活着有什么用呀！"

-----

① 一代男：本书的主人公是《好色一代男》中的主人公世之介的儿子。在《好色一代男》卷二中，写到世之介十五岁的时候，和一个寡妇生下了一个儿子后扔掉了。在本书中，这个弃子作为"二代男"而登场。
② 六角堂：顶法寺的俗称，在京都市中京区六角大街。
③ 庆安四年：公元1651年，那年幕府将军德川家光去世，并有治丧活动。

不久，这家的中居、腰元①干完活回来时，看见了被扔在门口
的孩子。凑近一瞧，和刚死去的竹丸长得太像了，于是马上抱起来
给他喂奶。既悲且喜地把他抱到主人那里，刚失去孩子的双亲看了，
一下子忘掉了悲伤，说："这就是我们的孩子呀！"于是好好地抚养
起来。说话间到了十四岁那年，十月份，天气阴晴无定时，父母相
继去世了，他靠乳母养着，今年三十多岁了，娇生惯养地连厨房都
没有进过。

不知不觉间新年到了，夜里枕着画有宝船图案的枕头入睡，家
里的壁龛中摆着蓬莱山盆景，上面有北洲崎的海虾须子，还挂着一
条中国丝绸金带。春天的微风吹拂过来，在梦中梦到这些，是十分
开心的。鹤千年，龟万年，长寿无限。刚要打水驱邪祝福时，就看
见从遥远的海面上飞来一只没见过的鸟儿，那鸟儿说道："我是从女
护岛来的美面鸟，你的父亲世之介早已去了那里，和女王在宫中生
活已经多年了，也不会再回日本了。但是他和你有父子因缘，所以
想把色道的秘传留给你。"说罢将一个卷宗放在了我的和服左侧衣袖
里。当我从梦中醒来时，已是东方破晓，朝霞初现，四处都是人们
的贺年问候声了。

从花街来的新年问候信寄到了，我仔细地看了一遍。像我这样的
身强力壮的年轻男人，早已和妓院方面约定，正月份一直包到二十五
日，那些游女就像我手中的花一样，随时都可以让长者町的次郎介，
抬着轿子赶过来，去和女郎相会。然而，不知道为什么，父亲却要越
过大海的惊涛骇浪，到那个煞风景的女护岛上去呢？眼前的人间天
堂，就有江户的吉原、京都的岛原、大阪的新町。像这三个地方的美
女，在别的地方还能有吗？应该不会有吧？

---

① 中居、腰元：当时不同等级的用人的名称。"腰元"位于"中居"与"下女"
之上。

如今，这三地的女郎穿的衣裳都不一样了。过去是带金线的绸缎，如八丈岛出产的八丈绢，京都大宫纺织的浅蓝色绞染鹿纹布，而如今则变成更高级的加贺绢了。岛原的女郎之所以跟别处相比毫无逊色，是因为她们出生于京城，天生丽质。这一点在已经出版的各种"游女品评记"上都有说明。

但是，虽然柳九市的《内证论》、小堀法师的《胜草》、发明"吉长染"的那位宗吉写的《白鸟》等都有记载，但还是不够详尽。此后，一条甚和尚在《游女割竹集》中的许多品评属于想当然，伏见的浪人写的《太夫前巾着》只是嫖妓指南，也难登大雅之堂。

且说有一天，愿西弥七、神乐庄左卫门、鹦鹉吉兵卫、乱酒与左兵卫等帮闲一起去逛花街。他们在花街入口处的茶馆里小坐，对早晨从妓院走出来的嫖客品头论足起来。"我们说得没有一点差错。"茶馆的老板听了，佩服得击掌称赞，笑道："说得对！那位确实就是嵯峨木材店的老板，第二个是鸟羽米店的二掌柜。正如你们所看出来的，他们就是去嫖宿'围女郎'的呀！""天地广阔，虽然对这里很熟悉，也有不认识的人呢！"说话间，有一个似乎见过的女人走了过来。

只见那女人脸上的皱纹有如志贺海湾的波纹，头上的白发有如富士山顶的白雪，身穿许久以前流行的龟屋产的条纹和服，扎着在右侧打结的拼凑缝制的腰带，还戴着棉帽，这身打扮无论如何都不像普通人，而像是一个经多见广的老管家。原来，这个女人以前确实是妓院里专门对女子进行修养培训的老管家，如今在千本通大街的一角，过着平静的生活。听说最近几年间，都是从前的老主人家给她饮食赡养，看样子她现在是去主人家拜访致谢的。于是，他们把这女人叫住，让她坐下来，聊聊从前的事情。果然她对各地花街柳巷的情况了如指掌。他们一直听着，直到太阳下山方罢。

本书，就是将这个女人的讲述加以记录整理而成的，以名为"世传"的"二代男"一生的经历为中心，对近年来色道中人的故事，都加以细致描述。但是书中人物多用假名，至于真人是谁，不便明言，大凡此道中人，都会心知肚明吧。读者可以据此对花街柳巷及烟花女子尽情观览，但有的故事也许有时序的颠倒。

看了红叶，更爱樱花。斗转星移，明月流水，往事如烟。但本书所记述的，也并非无稽之谈。所见所闻之事，如松叶化为尘土，还要靠那扫帚来打扫干净，故而本书只写那些让人开心的事，而将那些不开心的事一扫而光。如果那些京都的"粹人"、帮闲、轿夫等，看到此书觉得开心，则作者幸甚矣！

二　誓文是劝诫之物

赏雪还是赏富士山的雪，但那也只适合远眺；吉野的花虽漂亮，但晚上却看不到；姨舍山的月亮不因世道变迁而长出毛来。想来想去，最好玩的地方莫过于花街柳巷了。那些色道达人，常年沉溺于此，经多见广，都悟到还是女色最美。有人说："嫖妓，最初还是嫖太夫为好。因为，太夫是高级的妓女，嫖够了太夫，也好早一点从中脱身。"

无论在哪里的花街，初次见面都难得成全那种美事。这叫做"舍枕"，周旋起来十分不容易。

在京都的岛原，你刚要解开衣带，她便说起了听似情意缠绵的话，看起来从容舒缓，温柔可人，实际上她是先声夺人，客人自然位居下风。女郎往往跟你聊什么近卫殿别墅里的垂樱怎样好看啦，中院殿的和歌作得怎样好啦，净谈一些风流雅事，一夜直到天明，最后连床都没上。白白花了七十一匁的银子，就回家了。

在江户的吉原，开始的时候并不拿出被褥。客人心想，干脆先将裤腰带扎紧吧，就像去秘佛光堂一样，只是觉得金光耀眼，却连人家的皮肤都没能摸一下。

在大阪的新町，妓院里并没有一套铁定的规矩。客人都从四面八方而来，女郎如认为这位客人有点讨厌，从摆酒到座位的安排就都显得与其他人不一样了。为了做上床前的准备，也不管其他的女郎是否已经离座，就开始收拾碗筷。看似在整理房间的座位，实际上是想法消磨时间，这就是她们的伎俩。到厨房里，看看她们穿的衣服，就会发现她们对某个客人不待见的时候，连贴身的内衣也不更换，焚香的时候，只是应付了事地将袖口大体熏一下。外衣看起来还算漂亮，但一看她的内衣，但凡身边的侍女不笨，就会知道她待客的态度是怎样的。于是侍女在安排寝床的时候，故意和隔壁的客人靠得很近，房间也选大一些的，为的是使客人不要对太夫过于纠缠，而不离枕畔。又故意把灯芯弄得大一些，把周围照得通亮，让客人吸烟时吐烟圈玩，或者用鼻子吸烟，尽可能做一些无聊的游戏。客人把烟嘴擦一擦，说："你也来一口吧。"都是一些无聊透顶的事。或者故意交头接耳说悄悄话，以消磨时间。嫖客在女郎如此这般的忽悠之下，却什么事也没干成，那边便传来了"今天的客人驾到！"的吆喝。听到这吆喝声，无论是怎样的客人都会着急起来，赶忙说一些讨好女郎、信誓旦旦的话，可是就在这时，送客的第一声鼓敲响了，接着是"贵客，您慢走"的声音，于是不得不离开。

假如女郎不想甩你①，而是想与你上床共寝，就会换穿旧的白色内衣，连头发也熏香，侍女会把本来枕头旁边的手纸，放在褥子上，这也很有意思。一般而言，男人在坐着聊天时口若悬河，看起来像是一个"粹人"，但一旦到了床榻之上，就不能把持自己了，往往浑身哆嗦起来。然而若是经多见广的男人，坐着聊天时是从容不迫，到了床榻之上也优雅自如，这样的男人毋宁说是个别的。太夫们对于那些完

---

① 当时日本的妓女，特别是太夫等级的高级妓女，是有权力选择客人的。对不喜欢的客人，无论出资多少，都不待见，这被认为是太夫们可贵的气度。

全土气的男人，倒是觉得他们有质朴可爱之处，但对于那种不土不洋的二半吊子，是肯定会拒之门外的。

关于甩客，这里有两个内情可以参考。刚入此道的男人，被女郎甩过一次之后，便对那个女郎完全断念了，再也不会有第二次，别人也不知道他有这样的经历。对一般人来说，被女郎甩了当然很不开心，但他会去找另外的女郎，可是对当初甩他的那个女郎，总是有所不舍，而且，遇到那女郎和别的男人打情骂俏的时候，上去打招呼，那肯定还是被冷落。但也有的是妓院方面很看重他，而派管家去和他沟通，那么也有可能会和甩过自己的那个女郎再次见面的。但是，当男人与一个女郎不合而分手时，人们也不太当回事。在和新结识的女郎交往一段时间之后，对前面那位也就彻底忘记了，而自然把心思放在了眼前这位女郎的身上。

这里有一个诀窍，就是有的女郎一开始就对客人压根儿不说讨厌。她会说："这年月，好多人都见异思迁的，但我却是一个痴情的人。您要是不嫌弃我，咱就写一份誓文吧！您说好吗？"听了这话，不会有男人表示拒绝。于是女郎便高高兴兴地写了海誓山盟的誓文，此后一年中来往密切。但是，誓文写了七张，写上了那么多神的名字，又有什么用处呢？女郎的誓文，有的竟然写出了七十五页之多，这只是业内的风俗习惯。

有一天，有个名叫伊丹明樽的男子，带着一位绰号"一切经"的隐居法师出来游玩。当时正值五月梅雨季节，听不到杜鹃动听的鸣啭，招的太夫也还没来。于是说："咱们就给她起草一份让她难堪的誓文吧！"

一个说："平常的事情没有意思，咱们就一条条列出来，注明：'如有违背，就张贴在新町的东西大门口。'"

一个说："写得比这个还要更狠些。就是'如发现我和别的男人有来往，我就会私下和您赔礼道歉；如果我真的在心里背叛您了，就请对着新町一千三百位女郎，败坏我的名声，我也绝没有半句怨言。'"
就这样写了一些无厘头的话。

干这一行的女人是多么可悲啊！要对那些财主土豪们言听计从，
连那些有名的太夫也要遵从嫖客的意思，写出这样的誓文。而当那些
玩腻了的嫖客不再上门的时候，这些誓文就都成了笑柄。

同是妓女，也有不这样做的。很久以前，新屋的一个小太夫，被
平野桥一位姓源的嫖客包了两年多。在这期间，小太夫没有和另外
的男人来往。女人心想，我对他有求必应，他不会再有别的要求了
吧。事实上源对小太夫也从来没提什么要求。有一天对她说："你给
我写一份誓文吧。"照理说小太夫会爽快应诺，但她却说："誓文那东
西没有用啊！要写的话，我可以给您写一千张。但是，当我完全不喜
欢您的时候，写的那些东西都成假话了，您不觉得很难堪吗？这两年
多来，您让我过得很开心，没有拿我当妓女来看，难道我们没有缘分
吗？我可没有这么认为！"这小太夫说出了别人难以说出的话，真是
一位出色的、前代未闻的好太夫。

作为男人，被拒绝写誓文当然会生气，但他压住没发火，过了一
会儿，对她说："那就写一份发誓不迷恋的誓文吧！"女人问："真的
吗？"接着果真写出了一份发誓对他不迷恋的誓文，给了他。那男人
为这位太夫的率真之心所感动，又跟她一如既往地交往了半年。后
来，男人说："我的嫖妓习惯到此应该戒掉了。如果我还想玩的话，
就来找你。"于是他们一起喝了告别酒。又从衣袖里拿出金银给了小
太夫，供她将来赎身。此事他没有对任何外人讲过，从那以后，不再
去逛花街柳巷了。这真是前所未闻之事。

在告别席上，小太夫也赠送了带有那男人家徽的衣服十件，这些
衣服都是何时准备的，不得而知，令人感到不可思议。然后又拿出一
大捆纸卷，上面写的都是她初次接客以来的情况，而且都注明了月
份和日子。题目是《我的身世经历》，小太夫对他说："您想起我的时

候，就打开这个看看吧。"所谓依依不舍的分手，大概就是指此而言的吧。

后来这个男人年纪大了，当他劝告孩子和家里的伙计的时候，便拿出那张誓文来，对他们说："去逛花街柳巷那种坏地方，应该知道适可而止。这份'不迷恋'的誓文，是亘古没有的誓文。对那样的女子我难以割舍，才尽心尽力与她交往。而你们，面对的是今天那些狡猾精明的妓女，她们咬破手指写血书，却避开牛王之鸟①的眼睛，在水中掺上酒和盐②，压根儿就是弄虚作假。都是为了违背誓文后还能逃脱神佛的惩罚，为的是博取客人一时欢心，这都是可耻的行径。十二月二十日是写誓文的日子，也是商人忏悔谎言欺客、请求神佛宽宥的日子，最要紧的是你们要好好做生意，至于偶尔要去逛逛花街，那也未尝不可。"

三 吃喝玩乐闹通宵

光叔③、一中④等人，在京都东山召开了杨弓赛会。一天玩下来，为了留住那些打算回家去的不爱喝酒的人，便安排了一个大房间，让那些不能喝酒的人唱歌。把白天观赏的樱花放在夜风中，他们毕竟不放心，就让那些长得帅的男演员帮忙，去监督那些他们包下来的女郎，以防她们出墙。

"现在是深夜了，几点啦？"

---

① 牛王鸟：传说牛王鸟是神的使者，在牛王鸟所能看见的地方写誓文，才有效力。
② 在水中掺上酒和盐，时间一长可以使字迹自然消失。
③ 光叔：原名本阿弥光叔，江户时代的杨弓（供玩乐用的小弓）专家，曾对杨弓做了改造而提高了命中率。
④ 一中：今井一中，江户时代的杨弓专家，著有《杨弓射礼蓬矢钞追考》。

"岛原的大门已经关闭了吧？"

"真想要一辆鬼岛上的那种日行千里的飞车啊！"

"这想法可是太不靠谱了。若有了那种车，一下子飞过来，落到淀、鸟羽这里来，我们今晚还有什么用呢？我们还是给看大门的一两金币，可保证高枕无忧了。"

"这容易啊！"

他们赶过去一看，妓院里的人都睡了，鼾声四起。

这天正好是二十三日的晚上，他们找了没有客人的女郎陪着喝茶，聊起天来。

"信神也没有什么用。但是今后还是得给父母送去一些小钱作烧香钱啊！"

"你们不知道吧，小川通大街上浆糊铺里的那个小娘们儿，自以为是天神①呢！"有人不服气地说。

"你可别什么时候被她甩了呀！既然人家没有甩你，你就别挑人家的理啦！"有人笑道。这时候，他们发现扇屋的长左卫门站在门口听这边说话，于是才安静下来。

他们发现三文字屋那边的门开了一条细缝，过去窥探，看到半兵卫正在鼓捣木鱼片。这深更半夜的，该不会有人在切荞麦面吧，或者在煮豆腐汤也未可知。

正在这样想时，发现有人从里屋出来，手持蜡烛，肩上披着一件衣服，从远处看上去虽有些模糊，但还是能看清原来那是初音太夫。那么漂亮的身段，怎么能是别人呢？而且还穿着一件梅花枝叶图案的内衣。这么晚了跟谁去约会呢？想想就觉得形迹可疑。

接着他们来到了柏屋妙安妓院，各自躺下歇息。女郎们被他们吵醒了，就像洗澡间前所寒暄的那样，说："有点凉，请小心。"又说：

---

① 天神：此指"天神"级的高级妓女（地位仅次于"太夫"）。

"这里宽敞。"又打开被子迎他们进去。好事干完，睡了一小觉，然后起来喝酒聊天，这里的夜生活很有意思。隔壁则弹起了三弦，唱起了情歌小调。

"听起来好像是河内小姐唱的哦！那么咱们就边听歌边喝酒吧！"于是和太夫等人一起去了厨房，太鼓女郎知道好吃的放在哪里，带他们找出了十三个鸡蛋、两只章鱼，"咸鲷鱼也要拿出来！"还有平常不常用的铁筷子也拿出来用了。"哎，用快刀斩吧。"说着抡起斧头将鲷鱼头砍掉了。女郎有打水的，也有在灶下添柴烧火的，大家一起准备饭菜。"我来端着灯吧！""我来拿研磨棒吧！"

五郎右兵卫负责收拾橱柜，喊道："野秋！你来负责盛饭！"各自分工干活，但是野秋连饭勺是什么样从来都没见过，不知如何是好。别人告诉她："要用这个来盛饭啊！"野秋生来娇惯，现在才知道米饭是如何盛出来的。有人对她说："说不定你以后会成为旅馆的老板娘呢！"野秋道："您说得有道理啊，我就按您教我的盛饭。哎，人家从二楼上偷看我们呢！""哦，知道啦，像居家过日子这样的事情，还是不让人家看见为好。"于是撑起伞来挡住楼上的视线。

"上面的人看不见了，可是下面的人也要注意啊！"

"啊，管他们说什么呢！"

"饭菜齐啦，请大家就座吧！"

居室里，引舟女郎、侍女等都躺在那里。看见那拥挤的样子，有人就靠到佛龛前面来，说："这边也挤着呢。"

有人搭话说："稍稍将就一下吧。在御幸町三条，一间屋要住七八个人呢！"

"那倒也是啊！"

于是静静地吃东西。但那边又传来动静。说是下女阿吉在睡觉时脸上被画上了胡须，腰带上被插了笤帚，而下男八兵卫则被用席子包了起来，上面还放了一个木牌，上面写道："作为一个男人，都

二十七岁了，却身穿染色的棉袄，里面是带天鹅绒假领的内衣，兜裆
布是用了四五年的宽幅加贺绢，钱褡里有两张当票，左手的手相很
差，小耳朵没有福相却整日精力充沛，喜欢喝河豚鱼汤。不知老家是
何地，常说希望能有黄金五十两在衣棚大街那里买个房子。但是这
一理想至今没有实现。此乃昨夜所述悲催故事。三月十五日。"而且
还敲着药罐子，口中念佛，说要为他做一万天的佛事。"愿以此功德，
皆共成佛道。到此。"然后入睡。"明天想一个人睡到自然醒哦！但愿
那讨厌的鸡不要那么早打鸣！"的确，在这里的花街柳巷里，大家都
是白天黑夜颠倒过的。有人曾一针见血地说："岛原花街上的人，从
上午八点到天黑这段时间，都是迷迷瞪瞪的，要是去官衙办事打官
司，准得坏事。"此乃实话。

　　这边是一本正经的名叫传藏的人、演员岚三右卫门，还有专对大
名放贷的一些有钱人，和唐土太夫坐在里面的二楼上。下京来的年轻
人在嘈杂声中被吵醒，睁眼一看，见这里就像早被遗弃的破屋一样，
一片狼藉。他们收拾了一下，换了铺席，支起铁锅，放上酱油，说是
要做"日本第一的靓汤"。其中，那波屋的老板，把这里的惠比须①、
大黑财神的画像从架子上取下来，说这汤是连惠比须财神都喜欢的
生鲜鲷鱼汤。炖得烂熟了，说道："谁先来盛啊？来给您盛上。"岚三
右卫门为各位盛汤，嘴里说着祝福的话："家里有米袋，就是幸福来。
大黑财神这边敲小鼓，那边大黑头巾头上捂。太夫小姐去钓鱼，一钓
便钓上了大财主。头上戴着乌纱帽，何愁呼风又唤雨。人有如意大宝
珠，我等借光有幸福。钓鱼虽有眼，它能游到哪里去？留得财神在，
家里钱袋怎不鼓！"

　　"三是三右卫门，别忘了喝酒哦！"

　　"九个小酒杯，都端起哦！"大家互相起哄打趣。

———————————

① 惠比须：日本七福神之一，财神。

不知不觉天亮了，人人都带着黑眼圈，但是他们觉得还不尽兴，说是要在太阳出来之前，再来一个"猩猩饮"①，于是他们把庭院里盛洗手水的盆装满药酒，把红色和服的下摆掖起来，模仿能乐戏曲中猩猩②的那种脚步蹒跚的步态，口中唱起了《猩猩》中的段子。最后就不是猩猩的"乱"，而是真正的"醉"了。人家还没有提出要求，这边便保证五月的节日里给女郎奉送新的和服绸缎布料，并说在四月中要换一个新的太夫给人瞧。说的都是美事。在这种半醉半醒中，有什么愿望都可以说出来。但是梦也是很容易醒来的。

四 有情有义是薄云

要说花街柳巷的事都是虚伪的，那也不尽然。正如古歌所言，真心也会使老天下雨流泪。像薄云太夫那样有情有义的妓女，是很难见到的。在相貌上来说，作为吾妻太夫培养出来的女郎，她是无与伦比的，和岛原的花崎太夫比较起来，也难分伯仲。

俗话说，天下的乌鸦一般黑。岂止是乌鸦长得一模一样，各处的花街柳巷也都差不多是一样的。在岛原，早晨客人与女郎分别，说声"再会"，也同样都是懒洋洋的腔调。早上起来一看，昨夜下了一场雪，妓馆老板清十郎家的屋顶上落了一层，侍女见了，说："又下雪啦。"用衣襟接了一些雪，把雪放在了一个正在睡觉的乐手泽都的脑门上，说："你猜这是什么？"泽都并没有将雪拂掉，也没有生气，而是唱道："此乃吉野山的雪啊！"泽都作为乐手，昨晚被人硬灌了不少酒，对客人唱的蹩脚的歌还不得不夸赞两句，还有人说他老婆也不知跑到哪里去了。没有比在世上过日子更难的事情了。泽都叹道：

---

① 猩猩饮：即豪饮。
② 传统能乐曲目中有《猩猩》这一曲目。

"但盼今后能如愿，但这个年底，我要能有两步金子、一件旧裤裙就好了。眼下先有一两，也就满足了。天下之广，有没有从天上降下金币的地方呢？不光是我，谁都愿意到那里去吧！"他放下三弦琴，观世间之无常，如此这般感慨着。此时金龙山报晓的钟声响了，男女各自穿衣分手之后又如何，就不得而知了。

人们从钟声中醒来，回去的客人都要经过"衣纹坡"才能走出吉原的大门。走过这里的时候，人们心疼土路坡道上的泥水溅脏了衣服，都把衣服下摆掖起来。看看他们在吉原多么恣意享乐，再看看离开吉原回家的谨慎小心，这就是那些豁出命也要逛窑子的"吉原通"。他们走出妓院后，也想就此罢手，反复告诫自己下不为例了，但到了明天却又忘光了，仍然是重蹈覆辙，赴汤蹈火也在所不惜。从与太夫交情渐厚，到最后死去变成火葬场的青烟，都是这样沉溺于色恋。然而，也不能一概而论地说这样做就是愚蠢。

听说镰仓屋的一个阔老板，曾被载入《富豪大亨名录》，继承了九千贯目的遗产，终生热衷于冶游享乐。到头来把钱花得精光。这也是很值得的人生吧。那些钱死了也带不走。人死了，一张席子，一裹了事。人间万事如梦，只有和太夫们同枕共衾，才是眼前的极乐世界。

东方破晓时，为了迎接薄云太夫，角助让仆人打着带有家徽的伞，顶风冒雪前行。且说那位薄云太夫，正如诗人所描写的"玉雨无枝白梅落"，她被一个名叫角内的男仆背着，那样子就像如来背上发出的善光，光芒四射。今天薄云太夫穿着忽绿忽紫的闪光色窄袖和服，身上珠光宝气，胸部高耸。众生有缘，谁不想投怀入抱而得拯救！人们都到她歇脚的茶馆来隔着帘子拜见，听到了熟悉的声音，薄云太夫就温柔地说两句："您好！回头见啊！"多少带点方言的口音，听了更叫人心荡神摇。听说中国古代有个虞公，其歌声清越，如鱼儿击水，薄云太夫的声音就是如此。大家都会一直目送她走远，这也是花街上令人感怀的一景。

当走到大门筋的十字路口时，风也小了，心里也踏实了。就在这时，薄云太夫嗅到不知从哪里飘来的一阵香气，和自己衣袖上的香气不同。一注意，才知道这香气是从角内衣袖中发出来的，当时虽然没有说话，但已经心有所动了。等回到家里，就向男仆久米询问。久米说："角内平常不是这样的。因为去接您，觉得自己平常是邋里邋遢的下男，也不好好洗头，不能让您闻到不好的味道，就吩咐熏了香。"太夫听罢，更感到不可思议，说："请把角内今天穿的藏青色的棉袄借来一下。"久米不知何意，便拿来了那件棉袄。薄云让下男打开缝线看里面，结果发现里面是一件白色的干干净净的窄袖棉衣。

"这个橘形花纹，是哪位太夫的家徽呢？"薄云问道。

"反正在这里我们还没见过。"久米回答。

薄云心想："这大概就是京都高桥太夫的家徽了。"

仔细看看，衣服下摆上是嵯峨野的名胜图案，这是岚山，那是广泽之月，那是大堰川的花筏，在千代古道上有皇家的车辇。野宫上是缠绕的胡枝子，定家亭上爬满了常青藤，砧取山上杜鹃成双，小松树枝繁叶茂。桂川上有漂浮的小船，瀑布上溅起了水花，那里好似落日冈的地方，云中有漂亮的小鸟飞翔。在衣鹿背山上，有恩恩爱爱的雌鹿雄鹿在嬉戏玩耍。梅津山上的堰水栅、松尾山上的那种"佛法僧鸟"看上去都很珍奇，小仓山上的八重红叶也很漂亮。正如和歌中所吟咏的"山峰红叶若有心"，图案上京都地区的景色令人感怀，这样的衣服是有风雅之心的人才会穿的吧。

"请把角内叫过来。"薄云太夫说。于是将角内叫到化妆室没人的地方。

"您是因为什么原因见弃于京都的高桥太夫，跑到关东这地方，装成这副寒酸的样子呢？"薄云太夫问道。

"没有这样的事情啊！"角内说着，装作什么也不知道的样子，但眼里却涌出了泪水，久久沉默不语。

"您不必隐瞒了。说说这是怎么回事。"薄云拿出了那件衣服，"这衣服上显出了您的痴心啊！"不等角内说话，薄云倒是先悲伤地呜咽起来，眼泪洒在衣袖上。事已至此，角内也不能隐瞒什么了，便开始讲述自己与高桥交往的来龙去脉：

"这次和高桥太夫分手，是有原因的。实际上我早就和高桥太夫有约，但家里一定要给我另外娶妻。我跟父母说过四五次，表示不愿意，但父母就是不听，还跟对方交换了定亲礼物。我很生气。因为跟父母置气，我决定离家出走。给家里留下了一封信，谎称：'我要去弘法大师曾经待过的高野山，出家为僧。'我对高桥说：'正像在生驹山的山脚下打兔子一样，两三天也不定能碰上一回。'高桥说道：'我想成为那兔子，到你身边，被你逮着，看你高兴的样子。'就那样在大和路匆匆和她道别，此后看不见这里的山水了，好恨！她说：'葛城山的山风吹起来，我的心就更加孤独凄凉，当朝日从山上升起，我就会想起你的面影。所以，我要把这件内衣送给你，做个纪念吧！'于是她亲手给我穿上，扣好衣襟，一边转着身子打量，一边说道：'到这里来的男人，不知有多少。但是最好的是野秋太夫碰见的那个名字叫清的小贩，还有你。没有人能与你们两人相比。你眼睛上边的那个小疙瘩，不要因为它小，就不在意啊！'说着就给我拿出了药。我很感动，说：'我回了。'便从鹤屋传左的二楼上走下来。到大门口目送我的，有太夫、引舟、侍女、管家和妓馆老板。我走到吉原街入口处的平野屋茶馆，匆匆喝了几口平日早晨常喝的素汤，起身离去。但见高桥仍站在那里看着我，挥着小手，好像说：'等着你再回来！'看见这情景，我大声喊道：'哪怕我化成了武藏野的土！'不知她听到没有，只听男佣阿宫笑着说：'这么冷的天，奈良的团扇可不需要啊！'回答得驴唇不对马嘴。我听罢，让轿子从丹波口掉头，直奔江户而去。来到江户后，我无依无靠，就在这里给人打工。今天有幸为您服务。"角内哭着，也忘了避讳别人。

听了这些，薄云太夫也很感动。说道："想想高桥太夫，她该会多么伤心啊！说不定把剃刀放在身边，自杀的心都会有吧。越想越觉得担心，一定要想办法，尽快让高桥知道您平安无事，要是有一只能报平安的鸟儿就好了。"她思忖片刻，说："天亮后您就到京都去吧！您老板这边的事情，我来帮您说明解决。"于是赶紧给他准备旅途用品。又说："这期间，为了给您排遣寂寞，咱们一起喝个道别酒吧！"这一夜薄云没有去妓院，而是和角内一起很纯洁地并肩而眠。当他们从美梦中一觉醒来，已经是鸡叫头遍的时候了，于是他们道别，薄云送给角内一个木箱，对他说："旅途疲劳，歇息过来的时候，就打开看看吧。"

"这一次，真是太感谢您了，永志不忘！若不能报答，也请原谅。"角内流着眼泪说。说话间马夫把马鞍整理好了，问道："哪位是乘马的人啊？"薄云太夫走出来，拉住角内的衣袖说："咱们就要分别了，您能不能把真实姓名告诉我呢？"角内说："事已至此，不再相瞒。在下是佐渡屋的源氏。"

那天，源氏投宿在藤泽，第二天在箱根山上投宿，那里风吹细竹，湖水荡漾，更使他夜不能寐，在朝阳面的房间里，十月二十三日的月光，透过窗缝射进来，使他感到温馨和安慰。这时他忽然想起了那木箱，于是用傍晚时分看到的一把柴刀，把箱钉撬出来，打开箱子，见里面有两个抽屉，上面那个放着给高桥太夫的信，没有封口，他看了一遍，都是为他说好话的。下面那个抽屉，放的是盘缠，有盖着防伪印章的一步金五十枚，还有新出版的《旅行指南》，另外写着"万能"的两包药丸，还有路上用的通行证。如此无微不至，使源氏感激莫名。

第二天是二十四日，早晨就阴天了，还下起了箱根地区特有的局部雨，源氏仍然冒雨前行。一边俯视这一带的海湾，一边向所谓"鬼见愁"的险路靠近。海浪扑打在岩石上，溅起的水花打在了身上，不由得想起了自己的际遇。渡过了与津川，听见了清见寺的黄昏钟声，不一会儿就看见有三个町人^①模样的男人走过来，说道："真想不到啊，您去江湖游玩终于回来啦！"一听声音就知道，他们都是自己家中的二掌柜。

他们对源氏说："二老整天在京都唉声叹气啊！去高野山上找也没找到，又派人到各地打听寻找。我们这是要去江户迎接您的。"源氏赶忙问："高桥太夫如何？父亲原谅我了吗？母亲还常常哭吗？"那天晚上他们都一起住在此地。

打开二掌柜用马驮着的东西，里面放满了京城中的时髦用品。"这个好用啊！"源氏从中挑选出了一些，又写了一封长信，作为礼物派人给薄云太夫送去。自己则回到了京都，见了高桥太夫，将这些话说给了她听。高桥也派名叫吉介的帮闲，向江户吉原的薄云太夫表达谢意。真是皆大欢喜。

五　花去花来江户紫^②

说起世上家庭主妇的吝啬小气，例如按约定时间雇佣的打工者穿的草鞋，是到处都可以看到的普通物品，是主人按盂兰盆节、春节发给雇工的；还有近江出产的棉布，裁一整幅做衣服正合适，剩下的布头什么用处也没有，但是有的主妇却把这些东西当回事，为了省下一些布头而把衣服袖子做短了，实在是寒碜的事情。

招来打工的乡下小姑娘，土气仍然去不了，把药品的包装纸上

---

① 町人：日本江户时代的商人、手工业者等城镇居民的统称。与"武士"、"百姓"（农民）阶层属于不同的社会阶层。

② 江户紫：一种紫色的草科植物。此处代指本章主人公小紫。

写"煎法如常"的那片带字的纸剪掉后，用它来扎头发。或有的用切鲣鱼的小刀剃脖子根上的头发，又用扔掉的茶袋盛上米糠，用来搓澡。一张口就是"俺是这家年轻老板娘的使唤丫头！"抿起小嘴，在长箱子中找东西的动作，也很难看。有个男人从家乡来看她，担来的筐里，醋瓶子、腌制的金枪鱼、法然上人御笔的复制品裱褙、涂漆的勺子，乱七八糟地放在一起。另一头的筐子里是粗糙的杉柳木的纸障子、纺车、弹棉花的弓子、松树木柴等。在门口处将这些东西卸下来，又进二道门的门口处，弯下腰来对小姑娘耳语道："这口锅是父亲给你的。"匆匆见了个面就回去了。

有的乡下雇来的小姑娘长得倒是天生丽质。但女人的脾气哪地方都是一样的，很容易激起女主人的嫉妒，而故意刁难她，例如说什么："你为什么起得那么早呀？谁允许你像这样扭着屁股走路的？饭锅都磨坏了你没看见吗？你的前额发际还画黑了，这是哪儿流行来的呀？你手指头那么细，到底是为什么呀！"如此之类，事无巨细，处处找茬儿。到了年底，小姑娘无可奈何地终于回到老家。

也有的打工妹住在集体宿舍里，昨天去剧院看歌舞伎，今天结伴均摊付款去吃烧鲷鱼，昼夜吃喝玩乐。晚上和男人鬼混，怀上了孩子也不知是谁的，于是堕胎，到底是罪过呢，还是残酷呢，还是拿命作赌注呢，她们一律不考虑，只是破罐子破摔了。有时也不去上班，就像没有主人似的，逍遥自在。这样的女子，通常的打扮是，内穿浅草色条纹、带衬里的棉袄，外穿淡黄色的外衣，袖口与下摆布料相同，黑线缝纹，衣带是京六的宽幅带，小节绢的衬裙，头上插带白斑的龟甲梳子，脚穿带浅绿色鞋襻的木屐，走起路来啪啪作响。室町大街三条以下的西行樱街，两侧商铺林立，打工仔很多，男人一般不愿去那里，而打工妹便故意去那里搔首弄姿。"咦？那小姑娘怎么那样啦？"当时出去打工时认识的一个男人，吃惊地拍着手，惊叹她变得漂亮了。

连良家女子都是这样的变化巨大，何况是那些想把女孩培养成倾城红妓的人，更是从小时候就注意人家女孩儿的长相。确认其有姿色者，便花巨额金银买过来，若打算将来把她培养成太夫，就从她给太夫做侍女的时候，让她万事都注意观察学习，教她琴棋书画。本来底子就不错的，越培养就越好，结果当然不错。一个个都是花姿月貌，把她们打扮得各有特色，正如藤绕松树之姿、棣棠护岸之容，令人不舍；又像一枝梅花，看上去高雅脱俗。

这当中，有个女孩儿后来成为第二代吉野。要说其容貌，比吉野山上的千棵山樱还要美。其实当初并不是按照名妓的标准来培养她的，但却犹如柳枝上落雪融化，别具一格。

且说有一个雪后黄昏，帮闲乱酒与左卫门等人，轮流相互劝酒，推杯换盏之间，还把盐巴做成一种特定的花状，作为酒肴，其中有一个是吉野的客人，是名叫乌丸鬼样的大财主，到了半夜以后已喝得烂醉如泥。就这样，整张桌席上的客人都喝得东倒西歪，和衣而卧，蜷曲在铺席上。酒量小的吉右卫门，好歹还能钻到被窝里睡下。不久天亮了，楼下的太夫们开始梳妆打扮，看上去是一片美色。接着吉野睡眼蒙胧地走出来，当时目睹芳容的素性法师后来写道："那样子，比化妆的时候更漂亮！"

吉野是古今罕见的女郎。看上去不像是妓女，高雅得像是贵族家的小姐。只是有一个缺点，就是额头的发际看似远山上的胧月，薄而且稀疏，超出世人的想象，对此所有人都觉得惋惜。

有一天，到京城的釜座一带溜达时，遇到了一个女子，好像是雨停了去还人家伞的，走路时把和服的开襟掖起来，看样子年龄不过二十。长得微胖、长脸、大嘴、大屁股，可以说没有什么可取之处，但只有额头发际非常漂亮，就好像是人偶铺的山田外纪给她做出来的一样，甚至有人想入非非："把这个女子的发际换给吉野多好啊！"有人说："难道京城里缺主妇吗？竟然有雇主雇佣这样的女子干活！"

还有人说："京城这块地方啊，撒尿的地方有，堆垃圾的地方也有啊！像那位女子，看上去算顺眼的。比她更惹眼的，是岛原入口处用树枝和竹子胡乱围起来的那片茄子地，那里头的人，看门的与右卫门也觉得不错哩！"

那时，有嫖客从岛原的朱雀野村的小道上走过，向一个东寺领村正在耕地的老农打听道："听说岛原的中堂寺町，今天早上有个女郎疯了，是怎么回事啊？"那老男人说："我今年六十九了，从来没去过那花街柳巷。到底是今金太夫长得漂亮不，还是墙内有个石佛不，我一概不知。"

"那百年以后，阎魔要问你现世的极乐世界是什么样子，你该怎么回答呢？"

问话的这位，原来是从遥远的长崎来的阿鹿，他一门心思想把吉野太夫娶回家作妻子，要花一千三百两为她赎身，借住在京城伏见的墨染樱旁边，到头来却连吉野的影子也没看到。原来，难波有一个人，决定一到春天，就给吉野赎身，所以再也看不到她了。吉野的这份幸运，是当初藤屋的奥州太夫所不能想像的。

此外，热恋吉野的人，还有越中的男子阿新。他也急着要为吉野赎身，但无奈雪大封路，一直到了二月底才进京，结果已经晚了一步。他很悲伤，于是就在妓院里花光了所有的金银，整天泪湿衣袖，心想至少要弄一件吉野的衣服作为纪念啊，就把吉野留下的一件绉绸穿身上，还做了一个漂亮的吉野人偶，托熟人住在和吉野的名字有关联的吉野山下一处叫六田的地方，过了两年的浑浑噩噩的生活。如今是要死不死，靠学纺线过日子，天天和那人偶为伴，时而笑，时而哭，当地的人一开始觉得不可思议，以后便习以为常，见怪不怪了。

时值吉野山上樱花盛开，正如当年人麻吕①眼中的那一片花云。

———————————

① 人麻吕：柿本人麻吕，《万叶集》时代的著名歌人。

去吉野藏王堂参拜的人，都在山阴的石路上行走，其中有一个年龄在二十一二岁的女子，穿着三层的紫色小袖衬衣，腰带、斗笠带儿、帽子、草鞋襻儿，全都是紫色的。身边有两个侍女，穿着日野绢的和服，前衣襟提得高高的，后面有抬轿子的人，还有看似管事的二掌柜，而老板模样的人则打扮得像个法师，一副旁若无人的样子。那个女子姿态高雅，与其说像吉野花，不如说是像初濑①花，看起来像是皇宫中的女子。那女子对旁边糟蹋樱花的孩子们加以制止，说："哎呀不要那样啊，不能把树枝折断啦！"听口音是江户吉原一带的。阿新听了这话，被吸引住了，停下了手中的纺线活儿。

只见他们把盛放茶具的盒子拿出来，看样子是准备喝茶。拿出了银茶碗，却找不到茶勺了，于是来到旁边阿新的草屋里，看着屋檐下的毛竹，说想切一节做个茶勺。阿新听罢，从屋里拿出了茶杓名匠甫竹师傅做的茶勺，还顺便拿出了盐濑出产的著名的茶道用绸巾，说道："不知这个能用吗？若觉得这些东西能用的话，请不必客气。"在这样的山沟里竟然有这么精致稀罕的物件吗？他们都大吃一惊，于是老板模样的人猫着腰，走到屋里观看。发现在微暗处挂着绘帘，上面画着美人，便问道："掌柜的，对不起打扰了！"阿新没有回声。他们越发感到奇怪，就问："您到底是什么人？"阿新忍不住流下了眼泪，为他们讲述了自己的遭际。

"啊！原来您就是松叶屋的新三郎啊！久闻大名啊！现在却过着这样清苦的生活。我也不瞒您说，我是江户小田园町的阿中，这个女子是吉原妓院三浦雾的小紫。因为一些机缘，我们之间有一个临时的约定，就是为她赎身后，要到京城一带游玩，于是我们今天就来到这里了。我们这样碰面，真是前世修的缘分啊！我是有家室的人，前不久为大阪八木雾的市之允赎了身，但不久就让她跟了别的男人。这次

---

① 初濑：地名，在今奈良市樱井，是著名的樱花产地。

我和小紫也有一个约定，就是今后如发现有缘的人，就成全她。看来咱们是有缘啊，所以我想把她交给你。这个小紫，与吉野太夫相比，我认为毫无逊色。而且这个小紫，如果嫁给了世间一般男子，她会好好过日子的。"

听阿中这么说，小紫也显出了很认真的表情，说道："您要是听我家先生的话，觉得还算喜欢我的话，我就跟您一起纺线吧！住在这里，哪怕因烧落叶被熏黑了，我也甘心情愿啊！"当着阿中法师的面，她竟然毫不顾忌地流着泪说了这样的话。

新三郎听罢，万事皆忘，眼里只有小紫了。"我觉得简直是在做梦啊！对你的真情我真的感激莫名了！吉野的偶人，现在我不需要啦！"说着拿起一把镰刀，把人偶打碎了。断了执著之念，高兴得无以复加。

法师说："这次顺便再去一次江户，去见见和小紫有关的人，然后就把人交给您啦！"就这样，很快就把小紫交给了新三郎。此事在妓院曾广为流传。

真是良缘有主，随着时间的推移，两人的关系也越来越好。新三郎也在江户定居，后来和故乡越中也有了通信联系，最终他成为了北方的鱼产品批发商。对此，人们感慨地说："想想这事，干鲑鱼也可以再生，朽木也可以开花啊！"

卷
二

一 流落北国的大款

春天的傍晚，有一只游船，快速航行在浅草川上，以便在天黑之前去看焰火。这只游船名叫"九间市丸"，装饰得金碧辉煌，船上有九个小房间，故名之曰九间市，这也很有趣。

在船上的一个房间里，有四五个英俊男子，正躺在那里谈论着高尾太夫的仆人千代，说着"妓馆嘛，桐屋的市左卫门那里也不错，藤屋的太郎右兵卫家的老板娘也伶俐"之类的话，都是关于花街柳巷的话题。第二间，聊的是无人岛上的大海虾，说话人就像自己见过一样讲得活灵活现。第三间的人们模仿歌手祝弥四郎的调门，齐声高唱着各种流行小调，还有净瑠璃中的段子。在船尾的那一间，人们围着伊势守酒馆中的一只大酒桶，还有高妙屋的白酱、川越屋的熟瓜、饭汤、银鲔鱼刺身，什么乱七八糟的东西都放在一起，大声嚷嚷，旁若无人。天下只有这里的町人，愿意出一天五两的船费。

这还不算是奢侈的。再往远处看看，在名曰"河武丸"的船上，挂着八铺席大小的大纹纱蚊帐，蚊帐上的吊环、边缘都是红缎子做的，四角挂着进口的挂件、香袋，房间里有画着日本美人的枕边屏风，还有带描金画的书架。替换的单衣堆积如山。身穿宽袖和服的腰元女佣，打扮得像名门大户家的太太似的，来回端茶送水。从门口的细竹帘子看过去，里面人很多，古琴和三弦的声音都被淹没了，只听得拍手声和"啊！哈！"的声音。这蚊帐里面的到底是何许人也？想看一看长长见识，于是那游船便靠过来。刚才撑起的蚊帐已经收起来了，一个老板模样的人，留着胡须，弯着腰，穿着宽袖和服，下身穿弥左卫门发明的那种裤裙，头戴棉帽子，眼前放着一个不大不小的书桌，正在阅读《古文真宝》①，大家看罢，觉得扫兴，心想，这位与众不同的人，到底是什么人呢？仔细打量，原来是长年出入吉原的花街柳巷的早口茂介。

早口茂介这么做，全是通町的高松三四郎安排的。

三四郎一天到晚在外头恣意游乐，四年间花光了七千两。此前，他的女人很多，可如今，他在这广阔的武藏野竟然没有容身之地了，被父亲断绝了父子关系，赶出了家门。他想起在妓院时曾与北国的一个人相识，说不定他能帮忙，于是就决定去找他。走过了神田筋违桥，来到了汤岛天神前面的藤丸膏药铺，跟那里借了砚台纸笔，给太夫写字留言。在树叶落霜时分，来到了本乡的森川旅馆，又过了吹上，到达了追分。这时觉得后头有人在呼喊自己回家，回头一看，原来一个人也没有，于是对家人更加怨恨起来，对无辜的继母也更觉得讨厌，泪流不止，濡湿衣袖。

好不容易走到了离日本桥约二里地的板桥旅馆，后面果真有人追了上来，他们是天晴传兵卫、宵寝治兵卫、猪首小左兵卫，还有早口茂介。他们四人成为三四郎的"帮闲四天王"，在花街柳巷里纵横捭阖，无所不能，都是时尚男子，女郎们所喜欢的类型。四人商量："此次他被断绝了父子关系，我们至少也得去送送行啊！"于是一路追了上来。三四郎看见了四个哥们儿，说道："在这种情况下你们还想着我，我很开心。"又问："昨天被太夫甩的那个客人，后来怎样啦？"哥们儿说："您自己都这样了，还管别人的

---

① 《古文真宝》：原文《古文》，指的是中国宋代编纂的诗文集《古文真宝》。

事！"平常呼风唤雨的他，也只好说："对不起了。"真是此一时彼一时了，大家都很伤感，于是叫来了轿子，对他说："您已经走累了，脚上满是尘土，现在一定要坐轿子！"三四郎推辞说："谢谢各位的好意，但是我现在不是坐轿的身份了。我跟大家一起走吧！"四人听罢，都流了泪，心里叹道，这样懂得人情的大款，却被父亲赶出家门，想想真是可怜啊！

"接下来路途还很长呢！大家凑凑路费吧！"他们翻遍口袋纸袋，五人合在一起，不过一两三分金子、九勺银子、二百文铜钱，要在此前，还不够给浅草田町的编笠茶馆的随份子钱呢！如今这些钱就很珍贵了，必须省着用。早上一大早就上路，日复一日翻山越岭，乘雪橇，在被雪掩埋的松树梢上走过。雪很大，雪杆都被埋没了，人家房屋全在雪中，好不容易在雪地里听到说话声，问村里人这是哪里，回答说这是福井町。在这个镇子上有一座最显眼的房屋，那就是小林仁兵卫家。

三四郎从大门外面往里一瞅，见一个小姑娘抱着一个三岁大小的孩子，让他拿着一枝山茶花哄着，但孩子在哭，只是一个劲儿地喊："带我找妈妈啊！"小姑娘哄他说："今天妈妈变成了佛，就能回来！"三四郎走上前去一问，小姑娘阴着脸说："主人给夫人扫墓去了。"看来是在过七七忌日，院子里正在捣年糕，传来大米的香味和切褐色海带的声音。世间无常并非自今日始，但正好碰上这样的事情也令人伤感。虽说这样，但这一带没有其他可以投宿的地方，干脆就等主人回来吧。他们站在屋檐下避着雪花，一边在雪上画画消磨时间。

就在这时，主人一脸悲伤地回到家来，见了三四郎，说道："这次一时出了家门，很抱歉啊！看来你是泡在花街柳巷，惹父母不高兴了吧。没什么，你先到这边来吧！"

"可是，正赶上您不方便的时候……"三四郎说。

"生生死死，无人能免。我也没有什么惋惜的。看来您是有什么难处吧？有这四个人在身边，您还愁什么呢？"主人说。于是掌灯秉烛，开始聊天。

明天就是十月二十一日，主人的斋戒期就要结束了。只见主人把头剃成了半月形，从房间走出来，说道："这里是穷乡僻壤，而且又是多雪的地方，不到春天，连山也看不见。也没有什么好招待你们的。为了排遣旅途劳顿，我家里有祖传下来的几幅挂轴，我连亲戚都没让看过呢！现在拿出来，给各位看看，提提神吧！"于是到了内屋，取出了一个梨木箱子，从中拿出了一套八幅的美人画。而且都有太夫自己的题词。

主人说："现在，我就给大家讲讲这些太夫的事情吧！

"我就按这画上的顺序来说吧！第一个，这位站着的太夫，是京都的三夕，这样美丽的站姿，恐怕是世间少见的了。步态是内八字形，手提起衣服下摆，露出雪白的酥胸，令人怦然心动。乳沟之间，仿佛是女仙的所居之处。

"第二位，是江户的胜山太夫，留着一个男士的发型，初次见她，一般都觉得比较冷淡，当被她冷淡二十五次以后，态度就好了。后来是越来越亲密，她给我用血书写的誓文至今犹在，令人无限感怀。

"这第三位，衣服上带着难波江海藻也未能埋没的海螺纹家徽，就是越中太夫。看她一副心高气傲的样子。她走在路上，游客熙熙攘攘，比肩接踵，这条河上有一座桥，叫做'越中桥'，就是以她的名字命名的。我最初接触她的时候是初秋，七夕节与她初次同房，早上依依惜别，她一直送我到东门。这张画，就是画她像是避人耳目似的，以袖掩面，流着眼泪的样子。

"第四位，也是大阪的女郎，我跟她交情很深，但无人知晓，只有神佛知道。她的名字叫八幡。当她心情不好的时候，就靠在我的身上，说：'虽说我干了这一行，但跟其他客人，连衣带也没解过。我写过誓文：自己衣带只有心上人才能解。'她那面影也永远忘不了。

"第五位，是那位夜不能寐思伊人、杜鹃啼鸣衣袖香、衣袖上带着橘型花纹的熏太夫。这画像画得真是栩栩如生。对于她的身世，我们约定对谁都不能讲。但在她写的《疑草》一书中，对自己有所讲述。

"第六位，在画着朴素花纹的扇面上，有一首和歌，表达的是爱不逢人的心情，为此而一生遗憾的，就是这位太夫。名字我不说你们也知道，至少在这画上你们可以看到她。据说现在她也许住在镰仓。

"这第七位是长崎之花鸟。看看她那羞花闭月的样子，莫非是从前那个三笠太夫再生转世了吗？真叫人想念啊！衣袖上的伽罗香仿佛仍在飘荡，所谓'人间暖酒烧红叶'，她温酒用过的珊瑚珠杯，至今仍被世人珍视，是当代的名物。

"第八位，是新町的红妓夕雾。这是在她去世前，浮世绘画师给她画的，真是一个旷古未有的女子。看看画上的题字，写的是'唯有以命供之'。而她这个人，就像梦幻一样消失了。

"是的，世间凡事都如梦境，但是，妓院那种坏地方还是要去的。即便被父母赶出家门，如果我的身体还容许我再去嫖，我还会欣然前往！我以前也是被父母断绝关系，赶出家门的，住在了丹后。后来父亲死了，我被叫回来了。那也是在这样的一个下雪的夜晚呢！今天各位重蹈我的覆辙啦！所以，今晚咱们要痛痛快快喝上几杯！"说罢，便开始准备酒菜。

二　头枕波浪一度湿

所谓头枕波浪，是在此前的八月二十三日夜里。不知从何方吹来大风，把须磨方向的大浪吹到这里来了，难波江湾的航标都看不见了。涌上来的潮水一直逼近了新町越后町的熊野屋门口。这一带简直就像纪州的无音川那样成了一片汪洋了。第二天大水退去，才露出了旱地。留在地上的海草下面有好多贝壳，就像一片海滩。女郎们感到好玩，都像藤屋的吾妻太夫那样，用手提起裙裾，或者像浅妻太夫那样，弄脏了衣服也不在意，用手捡拾海贝，使人想起了儿时玩的过家家游戏。

从阿波座到明石物的十字路口，都变成了人麻吕的和歌中所吟咏的明石海湾，划着小船可以到达妓馆，特别是从九轩町，可以乘船从凑屋的西侧直接到达了。于是带着玩心来到了那一带的住吉屋。那里的阿满说："看水的来啦！"往里面一看，只见阿琴正扭头看对面，大桥则在那里打盹儿，长谷川正在玩猜图游戏。看样子是因为觉得客人不会来这么早，正想着办法消磨时间。走到店头的格子拉门处，看见不知是什么人用过的镜台漂出来了，不知里面有什么东西，打开小抽屉一看，原来是白粉中放着玉虫①，还有盂兰盆节时记的账单。还有"阿八的脐带，鼠年十二月二十六日"，小心地包着。看罢大笑道："是年前最忙的时候出生的，这位女郎的生日真小啊！这里的女人都像她这样，希望看上去比自己的年龄小一岁吧！"

这天傍晚，每家妓馆的门口都点起了篝火，看上去就像渔夫烧盐的小屋。就在这时，盐屋的女郎小藤，坐在小船上，和一个神官模样的人及其侍从一起划了过来。正如歌中所唱的"这才算是舟夜"。往东面看去，妻川和葛城两位太夫也在船上，与客人共枕波浪，也很有意趣。这时，船老大将船划到井筒屋的屋檐下就停了下来。船上立刻热闹起来，"深夜明月映水上，此景人间有几何？"女郎们跳起舞来，打着竹板和着拍子，唱起了流行歌："和唐人恋爱啊！那可叫爽

---

① 玉虫：一种昆虫，又叫吉丁虫，据说可以作媚药使用，放在白粉中是为了防止玉虫腐败。

利啊！"唱得如醉如痴。

这时，又有一只小船载着一位女郎划过来了。女郎戴着深草笠，脸部看不清。帮闲伊右卫门喊道："是卖春的船吗？""那肯定是女人在买东西的船呀！"结果扫兴而去。

从那以后，妓院里的年轻女郎，便把卖春的船搞成比丘尼船或修验僧船的样子，卖一些小白虾之类装装样子。船划到了川口屋的格子门前面，便停靠一下，开始喝酒。然后唱着："山市①晴霞，西湖②万景，哪比此地一景啊！不到此地的井八，便是终生遗憾！"边唱边划行。

且说西横町的一角，有一只停在那里的小船，看上去船上似乎没有人。在微暗中到船尾一看，有个穿黑色小袖和服的人趴在里面，看睡姿好像是两个人。正要看个究竟，只听里面有一个留茶筅状发型的男人声音颤抖地说："恋爱是两个人的事情，怎能不理我了呢？"见此场面，令人不由得想起了《源氏物语》中匂宫将已经有男人了的浮舟带到宇治川的船上的情景。"这样的事情世间也不是没有，偷偷摸摸相会一次也好。"说罢正想掉转船头回去，就在此时，妓院方面发现太夫怎么不见了呢？就驾船在水面上寻找，那架势就好像武文的鬼魂讨杀松浦似的③。于是找到了这只小船，粗暴地上船搜查。那太夫则把那个男人用礼服包起来，自己披头散发，平时漂亮的脸也变得异常严厉可怕，显出一副无所畏惧的样子。稍许缓和了一下口气，说道："我就这样上了船来着，没想到被冲到这里来了。让你这样赤身裸体的，都是我的错，你别冻着啊！"说着把自己的上衣披在他身上。妓

---

① 山市：中国湖南省，潇湘八景之一。
② 西湖：中国杭州西湖。
③ 据战记物语《天平记》记谣曲《武文》的故事，秦武文保护一宫（尊良亲王的妃子）从京都到土佐，在尼崎一代被松浦五郎抢走，武文切腹自杀，化作冤魂，杀了松浦。

馆来追的男人态度一下子软下来了，说："划船回去太慢，急死人了，快回去吧！"于是让太夫骑在自己脖子上，就那样扛回妓馆去了。看到这一幕的人都羡慕地说："这女人手段高超，真想结识她呀！"其实她是个爱流眼泪的女人，名字叫"香具山"，许多人都喜欢，就是因为她有像今天这样的做派。

那天晚上，那个在小船上与香具山太夫幽会的男人，好久没见太夫再来，心生疑惑。他自以为是此道的"帅人"①，所以就沉住气，想等等看，但是终于等不及了。他来到京屋门口，把香具山太夫的侍女叫了出来，当场把一封信和浅绿色的绉绸小包悄悄交给她。太夫拿到这些东西，打开一看，里面有刚刚切下来的余温尚存的一截手指头。信中信誓旦旦地写道："以前与您的情分永远忘不了，我想以这种方式表达我的心情。希望您也永远不要变心。"太夫读完这封信，走到了客厅外头，把那个男人叫过来，对他说："你这个人怎么这么不懂事理呢？因为你说过：'常年思恋却难以见面，在梦中重逢一下也好。'我也觉得不好割舍，所以才用刚才那种方式与你见面了，短暂地相聚了一下。那时我就跟你说了，这是最初的一次，但愿也是最后的一次。但是你却说：'除了您，在这世上没什么指望了。'而且现在还做出了切掉手指头这种事情。你这么做是多么没有出息啊！"说罢把那截手指头扔到了河里。

太夫回到了房间，把刚才的事情向客人做了说明。她说道："请各位原谅啊！干我这一行的，都是因为家里穷，才出来服务，老板也为此费了不少金钱，大家都是为了过日子。但虽说如此，也不能只为了赚钱而对不起客人。更何况来到这里的客人，都是为了慰藉内心，而使宝贵的时间在这里度过，所以不能辜负大家的期望，不能做那种私交情人、养汉子的事情。以前的半太夫小姐，曾使得名叫秋田彦三

---

① 原文"帅"，读作"すい"，又可写作"粋"。

郎的演员切下手指头奉上，这当中肯定有不为别人所知的内情，但即便如此，世间也有人认为半太夫并不真正懂得什么是恋爱。看来，背着人做一些不光明正大的事，女郎就不会有什么好名声的。若是深陷其中而不可自拔，到头来就会自作自受。不过要做到这些并不容易，还请诸位多多指教啊！"于是诚恳地与各位客人交谈，在座的大款等客人们听了，都深以为然，赞赏地说："不愧是当今第一太夫，万事都能圆满搞定。"

在座的人当中，有一个人喜欢追根刨底，他对香具山太夫提出了一个别人都没想到的问题："顺便向太夫小姐问一下，看起来是那人为了你切断了小指头，这是您的意思呢，还是两人商量的结果呢？"太夫冷冷地回答："要是两人商量过，我不会那么狠心的。""那我更不明白了，您的老板连情夫都不让女郎去相会，他难道不知道会出现身体伤害之类的事情吗？"太夫听了更为无语，不再搭理他了。这种人，人家不把话全说出来，他就是搞不明白。

在座有一位岁数稍大的围女郎，说道："我想对各位说几句啊！无论如何不可能是自己想切手指就切的。有的男人死乞白赖地，写了一份誓文以后还要再写，剪下了指甲还不够，这次却切下手指头。对这个人可能会切指的事情，是事先和老板讲过的。姐妹们在一起，对切指以后要不要再见这个男人，都是仔细商量过的。如果发现那不是个好男人，那么在之前他来的时候就要严厉忠告他，在盂兰盆节，还要到高岛屋等处问问他在别的妓院的表现，如果断定此人不可交，那就会甩他。一被甩，他就受不了了，终于做出切指的事情来。"

听了这番话，一人说："原来是这样啊！这么看来，客人切指，根本就不是值得高兴的事啊！被那么多人知道了。还有什么意思呢？！看来，对于不同的客人，还是要好好琢磨的。"

另一个客人接着说："这么说，还是不到这种地方来为好。还不如让家里的老婆穿着当初出嫁时穿的小袖和服，也别让她腰上挂钥匙，更别让她提油盐罐子酱醋瓶子之类，甚至连钱是什么东西也别让她知道，吸烟的时候翘起小指，端酒杯的时候手很灵巧，打盹的时候让她醒着看着，索要东西的时候让她写封长信，想哭的时候就让她尽情地哭，反正就一直把她看成是新娘子。这和外面的女郎有什么不一样呢？"

大家听了，都大笑起来。想来人世虚幻，花街柳巷的事情不可不知。性命如何，今日难知，连那位龙溪和尚①做梦也没想到昨日的海啸竟是自己的死期。

三　车夫帮闲也贪玩

在京都的蛸药师大街的御幸町一带，有一户人家门口挂着绳帘，房子里面窄小。主妇不急不忙地，正在茶炉周围收拾着什么。上了楼梯就是二层，衣柜旁边有几根抬轿子用的杠子排在一起。一起来这里的人问："这家的主人是谁？"回答说："岛原大街上的轿夫，名叫早云孙兵卫。"

话音未落，一个长得像是油坊二掌柜模样的二十四五岁的男人来了。他身穿柿色棉衣，扎着一个绳子腰带，露出了蓝色的棉布兜裆布，怀里还揣着手纸，头发随便梳着，一副老实本分的样子，看上去一定是好好过日子，绝不随便多花一分钱的人。然而，人不可貌相，他对老婆说："太夫今早来信啦！"信的封口上写的是"七月二十三日上午，上刻②。"他撕开信封，都没仔细看一遍，就说："这是约我

① 龙溪和尚：龙溪性潜，江户时代高僧，死于海啸。
② 上刻：旧时计时单位，讲120分钟分为三等分，前四十分钟为上刻。以下为"中刻"、"下刻"。

的呀，我现在就得去啦！"于是赶忙洗洗脏手，换上越后产的麻布单衣、上等麻布短外褂、进口的飞纱绫兜裆布，还有换穿的草鞋。这样打扮一番，原来脏兮兮的样子立刻变成了一个有钱人的模样。走出房间，直接就坐上了三人抬的轿子①。一个留长发的小伙子给他拿着包袱，里面放了替换的进口条纹衣物，一手提着竹手杖。一行人一路快步而去。

这里不愧是京城，是个自由的地方，雇佣一台轿子，也就花三勾五分银子，雇佣一个男人，花一勾二分银子，请人送一封信，花五分银子，若是当场付现金，就是这样的价钱。如果所有事情都由轿夫方面联系搞定的话，那么在五个重要节日要各出一步金，此外，盂兰盆节前要给一匹白布，除夕前要给一袋米，总之要使其满意才好。除此以外再要什么房租费之类的费用，就是不给他，也没有关系了。"现在的男人啊，算账的时候都恨不得是'三五得二十五'，多算出一些钱来，使管账的人摇头叹气。"这么笑话别人，自己其实也是一样，等于是自己偷自己的东西，打肿脸充个胖子，让老婆吃醋，让亲戚疏远，让老人得不到孝敬。即便如此，也是一天到晚我行我素、吃喝嫖赌。每次都说，下不为例了，却又坐着妓院的轿子要去嫖了。

轿子很快到了松原大街，来到因幡堂前头，轿夫匆匆地换了换肩，继续前行。在新町街附近，有一家彩色布手巾铺，那家有个姑娘从五岁时，就长得高鼻梁、双眼皮，吹着伊势出产的竹笛，在门口玩耍。"是那个孩子吗？"仔细看去，已经完全不是过去的样子了，发型也变了，用一根拉车绳吊起衣摆，把刚拔出的萝卜摆在一起，一边哄着一个两岁大小、留着鼻涕、长着卷毛头发的孩子，把着孩子撒尿。看到这情景，轿夫想到自己长年累月地在这条道上跑，把大宫街上的每一块盖沟的石板都踏出坑了。当刚刚结识名叫羽衣的围女郎的

---

① 三人抬的轿子：实为两人抬轿，一人作为替换者。

时候，每次走出家门，总要把银子在天平上仔细称好，付了嫖资回来，四五天里都为那些银子感到心疼。在当今纸醉金迷的环境中，节俭之心就容易丢掉，如今则跃跃欲试地重蹈覆辙而去。

很快到了丹波口，从这里看去，前面约两町远的朱雀野的景色非常美丽。他们说："从这里到妓院门口这段路上，咱们编几段假话，乐呵乐呵吧！"于是一位聪明的帮闲立刻答应："好嘞！"就开了腔："昨天我和鬼一起吃荞麦面了，然后去达摩的厕所。这时手里的蜡烛灭了，于是干脆和火神爱宕一起玩一个跳火游戏。然后，把头剃成源赖朝①那样的半月形的发型。明天是盂兰盆节，从晚上开始装饰门松，正在忙着的时候，一个女郎过来，送给我她穿过的裤裙、坎肩，而且还问：'您的账付完了吗？'说着又给了二十两金子，还有能登产的青花鱼。"问："那青花鱼是真的吗？"帮闲笑着，只顾随口胡说，说着说着，岛原的大门口到了。

妓院街北边的木门和南边的木门之间的距离，若是太夫用小碎步，需要走一百九十六步。"这段路，四张小煎饼也吃不完就走完了。""是吗？"神乐庄左兵卫便两手拿出了煎饼开始吃，听着女郎们的叽叽喳喳的说话声，最后还剩一张煎饼没吃完，轿子便到了门前。

于是他们的游戏只好到此结束。现在是丸屋七左卫门的妓馆，酒宴刚刚开始，帮闲与平次正在哼唱低调小曲。有人说："光男人不行啊！叫太夫来陪着啊！"妓院的马仔却说："今天的客人中没有熟悉太夫的，叫来了反而别扭。"说得叫人扫兴。

"这位客人是……"有人问道，刚才下轿子那个男人出现在东侧中间的那个房间。"啊，怎么在这里碰上了卖油郎呢？"心里有点厌烦，但若说穿了，会坏了太夫的面子，于是只好装作不认识，只说道："明天是二十四日，是参拜六地藏的日子，到二十九日，所以我

---

① 源赖朝（1147—1199）：镰仓幕府的开创者，幕府"征夷大将军"。

能一直在此待六天。"卖油郎听罢，急忙较劲似的说："我要在这里连续待十二天。"对方强忍着脾气说："无论待多少天，都是太夫高兴的事，反正有的人兜里钱有限，一次让他花完，他就没了念想了。"

"有人到这种地方来，那是因为想给女郎留个好印象。人人都是有家人亲戚的，无论是哪个地方、哪种身份的人，谁都有自己的亲戚。那男人的伯母现在明明在姊小路一带做针线活，他却隐瞒这个，在念佛聚会上吹嘘自己的亲戚是开酒店的、开钱庄的。今天到这里来，也是为了冒充阔气的。这种事，还是讲实话为好。"

接着，一个帮闲插嘴，讲起了化身的事，说有一种东西，不是狐狸，却在鸟居①钻来钻去，后背都蹭破了皮。

"在人前吹嘘自己、大言不惭的，十个客人中得有一个吧。把妓馆老板夫妇哄得团团转，在烧柴、豆酱采购时捞到好处，这样的人最缺少的是为人的义理。这种人最让人讨厌的，就是在除夕工钱结算时，只算到二十号就截止了，这也算是他们的惯用把戏吧。"人们说的，反正都跟金钱有关。

"比起说这些废话，不如趁着没到深夜，叫几个能替代太夫的女郎来吧！"于是经太夫指名，把三位下等的围女郎喊来了。她们都不擅长喝酒，而且都显出一副很拘谨的样子。一个叫弥七的不满意地说："既然来陪客人，首先得能哭、能笑才行啊！"女郎回答说："我们三人，生来就讨厌笑。""咦？这很稀罕呢！那就让你们笑笑看！"于是他们打赌：如果她们笑了，三位女郎就要手端着圆盆走到门外面的茶馆去，如果她们没笑，那么在座的所有的帮闲，还包括有钱的老板，一个不落都得脱光衣服，光天化日之下围着妓院走一圈。这样的胜负输赢可事关重大了。

三个女郎被安排到上座，各人都设法逗笑。光源太裤腰带上拴了

---

① 鸟居：日本神社前面的门式建筑，形似牌坊。

一只猫，模仿耍猴的；帮闲三右卫门装成惠比须财神，把名叫阿浪的小侍女夹在左胳膊窝里，口里说着"我钓鱼啦"装作钓鱼；雁金屋的利右卫门穿着木屐，把米臼扣在头上，说："我不想做茶末①。"勘七在斗笠上写上字，模仿古时候偷偷从家中出来参拜伊势神社的人。另外的帮闲则敲着大鼓和日本鼓，喧闹一时，十分无趣。而那三位女郎则都不期而然地想起了自己身世低贱，想起了自己没有客人的时候老板那不满的表情。非但笑不出来，而且眼里噙满了泪水。旁人看起来觉得不可思议。

京都的帮闲们的聚会，却连一个笑点都没有，也是很叫人遗憾的。于是他们输了，正要裸体去游街的时候，三个女郎一齐说道："那么，我们就笑笑给你们看吧！"弥七想了一下，说："请等一等。"便把小石头充当银子，用纸包起来，然后凑到她们耳朵前，悄悄说道："到九月的节日还有一段时间，但也很快就到了。节日前节日后人多，很麻烦。不如现在就把你们老说的那些开销都给你们吧！"说着把"红包"放在她们的衣袖里，于是三位女郎，出乎意料地都笑了。

四　女扮男装的寡妇

三浦屋的老板所雇用的和泉太夫的小侍女，如今就要独立接客了，今天要在日后接客的伊势久左卫门妓馆门口，举行一个庆祝仪式。庆贺用的蒸笼上的食物堆积如山，大厅里放着用金银箔装饰的蓬莱山型岛台，还有用草绳扎起来的酒桶，盛在箱子中的鱼，以及五颜六色的衣裳，那情景令人觉得是古代的衣挂山②被搬到这里来了。在

---

① 做茶末：坐在自己房间里，没有客人点的妓女，叫"茶末"。
② 衣挂山：即衣笠山，京都市郊的山，据说古代的宇多法皇（出家了的天皇）为了在夏天观看山上雪景，便让人在山上挂满了白色绸缎。

京城，像这样的盛大祝仪是前所未有的。帮闲的人中，善左兵卫、瘸子新介等都来凑热闹。在酒宴正酣时，一个杉木板做的大箱子，用五彩绳捆扎着，从下谷街的一个老板那里抬来了，作为今日的一份贺礼。四周草木葱茏，芒穗和胡枝子在秋风的吹拂下绿浪起伏。打开木箱盖子，只见在切碎的金银箔堆里，几只鹌鹑飞了出来，它们各自远飞，让人们感到欣喜欣慰。

再朝那边望去，南边的拉门打开了，只见一位温柔多情的太夫，显出"笼鸟慕青云，我身在笼中，感同身受"①的表情，默默无语、高高兴兴地走出来。

只有在江户，才有这样的奢侈的祝仪吧。看看记账簿，用五十两兑换成的一步金，已经给那些从早上就来这里参与祝仪的帮闲、差役们散发得所剩无几了，这些钱，都是姐姐们给出的。

正在这时，从会津来了一位客人，由小舟町的老板带着，到这里来玩，说道："我是初次来，诸事多多拜托各位了！"

妓院里大体是有成规的，给妓馆的老板三枚②银子，给老板娘两枚，给店员各一枚，给年轻人两步，给马仔两枚，给大门口的茶馆两步，给泥町的编笠茶屋一步。这些银子合起来九枚共一两一步，这只是平均的花销。至于嫖资，太夫是一昼夜七十四匁，"格子"女郎是五十二匁。这里的所谓"格子"，相当于京都、大阪那里的"天神"的级别，只是包一个白天的话，则需二十六匁。

有人问，正月包月的价钱如何？回答是："须付给太夫金子十五两，另加小袖和服一套；给小侍女金子三两，作为买小袖和服的钱；给马仔银子两枚。这些都是年末的时候付给。到了新年，要加金币一两，给老板金子十两，给老板娘五两。在包嫖期间，从大年三十到

---

① 这句话是谣曲《敦盛》中的一句台词的改写。
② 枚：一枚约合四十三匁。

十五，再到十七、十八，然后是二十日、二十五日、二十八日的花费，都算在正月包月里头。以上这些费用，若用六十匁银子换算成一个金币的话，需要六十一两零一步金币，诸事即可搞定。"从旁观的角度看，这笔开销可不是一般人能够想象的。

正月包月是最有意思的。太夫不能的话，就选适当身份的女郎，就是这家妓院里的"散茶"女郎。就不可甩客这一点来说，是近年来出现的一种新类型。看看江户町二号街的玉屋、兵库屋、大津屋等处的"散茶"女郎，她们与太夫、格子女郎相比并不逊色。每家大约有五十个左右，大多能歌善舞，都会弹三弦琴，读书的姿势也很优美。像一枝优雅的菊花，显得很有教养。有的散茶女郎能做掰手腕的游戏，连续比几次都行。跳火游戏、翻线游戏、净土双六游戏，样样都玩得天真烂漫。在这些女郎中，当然可以选出喜欢的，每人的价钱，一步金都可以谈定。即便以前不认识，有什么需求的话，到二楼上给负责调配的男人交点钱，女郎就二话不说前来会面，实在是方便得很。对于喜欢安静的人来说，这里更是最合适的游玩去处。

那时，有一位优雅的男子，年纪二十五六岁，正像古代和歌中吟唱的"离别因幡山"的风流男子在原行平那样年轻貌美，戴着头巾，手拿草笠，来到有散茶的妓馆，并与一位名叫玉鬘的女郎交好，此后情谊不绝，从大雁归来、人心空荡的春天，到鸟儿再归的秋日，两人来往频繁。但他们两人却从来没有互相写过信，更没有发生过肉体关系，叫人困惑难解。睡觉的时候，那客人总是扎紧衣带，只是与玉鬘手拉手地聊天，也从不说那些调情的话。这客人衣袖上熏的香气，也和一般人的不同，所以女人就感到自惭形秽、更加羞涩了。

中秋天的十三日夜，明月快要出来的傍晚时分，玉鬘就留住他，说想委身于他。但男方却对她说："和你第一次见面的时候，我就说过，你很像是我再生的妻子。对妻子的去世，我一直很难过，因为你很像她，我看见你，心情就好多了。咱们还是像以前那样并枕而卧吧，这样到了来年春天，或者可以发展到那一步吧。"男人说着，流下了眼泪。令人奇怪的是，他连缠头巾也不解下来。那天晚上女方不断央求他，大概是感到厌烦了吧，他显出不耐烦的样子，下楼梯的时候，小心地掩饰住偶尔露出的红色内裙，轻轻说声"再见"，便走掉了。

玉鬘对男佣团介说："说不定他去找哪家的太夫了吧。请你去跟他说说，哪怕他在跟别人相会分手后，抽一点时间到我这个低贱的人这里来一下也好啊！"团介说："我要悄悄地尾随他，看他到哪里去。"于是沿着土堤下的小道，经过浅草观音堂的正门，往北走大约一町远的距离，那里有一家挂着长门帘的茶水屋，进去一看，那里有很多供使唤的男女用人，男子让他们换上小袖和服，去掉头巾，顷刻间变成了一位以前没见过的年轻寡妇。接着，那寡妇便坐上了轿子，飞也似的离去，不见了踪影。

团介大吃一惊，他进了茶屋，询问究竟。人家告诉他说："可怜啊！她本来是贵妇人，丈夫离世后，她剃去了头发，过起与常人不一样的、自由自在的生活。她有钱，手包里平时都放了不少金银，发给喜欢的人。"说着，把放在这里的一盒子一步金拿出来给团介看。团介心想，这毕竟是欲望的世界啊！他不由得用手整理一下发型，把衣服上的褶皱抻平，问道："我很想结识那寡妇呢！她住在哪儿？"对方回答："无可奉告。"真是无奈又遗憾。

五　百物语发泄郁闷

听黄莺雏鸟唧唧鸣叫，好像是在说"日月星"[1]，故被称为"三光鸟"，人们喜欢模仿它的叫声。过去，有一位名叫梅枝的天神，喜欢

---

[1] 日月星：据说黄莺雏鸟的叫声在日语听起来是"つきひほし"，正好是"日月星"三个字的发音。

说"可怜"二字，一天要说二百遍以上，听之不美。别人一提醒，她从此再也不说了。于是皆大欢喜。

　　无论在哪家妓院，女郎们都是模仿姐姐说话。仔细听一下就知道，哪家都有自己流行的口癖。例如，新屋是"心烦啊"，木村屋是"必须的"，扇屋是"可怕呀"，八木屋是"不凑巧"，金田屋是"千万小心"，明石屋是"讨厌"，丹波屋是"无情啊"，藤屋是"真的"，堺屋是"卑鄙"，松原屋是"可怜"，伏见屋是"可憎"，盐屋是"即便如此啊"，京屋是"什么了不起的"，大阪屋是"一点也不"，住吉屋是"不止今日"，槌屋是"假如是"，凑屋是"我不是神"，茨屋是"说到底"等等。此外，马仔、小小侍女也都有自己的口癖，难以一一列举。像这种口癖若是一般的情况，别人是可以原谅的。

　　没有比妓女更可悲可怜的人了。人家把酒洒在自己的衣服上，把衣襟弄湿了，也不能显出不高兴来。有人随便浪费价格贵的纸张，街上来的那些帮闲把头上的插梳硬给拔去，本来并不熟悉的男人却上来就解腰带，对这些都只能忍气吞声。店里谁生了孩子，或者老板的女儿要出嫁，或者自己并不去看的剧院门票预定，还有寺院要建地藏堂等等，无论什么都需要借钱并由妓院记着账。有时候想吃小鸭肉，或者吃鲤鱼，但按规矩，九家妓院的女郎在客人面前都是不能吃东西的。即便是淡菜汤，也只能是象征性地动动筷子，稍稍呷一口，接着也要用牙签剔剔牙表示吃饱了。在妓馆的后厨吃的饭，也只是粗茶淡饭而已。那各种菜肴的味道，也只是当小侍女时的记忆了。这些情况不限于新町，在各地都是一样。即便在长年来往、已经很熟悉的客人面前，女郎不吃东西看起来要更雅观。所以在连歌①题材的分类中，所谓"食物"类，也只有酒可以吟咏。碰上酒量大的陪着他喝，那还

---

①　连歌：日本古典诗歌形式之一，由多人合作吟咏的和歌。连歌在题材、修辞等方面有许多严格的规范。

好，但一般座位都安排得很长。对于那些不会喝酒的人，提起节日来希望他们有所表示，但他们会找借口说："盂兰盆节我去参拜熊野。"

无所事事、来消磨时光的男人，即便关门的鼓声响过之后，也还是不离开。半夜两点的钟声响了，还是磨磨蹭蹭地不愿走。把他送到格子拉门口，让侍从把灯笼灭了，妓院送行的人也回去了，他却说："你把我送到这里，谢谢啊！让我把手在你衣袖里放一下吧！"这种男人是很讨厌的。说起这种男人的打扮，三道纵横花纹的捻线绸，黑色的衬领，扎着清茶色的小纹细腰带，藏青色棉布夹衣，白色鲨鱼皮鞘的小腰刀，浓橙色的皮袜子，内衬牛皮毛的竹皮草屐，还戴一个棉围脖。大晚上的还站在门口说话，说话的人都不是同行者而是随便碰上的人。什么事情都感叹浮世如何如何。对这样的人，女郎也只能风吹柳条一般，百依百顺，强颜欢笑，恪尽职责而已。他们在里间也是迟迟坐着不走，到了最后才说："好了，没什么啦。"终于离去。

客人走了后，女郎对店员说句感谢的客气话，走到二道门口的时候，终于可以脱掉一直穿得板板正正的衣服，以为可以松一口气了，不料刚坐在饭桌前，折屋妓馆的人又来敲格子拉门了，说："啊呀，对不起啊！京桥的阿吉，非要见您不可。"于是进来了。女郎穿着便装不好意思，只好背对着灯光，来客从暗处握住她的手，听他唠叨这四五天发生的事。"近来老板的仓库正在进行大规模的施工，老板将鲶江川的石坝的活儿特别委托给我了。"问："石坝坍塌了的话，那可不得了啊！"就这样有口无心地支应着他。等这个男人走了以后，见没有客人来，然后收拾一下，洗澡，给客人写信。心里想，干这一行太辛苦了，还不如到天满那一带给人做针线活呢！那样也能过日子。这样想想罢了，仅此而已。

同伴的姐妹有很多，她们共同出钱买了火炭，支起了共用的药罐，然后开始聊天逗乐。有一个女郎说："今天听吉田屋的喜左卫门说了，你们都听说了吗？有个女的，名字不能说，走过鼬堀的崩桥，就变成了长脖子妖怪，去当夜约好的新靭町的金津先生那里。据说她什么也没意识到，还躺在那床上安静地睡着，金津先生看她那睡相，心想这个女的是我约的吗？于是厌恶了，把她赶走了。"

另一个女郎接着说："眼看就要春分了，想想二月十五的涅槃会，二十二日的圣灵会，很发愁啊！"她们最害怕连续地过节日了。

有人说："反正也睡不好，不如做个'百物语'①游戏吧，看看能不能让鬼怪出来。"说这话的是年前雇用期将满的、胆子特大的女郎。于是大家正襟危坐，有人讲被卡在小桥旁边井口的小孩的故事，有人讲吃人的老太婆的故事，有人讲大和地方不幸的孕妇的故事，就这样轮流讲了一百个以上，仍然没见有什么鬼怪出现。

接下来话题又变了，开始讲述自己经历的可怕的或者对不起人的事情。

一个说："如今想起来真是罪过。当年募捐为某人建千日寺石塔的时候，还剩下了好多余款，于是就用这些钱给自己赎身了；还有，我怂恿长门的阿助做假发，做得走火入魔了，连老家也不回了。他那人很老实，如今还在堺山的山口，让海风吹打着，每天熬夜干活。"

一个说："我现在一直挂念一个人。他是肥后地方的阿久。他一辈子连秤砣、算盘那些东西都没沾过手，家里曾雇用了五十多个人，自从老婆离开了以后，就在高原那一带住着，戴着一顶龙头状的帽子，到处为热田大明神化缘，听到他这样，我感到很难过。"

一人说："金屋的阿七、阿八兄弟俩，家产都被典当光了，于是蛰居在松屋町那里，到了晚上便戴上一个盖住脸部的草笠，打着瓦板，唱着小曲，卖艺糊口。听那嘶哑的声音，就知道是他们俩。现在

---

① 百物语：日本江户时代初期流行的一种游戏。在夜里点一百支蜡烛或一百盏灯，众人交替讲一些鬼怪故事，一个故事讲完后，就灭掉一盏灯火。据说到最后一盏灯火灭了的时候，鬼怪就出现了。

也有人专门来听了。"

一人说："岛田屋的阿善，四百贯目的家产，两年之内都糟蹋光了，平常连虫子都害怕的他，却不得以靠捉鳖为生。听说他住在天满一带。"

一人说："长堀的阿木好久没见了。听说算账的时候账目对不上，就被老板捆起来审问，如果不说'钱丢了'的话，那马上就得结账。到底该怎么办呢？"

一人说："津村的阿茂，入赘后，被妻子家赶出来了。心想难道我还要去做卖凉粉的吗？最终决定做修行者，在天王寺的南门，深深祈求来世。如果他来世能成为一个大财主，能遇上成为倾城女郎的我，那他的祈求算是靠谱了。"

这些女郎，长年不能对人说"不"，无论是对特定的人，还是对一般的客人，都是让他们倾其所有。一旦对方落魄了，连封信也不再写给他。有时候，看到那男人悄不作声地在门口站着，却装作不认识，擦肩而过。当年两人作为口头誓约见证的纹身，如今也成为接客的障碍，于是用艾灸烧掉，被男人纹身的地方，很快就再消除干净，并且后悔不该把自己家里的事情告诉他们。像这样水性杨花地变来变去，原是干这一行的人的特点，但是，亲昵的时候实际上是有口无心，一方面表示为了他可以不惜性命，一方面内心却像鬼一样铁硬。想到这些，自己都不由得不寒而栗，涌出眼泪来。

这时候，天花板上响了起来，屏风和隔扇也响动不止，青云从四面八方笼罩上来，说话人的那种可鄙的样子，都像幻影似的一一呈现出来。"可恨的是你为什么抛弃了我？你平日的虚伪，今天都还给你吧！"于是把曾经剪下的指甲和头发，还有平日写的日记，都扔过来不要了。面对这情景，女郎们都很害怕，房子里仍是响动不止。这时一位聪明的女郎说道："各位呀！你们欠妓院的账，什么时候还上啊？"没有比还钱更不爽的了，一听这话，幽灵们便消失得无踪无影了。

卷
三

一　岛原花街托狐福①

东福寺的开山祭已经举行过了，通天桥的红叶，留在树枝上的已经很少了，到了傍晚，人也稀稀落落的。柜川的流水也发出了冬天的特有的声响。在这寂寥的山道上，有人正和一个名叫龟九兵卫的舞蹈师傅同行聊天。龟九兵卫说："下面有一户人家，我们顺便过去看看。"只见黑谷的边上有一处竹丛掩映下的房子，从外面看上去没有什么特别之处，进门一看，却是气派非常。人们通常把这样的地方称作"新隐居处"，是京都的上京地区有名的游玩之处。

在龟九兵卫的带领下，进去一看，房间内昨天狂欢的痕迹历历可见。能乐戏装散落在地上，能乐男性怨灵假面具也被踩裂了弃置一旁，踢球场的周边的篱笆柳树也被毁坏了不少，可见这里昨天闹腾到了什么程度。茶室里有一幅挂轴，是雪村②画的观音，却被人加笔，画上了刀俎和筷子，并且题字曰"腥寺"，真是成何体统！

打开南边的小门，只见地上铺着兵库出产的白沙，在对面的花木架上摆着三十多个兰花盆，房子里面有七八个留着小孩儿发型的女侍童，大概都是十五六岁左右，长得都很可爱。其中有一个女孩儿，虽

---

① 狐福：意想不到的幸运。本章出现的狐狸，给主人公带来了意外的幸运。
② 雪村（约1504—1589）：室町时代著名的水墨画家。

然天气凉了，却只穿一件白色小袖和服，两脚被绑在金属灯笼上，而且绳子扣上还贴着封条，孩子眼里泪汪汪的。问这是怎么回事？于是走出了一个上年纪的管家婆来，说："这孩子昨晚在这里碰着灯笼，把灯笼弄灭了，老板酒喝多了，就这样子惩罚她。孩子也怪可怜的，请您给她求求情吧。"龟九兵卫却说："啊，不，我不是那个意思。就当我没看见吧！"于是退了出来，然后带人到里间去看。

在八铺席大小的房间里，有四个被炉，上面盖着相同颜色的被子，"把脚伸进去，背靠在枕头上，就可以聊天了。"一切都弄得舒舒服服的。像町人这样的身份①，搞得这样奢侈享受，恐怕会遭天罚的吧。可是，话说回来，能享受的就享受吧。幸而被炉里还有火，大家便和龟九兵卫一起把脚伸进去聊天。这时，刚才见的那个女人端来了淡茶。接着，掌管家中诸事的名叫甚六的人走出来，说道："有人托付我：'龟九兵卫要是来的话，就请把这个交给他，一定要在天黑前交付。'"说着从架子上取下一个小箱子，拿出书信和香盒交给了龟九兵卫。

此时正午的钟声响了，没想到时间过得这么快，龟九兵卫连客气的告别话都没有多说，匆匆离去。走到京都知恩院的门前时，就下起阵雨来，他冒雨走到大和桥，到了经纪人五郎、四郎的住处，借了一把伞，顺便到壬生那边办点事，于是走小道。正在此时，看见一位七十多岁的老太太冒着雨，带着悲伤的表情从自己跟前走过，使得九兵卫不由得想起了自己的母亲，于是把伞伸过去给她挡雨。老太太很是高兴，没等人问她，她便打开了话匣子。越听越觉得有意思。老太太拉了一下龟九兵卫的袖子，说道："你和阿棹熟悉吗？还是不认识？"九兵卫反问道："哎呀，您是岛原的人吗？"老太太回答："那

---

① 江户时代有"士民工商"四个等级或称"四民制"，属于工商业者的町人处在社会等级的下层。

倒不是啊！但是对于那些如今想隐居起来的女郎的情况，我是无所不知的！就现在，八文字屋的二楼上，小太夫小姐的肚子正疼着呢！因为昨夜酒喝多了。在井筒屋，石州太夫脸上的黑痣给做掉了，其实有那黑痣更漂亮些……"说得简直跟刚看见的一样，真叫人不可思议。

于是龟九兵卫从怀里拿出刚才那封信，连收信人也没让她看，就问："您看这封信我是从哪里拿到的呀？"

"哦，这一定是三夕小姐为准备过新年而写的信。其实，那太夫对客人是很好的。离过年还有七十天，这时就开始给刚认识的客人写信，想着过一个好年，就这个那个地写信跟人要钱要东西。信还包了两层纸，封口上还盖着有家徽的印章，真是细致入微啊！在永禄①年间，那时候连状子也是不封口的，何况是妓女的信，本来当场看完就该扔了的。说起来，以前的妓院在京城的六条那边，有一位名叫玉虫的女郎，开始的时候，就跟客人要一贯钱，才写了一封带封口的信。后来借的钱逐渐增多，二十两、三十两。那些熟悉她的男人，看到她的信，比看到了兑换现款的汇票还害怕。世道就变成这样了，不光是京都女郎盖了印章的信，除了被官府判断无效的外，凡是用于典当的信，是要双方都去按手印的……"老太婆笑着说道。

龟九兵卫越听越觉得有意思。老太婆接着又说："说起来，没有比如今那些太夫们品性更恶劣的人了。她们一旦攒了一些金钱，就给某家妓馆放高利贷，或者给自己添加妓院配给之外的衣物。到从良还有四五年的时间呢，就提前准备出去以后过简朴的生活。如此开始购置手桶、米柜、勺子、菜板、菜刀，这些东西其实等出去以后再买也不迟啊。先去一些商铺预定好，弄来的沉香也不烧。衣物就要白色的，不要客人给染色或者印上特定花色。这些将来都可以改做成内衣，现在先放在这里，将来用着方便。从客人那里得到进口的中国纺

---

① 永禄：年号，指室町时代末期，公元 1558—1570 年间。

织品，按习惯会做成衣服穿着，稍微旧了一点，就送给了下面的妹妹女郎。这样做能有什么好报应呢！有的太夫，居然把为家①写的歌学著作②交给古玩店换了钱，还把主人家的带云龙图案的桌用香炉给卖了，都换成了现金。"老太太说起那些太夫来，一个一个地就像说自己生的孩子一样熟悉，把她们那些丑恶行为抖搂出来，说得九兵卫觉得有点可怕。

说话间便走到了朱雀寺附近了，老太太说："我的家就要到了，没有说话的工夫了。"说着从怀里拿出一本书来，封面上写着《噂町日记》，对龟九兵卫说："这二十多年来此地花街柳巷的事情，一无遗漏，全写在上头了。你不要不相信啊。你要检验一下我说的真假，那现在就到刚才的那家妓馆去，就会看到女郎们都聚在一块儿，说：'今天下雨，没有客人来，咱们凑份子一起吃饭吧！'她们做的是素烧鲷鱼，而且吃了大葱。一个有经验的女郎说：'口里有葱味的话，待会儿吃点壁土就好了。③'她们开始下筷子了，正在用筷子掏鱼眼呢！现在吃得正香。其中有一个太夫头发蓬乱，什么东西也不吃，只喝口素汤吃点药粉，那太夫肚子里不知怀上了谁的孩子，正疼着呢！"老太太正说着的时候，从对面的草丛里蹿出了一只带斑点的小狐狸，看着老太太，非但不逃走，还显出摇头摆尾的样子。这时，只见老太太的脸色顿时大变，带着小狐狸，向对面洞穴的方向走去，很快消失得没了踪影。

龟九兵卫心想，原来这就是这一带人们传说的"岛原狐"啊！不妨现在就去检验一下她刚才说的话是否真实。于是到了那家妓馆门

————

① 为家：藤原为家，中世纪日本著名歌人，"歌学"家，著有《为家集》《咏歌一体》《为家卿千首》等。
② 歌学著作：原文为"歌书"，专门研究和歌的书。
③ 当时妓院的人认为，吃了腥味、浊气的东西，再吃点抹墙用的泥土（壁土）即可消除。对此，《色道秘传书》上有专门推介。

口，大声问道："你们会餐时吃大葱了吗？有没有一个怀孕的正肚子疼呢？"大家听了，吓了一大跳，反问道："都是谁告诉你的？"却不说出是何人。从此，龟九兵卫可以随意得悉太夫的生活秘密了。例如，他知道接下来天气冷了，女郎们拿出了自费准备的夜用被褥。龟九兵卫凭着老太太给的那本日记，能看穿太夫们的言行举动，也得到想要的好处。后来，替人跑腿逗乐的帮闲差事他也不干了，在白川下游一带，借万代不息滚滚流淌的河水恩赐，开了一家酒铺，名曰"龟酒屋"，成为好酒男人的好去处。

二　奉还失物的船夫

人无非就是长着手脚的"欲望"而已。

这里有一个人，是壶口的阿锅，专门做经纪人，在男女主之间牵线搭桥，住在江户的中桥一带的广小路。有一天，他来到了濑户物町的一家酒馆，对长期单身持家的店主说："有一个很好的姻缘啊！那女人愿出金子二百两，另带一个十八九岁的小姑娘，一起嫁过来，请您务必考虑一下。"

酒馆主人问："你说的二百两金子，货色纯正吗？分量足够吗？"

阿锅回答说："那可是骏河町兑换店的勘四郎亲手检验包装的哦！"

问："那小姑娘长得怎么样？"

阿锅回答："腿脚有点瘸，但是不太明显。"

问："身上有疤癞、痦子之类的吗？"

阿锅回答："哪里知道！人家可是处女啊！"

问："别的还有吗？"

阿锅回答："保准有两个耳朵，要是没有，您可以休掉无妨！"

酒馆老板说："不见货物，难以成交。至少长得像吉原的西尾太夫那样才好……"

阿锅听了此话，脸色大变，笑得像大车轰鸣一般："如今走红的太夫，你拉着金车去请，还得等上五天七天，也未必能见个面呀！人家自己出钱、带个小姑娘嫁过来，你能这样跟当红太夫相提并论吗？你这样比，也太蠢了吧？"

想来，还是阿锅说得对。长相好的女人拿着金子嫁过来，这事就好比继承了死者遗产却不对死者吊唁一样，是不可想象的。

有一句谚语："盼人死掉，再挖眼珠子。"形容的正是残酷无情的世道。在浅草川通往吉原妓院区的码头，立着一个大牌子，上面这样写着：

"昨夜，在去吉原的船上，有许多侍从上下，均不相识。本人上船时，带了一个灰色的带绒厚纸袋，内有带三种组合藤花纹的金具，二百五十个一步金币，狮子图案的金桦钉，一条绳子，还有折叠起来的女子笔迹的书信五封。此外还有其他情趣用品，恕不一一写出。有拾到者，请交还失主为盼。可随时与码头燃杭户右卫门联系。"

此后，就在庚申年六月二十九日晚上，有一个人大喊："户右卫门的船！"正好船夫户右卫门在，于是让他上船。说："知道您急，都像都鸟①一样飞来飞去的。"

客人说："我正好有件事想问问您。您有没有拾到二十二日至六日之间女子笔迹的书信？丢的其他东西我都无所谓，只有那些信，您捡到的话请一定要还给我。"

户右卫门说："不只是交还书信，其他东西我也不能留下，都该奉还。我只是想问问，您说是您的信，那么请说说看，二十二日那天的信您是怎么写的？"

---

① 都鸟：赤味鸥的雅称，诗文中常写作"都鸟"。

客人说："我记得不是十分清楚了。大概是这样写的：'今日微风不兴，也没有来自樱田[①]的音信，痛感寂寥；正如您送我的扇子上画的雪中芭蕉，男人还是虚伪的多。为了您，我竟把这把扇子上画的野上[②]的白日梦，与我的梦相比……'以下的内容就不说了，请原谅啊！"

户右卫门听罢，大笑起来："此道奥妙，不可为外人道也！"于是把他丢的那个纸袋还给了他。客人说："这些金子就给你啦！"户右卫门说："您不必客气。"他完全没有留下不还的意思。

客人问："您原来是做什么的？"这么一问，户右卫门一下子潸然泪下，把手里握住的船桨也丢下了。他说道："我现在靠划船摆渡度日，本来就是个被抛弃的人。被神佛、父母嫌弃，也被恋人嫌弃，只能干着下贱的活儿。但我也不能贪图不义之财。"

客人问："您说被恋人抛弃，那么现在心里还有恋慕的人吗？"

户右卫门说："以前吉原那些有名的太夫，我没有一个不认识的。其中，对新町的彦右卫门家的那个西尾太夫，我有两年多都是热恋不退，但由于种种障碍，我们没有见面。就在那时，我被赶出了家门，到了这里。心想，哪怕是看一看到吉原去的人的身影，对自己也是一种安慰啊！今天我船划得格外快，我很理解往来于吉原的这些人的心情。"他就是这样率直地袒露了自己的恋心。

"哎呀！那个西尾啊，也是我的恋慕对象呢！我丢在这里的那些钱，就是想到西尾在盂兰盆节的时候可能要用，就想给她送去。但是没有机会送，回来的时候却丢了。您现在日子这样窘迫，捡到了钱财却能还给失主，真是从来都没听说的事啊！就是释迦、就是女郎，也

---

① 樱田：江户城区地名，是达官贵人的居住区。
② 野上：谣曲《斑女》中的主人公、妓女，曾拿着吉田少将赠与的扇子进京，并终于与吉田会面。

不一定能做到这个！我要把这事说给西尾太夫听，帮你们在中间牵上线吧！若太夫听了仍说不愿意，那她就是一个不通人情的人；如果她不表示拒绝，您去见她吗？"

户右卫门说："这太不敢当啦！做梦也想不到的事情呢！但是，要是真见面了，我也许就没命了吧！我只能是在梦幻里，常常想入非非一下而已。"

正在此时，天空忽然云量增多，从掘井并一带，到浅草的观音堂，都下起了剧烈的雷阵雨。风神像从袋子里跳出来似的，呼啸旋转。船上虽撑着毡席，但还是被冷飕飕的雨水打湿了衣服。茂密的芦苇被风刮得东倒西歪，发出的沙沙声仿佛抛出去的旋网的声响，那些迷失方向的萤火虫，都聚在船头像一团翻飞的火星子，蛤蜊壳、牡蛎壳也被波涛打到岸上，发出惨白的光。户右卫门口中赶紧念佛祈祷。看距离道铁草庵还远，便朝川濑的浅滩那边望去。

他们发现在河上的流水中，有一条此前没注意的紫色条状云，从中忽然浮现出一个女子的坐姿。她穿着一件礼服，头发松散地拢到脑后，"哎呀！美得要人命啊！快划过去看看！"站在船头望去，似乎听见了一阵歌声，唱的是小曲名手初山的高调儿，而且好像还有市川流派的古琴伴奏。难道这河底下就是吉原街吗？于是进一步靠近，想去看个究竟。这时那女子一扭头，才看出原来是西尾！他们大吃一惊。喊她，却不回应。户右卫门心想："难道是因为我思念至极，她才浮现出来的么？可见缘分不浅！"于是高高地挥手向她致意。那女子点点头，嫣然一笑，却忽然消失不见了。

见此情景，船上的客人深深感叹，后来他对西尾太夫讲了这些事。西尾说道："这样的人才是我想见的人啊！我干这一行都三年了，现在都十七八岁了，这个年龄，不能再让人说我不懂感情了。他曾经来过多次，我也见过他的随从，但是心里还是不太接受他。时间就这样过去好几年了，那我现在就见他吧！干脆和你一起，如何？"

这实在是前所未有的冶游方式。他带着户右卫门，让他与西尾太夫两人见面。西尾太夫百依百顺、周到接待，什么"感谢"啦，什么"惋惜"啦，什么"开心"啦，说得户右卫门只有哭泣流泪的份儿了。

三　一句话说中命运

伊势有一位名叫右望都的盲人和尚，可以听五音、辨吉凶，万事能掐会算。有一次，他预测难波的春天不宜居住，所以换了居处，在梅花盛开的一个地方安下身来。由伊势神宫的一个处理施主事务的神官彦六陪伴着，出去游玩。在越过铃鹿川时，右望都说："从前有一首和歌《桶木朽桥》，吟咏的就是这条河。在那边岩石的凸角上，还有一只多年形成的巨大的蜂窝。"他什么也看不见，却能说出这些来，实在很是神奇。

饿着肚子爬上铃鹿岭，然后下了蟹坡。这一带有远近闻名的"晴雨"，那边夕阳灿烂，这边却突然下起雨来，参拜伊势神宫的人都慌忙逃散找地方躲雨。在卖糖丸的一家茶馆的屋檐下，有人牵着一匹可以骑坐三人的马①，嘴里说着："看路！让一下！别碰着！"听口音和与作②的流行小曲中丹波地方马夫的口音相似。就在这时，参拜结束的一群人走出来，草笠上也没写家乡地名，都穿着丰后③地方出产的绞染棉布长袖和服，其中在九个一伙的人群中，一个跟在大人后面的天真无邪的小姑娘，头发稍卷，肤色稍黑，样子很可爱，跟大家一起都在树底下躲雨，那小姑娘说："雨老是不停，老站在松树底下要到

---

① 可以骑坐三人的马：原文是"三宝荒神引挂"，在运送货物用的马匹上，两侧各挂一个袋兜，可以各坐一人，马背上坐一人。伊势神宫的参拜者常用。
② 与作：当时丹波地方出身的马夫，他自创的以赶马、艳闻等为题材的俗谣小曲曾流行一时。
③ 丰后：旧地名，今大分县。

什么时候啊！衣服都快湿透了！"右望都听了这话，预测说："这个小姑娘，将来是一定会做妓女的。"

但是，人将来到底会怎样其实是很难说的。世间那些扒手小偷，也不是从娘胎里出来就是扒手小偷。只有采摘百花，才能辨别花的芬芳。即便是农家子弟，也可以成为平野①大念佛寺的上人②，村民也都很待见他；那些公卿贵族脱掉了衣服，和面色白皙的卖膏药的人也没有什么差别。一切人的差别，无非就是一个身份职业。

各种手艺人都要做学徒，经过长时间的学习训练，除了师傅规定的活儿之外，冬天夜里还要凿冰，手都冻皲裂了也顾不得，只有多干点活才能多赚钱。银子攒够了一匁，心里便蠢蠢欲动了，在傍晚时分急着去逛新町的妓院。看他此时的行头打扮，一般是提前把新年穿的棉衣找出来，再跟其他伙计借一件短外褂，扎着小仓出产的前面结扣的衣带，拿出盂兰盆节才穿的木屐，头发也专门找理发店做出发型，狠狠心把半包手纸揣在怀里，还要提前准备好写男女主角私情的净瑠璃剧本，拿上带皮的磨牙用的大木牙签和喜三郎牌的牙粉。从老板家走出来，在一町之内的距离上，脚步还算稳当，接下来便脚下生风、心荡神驰了。为了去花这一点银子，煞费了多少心思啊！

走到御堂前的花店，买了几束应时的花，故作优雅地拿在手里，心想，就跟太夫说这是我家花田里刚刚盛开的花，撒这样的谎也没有什么不好。见了太夫，应该怎样说话，都在心里做了种种合计。这样的乐趣也是难以形容的。平时弯着胳膊，拿着小锤的辛苦，这时全都忘光了。进入东大门，心情也紧张起来。只见扇屋的荻野，后颈上面的毛发剃光，留着折两叠的高高翘起的发髻，配上那张圆圆的脸，非

---

① 平野：地名，今大阪市平野区。
② 上人：对僧人的尊称。

常漂亮；引舟女郎冲之丞，拿着源平组合香盒，款款地走着，引得旁人回首观赏。

自己想要找的女郎，在新町的阿波座，所以他连太夫也不看。当来到端女郎的店面前，并不进去，而是故意在门口慢慢走过。店内有一个女郎，认出了他穿的灰色树枝花纹的和服，便说道："那不是七藏吗？"便派马仔出去拉他进来。七藏说："今天在九轩町的妓馆，有朋友们聚会，我去看一看，回来的时候就过来。""不管怎样，就先过来一下嘛！"死乞白赖拉他进来。七藏进来了，站在客厅，一边拿着火箸拨弄着烟灰，一边说："好不容易下了这场雪呀！你们也比上次更白了，米便宜了，腿也长粗了。"女郎跟没听见似的，打岔说："您这次穿上短外褂啦！只是袖子有点短了。"七藏生气地说："难道我这是借来的吗？这是老板给我做的！"女郎又得说好话安抚他，隔壁也有女郎来，不由分说把他拉过去，并关上了拉门。

那女郎从厨房屏风的对面拿来坐垫和两个木枕。一解开衣带，便把火钵推到一边，把灯芯拨小，又脱掉上衣，说道："今天是亥子日①，风大，有点冷啊！"七藏说："亥子日的年糕也带来了。"说着靠过来，把胜间出产的棉布兜裆布脱下扔到一边。这样的乐趣，便是和井筒屋那样的大妓院的年轻小太夫同枕，也无非如此了吧。无论是夕雾的哭泣还是丹州的大声说话，都是真实的内心表达。就女郎而言，五分银子的端女郎和四十五匁银子的太夫固然是不同的，但是，其实，她们的眼睛、鼻子、手脚、脖子等，都是差不多一样的。

起身要分别的时候，马仔端来了煎茶。此时要付嫖资。在称银子的时候，一匁中要便宜大约两分。有零钱时，不必说要给女郎一些，被张口索要的话，还要给马仔一点。这样依依不舍地要离开的时候，又返回头来煞有介事地问："这里有什么好看的书吗？"回答说："七

---

① 亥子日：阴历十月初的亥日。在这一天要捣年糕，祈求健康平安。

藏先生早点说要看的话，我会和谣曲学习班说一下哦！"出了东门后，便提起衣摆，步履匆匆地快步返回，这看上去也有点可笑。

手工艺人的冶游，更有意思。约好"雨天安静时慢慢玩"，雨天时便买新伞，在伞上写上"二十把之内"几个大字，腰间插着一把米探子①，兜里装着大豆。格子门上带有一道横杠的，是端女郎妓馆的标记。他一进去，便把大豆大米倒出来说："今天是出云和加贺粮食交易的投标会，我是从那里转到这里来的。"然后讲一些关于如何做好买卖的话。做箱子盒子的手工艺人，因长期坐着，从腰部的姿势一眼就能看得出来。他们好不容易挣了二十四匁银子，就用其中的十三匁去冶游。博多的富豪小左卫门拉着装金币的风车，去长崎的出羽，让小侍女金作跳着唐人舞。手艺人的冶游与他比起来，要奢侈多了。

看看手工艺人预定的茶馆，店头铺着大片黄杨叶子，摆着微咸的鲷鱼、小块鱼糕、海螺、蛤蜊、章鱼等，对虾与锦缎争辉，简直就像吊下了一个天盖似的，摆满了食物。老板娘穿着一个红色围裙，一边隔着帘子缝儿照看着那边，一边手脚麻利地招待这边的客人；一手提着果品盒，一手拿着油壶，回来的时候手里又变成了茶碗和小火盆；一会儿掀开锅盖看看，一会儿查查账本。真是一人顶好几人，万事搞定，统御全局。这里每人都有每人的心思爱好，因为大都是熟识的人，有的在弹三弦，有的低声哼着小曲，说话声音都很低，气氛很是安静轻松。

那时，伊势的那个神官彦六，在那次和盲人右望都同路之后，又过了四五年，来到了大阪，负责驱邪仪式和历书的分发。有一天傍晚，他闲着无事，便到新町花街柳巷的四个街区溜达。走进越后町吉

---

① 米探子：插入米袋抽查粮食质量的用具。

野屋附近的店里，看见一个女子长相不错，结着岛田发髻，侧脸稍微显出了带点淘气的表情。走近一看，她正在安心地读着未加训点的《大学》，发现有人靠近，她便躲了起来。这种样子无论怎么看都有点像孔子家的姑娘。彦六被她那种柔美而不乏韧劲的腰身吸引住了。

彦六小心亲切地表示，请放心，我不会欺负你的。于是把她带到不太显眼的妓馆里。虽然是邂逅，却相谈甚欢，随便喝着酒，光顾说话了，连床铺也没好好收拾。听出女子稍带地方口音，便问她："你是西边的人吗？"她回答说："您说得对，我家在备后的福山附近。不知道将来怎么办，就干了这一行了，这是做梦也没想到的。记得十一岁那年，在去伊势神宫参拜的路上，因为遇上下雨正不知所措的时候，旁边一个不认识的秃头和尚说：'那小姑娘将来肯定要做妓女的。'他怎么能这么说话呢？竟然这样给人预测未来！我很生气。但当时大家都在旅途上，谁也不认识谁吧。其实我家是财主，父母都雇用了三十多人干活呢！我想起了那时的事情……"

这么一说，彦六拍个巴掌道："那时正是我领着那和尚去的呀！看来他从五音来算命，真是太准了！不过，你的将来会很好的！"那时这女子的契约年限还不到，但彦六决定给她赎身，并与她父母商量，把她带到老家，娶她做了老婆。从此，那女子就在山脚下安静地住着，她还把附近人家的姑娘们集中起来，闭起门来教她们读书。就这样远离色情和荤腥，要比在妓院好得多了。

四　身上衣物也送光

从元旦到除夕，平均每天浓茶一壶，沉香三根，蜡烛一根，这样算下来，一年中也就需要银子三十枚。但是在一般人看来，这已经够气派的了。牙签三百六十支，用过一次就扔掉了，算起来也是一笔不小的开销。

有一家，院子里的樱花树开花了，便招呼人去家里赏花。去了一看，发现昨天也有客人来，在红梅图案的手巾架上，挂着信长①时期的文物，那是画着桧树篱笆的描金画。看起来倒是很雅，但在竹廊边上，却又挂着一把大眼儿的丹波笊篱，还有洗净晾在那里的杉木筷子，足以说明此家压根儿品位就不高。看了一会儿樱花也看腻了，觉得乏味想回去的时候，主人却挽留，拿出了用马刀贝做的海鲜汤，但汤和酒都不想喝，便走了。

不过，不管是什么人，还是要节俭一些为好。像筷子这种不起眼儿的物件，要算起来，长年累月也需要花一笔钱去买。翻开这家财主给帮闲们的礼物账本，发现四年半的时间，送出去的金子足有七十六两零一步，衣服十三件。此外，手纸盒两个，旅行箱、衣箱、紫色被褥各一个，如此之类，加在一起一共送了二百三十四回。即便得到了这么多钱物，日子过得好的帮闲，一个也没有。

不过，如果不送东西，游玩的时候就没有意思，吉田法师②曾说过："交友之道有三，第一是赠物。"他说得太有道理了。

有一位公卿，在他的家里，银子堆积如山，家里的雇工下人等，索取便给。但是主人亲笔写的小册子，即便给了，人家也不稀罕。

此地有一个赋闲的有钱的大财主，终日尽情游乐。据他说："没有比赠物于人更快乐的事情了。"有一天他去岛原的丸屋玩，给女郎们组织"伊势讲"③，聚集了很多帮闲。有人说："给神上供啦！"有人说："想到伊势神宫的神官住处，带我们去吧！"有人四肢趴下，说：

---

① 信长：织田信长（1534—1582），日本武将，1573 年推翻室町幕府。
② 吉田法师：即散文作家、高僧吉田兼好（1283—1350），他在《徒然草》第 117 段有云："交友之道有三，第一是赠物，第二是看病，第三是给人智慧。"
③ 伊势讲：信仰伊势神宫的人形成的团体，室町时代初期后在各地出现，定期举行与参拜相关的活动。

"我是神马，来骑着去吧！"有人提着烫酒的酒壶，说："祭松尾酒神啦！"有人抓着饭锅耳朵，说："这是远方结缘的神！"说笑、嬉闹着，就这样把钱袋里带的银子全都撒出去了。

那财主把自己的腰带也解下来送人了，而帮闲却又把他的短外褂也脱掉，据为己有。腰刀被引舟女郎要去，印盒被小侍女要去，身上的全部衣物都给了其他男人，结果自己赤条条地全裸了。一个马仔把他的缎子兜裆布也脱下来，说："给我作护身袋吧！"就在一片折腾欢乐的时候，驼背的作兵卫过来了，腆着脸说："我想要您的编笠。一顶编笠怎么也得值一百贯吧！"他拿着编笠出了大门，却发现上面有主人的名字"三星屋庄兵卫"的烙印，就又还了回来。

接着，善都闻讯，也赶来了，说："好久没见过银子的影子了。我现在缺的就是银子啊！"引得满座大笑。话音未落，愿西弥七拿了一把大铲子，说："看！这是来挖金子用的！"像这样插科打诨胡闹一通，也是一乐。

财主把能给人的东西全给没了，说道："要是太夫小姐不可怜我，我都不知道该怎么办了。"便跟太夫借衣服。但袖子太短，衣摆太长，穿上不合适。但是，像这样赤身裸体的，也不可能跑回中京①的家中去取。还是初代熏太夫有备无患，正在大家喧闹时，她从容地一边观赏屋檐下盛开的花朵，一边对小侍女低声说："快去，别让他感冒了！"不一会儿侍女便从衣箱里拿出了带花纹的和服、短外褂，此外，连中等长短的腰刀都准备好了。那财主立刻穿上，恢复了原样。

这位熏太夫服务的客人，只有寺町的二三郎、六条的阿椿，加上这一位，也就三个人。但她都给他们准备了这样的替换衣裳，以备不时之需。想想如今常常出现这类尴尬场面，与从前女郎的周到应对相比，现在的女郎十有八九已经不行了。

---

① 中京：京都的区划之一。

　　所谓女郎，万事都听从客人。如今的客人不只是不给女郎东西，连节日也不好好对待了。有人抱怨说："跟她不熟，却跟我要节日衣裳。"或者说："节日的赏钱干脆也免了吧！"像这样以前理所当然应该有的表示，都想办法免除了。妓院这一行已经衰落至此。这个世道，人们都过于算计了。

五　赛花会时不接客

　　吉田屋的喜左卫门店里，应越后来的客人竹六的要求，集中了二十多位漂亮的太夫和天神，在四月八日举办赛花会。竹六很不喜欢做事小小气气的，听说他初次进京的时候，曾在一天中把全城的女郎都过了一遍。

　　今天，又在北面的长廊上摆上了花篮。这里有春天里最有名的藤花，还有野田和东洞寺的叶尖、生玉的小枫、佐太的芍药、浅泽的杜若、中津川的花菖蒲、御堂的白牡丹、野里村的美人草、玉造的二重芥子、木津的手球花、长野的薄花葵、今市的樗花、中岛的昼颜、天满的五月杜鹃花、安倍野的风车花、森村的早百合、三津寺的夏菊、十三川原的瞿麦、东高津的橘子花、下寺町的卯花等等，五颜六色，争奇斗艳。释迦诞生的地方，想必就是这样的花团锦簇之处吧。

　　竹六说："无论是哪位女郎，在月初的时候都要喝染黑牙齿的粉汁①，那么想怀孕的时候就能怀孕。像释迦牟尼那样，从下面生出来不好，要从口里生出来。"说完了这些无聊的话之后，接着又说："我还有别的安排，我要把你们的老板带到舍利寺那边去。接下来，好让你们就按照自己的心愿，在花丛下面，无拘无束地吃喝玩乐，来享受

---

① 日本古代风俗，已婚妇女要饮用一种称为"五倍子粉"的汤汁，来染黑牙齿。

没有客人时的轻松愉快吧！"说罢就站了起来，向大家一一告辞。这
赛花会只听说在唐朝才有，以前没有见过，现在却就在眼前，竹六真
是打通了古今内外，他离开没有看够的一张张熟悉的脸庞，告辞而
去。他走后，女郎们哄的一下欢闹起来。

从新屋的初雪太夫、高濑太夫，派侍女送来了一个花篮。花丛中
有一根不知名的草，到底叫什么名字，大家都争执不下，没有结果。
这时一位爱出风头的下男说道："这就是你们最讨厌的'茶引草'①。"
又指着一枝连玉说："这是象征你们身世的草。"听了这话，女郎们
无心赏花了，对这些花草的名字感到厌恶，一个个都回到了大房间，
连拿酒杯的人也没有，小曲也不唱了，三人两人地凑在一起，开始
聊天。

聊的是什么呢？轻轻走到下一个房间②，就听一个女郎叹息说，自
己指望的一个男人，把房子家产都抵押出去了，母亲从上町来到店里，
把自己叫出去，将这些告诉了她，她听了觉得很难过。有人说，自己
的侍女也到了该穿夹衣的时候，不能再让她穿棉衣了。有人又说，天
气老下雨，连一把长柄的雨伞还没有。还有人说，夜里点的蜡烛都是
临时买的，茶壶也只能使用公用的，内衣脏了，白天让人看见很不好
意思。不管怎么说，当初来干这一行都是很悲催的。她们就这样大声
发着一些无用的牢骚。吃饭的时候，反正也没有人看见，把汤泡饭搅
和一下，吃得光光，只剩下了菜盘里的花椒皮。洗了手也不擦，而是
等着自然干。如此偷听偷看了一番，越发觉得寒碜。人即便在没人的
时候也应该谨言慎行才是，特别是作为女郎，对此不可不注意。

---

① 茶引草：乌麦、燕麦的异名，从发音上有"没有客人、闲着没事干"的
意思。
② 此处作者未写明观察者具体是何人。

有一次，因为突降阵雨，一位太夫正在外面走路，她以为雨很快就会停下来，没想到一直在下，那太夫穿着涂漆木屐，仍不紧不慢地走着，大家都觉得这样子太优雅漂亮了。但不一会儿，便在九轩町的横街上拐了弯，走到西侧的盲和尚家旁边了。这是怎么回事呢？妓馆的井八从窗户里窥探，只见随行的侍女给她用袖子挡着檐下的雨水，戴上竹编的小斗笠，也不顾别人是否看见，乱步行走。人们看在眼里，笑话道："爱惜太夫穿的浅绿色缎子，却让自己身上的棉衣淋湿，可悲啊！"

那位太夫刚一回来，还没等跨进中门，就忙不迭地说："去做一个干烧鳕鱼！"至少进了屋再说也不迟呀！还是那位太夫小姐，把卖格子拉门纸的叫过来，说道："你收十二勾铜钱，还不如拿三分银子轻便呢！"也不顾别人观瞻如何，只顾大声说话。你看看，甚至还用手去拿称盘，真是丢人现眼。还有一些没品位的女郎，在没有客人的时候直接在厨房料理之间穿梭，露出胳膊，散着头发，用一只手端水杯，用砧槌打拍子。这种样子，若是让男人从旁边看见了，恋慕之心定会一扫而光。

有一天夜里，在阿波座上之町南侧的格子拉门里面，灯火昏暗，寝室里有横纹的被褥、双人铺席，还有松屋町烧制的土火钵，反扣的粗碗当烟灰缸，还散落着一堆吸剩的烟头。在房间的一角，一位女郎正在读嫖客的来信，一边读，一边骂着。别人听见也不在乎，只管自己发泄：

"真是可笑啊！还跟我谈什么赎身？瓦町的拔藏干的好事！他现在花在我身上的钱，也是跟大黑财神会①借的。说得好像很有谱儿似的，其实是大话！说是去丝绸店，给我买了一匹带纹纺绸，多半也是赊账买的吧！什么呀！本来看上去还算招人喜爱，却很快弄了一个厚

① 大黑财神会：原文"大黑讲"，信仰大黑财神的团体组织。

鬈发型，衣带也染了边，我看着真不顺眼，真想让他改过来！像这种夜里在镇上巡逻值班的人，是不能跟他长期交往的。要是不死不活地保持关系吧，太温吞了。让他干到五月的节日前后，他如果还干那活儿，最多到天满的驱邪节。盂兰盆节的时候就分手，让他尝尝孤独的滋味！"

都是一些冷酷无情的话。虽说做何种生意都免不了坑蒙拐骗，但对自己喜爱的男人，当着别人这样说坏话，也未免太可憎了。

这样的男人出钱出力却不被待见，是大阪第一白痴。虽然人品各有不同，但此类人大体都是这样。虽然也想应该好好了解一下对方，但不知道是否已经太晚了。

虽然都是妓女，但心地并非都是一样的。以前藤屋的吾妻太夫，对客人的信件，从初次见面到最后，从来都不给外人看，对分手的男人，也从来不说一句坏话。她恪尽自己的职责，从来不忤逆客人，但也不是软弱可欺，因此留下一代芳名。无论是偏远的乡下，还是暗中观察的人，都认为这样的太夫才是真正的好太夫。

如今的太夫，漂亮还是那样漂亮，但逐渐变得心地狭小了，所以常常使人误认为她只是天神级别的妓女。虽说如此，要从值得结交这个意义上说，好的围女郎与天神相比，其差异就像梅花之于油菜花。而天神中的优秀者，若与太夫相比的话，大致只是她们的卧具的配置不同而已。除此之外，还有什么不同，就不好说了。

卷
四

一　抓到了就有缘分

江户城有从六月一日的深夜开始参拜新富士^①的习俗。人们都穿着白衣袖的衣服，去那里让流水把身体冲干净。参拜者每人都手拿一支松明，故而空中烟雾腾腾，令人想起了西行法师"富士山烟随风摇"的歌句。那些聪明的神主，把去年降下的雪埋在阴凉的地方，今天挖出来，仍然不会融化消失。来参拜的人，都想为没来参拜的人带点雪回去。

"把这雪带给太夫看看！"一位财主把雪包在纸里，再拿出方绸巾包裹的时候，看见一位不认识的大汉走过来，他身穿夏季的纸衣，带一把红鞘的腰刀，戴着一顶夜晚常戴的编笠，气度不凡的样子。

财主拿出自己的方绸巾来，看了一眼上面的家徽纹样，待包好雪后，什么话也没说，便让帮闲新作走在前头，沿着下谷大街的田圃道，朝吉原方向赶去。一路上，水鸡的叫声、追在马后头的虫鸣声，都叫人觉得有点害怕。

正在这时，不知谁说了一声："站住！"他们本能地躲在旁边的茂密的芦苇丛里，悄悄地窥探动静。只见刚才看到的那位大汉带着一

---

① 新富士：神社名称，今东京文京区的富士神社。

个随从，手持长枪和大刀，嘴里说着"还没走远"，便在周围气喘吁吁地寻找打探。

只听那随从说："听到敲我家的篱笆门，喊道：'来帮我一下！'我没有听清就跑过来了，到底是怎么回事呢？"大汉捂着胸口，说道："你大概想不到，是我恋慕的一个女郎，和她的一个老相识见面了。我看见他们肆无忌惮地睡在床上，气得不得了，就想杀了他们，没想到忽然就不见了。"原来都是同类人。侍从说道："哦，原来是这样！"就在附近寻找，发现脚下有一件掉落的单外褂，也放在那里没有捡回。

"这个草丛可疑！"说着就把枪刺了过来，正好擦着耳朵，吓得新作魂都要丢了。等他们走远后，新作说："刚才，我想起了从前那位风流男子在原业平在武藏野被人追讨的情景。"又说："去年除夕夜，被店铺催缴赊账，不得不藏起来，那也比今天的遭遇好多了呀！"说着两人大笑起来，快步赶路，路上又遇到了去吉原嫖妓归来的男人，动辄无端地拔出刀来。看来这一代的风气如此，在夜里走路是很危险的。

终于走进了大门口，脚步也稳当了，直接走到伊势屋久左兵卫那里，人们都在等着他，听他来了，便停下弹琴唱歌，从二楼上下来寒暄。这里有张贯的藤助、铃木町的才兵卫、平太蜘的勘八，还有一些朋友帮闲等年轻人，他们都坐在末座。财主伸出污脏的赤脚，新作大声说道："主人想念太夫小姐了，所以从富士神社，沿着乡间小路，一路跑过来的！"财主接着说："我们两条命，今晚险些丢在路上了。这次节庆活动，我们要连搞七天！要把新町三浦屋家的小姐们都过一遍！"听罢，妓院里一片欢腾。

但是，这样的话，派对要怎么搞呢？财主出了个主意："我这里有一个派对的办法，就是大家都把眼睛蒙上，哪个男人抓住哪位小姐，就算那位！"大家听罢，又是一阵欢腾。

　　藤介用红手绢把眼睛蒙上，把带衬里的衣摆高高地掀起来，穿一件黄色的内衣，心里念叨着："弁财天女啊求求您了，让我的心愿现在就实现吧，让我抓住一个漂亮的女郎！"在地板上来回转，"在哪里呀，让我抓呀！"这个角落里，那个屏风旁，兴致勃勃、转来转去地捕捉。女郎们则在心里祈祷："千万别让帮闲给抓住啊！"于是缩着身子四处躲逃。其中，也有淘气的女郎抓住藤介的鼻子，或者做一个套儿去套他的发髻，有的故意半躺在那里唱歌，等他靠近时再忽然逃脱。总之，谁也没有让藤介抓着。在小房间的门口，一个女郎无处可逃，藤介抱住了她的腰，撕掉眼罩一看，原来是一个名叫若野的局女郎，真是没有办法，满座哄堂大笑。

　　接下来轮到新作了。他早就准备好了，一下子跳出来，可惜他个子矮，脖子粗，口里臭，还有一条腿稍短，再加上是白眼珠子，简直就是一个"三毛右卫门"，真是一无可取之处。被他抓住，那可就惨了。于是女郎们含着眼泪，四处逃散。但新作似乎听到了脚步声，老是在漂亮的女郎的身后追。果然，一个漂亮女郎被他抓住了。"就是你啦！"抓住了就不肯放手。在他撕掉眼罩的时候，那女郎说道："今天是我妈妈的忌日啊！"新作无奈只有放手，并且说："手脚忙乱，请你原谅啊！"大家听了，都夸新作识相懂事。

　　那些被穷追不舍的女郎，有的越过了篱笆墙，蜷缩在屋檐下，看起来很可怜的样子。偶尔有人悄悄到房间打水喝，否则就在外头待着。就在这时，一个帮闲不得不告诉大家："下面的水田里，不是有插晚稻的吗？要是喜欢插秧姑娘的话，我们也能花钱买她们呢！"这真是一个歪主意。这种话，对于在妓院里待过多年、熟悉此处规矩的人而言，是不应该说出口的。有个女郎说："漂亮衣服被抓破也不要紧，只要不被新作抓到，就算幸运了。"这话说得实在，大家都表示赞成。新作听了这话，说道："既然大家都这样嫌弃我，我抓到了，也没有意思呀！"于是宣布：游戏到此结束。

二 几多欢乐几多愁

世间最混蛋的事情，莫过于写诬陷别人的状子，再有就是把刚嫁接成活的香椿树给人折断，更坏的就是本来嫖资是规定好了的，却软缠硬磨地砍价，这就等于蛮不讲理。

京都河原町四条角有一家澡堂，那是菊屋小八开的二层的店，从东山吹来的风很凉快，会把身上吹得干干爽爽。所以每次去那家澡堂，都有一些演员等在那里洗浴，顾客很多。一位财主简单地冲了冲凉，就在池子旁边喝了碗香粥。正在整理浴衣的时候，看见一个三十四五岁的身材瘦小的男人，头发梳得一丝不苟，插在发髻上的梳子是很眼熟的比翼纹，于是一边让朋友揭下针灸时的膏药贴，一边听他说："与那个太夫刚刚相识的时候，就把她的家徽给我了，还向祇园八幡神发了誓，不是我吹牛，一般人得不到像我这样的待遇。"故意说得让人听见。

旁边听见这话的那个财主笑着对他说："偌大的京城，无奇不有，真是有所不知啦！太夫的恋情标记，家徽纹样什么的，是给所有的客人都画的！梳子也都准备了好多，随时送给当天来的嫖客插在发髻上。这有什么可以炫耀的呢？"说着，取下带家徽图纹的两三把梳子，就要递给那位吹牛的矮个子。气得他当时就把头上的梳子拔下了，直接填到了炉子里，脸羞得通红，急忙穿上衣服，小心带好白色手柄的腰刀，一声不吭地走掉了。真拿他没办法。

在澡堂待时间太久了，也是无益，财主于是出来，又去了岛原。今天是六月十六日，正赶上扇屋长佐分店的"嘉祥食"①。这里有二口

---

① 嘉祥食：又作"嘉定食"，日本传统节日习俗之一，阴历十六日，花十六文钱买点心吃，可以消灾除病。最初由幕府传到民间，后来成为重要节日之一。

屋的包子、道喜屋的小粽子、虎屋的羊羹、东寺的真桑瓜、大宫新摘的葡萄、粟田口的草莓、醒井的年糕，各色点心共计有十六种。这些都是给一个名叫班女的太夫预备的。

一位小侍女，根据和歌中"势田的长桥有几世"的歌句，而起名为"几世"，被一个太夫拉过来说："你在人前吃好吃的东西都两三年了，今天更要随心所欲地吃呀！太夫们虽然也想吃，馋虫都唧唧叫了，但为了招待客人，只能忍着少吃。"于是把西瓜切成香道的图形①分给大家。

这时一个叫左兵卫的帮闲说："我真想做一个有口福的大嘴传兵卫！"

一个女郎说："难道因为是女郎，就没有吃饭的肚子吗？我还是吃给你们看！"说着伸手去拿一块山吹年糕，夸张地张嘴大吃，但吃进嘴里，也不是想象中的那样美味。

一位太夫小姐，看到带着叶子的一串葡萄，非常想吃。想着想着，不知不觉枕着胳膊就睡着了。一位有眼力的引舟女郎把丝绸平纹被子拉过来，给她盖住腰部。这样，系在前面的衣带口就自然松开了，风从衣缝儿里吹进去，衣服的前襟也被吹开了，露出了红色绉绸的内裙，衣摆也被卷起了一尺有余，令久米的仙人看到便死的漂亮小腿也露出来了，而且大拇指还翘着，头发也打着卷儿。把这些合起来看，简直就是无可挑剔的尤物。"不嫖这样的女人，就太没有眼力了。"那位财主心想，即便是看着也饱眼福啊！正在此时，只见一只老鼠从她左边的衣袖里窜了出来，然后开始啃葡萄。赶它走，它便慌忙跳过火盆，又钻进了那位太夫的衣袖中。

① 香道的图形：香道是日本焚香辨别香味的消遣娱乐。这里指的是香道中的"源氏香"的图形，就是把五种香各分五包，共二十五包，从中随意抽取五包焚烧并闻香，五种香味以五条线的图形来表示。

旁边的人看了觉得很奇怪，"喂喂"地将她叫醒，太夫睁开眼，说"我做了一个梦"，便开始讲梦的情节，说到"浅黑色的东西"时，坐在旁边的林庵说："就像说我的梦一样，真可怕！"太夫接着说："别打岔呀。还有呢，有两三个人在后面追我，我一下子就从火堆上越过去，慌忙逃回来了。"说着，就让大家看自己的侧腹，果真有烧伤的痕迹。"这是怎么回事呢？我自己不记得什么时候烧伤过呀！"太夫身边的引舟女郎，便把刚才看到老鼠的事情小声告诉了太夫，太夫流出了眼泪，说道："不瞒你们说，我一心想吃那串葡萄，就梦见自己成了老鼠。真是丢人啊。没有比干我们这行的更低贱的了！"大家听了这些话，深有感触，也没有人愿意将此事说出去。

据说中国有一个画家喜欢画牛，而自己就变成了牛的样子。在酒鬼的眼里，连河里的水都是酒水。在怕打雷的人耳朵里，推磨的声音也听不了。觉得可爱的女郎，哪怕是长着龅牙，觉得是判官的面相①，或者明明看到她面颊发红②，仍然与之密切交往。

女郎日夜接客，非常辛苦，但是为什么还要热衷于包养情夫呢？这应该比良家妇女的出轨不伦更为可恨。后来嫁作人妻的也有，即便是曾操贱业，但因为长相好，也有人要。还有的是姐姐去世后，去给年龄大的男人做续弦；有的人带着用人，一起做开了买卖；有的人根据手里存款的情况，从乡下抱养了一个孩子；有的被父母从小与人订婚，后来长得漂亮，而男人则变成了秃头，便撕毁了以前的婚约。这些女人身为女人，却模仿当今歌舞伎男演员的打扮，那些男演员都把头发折两段露出发梢，在脸上涂上白粉再轻轻拭去，显得自然白皙。

---

① 判官的面相：指源义经的长相，《源平盛衰记》写他长得"长脸、矮个、色白、龅牙"。
② 面颊发红：面颊发红的女子，被认为是阴部有臭味。

女人们说"我喜欢那样的男人",也是无可厚非。但是,即便是这样的女人,也怕家中的老母亲,小心侍候,给母亲添柴、烧水、沏茶、做针线活儿等等。

无论如何,一旦要嫁人,就先把私生子从车轿里抱进家中,然后交换夫妇互爱的承诺书,然后接受贝桶①,确定放置人偶的地方。脱掉外衣,穿着和服内裙,手提两把长柄的壶,往壶里斟酒,连喝三杯交杯酒,然后把白色小袖和服换成红色的。乳母、仆从、中居、腰元等各色用人都大声嬉笑。被褥吊钩、长枕、成套屏风等都安放停当。在床上的时候,也不能像做妓女时一样了,要许下一生一世的大愿,男人戴着兜裆布,也不必担心女方拒绝。

还有,在圆盆里放两个酒杯,在瓷盘子里盛上鱿鱼汤,在有缺口的酒壶中倒入两合半②的酒,等邻居家的主妇来取。这样的程式都是婚庆上的常套。"生意是第一重要的。明天就要好好干活了。水井有点远,但水位浅。醋和酱油用完了,就到对面铺子里打。今晚早点睡吧!"说罢,吹灭油灯便走开了。

和自己很熟悉的女郎成婚,仪式也没有什么不同。因为此前已经很熟了,许多事情都说好了,也不用花太多的钱。再有一年才合同期满,距此还有一段时间。

和很多男人交往,其中有的男人便成为情夫。也有的太夫交的是丑男,这样的话,不仅妓馆老板没面子,对自己也不好。到底那男人有什么值得稀罕呢?想来想去,还是百思不得其解。

---

① 贝桶:盛海贝的木桶,是当时主要的嫁妆之一。
② 两合半:相当于四分之一升。

三　祭扫七墓^①忆往昔

无论在亲爹老子面前如何道歉，也不可能将紫藤变成松树，将弯的变成直的。青春年华已经过去了，如今即便醒悟，也都过去了六年，已经追悔莫及。我曾经到过书町^②的叔母家里入赘为婿，如今也被赶了出来，只剩下当和尚这一条路。从三十六岁那年夏天的四月二日开始换上了僧衣，托南中岛的一位朋友的介绍，去了长柄的桥本寺，待了许多年，在那早已变成耕地的坟茔间，除去杂草细竹，结了一个简单的草庵。正如古人所言，结起来是草庵，拆掉了是原野。连一个靠着做梦的枕头都没有，只有一口小锅、两个小盆，勉强度日。夏天则摇着团扇扑打蚊子来代替念佛，嘴里跑着调儿地哼唱着"唉声叹气混日子，苟延性命"的小曲，也不必像以前那样要合着三弦，因为不会有人听到。

听说在名叫"东小相扑"的地方，有人做了一间木板小屋，比当年鸭长明居住的方丈还要轻巧。四角安了轮子，可以随时到想去的地方弹琴歌唱，自得其乐。虽然身边也有朋友，但人们怎么也想象不到这个人是如何落到这步田地的，想不到此人现在只能嫖低等的"围女郎"。世道就是这样不遂人意呀！有一个名叫备利国的大财主，最终穷困潦倒，以卖针线包为生；一个名叫木半的财主，最终以捏小泥人为生；一个名叫岛吉的财主，以卖旧货糊口。这些都是因为耽于嫖妓的缘故。

要说我自己，以前或者帮人识破妓女耍的那些手腕，或者帮着妓院拉客，马仔见了我也是点头哈腰，从下面来的朋友也都听我的指点

---

① 祭扫七墓：日本大阪地方的习俗。阴历七月十五日从天黑到天亮，祭扫梅田、蒲生等七处墓地，敲锣鼓念佛。
② 过书町：地名，在今大阪市中央区。

与安排，这样时间一长，和这里的年轻嫖客就逐渐熟悉起来，新町的东门和西门的门卫一听声音就知道是我，没别的事干的帮闲也跟在我屁股后头转，用嘴打拍子的方六，跳舞的艺人，还有妓院附近的乞丐，也都认识我，连这里的狗见了我也摇头摆尾的。

就这样，不用花多少钱就能尽情地玩乐，但手里的金银最后还是用光了。当世间流行边缘染色的腰带，我还扎着捻线绸的圆腰带，已经很不好看了。老穿相同的衣裳，只是内外交替着穿，这样重复三次五次，最终就露出了寒酸相。妓馆的女郎也不愿与我相见了，此后越来越不受待见。但我仍然对妓院恋恋不舍，还是经常出入那里，只好靠说别人并不感兴趣的单口相声，或者站在格子门前，把女郎从门缝间递出的杯子接过来，等着尚未染齿的小侍女过来取。在房间服务的女佣说："请拿杯水来！"我就得赶紧悄不作声地把水杯拿过去，双手端着奉上。不仅这样，还要到厨房去，讨好女佣，帮她们从棚架上拿东西。刚要蹲下歇一会儿，厨师就说："请把木松鱼拿过来！"这时若显出不情愿的样子，就会自讨无趣。还会常常被指派打扫烟囱，真是没法子呀！想想从前的事情，觉得还是今天这样的日子比较自由洒脱一些。

野鸟的鸣叫已经听惯了，我想，不能像屋檐下的风铃一般摇摇晃晃地一天天过日子，于是决定在墓地的火葬场上做隔夜念佛。有一天，从天满吉原的墓地，出现了一个浑身喷着酒气的六十多岁的身材高大的和尚，他说："我虽然入了佛门，但留在浮世的念想，只有这三竹筒的酒了，你来帮我把这个作了贡品吧！"我问："您是哪位？"回答："我是卖羽毛掸子的。"他发出几声叫卖声，便消失了。还有一天晚上，在道顿堀的火葬场，仔细一看，写"夏书"①的那个"一寸法

---

① 夏书：阴历四月十五以后的三个月的所谓"夏安居"期间写的经文，叫夏书。

师"，原来就是甫春①。

夜深了，新墓在凄风阴雨中显得更加寂寥，我在火葬场转了一圈，打算回去。这时忽然听得有女子说："这是我的心意呀！"说着把一只手伸了过来，手里拿的是一个黑乎乎的，像核桃那样的圆圆的东西，看来这女子的出现并非幻觉。二十一日的夜空，还有月亮的微明，透过松树间照过来的月光，看到那是一位略有姿色的女人，我居然产生了一种奇妙的感觉，也忘了自己已是出家人。哎呀！这可不能马虎大意啊，于是扎紧了腰带。我问她："你怎么是这副样子呢？而且，大夏天的，为什么手里拿着盛木炭的草袋呢？"

她说："真是不好意思呀！以前，我在新町的时候，虽然身为太夫，但实际上过得很郁闷。这个郁闷无法排遣，但也想至少跟熟识的人将心里话说一说啊！说起来，做妓女这行的，并不是自己愿意，而大都为了父母。做侍女的时候不算，从接客那天算起，我在那里干了十年。如何接客，有姐姐教着，其他一切事情都由老板给做了。在做太夫的最初两年里，每天分得两炷香、五张信笺、半帖手纸、三个信封、五叠粗纸、三根牙签，每月有一双竹皮草履、三双草鞋，此外还有蜡烛，配一个侍女，可以说一切都给安排得很好了。四季的衣裳，正月里有两件上衣、两件内衣，还有一件纯棉罩衫；四月里有两件夹衣；五月里有两件麻布单衣、一件单衣；七月里有两件麻布单衣、一件浴衣；九月里有和服一套，改做的衣服一件。此后随着等级地位的下降，情况就发生了种种的变化。天神做了一年，围女郎做了半年，端女郎做了三十天，什么费用都得自己解决。而不需要额外收取费用的女郎，才能吸引客人。给侍女的费用，一直到她结发之前都差不多，太夫的侍女是二百匁，天神的侍女是一百匁，围女郎的是

---

① 甫春：当时的一位"一寸法师"（侏儒）的名字，据说身高二尺许，擅长书写、占卜吉凶。

六十匁，端女郎的侍女是三分，地位越高的女郎，付给侍女的费用也越高。两年之后，什么费用都得自己解决，除了衣物，连染布的钱、买浆糊的钱，都算在薪水里头，所以只能跟客人张口索要。但是即便是跟人要，痛痛快快给的男人也很少。"说罢流出了眼泪。都是一些废话，我听了这些也没有用处。

我问："我不明白的是，你为什么要手提一个装木炭的草袋子呢？"

她回答说："在去年十二月的雪夜里，我一直提着这个草袋，一直不能打开袋口，作为留在浮世的一个念想。手都弄得脏了，但也不能放下。"说话间，各种各样的女人的头颅飞了过来，都来啃咬这个太夫，并且责骂她："你太过分啦！把我家男人的身体搞垮，最后只能吃地黄丸！这些我都知道！你简直就是个骗钱害人的凶手！"说着，那些女人的头颅也一下子没有了。火葬场晨风吹拂，茫茫荒草中，一尊石佛与原先一样立在那里，真是可怕呀！

四 为私奔翻墙过河

这里说是江户，也并非遍地金银。在大门大街的旧货店里，有一个长箱子，多次火灾中都完好无损，不知谁不想要了，现在拿到这里来卖，有一个人买下来，在清理里面东西的时候，发现一团纸包夹在两层夹缝之间，内有百两金子，于是此人一下子成了富人。

这样的幸事，在嫖妓的时候可没有。反正不去的话就不知道，所以尽管并非对谁有了恋情，却对吉原的花街柳巷有了兴趣，这位八丁堀的薪屋的二掌柜，也去寻找与身份相符的乐趣。只要衣兜里有银子，就到下等妓女的店里去玩。但是，转来转去，觉得这个女郎的鼻子不够挺，那个女郎的声音不好听；这里女郎的和服衣袖不好看，那里女郎的眼睛太细；这个女郎的鬓发不好看，那个女郎的手脚太粗大；这个女郎虽然歌儿唱得好，但肤色黑屁股不够翘，耳朵太小，没有福相，身体太瘦没有意思。在下等妓馆较多的三町转了二十四五次，最后是眼花缭乱，走马观花地嫖了一些，发现哪里的女郎都差不多。

女郎也看透了他的心思，净说一些好听的话，临别的时候送给他一把扇子，上面写上了带有错别字的古歌，说是作为下次再见的留念。把他送到大门口，说："过几天再来哦！别忘了您说过的话哦！"他便说："下次再见。"这种乐趣，倒也是其他的事情不能比的。

回来的时候顺便到驹型茶屋匆忙吃碗面条，喝上一杯酒，这时的感觉，就像那些河口岔道也不怕，拿着两杆枪被人护送着的大名一样。大名的一行随从都是"哈伊！哈伊！"地喊着，而江户城的町人虽也自由自在，却不想急着赶回去。一旦回到店里，看到老板拿出算盘拨来拨去的样子，比起看到街上剑客的飞刀火拼还可怕，这种印象是永远也难以磨灭的。

不想急着回去，便站在街头踱步，看着回到店里的女郎的身姿，发现一个叫花月的太夫穿着一身新款的衣裳，是红底鹿纹图案。据说京都本国寺的阿艳，做了一件衣裳用了三年的时间和心血，第六年的时候做了两件，在染色之前其中有一件被皇宫买去了，现在花月太夫穿在身上的是其中的另一件，是一个嫖客花了五十两金子，作为京都的礼物送给她的。内衣也很时尚，中层的衣服则绣着各地地名的歌诀。穿着这样的衣服，简直就像如来佛降临了武藏野这地方。这个男人看上了花月太夫之后，便对下等妓女没有兴趣了，于是便接近太夫的侍女，打听她的名字，开始了似乎无望的爱恋。

他便请求老板，把自己的服务期延长十年，此前借过一些银子，但只有一百五十匁，无论如何还是杯水车薪。无论怎么想办法，反正银子既不能从天上掉下来，也不能从地下冒出来，心想着世道真叫人无奈绝望，推开窗子，月光照了进来，绞尽脑汁地想办法，呆呆看着屋檐下落上白霜，直到天亮都没有合眼。

　　他心里想，自己要是有一万两黄金，首先就盖一处新房子，雇用很多人，把花月太夫赎身娶来，向她原来的马仔、老板大把撒钱。然后再娶一个京都女人做妾，在安静的向岛建一座别墅，购置三百人用的浅绿色碗，买一块三町大的牡丹园，乘坐花车兜风，让别人给擤鼻涕，剃成梦寐以求的半月形发型，不再点油灯，而是点蜡烛……他这样盘算着，一万两金子大概用不了两年。"干脆成为三万两的大款，随心所欲地花，那多痛快呀！哪怕是豁出命去，也要和花月太夫同枕共衾。"这样想着，居然流下眼泪。"活的时间长了，才会有这些不如意的事吧！"他从木柜里，把正月穿的干活的棉袄，还有短腰刀拿出来看着，转而又想："不！不！要是死了，这段恋情就更没有希望实现了。"就这样胡思乱想的时候，听到老板"利兵卫！利兵卫！"地喊他，他赶紧跑过去看，其实也没有什么急事。老板说："辛苦你了，你现在就去高野山一趟，今年是我母亲三十三年的忌日，每年花一两，我这里有三十三两，请你去那里建一个石塔，弄一个牌位，每日供奉。我什么时候想去参拜的话我就去，老人的骨灰桶就在手边呢！"老板流着泪，郑重其事地交代给他，还给了他盘缠。老板娘也给了他装着炒黄豆的点心袋，给他饯行。那些平时要好的下女，也叮嘱他平常用火小心。

　　"越快越好呀！"利兵卫走出了店门，飞快地来到了品川片町的街边，脱去了旅行装束，过海湾翻山岭，托茶馆帮忙，打扮成伊豆来的财主的模样，又用了种种手段，终于和花月太夫见了面，一开始见面，不说其他事，等到熟悉了，利兵卫便把事情的原委全告诉了花月太夫，并以骨灰桶为证。太夫听了很受感动，说道："难得你这样一片诚心，你的身份虽然低，但我不会因此就瞧不上你呀！"花月找了一个男人，代替利兵卫去高野山修塔参拜。一直到那个男人回来，利兵卫都一直和花月在一起，相交甚欢，花月太夫自己来付嫖资，不再接待其他客人，就这样到他们的艳名传开之前，都是如胶似漆。但利兵卫也一直未能为花月赎身，就这样过了三年。

五月三日夜，花月太夫举行"待月"①之宴，将很多会唱歌的女郎集中到舍下，大家交杯换盏，夜深时女客散去，妓馆的人也都睡下了，当老板查点人数就要关门的时候，发现花月太夫不见了，于是把下男叫起来，到处寻找，引起一片骚动，但最终也没有找到。又回到家一看，墙上架了一个梯子，似乎是翻墙后越过小河逃走的。还从洗漱台上拴了一根细绳，似乎了顺着绳子游到了对岸。于是分开菖蒲和芦苇搜寻，他们循着足迹，在日本堤一带分头追踪，到了小冢原的原野边上，听到"真开心啊"的私语声，但跑过去一看，还是逃掉了。

那时正值麦收时节，到处都是麦垛，追赶的人觉得麦垛里头很可疑，就拔出长腰刀挨着一个个地用刀刺探。花月的屁股被刺到了，却不敢出声，用内衣将出血处捂着止血，利兵卫也是大气不敢出，追赶者便离开这里，到别处搜寻了。

当追赶者回到家里，发现刀上有血，感到有问题时，便再次返回去找，但早已不见人影了。想来他们之所以走这一步，也许是因为利兵卫不能为花月太夫赎身的缘故吧。但是像这样拼出性命偷偷私奔，到底不是正道。

五 春日野②别具情趣

"香风拂古城，采女衣袖飞"③那首古歌，吟咏的是古代采女所在的奈良木辻一带的情形。从木辻流贯往东北方向的河，叫做鸣川。据说从前的横荻右大将的女儿中将姬就诞生在那里，并留有遗迹，那地

---

① 待月：传统节日仪式，在三日、十七日、二十三日、二十七日夜，请僧侣诵经，与亲友一起宴饮游乐。
② 春日野：地名，今奈良市春日野町一带。
③ 出典是《续古今集》第十卷，志贺皇子的和歌。

方叫三栋。

那里有一所破旧的茅草屋，里面灯火昏暗，什么人住在里面，也不得而知。让一个熟悉这一带情况的人进去一看，原来住在那里的是一个美女，只说是"在这里等人"，脸上略带怨色，正在悠闲地捧读圣德太子①的传记。仔细看她的脸，才看出以前在大阪推销酒杯时，曾托她帮忙过，现在改了名字，叫桥姬。若是把这个女人当作宇治的桥姬②，那就会把她看成是鬼，担心会被她撕咬而死吧。幸亏那天夜里天黑，还是抽身而出，到妓馆去找女郎了。

在妙庵方那边，井筒、佐保野等妓馆，有当地闻名的美人，相比大阪的新町毫无逊色。而在这里的妓馆里，却没有"太夫"、"天神"，最高级的都是"围女郎"，品质当然要差一些。在井筒屋旁边的名叫权之丞的妓馆转了一圈，一个不落地全都叫出来过目，总共也就十九个人，和从前相比，冷清了不少。把这些女人都集中在一个大房间里，也没有特定的对象，烧热澡堂，大家在一起混浴。这样在白天倒好些，在这恋爱的夜晚，反而感觉有点乏味了。

第二天，是秋末的九月十二日，是红叶盛开的时节，于是从妓院直接去赏红叶。那里有一口闻名的水井，叫"乾井"，也被枯叶覆盖了。正赶上捡拾松子的时候，神社树墙边上，当地人习惯于用扔石头的方法击打松子，松子啪啪啦啦地落下来，听起来就像一阵雨点打在衣袖上的声音。若草山，如今也更名为枯叶山了。整个东原上铺满了枯叶，看上去像铺了毛毯。京都的高雄、河内的牛泷山上的红叶跟这里比，只能算是"中红"，这里的红叶即便没有夕阳映照，颜色也是鲜红的，令人叹为观止。

---

① 圣德太子（574—622）：皇太子，日本古代政治家。
② 宇治的桥姬：日本古典物语《曾我物语》和谣曲《桥姬》中的桥姬，因嫉妒心强而变成了鬼。

酒宴之后，就是演奏能乐《猩猩》中的"乱"曲，连小鹿都凑上来听。演奏完了之后，鹿又各自散去了。听说鹿听见笛声必然会凑过来听，现在没有笛子，仅仅是敲鼓击乐，它们也来听了，令人感觉很美，这也表明演奏水平确实很高。还有一些小鸟来吃树子。一个名叫宗益的人，使用吹筒箭，竟然百发百中，野鸭不用说了，就连大雁也能用吹筒箭射落，真是名不虚传的吹箭名人。

回来的时候走春日野，脚踏芒草，山道两边长满了胡枝子。再往前走就是"生左"①煎茶的地方了。只听有人说"看这里！看这里！"只见在爬满常青藤的岩石缝隙中，还残留着当时打入的挂竹花篮的钉子，令人不禁涌起思古之幽情。这里的女人从红叶的树枝上吊下铁链挂起铁锅熬浆糊，又吊起了棚架，把大阪带过来的男人写的尺牍连夜装裱好。以前用来搭晒手巾的竹子已经干枯了，但院落里的脚踏石还完好如初地留在这里。这里曾是开茶会落座的地方。

在从前，有一天的事情人们至今不能忘怀。据说那天是十月初四，虽然是大晴天，但地上的霜仍然没有消失。当人们正在发愁是否换穿奈良草鞋的时候，有一个生左便从旅行箱里拿出了大幅的杉原纸，铺在地上作为脚踏石，让客人走过。这事在世间被传为佳话，曾被大和屋作为题材写进了狂言②。那地方的女子实在叫人怀念。

第二年的二月，有一位名叫森五的财主，来观看连演七天的能乐时，在大阪与高间太夫相会。虽然昨天刚与高间太夫分别，但今天却把她忘了，心里只想着奈良"生左"。坐在七郎兵卫的小房间里，就仿佛是看见了那没有樱花的、长满朴树的山，觉得那里的槅扇上无名画工画的长长的石竹、短短的柳条、鹭足划水，都很有意趣。上床以后，也不必说一些虚饰挑逗的话。与生左在一起的五天时间，谈不上

① 生左：原文"きさ"，奈良一带的妓女的称呼。
② 狂言：江户时代盛行的滑稽科白短剧。

有没有什么感情、留恋，一切如意顺利，其实这种玩法也不错。

二十四日看完能乐，明天就要回大阪了。头天晚上，女郎心想："对于不动心的男人，这样行不行呢？"于是把黑发剪短，对客人殷勤亲昵，但却不解衣带，只是推心置腹地跟他说话，就这样把客人留到第二天。在原业平的和歌里有"春日野之若紫"的句子，就按鲜艳的紫色来设计野游的趣向，用十张幕布铺了两町长，到处都充满野游的气氛。十八个女郎坐着轿子，行至春日神社的鸟居之前，然后下轿，戴着木杆的有纸捻的女式斗笠，上衣是开襟，扎着衣带，每人都带一把旅行用的潇洒的竹杖。从白天就开始饮酒，宴乐不止，欢送客人野游。像这样的场面，就连京都也做不出来。当年的在原业平恐怕也是难以想象的吧？

卷
五

一　恋路上也有暗伤

初代花崎提出建议，京都岛原的六位太夫决定齐心合力，举办一场插花会。这种活动非常优雅，用作插花的，有鲜活的梅花、水仙，颜色相同，看上去很漂亮。柳条则要自然下垂，才能使人动心。但与此相反的做法是，让山茶花在温室里开放，结果花也不适应，就像硬要让矮个子的女郎倒立行走一样，无论看上去美不美，到底是不自然的。

有一位太夫小姐，平时就是个急脾气，经常把好的客人拉过来据为己有。她身边的侍女拿来的水瓶，放置的地方不合适，让她再换个地方，换的地方仍不合适，就用剪花用的刀剪之类的器具打她，结果伤了鼻子尖，留下了原本没有的伤疤。将来侍女长大后自己接客时，肯定是一个很大的问题。

现在，一位名叫奥州的太夫脸上也有一处伤疤，这伤疤是怎么留下的呢？虽然她天生就是做太夫的女人，但无论如何这伤疤没有的话会更好。虽说侍女就是用来使唤的，但也不能就随意打骂虐待。难道大家不都是由侍女一步步成为太夫的吗？

在难波的木村屋，越前太夫有一个名叫阿柳的情夫，他们两人曾交换过血书，越前太夫连其他客人都不接待了，对阿柳以命相许。老板看不下去便加以阻止，越前虽然也道歉说："以后不这样了。"但实际上依然如故。于是老板便把从中牵线的十一岁的侍女捆了起来，三天不给吃喝，并几次打得她身上出血。侍女不忘太夫对自己说过的"拜托了"这句话，无论自己受了多大折磨也不背叛，哪怕是被割掉了舌头、粉身碎骨也罢。老板无奈，只好给她松了绑，事情不了了之。但是后来，越前太夫因为一些琐事，当着别人的面用烧红的烟袋锅打那个侍女。侍女很生气，便回了家，并向老板交代了太夫私下做的事情，此后太夫做事也就不是那么方便了。听说有个叫柳八的男人，和太夫八千代之间的风流韵事，也是侍女冒着危险从中牵线的。

以前，在井筒屋，女郎们在屋檐下的长廊坐了一大排，地板凉，有一人不小心放了一个屁，大家听到了都忍不住笑起来。结果那侍女却扭动身子哭了起来，而且哭个没完，大家都很扫兴。有人问她何至于这样哭，那侍女说："今天我放了屁，回去后太夫不会饶我，也许会抓住我杀了我吧！"说罢还是哭。大家好不容易才把她安慰好。看来，太夫平常对侍女的举止要严加管教，这个侍女也就很乖巧，肯定是太夫的好帮手。

然而在京都，是不需要侍女具备这样的聪明乖巧的，因为太夫身边有"引舟女郎"。而且周围还有帮闲、男仆等，在这种情况下，太夫是很难有情夫的。女郎随便讲一些和男人同枕共衾的风流韵事，大都是以前的事情，所以旁边的女郎听了也不会妒忌。何况在妓馆里大家都很忙，即便早晨起床后，对昨晚上的事情也不互相打听。做妓女的像这样温柔可人、想办法让客人满意，这绝不是什么可耻的事。

比京都岛原妓院区的风俗做法更好的地方，可有否？色道的根本就在于此。在这方面好好向岛原学习，学习十年以上，就会懂得相关奥妙。所谓极乐净土，到底还是金钱买来的。本书各卷中的故事都跟金钱有关，观之虽不雅，但事情本来就是如此，不说就不明白，说出来不免就有争论。人所希求的到底就是金钱，但金钱这东西并非那么高尚。

　　岛原出口处，有一个叫藤屋的茶馆，老板根据上京常法师的嗜好，在若戎的挂轴①上吊一个绳子钩，钩上挂一枚大金币，然后夹在左胳膊窝里招摇过市，这与此地的情况太符合了。这主要是为了吸引别人注意。老板彦右卫门并没有挂起来。任何事情都是过犹不及。源助的大脑门、阿满的肥臀，人们并不觉得有多好看。相同的事情，还是别太出格为好。有钱人也应该低调些，反倒显得优雅。不过，不出格，妓院又会缺乏意趣。

　　天长日久地每天晚上在妓院玩耍折腾，有钱有势的人把太夫视为掌上玩物而为所欲为，让那些偶尔来玩的嫖客看了，厌烦又嫉妒，这也是情有可原的。在岛原的妓院里的六条三筋町，有人就曾为了争嫖某一太夫小姐而大打出手。大阪有个出家的大财主被浪人所刺杀，在丸屋的房间里，有人朝大财主那波屋放了一枪，幸好没有打中。"不能凭着有钱有势就任性胡来啊！"明白了这一点的嫖客，一边在妓馆边上的酒馆喝酒，一边聊天，谈到今日的梦，明日的憧憬，各自谈自己的心得。

　　那天，有一个男人，上穿纵横线条石板纹棉衣、适合骑马的燕尾式外褂，带着一把刀柄带金饰的短腰刀，头戴古式编笠，下面再扎一条头巾，脚穿的竹皮草屐上的屐带颜色不同，手拿一把不带大扇骨的扇子，在街上走来走去的四五个来回了。街上也不时有回到妓馆的太夫，但他却似乎视而不见，路过对唱小曲的地方，也是充耳不闻的样子，最终在太夫们插花的店头驻足。开始时就有人指指点点地说："他的相好是哪个呢？在小姐里头，肯定有喜欢他的人吧？"听到这话，那些女人都毫无顾忌地笑了起来，也有太夫说："那没准儿是我吧？"赶紧整整衣服，变成一副正襟危坐的样子，这也很有意思。

――――――――――

① 若戎的挂轴：若戎，又写作"若惠比须"，是财神、福神之一。新年期间家里要悬挂此财神的挂轴。

正在这时，那男人发现了大脑门的源助，大喝一声："看你哪里跑！"飞身扑过去。源助似乎早有警觉，赶紧跑上二楼，他平时熟悉的厨房此时派上了用场，便逃到里头，藏在菜厨的后面，并把门关紧。那浪人咬牙切齿地说了声"可恨！"便把那把虽然生锈但仍闪着寒光的大刀收到刀鞘内，"小子！我看你能把这里面的酒都喝光了不成！"说罢离去。

人们见状，感到莫名其妙，不知那浪人是谁，于是把源助找出来。见他满头大汗，短腰刀好像永远不用似的在刀鞘口上加了一个穗带。听到人叫他，才好不容易回过神来，说："我口渴。"有人斥责："胆小鬼！没出息！"源助慢慢爬出来，嘟囔着辩解道："这可是要命的事呀！买女郎又不能赊账！你们要是明白，就知道我有多难了！"

人问："你说说，究竟是怎么回事呢？"

源助说："都是我的不是。今天这个浪人，多年前就住在我家的对过，丸太町。他家的女儿在三岁那年的十一月，在店头玩耍，我觉得她很可爱，就从远处叫她，说：'来，过来！让叔叔抱抱你！'没想到那小姑娘跑得太快，跌倒了，眼看就要死了，不行了，喂她吃急救药也不能张嘴。她的家长认为这种事简直就是百年难遇，命中注定，也并没有怎么责怪我。虽然命是保住了，但大腿还是摔断了。就这样一年年过去，这姑娘今年都十四岁了。即便在美女如云的京城，也算是一个引人瞩目的女子了。但是，她母亲却越来越憎恨我了，我想这也情有可原。后来他家却完全衰败，也顾不得武士的面子了，在妓院老板娘的劝说之下，决定把女儿送到这里来。当交付卖身钱的时候，老板向我打听相关情况，我说了很多好话，但也如实说了缺点，因此这事就暂时搁置。我听说她父母更恨我了，弄得我近来家也不敢回。"

"哎呀，你这事情做得太不好啦！女孩儿，脸蛋儿漂亮，就能干这一行。至于说身上有什么缺点，那现在的太夫们，屁股上长个疙瘩的，身上有块癣的，都不乏其人呀。即便是患了钱疮的，用土拨鼠爪子挠挠就好了。像那位姑娘，不能就这样放下不管，干脆给你撮合一下，让你娶了她吧。"在座的几位有钱人都从中帮忙说和，这门婚事就这样不可思议地成全了。真可谓天下之大，无奇不有。

二　祖传宝物也变卖

家境鼎盛的时候，他从长崎大街的一个商人那里买来阿妈港的一串珊瑚玉，虽然此玉珠稍有瑕疵，但目测分量足有四匁七分，光泽度也很好。他把这串珠子挂在针脚外露交叉缝制起来的钱褡上，腰带上带有秋田红叶图案。那时他和一位名叫明月的妓女关系甚密，但却还是一个不知物哀①的人，别人破产了，却在一旁笑话，没想到后来自己也一下子破产了。在酉年的霜月里，门口被人严加把守，家里值钱的东西都被拿出来，分给了债权人。其中家里还有一个祖传的飞鸟川的茶罐，他把它藏在妹妹辘轳打磨的化妆盒里藏起来，还把藤原定家写的三首和歌的真迹从装裱挂轴里取出来，藏在一个杂物箱中，看上去就像是擦拭梳子的软纸。那串珊瑚玉珠，也戴在了猫脖子上，后来趁人不注意的时候取了下来，才免于落入他人之手。

那一年，有关破产问题的商谈没有结果，拖到了次年的六月份，对其财产做了评估，判定财产相当于贷款的三成，这样一来，他就身无分文，全裸而退了。旁人看了都觉得同情，说："至少身上穿的东西还应该是他自己的。"那时正是穿麻布单衣的时节，他穿上了五件窄袖上衣，身上都出了汗，然后退出了家门。

但是即便如此，他的心仍是蠢蠢欲动。他厕身于旦那寺里，把那个茶罐和挂轴卖给了江户的有钱人，换来了五十枚金币。于是乎便忘

---

① 不知物哀：不懂风情、不通人性。

了自己是穷困潦倒之身，又偷偷地去玩吉原的私娼，并和一个名叫吉冈的女郎好上了。两人在一起玩乐了不足两年，花光了所有的钱，快要被赶走了，而他手上只有那串珊瑚珠了，于是又把它卖给了伏见町的加贺屋，换来了三百贯目的银子。接着又到新町的阿波屋去嫖，还常去山口屋和凑屋，恋上了一个以前不认识的"围女郎"。就这样，很快就囊中羞涩、捉襟见肘。妓院不能去，只好和新町街头的一个名叫唐崎的下等娼妓来往。他回忆起过去自己曾和藤屋的葛城相好，没想到四年以后会是这样，感慨万端，以前的奢侈一去不复返了。

时值十二月二十日，大家都为年底的讨债催账而忙碌，串门来访的人很少。傍晚时分更为寂寥，雪也下了起来，风雪交加盘旋。他也不想再去妓院，而是蜷缩在新町出口处小杂货店的屋檐下。只听得村川六郎左卫门高兴地对送到大门口的妻子说："要是有长形的烟草盆，就买一个来吧！"他怕被人看见，把身子再缩一下，接着看见砂善兵卫拿着过年的菜单，说着"要是没有白鱼的话，就放上一些蚬。做汤的头遍汤主要是用大雁汤，主菜上来之前，端上一盘带壳的海贝"等等之类的话。这时候大家都在忙着准备过年，仕舞屋的这家财主，尽管现在已经是腊月二十七八了，仍是手提灯笼在前面照路，轿子和手推车前呼后拥，就像狂言戏剧中钝太郎的出行。①

此时此刻，他想起了从前的自己，自己行路时也曾有男仆前后相拥，而今宵，在风雪交加中，却连一把伞都借不到。他沿着盐町屋的东侧檐下往前走时，又听到了这个时候常有的夫妻吵架。一个四十来岁的女人的声音："年糕也没得捣，明天烧的柴禾也没有，你说这个年怎么过呀！"邻居家则传出了这样的声音："有接生婆在呢！把腰托一下！"接着就传出婴儿的哭声，做父亲的高兴地说："是女孩儿呀！这就好了！"

---

① 这里是对狂言中的人物钝太郎与妻妾出行时的情景的模拟描写。

走到对过，见家中灯火微弱，四五个人围在一起，"这次手气不错吧！"铜钱哗哗啦啦地响，好像是在玩赌钱游戏。走到这一家东边的那家，听到里面好像有人快要咽气了，"快拿急救药来！还有水！"在一阵忙乱之后，便传出了哭声："已经不行了！"有人又说："别忘了，要去极乐净土啊！"人人都有这一时刻吧，他叹口气再往前走，在南边的一家酒馆里，因为大锅里声音太大，里面的人便要去找修验僧来驱邪，①这也很有意思。锅里声音大，不知又会有何事发生呢！

然后又向前走了半町，已经是深夜了，却听到鸡鸣声，他觉得很奇怪。原来是有人在做驯兽练习，给狗戴上帽子，给猴子穿上坎肩，再给老鼠搭一个拱桥，让其参拜宫殿。看来，人人都有各自过日子的本事。再往前走，就看到一个厚鬓发型的男子，正在低声练习新年期间卖唱的小曲，其中有"呜呼回顾往昔，添无限缅怀"的句子。听到"我要进京去"的句子，想起从前自己也曾进京，去看望因父母忌日而不能正常接客的太夫，而如今，这样的事情很少有人做了。金银是世间最宝贵的，怎能胡乱花费呢？却又装上了四五十包丁银②，肩挑着到妓院来了。有钱的就是有钱，也许那些银子是从道顿堀西边的商人那里借来的吧？见此，他心想："我要是有那些银子就好了，送给新年期间不接客的太夫，好逗她开心。"就这样想入非非。

现在人们逛花街柳巷也变得有所节制了，只要看看大阪中心区从北滨到横堀气派的房子，估算那些有钱人家的财产，总额也不会超过三千七百贯目，那都是因为家里缺金银的缘故。但是另一方面，正是因为这里是日本最大的港口，一张劝进能③演出的门票虽需要花费一枚大金币，却卖得光光。价格二百枚银币一个的洗手盆、一把肩口宽

---

① 锅里的声音太大，被认为是不吉利。
② 丁银：银币的一种，一枚约四十三匁。
③ 劝进能：日本古典能乐的一种类，原本是为寺院或神社建造而演出，后来演变为大型的商业化演出。

大的茶壶，也抵押上一百贯目银子待购，正如悠闲地等待水仙花开花那样。白屋的六兵卫肯花七十两求购一只能听懂人语的小鸟，人们都是各有各的慰藉和嗜好。和这些比较起来，没有比嫖妓更合算的了。如果连嫖妓也不能随心所欲了，那么人活着还有什么意思呢？

浮世之广，无奇不有。有的男人长得英俊，精通色道，性情也不错。对初次见面的女郎，也让人家写誓文。第二次去，回去时便让人家送到大门口。这些都是做给别人看的。这样的男人，如今都不再来了，或者喝醉了也要回家，不在妓院过夜了。倒是那些住出租房的卖盐的小贩，来到妓院后，满口方言土语，还枕在太夫腿上，让小侍女给捶腰，让老板娘斟满酒，且睡且饮，或听着老板说奉承话，或把年轻的女郎喊过来："给我脱去皮袜子！"实际上身上穿的是土气的染色粗织布，贴身穿的是白色棉布的单衣。像这样低贱的穿戴和做派，连那些一向逢迎客人的"局女郎"也不想搭理吧。这时候，若听见老板也不管自己是否听见，便把女佣喊过来收拾床榻，并吩咐"要优先把太夫的床铺收拾好啊！"这样的话，虽然与自己没有直接关系，但却很生气，恨不得上去扇他的耳光。

想起以前的时候，自己和野间屋的万太夫相好，让两个"引舟女郎"野菊和白菊给揉脚，让马仔阿吉一天一百遍、二百遍地说感谢的话。而如今，身上剩下的只有带鹤翅图案的一件内衣了，而且也快要穿破了。真想回到有钱的时候啊！

三 生死考验用木刀

人活着，今日不知明日事，生死只在一念间。尤其是烟花女子的命，就像一道一闪即逝的闪电、一朵擦出的火花、一缕烟雾。虽说如此，在人事难料的世间，一天天地厮守相好，也不失为人间温情之所在。

有一个名叫半留的男人，和吉原的三浦四郎家的太夫若山，相好了多年。若山的合同服务时间还有不足一年了，无论是哪个女郎，在年限未到之前是不能不服务的，若山更是个聪明的女子，很会讨客人欢心，一直以全盛时期的状态接客，这也是为了能够在妓院的节日之外，好好地和半留在一起。半留一天不见若山太夫，就想念得要命，所以没有哪天不来。

有一天两人说话聊天，半留希望不久以后就为若山赎身。实际上，把若山娶为妻子，那真是十全十美的事。但是半留对若山是否全心全意仍然抱有一丝怀疑。

两人的关系本来已经相当深厚了，可是半留这次竟然十几天没露面，于是若山每天都给他写信，最后几天里，更是眼含泪水写下了一封又一封，寄给半留。但是半留却完全没有回应。

有一天，半留终于写了回信，告知近况。那天若山太夫正好在接待市谷一带的客人，在座的还有花夕、刘藻等围女郎。连弹带唱，两人都是享誉天下的名手，真是感天动地落梁尘，人人都听得入迷了。只有若山太夫一人，却难受地手抚心窝，心想："他今天难道还不来吗？"偷偷地用衣袖抹掉眼泪。就在这时，侍女往她袖口中悄悄塞了一封信。太夫迫不及待地走出房间，赶紧下楼，到了小房间里，急忙打开信来看。见信上写道："我现在已经不是从前的我了。因为耽于冶游，我的家产全都糟践没了，以后只有破衣烂衫的份了。抱歉以前我们说好的事情，妨碍你接客。从今以后，请把我忘了吧。我也不会怨恨你！"看上去写得很真诚。

若山吃了一惊，那天晚上，她订了一身男式和服，加上十四两金子，翌日早晨让人赶快送给半留。并让送信人捎话："无论如何都想和你见面聊聊。你要可怜我，就快点来吧！"

半留穿上了若山给他的衣服，连侍从也没带，悄悄地来到了妓院的格子门前，两人一见面就哭了起来。因为在这里不能好好说话，他们就到了太郎右卫门的店里去谈。若山安慰半留说："你不要那么灰心丧气的，咱两人只要还有性命，就不能不在一起。你现在身体还很好，只是家境败落了，就这样唉声叹气的，真是不必啊！要相信没有解决不了的困难。来！先喝杯酒吧！"于是两人愉快地交杯换盏。半留说："现在我的事情，这里的人都知道了，人家会指着我的脊梁骨笑话呢！真是太丢人了！但愿我们两人能一起死，就眼不见心不烦了。"若山听了，说道："无论如何，我的一切早就托付给你了。那现在就死吧！"若山说着就打开胸口，半留赶紧制止说："现在就死，会给这里的老板添麻烦的。从今天后再过两天，就是十三日，是我父亲的忌日，我要去谷中扫墓，然后我一定会再回来！"他们就这样约定好，各自回去了。

都已经这样说定了，已经可以看出若山的心意了。但世上偏偏有半留这样的男人，仍然对若山抱有疑心。

话说那一天两人见面，午后时分，焦急地等到别人都散了，又让"局女郎"金弥退下去。两人进了那个小房间，关紧门窗互相脱掉上衣，换上临死时穿的衣裳。这时半留说："虽说我们是前世注定的，但今天是这样的结果我也没想到。咱们还是写点什么留下来吧！"若山说道："咱们相约情死，已经有三天了。我已经差人去了老家，在我们死后七天的时候，把我写的遗书拿给家人看，他们看了信会很难过吧。现在啥也别说了，赶快赴死吧！"看来，若山即便到临死关头，也没有二心。半留说："一次次的，让你跟我受苦受罪，都是前世姻缘啊！现在死到临头，还是静静念佛吧！"于是说出念经的题目来。然后说："好了，就念到这里。"说着就要拔刀。若山见状，不由得叹气一声："可悲啊！"外面的人听到动静，都闯了进来，把两人拦住，加以盘问。

半留冷静地说："我们这样做是有原因的。"说着便进了里屋。妓院老板等人不饶他，说："你都来杀人了，不能就这样放过你！必须带你到官衙去！"说着就把半留的腰刀拔出来。一看，原来却是一把覆了银箔的木刀。

半留说："说来话长啊！我很早就和若山太夫说好了，将来要娶她为妻。但是，风尘女子这类人，本心到底怎样想的，是难以弄明白的。所以我就想考验考验她，如果结果令我满意，等她的服务合同期满，一年后就一定把她娶回家。要把这些事情办妥，需要六百三十两。我先借贷了二百三十两，也放在这里了。"说罢喊来侍从，把手提箱打开给大家看。一看，确是如此。于是在场的人都很受感动。

太夫在关键时刻为喜爱的男人豁出性命来，原本应该是义无反顾的，但当时一想到自己就要被心爱的男人杀死，就禁不住悲叹了一声。这就会被误认为惜命怕死吗？于是若山又拿起了剃刀想自杀，大家都上去拦住了。

至此半留也明白了，"我还是要给太夫赎身。"他将若山赎出来，对她说："有些事情还需要办一下，先把你送到你父母那里吧！"于是当天就准备了马匹，把若山送到老家。

接着，半留马上去了太郎兵卫的妓馆里，把位于建出一带的伊右卫门老板家的明石小姐招来。但是，明石却拒绝了，说："自己在若山之后这样做，不合女郎的节操啊！"半留对她说："我对若山尽了我该尽的责任。让她离开了妓院，成为普通女子。我与她长期厮守相爱，现在让她自由了。只因为她在关键时刻叹了一口气，我不满意，决定今后不再见她了。估计今后她会有好的归宿。我还有许多常要操心的事情，但从今以后，嫖妓冶游之事再也不干了。你如果不把我看成是一个可怕的人，我希望你能接受我。"后来，半留托花街的沓次郎、仁兵卫两个帮闲从中斡旋，不断地劝说明石。

这两个帮闲绝不是无能之辈，他们对明石反复劝说："你要是不见他的话，他就会不断到我们这里来。否则，咱们这里像样的男人一个也没有了！"明石说："这倒也是。但是半留那人太自负了。说什么'如果不把我看成可怕的人'之类的话，叫人讨厌。要是我与他相好了，也许对两个人都不好吧！"从一开始就把丑话说在前头，后来两人都尽可能地对对方好，成为男女相好的楷模。

四　接待乞丐又何妨

不论是什么人，特别是妓女，是不能轻侮别人的。有的人从前锦衣玉食的贵族生活已经化为幻梦，如今却在树下墙角风餐露宿；或者从前大名鼎鼎，如今默默无闻。何况一般人，昨天还用天平称银两，今天却只剩下一根扁担。

在长崎的城外一角，有一个乞丐聚集的村落。其中有一个人，常去此道的花街丸山真鍮町和一个名叫金山的太夫相好。他总是打扮得像模像样的，悄悄地买衣服，三年间在这方面花了不少心思，为了与金山太夫相见而设法攒钱。他在人们不太熟悉的刚成人的男孩中挑出两个人来，把他们打扮成侍从的模样，自己也穿得人模人样，到了晚上就去花街柳巷。这样，哪怕是神，大概也看不出他是个乞丐。

他到了丸山，找到了一家引路人，说："我是从中国①那边来的，第一次来逛花街。这是一点小意思。"说着把二两银子塞到妓馆老板娘的手里。老板娘一下子喜笑颜开，要是没有这银子，不管你从哪里来，也未必能热情相待。这乞丐又谎称："我是寺院住持的身份，请想办法不让别人知道，要是我们那里的人知道我来这里，我就会被人议论死了。请务必帮忙！"妓院方面应诺，万事遵从其意。那天晚上安排他与金山太夫相会，至于床榻之上的事情，那就不得而知了。

第二天早晨很早就起来回去了，到了晚上又来了。这一夜他竟然忘了自己的身份，从天黑就开始喝酒，到后来竟然去了厨房，和很多

---

① 中国：日本地理区域名称，指山阳道一带。

女郎一起嬉闹。就在这时，妓院里一个眼尖的人，一眼就把他看出来了，心想："这不是四郎吗？这个叫花子，竟然来到这里啦！"再一看他带来的两个侍从，果然也是四郎的乞丐同伙，就决定要揭穿他，于是大声喝道："你们这几个要饭的，居然来到这地方！岂有此理啊！"无奈暴露了身份，没有办法，只得赶紧穿上水波花纹的外褂，连大刀、短刀也没拿上，便仓皇逃去了。

那天夜里，此事成为人们谈论的话题。太夫的体面也就要保不住了。正在此时，金山太夫正在缝制夜里穿的衣物，她把破碗、竹筷、饭钵等乞丐使用的工具图案，都剪下来缝在衣服上。而且还说道："我光明正大，不怕别人把自己的恋人说出去！无论是什么身份的人，也都是人！"这话是一般的女郎说不出来的。人们听了，深以为然，夸赞说："女郎就应该是这样的！"金山太夫的名声因此反而比以前更大了，这也得益于这位女郎的聪明才智。但是同时，也有不少说坏话的人。世人往往会望风捕影，其实是子虚乌有。

在座有一位名叫花鸟的女郎，当时也说了这样的话："我也同样是风尘女子。既然接待客人，到底会遇上什么样的人，真是没准儿的事。说起我们的恋爱，就得对任何人都要用心服务，女郎的本分就是服务。要是对人横加挑剔的话，那她的心地就不善良了吧。这一切无非都是为了过日子。哪怕接待的客人是中国人，心里觉得讨厌、不愿意，那也得接待。跟他熟悉了，他要上船返回的时候，也会依依惜别。就像松浦左用姬①那样。不管怎么说，没有情人的女郎，一般是不知物哀的，是没有情趣的。京都的吉野太夫曾经钟情过小刀匠，江户的尾崎太夫曾委身于生病的人，大阪的夕雾太夫曾接待过一位盲艺

---

① 松浦左用姬：日本古代女子，《万叶集》卷五、《十训抄》之六、《古今著闻集》卷五、《太平记》卷十一都有描写或记载，松浦左用姬在中国籍丈夫任那即将回国时，登上高山而挥舞手巾告别。

人。这几个太夫都被人们称为倾城美人吧。这样说来，金山太夫也不能不接待那个乞丐。"

此后又过了一些日子，秋季贸易船①也进港了，港口上的生丝、绸缎堆积如山。唐人寺②正在举行菩萨祭③，敲锣打鼓，听上去令人心旷神怡。虽然这种活动每年都有，人们早就见过了，但每次都感到饶有趣味。金山太夫及老板全家也都来这里游玩了，在路上，忽然有乞丐模样的人把写的信丢到她身边，便转身而去。

关于乞丐的事，世间已经广为人知。金山捡起来打开一看，上面写的都是感谢金山对自己真情相待的话，并为自己给金山带来的麻烦感到后悔，还说决定要离开这里了。金山心里也很感动，心想："当时我也不知道客人是什么身份，也是被蒙骗了。如今他却这样为我着想、为我担忧，实在是很难得的。即便那乞丐成了没有手脚的人，只要有耳朵，我都想把此时的心情告诉他。"想着两眼噙满了泪水。金山太夫这样的心情实在是可贵。日本国不必说，就是在中国，也是值得称道的吧。

五　彼岸④拜佛众女图

"快去呀！今天是中日⑤，去参拜吧！"不由分说，硬被拉去参拜了。如今真是佛法盛世啊！

---

① 秋季贸易船：原文"秋船"，从中国和荷兰来的贸易船，根据季风季节，分别称为春船、夏船、秋船。
② 唐人寺：当时在日本的中国人的佛寺，长崎有兴福寺（南京寺）、崇福寺（福州寺）、福济寺（漳州寺）。
③ 菩萨祭：亦即"妈祖祭"。妈祖俗称"船菩萨"。
④ 彼岸：春分、秋分前后各加三天，共七天的时间，叫"彼岸"。期间有称为"彼岸会"的法会和"彼岸参拜"等佛寺参拜活动。
⑤ 中日："彼岸"的七天中的第四天。

到了下寺町①的时候，一个人走进茅草屋顶的一户人家。主人问："有什么事情吗？"回答："想把念珠寄存在这里。""是去见哪个女子吧？念珠也用不上了。"就这样，怀着各种目的的人混在一起，朝四天王寺②蜂拥而去。而东门中心门额上的那几句铭文，人们根本就没放在眼里。

十五社③的新左卫门戴着古式礼帽来了，也很有意思。他把奥院、龟井水大体参拜了一圈，便坐在茶臼山的松树底下，打量着参拜的人群。只见这平日空旷的山野，今天却是拥挤不堪，连打开手提箱的地方都难找到了。寺院内到处都挂着幔幕，那些熟悉的草庵也随处可见。另外，位于这一带的清水寺院、安居天神神社的出租屋里，也都人满为患了。这样旺盛的人气，恐怕在遥远的中国也难以见到吧。

在这熙熙攘攘的人群中，也有七种不可思议④。其中，一位看上去二十四五岁的寡妇模样的女子，剃去了黑发，装束打扮也是脱俗离尘的样子，但仔细看去却不然。外面穿了一件无花纹的黄绿色衣服，里面却穿了鲜艳的紫色鹿纹带折边的衣服⑤。左手拿着一根芥草，看上去心思全在走在前面的那个男人身上；右手提着一个袖珍香炉，让身边的下女拿着香，而且是白齿⑥。

又见一个十八九岁的姑娘，穿宽袖和服，里穿姜黄色的折边内衣，中间是闪光色的绫子，福岛绢的蔚蓝色外衣，上面染有水墨山水图案，带有红色家徽，曙光色的衣袖衣裾是合贝式折口缝纫的，扎的是小仓出产的棉布条纹细腰带。身边带着削竹钉的学徒，这也是平常

----

① 下寺町：地名，在大阪市。
② 四天王寺：原文"难波的大寺"，简称天王寺，在今大阪市内天王寺区。
③ 十五社：大阪的神社之一，因供奉十五个神社的神而得名。
④ 七种不可思议：据说天王寺有所谓"三水四石"七个不可思议的物件。此处是化用。
⑤ 带折边的衣服：在当时是一种奢侈的服装。
⑥ 白齿：日本古代女子婚后要将牙齿染黑。白齿是未婚的表示。

难以看见的。还有随从的两个下女，都扎着龙纹的宽幅腰带，是白色绉绸并有落梅图案。

出了二王门①，见有一个四十三四岁的主妇，身穿满布着金银线刺绣的古风衣裳，扎着带金线的腰带，身边随从模样的人，提着一个开口的袋子，后面跟着一群乞丐。不时打开袋子，将烤串一支支地发给他们。乞丐一边接过来，一边笑着说："可惜没有炉灶烤熟啊！"

这次又看见浮世小路那边，来了一顶三人合抬的快速轿子，轿夫说："您说好的逢坂，已经到了，请在这里下轿吧！"轿子里传出优雅的声音："你们都辛苦了，走得真快呀！"她是掩人耳目的女人，还是批发店的莲叶女呢？轿子的两侧都垂下了布帘，是一个四十七八岁的主妇，穿着微旧的浅草色棉袄，古风的斗笠上带着纸捻的系带，戴着一顶旧棉帽子，拿着一把寺院用的礼扇。她从衣兜里拿出一串六匁的银子，给了三位轿夫。

又见一个年龄看似不足二十岁的女子，经过椎寺②的地藏前面，往西走去。上衣布料是淡黄色的正平纹③，内衣是将芥草花纹重新染成青色，扎着红色条纹的腰带，稍有姿色。她抱着一个两岁大的孩子，看上去不太像是她自己生的孩子。把孩子拧哭了，却显得很开心的样子。这样会把孩子拧死的吧。

又见一位主妇从神子町的东边走来，穿着打扮都很普通，三件和服都是黑线折边缝纫，扎着不太显眼的茶色莫卧儿式腰带，边走边向身边似乎快要满服务期的那个下女讲述岚三右卫门演出的戏剧剧情。下女一直认真听着，主妇说："我要带你去看，你回老家也好讲给家

① 二王门：四天王寺的南大门的内门。
② 椎寺：位于四天王寺的北门附近。
③ 正平纹：又叫承平染纹，正平漆纹，在旧衣服上用涂漆翻新，是一种廉价的衣物。

人听啊！"又从怀里掏出一个手镜给她。

接着又看到一位女子，走进了寺院的石鸟居。上衣是粗条纹布带浅茶色的里子，内衣是棉袄改成的褐色夹衣，扎着白色绫子的中幅腰带，头发梳理得很随意，没有特别化妆，但却漂亮得让人吃惊。此时有一个男人好像是本地人，一副很虔诚的样子，对她说："夫人，要到这里参拜吗？"那女子红着脸说："出家门的时候，只说要参拜天王寺的，不要跟人说我来过这里啊！"很小心谨慎的样子，看上去都很有意思。

"你们看看自己喜欢哪个呀！"有人问道。这倒是一个不好回答的问题。因为只有这样轻松随意地欣赏眼前的行人，才是最可慰藉的。

"我看刚才戴着皇宫染制头巾的那些女子，都很好看啊！"

"不，我觉得后头那个戴着本地产斗笠的女子最好！"

"穿浅绿色鹿皮纹的那个最好！"

"要我说呀，还是那个早晨走过去的拿着花的女人最好！"

"不不，我喜欢的是身穿八丈岛产黄色条纹且衣裙带水车花纹的那个！"

"我喜欢的是在龟井水井旁边走过的那个穿紫色鹿纹衣服的！"

就这样，大家各有自己所喜欢的女人，但是，这些终究都是无用的话。

今天的参拜活动，几万名女子都出来了，与近年来观看大吉弥①戏剧时的情景相似。不好看的女子，一个也没有。而且，人们可以在这里头听到大鼓、日本皮鼓、看净瑠璃②、流行歌，还可以嗅到十种熏香，欣赏到连歌俳句、竖笛合奏、玩木偶，还有大吃豪饮等。虽然

---

① 大吉弥：上村吉弥，当时的名优。
② 肴净瑠璃：在酒席上演唱、用以助兴的净瑠璃曲，一般较短。

是野餐，但是也有木质器具、多层饭盒、凉拌菜、酒壶装的酒，这些都很有乐趣。

看起来是绢布做的枕头，实际上是用包袱皮包着空套盒当枕头用。春天无处不是梦，也没有什么不好意思的。戴着一串漂亮的念珠却不用手捻，而只是一种摆设。还有人在寺院买了煮莲藕不吃，却只是拿在手上，这种很俗气的参拜者当然也不会妨碍心愿的实现。有人连续不断地来参拜四天王寺院太子堂，但真正怀着虔诚之心的却极少。女人则连头都不低下，看完后转身而去。对此，佛也见怪不怪了吧。

垂樱快要绽开了，五月的帷幕就要拉开。人群中，有一位女子似乎是初次来参拜，内穿纯白衣，上穿无花纹的黑色双层外衣，扎黑色带子，草鞋上系着纸捻的鞋带，看上去相当低调。看那脚步、腰身、手势，一切都那么优雅，真有一种难以言喻的美。无论从早晨起有多少美女从眼前经过，对这个女人的印象都是难以磨灭的。真是人上之人。正如麦田中的一枝红梅，是熟女的那种优雅大气，在那枝头还留有花色花香。即便在众人的映衬对比之下，也毫无逊色，真是越看越美。这倒难怪，原来她就是以前红极一时的藤屋的背山太夫。

虽然背山太夫从前全盛时期的姿容已经不复存在了，但她与普通人家的主妇相比，还是大不一样。如今，一般人家的主妇不能像今天这样随便都可以看到了。听说曾与这位太夫相好的伏见町的丝绸店老板，如今也将从前的华美衣裳换成了祈求净土的法衣，对这个世界已经断念了。人生无常，是"彼岸"这天人们最深的感受。

卷六

一　新龙宫奢侈游兴

御室①名花开放了，中国人有诗云："酒幔高楼寺前花。"②那里的美景也比不上眼前吧。与把胸部捂得严严实实的中国女人相比，袒胸露背的日本女子岂不是更美吗？一位专为男人找小妾的名叫御池种的老太婆说过这样的话："不管什么事，还是别隐藏为好。"

人说难波的女子长得无可挑剔。有一位女子起了一个奇怪的名字——"八方吉"，总喜欢穿长款的衣裳，有一只脚虽然稍有毛病，但也无伤大雅；还有藤屋的太夫，在走路的时候特别讲究，总是让马仔并肩走在右侧。那时若仔细看去，在耳朵根下面有小时候留下的疮疤的痕迹，但也并未到有碍观瞻的程度。做女郎是很不容易的。这位太夫如今已经成了人家的太太，坐在车轿里可以随意探头看花，无论做什么都自由随意了。

说起岛原的太夫左门的去向，有一个钱庄老板花了许多银子，把她赎身了，可是不久之后她却落发为尼了，出家蛰居在黑谷一带偏僻之地，完全断绝了与男人的交往。虽说是因为以前玩得太过头了，但

---

① 御室：京都的一家寺院的名称，又称仁和寺，背靠大内山，寺内以樱花著称。
② 出典是王建的《清华宫》："酒慢高楼一百家，宫前杨柳寺前花。"

主要原因还是不想再过以前那种虚伪的生活了，后悔那种早晨起来咬破手指写山盟海誓的情书、晚上在身上点刺身^①的日子，连念佛的时间都没有，一天天就那样过去了。虽然现在已经出家，但她仍然为春天的鲜花美景所吸引，当都市里的人都在熟睡的时候，她想要去看御室的朝阳下的樱花，于是悄悄地来到了大内山的山下。

因为没有外人看见，她脱下了加贺笠，让小侍女给拿着，从昔日留有残香的袖口里，取出了一卷彩纸，展开来，拿笔写了"抛弃此身的"五个字。正在这时，只见一只蝴蝶从树丛中闪着翅膀飞出来，一下子撞到了一张蜘蛛网上，就这样眼看着蝴蝶丧命吗？左门太夫于心不忍，便用红骨的扇子把蝴蝶慢慢拨弄下来，把它放在带露水的草丛上，但蝴蝶眼看着就要不行了，左门伤心地簌簌地流下了眼泪。

就在她悯物伤情的时候，一个在岛原时候相识的熟客忽然不期而至，只见他踏开小小竹丛，对左门说："我说法师啊！您方才的所作所为，我难以理解啊。您可怜一只蝴蝶的命，为什么不去救人的命呢？"这话似乎说到了要害，左门半天低头无语，然后说道："人情之类的，那都是我在俗世上的事情了。让您看到了我这副样子，真是不好意思呀！"满脸通红，嘴唇抖动，以袖掩面，只是念诵"南无阿弥陀佛"六字。那男人见她心不为所动，便叹息道："比蝴蝶更脆弱的，是眼前这黄泉的流水。"说着用手捧起小溪的流水喝了下去。这时，左门法师便拉住这男人，说："让我这身体日后堕入地狱喂鬼吧！"说罢便脱下衣服，甩在了地上。

然后，那男人麻利地把她抱到轿子上，来到了鸣笼的旅游旅馆，与她在那里随心所欲地住了好几天。回家后，春天把舞女集中到梅林中跳舞唱歌，夏夜支起薄绢丝做成的大蚊帐，里面摆上五尺见方的盆景，挂起水灯笼，把宇治与濑田的萤火虫捕来放进蚊帐，除了自然吹

---

① 点刺身：当时的妓女把客人的名字刺在手腕等处，以示真心。

来的凉风，还有长发披肩的四个少女，都穿着宽袖绉绸和服，拿着镀金的扇子扇风。到了秋天，将大水潭上的月亮据为己有，让月光尽情洒在两人的枕畔。到冬天便建一个暖房，烧白木炭取暖，即便是雪夜，也是暖意融融。就这样过了三年时间，左门太夫又像从前那样长出了满头黑发。她想看看还俗后焕发的第二次青春，便从外国订购了一个直径三尺五寸的玉镜。这种豪华奢侈的生活，似乎是无与伦比的，其实也未必如此。

在吉原妓院区繁盛的时候，高岛屋的清左卫门老板家的两个太夫——花月与三笠，与两个同行的嫖客——平六与平内，共同相好，于是两位太夫得了一个"对平"的绰号。本来说好包一年，平六、平内给两位太夫买四季服装及各种物品。两位太夫都是无可争议的美人，每天穿过的内衣和衬裙，只一次就扔了。在老板家里出席公开场合的时候，外面的衣裳并不更换。如今的太夫也想这样做，但再也没有那样的大款来支持她们了。

有一天，平内说："每次收拾床上用品，太麻烦了。"于是向本町的越后屋定做了一个没有下摆的大号被子，两头能睡四个人，长一丈五尺，是白天鹅绒的，看上去简直就像一座覆满白雪的富士山。旁边点着香木。花月与平六、三笠与平内都钻进去，四个人没有界线地躺在一处。但这种睡法真是不敢恭维。

在大阪，中岛米店的老板居士，认识了藤屋的金吾，也并非特别迷恋，但也不是平平淡淡。他的心情，就是世间所谓的"消遣"而已。他决心要做最奢侈的事情，在茨木屋次兵卫的妓馆里，搞了一个"消暑的流水装置"。每天从道顿堀的千日寺中汲来清水，盛在大锅里，用白檀木烧热，然后来闻其香味，同时把水灌入长方形的大浴盆里，和女郎一起躺在里头，各自把兜裆布和内衣衬裙脱掉。待水放得较满的时候，就叫盲人来按摩，让侍女来揉脚。那时正是六月中旬，便买了皇宫里长的柿子来吃。这种情景，令人想到当年唐玄宗和杨贵妃在华清池游玩的日子。所谓晓风残月，清夜凉风，如今想来，便如幻梦。

二　烧小指留下烙印

听说伏见町有一家轿子铺，为了不错过从伏见到大阪的夜船，决定雇个快轿急赶过去。伏见的妓馆，是逛完了大阪的花街柳巷之后悄悄回到京都的财主们以及那些中等身份男人们的歇足游玩之处。若没有这么一个地方，大家都不方便。妓馆外面，是京屋的七左卫门、大和屋的七兵卫开的店，那里有轿夫的住处。轿夫在这里等待天亮，抬着客人去京都，价钱是讲好的，三个轿夫共一两银子。

妓馆有江户屋、八幡屋、清右卫门的笹屋等，告诉那些爱挑剔的客人，可以到老板的总店里去挑选，选出自己中意的女郎。来到小便小路①上的妓馆时，算是全都看了一遍。"性情如何无所谓，关键是要找到长得好看的才值得！"七八个人议论着，把三铺席大的小房间的拉门卸掉，弄成一个大房间喝起酒来。酒肴是例定的河虾汤和奈良的陈米做的茶饭，感觉并不可口。听到竹田寺传来的报时的钟声响了七下，大家便有点着急起来。

这时，一个人好像是伏见的京桥旅馆的老板，带来了一个九州来的侍从，向老板娘交代了几句，就回去了。老板娘问那侍从道："您喜欢这里的哪位女郎啊？"侍从迫不及待地说："请您多帮忙，快给我喊一个过来就行啦！"老板明白，便把平常没有客人的女郎给他招来，很快安排他们喝酒。女郎给他斟上酒，那侍从一饮而尽，对老板娘说："给！把杯子收起来吧！"老板娘说："太少了呀！至少再喝一

---

① 小便小路：道路名称，两旁有妓馆。

杯吧！"又问："要什么酒肴呢？"侍从说："不必啦！在我们老家吃了鲈鱼和鲽鱼。——在哪里睡呢？"老板娘说："安排一个你喜欢的地方。"于是把他带到睡房，那侍从麻利地解开了衣带，把手纸放在手边，把另一个枕头拿过来，靠在一起，又伸腿，又弯腰的。女郎在一边洗漱准备，一边却是哈欠连连。侍从咕哝道："太慢了！"又自言自语似的说："这要是在我们家乡那里，一喊，人马上就过来啦！"正在这时，有人来到门前使劲敲门，说："请各位马上到本阵集合！""完了，来不及啦！"只好起身离去，真是有点令人可怜啊！再仔细一看，那个大男人已经喝红了脸，长着笔挺的鼻梁。在这条街上，像这样不能度过完整一夜的客人，也并不少见。

在这里房间的墙腰上，有一处客人留下的笔迹，写的是"落月短朝泪移"几个字。女郎们议论说："看笔迹，这肯定是哪个禅僧写的呀！""这也不稀奇，现在的出家人也都来这里谈情说爱了。"僧侣干这种事是很没颜面的，但这字词都写得很好，好像皇宫里的人都来看过，说不定这里有什么来头吧！

要问这个妓馆里有什么值得一说的事呢，那倒是有的。听说一文字屋老板喜右卫门家，有个太夫叫夕雾，和京都的一位客人交往很深。那个男人从八幡屋传左卫门的妓馆来叫她去，但她已经剃去了一头黑发，穿上了僧衣。夕雾说："我按照我们约定的时间，在今天换成出家人的打扮。你呢？"那人听了只是流眼泪。妓院方面也很意外，告诉了老板，老板问其缘由，她只是说："我只是恨。"其他不再多言。帮闲藤右卫门多方相劝，说："您还是恢复以前的茶刷式的发型最漂亮。"好说歹说也无济于事。此后，夕雾便没有和他同枕共衾了。

还有一个扇屋的八左卫门家的太夫常盘，和家住一条革堂①的名

---

① 革堂：位于京都府京都中京区的天台宗寺院行愿寺。

叫橘清的男人，相约结为夫妇。他们的交情也是众所共知的。但后来那男人不知因为什么事情而有了牢狱之灾，常盘为此悲叹不已，剃掉了头发，剪去了指甲，还写信给他说："这种时候我绝不会抛弃你！"一天到晚为他祈祷消灾。

还有一个名叫加门的女郎，和一位来自上野的过客邂逅，便不能忘怀，终日对着那人留下的一把扇子上的和歌，而神情恍惚。便得了一个"当代班女①"的绰号。两人相隔遥远，不断互通书信诉衷肠，人们认为这才是真正的恋爱。

柑梗屋最为鼎盛的时候，有一个带有女侠性格的罕见的女郎。她歌儿唱得很好听，深明事理，待人宽厚。虽然长相并非特别好，但也有吸引人的地方。不知从什么时候起，他喜欢上了京城的一个名叫山川的美男子演员，从那以后对那些有钱的批发商也不接待了，不管世人怎么议论，她还是我行我素，就这样名声弄得不好了，来找她的客人自然就少。于是老板就使用种种手段，对她与情人的交往加以阻挠。

在一个春雨之夜，她被老板追打，逃到了桃树林中。身上只穿了一件浴衣，一头黑发披到脖颈上，乱蓬蓬的。身子靠在一根树干上，树上落下的雨滴与泪水簌簌不绝。她虽然拥有那位为她吟咏"唯有春夜梦"的男人，但今宵只感到如同身处萧杀秋夜中一般。盼望快点天亮，但长夜漫漫，没有比瓢泼大雨浇在身上更叫人无助无奈的了，心想今夜自己的性命就会像水泡一样消失吧？嘴里还念叨着："山川君啊！我听到你的脚步了，来救救我吧！"

"这条狗真是通人性啊！它也心疼我，一整晚上都和我在一起，淋着雨看护着我。"她刚这样想的时候，那条狗却突然钻进竹篱笆，不知去向了。她更加悲伤起来。原来那条狗返了回去，去寻找与这女

---

① 班女：似为妓女的名字。能乐《班女》中的女主人公也是一个妓女。

郎久别的那个叫山川的男人。它记住了回京城的道路，来到了山川的住处门口，汪汪汪地狂吠起来。山川被狗叫醒，出门一看，发现原来是伏见妓院来的狗。

"究竟是怎么回事呢？"山川不等天亮，就出了家门，等到鸡叫头遍的时候已经来到了二桥附近，找到了清右卫门了解了事情原委。山川心想："还不都是因为有了这条命嘛！不如一死了之。"说罢决定自杀。大家把他劝下。于是山川又向老板讲了实情，老板允许他们今后还像以前那样交往。于是他们两人约定下辈子还在一起，便相约在小手指头上浸上油，点上火，让其自然熄灭，以烧伤的伤疤为见证，面对面相互发誓。这样的事情，可谓前所未闻。

事已至此，人们看到他们两人都觉得害怕，周围的人都劝老板，提前结束她的服务期，让山川为她赎身吧，以便成全他们的心愿。

以前，妓院方面对女郎一般是不会这样迁就的。如何对待这样的女郎，就成了一个难题。

三 养情夫费尽心机

在七夕节的时候，初濑和高间两位太夫，用墨水笔在梶①叶上写了一首和歌来供神，说："女郎就像织女一样，没有男人的夜晚多凄凉啊！"她们本以为是两人私下说话，但被一个男人听到了，那男人心里笑道："她们这么说，看来是因为盂兰盆节期间没有预定的客人啊，看起来就像无意中说出来似的。像牛郎织女那样一年只有一个晚上相见，那样老板就亏了。太夫们倒是没有什么损失，她们回到老板

---

① 梶：船桨，又是一种植物的名称，此处一语双关。写在"梶"叶的和歌，寄寓着牛郎织女划船（船桨）渡河相见的意思。

家，也不用见老板的面，直接吃供在井盖上的素面①就行了。"接着，这男人也没叫女郎，而是来到京屋的店头，坐在那里，悠闲地观赏山形彩车的游行表演。

不久夜深了，月落乌啼，初霜覆地，只见在店头的上空，飘来了一团奇怪的光，看起来像是鬼魂。

人们看了，有的说："看起来像把勺子。"

有人说："那就像一杆秤啊！说不定啊，是平日向女郎高价兜售化妆品小百货的那个店主死了呢！"

有人说："不不，这个鬼魂是去调度②女郎的吧？否则的话，就不会跑那么快了。"

有人说："那鬼魂就是一个精疲力竭的嫖客，看他脑袋大，身子细。"

有人说："那鬼魂就是那个大财主吧？在过节之前，在九轩町走过时，他没戴草帽③呢！"

有人说："这个鬼魂看起来像是主人半夜三更出门的样子。"

那男人接着话茬笑道："那他是哪个女郎的情夫吧？"说着抬起屁股，到越后町去了。

来到那里，看见丹波屋的格子门内，有一个铺了草席的凳子，有几个男女坐在那里悠闲地聊天。坐在背光处无所事事的是锷三郎，东侧是以前见过的妓馆老板的独生子，正在就着灯火看书，看起来特别认真。再往东的那个门口，贴了纸条子，来时这里的嫖客没见到马仔，留个条子告知回来的时间。"上了这条道，是需要特别用心计

---

① 日本七夕节有更换井盖的风俗，在井盖上摆上素面（面条）、瓜果等供奉。
② 调度：在妓院里传递嫖客信息、安排妓女会客。
③ 戴草帽：在花街柳巷行走的人戴着草帽，有的是为了显摆招摇，有的是因欠账多名声不好而遮挡面孔。

的。"那男人心里想着，朝南沿着屋檐走去。

只见一个小侍女走起来像是木偶似的，蹑手蹑脚的，他感到奇怪，便驻足观察。见小侍女来到勘右卫门十字路口，也不怕走出拉绳子套人的妖怪，打量着四周，见无人，从怀里掏出一封信，打开井盖，仔细地插了进去，然后退出，往回走。她看上去小巧玲珑，而且很聪明。不知这信是送给哪个男人的呢？男人心想，不知是不是，也许是送给鹈坂神社的神主的吧？等那小侍女走远后，那男人拿出书信看，上面没有写收信人，但肯定是太夫的笔迹无疑。上面写着"为了不让别人发现，特写此信联系。要知道，恋爱是两个人的事情哦！"之类的话，是在安慰收信人。男人看罢，把信放回原处。现在听见北面的妓馆里传出偷偷用钥匙开门的声音，正好和提请用火安全的鼓声同时响起，以混淆视听，真是狡猾至极。

这里的"天神"女郎也是耍手段的始作俑者。就在这家店里，女郎用劈开的竹竿做传递工具，与里边的情夫喝交杯酒，真是无所不用其极。在那家店门口，有个身穿小仓绉绸的人提着灯笼蹲在那里，不远处便有一个着细纹麻布单衣、衣带在左侧系扣的男人在和太夫接洽，这一定是所谓的"替男"①无疑了。有的"替男"为盲人引路，有的"替男"把武士打扮成手工匠人、艺人的模样。这样乔装打扮与女郎幽会，便是世上谁都知道的"女郎狂"，或许是别具一番滋味吧。这种情况在当时很流行，无论是哪家妓馆门店前面，都站着两三个这样的客人。像田乐屋的甚吉那样的人，白天穿着短外褂，晚上则换上高宫出产的条纹外褂，也都很有意思。

女郎有自己的情夫，也是因为妓院生意兴隆、人心骚动的缘故。客人虽然知道这女郎多情泛爱，但嫖者还是不绝如缕。甚至三十天中

---

① 替男：替那些没有正常招嫖，而是偷偷与妓女幽会的特殊身份的男人穿针引线的人。当时，这是妓院中"不义理"（不道德）的行为。

会有四十五个客人。如今客人不太到这样的"恶所"来了，她们也乖乖听从老板的意思，但很多时候都是闲暇无客。以前的客人都等待女郎有空闲，自打今年九月节日结束之后的第二天，便开始因操心新年期间的事情而惴惴不安了。现在肯花银子的男人很少了，怠慢花钱的男人，却花自己的钱去讨好另外的男人，会被世人看成傻子。不过，能有自己情夫的女郎，没有一个人是弱者。当然，那些老老实实的女郎，也是不会找情夫的。

有一个名叫御船的女郎，在京城中颇有艳名。在去大阪服务的时候，与九轩町的吉田屋喜右卫门相好，连书信都没有写过，直接当面交谈。御船认定这个男人心地诚实，只跟他说了一句："找个适当的时候吧！"此后就等着那一天的到来。那时御船在住吉屋里头的房间，和但马来的一帮人举办宴会，宴会从白天就开始了。到了晚上，客人被安排到岛上，都像百合若大臣①一样沉沉睡去。她把侍女安排在一角，让佐渡岛传八教她们跳舞。趁着这个时机，住吉屋四郎兵卫通知喜右卫门，让他翻过横町的高墙。喜右卫门翻墙时，掉进了岩石筑成的假山的茂密南天竹丛中，只听得扑通一声，就晕死过去了。四郎兵卫喊："御船，过来！"御船明白出了事，进了假山中把喜右卫门拉出来，对着嘴喂了几口水，苏醒过来了。心想他是怎么翻墙过来的呢！结果发现他是在怀里揣着一个木枕翻墙跳下来的。②恋爱就是这样使人聪明，令人兴奋！过了很久后，喜右卫门承认，因为当时太心急，所以留下了遗憾。

扇屋有一个名叫大桥的太夫，有人说她是一个不太傲气的女郎。听说新町的一个男人向她求爱，大桥对那男人的话虽很理解，但是还

---

① 百合若大臣：据传说，当年抵挡了蒙古大军入侵的百合若大臣，让部下退下，自己在玄海的孤岛上连睡了三天三夜。
② 怀里放上木枕，可能是为了预防跳墙摔伤。

是对他这样说:"你先回家吧,容我考虑一下再回你的话。"这个男人回去后,越想这话越感到扫兴,后悔自己说的话丢了脸面,不久大桥回头对他说:"我们若这样做,对妓馆是很不好的。"这话故意说得让他人听见。他们前后只交往了一次。

听说那个高间太夫,曾翻过屋顶,做过感情冒险。有一次她的情夫过来与她幽会,但出去时却被人堵住了,眼看情况危急。只听有人说:"现在来查查看是哪个太夫私藏情夫的!"那情夫听了吓得正要躲藏。就在此时,听得一阵铜锣、铙钹声,是送葬的队伍过来了,情夫暗喜,这样不用别人帮忙也可以逃脱了,于是赶紧混进送葬队伍,装作抬棺人。在这花街柳巷里,连死者都成为妓女嫖客利用的手段了。在江户,还有助左卫门家的名叫对马的女郎,竟然被人放在棺材中偷了出来。世间的情夫痴汉,看来是死不绝的。

四 打磨切磋方成玉

京城出版的袖鉴①,把人分为"能众"、"分限者"、"金持"三类。一般所说的"能众",就是并没有代代相传的家业,只是传下来一些器物工具之类,对着白雪品茶,拥着鲜花学习歌学②,从早到晚并不做任何生意营生;所谓"分限者",是在本地广为人知,家里做着生意,但交给管家经营,自己并不处理具体事情;所谓"金持",就是近年来赚了钱的人,或者因为米价上涨而赚了钱,或者经营各种商品,或者贷款放债,自己是事必躬亲并管理账本。他们即便拥有一万贯目,但却不像"能众"、"分限者"那样拥有广泛的社会交际。

---

① 袖鉴:收录京都有身份人士姓名的小开本工具书。
② 歌学:研究和歌的学问,与研究诗(汉诗)的"诗学"一样,在日本具有悠久的传统。

　那时，有一个姓菊屋的人，从生意场上退下来，成了一个居士，拥有两千贯目的家产，和一些"能众"成为朋友，让他们来帮闲，终日到处游玩。那时他们在岛原的一家名为大阪屋的妓馆里游乐，菊屋把"能众"朋友都喊过来加以招待，其中有稀之助、梦松、舟太夫等，这些人都用化名，而且都是六十来岁的居士。另外还有江户来的客人明石三郎，他的小曲唱得很好，唱了《秋末》《菊花篱笆》这两首，大家高声喝彩，说："光唱歌也不行啊！"于是喝起酒来。房间布置与座位安排与平时有所不同，这里没有妓女，只将二十五个小侍女集中过来。这也很有意思。

　看看厨房那边，并排着三人合用的小型浴池，里面待着的都是赤身裸体的人，真想让释迦牟尼也来看看，众生有迷惑看来也是有情可原的。朝那边喊一声，那边的人回应说："别偷看啊！"在一片喧嚣声中，有人过来提醒："晚上十点关门啊！"感到玩得还不够尽兴。有一个靠父母养活的人说："要是只有妈妈多好，我自己就可以当一家之主啦！"想来他还是有不顺心如意的地方。上了岁数的人，到了晚上就像年轻人一样焕发了青春，但回去之后，毕竟还是觉得年岁不饶人。

　还有一个姓浦岛的男人，是一个人所共知的好开玩笑的人，什么事都喜欢出风头。在大阪屋玩完了，次日一大早就去了妓馆，张罗着招待朋友，菊屋居士也来了。浦岛看了看菜单，说道："还有一道菜，是京城的人从来没吃过的。"菊屋居士回去后，把这大话说给大家听，大家都很生气，说："什么稀奇的东西，只要是这世上有的，有什么我们没吃过的呢？莫非是浦岛新收获的瓜果蔬菜？"大家都在仔细猜想。有一个脑袋瓜聪明的人说："那不是什么稀奇的东西，而是昨天我们见过的新上市的鲑鱼。我们干脆来个将计就计，给他点苦头尝尝！"于是把锦铺、上铺两家铺子里的所有鲑鱼都买下。讲好剩下八条要卖二两金子。除了这八条鱼之外没有其他鲑鱼了，其他只能在图画上看到。

在准备饭菜之前，卖鱼的四个人分头来到妓院门口吆喝。浦岛悄悄把他们叫过来，询问价钱，一问，每条要二百钱，浦岛吃了一惊，赶紧把鲑鱼换成了烧鱼，做好端上桌来。菊屋居士看准时机，高声问道："您定做的那道稀奇的鱼在哪里呀？"浦岛笑道："打开锅盖，您就后悔吧！"说着逃到了厨房。于是大家一乐。这种类似吹牛唬人的搞笑事情，明石三郎回到江户后，经常提起。

且说明石三郎这个男人，对这里名叫丹州的太夫非常迷恋，经常从早到晚，一个人来往于吉原。太夫也很受感动，对其他客人也疏远起来，只跟明石三郎相会。老板多次提醒她，却依然如故。最后老板大怒，把她贬到厨房，让她和下女一起干活儿。但是丹州太夫早有心理准备，一点也不悲伤。无论怎样，总是快快乐乐的样子，和妹妹们学着怎样干活。久而久之，对系着吊带、穿着围裙的样子也不再感到羞耻了，有时出门时，找机会见见明石三郎，但对自己的遭遇辛苦等却极少提及。

见不到三郎的时候，就用手纸和木炭写信，让侍女帮忙送到门口处的茶馆里去，三郎去取。上面的字大部分都看不清了，连猜带读，三郎也感到了很多安慰。但像这样长期相思，毕竟没有希望，明石三郎心想："丹州的爱心很可贵，如此历经磨难，仍义无反顾，定是前世姻缘。不如就此了绝。"于是他想自杀。"但无论怎样应该等她今天的回信，如果自己现在就死，也得留下一封信，作最后的念想。她曾说过，有个砚台笔墨就好了，她现在没有笔砚，仍把自己的近况写给我，我也要给她写。"这样想着，便咬破手指，以血做墨，把自己的心情思念都写了出来。

然后，他拔出了腰刀，但又忽然注意到了怀里的纸夹。心想，我死了以后，别人看到这些话，一定会笑话，于是一张张地撕破。其中有一张，是他们分开的时候写的。写的是将来两人盖房子的设计和计划："盖个小棉布店。从卧室到里间要宽敞些，做一个放被褥的壁橱，从廊下到洗澡间，一直通到卫生间。院子栽种一圈山白竹。"还写道："洗手台要做得低一点。""窗户要高，这样外人也看不见。"说的都是将来的打算，现在想来这女人的心真是细腻啊！三郎看了一眼，狠狠心将它撕掉……

就在这时候，一个名叫角弥的小侍女，一阵风似的跑过来。"啊太好啦！有喜事呢！真的是喜事！先给我喝口水，我都渴坏了！"

"快说说，到底怎么回事啊？"三郎问道。

小侍女说："我们家的老板……喝了一口汤……告诉我：'先去通知他吧！'我就跑来啦！"说完这些就要往回跑，三郎想叫住她，但她却说："我现在拿酒去！"一溜烟儿跑掉了。明石三郎既难过，又感到好笑，心想："肯定有什么蹊跷……"

接着，下男久兵卫来了，告诉三郎说："今天，菩提寺的和尚来劝说，老板终于也听进去了。特别是对丹州近来的表现，老板娘也感动得流了泪。决定从今天起，像原来一样，恢复丹州的太夫身份。老板对马仔阿且吩咐说：'她预定的服务时间已经不足两年了，一般说来，已经过了女郎的最盛期，再加上近来发生的事情，恐怕也没有那么多客人来找她了。干脆就让她随意吧，有喜欢她的男人来，就让她接待吧！'所以，从今以后，可以随心所欲了，您今晚就可以自由自在与她见面啦！"

这是真的吗？明石三郎觉得自己恍恍惚惚，如同在梦境中一般。尾张屋的清十郎，和丹州最先公开相见。第二天，那些喜欢丹州人品性格的人都来找她了，客人一天到晚，络绎不绝。丹州竟比以前更有人气了，再次名声大震。或许现在的人比以前更加"知物哀"了吧。好多客人仅仅是来见她，并不要求做床笫之事。最后三郎竟也加入了这些人的行列中。丹州对满座客人的接待举止虽然并非都无可挑剔，但还算应对自如、从容不迫。

那时，鹿岛发生了地震，这里也震感强烈。而且五月的时候，天也特别黑。那天二楼上的客人与女郎都惊慌失措，在奔逃中有人受了伤。而此时的丹州太夫似乎是在身上拴了三条绳子似的，镇定自如，唱着"人生在世，均有大限"的寺社小曲，那样子真有"闲人倚竹笑雷公"①的风范。这样的妓女，连中国也没有吧？

一年以后，丹州服务期满，和明石三郎如愿以偿。

五　两手一握寄深情

真是"祥鸟麇集"，岛原也有很多喜庆的事。所谓"祥鸟"，就是中国古代周穆王所骑的如同飞翔九万里的大鹏那样的八头骏马。和歌中所谓的"勒马便是樱町"，所指的就是马到三野大街时的热闹情景。使用四人抬的快轿，从大阪到京都的岛原，定价是二十四匁。从大阪上午八点钟出发，在岛原晚上十点关门之前一定抵达，简直就像是飞过去一样快。还有六人抬的轿子，价钱是三十六匁，在天黑前后的两小时里，要走十里半的夜路。

岛原大门的钥匙，每晚都由这里的总管来保管，所以看门的与右卫门并不能随便开门。但是有时候，本来不能睡觉的看门人却睡糊涂了，也会在早晨提前一个小时开门。

一行人约定十一月二十一日、二十二日，晚上出发进京，带了五个人，人多事多浪费了一些工夫。山上的北风夹着雪花吹来，但好歹还不算太大。"这样的天气也很有情趣哦！"大家都兴高采烈地疾步行走。走到羽束师森林一带时，却下起大雨来，一时搞得大家很狼

---

① 出典是中国古代诗人韩致元的诗："闲人倚竹笑雷公，又向深山劈怪松。必若有苏天下意，何如惊起武侯龙。"此诗中的"闲人"指的是三国时代的夏侯玄。据说他倚柱写书时，雷电劈下来，衣服都烧焦了，但夏侯玄仍平静地继续挥笔写作。

狽。好在不久就雨过天晴了。兼好法师所写的"无人欣赏的明月"①，终于来露头了，大家边聊天边走路，不知不觉来到了岛原。一看，大门已经关闭，四周一片安静。

忽然一阵骚动声，原来是帮闲弥七在门口的茶馆起床后走出来，妓馆里的一些男人也都走出来，互问早安。其中有一个名叫阿助的人当场吟咏了一首发句②："不知是哪位，原来弥七站雪中。"弥七在门内轻松地唱和一句："寒夜已过去，开门便见助四郎。"大家随便聊天。"京城最近有什么新鲜事吗？""神乐根太最近还好吗？""甚助和老婆终于离婚啦！"等等，一阵乱七八糟的说笑。这时，抬轿子的轿夫们拥进丹波口的茶馆，茶馆内外一片嘈杂。

为了不让这些人感冒，太夫们把烤衣架上的衣服取下，隔着墙送过来。大家都是等候太夫的，所以都拿过来披在身上。然后，分别写给各位的信也拿过来了，上面写着"从晚上就让您在这里等候，实在过意不去"之类的话。大家看了，说："这大概是太夫们一起商量着写的吧？"说话间，酒杯从门缝递出来，五个酒杯上都写了各自主人的名字，而且酒是烫过的。"来！喝吧！"没有女人陪着也得喝。然后又向弥七求情。弥七说："不能见就是不能见，没办法呀！小心点酒杯呀！"客人笑道："天这么冷，一个都不让进，也太不体贴人了吧。"

大家从太夫那里得到了慰问信，送信的人也捎话说："太夫们知道各位的难处，说如果能把木门打开，让各位自由出入，一起在里头聊个天什么的，也比这里冻着要好啊！各位在门口等候，顶着寒风，辛苦啦！""这些太夫真倒是很会说话。不过，哪怕说的是假话，毕竟也很好听哦！来，干杯！驱驱寒气吧！"大家七嘴八舌地说着话，就

---

① 出典是吉田兼好《突然草》第十九节。
② 发句：和歌或连歌中的首句，后来也独立成一体，近代以来叫做"俳句"。

这样等了半个时辰。有人来敲小旁门，里面的弥七问道："哪位呀？"外面的人说："实在不行的话，我点一个端女郎也行啊！老让我们在这里等也太说不过去吧！都什么时候啦，难道还关着门，在里头呼呼大睡吗！"这时与右卫门醒了，问："怎么回事呀？"

"这老爷子真不理解我们恋心迫切呀！"正要从口袋里掏银子给他点好处，与右卫门一边说着"还早呢"，一边取出钥匙把门打开了。大家的心情都像从严冬盼来了初春一样，有人模仿新年兜售财神像的人的口气说："恭喜发财！谢谢啦！"于是引起一阵大笑。这些有钱的财主又发红包了，妓院的人都高兴得像饿鬼抢食一般聚过来。有人说道："还有另一些客人，不得不在今朝洒泪告辞哦！"边说边向里面走去。"好不容易把您给盼来啦！"又是一阵寒暄。有人说："离愁别绪咱们不多说好吗？安静一点好吗？"

这时还是唐土太夫出了个主意："烧洗澡水，进浴室吧！"这当然太好了。于是大家拥进浴室，浴室里面顿时嘈杂热闹起来。大家把浴衣都脱掉，甩在一边，点上了五个香炉，两间相连的脱衣室铺着毛毯，中空的枕头旁放着明镜，崭新的茶箱、提盒摆在那里，铺木板的房间有摆好的坐垫，洗澡桶以及配套的东西都是新的。太鼓女郎给搓背，太夫们也显出风骚之姿。老板娘走来给大家助兴，老板也来给大家问安。这样的情景在整个日本也是不多见的。不过一旦进浴室，就花费不菲，算下来要十两银子，所以一般还是不能随便让烧洗澡水的。在万事想得周到的妓院里，像唐土太夫这样的人，是擅长引诱客人消费的高手。当然，从她的年龄经历上看，这是可以理解的。

唐土太夫从初次接客到现在已经有年头了。此时，大阪有人曾托京都的色道高手帮忙介绍，把名叫大吉的年轻独生子送过来。以前，播州屋的一个名叫镰田屋的商人，也曾把自己的儿子送来，向她请教经商的事情。世界之广，人各有其志。

　　京都的色道高手对大吉说："没有帮闲的指点，你的言谈举止也要做到'粹'哦！"大吉说："没问题，您瞧好吧！"于是拿着一封写给岛原鹤屋的介绍信，就出发了。可是看看他当时的衣着打扮：棉布条纹和服，紧腿裤，刀鞘中插着中等大小的腰刀，戴着一顶崭新的草帽。如此不"粹"的打扮，到了花街柳巷，恐怕也挺不起腰来吧。

　　那时，唐土正在丸太屋的分店的店头，用手拨弄初开的菊花。大吉看到她一条腿跪在席子上拖着长长的裙裾的完美无缺的身姿，着实吃了一惊。他曾在《女诗仙美人图》①一书中，看见过中国画家画的喜爱桃花的女子。当时拿到那画册的时候，他心想："日本应该不会有这样的女子吧？"但那毕竟是画，而不是现实中的活人，并且是在遥远的中国，但眼前的这位日本美人，名字却就叫"唐土"②。大吉走近唐土太夫，拉住她的手。唐土太夫并没有拒绝，对他穿的土气的衣裳似乎也没在意，大吉问道："您对我这样的乡下人不会嫌弃么？"太夫笑着回答说："我就是为你服务的呀！"这时，马仔走上前来，把大吉拉着唐土太夫的手拿下来，把他们分开了。

　　接着，大吉直接去了鹤屋妓馆。鹤屋的人看了介绍信，再看看他的样子，很是惊讶，便想起以前一个名叫石德的男人，自己拿着介绍信到了新町的九轩町，在甚太家与野秋太夫相会，那情形和现在是一样的。

　　不过，大吉在这里还是受到了礼貌的接待。马仔问他："你要找哪位女郎啊？"大吉回答："我是从遥远的乡下来的，不知道还能不能来第二趟。所以，我想见见这里的太夫，回去后也好跟家乡的人炫

---

①《女诗仙美人图》：一本介绍中国女性诗人兼美人的图书，模仿日本的"三十六歌仙"，选择三十六诗仙美人，画像配文。
② 唐土：日本古时对中国的称呼。

耀一下。""但是，今天野风太夫、薰太夫，总之所有的太夫，都不太方便接待你……""哦，是吗，知道了。"大吉点点头，接着用手指着刚才见过的那位太夫说："我想要她。"人家告诉他说："那是唐土太夫，今天也不想接客。"大吉说："不，刚才我见过她了。让她知道了我是一个钟情的男人。拜托了。"他反复央求马仔。

唐土听见了，说道："我想过了，今天不接待其他客人了。让他到我这里来吧！"于是对当天来的有钱的嫖客写了谢绝信，就这样去了鹤屋。对于鹤屋来说，这是从未有过的幸事。

因为是初次相会，两人交杯换盏之后，虽然上床入眠，但大吉却老老实实地，像喝醉了一样蜷缩在那里睡了，直到天亮。约好次日再见，便回去了。

第二天，大吉换上漂亮的衣裳，带上了两个著名演员做伴，在衣兜里装了许多一步金的金币，从大门口的茶馆，一路分发。妓馆的房间也似乎变成了金山，那些仪表堂堂的大款们，看到大吉出手如此大方，都大惊失色。这一切与昨日的情状形成强烈对比。今天大吉一下子叫来了十三位太夫。但唐土看在眼里，却是一副平静自然的样子。

随着日暮夜深，到了入睡的时候。今晚大吉故意假装睡熟，鼾声大作。唐土心想，这时候他不该睡得这么死。"不知道他打鼾是真的还是假装的。如果他说喜欢我，说的不是假话，他就不应该睡熟。"于是她对着大吉说道：

"看这样，我对你也有几句话要说。如果你真有那份心的话，为什么昨晚都冻感冒了还要回去呢？那时我对你还不了解。你拉了我的手，表达爱意，无论如何也要心口如一才好呀！何况我也将其他客人推掉了，既然愿意与你相见，就是要委身于你的呀！但是，毕竟是初次见面，无论是对谁，作为女人都不会主动提出那个要求。我并不是看你现在这样的态度才这么说的。昨天你看见了那么多女郎，要是您不喜欢我的话，为什么要拉住我的手呢？"

　　唐土太夫说了这些话，大吉仍然一言不发。但内心里，大吉对自己受到如此热情的对待已经感激涕零、深有体会了，后来一直与唐土保持来往。

　　唐土年轻的时候也一直是这样的，如今在待人接物上就更加成熟了。她的服务年限也快到了，大阪的一个财主对她很中意，那男人白天在大阪工作，每晚都乘坐快轿赶到京都，因而被人称作"快轿大臣"，他为唐土赎了身。唐土是喝京都的水长大的，从良以后，人们都很怀念她，甚至还编了一首《唐土饭团子》的小曲，寄托对她的想念之情。

卷七

一　在深山隐姓埋名

点上返魂香[①]，可以看到逝者的身影，这种事情在日本也有例子，那是在阿和手那地方的森林里。恋爱的幻梦，令人怀念的过去，再次重逢的感觉，都好像映在了心心相印的镜子里。

江户的花街柳巷，也就是原来的老吉原[②]还在的时候，在三浦屋里有一个皮条客，靠着三寸不烂之舌，在八月十五那天，把远州滨松的偏僻乡村的一户有名人家的女儿，诱骗来做了妓女。那女孩儿容貌真是羞花闭月。妓院把她更名为长山，直接把她提升为太夫，在客人中名声很好，而且性格也很温柔，对一面之交的男人也是热情相对，从不冷落人。

那时候，在下谷的车坂，有一个隐姓埋名的浪人，与长山太夫感情甚笃，两年多的时间里来往密切，最后已经到了可以为对方去死的程度。那个浪人的老家在仙台，那时他老家出了事，他一定得回去处理，于是在拂晓时分，两人不得不依依不舍地挥泪告别。那时长山太

[①] 返魂香：中国汉武帝时由方术士研制的香，据说焚香时可看到死去的李夫人在烟雾中出现。见《白氏文集·李夫人传》，日本的《太平记》卷十八也有记载。

[②] 老吉原：江户时代江户城内的妓院区吉原，因火灾而易地重建。之前叫旧吉原，之后叫新吉原。

夫把内衣也换了，长发也剪了，扑在那浪人怀里，说道："我本来就是娼妓之身，昨日分别，今日又别，与你有了这份情缘，现在我的心情都不一样了，以前接触的人全忘光了，心里只有你，这也是注定的因果吧！请你把我杀了吧！"那样子，看上去就跟疯了一样。

浪人安慰她道："我明年夏天一定会回来！如果我回去能完成心中大愿的话，就会直接回到你的身边。我也很难过，但若是心乱了，事情就办不成了。即便我现在什么都不说，你看我这样子，也会明白我的心吧！"说着，让侍从取下一把替换使用的腰刀，交给长山太夫，说："这把刀作为分别的礼物也许不太合适，就把它当作重逢的信物吧！"在场的马仔和侍女说道："把刀给太夫做信物，不太对头呀！"而长山太夫却接过刀来，说道："虽说我是女子，但自杀的时候，割舌头、上吊、用剃刀之类，都太温暾了。这把刀，将来也许会派上用场吧。"就这样，两人分别，男人下了奥州。后来，有人看到了这把刀，说这是来国次①锻造的二尺三寸的完美之刀，并想索求之，但长山没有放手。

到了那年的年末，乃至翌年初春，那浪人仍然没有来信，长山太夫有点生气了。她将心里的朝思暮想之情都写在信上，但是不知对方身在何处，无法寄出，只能自己写了自己读，独自一人流泪，心中愈发苦闷。就在此时，那武士老家的好友，有两三次来这里玩，其中有一个名叫津川佐助的人是来找小太夫②玩的。长山太夫碰上他，很高兴，便向他打听："角弥③桑怎样了啊？"津川告诉她说："在这世上，恋爱与无常，这两者是难舍难分的。角弥离开这里之后，就悄悄地回到了家乡，寻找哥哥的仇人细井治介。但也许是太倒霉了吧，那时他

---

① 来国次：日本室町时代山城国的著名刀匠。
② 小太夫：妓女的名字。
③ 角弥：上述那位浪人的名字。

在病中，两眼看不清，因报仇心切，看错了人，朝治介的手下人挥起了刀。治介也乘机拔刀，把角弥杀死了。可怜角弥到最后也没能遂愿啊！"接着又说："特别是角弥没有家室，对于仇人来说，杀了他，就等于斩草除根了。此后治介可以高枕无忧了。"

听了这番话，长山太夫脑海里一片空白，连眼泪也没有。"真是世事难料啊！"她静静地喝完了酒，回到了自己房间。见此情景，那人笑道："没有比妓女更没心没肺的人了。在这种时候还表现得如此淡定！"也许在长山太夫看来，在比自己岁数大的人面前，面对着这样的家破人亡的事情，不应唉声叹气。

不久，长山太夫对老板说："我好多年在这里服务，再有不满三年就到了年期。我心上的那个男人去了奥州那边，我想跟您请假告辞。这几年客人送给我的衣服物品，我都留在这里，请您把我卖到仙台的妓院去吧！"她对老板百般央求，而且说："若不答应我这个恳求，我就不打算活下去了。"看来决心已定。老板考虑再三，联系了仙台那边的松岛屋小兵卫老板，满足了她的要求。

听说江户的太夫下来了，长山在当地很受追捧，人气很旺。山井虽浅，但人们也未必能看透。在这期间，长山见到了角弥生前的一个铁哥儿们。友情常青，堪比松山，互诉衷肠，表达心迹，然后谈到了心中那个最为重要的事情。

角弥的这个哥们儿满含泪水，说道："靠妓女的帮助，去杀敌报仇，这种事情亘古未闻。我现在没有帮手，把这样的大事交给你来做，你也许会拒绝吧。但这确实是报仇雪恨的最好办法。这个细井治介，在世上神通广大，不可一世。他也经常到这里来，找京屋的一个名叫玉川的女郎相会。我想请你找准一个时机，确定一个地点，实现我们的心愿！我是角弥原来的朋友，名叫吉泽权八。"长山太夫答应了此事，从此便朝夕留心观察。但从那以后的一百多天里，都没见细井治介露面。

吉泽权八给长山写信，相约绝不要背弃约定。他们两人之间不是恋情，而是一种基于义理的深刻关联。从表面上看，他只和一个名叫浅香的女郎相好，但这种恋情也是表面上的，两人既没有一起交杯换盏，也没有同枕共眠。浅香曾使出浑身解数想令他满意，但却不知吉泽心中的秘密。

又过了一段日子，宫城野下起了雪，胡枝子都被雪淹没不见了，戴着草帽的年轻侍从们都悄悄地来冶游，治介也在其中。权八心想："今天好机会到了！"他通知长山太夫，在治介待的房间做了手脚，把当地唱流行歌的年轻人都调过来，从天黑起就与许多女郎一起唱歌跳舞，妓院的女郎全都聚过来了。

这时候，治介与名叫玉川的那位女郎好像因为没说到一块儿，吵起来了。大家都过来偷听，好像是玉川嫌弃治介了。接着，玉川从房间床榻上跳起来，跑出了门，就在这时，只见长山拿着角弥给她的那把大刀，大喝一声："角弥的女人来报仇啦！"就把大刀砍了过去；同时，化装成修验僧的权八也从旁边飞扑过来，用刀刺去。然后把灯火扔到衣服上，飞快脱身。妓馆里一片哗然，许多人追上来，权八使用早就准备好的长箱子，让长山太夫藏到箱子里，驱车而去，不见了踪影。人们回过头来一看，发现长山太夫神奇地失踪了，遍寻无着。

权八在那天晚上走了四里半路，想把长山藏到山里头，就在离村庄很远的地方，好像有人从后面不声不响地，手提着大刀走过来，权八觉得奇怪，便停下来放下长箱，做好架势，准备应战。那时正是十二月十二日，月亮照在原野的积雪之上，走过来的男人好像就是已经死去的角弥，他朝这边微笑了一下，便悄然隐去了。两人见状，心想："他在阴间也感到开心吧，所以才向我们显了一下身影。"两人流下了热泪，然后继续行路，去事先安排好的安全之处藏身。在那里，长山穿着山村姑娘的粗衣，用藤蔓当腰带，什么红粉白粉之类的化妆品全都不用，一生都不用染黑牙齿嫁人，也因此，长山显得更美了。

"身体归根到底也是要丢掉的。"长山想通了，在二十三岁的时候剃去黑发，在山间用竹子搭建了一个草庵，夕闻瑟瑟松涛，朝听潺潺流水，顺手捡起许多榧树子，在上面刻上佛像。她发愿：在此余生中，要刻上一万个佛像。

二　为男人鞠躬尽瘁

格子门前挂着灯笼，却是客人稀少，门可罗雀。女郎们闲着无所事事、百无聊赖。整个夏天她们都穿着相同颜色的高宫出产的麻布单衣，而且都起了难看的褶皱，系着的龙门衣带①里外都重新缝补过，红色的内裙也脏兮兮的了。真正挥金如土的嫖客，是不会接触这些女郎的。那些下等的女郎，和抬轿子的轿夫混得很熟，在灶台旁边帮助烧火做饭，这也是她们的工作，当然这些是内情，外人是不知道的。

最叫人看不下去的，是陪唱的太鼓女郎在身后背着包袱和三弦琴的样子。太鼓女郎陪唱一天的工钱是九匁，这报酬实在是太少了。然后还有给客人揉肩、梳头，炉子的火灭了的话，还得要取火种生火。世上没有比干这种下等活儿更可悲的了。

良家女子，还没到成人的时候，早就有人来提亲说媒了。但是，也有的姑娘还没有结婚，但已经到了缝上袖口的年龄②。在做妓女的人当中，一旦做了太夫，指甲也让别人给修剪，梳理头发也要两人帮忙来弄，眉毛让人给描，卧室的蚊帐也要引舟女郎和侍女给弄好，自己连腰也不用弯，身边六七个人前后侍候着。而像"围女郎"这样低

---

① 龙门衣带：使用原本从中国进口的厚而无光泽的绫子做的一种衣带，后来演变为日本国产的粗线纺织品，用来做裤裙和衣带。

② 按当时风俗，女子到了十九岁，要缝上和服袖口。

等的女郎，刚要躺下睡觉，就有人喊："给我拿杯茶过来！"这也是她的分内之事，想来也没什么好抱怨的。

有时候也忘了自己的身份。例如像"端女郎"这样的身份，却在阅读《后白鸟》和《岛原怀草》之类的"妓女评判记"中关于体型长相的部分。当读到"太夫是大脚"的时候，不由得笑了起来。美人的脚，标准的尺寸是八文①七分。最多可以到九文，比标准多出三分以上是不合格的。脸上的四个器官也都是有其标准尺寸的。现在，耻笑太夫的脚的这个端女郎，她的脚比起京都的跳松原舞的松千代的脚还要丑，就好像搅泥水的木棍、房角上的废纸篓一样难看。当然，作为端女郎，这也是不能苛求于她的。

最难的，还是做太夫的女郎。有一天，有一个记性不好的客人，说"如胶似漆，男女之道"这句话，本来在《源氏物语》的《柏木卷》中是没有的。争论到最后，一个太夫去借《源氏物语》，结果马上送来了一部《湖月抄》②。翻开一看，结论就有了。但没想到其中有一位客人说道："哎呀，这里的太夫也如此没有文化呀！以前，有名的太夫都收藏名人亲笔抄写的歌学书③，如今却拿来了这样的版本，也太大路货了吧！听说现在东山那边正举办净瑠璃说唱会，嘉太夫③的嫡传弟子们，不知是有什么缘分，直接使用嘉太夫亲笔抄写的珍稀本《大竹集》来说唱。京城之广，真是无奇不有啊！说'找个下棋的棋友'吧，棋友就来了；说'房子有点倾斜，不使用人手就给它扶正吧'，或者'不用水洗就能把衣领上的污垢去掉'，'找个介绍人收个养子吧'，'让我三天之内就学成为粹人吧'，这一切五花八门的事情，

---

① 文：脚、鞋、袜的长度单位，一文约相当于 2.4 厘米。
② 《湖月抄》：《源氏物语》的注释书，全称《源氏物语湖月抄》，江户时代学者北村季吟著。
③ 歌学书：原文"歌书"，关于和歌的编选、评论与研究的著作。
④ 嘉太夫：全称宇治嘉太夫，净瑠璃演唱的名家，"嘉太夫曲调"的创始人。

都有人能够做到。"这人绘声绘色地对着两位帮闲鹦鹉吉兵卫和花崎左吉说了这些话,也很有意思。

听了这番话,神乐庄左卫门说道:"我要是有了金子,无论如何也要好好玩上一天!此前在长崎的那些中国人,集中了好多帮闲,看完歌舞伎回来,一溜儿抬了三十七台轿子,在大门口的茶馆落轿、落脚,被人称为'百脚大款',这样自然就'粹'了!现在整个京城都没有人愿意向嫖客贷款了,这里自然也就冷清了。我真想现在就有四万贯目!那样我就在下京的水药师寺院面前建一个门店,把钱借给那些父母管束太严而又会玩的男人,让他们尽情享受人间乐趣!"

那是八月二十日的晚上,把女郎都集中到了一起,让神乐庄左卫门拿来一个算盘,计算了一下一年间嫖太夫所需的费用。每个月平均来十天,加上五个节日,还有给太夫的礼物,即便处处注意节俭,从正月到年底,也要花费二十九贯目。倘若让大家都开心,到处撒钱的话,那就更不止这些了。

承应①三年的春末,有一位名叫铃八的人从江户来到这里的妓院,并且名声大震。据说直到九月初为止,他就花费了八百五十两。铃八曾在钱袋上写明:"此一千两,作为京都的游山费。"回来的时候投宿品川,结账时剩余一两二分金子,他说:"这些金子花在其他地方有点可惜了。"就把它直接留给了值宿的女郎,然后飘然而去。

江户的材木町有个叫阿传的财主,在太郎右卫门的妓馆里,和一个名叫御船的女郎相好。此人不知深浅,耽于玩乐,让江户父母给他结账,一算账,父亲便在他游玩的兴头上,与他断绝了亲子关系。这样一来,在他应该付给妓院的钱款中,还缺五十两。妓院方面说:"欠账的事先不说,这个人为人很好,至今想起来,大家还念叨呢!"正在说这话的时候,只听外面敲锣打鼓,原来是一群孩子做了一些可

---

① 承应:江户时代的年号,承应三年相当于公元 1654 年。

爱的人偶，在做"送风邪瘟神"①的仪式，街上一片喧闹。

因为每年都有这样的活动，女郎和侍女都出去看热闹。这时发现有一个男人，尽管已是秋天了，还穿着未涂漆的白色纸衣，戴着一个大草帽，拄着一根竹拐杖，一副缩手缩脚的样子，在妓馆门口站着。店里的人对他说："别站在这里碍事！"他便默默地走开了。这情景被老板娘看在眼里，吩咐道："把那个人喊过来吧！虽然像个叫花子，但总觉得他有高贵派头。"老板娘不待别人来追，自己先追了上来，上去拉着他的手，说道："不管您是什么人，大老远地来玩，为什么不跟我们说句话呢！也可以跟我们吐吐苦水嘛！"便把他拉到妓馆。取下草帽一看，原来他是江户的那个阿传。"您怎么成了这副样子呢？"看着便流下了眼泪。

阿传也顾不上害羞了，抬起脸说道："我又到这里来了，真是不知好歹。但是，我是来找熟人的，请您别让这里的下人们笑话我呀！其实，我是到伊予的亲戚那里去。希望再过一段时间父亲可以消消气，所以在此之前，想找一个安身之处。可是，看我这副样子，人家一定会取笑我，请给我一件旧单衣好吗？"此时正好薰太夫也在，她拿来一件衣服说："这件不太好，请您别嫌弃。"把本来给客人准备的带家徽的礼服给了阿传。

阿传当即换上了新衣服，笑着说道："说实话呀，我今天的心情和先前没有什么两样，我特别开心。因为从今天起，我继承了父亲的家产，来这里，是为了还清以前的欠账！"于是从怀里掏出金子，说："虽说京城的人不稀罕，但我还是要拿出来。"当场拿出了一百两，作为贺礼。说一定要和要好的女郎重温旧情，便约定好包薰太夫十天，于是两人相互悉心照顾，尽兴游玩，旁人看了都艳羡不已。薰太夫

---

① 送风邪瘟神：当时日本的民俗仪式，到风邪（感冒）流行时，做一个草人，代表风邪瘟神，敲锣打鼓送它远去。

也认定遇上了好男人，竟然第一次连指甲带手指头切下来，送给了阿传。①

说起来，男人获取女郎的倾心，并不在相貌如何，而是在于豪爽慷慨和好的名声。《烧付》、《燃杭草》②上写道："那些不招人喜欢的男人、上了年纪的人或者出家人，都要根据他们的情况，好好接待。从这一点上说，没有比倾城女郎更诚实的人了。"这话说得很对。何况现在这位薰太夫所接待的，并非自己不喜欢的男人，而是与自己有深厚感情的人，她也很重情谊。后来在与阿传闹别扭时，为证明自己的真情，再次切了手指。

那时，太夫们对衣服的款式各有选择爱好。薰太夫觉得，那种漂白、亲笔画上图画的衣料，对太夫们不太合适。在单衣的选择上，大家也是各有不同。其中，一文字屋的名叫三五的女郎选择了黄色捻线绸的条纹面料，薰太夫无意中看了，不由得说了句："就是那个！"阿传听了，对手下的帮闲吩咐："就买这样的！在全京城寻找，马上弄来！"薰太夫却埋怨说："您怎么对他们吩咐这种事情呢！其实我也不是特别喜欢那⋯⋯"这件事情使得两人产生了芥蒂。阿传生气不见她，而且换了一家妓院，和大阪屋的野风太夫相会。野风琢磨：初次相会，要是不提他以前的事情，那也不太好。于是野风事先什么也没说，就把薰太夫找来，借此机会让他们两人重归于好了。

薰太夫美丽、温柔，这样的女子才不愧为当今的红妓。给她做"引舟女郎"的藏之介，也很聪明，给了她不少帮助，因而客人们对薰太夫更是趋之若鹜了。后来，这个薰太夫又为阿传切过一次手指。

---

① 当时日本妓院风俗，妓女剪下指甲送给心上人表达爱意。连指甲带手指一起切下来，表明情意至深。

② 《烧付》、《燃杭草》：当时出版的"妓女评判记"类的书籍，对井原西鹤的创作也有影响。

为同一个男人，切过三次手指，简直可以和那个砍断双脚的卞和^①相比拟了。可惜的是，她的服务年限就要到了。这样的太夫今后很难再有了吧，真想给她两张证书，让她服务二十年。^②

三　生出孩子像父亲

今年是闰十二月，人们心想："今年头三十天要好好玩玩。"从二月份就高兴地期盼着了。实际上，人的性命明天如何都不好说，今天有人死去，而接着又有人出生。所以说不必太为将来担忧。正这么说的时候，家住沙场^③那边的产婆，一边急匆匆赶路，嘴里一边咕哝着"一二九十，九九六六"，推算着某人的死期。^④

说起出生，妓院女郎的肚子从来没有像今年这样令人疑惑。即便是在夜晚的店头看不太清，但也能看到有的女郎挺着肚子，像墙壁上挂着的灯笼。这样的女郎大约有十四五个。"过去这样的事情是没有的，不过这也说明女郎很诚实。"这样想的话，就不觉得此事有什么不好了。

人心也骚动飘浮了。在难波的有风的傍晚，人们流行放风筝。各种形状的风筝，就像云梯一样飘上天空，又好像可望而不可即的恋爱，但这好歹还有一根风筝线抓在手里。在藤屋的总角太夫这里，一些客人送给她用五颜六色的唐绢做的羽衣风筝。风筝的形制看上去好

① 卞和：中国春秋时代楚国人，曾为楚厉王献上一块名玉，但楚王怀疑玉的真伪，卞和为证明自己而断一足；接着再献一块名玉，仍遭质疑，又断另一足。到了楚文王时候，经琢磨才确认果真都是名玉。
② 太夫的服务年限一般定为十年。这些都在《倾城奉公请状》上有确切记载。有两张这样的证书，便是服务二十年。
③ 沙场：大阪新町佐渡岛町的一个地名。
④ 日本当时的风俗，根据人的出生年月日的干支，来推测将来死去的具体日期时刻。

似美人扇，煽动男人的心。真想变成一只风筝，让女郎牵在手里，自由地飘浮。

那时，新町越后町的扇屋来了许多客人，把三十九位女郎一字排列，很有看头。天黑后，各人的房间床榻都确定下来了。这个妓馆大而宽敞，是在别的地方很难看到的。在房间里，侍女都在一旁侍奉，人们跳起了"侬呀嗦嗦"舞，二楼唱起了远柳小调①。在格子间，唱的是外记②的"平安城迁都"的段子，接着，阿山甚右卫门操纵新改做的人偶，曾吕间七兵卫用人偶模仿仁王的动作，大家都看得目瞪口呆。

第二天，为了款待京城来的客人，特地准备了供河上游览的最好的游船，围着在河口的一个沙洲抓蚬。又让马仔们乘上一只船，划到远处的海面上，说这可以代替眺望京城之山。那些马仔身穿各种衣裳，都是太夫们穿过的旧衣，带着红里子，看上去更显得滑稽。还有人在平日里穿的棉袄前面再戴一个红围裙，腰间挂一串钥匙，更为好笑。还有人脱去衣服，露出一个肩膀，喝起酒来，看上去有点像深宅大院里的居士，总之看上去都很有意思。游船上有人喝醉了，就互相倾诉一些心里话。听一听，似乎都是对女郎发泄不满的。

"尽心称职的马仔，女郎却不待见他。女郎喜欢的男人，老板又不愿意她来接待。于是小侍女便和女郎沆瀣一气，找个机会把情夫从后门放进来，里面问起来，就赶紧撒谎说正在接待某某很好的客人。给自己多方照顾的客人，有时来玩，要么跟他吵嘴，要么装病，真是不知道自己到底是干什么的。"说出了这些家丑，也不怕外人听见。

又有人说："有时候装得跟真的一样，说肚子疼，明眼人一看就知道是假装的。之前，那个小萨摩，想把久保町的那个名叫四之二的

----

① 远柳小调：当时在大阪流行的一种小曲。
② 外记：所指不详。一说"外记"指的是宇治加贺椽的一名配角演员，一说指的是大阪的戏院区道顿堀使用的剧本的名称。

男人甩掉，突然说肚子疼，皱紧了眉头，但除了皱眉头外看不出有别的异样，也看不出疼痛的模样，看见她长了小痘痘那倒是真的。听说中国古代的西施皱起眉头来更漂亮，因为皱眉头而更加倾国倾城了。想想那是假的，就感到可怕。不过，此后见了那样的女郎，能一眼看透她在说假话，就不觉得那么可怕了。"

在游船里头，有一个侍童，看上去老实乖巧的样子，一言不发，也不和大家一起喝酒，提着草鞋耷拉着脑袋。看前发，年龄在十四五岁，长相一般。有人说："我说句失礼的话，这里有人喜欢男色啊！"有个男人听了，顿时发了火，说道："我最不喜欢什么玩男童搞同性恋之类，现在我就拿出证据给你们看！"说着从手提包中取出剃刀，把那个少年拉过来，当场剃掉头发，给他穿上成年男人的衣服。旁人笑道："哎呀，未免太性急了！记得之前那个八轩屋的七个自称'七贤'的朋友，在坐船出去跟大家一起玩的时候，也事先把头发剃了。像这样厌世不要好的人，都把色道给搅乱了。"

回去的时候，在长堀川的高桥下船时，看到有一个长得很可爱的弃婴在哭泣。有人说："虽然脸被衣领挡住了，但看样子是妓女的孩子无疑。"又有人附和说："是啊！看那眼睛，和那太夫长得很像！""要这么说，仔细看看，那鼻子和那位男人也好像呢！""不不，是耳朵最像，简直一模一样。"说话间，一些佛僧走过来，给那孩子做入魂仪式①。愿他平安！

四　由宿命生死聚散

拿命来换钱，说的就是天生就做太夫的那类女子。从前要将一个太夫赎身，需要付出和她的体重等量的银子。这事听起来好像有点稀

---

① 入魂仪式：对着佛像，让孩子"入魂"，叫做"开眼供养"。

奇，可是近年来竟然也有出一千五百两才能赎身的女郎，估计大约合十二贯目，换算成银子的话，将有九十贯目之多，若是觉得这太昂贵了，那可就是少见多怪了。现在房租房价都高了，比买房还是要便宜些。完后一算账，你用两年半的嫖资，买到的可是美女啊！

江户町助左卫门老板家的和泉太夫，得了一场大病，痊愈后恢复接客，于是京桥一带的一位名叫金槌的客人，连续五天举办大型游乐活动向她表示祝贺。模仿上野的紫藤花架，请做假花的师傅做出了盛开的藤花。连妓馆的厨房，都摆上了不怕风吹的紫藤假花。有雅兴之心的人都过来折花插头，正如古代和歌中所说的"为了赏花人"，实在是风雅。在人们的依依不舍中，春天过去了。白天客人回去，熟客在晚间过来，才更显出情意笃厚。助左卫门老板家名叫因幡的女郎，说唱近江曲调的净瑠璃，角町万字屋庄左卫门家的女郎浅香和常磐吟咏的连歌，都使大家在春夜里如醉如痴。

十八日，月亮朦胧，天上布满了流行的雨云。到了早晨天空放晴，初蝶翩翩起舞，令人想起了古诗中的"蛱蝶飞来过墙去，却疑春色在邻家"之句。只见茑屋的二楼，井筒太夫穿着起床时的白色小袖和服，走到檐端处，解下衣带，看起来有什么蹊跷，果然，在那里有一位拿着书信的男人，他就是江户町的甚左卫门。

像这样偷偷摸摸地见面，一旦被发现就会引起物议，但井筒却不能自已，为此连客人也怠慢了。于是向老板伊左卫门请了假，活动便更加自由了。虽说早就对这世间俗事没有留恋了，但井筒太夫在男女方面的嫉妒心却很强，常常使得甚左卫门感到难堪，但两人却一直是难舍难分。

就这样过了一年，又过了一年，到了年末的十月十四日那天夜里，甚左卫门离开井筒，说是去浅草的寺町，却直接去理了发，改名为宗知，到了木石町的旁边躲起来，为了维持生计而开了一家蔬菜店，在此后的日月里，深居简出。

　　井筒太夫对甚左卫门思念难耐，到处寻找，听说他出家了，于是自己也剃去乌发，出了妓院，落发为尼，在箱根和碓水一带，寻找了一年多，仍是下落不明。她一边下决心去更远的地方寻找，一边心中着急生气，去谷中的七面神社参拜了一百天，对神祈祷说："如果不让我找到他，我就立刻变成火龙，沉入池塘。"并且每天用一百根针刺手指，出的血连旁边的小草都染红了。

　　但是她的祈祷仍然不灵。于是井筒便来到江户城里住下。有一天，她想起自己做女郎时的马仔阿梅已经在白银町一带成了家，于是去找他帮忙。凭借过去的情谊，她在阿梅家里住了十来天。那天晚上下雪，天亮后又下起了阵雨，没有来访者，阿梅想要做茶点花饼招待井筒，于是就让女儿出去买芝麻。女儿就去了甚左卫门开的那个蔬菜店买来了。井筒无意间看到了那张包装纸，原来是自己以前抄写《新古今集》的旧纸。井筒心想难道这缘分真的到头了吗？她感到奇怪，便到那家店头去看，果真看见已经变了模样的甚左卫门正在收拾芹菜。井筒一下子上去扑住了他，此时女人那满腹的怨恨怒火，就连本石町三号街上的撞钟也能熔化了。

　　甚左卫门一个劲儿的安慰她，最后两人终于又同枕共衾了。一夜之中几度折腾，但甚左卫门却越想越觉得可怕，感到魂都快没了，越想越觉得应该结束这恋情。想到这井筒在做太夫的时候，对作为嫖客的男人竟是这般热恋，一时不能见面，一时听不到声音，便焦急得要死，而自己却连这个都感到不堪忍受，这难道不是非同一般的因果吗？

　　甚左卫门心想，井筒这个女人，心地并不坏，长相也不差，许多人都夸赞她，做事麻利，深谙歌道①，可以说无可挑剔。只是对我太过在意了。夏天的晚上常常彻夜不睡，坐在我身边，拿着团扇，为我

①　歌道：关于和歌的知识学问。

扇风。白天一旦发现我头上有白发，便叹着气给我拔去。我一旦出门去，她便在门口焦急等待。梦中见不到我的身影，她也委屈怨恨。这些都是因为她深深地爱我，但久而久之，我忽然觉得腻了，连看到她的脸都感到难受了。这岂不是很奇怪的事么？世间那些有了孩子还要跟妻子离婚的人，大概就是出于这种心情吧。

甚左卫门知道井筒是为了自己才出家为尼的，但越是知道这个，越是觉得讨厌。于是，他又从木石町的家里逃出去，到了骏河的安倍川一个远房亲戚家。以前，那个旧吉原街建成的时候，他曾经从这里物色女孩到江户为妓，所以与这里有了往来。

话说时间到了十二月九日，风很大，简直飞沙走石。浮岛原松涛阵阵，木枯森的上空涌起五色彩云，远处的富士山若有若无。次日，茫茫大海上，一轮红日冉冉升起，染红海浪，天空微风不兴，远山隐约可见，烟雾袅袅。就在这时，含情脉脉的井筒的身影也浮现出来，脸颊如雪一般白皙，那定睛盼顾的眼神，令甚左卫门魂不守舍。他闭上眼睛，再睁眼看时，那面影便消失了。

有了这样的体会，甚左卫门更感到浮世宿命因果的纠缠。他在宇津川的东原，在八棵朴树的树阴下结了一个草庵，一边俯瞰鞠子川的流水，一边念佛度日。他想起这座山上从前曾住着一位连歌师，有"两袋木炭、三捆柴禾，过完一年"的句子。以前的朋友来了，告知他明天就是新年，并送来了花瓣饼。装饰新年的松枝，看似若山峰上的松树，谷底长满了里白，潺潺流水从山间石缝中流出，河水波浪层叠，一如往昔。看着这些，有乐无悲。除夕夜，他才住进了草庵。

草庵泥壁上的寒窗透着冷风，不知何处安放枕头，想起古歌中"梦中不再逢伊人"，但井筒的身影却又历历如在眼前。她默默无语，甚左卫门彻夜为此烦恼。直到天亮，那面影才消失。次日晚上又复如此。如此到了二月底，他对谁也没说，心里只有烦恼。接下来慢慢消瘦衰弱，自知大限快到的时候，因草庵为落叶所掩埋，起火烧掉了。

而据说远在武藏野的井筒，也在次日的此刻，在睡眠中离开了人世。

五　草庵中也有恋情

植物开花，人心也开花。当初，据说那位别号为牡丹花的人①，曾骑着牛在开满油菜花的田野上散步。想来应该很惬意了。

话说天王寺的盐町，有一处离群索居的人居住的地方，称为"难波的嵯峨②"。景色堪比京都的北山，在那里可以眺望生驹山、葛城山、二上山等山峰。所谓二上山，是仿照中将姬出家③的史迹而命名的。这里是许多比丘尼聚集居住的地方。

虽然也有后世之愿，但那些快要老去的人，即便死了，子女也不会伤心哭泣，所以只有在这样的地方安身了。然而，再仔细看看，这里却也有身穿二尺五寸宽袖和服的、年龄不过二十岁的年轻女子，令人想起从前那个女子④在佛前也是这样的吗？几个人敲着木鱼，点着线香，看上去似乎既一本正经，又有点滑稽。这是因为她们总带有色情之气的缘故。

有的女人和男人分手了，当即削了发；有的女人没有了爹娘，不想被叔母照料看管，来到这里；有的女子还没有找婆家，便已经传出了绯闻艳名，为消除影响而来到这里；有的女人因与人私奔而离婚四五次，名声坏了而削发，扔下父母，冷热悲喜全都弃之不管了，来到这里。那些花和尚见此，便乘虚而入，对她们说："极乐净土就在这里！"夜晚听到这样的诱惑，就蠢蠢欲动起来。心想："佛什么闲事也不管，倒是不错。"于是平常吃的粗粮山芋，就逐渐换成了干鳕

---

① 别号牡丹花的人：肖柏，江户时代著名连歌师。
② 嵯峨：地名，在京都市西北角，也是风景名胜地。
③ 中将姬：右大臣藤原丰成之女，笃信佛教，十六岁出家为尼。
④ 从前那个女子：或指镰仓时代武将平清盛的爱妾白拍子，后出家为尼。

鱼、咸鲅鱼。那些掩人耳目偷偷来卖鱼的小贩，在货筐的底下留出通风口，里面装满了剔骨鸭、鲤鱼薄片刺身、炒鸡蛋、醋蒸鲶鱼饭等，每天都做她们喜欢吃的荤腥，过来兜售。

上了岁数的尼姑则成了色恋的牵线人，只见她常常从随身带的袋子里拿出什么东西，塞进年轻尼姑的衣袖里，看到有人过来，则立刻装作聊闲话的，真是奇妙。当这些事被发现的时候，寡妇们往往会成为寺院和尚的猎物。而对那些花和尚嫖宿女郎的行为，人们往往还是宽容的。

经常可以看到早晨从岛原妓院走出来的法师模样的人，穿着带家徽的短外褂，戴着一顶大草笠，很是引人注目。仔细一看，却是附近的和尚。"这是怎么回事？"当人疑惑不解的时候，丹波口的茶馆太郎兵卫便笑道："这可不是个别现象哦！"反正都是要去关东的寺院修行的小僧，释迦也会原谅。在路途中他们不会斋戒禁欲的。

这里就是当今所谓的"腥寺"吧，过去一看，在西侧的篱笆墙上，粘贴着一张纸，上面用万叶假名①写着："屋弥样於路志薬有"②，这也很有意思。然后到南边的乐人町看看，听到从那里传出笙声，其音质美妙不亚于京城。过了这里，前面就是衣浦、御所芝、太刀造江，接着就是敷津，路上都铺着沙子，路旁都是名胜之地。再走下去，就是名叫今宫新家的街道。这里一天到晚都是锣鼓喧闹，佛寺内不断传出动听而又庄严的念佛声。这里的庵主，据说曾是在堺③的花街柳巷服务过的名叫久米之助的女人。

当地介绍说："久米之助像现在这样，还是在她被一个财主赎身后，只和他交往。但那财主很讨厌她的父母，久米之助无可奈何，终

---

① 万叶假名：在日本字母（假名）发明之前，曾用汉字标记日语，《万叶集》就使用这样的方式写成，叫做"万叶假名"。
② 屋弥样於路志薬有：意即"屋弥先生处有药品批发"。
③ 堺：堺市，地名，在今大阪府。

日叹息。她反复向他解释说，身为女儿，亲情注定，但那男人就是不听。那财主想好了两条出路，对她说：'我也不想招他们讨厌，现在有两个办法，一个是你与他们分开，自己过，就像你当初做妓女时那样，不见父母的面；或者你出家为尼，还能保持亲子关系。何去何从，你自己选择吧！'久米之助说：'长时间托你照顾，真是太感谢了。我绝不会离开你。也不会再找别的男人。'于是当他的面剪去了对俗世生活而言很重要的黑发，出家的衣服也早就准备好了，于是这个男人才打消了疑心，感动得泪流满面。这事在花街柳巷都传遍了。"

接着去住吉的海滨捡拾蛤蜊，寻找松露。"不能喝凉酒哦！"于是拾来落叶点起篝火烫酒，大家都尽情畅饮，正在嬉闹时，从堺来的一帮潇洒男子加入进来，更加热闹了。

新町的花街已经转遍了，于是被人带着到了乳守①勘兵卫的店里，正赶上女郎们在门口站着的时候，从身姿来看，确实与大阪的女郎颇有些不同。这里号称"四大天王"的市桥和小泽，听说她们胸口上的伤痕也是因为讲义气所致，更觉得难能可贵。于是把这里的女郎全都招来，饮酒作乐直到天明。大家唱起"千秋乐"②，松风、万岁乐介、木清三个男人开心大笑，然后一同出去，朝着叠屋町或者是越后町的方向——反正是他们想去的地方——走去了。

---

① 乳守：地名，在今大阪府堺市。
② 千秋乐：酒会结束时唱的谣曲《高砂》的片段。

卷八

一　前世注定因果经

世界之大，生意买卖不必操心。老僧隐元[1]手提一根如意棒，从遥远的地方过来游走行商。他也没想到年来佛教大盛，赶上了好时候，这也是时势自然之恩惠。但是，他并不懂得如何使用金子银子，一生也没有发财享福，死了以后，也没有多少人知道他。可见人生一世，不过如梦而已。

那时，大津的柴屋町，有一个名叫六弥的女郎，不论昼夜，嘴里总是不停地模仿铁炮的声音，老板不断地提请她注意，但她总也改不了。她长相一般，本来还有一些客人，但后来人家都嫌她嘴里砰砰不停的铁炮声吵得慌，最后都不来了，于是生意也就做不下去了。

在关寺的附近，住着一位令人尊敬的木食[2]的法师。据说这位法师有通天之眼，擅长给人相面。老板看到六弥嘴里不时地发射铁炮，感到可怜，便带着她和其他女郎，拜访法师的草庵。进来后，看到房间里挂着日月图，还放着筮竹和旧黄历之类。

---

① 隐元：中国明代福州福清人，21 岁出家，63 岁时去日本，在山城宇治建立万福寺，82 岁时圆寂。
② 木食：食用五谷之外的草木果蔬。

一个女郎让法师看一眼，便问因果。法师思忖片刻，说："你的前世，是镜山的猎户，因为你猎杀了许多动物，所以现在有报应了。"老板在一旁听了，流着眼泪说："真是明天如何，今日不知啊！今天来的这些女郎，各自都有自己的难处。所以想顺便问问前世今生如何。您看，最眼前的这位姑娘，皮肤尤其有点黑……"法师看一眼说："她的前世是小野的烧木炭的人。虽说草木无心，但把嫩枝鲜花毁掉，化为青烟，烧成木炭，也是罪过啊。"

老板又指着一个女郎说："这个姑娘的鼻子有点小。"法师说道："她前世是彦山的大天狗。因接吻的时候，鼻子碍事，就向诸天祈祷，于是就成了今天这个样子。"

老板说："这个姑娘上身有点短。"法师说："她前世是河内的棉花棉布店的。曾经把本来应该是两丈六十的布，缩尺减寸地卖给人家，故得此报应了。"

一个女郎的手太粗大，法师说："她是专做曲艺用工艺品的匠人托生的。因为老是引诱年轻人学习那些无用的曲艺，所以今世遭此报应。"

这时有一个女郎说："我顺便问一下。同样做女郎，大家坐在一起，脸型长相都差不多，但有的人一个月三十天客人不断，像我这样的就没人待见。也有的人天天看不见老板的好脸儿。像这样的事情，我真的想不开……"

法师说："你的前世，是个隐居的老板。一天到晚光是在家里下棋打牌，把那位本来想去花街柳巷游玩的年轻人，都拉到家里下棋了。现在就见报应了。有的女郎，本来老板让她休息几天不接客，她却不开心，因为她的前世是个吝啬的寡妇。一个人待着，到了晚上想起从前的男人，睡不着，老想着零钱别让孩子给偷去了，所以人才变得这样无聊。所有的女郎，今天所经受的，都是从前的因果报应。不过，虽暗自流泪，还是强颜欢笑，心地诚实，不说谎话。这就算是正直的人了。但有时说几句假话，那也是权宜之计，和商人为了生意上的需要说点谎话，其实没有不同，原也无可厚非。我自己如今落到这步，也是因为四十五岁以前沉溺于恋情不可自拔，真是不知如何是好。现在，秋天盂兰盆节就要临近了，为了祭奠亡灵，也想看看久别的故乡，我想起程到越中的立山去一趟。"

于是法师向北越过逢坂关隘，路过琵琶湖，看沿岸挂着的灯笼，继续前行，经过了许多天，终于到达了立山。山脚送灵的篝火隐约可见，吹来阵阵松风。从这阴森寒凉的山间，传来女人的哭声。法师闻声拨开草丛，走近一看，只见一个男人插着腰刀，一个女郎拿着剃刀，现场与各地的妓女情死场面一模一样。

仔细看看，都是法师在大阪见过的女郎，其中有久代屋的红井、纸屋的云井，京屋的初之丞，天王寺的高松，泉屋的喜内，伏见屋的久米之介，住吉屋的初世，小仓屋的右京，柏屋的佐保野，倭屋的市之丞，新屋的行方，丹波屋的濑川，夜间屋的春弥等人①。大阪新町的女郎大体就是这些，其他的女郎都没见过，也不知其名。这场面真是可怕。大概半个时辰血烟升腾，染红了周围草木。等到天亮，这情景便消失得无踪无影了。

仔细想想，这种情死，其实不是为了义理，也不是出于人情，而是因为受到了束缚，感到了人生无常，被逼无奈，进退两难，所以一死了之。之所以这样说，其证据就是大凡情死的女郎，都属于下等的端女郎。而有地位身份的男人，哪怕为了恋情而形销骨立，也不选择情死这条路。上述的那个纸屋的云井，本来身份是个太夫，却也选择了如此不堪的死法，真是不可思议！不过这只是例外，正如俗话所说的：好货不便宜，便宜无好货。

_____

① 以上都是当时情死的妓女，大多有案可查。

二　落下账本露内情

在京都玩游船，看是在晚上所以尽情地玩，花多少钱都没关系，因为老爹有钱。就像一首歌所唱的"十五的月亮十六圆"，那天正好是七月十六日的盂兰盆节，和歌中经常吟咏的中山和松崎，都点上了祭奠的篝火，各个寺院里都挂起了节日的灯笼，在石垣町①的茶馆二楼热闹非常，那里在跳祇原町的盂兰盆舞，不来看的人就没了跟人聊天的话题。这一夜京城的情景，真想让朝鲜人也来看看②。喇叭和锣鼓，还有其他各种各样的乐器，此起彼伏，动人心弦。连那位眼神不好的地藏，虽看不见却也激动得彻夜未眠。四条河原的歌舞伎年轻男演员，也都打扮得各有特点，松竹屋的姑娘看上去也比白天更漂亮。此外，全城五十八个茶馆女郎都穿着洁白的麻布单衣，束着黑腰带，在夜色中尤为显眼。

一帮好色的男子，都集中在山屋，坐在房间里，手里拿着替换用品，商量着上山的计划。各人都说自己的意见，其中有个特聪明的人，从怀里掏出一指南针，说道："咱们就朝针尖所指的方向走。"可是，本来是应该指向北方的指针，却好几次往西边倾斜，有点奇怪。见此情景，乱酒与右卫门说："从这里往前的地方，是京城的磁石山，是吸附金子银子的地方。我来引路，见机行走，肯定没错。我们就从这里出发吧！"于是，吹着野风出发了。

好不容易赶上岛原的盛大舞蹈会。妓馆的门口，并排放着很多捣杵，长长的蜡烛亮光四射，檐端的灯笼如星光落地。据说四州以南，人都长命百岁。在所谓"不老门"的大门外，那些游客都在中门那里

---

① 石垣町：位于京都市东山区宫川町一带。
② 当时有朝鲜使节来祝贺幕府将军德川纲吉就职。

把腰带寄存起来，然后被人带着，走进一家家妓馆参观。只见店面地上铺着红地毯，无论老人还是年轻人，都是一身便装，看不出是什么身份。

不愧是皇城根下的风俗气派，数千人在鸦雀无声中，只听那头发梳理得一丝不苟的六兵卫喊道："舞蹈开始！"于是，弥七、权兵卫便合着节拍，唱道："弗鲁兹嘛依嗬嘻、亚萨、吆咦吆咦吆咦！"起了三个节拍。

在大阪屋，十八位女郎都穿着带有芦苇螃蟹图案的单衣，系着叠石图案的腰带，短外褂上带着"梦"字的图纹。此外，有三十人装扮成热恋中人，十二人装扮成神主，还有十人装扮成耍猴人，十五人手里抓着小鹰，牵着八条狗，还有装扮成卖炭人的。神乐庄左卫门戴着乌帽子，做出挤眉弄眼的表情，模仿那些市井小民。有人装扮成中国人，但压根儿就不像是中国人；也有人裸体，手拿着灵牌。无论是太夫还是天神，全都梳成男式的高发髻，穿宽袖和服，看上去就像是美少年，无论是僧人还是俗人，无不被惹得心旌摇动。

这其中最引人注目的，是八千代的身姿动作，珊瑚太夫、唐土太夫的草帽，九一郎的头巾。"啊！我喜欢！"这么一喊，跳舞的节奏全乱了。新町妓院的室内舞，在不同的地方跳起来，也是各有风情。梦太郎、弥七、庄左卫门、与平次、玄海，这些人在难波都曾有聚会，这次又有岚三郎四郎加入进来，与十一位女郎一起，尽情饮酒作乐，喝得酩酊大醉，最后连喝的是酒还是油都分不清了。"听啊！钟声敲响了七下啦！"有人提醒说，于是有人只得恋恋不舍地回去了。

神乐左卫门被人安排，像烂泥一摊睡下了。玄海也喝醉了，已经不省人事。愿西弥七被自己喜爱的女郎抱着头，女郎担心地问："喝水不？还没醒酒吗？"这也很有趣。都是京城中的不胜酒力的人。为了回应人们的关心，特将这三位奇葩的情况写下来，张贴在妓院出口五轩茶馆的门口。原来这家茶馆和别的茶馆不同，它正好冲着妓院的大门口，是岛原很热闹的地方。东寺附近的百姓看了这张纸，却说："当法律条文贴了吧？"这也很可笑。

看上去，女郎倒是没有喝醉的。也许是因为具有服务意识的缘故吧？万事都得小心谨慎。常常昼夜不得安睡，但毕竟没有把身体搞垮，这可不是一般人能做到的。特别是心情，必须一直是从容不迫的。即便是与自己喜爱的男人相会，时间也很短，就是在晚上的客人离开到早上的客人没来之前，只有两个小时的愉快时光。在这短短的时间里，自然是不能进行，依依不舍了。"想想若是外出旅游十几天，没有熟人相伴，那可真是轻松啊。"

正在这么说时，只听妓馆门口有人喊："老板啊！不出来散散心吗？今天白天的船要去大阪呢！"说话的是两个今天跑出去玩的财主客人，他们在跟这里的老板打个招呼想出去游玩。这时，正在二楼聊天的太夫们走到楼下房间，问道：

"要出去好久吗？"表示出舍不得的样子。

"不，只有四五天呀！"

"道顿堀那里，有没有游伴呢？"太夫问道。

"荒木与次兵卫①那里，都是些男演员，能干什么呢！女人嘛，不考虑了！"

"其实我想听的就是这句话！"太夫说。

"大阪那里从前认识的有名的女郎都不在了，君川和吉田是初次相识的，这次也打算去会会她们……"

"您说的这两个女郎的客人，我们今天也接待过了。"

"你们之间，会互相通报各自相好的男人吗？"

就这样，双方都没话可说了。实际情况看不见，只能问一问，免不了心里不舒服。不管是哪里的女郎，在这个问题上的心情都是一样

---

① 荒木与次兵卫：大阪道顿堀的著名艺人、演员。

的。男人看透这一点之后，有时觉得还不如跟小侍女一起玩更轻松愉快些。

在节日期间事先约好的客人，但到了时候客人却没来，那么女郎又接待了另外的人，这样的事情，即便是那些达官贵人也说不出什么来。这也是为女郎拉更多客人的一种手段。在五个盛大节日期间，客人可以答应女郎更多的要求，要是在平日，跟客人要更多财物，往往是得不到回应的。从前，客人都是通过引舟女郎，询问太夫有什么愿望和要求，如今这种情况却没有了，真是到了末世啊！

近年来，女郎的日子也不好过了。关于服装，官府公布了各种禁止奢侈的法规，若没有这些规定，女郎就会说中国进口的丝绸衣服穿旧了，上衣没得穿了。所以有人感叹："什么事都需要花钱呀！"

听了这话，有一个人说："昨天跳舞正热烈的时候，从一个马仔的衣袖里，抖落出了一样东西。当时我提醒他：'喂！您衣袖里抖出东西啦！'他不听，还在继续跳，于是我捡回来了。"大家拿过来打开一看，原来是装在一层布袋中的太夫的账本。

账本上写着"高宫原产布一匹，八十六匁；双层地锦衣带一条，五十九匁；漂白布三匹，一百五十目；浆糊一瓶，三文；白粉两盒，八匁六分；放生鸟①三只，三十文；给母亲，金子一两；信笺两本，六十四匁；鸡蛋饼，一百文；鲤鱼，二匁三分；守护本尊佛制作费，小判三两；为妓馆垫付，九两二分；酒桶和双层饭盒，十八匁；爱宕桑代为参拜，钱五百；竹皮草屦两双，七匁；香店买香，小判五两；吃面条，二匁；采耳朵，一文。"等等。越看越觉得有趣。看完了最后给她合计一下，从正月到盂兰盆节的总支出，共计九十一两二步金、三匁四分银。再核对一下她的收入簿，一共是七十八两一步金。也就是说，到七月份，她一共亏欠十四五两金。照这样下去，到了年底，

---

① 放生鸟：为供养死者而放生的鸟儿。

她一年需要借贷二十贯目的银子。看来无论怎样辛劳，最终还是亏。

三 名妓井筒被赎身

在新町的花街柳巷，八月十五有赏月的茶会，没有繁琐的仪式规则，弥七、桑五，还有岚三右卫门等人，来到茨木屋里面的客厅里，参加茶会。今晚的茶具都特别令人满意，大家高兴之余即席吟咏俳句，然后把俳句写下来，喊道："拿纸来！拿砚来！"但拿来一看，跟别处妓院一样，纸张、砚台都偏小。无奈，阿平便把自己身上带的毛笔拿出来。因平日多练书法，此时一挥而就，十分优雅。

老板长左卫门沉浸于歌曲和三弦声中，不觉夜色更深，抬头一看，外面的天空是阴云密布。看到南面的纸拉门上，映着一位看似法师的人的身影，问道："是何人？"回答："月亮就要出来了！"是小侍女秀野的声音，遂吟唱道："真是难得啊，善哉如斯！"连跟人交杯敬酒都忘了。古诗有云："花下忘归。"指的就是这种花天酒地的游乐吧。

酒肴已经吃得差不多了，又开始一轮饮酒，真是兴致勃勃。三更的大鼓敲响了，大家也是充耳不闻。听到"请客人散场休息！"的提醒后，大家猛然知道时间到了。但这些客人都是老客，就不必在乎四更五更了，于是妓院方面的侍者也不再说什么，小侍女也没去睡觉，女郎虽说不是那么用心，但也坚持陪着客人。

接着换了一种玩法，开始打扑克。玩牌来定胜负，最早输了的，就脱光衣服，用墨汁画上黑胡须，拄着拐杖转圈；第二个输了的，就让他穿上围裙擦拭房门；第三个输了的，就让他捏着鼻子翻跟头。这样定下来后，说道："就这样，开始吧！"结果有客人输了的，也有女郎输了的。"定了的规则就要实行哦！"但也有人说："怎么能让女郎裸体呢！"于是通融一下，让女郎把衣襟撩在臀部以上，不画胡须，而是把一侧眼眉的妆洗掉，不拄拐杖，而改为手持吹火竹筒，在土间①里转转三圈。

除了这些过分的游乐搞笑活动之外，还有新的项目。以太夫为首，其他的小侍女、妓馆的马仔、女佣、勤杂工、座头、帮闲都过来了，为了一个大财主，人们夹道塞巷，排了一排，足有一町多长，一通大张旗鼓来逛妓院，就是如此威风。旁者看了，均艳羡不已，心想自己要能这样多好！那位大财主，待人和和气气，谁都想与他交朋友，与太夫相处也让她感到自由自在。当然，若仔细听听，也不免有一些粗野土气的言行。尽管如此，却没有一个人是悄悄来、悄悄去的。那些随从人员，恐怕也都想模仿自己的主人吧。

虽说是町人，但有人在官衙奉公。有的官人哪怕丢掉了官差也要花公款玩妓女。这属于犯罪行为，是被严格监督的，所以连晚上走路也小心翼翼，逛妓院的事情自然就免了。

妓院关门打烊的时间被规定为晚上十点。有时候留宿妓院而在早上回去的客人，在吃饭的时候，不得不面对老爹，感到好不自在。就这样持续十天后，决定好好在家干活，但一旦收到妓女"再见不到您我就不活了"之类的书信，连账本上的账还没记完，便朝妓院飞奔而去。

还有，那些依靠父母生活的儿子，为了讨身边仆人的欢心，便会说"腊月底你去剃个角前发吧！你的鲨鱼皮刀鞘好用吗？再去涂点黑漆吧"之类的话。说得真真假假的，还会说："我今天出去学手艺了，回家会晚一些啊！"仔细叮嘱仆人："即便你知道了什么，可千万别说出来呀！"还把自己平时常用的包袱皮送给仆人，诸事想得很周密。不管怎么说，老爹还是很可怕的。但母亲都是理解儿子的，把寝室整理好，门也虚掩着，屏息静气，蹑手蹑脚地，一听到老爹的呼噜

① 土间：日式房屋中没有铺地板的土地的房间。

声有变化，就吓得心怦怦直跳，心里暗暗向松尾的酒神祷告："老爹睡前喝了酒，可千万不要让他醒来啊！""要早对他说明天一大早出去办公事，那就好了。"虽说周密安排，但心还是不落地。"大概那些在人家做养子的人，就是这样子担惊受怕的吧？"就这样拿别人来比照自己。

像这样的人，家里的钱是不能随便用的，所以就要琢磨着怎样借钱。在堺市，赊账购买定期交货的药物，本来值十贯目的东西，只给四贯目，只得吃亏；借贷一百两小判金币，作为手续费和保证金，要拿出十五两给人家，而且讲好的利息是八成；借一百石米，要扣除各种费用，只交付七十五石，转手卖了的话，只卖五十石的银钱。可怕的是，还要签署承担责任的文书。借期快到时，又得借新还旧。一年到头，为了这种事也一直不开心。苫茂、玉市有两个人，涉足妓院不足三个年头，仅仅利息就欠下了二百贯目银子。嫖资就是这样慢慢积累起来的。

不过，有人手里有钱而不花，那也不会享受人间乐趣。钱不是从上辈继承下来的。当初父亲是从小本生意做起，身上穿不起丝绸，嘴里喝不起浓茶，鼻子闻不到伽罗之香，只是斤斤计较着做着小买卖，一点一点地攒了一些钱，常年辛苦劳作。进京办事的时候都是徒步行走，随身带着做好的饭路上吃，在路旁的松树下露宿歇息，手捧河里的流水解渴。去找挑着担子到乡下行商的人，真是不辞辛劳。但是传到了儿子这辈，却从来脚不沾地，乘坐三人抬的轿子，前面放着旅途用品，后面带着紫色的棉衣，到了交野一带的村庄，就问当地人："在原业平有歌云：'世间樱花应常开。'此地有没有常开不败的樱花呀？"又问从前的事情，拍着手，唱起了《井筒》①里的一节唱词："听说那'在恒'，应是小娘子的旧名。"

①《井筒》：日本古典能乐的著名曲目，作者世阿弥。

接着问："这么说来，丹波屋的那位井筒姑娘，应该从妓院里出来了吧？"仆人答道："好像一直到前天晚上，还跟以前一样在妓院服务呢！而且还指点茶道。您突然这么说，那她应该是中断了妓院的活动，到了关西这一带了。还听说她被赎身来到了下博劳町一带，又有人说今天她到了长堀一带。各种说法，不知是否可靠。也许被传说中的应长的鬼抓去了吧？""难道就不能知道她的下落了吗？给你看这个！"于是取出一封用上古风格写的信，说道："这是在她此次赎身的时候，因我们有因缘，故写此信告别。见信思人呀。现在井筒被高丽桥那边的鲛皮店或书店的老板娶回家了。"仆人听罢说道："您没有把她娶回家去，真是遗憾呀！"

一般而言，女郎一旦被赎身，一般都会变成邋邋遢遢的样子，叫人觉得不可思议。终究妓院才是她们待的地方，被赎身后，最多像个普通少女就不错了。在平民区中，在来来往往的普通女子中还算出色，毕竟一半已属于人家的人，要是还跟从前那样，那只有在未赎身的时候才行。尤其是在未赎身前，就被许多人熟悉了，心里总是惦记着，有时便顾不得世人说闲话。虽说与有夫之妇有瓜葛总是不好的，但是这种事情常常也是难以控制。就像那个被赎身了而传出闲话的总角太夫，如诗歌中所说的"不老门前"的日月[1]一样永远不变，那恐怕是不可能的吧。

四 搜寻美人天涯行

在荒山野岭，穷乡僻壤，一般说来是没有什么美女的。要说大名鼎鼎的几位太夫，那要数彦左卫门那里的吉野、三浦四郎左卫门那里

---

[1] 不老门前的日月：出典是《和汉朗咏集·下》中庆滋宝胤诗句："长生殿里春秋富，不老门前日月迟。"

的高尾、山本屋那里的利生、九兵卫那里的夕雾。这四位太夫被称为"四大天王"，客人很多，一年当中一天也没有空闲。

在小船町有一位名叫津田的男人，很喜欢吉野。在繁花似锦的春天未能如愿得见，终于约好在四月四日和五日两天见面。于是中午过后就赶往茑屋的市左兵卫那里。去了以后，左等右等也不见她的影子。"虽说以前不认识，但也不能让人等这么久吧。到天黑就有别的客人来了，就没有我的时间了。"这样想时，七点的钟声已经响了，只见太夫被妓馆的德兵卫带领着，不紧不慢地来了。像京城的妓馆一样，男人进了房间后，就不觉得有多么尴尬了。

两人交杯换盏，说了短短的几句话后，太夫就说："明天再见吧！"起身就要离去。津田赶紧上前拉住吉野的衣袖说："别急嘛，好太夫！我已经在此等了半天，想听听您说几句缠绵话，您就这样走了，就让我觉得似乎还没有做梦就醒了一样，您再多待一会吧！"吉野太夫说："您很喜欢我，我也不认为是一时冲动。但是您站在我的角度想想看吧。对不起了！"津田说："今天是第一次见面，但是我老早就不断地想象着，到时候见到您是怎样的情景！我现在这样说，或许明天就能体会到了。您的样子我已经留在心头了。您请便。"吉野只是回答说："明天见。"说着，吉野就像吉野山上的繁花一样从眼前消失了。

津田立刻觉得很寂寞，听着周围传来的弹唱声也觉得无趣，心想，还是回家吧！走出妓馆，发现街上十分黑暗，一个男人提着长棒护送他走上河堤，看见河边设置的一个个哨棚里透出灯光，也看见卖萤火虫的乡下孩子的身影。沼泽中的莲叶在黑暗中虽然看不见，但飘出阵阵清香。或许是为行人刀剑的磕碰声所惊扰，水鸡飞起扑打着翅膀。有的人是悄悄出来冶游的，于是有人便在这里兜售假胡须和头巾，也有人在兜售冰凉的泉水。一排马匹拴在这里，等候着主人。看来晚上来玩的人当中，似乎什么样身份的人都有。远处来的人过去是租用马匹，如今则是乘坐快船了。

按照吉野太夫昨晚的话，当天回去，今天早早地就来了。吉野太夫并没有食言，热情而又愉快地接待了他，铺好被褥、摆好枕头，两人连续交欢五次、七次。这位津田原来是古今罕见的高手，搞得吉野太夫将全身托付。就在这时，津田却说："昨天你让我回去，今天我又一大早颠颠地赶来，真叫我不爽啊。现在你就自己一人睡吧！"说罢起身而去了。

这样，吉野就感到很无趣了。但这种事情也不好跟别人说。自己虽然没有做什么坏事，但是看来像这样随便甩客的事情，今后不能再做了。男人初次来见面，显得自己跟女郎已经很熟似的，所以被甩了。这种事在京都大阪都是一样常见的。首次上床，不管怎样，什么也不说，内情别人也不会知道的。无论是曲意奉承，还是真心崇拜对方，若没有感情交流总是不行的。没有比那些劳心费力的好色狂更累人的了。

生就的脸庞，是不能一下子改变过来的，也不能把塌鼻子弄成高鼻梁。不过，谁都想穿漂亮的外套，衣物及身上带的用品也都想要新的、好的。但是，不管当时如何流行，孔雀屏花纹、网状纹布、斗状纹的布料，还有唐人杨贵妃及日本自国的宽袖，都不适合逛花街柳巷的人穿。若不是穿三层夹衣，看上去便不够优雅。假如不把自己整得漂亮潇洒，那还是不要来逛妓院为好。

一直随心所欲地逛花街，其实也没有什么特别之处。太夫见得多了，就会发现她们多少都有缺点。津田心想："没准儿，那些良家女子中也有美人吧？在各地找找看，这样今后就不再逛妓院了。"于是带着几个志同道合的朋友，找遍了所有的城镇村庄，踏遍了无数的山路，就这样找了一年，结果一无所获。

日本全国找遍了，那就到远方的松前岛①上去找。这里人烟稀少，

---

① 松前岛：在今北海道松前郡松前町。

踏开原野上的荒草，海湾三里的景色便展现在眼前了。虾夷千岛的松树在风中摇曳，岩石形状各异，美不胜收，随着波涛被推上海岸的花贝，色彩斑斓，煞是有趣，让人大饱眼福。夕阳洒到海滩上，宛如八色玉石齐放异彩。古树像是青龙，岿然不动。岩石上的金色小鸟，一点也不怕人。跟这里的风景相比，松岛就更不在话下了。

古代的歌人，一看到这样的风景，必定吟咏和歌流传后世，很可惜这里没有被吟咏过。皎洁的明月，就这样寂寞地照着。从山脚下远远地攀登上来，闻到一股香气，心想这里的藤花冬天也开放吗？仔细一看，那花穗都已经褪了色，混杂在落叶中，却像谁人的衣袖，发出淡淡的清香。大家都看呆了："这里的草木都有精灵吧？"继续前行，却见一个牌子，写着："前方是臼善光寺。"

既然这里有寺，就顺便去看看，于是分开草丛，登上山去，眼前出现了一间草庵佛堂，里面只有佛像，却没见有供香的和尚。环顾四周，只见南面的屋檐下有一位京城风格的女子，静静地坐在那里，衣袖飘香。他们心想，莫非遇上了狐狸精么？仔细看去，却是一个女子。于是问道："您怎么到了这里来呢？真是叫人想不到啊！"

那女子含着眼泪说道："家乡有人来，真是感到亲切啊！说起来，我从京都到大阪的新町，九岁的时候就被卖到木村屋的又次郎那里，十一岁的时候当了小侍女，到后来做了太夫。可是，前些年被称为芜菁的老板娘的新屋清春那边，发生了一场火灾，浓烟随风升起，在烟云中出现了一个高鼻子的带翅膀的人，我就被他抓起来，像做梦一样就来到了这里。此后就做了山中修验僧的小妾，久而久之就习以为常了。如今，在妓院时的夜店生活全都忘光了，做小侍女时的那个叫做金作的女孩儿，就是我。"

讲完自己的身世，她又问道："你们为什么到这样的荒岛上来呢？"

津田回答说："说实话，是因为深陷于色恋，想到处搜寻日本的美女。以前理想的女子一直没有遇到，这世界实在太狭小了。"女子说道："那是因为你们的眼界狭窄、知之不多，不知道美女到底在何处。这是我坐着风车，在各地所见到的美人名册。"说罢递过一个纸本来，与此同时，她却一下子消失得无踪无影了，只留下了风吹杉树的沙沙声。

津田一行觉得害怕，于是下了这座山，坐在没有草的石崖上，翻阅她给的那个本子。看到上面有所谓"当代美艳录"，其中写着江户的花紫，京都的京太夫，大阪的总角，另外还有京都、江户、大阪三城的其他太夫的名字。看了这个名册，他们才明白：除了女郎以外，别处是没有什么美人的。于是，他们又回到了妓馆。

五 女色台上大往生

想做的事情，做了二十年，恍如一梦。赏春花，玩秋月，吃人参，泡女郎，处处都要花钱才行。全日本的花街柳巷都转遍了，如今又来到了难波的花街。这里的夜店，是哪里都不能比拟的。不必去看什么《古文真宝》之类，还是直接体验一千三百个女郎为好。

那些游客们，都向这里的热闹景象投来目光，无论是贤者还是愚者，都可以出来寻欢。这个妓馆朝北、靠近西大门的地方就是九轩町。立卖堀和长堀两条河滔滔流过，可以说走一步就有一个妓馆，走十步就有一个太夫。水沟里注满了水，是因为倾倒了大量喝剩的酒；烟灰缸横放在那里，是吸剩的烟头太多。一帮人抬着太夫用的大箱子走过妓院的南北街时，帮闲们也只好退避一旁。

正如把带家徽的灯笼熄灭了一样，一味沉溺于花街柳巷是愚蠢的。世传的老爹是世之介，自己被称为色道上的"二代男"，如今没有别的想法了，只觉得没有比真心真情的女郎的执念更可怕的了。有口无心的争吵，让她流出一串串的泪水，让她寒夜裸体站在一边，让她在秋夜的储藏室里饿着肚子，让她藏起来不要见那些有钱的男人，最后连妓院的节庆之日也不让她出席，甚至只好悄悄借钱度日。沉溺于色恋，每天都让她写来标着日期时刻的情书。实则没有真情，不知物哀，故作多情，制造波澜，心中老想着做一个"帅"的风流鬼，即便知道女方是真心喜欢自己的，也不为她所动了。

女人为自己剪下的指甲，已经多得可以盛满一个箱子。如今这些都成了无用之物。在信浓地方的火山，把指甲撒上去烧成了灰烬。女人为自己剪下的头发，像大海中的水草一样多，无处丢弃，只好收纳在高野山的骨堂。那时正值弘法大师的八百五十年忌，以此凭吊。把收到的千封血书埋入土中，命名曰"誓纸冢"。还和当年的田代孙右卫门①一样建了供养塔。女人切下的手指头也存了许多，和一百零八个念珠穿在一起，以作来世念想。

二代男将三十三岁的三月十五，作为在世间的最后期限。没有后嗣，一切都花光用尽，以便得以大往生②。这样做，是为了告诉那些享尽世间奢华的男人：事物是有限度的。

一位知情的和尚说："二十岁以前的游乐，都是进入色道的阶梯。"然后在下一个十年，才能达到登堂入室的境地，才能欣赏太夫的可贵可爱之处。假如四十以前不适可而止，那就会陷入无尽的深渊。把现有的金钱都花光，等到没有金钱来源的时候，再突然断绝冶游，那是很难过的。

世传得到一个奇怪的托梦，不知地点在何处，让他踏上了遂愿之道，找到一片草木萌发的原野，在一片干芦苇荡上点火，将一生中的情书堆起来放在那里，在烟火中双手合十。在临终时的睡眠中，天空出现五彩云，从空中降下一枚枚的一步金币，那是他平时播下的种。

---

① 田代孙右卫门：号如风，肥后国人。据说他曾为了消除斩杀千人的罪孽而回乡建供养塔。
② 大往生：佛教词语，离世，去世，往生。

　　比世传早离世的太夫们，要报答世传的恩惠只有在此时了。只见她们都变成了一尊尊的菩萨，拿过八叶图案的坐垫，弹起玉琴，和着三弦吟唱。金酒杯、银汤锅、七宝的点心盒、青瓷的名香，还有插头的花枝都拿在手里，浑身放出光芒。引导人去彼岸世界的引舟女郎，此时也出现了。女帮闲阿藤讨好似的挑逗着男帮闲石车伊右卫门，井筒屋的太郎兵卫随意待在一边。

　　登上玉阶，世间的倾城美女一目了然。在四周通亮的宽敞的二楼上，有吉野的身姿，和泉的身影，吾妻的美颜，三夕的身段，小太夫的风流气质，夕雾的含情脉脉，半太夫的优美，和州的引人注目，长门的默默无言，大桥的自然优雅。此外还有其他太夫，济济一堂。这番情景前世是不会见到的，这才是死前的功德。不用发愁金钱，不用管妓院的五大节日，何日想见太夫，均可如愿以偿。头北面西①而去，其乐何如也！

---

　　① 头北面西：释迦牟尼涅槃时的姿势，头朝北，面朝西。

好色五人女

清長画

卷一
姬路①的美男
清十郎的故事

一 恋欲令智昏 花街少人情

春天的大海，风平浪静。满载货物的船抛锚停泊。室津②是一个繁华的大港口。这里有一个以酿酒为业的商人，名叫和泉清左卫门，家境富足，万事如意。他的儿子名叫清十郎，生就一副英姿俊貌，比在原业平③的画像还漂亮。清十郎耽好女色，从十四岁的那年秋天就涉足花街柳巷。这个港口有妓女八十七人，个个都与他有来往。女人们写来的山盟海誓的书信达一千余封，铰下的指甲手匣里盛不下，剪下的头发可搓成一条粗绳子。大概无论怎样善于嫉妒的女子都会钻进这张情网之中吧。每天女人寄来的情书堆积如山，赠与的带家徽的窄袖便服，清十郎手也未沾就扔掉了。三途川的剥死人衣服的老婆子，看见这些扔掉的衣服，会大吃一惊，剥取死人衣服的欲望会大减。高丽桥的估衣铺，价钱也不会提上去吧？有人竟记住这位好色之人的家门口，预先守候在那里，把扔出来的东西收拾起来，认为说不定什么时候能高价拍卖，大发其财。此事真是荒唐！世人都慨叹说："过不了多久，镇公所的父子断绝关系的记录簿上，一定会有他的名字。"

_____

① 姬路：今兵库县姬路市。
② 室津：在今兵库县揖保郡，当时为内海航路大港。
③ 在原业平：平安朝前期的美男子，歌人。

但人一旦走上此路，就很难回头。

这时候清十郎又认识了一位叫皆川的妓女。他们不是一般的朋友，已结下了白首之盟。别人的诽谤，世间的谣传，一概置之不理。岂止月夜秉烛，大白天也关门点上灯，在没有白昼的天地里纵情玩乐。清十郎召集一伙下流的小兄弟，让他们模仿巡夜的梆子声和蝙蝠的鸣声，并让几个能说会道的人在门前烧茶，施与过路人。他们敲钟念佛，声称是为死去的久五郎祭魂，搭起了灵棚。他们不用麻秆，而是焚烧杨枝，作为送灵之火①。这些事情做完之后，说世界地图上有一个"裸岛"，要仿照他们赤身裸体，便在家中脱得精光。他们硬让很不情愿的妓女剥掉麻布单衣，妓女因肌肤暴露在众目睽睽之下，颇为害羞。其中有一位叫吉崎的围女郎②腰部生有白癜病，长年瞒着，无人知晓。人称"天生的弁才天③女神"。今日大家凑过来向她叩拜时，发现有这种皮肤病，大扫其兴。其他的女人，越是仔细端详越是难看。后来逐渐冷场，真是无趣极了。

恰在这时，气得忍无可忍的清十郎的父亲，以迅雷不及掩耳之势冲到屋内来。清十郎猝不及防，无暇逃避，只是一个劲儿地哀求："只此今日，下不为例，请父亲饶了我吧！"清十郎的父亲不予理睬，只是吼道："快给我滚！"说完走了出去。皆川等妓女哭了起来，真是搞得无法收拾。小兄弟中，只有一个叫暗夜治介的人，一点也不害怕。对清十郎说："俗言道，身无一物的男子汉，百贯钱也不换。即使只剩一块兜裆布，也能在世上活着。清十郎兄，你不必害怕。"即便在此时也还有意思，至少还可以吃肴喝酒，借酒消愁。

此事过后不久，妓院方面一反常态，清十郎拍手也无人回应，到

---

① 送灵之火：原文为"送火"。盂兰盆节的最后一天（七月十六日）为送走祖先之魂而点的火。
② 围女郎：是三等妓女，位于"太夫"、"天神"之下。
③ 弁才天：佛教中司音乐、辩论和知识的女神。

了时刻也不把喝的东西端出来。清十郎说："我想喝茶！"才有人很不礼貌地端两个天目茶碗出来。再回来时油灯的灯芯已烧掉了大半截儿。他把妓女一个个喊来，她们又一个个返回。唉！见异思迁本是花街柳巷的习俗，有金钱的时候才有人情啊！清十郎想，从皆川那方面来说，她一定悲痛欲绝。把她一个人留下在泪水中度日，真是可怜呀！我如果向她表示想死，她一定会说："咱俩一块死吧！"想到这里，他万分伤感，千头万绪，心烦意乱。皆川看透了清十郎的心思。她却说："你竟要去寻短见，这多么愚蠢啊！我虽也想说'和你一块死吧'，但无论如何，我对这个世间还有留念。接客的妓女这时都对你变了心，那是她们的本性。过去的事就让它过去吧！那都是以前的缘分。"说完掉头就走。

皆川这番话可真是出乎清十郎的意料，他大失所望，伤心地想，虽说她们是妓女，但抛弃了以前的熟客，也未免太狠心了，真是太残酷了。他眼泪汪汪，正要从房间内出去的时候，皆川身穿白色衣服走了进来。她紧紧搂住清十郎哭道："不死的话，咱俩何处可去呢？！要死，现在就死吧！"说罢取出两把剃刀。清十郎顿时大喜，不料这时众人赶来，把他们俩分开。皆川被带回雇主那里去了。清十郎被围了起来，大概是由于向父亲赔了罪的缘故吧，他被送到菩提寺的永兴院里去了。那时他年方十九，正值盛年，出家为僧，实在是很可怜的。

二　求人缝衣带　情书露出来

"哎呀！快喊外科医生！苏醒剂在哪儿？"只听得一阵骚乱。有人问："出了啥事儿？"众人叹气说："皆川自杀。"又问："没救了吗？"问话之时，皆川的脉搏已停止了跳动。哎！这真是一个是非不分的世界。因为这事隐瞒了十余天，清十郎才没有和皆川同死，真是想死的死不了啊！

清十郎的母亲捎话说，得让自暴自弃的清十郎活下去，于是清十郎离开了永兴院。因在播磨①国的姬路有熟人，就悄悄离开了室津，去姬路求访。那位熟人想起以前他们的交情，对清十郎多方关照。又过了一些日子，但马屋九右卫门这家商店，正寻找一个能够操持店面的二掌柜。清十郎想："那儿也许是长久的安身之地吧？"在关照他的这家主人的斡旋下，他开始了雇工生活。

清十郎相貌潇洒、脾气温和、精明能干，很讨别人的喜欢。尤其是，他虽是喜好女色的男子，但不知何时对自己的服饰打扮也不在意了。他厌倦了恋爱，每日勤勤恳恳地干活。店主也把一切都托付于他，对渐渐积多的金银喜在心头，对清十郎百依百靠。

且说店主九右卫门有一个妹妹，叫小夏。虽说今年已十六岁了，但对男人百般挑拣，至今还未确定终身大事。这姑娘，乡下不用说，即使在京城，也是良家女子中的绝色美人。京都的人说，以前岛原那地方，有穿着凤蝶家徽的太夫，但小夏比那些太夫要强得多。在此无需将长相一一列举说明，可以对比着太夫来想象。

小夏是个感情丰富的人，这也可想而知。那时候，清十郎把平常用的龙纹②衣带拿给中居阿龟，对她说："这个衣带太宽了，穿着不合适。你给适当地改缝一下吧。"阿龟麻利地解开一看，衣带里面有过去寻花问柳时遗留下的书信。小夏也过来翻阅展读。书信竟有十四五封，收信人都写的是"阿清"。后面的署名各不相同，有：花鸟、浮舟、小太夫、明石、卯叶、筑前、千寿、长州、市之丞、子良、松山、小左卫门、阿吉、出羽等，都是室津的妓女的名字。无论是哪封信，都寄托着女郎们的痴情，充满着她们的思念。小夏心

---

① 播磨：旧地名，今兵库县西南部。
② 龙纹：一种粗线纺织品。

想，她们以命相从，看不出接客妓女的虚情假意，字里行间洋溢着真情实感。如果这样，那些妓女当然不是憎恨清十郎。作为一个男子，他当然具有与之交往的价值，而且其中或许存在富有意味之处吧？无论是哪个女子，一旦相思起来都是很痴情的。不知不觉间，小夏爱上了清十郎。从此以后她昼夜苦苦思念。灵魂脱壳投入了清十郎的怀抱。她说话时也颠三倒四，不明不白，春花秋月，视若无睹；冬日雪落，不见其白；夏日杜鹃，不闻其声。何时是盂兰盆节，何时是春节，她已前后颠倒。相思在她的目光中、在言谈的细微之处都显露出来了。

在此间帮工的女用人想，这是世间人之常情，想办法帮她实现心愿吧。她们感到小夏很可怜，但与此同时自己也不知不觉恋慕起清十郎来了。管裁缝的女佣拿针刺破皮肤，用挤出的血写成推心置腹的血书；不识字的中居阿龟求人代写，把男人代写的情书叠好塞进和服袖子里；腰元把茶水送到清十郎所在的店里，本来这茶水不送也可以的；照看孩子的乳母借口来找孩子走近清十郎，把孩子交给清十郎，故意让孩子在他膝盖上撒尿，还用娇媚的语气说："你也结婚吧，快快生个孩子吧。我生了一个漂亮的孩子之后，就到这儿当乳母了。我男人是个窝囊废，说是眼下到肥后的熊本去当伙计了。我和他分手时，就已经扯了离婚证，现在我是一个单身女人呢！虽说我长得有点胖，可是樱桃小口，头发也打卷儿。"她的这些话很可笑。还有的下女，在盛咸鱼炖萝卜时，把鱼骨头和鱼头都剔出来，只把鱼肉给清十郎。此事也很可厌。

清十郎在这些深情厚意的包围之下，或喜或悲，自然而然地对商店事务疏怠起来，穷于应付香艳之事。后来觉得很是厌烦，变得像半夜醒来的人似的茫然呆滞。可是小夏却托人不断地送信来。清十郎也头脑发热，倾心于小夏。但在这个人多之家，不能偷偷行事，所以两人互相抱怨。恋能伤身，清十郎逐渐消瘦下去，漂亮的容貌也日见憔悴，自然是徒然度日。

渐渐地，他们以卿卿我我为乐，心想，生命为万事之本，只要活着，终究会成眷属，如此相互鼓励。而小夏的嫂子对这两人的关系早已设防。每天夜晚决不粗心大意。在店里、内宅和隔门处严加戒备。因而他们留心灯光。来订货的人下车开门的声音，对正在热恋的人来说，比打雷还可怕。

三　合拍敲大鼓　跳起狮子舞

播州的名胜尾上，樱花一开，妇女们不用说要趁机炫耀美貌，漂亮的姑娘也由母亲带着，出来夸示其风采。这也是当今的风尚人情。妖怪和姬路的于佐贺部狐①也容易被女人迷住吧？

但马屋一家也想出去春游，于是抬起一排轿子出发了。清十郎在最后压队。高砂和曾根的松树抽出新芽，青翠欲滴，沙滨的景色真是无与伦比。村上的孩子们，各自手拿竹耙子搂松树落叶，寻找采摘新鲜的松蘑。女人们有的采紫花地丁，有的抽白毛花穗，在草儿稀疏的地方铺上花色的坐垫和毛毯。大海一平如镜，火红的夕阳，与女人的衣袖竞相比美。赏花的游人却不想看山藤花和棣棠，而是倾心于但马屋一家的小帐篷，流连忘返。但马屋家的人们打开小酒桶，高兴地想，醉酒是只有人才有的乐趣，今日有女人助兴，干脆忘却万事，一醉方休。帐篷内净是女人在斟酒，男人只有清十郎一个。抬轿的仆人站在外面，对大碗酒感到心满意足，乐得不亚于做梦变成蝴蝶的庄子，喝得酩酊大醉，似乎整个旷野也归自己所有了，一副忘乎所以的样子。

这时才发现人们都站立起来，打起了花花点儿的大鼓，开始演

---

① 据说是姬路的守据神形部大明神的原形。

出大神乐①，朝着人多的地方跳起了狮子舞。狮子头的制作很是精巧，可真是个绝妙的玩意儿呢！众人都凑过来观赏。女人们尤其好奇，把一切都抛在脑后了，一个劲儿地喝彩："再来一个！再来一个！"舞跳完了，她们还是余兴未尽。跳狮子舞的人还未离开，饶有趣味的曲艺节目又开始表演了。

小夏不想观看这些东西，独自留在帐篷中，推托说虫牙发疼，显出微微痛苦的神态。她随意曲肱而枕，衣带就那样解开着。把很多换穿的小袖衬衣叠起来藏在暗处，似睡非睡地打起呼噜来，做出讨人嫌的样子。心想，这样的时候大概不会顺利见面吧？她真是个良家妇女中少有的人儿。

清十郎发现只有小夏留在那里，就从茂密的松林之后绕来，把小夏招呼过来。小夏也顾不得头发蓬乱，两人一声不哼，呼吸急促，胸口狂跳，眼睛死死盯住帐篷的小窗口，只怕嫂嫂发现，而身后的情况就不注意了。起身向后一看，不料有一个打柴的男人，放下担子，握紧镰刀，用一只手整理着兜裆布，显出歇口气的样子，高兴地向远处眺望。这人并没有看见清十郎和小夏。这真像"藏首露尾"这个词所形容的状况。清十郎发现跳狮子舞的人从帐篷中走出，跳舞在最精彩之处戛然而止。观众余兴未尽，很多人依依不舍地离去。

远望崇山峻岭，晚霞飘动。夕阳西下，游人整理东西，要回姬路去了。大概是一种主观感觉吧，好像小夏的臀部平了②。清十郎留在后面，向狮子舞的演员道谢："今日托您的福了！今日托您的福了！"可见这场大神乐是他为了与小夏幽会而有意安排的，利用这个来幽会，真是神不知鬼不觉了。何况嫂嫂那么愚笨，她怎能发现呢！

---

① 大神乐：由伊势神社的身份较低的神职人员在乡间巡回表演的驱邪舞蹈。
② 时人认为女子刚与男人发生关系时，臀部会变平。

四 一个粗心男 信匣忘在船

俗言道，撑出去的船，不可中途而返。清十郎把小夏带出来，日暮时分赶到饰磨津。他们想，只要两人能生活在一起，哪管是贫苦还是忧愁！于是迫不及待地做好旅途准备，赶制旅途用的衣服。现在正在饰磨津海边的一个小屋里等候上船。

有很多人等着同一只船，各自都是旅行的打扮。有去参拜伊势神宫的，有上大阪卖小工具的，有去奈良卖铠甲的，有醍醐三宝院的山中修行僧，有大和国高山的茶道师傅，有上丹波去卖蚊帐的，有京都和服绸缎布匹店的，有占卜吉凶的鹿岛的巫师。真像俗话说的，十人十色、五湖四海。这些人同乘一条船确实很有意思。船老大高声喊道："哎！开船喽！诸位向住吉大明神①表表心意吧！请拿出几个供钱来！"说着拿一把柄勺接受供钱。数着人数，喝酒的还是不喝酒的，各让他们分摊七文钱。温酒的铜壶也没有，船老大从小酒桶内把酒倒进汤碗。用文鳐鱼肉作酒肴。匆匆忙忙，三杯下肚，变得兴奋起来。他说道："今天算是诸位幸运，这风是顺风呢！"说罢把船帆撑起八成。一会儿，船就冲出去一里多远。这时，备前方向的一个信差，摆着手喊道："喂！喂！我全忘掉了。原来我把刀捆好了，却把信匣忘在旅店里啦，就靠在佛龛旁边呢！"船上的人朝岸边一看，戏弄他说："你的话，人家咋能听见呀？你的睾丸还带在身上吗？"那个人一本正经地摸索了一下，说："确确实实，两个都在！"逗得众人哄然大笑。那人说："什么事都这样开玩笑，真没办法！快把船撑回去吧！"于是，船又向回划去。众乘客说："今天出门，运气不好。"大家都很生气。

---

① 住吉大明神：日本诸神之一，也被当作"船灵"。

不久，船一靠岸，从姬路来的追赶者，到处乱窜，说道："或许就在这条船上吧？"开始搜索起来。小夏和清十郎知道难以藏身，只是哭泣着："可悲呀！"而那些无情的人完全不予理睬，把小夏拉上一辆戒备森严的车子，将清十郎绳捆索绑，回姬路去了。人们亲眼目睹了两个人的惨状，没有一人不感到可怜。

那一天清十郎被投进了牢房，开始过那悲苦的牢狱生活。但他全然不想自己，不由自主地喊："小夏，小夏呀！"他想："要是那个男人不把信匣忘带上船了，这会儿就到了大阪。在高津附近租借个房间，雇个女佣来侍候着，我先和小夏睡上五十几天，身也不翻，谈个痛快。可是这一切都成了梦幻，实在是遗憾呢！真想让谁把我杀掉算了。唉！度日如年，这个世道，我是讨厌透了！"他不知几次地把舌头咬住，闭着眼睛。但还是对小夏恋恋不舍，竟不顾体面地大哭起来："还能有机会，最后看一次她那漂亮的样子吗？"所谓"男儿有泪不轻弹"，大概就是对此而言的吧？看守的人也觉得确实可怜，多方安慰他。就这样让日子一天天地过去。

小夏也同样思念着清十郎。她绝食七天七夜，向室津明神山的神社写了求愿书，乞求保住清十郎的命。有一天深夜时分，她做了一个不可思议的梦。有一个老翁站在她的枕边，告诫她道："今日我老汉所言之辞，你当倾耳细听。世人当灾难临头之际，立即做无理之许愿，有灵验之神也不会使之如愿以偿。诸如，祈求福德骤降，祈求得到他人之妻，祈求杀掉自己的仇敌，祈求阴雨时节风和日丽，祈求塌鼻子变成高鼻梁。各种各样的如意算盘，是不会实现的。向毫无作用的神佛祈求反而会招致厄运。前不久的祭神仪式上，参拜的男女凡一万八千一十六人，无一人没有很深的欲求。听来也许很可笑，他们以为一把供钱投进去，神就高兴，就一定要尽职责听从人的祈求。在参拜人之中，有一人信心十足，她是高砂煤店的一位女用人，声称自己无任何欲求，只求生活愉快而前来参拜。拜完后刚要回去，没走几步又折了回来说，请让我得到一个好男人。回答是：你向出云的神社请求吧！这里是无能为力。那女子没听完就拂袖而去。本来你若请父兄为自己找婆家，什么事情都不会发生，但你现在已背上好色之名，恐后日命运多舛。你不惜性命却能长生，而清十郎珍惜性命，却要在近日了结此生。"小夏做的这个梦，历历在目，令人不寒而栗。醒来后心生恐惧，一直哭到天明。

果然，清十郎受到了出乎意料的审讯。原来，但马屋仓库的金柜里放的七百两金子没有了。法官认为，这些金钱为小夏所窃，企图由清十郎带着逃跑。也是清十郎倒霉，有口难辩。可怜他在二十五岁的四月十八日，被处死刑，一命呜呼。真是个虚幻无常的世间啊！目睹此景的人，衣袖都被泪水浸透了，像被傍晚的阵雨淋湿了一样。无人不感到可怜可悲。

后来六月初，秋季晾晒东西时，发现那七百两金子放置的地方变了，在装有辘轳的大箱内找了出来。"以后做事还是仔细些为好。"那老板似乎深明事理地说了这么一句。

五　金子七百两　不死才可见

一无所知的神佛和小夏，对清十郎的死也不知晓。正当小夏感到蹊跷的时候，听到镇上的一伙孩子唱道："杀了清十郎，小夏命不长。"她向哺育过自己的乳母打听，乳母不忍出口，只是流泪。小夏顿时头脑发胀，方寸大乱。于是加入孩子们当中，一边走一边合着节拍唱道："最初想活着呀！还不如……"①观者无不悲痛，不由在此止步，泪如雨下。小夏唱道："对面来的可是清十郎？那斗笠真像营草编的，哎哟哟！"接着又格格地大笑起来。那美丽的姿态变成

---

① 当时有关清十郎的流行歌谣。

疯癫之相，发狂地到处乱转。有时向山里走，中途天黑了，就枕着草躺下。那些看守她的女子，久而久之也随着小夏发狂了，后来都成了疯子。

和清十郎长年要好的人们商量着，至少要留下清十郎的残迹。就把杂草和垃圾上的血迹弄干净，把尸体埋起来。在周围栽上松柏，把这里称为"清十郎之墓"。这些，都是世人哀叹的话题。小夏每天夜晚都来此凭吊。在这期间，她眼前一定多次浮现出清十郎生前的样子。之后又过了数日，在清十郎死后百日的时候，小夏坐在坟墓前沾满露水的草地上，拔出护身的短刀来。看守她的女人们好不容易制止了她，劝道："你现在想死，什么用也没有。你要是确有诚心，就削掉头发，永远悼念那死去的人。只有这样，才算尽上了菩提之道。我们这些人，也愿意和你一起出家为尼。"小夏听了，心里才得安慰，说："不论怎样，我照你们说的做吧！"于是到了正觉寺，拜托寺中僧人，将十六岁时的夏衣改换成墨色衣服。为了事佛，早晨去山谷下汲水，黄昏在山峰折花。在四月十五到七月十五的闲居修行期间，每夜秉灯苦读"大无量寿经"，成了一个难得的比丘尼。人们见此情景，不胜感慨，相与说道："这大概是传说中的中将君①再生了吧？"但马屋方面为了来世幸福，把那七百两金子捐献到这里。说是用于佛事供养，悼念清十郎的亡魂。

当时，京都大阪一带把此事改编成戏曲，到处流传。外地的村村镇镇都流传着清十郎与小夏的名字。这两人开辟了一条恋爱的新河，在这河里泛舟漂流，而最终，却像河中的泡沫很快消失了，真是个可怜可悲的世间！

---

① 中将君：右大臣藤原斗成之女中将君，于天甲宝字七年六月，十六岁出家为尼，为时人熟知。

一　井桶箍脱落　换箍诉恋情

　　人生道路短，恋情无限长。人世虚幻无常，这从人们自己亲手制作棺材就可领悟到了。在天满住着这样一个男子，做棺材是他谋生的职业。忙于锯木钻孔，烧刨花的锅灶里冒出袅袅青烟。他在天满找了一个合适的地方，租借了一间小屋住着。妻子也是同乡人，长得俊俏，耳根白净，脚也没有泥土气，一点也没有乡下人的样子。在这女子十四岁的除夕，父母交不起折合田地总收入的三分之一的捐税，幸好这一带的一家商店给予帮助，让她到这家商店当上了一名腰元。由于她生来精明能干，又注意讨店主的欢心，博取主妇的喜爱，连一般的人也都喜欢她。终于，店主把店内贵重品的出纳都托付于她了。人们坚信，这家商店如果没有这位名叫阿选的女仆是不行的。这些称誉，也都是由于她的聪明能干而得来的。

　　然而，阿选对恋爱之事却远远避开，迄今为止都是孤衾独眠，度过了那些值得珍惜的夜晚。如果有人悄悄无理触摸一下她的衣袖，她就毫不客气地大声喊叫，使那男子十分尴尬。后来就再没有男人敢对她乱来了。虽说有人对她这种做法颇有不满之辞，然而正经人家的女孩就应该是这样的。

　　时值初秋的七月初七是乞巧日①。人们把缝好后一次也未穿过的
小袖衬衣，各式各样的取出七件，叠成雌鸟翅膀的形状，又在槐树叶
子上写上常见的诗歌，以祭牛郎织女。一般的人家也供上黄瓜和带着
枝叶的柿子。这节日颇有趣味。这一天，无论是住在小胡同还是出租
房里的人家，每户要出一个人，来帮助东家淘井，称为"灶役"②。淘
井也是这一天很有意思的事情。浊水汩汩流出，泥沙泛起，水浑浊不
可见底。而在其中却出现了一把让人生疑的薄刃菜刀，又出现了一条
扎着针的海带③。这是干什么用的？再一寻找，还有绘着马驹的小钱，
没有鼻子的裸体偶人，劣质的榫钉碎片，打着补丁的幼儿围嘴儿。各
种各样的东西都捞上来了。这口露天无盖的水井，真让人心生疑窦。

　　渐渐接近出水口。淘到最下面时，井桶底部的旧铆钉毁坏脱落，
于是把那个箍桶匠喊来，让他打上新的竹井箍，堵住了汩汩喷出的井
水。一位驼背的老妇人正玩弄着一条活着的蠕动的虫子。箍桶匠问
道："这是什么东西？"老妇人煞有介事地告诉他："这是刚从这里汲
上来的、名叫蝾螈的虫子。你不知道吧？把这虫子放进竹筒里烧成
灰，撒在意中人的头发上，那么对方就会爱上你啦！"

　　这个女人，是夫妇池④一带的人，叫户三，曾以给人打胎为生。
因为这行当被严厉取缔，所以她现在放弃了这种残酷职业，以磨挂
面面粉勉强糊口。即使遭遇坎坷，对寺町⑤传来的宣告世间虚幻无常
的晚钟声，也全然不曾理会。这老妇人虽有自知之明，但还是沦为悲
惨低贱的命运。对于将来，连自己都感到可怕。她跟箍桶匠说着这些

----

① 乞巧日：日本习俗，每年七月七日，女子们为了乞求针线活灵巧，把小袖
　　衬衣之类的衣服拿到外面来晒。
② 灶役：中、近世的农村根据门户所课的赋役。
③ 扎着针的海带：诅咒用，在海带上扎上许多的针，投进井里。
④ 夫妇池：在大阪市北区天神桥一带。
⑤ 寺町：大阪天满桥一带的东、西寺町。

话，箍桶匠却一句也没听进去，只是一个劲儿地追问烧蝾螈的灰撒在意中人头上有无效验的问题。老妇人深受感动，问道："你的意中人是谁？我不会给泄露出去的。"这位箍桶匠此时忘乎所以了。"实在忘不掉自己所恋爱的人儿。"他把想说的话一古脑儿、毫无顾忌地和盘托出："这个人儿远在天边，近在眼前呢！她就是这家的腰元阿选！我给她写了一百多封信，可是她却没有回信儿。"他眼泪汪汪地说着。老妇人点点头："要是这样，就用不着什么蝾螈了。我来给你牵个线儿，成全你们俩，不久就让你如愿以偿！"她就这样轻而易举地应诺下来。箍桶匠很感吃惊，说道："眼下这世道，就是花钱都难以成事。您既这么说了，我还有什么可吝惜的？至少在春节给您件棉袄，尽量要印染最好的，在盂兰盆会上挑选奈良麻布，这些都是心里话，咱们就这样商定了吧！"老妇人说："这样就贪心了。我答应帮你的忙，不是贪图私利。做这种事我有诀窍。这么多年我为数千人做媒，可一次也没失败过。重阳节之前定让你们会面。"即非如此，箍桶匠也已经是情火中烧了。他说："您老人家今后烧茶用的柴禾，我全包了，保证供应！"这世道，人活到几时尚且不知，为了恋情，却什么都敢大包大揽，真有点滑稽可笑。

二　深夜跌在地　谎称遇怪物

　　天满有七种妖怪：大镜寺前的伞火，神明的无手孩儿，曾根崎的逆女，十一段的上吊绳，川崎的哭夜郎，池田町会笑的猫，莺冢的着火的石臼。这些都为活了千年万载的狐狸所操纵。世上更可怕的，是化作人类夺取人命的妖怪。

　　随着夜幕降临，人的心里不由得也阴暗起来了吧？七月二十八日深夜，照亮檐端的盂兰盆节的灯笼也熄灭了。人们哑着嗓子恋恋不舍地说："节日只有今、明两天了。"跳盂兰盆自由舞的人渐渐稀落，人们各自回家。就连十字路口的狗也打起瞌睡了。这时候，箍桶匠所托付的那位荒唐的老妇，来到了阿选东家的堂屋门口，看见门微微开着，便慌里慌张地跑了进来，结果在厨房铺木板的房间跌倒了。她连"哎呀，我害怕呀，我想喝水！"这样的话也没能喊出来，看上去像断了气儿似的。人们连呼带喊，她的气才算还过来，莫名其妙地恢复了原样。

老板娘和闲居的老太太等人都围过来，问她："你到底看见了什么？这么害怕？"老妇人回答说："我呀，也不管年龄多大了，还想着夜间出去走走。反正晚上躺下也睡不着，便出去看盂兰盆节舞，在锅岛大人①的邸宅前边，听到人们用京都道念②舞词的创始人仁兵卫的曲调，唱起了《山颂》、《松尽》。我听了好久。又从很多男人中挤过去，用团扇挡着脸，看别人跳舞。眼下人都很机灵，即便在黑暗当中，也能看出我是上了岁数的人。尽管我在生丝麻布单衣上面，打了一个黑色的结儿，装成很时髦的样子，可是却没有男人开玩笑地拧我的屁股。我不由得想起了自己的过去，女人还是年轻时好啊，于是抱憾而归。走到家门口时，有一个年方二十四五的美男子，抓住我不放手了。说他被恋爱所折磨，已经发疯了，过一两天他就死。说那个腰元阿选是个无情女子，他的一片痴情不能往别处转移。还说，他要在七天之内把你们这一家全杀死，一个人也不留。这个男人鼻子很高，面红耳赤，眼睛发光，跟住吉的驱邪节上放在队列前面的天狗长得一模一样。我着实吓破了胆，就跑到这里来了。"

老妇人叙说着原委。大家都很吃惊。其中老太太流出泪来，说道："恋爱这种事，世间并非少有。阿选也到了出嫁的年龄了。那个男人若是懂得处世之道，不是嫖赌之徒，为人诚实耿直，就让阿选嫁

① 锅岛大人：天满十一段的佐贺城城主锅岛丹后守。
② 道念：一种舞词，据说为道念山三郎所创。

给他吧。不知这男人是谁，住在哪儿。大概是个可怜的人吧？”对老太太的话，其他人许久没有回应。这位老妇做事真是巧妙，确实是个熟悉恋爱之道的人。

到了半夜，老妇被大家牵着手，送回自己家里。在她考虑下一个步骤时，不知不觉东窗发亮了。她听到邻居家的打火石的声音，接着小孩儿哭了起来，好像还有人拍打从纸蚊帐的破洞钻进来的通宵咬人的蚊子。一只手捉拿和服内裙上的虱子，又从佛龛的抽屉里取出零钱，去买间苗时拔掉的菜。邻家夫妇俩在忙碌的生活中，也享受枕边之乐。南面放着枕头的被窝儿很零乱。昨夜虽是禁止房事的甲子日①，他们也不在乎，不知干出了何事。

旭日冉冉升起，秋风吹拂，但并不使人感到寒冷。老妇人缠着头巾，装成重病人的样子，去医生冈岛道齐那里看病。也不问药费是多少，自己拿来药壶把药放进去。头遍药煎完的时候，阿选抄近道来探望她。阿选亲切地问她：“您好点儿了吗？”从左边的衣袖里拿出了包在莲拿叶里的竖着切开的奈良腌瓜，放在一捆柴上，说罢“我去拿大酱汁来”就要离去。老妇人拉住了她，转达了箍桶匠的话：“我为了你差点把命都丢了，我没有子女，我死后希望你能来祭奠我。”老妇说着，从旧的盛麻布的小桶底部，取出一双有布带的皮袜子，一只缀缝而成的念珠袋儿，袋儿中放有夫妻被判离婚的证书。老妇人说：“这两样东西，是他给你阿选留作纪念的。”说罢就递过去。女人的心地是肤浅的，阿选觉得这人确实诚心诚意，就哭了起来。问道：“既然他那么想我，为什么他不向您这懂得恋爱的人请求帮助呢？您把他心中的一切都明说出来，我不会辜负他的！”

老妇人抓住时机，叙说事情的原委：“现在我还隐瞒什么呢！很早以前他就请我帮助了。他深深地爱你，可哀又可怜。实在无法言喻。

---

① 当时人们的传说，庚甲、甲子之夜怀孕，生下的孩子会成小偷。

如果你舍弃了这个男人，不用说他本人，连我也会耿耿于怀，不得排解啊！"这老妇人长年练得巧舌如簧，阿选自然而然动了情。这时她心旌动摇，面部绯红。说道："让我跟他相会吧，不管何时都行！"于是她们高兴地讲好约会的时间。"我想好了一个最好的相会地点。"老妇人低声道，"你们在八月十一日私自参拜伊势神宫①。在途中约为夫妻，好吗？躺在被窝里好好说说知心话，他可是个好男人呢！"她这样挑逗阿选。阿选还没与那男人相逢，就爱上他了，问道："他能写信吗？是把鬓发拢到后面去的吗？要是个手艺人，他不驼背吗？离开大阪的那天，在守口或者牧方，白天就住下来，借一床被子早早躺下！"她们就这样商量这商量那。这时，用人久米喊道："阿选，叫你呢！"阿选对老妇说："那么，事情就定在十一日吧！"说完就回去了。

三　京都偷相会　滴水无外漏

老板娘晚上就说过："眼下正是牵牛花盛开的时候，早晨去赏花大概更凉爽一些吧？"阿选听到这话，把凳子摆到离开正房的墙根处，铺上花毛毯。老板娘又说："把炒饭放到多层点心盒里，别忘了松木牙签、茶瓶。明儿早晨六点之前沐浴呢！头发要给我梳成三折式②的。生丝麻布单衣要敞袖的，你先找出带桃色里子的来！衣带全要灰色缎子的，要跳针缝的白色和服内裙。什么事都得这样留心，因为附近镇上人也能看得见呢！让下人穿随便缝补的麻布单衣就得了！在平日起床的时候就把车子派到天神桥那里去接妹妹。"她就这样，任何事情都托付给阿选去做，自己一钻进撑得很宽绰的蚊帐里面，安在四角的

---

① 不经主人和家长同意去参拜伊势神宫，为当时风习。

② 三折式：一种发型。

圆铃就响起来。入睡之前让人轮换着给她打扇子，扇出静静的风。她连在自己家里观赏花草，也是如此小题大做。

总的来说，世间女子享乐浮华，还不只如此。而她男人的生活更加奢侈，京城岛原的太夫野风和大阪新町的太夫荻野二人，他每天交替嫖狎。他让用人拿出礼服来，说是要去参拜津村的御堂，其实是等着早晨妓院开门，好马上进去。

八月十一日黎明之前，只听有人悄悄地敲打那位住在胡同里的老妇的门，说："我是阿选！"扑哧一下扔进一个捆起来的包袱，马上又回去了。老妇担心，也许有的东西忘了放进去，就点灯查看。把一文钱与一目银子连在一起，碎银大约有十八目。另外还有白米三升五合①，木鱼一个，护身袋，一对梳子，染上杂色的和服衣带，赤黑的煤竹色中泛出银色的夹衣，流扇形的半新不旧的单衣。棉袜子里儿已脱落，草鞋的鞋带也很零乱。在加贺出产的草笠上，写有"天满堀川"这几个无用的字，老妇想把污脏的墨迹擦干净。正在这时，听见有人敲门。一个男人说："大娘，我先去了！"说罢就走。

过了一会儿，阿选颤抖着身体来了，说："现在正是时候！"于是老妇提起包袱，跑到了一条不为人注意的路上。老妇说："虽说我懒得动弹，但因为是参拜神社，我就送你到伊势吧！"阿选显出不乐意的样子，说："您年纪大了，走那么远的路，无论如何是吃不消的。您把那人介绍给我，就请先从伏见坐夜船回家吧！"阿选早想届时把老妇甩掉，心急如火，快步而行。走过京桥的时候，却被同事久七发现了。他是今天早晨来此观看大阪在江户藩邸值勤的诸侯换班的场面的。这人实在是阿选的障碍。久七听说她们去参拜伊势神宫，就亲切地说："我早想前去参拜，但没有合意的同伴。你的行李我来拿吧！幸亏我带了零用钱，大概不会碰上不方便的事儿。"久七这样亲切，

---

① 升、合：都是容积单位。一升即 10 合，为 1.805 公斤，一合为 0.181 公斤。

是因为他也恋慕阿选。

老妇人变了脸儿，说道："女人旅行男人做伴，难道不会被旁人说三道四吗？特别是神宫中的神也是很厌恶淫乱之事的。在世上出乖露丑的人，我耳闻目睹得多啦！你还是不要同去了吧！"久七说："你说这些不着边际的话，真令人费解。我决不会对阿选姐有什么想法。我只是想虔诚拜神。即使本来没来奢求恋爱，神也会加护的。我诚心诚意地和你相伴而行，只可惜日子太少。阿选姐，你随心所欲地无论到哪里，我都同你在一起。回来的途中咱们顺便到京都，在那里慢慢地待上四五天吧！正赶上高雄的红叶、嵯峨的松蘑盛产的时候。四条河原镇上有店主常住的地方，但那里什么都不方便。咱们就在三条大桥的西头租借一个小巧玲珑的房间，让这位老大娘去参拜本愿寺好了！"久七说这话，好像阿选已归自己所有似的，这时的他已经忘乎所以了。

渐渐的，秋天的太阳向西山倾斜。当他们走到淀堤松树的阴凉处时，有一个衣冠楚楚的男人似乎在那里等人，坐在白杨树根处。走近一看，原来是来约会的箍桶匠。这边暗使眼色，告诉他出了点麻烦。于是他们前后而行。这是一个意想不到的差错。老妇告诉箍桶匠："你也要做出参拜伊势神宫的样子。而且，要让人看起来你这个人性情很好。住宿咱们要在一起。"

箍桶匠听罢心中欢喜，说："俗言道，出门靠朋友，处世靠人情。多多拜托您了。"久七看着这情形，完全蒙在鼓里，说："他是何许人也不知道，就把他作为女人的旅伴，真叫人想不通。"老妇人甜言蜜语地哄他说："神灵什么事都能看清。阿选姐有你这样的男人伴着，还有什么可担忧的呢？"

出发之后的那天夜里，他们四人住在一处，各人心照不宣。久七从缝隙中窥视一下，就留意起来。他把拉门卸掉，使房间合二为一。即便是进浴池时，他也把脖子伸得长长的，窥探秘密。太阳落山了，到了该就寝的时候。四个人把枕头摆在一块。久七躺着把灯笼的研钵倾斜起来，不久灯熄灭了。箍桶匠把枕边的窗门打开，说："秋天了，还这么热！"明朗的月光射进来，照着四人的卧姿。阿选假装睡着，打起呼噜来。久七便把右腿靠在她身上。箍桶匠发现了，用扇子打着节拍，说道："一切恋爱者皆为怪人。"他说出了《世继曾我》①中的一句台词。阿选睁开眼，对老妇说："在世上生为女人没什么可怕的。我早就打算，雇用期满之后，我去当北野不动堂②的弟子，以后永远出家为尼。"老妇迷迷糊糊地听着，说："在这个处处不顺心的浮世，这样做倒好。"一边说一边扫视周围，发现原来睡在西边的久七，到南头去了，裤衩也没穿。这是去伊势参拜神宫的旅行，可这样太不检点了。箍桶匠在蛤贝里加了丁香油，又加上了小杉原的手纸，显出一副万念俱空的样子躺着。这也很可笑。

夜间他们互相干扰。第二天从逢坂山租用了一匹大津的驿马。三人乘一匹马，从旁看来颇为滑稽。他们身体都很疲倦了，而且各人胸中都有个小算盘。所以别人的看法、自己的体面都不在乎了。他们让阿选坐在正中，箍桶匠和久七坐在两侧。久七一握住阿选的脚指头，箍桶匠就把手插进阿选的腋下，各自随意调戏，其用心实在可笑。

他们的目的都不是参拜神宫，也不去内宫和二见③，只是稍稍参拜一下外宫。作为参拜的标志，买了祷神消灾时用的竹签和裙带菜。在路上双方互相盯着，没出什么意外就到了京都。一到久七所推荐的旅店，箍桶匠暗自计算了一下需垫付的钱，说一声"这还请你多关照"，就离去了。久七这时以主人的姿态，选购了不同的礼物，焦急等候天

---

① 《世继曾我》：江户时期戏剧家近松门左卫门的剧本。
② 不动堂：今大阪市北区太融寺町的不动寺。
③ 内宫：即伊势皇太神宫。"二见"即二见浦，内有"御盐殿"。

黑。这时在鸟丸旁边有一个要好的朋友，久七走到那边打招呼。趁此机会，老妇说带阿选去参拜清水寺的观音，急急忙忙走出了旅店，发现在祇园镇外送饭菜的简便饭店的帘子上，有一张画着锥子和锯作为记号的纸。阿选刚进入这家饭店，就和在低矮的二层楼上等候着的箍桶匠相会了。他们举杯痛饮，相约白头偕老。老妇从楼梯走下来，说："哎呀，这里的水真好喝！"便贪婪地饮起茶水来。

这次见面是箍桶匠与阿选关系的起始。箍桶匠乘白天的船回大阪去了。老妇和阿选回到旅店，说是现在就回家。久七阻拦道："一定得在京都玩两三天啊！"阿选回答："那不成啊！要是被东家太太看成是迷恋男人的女人，那可麻烦啦！"说罢就走出去。阿选说："这个包袱，拜托久七哥了，劳您驾！"可是久七说："我肩膀疼！"不给她拿。他们分别交付了在大佛、五谷神前、藤森等处休息时的茶费，回到了大阪。

四 相思如木燃 结缘立新家

"要是去参拜神社的话，跟家里说一声再去，让你们乘坐直达轿子或是供乘坐用的驽马。可是你们却擅自参拜。这些礼物，都是从哪儿弄钱买来的？即便是夫妇两人去，也不能做这种事呀！竟敢如此不要脸，两人双双回来！久七！你为了迎接阿选回来给她收拾床铺了吧？阿选本来是什么都不懂的女孩子，你久七引诱女人，赶快把你的坏心向一无所知的神坦白吧！"老板娘大发雷霆，对久七的辩解一概不听，她不相信久七没有过错。还没有等到九月五日调换用人的日子，就把他解雇了。后来，在北滨备前屋的批发店服务多年的女招待八桥阿长做了他老婆。现在久七在柳小路开饭卷铺谋生，对阿选的事已全然忘却了。男人都是靠不住的东西。

阿选继续平安无事地当用人。其间，不能忘怀与箍桶匠短暂的交情。精神恍恍惚惚，不分白天黑夜，自然是不修边幅，也不注意女人应有的礼节、仪表。样子难看了，逐渐憔悴下去。这时候，阿选东家的雄鸡愚弄人，半夜打鸣；接着大锅不知何时腐蚀漏底，盛进去的豆酱变了味儿；雷落在了内仓库的房檐上。不吉利的事连续不断地发生。这本来都是自然之理，可是大家却留心起来。不知谁不由自主地说："这是那个苦恋着阿选的痴情汉子，至今还思念她的缘故。这个汉子不是别人，正是箍桶匠。"主人听到这事，就千方百计想把阿选嫁给那个男人。于是把胡同里的那个老妇叫来私下商谈。老妇说："平常阿选说过，即使找男人也不愿找手艺人，不知这话是真是假。"主人说："这是不必要的挑剔。干什么不也是一样生活吗？"对阿选的话提出了异议。于是向箍桶匠提亲，确定了他们的姻缘。不久，阿选把年轻姑娘穿的长袖和服改为普通衣袖的妇女和式礼服。牙上涂上黑铁浆，选择了吉日。嫁妆有：一个中等大小的长方形木箱，一个伏见出产的青藤编制的小衣箱，一个纸糊的旅行衣物箱，两件旧的妇女窄袖和服，棉睡衣，被子，老红色的棉布镶边儿的蚊帐，染成古代风格的带帽的单外大衣。一共有二十三件东西，并送了她银子二百目。

且说他们两口儿情投意合，家运也好。丈夫诚恳老实，一心一意地做手工活儿；妻子学着纺织，用五倍子、铁浆染出带条纹的织物。因为他们共同劳作赚钱，所以盂兰盆节前和除夕日没有上门要账的人，没有穷困得出不了家门，好歹可以度日。阿选特别体贴丈夫。下雪天或刮风的时候，先把饭盒包起来，夏天就在枕边为丈夫打扇子。丈夫不在家时，从天黑就关门锁户，做梦也不梦见别的男人。说不上两句话，就离不开"俺家那口子，俺家那口子"，心中很满意。他们这样恩恩爱爱地度着日月，生下了两个孩子，阿选对丈夫更是体贴入微了。

可是，世间女子，大都水性杨花。谈论一些津津有味的色情话，把道顿堀戏园子那边编写的狂言①看成实有其事，不知不觉变得心性淫荡了。在天王寺盛开的樱花和藤花下，为美貌的男子所动心，回到家里，就厌嫌长年生活在一起的丈夫。无理之事，莫此为甚。有些女子做任何事情都抛却了节俭之心，烧饭的时候浪费柴禾，把盐当水一样用，在不必要的时候点着油灯，全都不在乎。使得家产渐减，于是迫不及待地离婚。这种夫妇关系，的确是很可怕的。丧偶之后，不过七天就找新的男人。离婚时满不在乎，五次七次地再婚。这真是无情无义的下等人的劣根性，在上等人家绝无此事。女人一生中只委身于一个男人，如遇阻碍，年轻时就到河内的道明寺和奈良的法华寺出家为尼。私蓄情夫的妇女，世间也是不乏其人。这时丈夫害怕留下轻浮之名，不想使事情公开化，就让妻子回到娘家去。或者，即便当场发现，也卑鄙地为金钱欲所支配，以私下和谈了结。这类作法，过于容忍宽大，致使这些事件难以隐瞒。世间是有神灵、有报应的。即便偷偷行事也是隐瞒不了的。人应该引以为戒。

五　杉木牙签短　生命瞬间失

"来月十六日拟举办素斋。如蒙光临，不胜感谢。镇上诸位，不分长幼，一概欢迎。麹屋长左卫门。"

这个请帖在镇上传阅起来。世间时光流逝真像梦幻一般，不知不觉长左卫门先父的五十年忌日来到了。作为儿子能在世上生活至今，凭吊先考亡灵，也是一大乐事。古人有云："仅朝食斋，晚可食鱼类，以酒菜盛祝，其后虽不做法事，亦可矣！"据说因为这是最后一次，花销大一点也没关系。于是万事着手准备。在附近出入的妇女都集中而来，取出碗、壶、平底浅碟、壶形漆器、果物碟，洗擦好摆在食物

---

① 狂言：日本的一种传统道白喜剧，江户时代盛行。

架上。

却说箍桶匠的妻子阿选，也和长左卫门家有交情。长左卫门去她家请求说："您来厨房帮忙吧。"他从很早就发现阿选做事精明利索，吩咐她说："请您把储藏室里的点心，放到方盘里去。"阿选比较着打量身边的物品，把包子、御所柿①、中国核桃、落雁②、榧果等，适当分盛在方盘里。这时主人长左卫门进来了。他想从架子上把套在一起的钵取下来，不料却撒落在阿选的头顶上，阿选漂亮的发结散开了。主人对此很感抱歉，说："您不用担心。"很快用手把她的头发卷了上去，走出了厨房。魏屋的女主人却犯了猜疑，盘问说："你的头发刚才还梳整得很漂亮，在储藏室一会儿就蓬乱了，这究竟是为什么？"阿选不知何意，老老实实地回答："您家男人从架子上取东西，掉到我头上，就弄成这个样子。"而女主人完全不信："大白天也有从架子上掉下套钵这种事吗？！互相勾搭的七个臭钵！只有不枕枕头，那样粗野地躺着，头发才会蓬乱。在吉祥的年份给先父做法事的时候，却出了这种事！"说着，就把别人好不容易盛上的生鱼片泼了出去。她说三道四、没完没了地吵吵了一天。此后人们竖起耳朵，听清了到底是什么事，感到大为扫兴。摊上了这么一个爱吃醋的妻子，真是丈夫的不幸。

阿选虽然感到迷惑，但只当没听见。她想："想来想去，真是可气。我反正是背上了个恶名，毫无办法。我索性去爱那个长左卫门，趁那娘们儿不备，先下手为强！"阿选如今禀性全变了，不久就认真地和长左卫门恋爱起来。他们偷偷通气，等待机会到来。贞享二年③正月二十二日夜，他们利用了正月"拉宝绳"④的游戏。那天，人们

---

① 奈良的御所市出产的一种柿子。
② 用糯米粉、面粉、糖做的一种点心。
③ 贞享二年：公元 1685 年。
④ 拉宝绳：正月期间妇女们喜欢玩的一种带有抽彩赌博意味的游戏。

吵吵嚷嚷地玩到了深夜，有的人抽彩失败，有的人尽情地游戏，有的人不知不觉地打开了呼噜，箍桶匠家的灯油也将熬尽。次日，他疲惫不堪，沉沉大睡，连鼻孔不畅通也不觉得。阿选回到家中，见有机可乘，对长左卫门说："咱们约会吧，现在正是机会！"长左卫门表示愿意。阿选把他领到家里。不管以前还是现在，这是他们初次如此恋爱。内衣束带纽扣尚未解开时，箍桶匠就醒了过来。见此情景，大喝一声："我看见你了，往哪儿逃！"长左卫门衣服脱落、赤身裸体，魂儿早已飞到了九霄云外。幸亏远处谷町的藤棚里有一个亲戚，才死里逃生。

阿选想，生命就到此吧。她决定豁出去了，用刨子刺穿胸膛，结束了性命。此后阿选的尸体和情夫长左卫门被拉到同一刑场示众，实在羞耻。两人的浮名被编成各种各样的流行歌，传到了异土他乡。

恶事不可逃避惩罚。这世间实在可怕。

一　往来美女多　品头又论足

在天和二年的历书上，写有：一日，拆阅公私书函，万事如意；二日，年初男女相爱。从神代的远古时候，知恋鸟②就教会人们相爱，以至今日男女之事不可遏制。

这里有一个装裱工③工头的漂亮妻子，远近闻名，都城所有男子都为之动心。其眉毛，能与祇园会上的月鉾④媲美；其红唇，看似高尾盛开的红叶。她住在有很多和服绸缎布匹店的室町大街上，服装讲究时髦，是一个地道的当代女性，在偌大的京都恐怕也不多见。

且说这年春天，人心萌动，东山松原安井的藤花，如今开得正盛，宛如紫色云朵在随风飘动，使翠绿的松枝为之失色。接近黄昏时分，观赏藤花的人簇拥而归，仿佛在东山上又筑起了一座美人山。在这里，有一伙在京都无人不晓的号称"四天王"的小兄弟，他们的样子引人瞩目，依仗父母遗留下的财产，从元旦到除夕，没有一天不去花街柳巷游荡。昨天在岛原，与太夫唐土、花崎、薰、高桥厮混了一夜；今天又爱上了四条河原的竹中吉三郎、唐松歌仙、藤田吉三郎、

---

① 旧历书分上、中、下三段，各段记着吉凶的日子。
② 知恋鸟：鹡鸰。传说伊弉诺、伊弉错二尊跟这种鸟学会恋爱，故得此名。
③ 装裱工：原作"大经师"，装裱经卷、佛画及屏风、隔扇等的工匠。
④ 月鉾：神社祭祀的彩车或移动舞台上的月牙儿矛。

光濑左近等年轻的歌舞伎演员。日日夜夜沉溺于男色、女色之中，最后玩得精疲力竭。当天傍晚，剧院散场之后，他们在一个名叫松屋的路边小茶馆里，并排坐着，说道："城里的美女今天这样出动，很是少见，也许我们会发现很中意的漂亮小妞儿吧？"于是他们请了一位伶俐的、手段高明的人作为鉴定者，等待傍晚时分赏花归来的女子。这又是他们的一种变态游戏。

可是，大部分女子都坐在车上，他们想看也看不见，心中着急。成群结队走过去的女子，虽说没有叫人讨厌的，但也没有令人一见钟情的美人。"不管怎样，只把我们觉得姣好的女郎记下来吧！"说罢取来纸砚，决定记录下来。

有一女子看上去大约三十四五岁。颈项处的头发长长的，眼睛大而有神，前额发际自然美观。鼻梁虽然略嫌高些，但也没有达到不可原谅的程度。内衣是白色丝绸的，中间的衬衣是浅黄色丝绸的，外衣是桦木色丝绸的。她的左袖上画着吉田法师①独自挑灯夜读古书的情景，这真是与众不同的爱好。她的衣带是织着黑白两色相间方格花纹的天鹅绒，外罩一件很合体的宫廷格调的风衣。她脚上穿着淡紫色的丝袜子，竹皮草屐上系着用三种颜色编成的带子，步履轻盈，腰部姿势自然。"那女人的丈夫真是个幸运的家伙呀。"他们一边这样想一边观察。那女子要对侍从说什么，口一张开，人们才发现她缺少一颗下齿，恋慕之心因此一扫而光。

不久，有一位看上去不过十六七岁的姑娘。好像是她母亲跟随在左边，右边还跟着两位穿墨色服装的比丘尼。另有很多侍女、侍男相从，派头相当显赫。他们想，大概是个未出嫁的女子吧？但她牙上已涂上了标志着已婚的铁浆，眉毛也已剃掉，脸庞圆圆的，很是可爱。

---

① 吉田法师：吉田兼好（1282—1350），镰仓末期人，随笔集《徒然草》的作者。

她眼睛炯炯有神，耳朵也长得漂亮，手指、脚趾细长，皮肤细腻白皙，衣服穿戴十分合体，真是出类拔萃。她的内衣黄色而无花纹，中间的衣服是紫色的，并染有白斑点的花纹，上衣是灰色缎子印有百羽鸟的图案，束着一条不同颜色相间的横条纹的衣带，胸前宽松地敞开着，体形很美。在贴有里子的涂漆的斗笠上，系着一根纸捻的带子。这样看来，确是一个绝色美人。再一看时，发现脸的一边有一块七分有余的伤痕，这无论怎样也不能认为是生来就有的。"想必她会怨恨小时候看守她的乳母吧？"大家笑着，把她让过去了。

接着，又有一位二十一二岁的女子。她穿着带纹的土棉布衣服，打着补丁的衣服里子被风吹卷起来，有点寒碜。衣带看上去是用裁短外褂剩下的布做的，窄得可怜。她穿着一双旧的紫色皮袜子，蹬着两只不成对的奈良出产的草鞋，头发上系着一根旧棉布带儿，不知插了几根梳子齿，蓬松杂乱，漫不经心地拢在一起。他们看到这姑娘丝毫也不扭捏作态，独自欢快地行走着。她五官端正，无懈可击，世间难道会有这样天生的丽质吗？他们看得入了迷。有的说："那女子要是穿着好衣服，大概能要男人的命吧。可惜的是身份太低微了。"实在可以说是又可怜又可哀。那姑娘往回走，他们就让人悄悄地尾随其后观察。原来她住在誓愿寺大街的镇头上，听说是个卖烟草的女子，不由得为她痛惜。那姑娘就成了他们的相思对象。

其后又有一位二十七八岁的女子，打扮得十分风流。她穿着三件重叠的小袖衬衣，都是双层黑色鸟羽的。衣裾的里子是红绸的，带着用金丝缝制的代替家徽的副徽。结在前面的是中国舶来的宽幅条纹衣带。她的岛田式发髻①上饰有一寸宽的发绳，插着一对梳子，系一条色彩清淡的装饰用手帕。她戴着演员上村吉弥喜欢的斗笠，斗笠上结着染上四种不同颜色的布带儿，为了显示自己的容貌，斗笠戴得

_____

① 岛田式发髻：后髻下垂的一种日本女发型。

很浅。她蹑足而行，脚下无声，走起路来腰部扭动。大家说："看呀，就是她！别吱声！"等待着那女子走近。只见她带着三个女用人，每个用人都抱着一个孩子。这三个孩子大概都是挨肩儿的吧？想来可真有意思。这时，孩子在后面喊："妈妈！妈妈！"而那女子假装听不见，只管往前走。"那样的美人，对自己生的孩子也会讨厌吧？人的外貌还是没生孩子的时候好看呢！"他们大声说笑着，那女人听见了，一定会心烦。

不久，还有一位十三四岁的姑娘，有豪华的车辆跟着。她的头发梳成流线型，前面稍稍翻卷，饰有折叠的红色缎子。额发像未成年人的那样向两边分开，系着金纸发绳，插一把秀丽的五分厚的梳子。其美丽之处，不必一一列举了。她内穿绘有水墨画的贴身衬衣，外衣是织有孔雀图案的闪光色的缎子，上面挂一根中国线绳，在十分合体的窄袖和服上，束一根十二色空心的带子，脚上穿一双纸带儿的草屐，让随从拿着时兴的斗笠，自己手持一枝长垂下来的紫藤花蕾，仿佛是为了未去赏藤花的人所准备的。今天所见到的许多美人，对照这位女子也会黯然失色。他们对她羡慕不已，就让侍者前去寻问。那边的人回答："是室町的某一人家的小姐，是当今的小野小町。"说完就扬长而去。后来他们回想起来，那天真是饱览了美色，也实在可以说是一场恶作剧。

二 枕边一梦醒 失足铸大错

光棍儿的男子汉虽说是轻松清静的，但如果没有老婆，傍晚时分也是倍感寂寞。上面说到的那位装裱工工头，曾长年过独身生活。京都虽然也有些伶俐可爱的女子，但他希望娶一个相貌出众的，因而难以称心如意。他等急了，连自己也觉得冷清，多方托人求情。他恋慕称为"当今的小町"的那位出名的女子，就前去观看。恰好这年春天

"四大天王"在四条大街设卡，现场鉴赏美女。其中那位手持藤花的窈窕淑女，使他一见钟情，倾心相爱。他迫不及待地想快快成婚，实在很有意思。

那时候，在下立卖乌丸上町这个地方，有一个号称"长舌妇"的有名媒婆，装裱工便诚恳地委托她撮合此事。他送了酒桶作彩礼，一切都很顺利，选择吉日，把名叫阿山的那位美人迎娶过来。

此后，无论花前月下，他全不留意其他女子了，夫妻俩和睦相处，顺顺利利过了三年时间。阿山白天黑夜，努力尽到妻子的责任。她亲自动手，搓捻线绳，累得腿疼腰酸，让下女们纺织捻线绸，把丈夫打扮得整整齐齐。她以勤俭持家为第一，烧饭不浪费柴草，花零钱也仔细记账。商人家所希望的，大概就是这种女子吧？他们家渐渐殷富起来，两口子真是高兴无比。有一次，丈夫有事必须到关东去，虽然恋恋不舍，不想离京，但没有比谋生更令人劳神费思的了，他还是下决心出门。他到室町阿山的娘家，说明此事，但岳父母对自己的女儿留在家里感到担心，说："店里有没有精明能干的人呢？把出门后的事托付给他，让他妥善料理店面。在家务上也可作阿山的帮手啊！"他们出于对女儿的疼爱之心，把长年雇用的茂右卫门作为二掌柜，送到女婿家帮忙。

这个茂右卫门秉性诚实，头发不加梳理，额前发际也不整齐，袖口不过五寸。自从三岁举行蓄发仪式以来，从未戴着草帽涉足过花街柳巷，也没有花钱佩上一把喜欢的腰刀。他的生活，唯有头枕算盘，连做梦也想着挣钱。因为此时正当秋季，夜里冷风凄凄。茂右卫门想起过冬之事，为了保养身体，他想起了艾灸。听说当腰元的小玲做得很好，就托她帮忙。他拿出许多干艾，凭靠在小玲梳妆台上格子花棉布做的被卷上。初次做艾灸，感到热，一支两支也难忍受。从乳母、中居到下女阿竹也都来按住艾灸周围的皮肤，看着茂右卫门蹙着眉头，都发笑。后来艾烟变大，茂右卫门焦急等待着最后的盐炙①。不料，此时干艾顺着脊梁骨滑落下去。他皮肤拘挛，疼了好长时间。想到麻烦大家用手按着自己，他就闭着眼睛，咬紧牙关坚持。小玲可怜他，把火搓灭，揉摩茂右卫门的肌肤，却不知不觉心旌动摇起来，爱上了茂右卫门。小玲暗中苦苦相思，这时，议论纷起。阿山虽也听到了风传，但他们已经发展成难以遏止的恋爱了。

小玲出身低微，目不识丁，正愁叹不会写情书。她羡慕男用人久七能把自己的想法好歹写出来，就悄悄地托他代笔。而可耻的是，久七想抢在茂右卫门前头，把小玲据为己有。又过了数日，正值晚秋阵雨倾盆而降的时候，阿山给在江户的丈夫写信。她想："就替小玲写一封情书吧！"顺便唰唰地一挥而就，又写上"阿茂收，亲笔"，最后将信两头折叠，卷了起来，交给小玲。小玲大喜，便等待好时机。只听茂右卫门在店里喊："拿点烟的火来！"恰在这时厨房里无人，小玲暗自高兴，趁此机会，亲手把情书交给了他。

茂右卫门也是乡下人。他看不出是阿山的手迹，认为小玲是个可爱的女子。就写了一封有趣的回信，交给了小玲。小玲看不懂，趁老板娘高兴的时候，请她来读。信上写道："你喜欢像我这样的人，并给我写信，实在出乎意料之外。我也是年轻人，当然不会不愿。可是，如果多次发生关系，必得请产婆帮忙，很是麻烦。还有衣服，短外褂，洗澡费，此外还有化妆品的费用。你若能为我负担，我即使不情愿，也会答应你的。"这信写得很直率。阿山读罢，说："这真是太气人了！世间大概并不缺男人吧？小玲也是一般人家出身，像茂右卫门那号人，难道还难找吗？"阿山又代写了一封催人泪下的信，想蒙骗茂右卫门，苦口婆心地劝说，使他动心。把这信交给了茂右卫门。茂右卫门深受感动，觉得女人的心确实可怜。后悔当初自己写那些戏弄之词。他写了一封情深意长的回信："五月十四日夜，按常例有

---

① 盐炙：最后艾炙时，在皮肤上涂上盐，上面再放上艾。

待日①节，咱俩一定得乘那个机会见面！"阿山及其用人们，看了这信捧腹大笑。阿山想："干脆，那天夜里戏弄戏弄他！"于是，她代替了小玲，用棉布床单盖着身子，躺在平日小玲住的房间里，一直等到将近黎明。但不知不觉香甜地入睡了。女用人们，约好了以阿山的喊声为信号，大家按照约定，各自手持木棍、手杖，准备好带柄的蜡台，在不同地点埋伏好了。但是因为一整夜的紧张疲劳，不知不觉地都打起了呼噜。

早晨四点的钟声响过之后，茂右卫门脱掉裤衩，悄悄潜入黑暗之中。他渴望被单下面的小玲，赤裸着身体钻进去了。着急得话也不说，就干开了好事。他觉得这女子衣袖上的薰香也令人留恋。给她盖好被单，深一脚浅一脚地退了回来。心想："这世间真叫人捉摸不透。我原以为她未曾结交过男人。可是，在我以前，已有什么样的男人跟她有关系呢？"他觉得可怕，决定这种事再也不干第二次了。

不久阿山自己醒来。使她吃惊的是，枕头挪动了，弄乱了；衣带解开了，没在身边；手纸撒了一堆。她在不知不觉之间被人接触了身体，十分羞耻。她想："此事别人不会不知吧？事已至此，只得舍弃此身。只要性命在，就会招致恶名。不如和茂右卫门一起走上私奔这条路吧！"她决心下定，决不回头，将此事对茂右卫门讲明。茂右卫门觉得这是个意外的误会，但既然已经骑上了这匹马，就不能再换了。假如每夜悄悄幽会，不顾别人的非难，陷入逆情悖理的事件之中，那便是踏上了九死一生的危险之路，确是很可怕的。

三　潮水迷惑人　双双得逃脱

"世间唯有恋爱不能靠理智判断。"《源氏物语》中也有这样的

①　待日：日本在阴历一月、五月、九月吉日前夜举行斋戒，等候天明拜太阳。

话。① 那时候听说石山寺启龛②，京都的人们都蜂拥而来。越过被称为"来者去者有分别"③的逢坂之关，放眼一望，来参拜的女子大都打扮时髦，看不出有哪一位是为了来世修福才来参拜的。人们都竞比服装艳丽，一个个神气活现。对于这种小心思，观音菩萨也会忍不住发笑的吧？

　　此时，阿山正偕同茂右卫门参拜佛寺，想到自己的命运就好比花儿，说不定何时凋零。这里的海湾和山岭以前是否来过，她也记不得了，今日得好好回想一下。她从势田借了一只渔船划出去。但愿未来像这里的长桥一般长远，可是自己的欢乐却是如此的短暂。她头枕海浪，头发蓬乱，脸上显出忧郁的神情。连镜山④也似含着泪水，鳄鱼口似的海湾⑤终究是难以逃脱的。听见坚田海岸上呼唤渡船的声音，她也担心是从京都来的追拿者，吓得失魂落魄。她总希望自己的生命像长柄山的名字那样长久。自己还不足二十岁，就要如同那睿山上的白雪一般瞬间消失吗？她几次泪湿衣袖，想到自身结局，就要如志贺都城⑥那样成为隔世之谈，愈加悲痛。掌灯时分，来到白髭宫⑦，向神灵祈祷时，也不由得想到自己的身世，真是虚幻无常。

　　阿山说道："反正在这世上活得越久，痛苦的事情越多。不如投身这湖水之中，到那长长的来世结为夫妻吧！"茂右卫门也说道："生命虽然不足惜，可死了之后，将来的事就一无所知了。我想出了一个办法。咱们给京都方面留下遗书，让他们以为咱们跳水自杀了。然后离开此地，随便到一个乡村过日子吧！"阿山听罢，高兴起来，说："其实，我从离家的时候，就有这个打算，所以把五百两金子放到旅行箱里

---

　　① 《源氏物语》中没有这句话，是作者伪引。
　　② 启龛：原文"开帐"，佛教仪式，在特定的日子把佛龛启开让信徒参拜。
　　③ "来者去者有分别，知者陌者过此关。"见《后撰集》。
　　④ 镜山：近江国蒲生郡的名胜。
　　⑤ 鳄鱼口似的海湾：指琵琶湖西岸坚田以北的一个海湾。
　　⑥ 志贺都城：古时的都城，今废而不存。
　　⑦ 白髭宫：位于近江国兹贺郡小松村的神社。

带来了。"茂右卫门说:"这是我们生活的依靠。快从这里逃出去吧!"
他们写下了遗书:"我们歹心发作,做出离经叛道之事。宿命难逃,无
处容身,故于今月今日辞别尘世。"阿山把护身的一寸八分的佛像拿出
来,加上事先剪下来的头发;茂右卫门把经常随身带的那把著名刀匠关
和泉守锻打的、带铜椁和龙纹铁锷、长一尺七寸的大腰刀解下来,让人
一看就知道这些是茂右卫门的东西。此外,两人的上衣、女式草履、男
式竹皮革履等一些细微的东西都注意到了,放在岸边的柳树下。这个
河滩上有一个渔民,是一个叫做岩飞的善于潜水的男人。阿山和茂右
卫门悄悄用钱雇了他,并把事情大致说了一遍,那人便放心地应诺了,
一同等待天黑。阿山和茂右卫门都换上了衣服,先把客店的竹门打开,
再把随身用人推醒,说了句:"事出有因,现在就去死!"就跑出去
了。不久隐约听到陡峭岩石上,有念佛的声音。接着,看见两个人纵
身跳下悬崖,激起一阵水声。在人们哭泣喊叫、乱作一团的时候,茂
右卫门背着阿山,进入山麓,退到了一个茂密的杉树林里。此时,那
位叫岩飞的男人潜到水下,然后爬上了别人意想不到的海岸。

随身侍从顿足嚎哭不已,一面请求海岸上的人四处寻找,但徒然
费力,白白折腾了一夜,天明后才含泪找到了遗物。收拾了一下回到
了京都,把事情讲了一遍。家人觉得实在是丢人,相约不让外人知
道。但世间消息灵通,此事闹得满城风雨,成为春游的人们谈论的话
题。做了这样的事情,还能怎样呢?

四 茶馆好无知 金币①不认识

他们逃到丹波的深山里,踏开无路的草地,茂右卫门拉着阿山的

---

① 金币:原文"小判",从天正年间(1573—1592)到江户时代铸造的椭圆形
小块金币,一枚相当于一两。

手，终于爬上了一座山。回首走过来的路，他感到很可怕，如今是虽生犹死。前面连樵夫的足迹也看不见，他们现在才意识到是迷路了。阿山体格软弱，难以边走边寻找出路。她累得奄奄一息，脸也变色了。茂右卫门十分悲痛，用树叶接下从岩石上滴下来的水让阿山喝。尽管细心护理，但阿山的气力逐渐衰竭，脉搏也变微弱，令人担心大限即将来临。

在没有可用的药物、只得束手待毙的情况下，茂右卫门俯在阿山的耳朵上说："先去前边看看，附近村子有熟人。咱们要是到那儿去，就忘掉这些苦恼，尽情地躺在一起说说话吧！"阿山听了，说："那敢情好。还是男人能救人的命啊！"便打起了精神。阿山果真是个专于爱欲、其他什么事也不在乎的女子，真令人觉得可怜。茂右卫门背她行走，来到一个小村子的棚栏下。据说此处是通往京都的街道，狭窄得像单马通过的悬崖一般。在稻草屋顶的屋檐上，悬挂着一捆杉树叶作为酒店的标志，招牌上写着"清酒"的字样。摆在店里的饼，也不知过了几天，上面落满灰尘变成了黑色。店的一角，安放着茶筅、土偶人、摇头鼓等。这些东西都有点眼熟，使他们感到了京都的气氛，元气逐渐恢复起来。在这店里休息了好长时间。高兴之余，将一两小判给年老的店主。但店主看见金子，却像是猫看见打伞一样，显出不高兴的神情说："请给茶费！"哎呀！从京都到这里不足十五里地，竟然还有不认识小判的村庄吗？他们感到很可笑。

然后，茂右卫门和阿山到柏原那地方去，访问久无通信、不知是否健在的茂右卫门的叔母。他们谈起往事，到底不愧是亲戚，招待很热情，老是说起茂右卫门之父茂介老人的事情，含着泪谈了通宵。天明了，叔母看到漂亮的阿山，感到奇怪。问道："那位是谁？"茂右卫门当场就尴尬了，未仔细考虑便回答："她是我的妹妹，在宫廷服务了很久，身体搞垮了，厌倦了京城不自由的生活。

她说要是能适应这种安静的山村生活，就降身为农民，干点家务活儿什么的。所以我领她来了，随身带了二百两左右的金子。"就这样当场敷衍过去了。

何处都是充满了欲望的世界。这位叔母注意到了他们带的钱，她对阿山说："这真是凑巧的好事。我一个儿子，眼下还没有定亲。你也是我家的亲戚，就做我儿媳妇吧！"这真是一件棘手的事情。阿山暗自流泪，她正在担心"今后该怎么办"的时候，叔母家的那个儿子深夜回家了。那是一个何等可怕的男人啊！个子高大得出奇，头发像狮子毛一样卷曲上去，胡须像熊一样乱蓬蓬的，眼里充满血丝，发出异样的凶光，手脚简直就像松木一般关节突出。他身上穿的是用破衣布条做的衣服，束着一根藤树条编的粗带子，手里拿着枪炮用的火绳，看看装进草袋的兔狸，似乎是靠打猎为生的人。一问其名，知道他叫岩飞是太郎，是本村无人不晓的流氓无赖。一听母亲说要他和京都的女人结婚，这位粗鲁的汉子顿时大喜："好事要快做！今晚就办喜事吧！"拿出手镜来照照脸，觉得自己很可爱。母亲说准备办喜事，在缺口的酒壶里放上成鲔鱼，用草编的屏风围起了两铺席大小的地方，摆上木枕一对，镶边的席子两张，横纹的棉被一床。火钵里点着松木块。今晚真是那位是太郎的大好时辰。

然而阿山则痛苦不堪，茂右卫门也一筹莫展，悔恨自己不慎说出那些话，带来如此后果。阿山心想，如果再次遭逢此等命运，不如投身江湖死了为好，再活下去天理不容。想着，就抓住短腰刀，站了起来。茂右卫门拦住了她，安慰她说："你可是太性急了。得多方想想办法。天明了咱们就离开这里，一切都包在我身上吧！"这天晚上高高兴兴喝完喜酒之后，阿山对是太郎说："我是被人讨厌的丙午年生的人①。"

---

① 当时的日本人迷信认为丙午年生的女人克夫。

是太郎听完说道："丙猫也好丙狼也罢，那种事没关系！我曾自愿吃过青蜥蜴，即便那样也没死。活到了二十八，连轻微的肚子疼也没有过。茂右卫门，你也照我这样干吧！娶个京城女人做老婆，虽说脾气和顺，可我并不觉得称心。因为咱们是亲戚，所以没法子才答应了这门婚事！"他枕着阿山的腿，舒适地睡过去了，真是令人哭笑不得。阿山和茂右卫门焦急地等待他睡熟。深夜离开了此地，又藏身于丹波深山之中。

好歹过了数日，他们到了丹后路，在切户的文殊堂①彻夜祈祷。茂右卫门半夜时打盹儿，做了一个灵验的梦。朦朦胧胧听着有人忠告："你们做了世间少有的恶事，无论逃到何处，也不能脱却苦难。旧事已不可挽回，今后若你们停止俗人生涯，削掉宝贵之黑发，二人分居，抛却恶心，皈依佛门，也许可以保住性命。"茂右卫门答道："今后不必为我们操这份心了。我爱她，决无三心二意。想必文殊菩萨只知道男人，完全不懂得女人吧？"刚一答完，这个讨厌的梦就结束了，只有桥立的松风在吹。他们想，反正这世间有风必有尘，依然沉溺于离经叛道的恋爱中。

五　悄悄窃听情　处境颇危殆

做了坏事，自己明知，却难以说出来。明摆着自己赌输了，却显出若无其事的样子；钱财被爱妓给骗光了，却装作满不在乎；爱打架的人被打败了，却对别人秘而不宣；投机商人亏本了，却不声不响。这些都属俗话所说的"踩了狗屎，有苦难言"之类。娶了水性杨花的妻子，对男人来说没有比这更可耻的了。"阿山既然已经死

① 切户的文殊堂：在丹后国与谢郡吉津村的五谷山久世户寺，供奉的是文殊菩萨。

了，那也没什么办法。"装裱工工头一家以阿山的死维护了自己的面子。想起他们恩恩爱爱一起生活的往昔，虽觉得憎恶，但还是仿效僧家的做法，为她祈求冥福。可怜啊！阿山那些做法考究的窄袖和服，已被施舍给旦那寺，变成了旗子和天盖，被无常之风吹卷着，令人悲叹。

没有什么能像人那样大胆了。茂右卫门起初小心谨慎，即使黑夜也不出门，可不知何时忘掉了自己的境遇，怀念起京都来。把自己打扮成下人模样，草笠戴得很深，把阿山托付给村上的人，毫无必要地进了京。他注意着自己的敌人，提心吊胆地走着。走到嵯峨的广泽池①附近，天就黑了。看到映在池中的月影，他怀念阿山。愚痴的泪水湿透衣袖，又洒落在岩石上，看上去就像破碎的白玉。他背对鸣泷山，朝着他熟悉的御宝、北野快步走去。一会儿，来到了镇上。不知为何，他十分害怕。十七日的月亮映照着自己的身影，他也不知这是自己的影子，时时感到心惊胆寒。他来到住惯了的阿山娘家所在的镇上，悄悄地隐藏在店附近观察动静。

于是听到有人说，从江户的店铺汇来的银子来迟了。还有的年轻人集合在一起，品评头髻的样式，议论棉布衣服缝裁的优劣，这其中都夹杂着色情的议论。茂右卫门听了各种各样的谈话，才知道自己的事果然轰动很大。听到有人说："唉！茂右卫门那小子，把那样天下无双的美人偷走，舍掉性命当然也在所不惜了，死是他应得的报应啊！"另一个人帮腔说："可不是么！可不是么！一辈子忘不了。"又有一个样子似乎通情达理的男人说："茂右卫门虽然算是个人，可他是个臭不可言的家伙！欺骗主人，拐走主妇，是古今没有的坏蛋！"人们有理有据地对他大骂一通。茂右卫门偷听着，他想："听声音，这家伙好像是大文字屋的喜介。这小子不理解我的悲哀，反而说出这

---

① 广泽池：在嵯峨东部的有名的池。

些可恶的话来！我这里有他的借据，他借了我八十目银子至今还没偿还，眼下却血口喷人。我真想掐着他的脖子把他给宰了！"他咬牙切齿地站立起来。但如今自己是隐姓埋名地生活，没有办法，气愤也得忍着。这时又听得一个人说："听说茂右卫门现在还没死，带着阿山到了伊势一带或者什么地方。好事是干绝了。"茂右卫门一听这话，身子战栗起来，不觉倒抽一口凉气。他慌忙离开此地，寄宿在三条的客栈，没洗澡就躺下了。这时候正赶上十七日夜向爱宕山神做代替祈祷的日子。①他把十二文供钱包起来遣人交去，祈求自身的恶事永不为人所知。然而，他已误入歧途，无论怎样祈祷，爱宕的神怎能相助呢！

第二天，他想最后看一眼京都，就避开人目，悄悄地从东山下了四条河原。听到有人喊："藤田小平次的狂言表演。三出戏连演的头场戏、头场戏啊！"茂右卫门想，不知道是什么戏，看看再回去，也好给阿山讲讲旅途见闻。他借了一个圆座坐下来，又朝远处打量，一面看戏，一面提心吊胆地观察周围是否有认识自己的人。这狂言演的也是拐走别人女儿的故事，看了不由使他害怕。他朝同一列座位的前方一看，阿山的父亲坐在那里，顿时吓得失魂落魄，仿佛一只脚已踏进地狱门口似的，豆大的汗珠滚落下来。他跑到木门门口，径直回到了丹后村。从那以后对京都无限恐惧。

那时正值菊花节前夕。装裱工工头的家里像往年一样，从丹波来了个栗子商人。在闲谈的时候，他忽然问起："哎，这里的那位老板娘……"家人难以为情，谁也不回答。主人哭丧着脸说："她死了！"对方继续卖栗子，继而又说："世上还有长得十分相似的人呢！有位妇女和你家的夫人完全一样；那位青年也和你家的二掌柜相像。他们住在丹后的切户呢！"说完就走了。

---

① 代替祈祷：原文为"代待"，是一种乞食职业，代替别人祈祷，取得报酬。

　　主人听了这话，便派人去查找。果然是阿山和茂右卫门。于是集合一家所有的人，前去捉拿。两人无法逃脱罪责。经过种种审讯之后，两人连同撮合他们的一个名叫阿玉的下女，一同游街示众，结果在粟田口①刑场上像草叶上的露水似的消逝了。两口子的生命正如九月二十二日拂晓的梦一样短暂。世人谈论说，他们死得毫不卑怯。人们现在仿佛还看得见身穿浅黄色小袖衬衣的阿山的影子。她的艳闻就这样长久地流传世上。

---

① 粟田口：在京都市东山区。

一　除夕一整天　心烦又意乱

东北风猛烈地吹着，腊月的空中飞云疾走。人们的心情也很紧张，抓紧做迎春的准备。有的家庭捣米做年糕，有的家庭手持小竹竿，掸扫灰尘。天平秤上的小锤敲打声清晰可闻，做收支结算也是世间的定例，忙得不亦乐乎。店铺的屋檐下站着一排叫化子，"可怜可怜小瞎子吧，请给一文钱！"乞求声颇为嘈杂。此外，还有回收神社寺院护身符的乞丐的喊声，薄木片、榧树、干栗仁儿、镰仓虾等的叫卖声。通町②正逢年关集市，破魔弓③展销，新式衣服、袜子、竹皮草屐上市。令人联想起兼好法师在描写除夕之夜的文章中所说的"脚不着地"这句话，不论过去还是现在，家家户户都是如此忙碌。

却说在将近除夕的二十八日夜间发生了火灾。人们哇哇地失声惊叫。被火包围的人家门前，有的拖动箱子，有的把衣箱和账本文具箱扛在背上慌乱逃脱。来不及打开地窖盖把布匹放进去的，立刻就化为了灰烬。正如俗话所说禽兽犹有爱心，人们照看着妻子，守护着老母，在亲友的帮助下逃离险境。这确是世间一大不幸。

---

① 恋草：口语古词，用草的繁茂形容爱情。
② 通町：从江户神田须田町到日本桥、新桥一直到金杉桥一带的总称。
③ 破魔弓：春节期间的一种儿童玩具。

在江户的本乡一带，有一个名叫八兵卫的蔬菜店的商人。从前出身高贵，生有一个女儿，名叫阿七，芳龄十六。若以花儿来形容，她像上野的盛开的樱花；若以月儿来比喻，她仿佛映在隅田川里的皎洁的月影，如此美丽的女子令人怀疑世所少有。在隅田川咏歌都鸟①的风流歌人在原业平，因身已作古，不得一见阿七，也是一大憾事吧。没有一个男子不爱她。因为火焰逼近她家，她护理着母亲，到了多年皈依的菩提寺，即驹込的吉祥寺，以暂时避难。来避难的人不止阿七一家，很多人逃到寺院来了。住持大人的寝室里有婴儿的哭泣声，佛前乱糟糟地放着妇女的围裙。有人从丈夫身上跨过，有人把头枕在父母身上，都是横七竖八地躺着。天明后用烧钵和铜锣洗脸。供在佛前的天目茶碗，也马上被人当饭碗使用。避难中的这些所作所为，释迦大概也会原谅的吧？

阿七细心地照顾着母亲，在这个连男孩子都不得粗心大意的世间，她对一切都谨慎小心。那些被烧得无家可归的人们，有时耐不住寒冷的夜风，住持大人就把所有替换穿着的衣裳拿出来借给他们。其中，有一件黑鸟羽的双层长袖和服，上有桐树与银杏树的比翼纹，红绸里子，山道形的镶边，熏过的香味犹存。阿七被此打动了心。她想："是怎样一个贵小姐夭折了呢？大概是把这作为遗物，送到这座寺庙里的吧？"她不由联想到自己的年龄，深深地可怜那小姐。由这位不曾相识的人，她悟到了人世无常。"想来，人生似梦，活着与世无争，只有祈求来世了。"她这样心情忧郁地沉思着，打开母亲的念珠袋，把念珠捧在手上，专心地念佛。正在这时，一个相貌端正的后生，一只手拿着银镊子，在全神贯注地拔取扎到食指上的刺儿。时近黄昏，他把拉门打开，还是拔不出来，颇感苦恼。阿七的母亲觉得心下不忍。说道："我来给你拔吧！"拿过镊子拔来拔去，但因老眼昏

① 都鸟：蛎鹬。

花，看不清楚。阿七看见母亲无能为力的样子，就想："要是我的话，眼看得清，一定能拔出来……"边想边走来站在旁边。母亲对她说："你来拔吧！"阿七很高兴，拿着那位后生的手，帮他解除痛苦。不料那后生此时神魂颠倒，自己的手被阿七紧紧地握住，他觉得难舍难分了。因阿七的母亲在看着，所以他们无可奈何。阿七刚要离开，又故意拿着镊子折回来，口说来还镊子，再次握住他的手。从此之后，他们就产生了恋慕之心。

阿七的相思逐渐加深。她向寺院的办事僧打听："那后生是什么人？"办事僧说："他叫小野川吉三郎，是一个出身纯正的浪人。他可真是个心地善良、热心肠的人。"阿七的恋慕之心日甚一日，偷偷地写了情书，暗中送去，不过是请人代笔的。结果，从吉三郎那里送来了一封封情真意切的信。双方恋情炽烈，这就是所谓的"相爱"吧？不用说，两人书来信往，不知不觉间成了情人。他们等待着相会时机，这本来是世态常情。除夕夜恍恍惚惚地过去了。第二天是新一年的开始。门口用红松、黑松漂漂亮亮地装饰起来。一翻历书，上面写着："年初男女相爱。"这也很有意思。可是没有好机会，他们终于未能同枕共衾。被歌咏为"为君赴春野"①、喝七种菜粥祝贺的初七日也过去了。九日、十日又过去了，十一、十二、十三，一直到十四日黄昏，新年正门装饰松枝的时间也结束了，光阴易逝，徒费时光。

二　春日雷声隆　不惊有情人

春雨下着，雨滴仿佛一串串玉珠。十五日半夜，有自称是从柳原

---

① 出典是《古今和歌集》："为君赴春野，采来新鲜菜。我之衣袖上，霄花白皑皑。"

一带来的人，粗鲁地敲打着寺院的外门。僧人们醒来询问，一个使者答道："米店的八左卫门长年患病，今晚就要死了。因为是早就下决心要死的人，我们想今晚就把他送到野外。"出于出家人的职责，住持带领诸位法师，撑着雨伞，急忙走出了寺院。尔后，只剩下一位在厨房干活的七十多岁的老妪，一个十二三岁的新发意①和一条红毛犬。此外，就只有寂寥的松风了。使虫豸苏醒的初次春雷轰鸣起来，大家都被惊醒。老妪念起避雷的咒语，拿出立春前一天的炒豆，又找一个有天花板的小房间钻了进去。阿七的母亲一味想着自己的孩子。她关心女儿，把她拉到被子下面。打响雷时，就关切地对女儿说："捂住耳朵！"阿七是个女儿家，也害怕得厉害。可是，想到自己和吉三郎必须在今夜相会，却说："人哪，也真是的！干吗害怕打雷呢？舍掉的至多是一条命。我可一点也不怕。"作为女子，还是不要逞强为好，如此口是心非的话，连庶民家的女子也会讥讽的。

夜渐渐深了，人们不知不觉进入梦乡。鼾声和房檐的雨滴声混杂在一起。从套窗的缝隙中，射进朦胧月光，四周静悄悄的。这时，阿七悄悄地走出了客殿。她身体颤抖，脚下不稳，踩到一个熟睡的人的腰骨上，吓得失魂落魄，胸口剧跳，热血冲脑，话也说不出来，只是拱手叩拜。但奇怪的是，那人并未责怪。阿七注意一看，原来是烧饭的下女阿梅。阿七正要跨过去，阿梅拉住了她的衣裾。阿七想，真讨厌！这是故意妨碍我。但阿梅并非如此，却把一匝小半纸②递到阿七手里。"哎呀，这丫头真是个干惯风流韵事的人，在这种慌乱的场合，还想到这个！"阿七高兴地想着。

她走到住持的房间一看，却不见吉三郎睡在这里。阿七难过地走到厨房。住在这里的老妪醒过来，咕哝着说："今晚这些该死的老鼠

---

① 新发意：寺院小僧的称呼。
② 小半纸：一种小型的日本白纸，女子身上的日常用品。

真烦人！"一面收拾着酱油炖的香蕈、油炸麸面饼、淀粉布袋等东西，这也颇有意思。过了许久她才看见阿七，就拍着阿七的肩膀耳语道："吉三郎和那个小和尚一起睡在那三铺席的房间。"原来这老妪是个意外通晓恋情的人，把她放在寺院里未免可惜了。阿七觉得她很讨人喜欢，于是把束着的紫色鹿纹的衣带解下来交给她，按她说的地点去了。此时约是夜间两点左右。常香盘的铃烧落了①，发出了一阵响声。

小和尚新发意大概是来添香的吧，重新把铃绳系上，把香添足，坐在那里许久不动。阿七很不耐烦，焦急地等待他回到寝室去。她想出了一个馊主意，蓬散着头发，做出可怕的鬼脸，从暗处吓唬这小和尚。可这小和尚不愧具有佛性，面无惊色，镇定自若。说道："尔等宽衣解带，为世间罕见之风骚货也！快快离去！若想做僧人之妻，也须待和尚归来！"他转过脸去严厉呵斥。阿七羞羞答答地走过来说："我是来抱你睡觉的！"新发意笑了："是来找吉三郎的吧？他刚和我脚挨着脚睡过。这就是证据！"说着把棉僧服的衣袖蒙在她脸上，那上面有一股白菊之类的熏香气味。阿七扭动着身子说："这可受不了！"就跑进那个寝室。新发意喊道："哈哈！阿七干好事啦！"阿七又吃了一惊，对他说："你别嚷嚷了！我一定给你买你喜欢的东西。"新发意说："要是那样，就给我八十文钱，再给我买松叶屋的骨牌、五个浅草的米馒头。除此之外，世间的其他东西我都不想要啦！"阿七约定说："这事好办。明天早晨就给你买来。"小和尚躺下了。"天亮后，我能得到三样东西，一定能得到。"他边说边迷迷糊糊地进了梦乡。

此后，阿七就可以随心所欲了。她走近熟睡的吉三郎，一声不响

---

① 日常供在佛前的烧香的香盘，香烧完之后上面的铃就落下来，起报时的作用。

地胡乱靠在他身上。吉三郎醒过来，颤抖着身体，猛然把棉睡衣的袖子拉到身上，阿七把它拉开，说："你把我头发弄乱啦！"吉三郎窘极了，说道："我今年十六岁。"阿七说："我今年也是十六岁。"吉三郎又说："我怕和尚。"阿七说："我也怕和尚。"无论如何，这次初恋是他们迫不及待的。此后两人都流了泪，事情没能办成。雨又下开了，雷也轰鸣起来。阿七说："我真害怕！"她紧紧抱住吉三郎，自然是难舍难分。吉三郎抱住阿七，说道："你的手和脚为什么发凉？"阿七怨恨似的说："你也不嫌弃我，喜欢我，才给我写那样的信，谁让我身体发凉呢？"她搂着吉三郎的脖子。不知不觉变得如胶似漆，泪水互湿衣袖。他们发誓只要活着，永不分离，永远相爱。不久就快天亮了。谷中寺院响起了急促的钟声。吹上一带的朴树林中，晨风起劲地刮着。"真遗憾呢！今晚刚刚暖暖和和地躺下，就得分别了。天地这样宽广，难道就找不到没有白天的地方吗？"他们这样想着，然而这是无论如何也不能实现的心愿，徒增苦恼而已。这时，阿七的母亲来找阿七，说："原来你在这里呀！"把阿七带走了。吉三郎就像雨夜被鬼怪一口吞掉情人时的在原业平那样，①伤心极了。

新发意没有忘记昨夜的约定。他说："要是不给我说定的三样东西，我就把昨晚的事儿都说出来！"阿七的母亲回来说："什么事我虽不知道，但阿七说定的事，我来做证人！"说完回去了。因为她生下了这个淘气的女儿，即便不问她也明白，所以她比阿七更上心，据说第二天就把说定的东西买来送给新发意了。

三 夜间雪霏霏 情侣巧相会

阿七的家长认为，在这一切不可疏忽大意的世上，特别不能露出

---

① 见日本平安时代的物语作品《伊势物语》。

给人看的有三样:一是旅行中不能让人看到贴身带的钱,二是不能让醉汉看见腰刀,三是不能让人看见女儿身边有出于无奈而出家的和尚。于是她就把阿七领出寺院回家,此后严加监视,不准他们来往。但是两人依靠下女的同情,仍然书来信往,互表心迹。

一天傍晚,有个看夫像是板桥町一带的乡下少年,把松露、笔头草装在提篮里,说是来卖点钱维持生计。阿七家把这些东西买下了。虽说已到春天,黄昏时却是雪花霏霏。那少年愁叹当晚难以回村。主人觉得可怜,不经意地对他说:"就在这屋角待着吧,等天亮了再回去!"少年很高兴,把盖着牛蒡和萝卜的草席作垫子,用竹编的小斗笠遮住脸,把短蓑衣盖在身上,打算如此过夜。但夜风吹到枕边,土间里寒冷彻骨,冻得要命。他渐渐觉得呼吸微弱,头晕眼花。此时,听到阿七说:"刚才那个乡下孩子很可怜,至少得给他喝点热水什么的呀!"做饭的阿梅,把热水盛在用人使用的茶碗里,交给下男久七。久七接过来给那孩子。那孩子道谢说:"谢谢您的关照。"久七暗中摸弄着他的额发:"你在江户,有过相爱的哥儿们吗?你真可爱。"那孩子说:"真的,我家里穷,除了锄地、牵马、砍柴,其他什么都不知道。"久七摸着他的脚:"真怪,脚上一点皲裂也没有啊!那么,你把嘴张开一下……"说着就想亲他。那孩子很难过,紧紧地闭着嘴,流出泪来。久七打消了念头,说:"不了不了,也许你吃了葱、蒜,口里有臭味吧?"那孩子才放下心来。

此后,入睡的时刻到了,用人们都登上楼梯。二楼上的灯笼光暗淡下来。主人检查橱柜上的锁。嘱咐二掌柜千万注意防火,并要他对女儿加以留心,把店铺和里院之间的门紧紧关死,切断了恋爱的线路。实在是煞费苦心。

夜间两点的钟声响起的时候,有人敲大门,一遍遍地喊道:"喂!喂!大婶!现在平安分娩了,而且是个男孩子!老爷很高兴呢!"家中一阵骚然。主人说:"这真是大喜事儿!"两口子从被窝里一骨碌爬了起来。在出门的时候顺便还带了给婴儿消毒用的海人草和甘草，登上一双不成对儿的草屦，让阿七把门关上，急急忙忙地走了。

阿七在关门的时候，想起了傍晚时的那个乡下孩子。对下女说："把那手烛拿过来！"走近观看他的睡态。见他安然睡去，不由愈生怜意。下女说："他睡得正香呢，就这样吧！"阿七不听劝阻，靠近看他。觉得他身上带有香袋气味，不禁为之动心。阿七把他的斗笠取下来，看到他漂亮的侧脸，睡得安详，头发也未蓬乱。阿七出神地看着，联想到她那位情人也正好是这个年龄。她把手插进他的衣袖中，发现他穿着浅黄鸟羽花纹的双层内衣。"啊！这是……"她再仔细一看，原来是吉三郎啊！阿七也不顾别人听见，抱着吉三郎哭着问："这是怎么回事呀？你打扮成这样！"

吉三郎和她面面相觑，一时竟无词以对。吉三郎将情况自始至终详细叙述一番，最后又说："我打扮成这样，是为了看你一眼。请你体谅我这一夜的苦楚啊！"阿七说："不管怎样，咱们到这边来好好地诉说苦衷吧！"她拉起吉三郎的手。可是由于半宵寒冻，吉三郎身体乏力，动弹不得。这实在令人觉得可怜。下女好不容易牵着他的手，放在手推车上，拉到平素的房间。众人一齐动手为他按摩，让他服用各种药物。终于，吉三郎微露笑颜。阿七很高兴，两人互相斟酒对饮，想在今晚将情愫一倾无余！正在高兴之时，阿七的父亲回来了，兴奋地说："因为就这么一个侄儿，我是操了不少的心。这一回，可算了却一大心事！"他又谈起了婴儿的衣服："得好好祝贺祝贺。用金银箔做鹤龟松竹装饰在衣服上，怎么样？"下女们劝阻说："这事稍后再办也不迟。明天安下心来好好想想吧！"他却说："不不！这种事儿还是早一点为好！"说着就把手纸叠起来，贴在木枕上，开始剪衣服样子。真叫人讨厌。

好不容易等父亲折腾完，阿七和吉三郎经过种种掩饰才蒙混过去。两人躺下来。阿七想和吉三郎说说话，可是与父母只隔一层隔扇。他们害怕出声，就在灯下放着砚和纸，把心里话写出来让对方看。这大概就是所谓"鸳鸯同寝"①吧？他们整整写了一夜。天明分别了，还是说不尽道不完刻骨的相爱之情。这实在是个苦难的世间。

四　樱花凋残前　最后看世间

嘴上不说不道，昼夜苦苦相思。女人的这种心地确是难以琢磨。

阿七和吉三郎无法相见。在一个狂风飞卷的黄昏，阿七想起了不久以前逃往寺院避难时的情景。她想，要是再有那样的事故，我就可能有和吉三郎阿哥见面的机会吧？女人一时心血来潮，想起了作恶，这也是一个报应。

烟火刚冒起来的时候，人们感到奇怪，就过去搜查。在烟雾中出现了阿七。一经盘问，阿七就毫不保留地如实坦白了，所以导致了世上可悲的后果。②

今日作为罪犯在神田的昌平桥示众，明日又被拉到四谷、芝、浅草、日本桥游街。前来观看的人们，无人不痛惜年轻美丽的阿七的生命。尽管如此，人无论如何也不应做出恶事，上天是决不相容的。

可是，这姑娘对后果有精神准备，事到如今也不见忧苦。在监牢里，每天就像在家里时一样，梳理好浓黑的头发，打扮得很漂亮。仿佛是对十七岁的阿七即将泯灭的青春表示哀痛，鲜花凋零，杜鹃也齐声悲鸣。初夏四月，别人提醒她，最后的时刻已经来临。阿七却毫无恐惧。她超脱梦幻一般的尘世、一心祈求净土的心情，更是令人伤悲。别人把一枝迟开的樱花让她拿着，为她走向另一个世界钱行。阿七出神地凝视着那枝樱花，随口吟道："春风吹拂传浮名，樱花零落

---

① 鸳鸯同寝：双关语，口语的"鸳鸯"与"哑巴"同音。
② 按当时的律法，纵火罪是重罪。

似我身。"听者无不哀痛至极。大家目送着被带走的阿七。这一条短暂的生命,于晚钟敲响之际,在品川一带的铃森刑场,被处以世上罕见的火刑。虽说一切都将化为一片黑烟,这是人的定数,但阿七的死尤其可怜。

昨日看见的是一片黑烟,今朝再看,则烟尘皆无,只余铃森刑场的寒风凄凄。过路人听说这可悲的死亡,并不匆匆走过,而是为她的亡魂做一遍回向①悼祭。另外,阿七在那一天穿的丝织小袖衬衣的碎布片,人们也收拾起来,想作为以后谈说时的纪念。

世人议论说,就连无亲无故的人,都在忌日供上芥草祭悼阿七。而那位与阿七深深相爱的后生,为何在阿七临刑时不来看看,也不祭悼她呢?此事令人感到莫名其妙。原来,当时的吉三郎相思成疾,病情危笃,神志不清。令人担心大限即到,渺无希望了。吉三郎那迷离恍惚的神态,使身边的人明白,如果将此事告诉他,他的性命就很难保了。从他平日话语的细微之处也可明白,他最终的命运是等候死亡,而阿七却死在了他的前头。想起来人生实在是不尽如人意,只好对吉三郎巧妙地掩饰一下了。吉三郎说:"今天或明天,我想在这里见见阿七。让我随心如愿地见见她吧!"他打起精神,吃药也忘掉,说起胡话来:"我想阿七!还没见到她吗?"吉三郎对阿七的事一无所知。实在是没有办法。今日已是阿七死后的第三十五天,别人一直瞒着吉三郎,偷偷祭奠着她。

不久,到了死后四十九日的上坟供奉。阿七的亲属来到寺里,叹息道:"请让我们看一看阿七的恋人,至少是一点安慰。"那里的僧人谈了吉三郎的情况。说:"如果把阿七的死讯告诉他,徒然使他增加悲痛。请不要去看他吧!"说得很在理。阿七的亲属说:"吉三郎那孩子心地很善良,要是听到阿七的死讯,大概会痛不欲生。咱们一定

---

① 回向:佛教语。为死者做佛事,祈求冥福。

要瞒住他。待他身体好了，再转告阿七的遗言。请好好地安慰他。还有，作为我家孩子死后的纪念，至少得立一个牌位，以寄托哀痛之情。"便写了一个塔形牌立在阿七的墓前。祭奠的水和眼泪一齐洒下。那被泪水濡湿的石头，令人想起死者的面影。家长们悲叹孩子死在自己前面，虽说老少不定乃是世间常态，但这确实是个顺序颠倒的人世。

五　突然入空门　事出自有因

没有什么像人生这样虚幻无常而又不顺心的了，倒不如死去，也就没有悔恨和恋情了。

吉三郎在阿七死后百日那天，才下床挂着手杖在寺院内走动。他注意到有一块新立的牌。见牌上写着阿七的名字，大吃一惊。"这真是意想不到的事情，别人也不告诉我。我苟且偷生至今，会被世间讥评，真是遗憾啊！"说着就抽出了腰刀。法师们急忙抱住他，多方劝阻："如果你命中注定非死不可，那就必须与长年要好的朋友辞别，而且也要向住持说明原因，然后再死为好。因为你干兄弟把你托付给本寺，所以我们对他就难以解释。你必须顾前思后，不要在这方面留下恶名！"吉三郎觉得言之有理，打消了自杀的念头。但无论如何也不打算长久活下去。

此后，他把事情的原委告诉了住持。住持吃惊地说："是你干兄弟把你托付在此，我不得已才予以收留。现在他已到松前去，最近还热情捎言问安，说今年秋天必能回来。在他回来前出了什么差错，最感到为难的还是我。待你干兄弟回来之后，何去何从，再给你一个安身之计。"住持多方劝说，吉三郎想起平素他的恩情，就收回己见，说："万事都听您吩咐。"但是，住持还是放心不下，把吉三郎的腰刀取下来，派很多人看守他。吉三郎无奈，只得待在平日的居室。他对身边人说道："唉！自己做出来的事，受到世人非议，真令人遗憾！我原本是走上了男色之道，做了与女人没有关系的人，却没想到遇上了让我钟情的女人，又给她带来灾祸，这多么可悲呀！难道男色之神和佛，都把我抛弃了吗？！"他流下泪来，又哭道："特别是，干兄弟回来时，我丢尽了脸面。真想在这之前快快死去！可是，要是把舌头咬掉，或者上吊的话，在世人听来是没有男子气的。你们讲点情义，把刀借给我吧！我没法再活下去了。"人们听罢，也悲痛地流泪，深深地同情他。

阿七的亲属听到此事，苦口婆心地对他说："你的悲叹我们是能理解的。阿七临死时曾郑重留话：'要是吉三郎真的爱我，就舍弃尘世，不管怎样出家为僧。若能祭奠我这惨死的人，我将如何高兴啊！我虽然死了也不会忘掉他，到来世继续我们的夫妇姻缘！'"吉三郎话未听完，终于下决心咬掉自己的舌头。见此情景，阿七的母亲赶快凑到吉三郎跟前，耳语许久，不知所说为何。吉三郎点点头，说："无论怎样，就这样吧！"此后吉三郎的干兄弟回来，说了很多合情合理的话，于是决定让吉三郎出家。吉三郎的美丽的额发蓬散开来，实在可哀。和尚用剃刀为他剃发，使人觉得像盛开的鲜花被一阵风吹落一样。想来，吉三郎虽然活着，但比阿七更悲痛。对这位古今无与伦比的美僧，无人不感惋惜。一般而言，因恋爱而出家的人确乎有之。据说吉三郎的干兄弟，回到故乡松前，也出家为僧了。

呜呼！这是男色女色交织在一起的悲哀的恋情。世间就是如此，虚幻无常，似梦非梦。

卷五
源五兵卫的
恋爱故事

一　合吹笛声悲　青春早夭折

世上流行歌里所吟唱的那个源五兵卫，是萨摩国鹿儿岛人。在那样偏僻的乡村中，他是一个罕见的风流男子。头发的梳法按当地人的习惯，鬓发向后梳理，发髻的前端很短，长腰刀也优于一般，引人注目。但这是好讲气派的地方风俗，并无人责怪。他喜欢与年轻的武士为伍，至于和纤弱、长发的女子调情，则是一窍不通。如今已经是二十六岁的春天了。他与长年相好的名叫中村八十郎的少年，以命相许，山盟海誓。而这少年又是举世无双的美男子，若加以形容，他就像是正在开放的初樱，令人想到花儿解人语的风情。

有一夜晚，风雨凄凄，只有他们两人，闭居在源五兵卫住的小房间里。合奏的笛声十分凄楚，乐音有时更增哀愁。从窗外吹进来的夜风，把梅花的香味，带到年轻人的衣袖上。淡竹的摇曳使巢中鸟儿骚动起来，那飞来飞去的翅膀声，也使人伤感。灯火自行暗淡下去。笛子吹毕，八十郎比往常更加动情。他无拘无束的姿态和爽快的话语里，都包含着爱慕之心。源五兵卫觉得他可爱极了，产生了一种在这世上寻求不到的欲念，希望八十郎男儿的英姿永不改变，永远是未成年的人。他们同衾共枕，拉拉杂杂地说着话儿，天亮时不知不觉地睡熟了，八十郎醒来觉得难受，把源五兵卫叫醒，说："可惜这一夜已经过去了！"源五兵卫迷迷糊糊地听着，说道："你已和我谈了一夜。

还有什么惜别的话要说吗？"源五兵卫朦胧中听到八十郎语气悲切：
"我真担心，即使只是一天不见你，你的面影便像幻影一般在我面前
浮现。尽管焦虑，但'只有今夜了'这句话还是不该说出来的。"说
着两人互相拉起手。

八十郎又微笑道："令人无可奈何的是这浮世，缥缈难定的是人
的生命。"话尚未说完，脉搏立刻停止了跳动。这竟然成了永别。"这
是怎么啦？"源五兵卫惊慌失措，也忘记了是偷偷与八十郎相见的，
放声大哭起来。人们吃惊地跑过来，给八十郎灌了许多药，但无济于
事。他与世永诀，万事皆休了。

把这消息通知了八十郎的双亲，他们无限悲恸，说道："源五兵
卫是长年与八十郎要好的朋友，八十郎确死无疑了。既然如此，也毫
无办法。"于是把八十郎的尸体送到野外，按他生前的姿势装入一只
大瓮里，在嫩草萌生的地方埋葬了。

源五兵卫伏在坟上，悲叹哀伤，他反复考虑，心想自己除了死之
外别无他路。最后他又想："我这个人是多么脆弱啊！至少我应该守
灵三年。三年后的本月本日，必来此结束我这短暂的一生！"他马上
在墓前剪掉发髻，和西圆寺的住持说明缘由，出家为僧了。一夏九十
天的时间里①，他每天都采花烧香为八十郎祈求冥福，就这样做梦似
的迎来了秋天。

墙根的牵牛花早晨开放，黄昏蔫萎，证明着人世的虚幻无常。连
花上的露水也是慢慢消尽的，人的生命却瞬时即逝……源五兵卫如此
回想着那一去不复返的往昔。据说这天傍晚②是祭奠亡魂归来的时刻，
他折取鼠尾草铺在地上，随便供上瓜果、茄子等物，把将干的毛豆折

---

① 从四月十五日到七月十五日期间闲居修行。
② 七月十四日盂兰盆节傍晚祭魂。

起来放进灵棚。折挂灯笼①的光线微弱，棚经②的声音急促，迎接亡魂的火消尽了。十四日黄昏，源五兵卫觉得，即使在这个脱离了尘世的寺院，借钱也被毫不客气地回绝，要账的声音咄咄逼人，门前盂兰盆舞的鼓声隆隆作响，令人厌烦。他决定去参拜高野山。明天就是七月十五日。源五兵卫离开了故乡。他的墨色衣服被泪水濡湿而褪色，衣袖也行将破碎了。

二 捕鸟一少年 生命何脆弱

山里早就做越冬的准备了。折取胡枝子树枝，在降雪之前做好挡雪墙，把北窗堵起来。捶衣砧的声音也很嘈杂。村头田野上，有一个少年眼盯着在红叶树林里争巢的小鸟。他年纪不过十五六岁，身穿带里子的麻布衣服，束着紫色中幅的衣带，插一把金质护手的腰刀。他的头发随意结成小圆竹刷似的形状③，如同姑娘一般。他手持竹竿中部，几次瞄准候鸟，但一只也没捕着，显出遗憾的神情。源五兵卫看了许久，心想："世间难道真有这样的美少年吗？年龄和死去的八十郎差不多，但是要比八十郎还漂亮！"他一直看到傍晚，为来世修行之心也抛却不顾了。他走近去说："我是法师，捕鸟很拿手。请把竹竿给我。"他一面帮少年捕鸟，一面说着："哎呀，这些鸟儿，一落到这位少年的手里就没命了。但这有什么可惜的呢？真是些不知少年滋味的不解情趣的家伙！"源五兵卫在短时内捕了很多鸟儿。那个少年非常高兴，问道："您为何出家呢？"源五兵卫忘乎所以地诉说了原委。那少年难过地含泪说道："您为此而修行，我很钦佩。请您今晚

---

① 折挂灯笼：祭魂用四角竹框的白纸糊的灯笼。
② 棚经：菩提寺的僧人在灵棚念的献给神佛的经文。
③ 原文为"茶筅发"，是一种发型。

一定在寒舍住下！"少年挽留他，亲切地带他回家。

在一片繁茂的树林中，有一座华美的邸宅。在此可听见马嘶声，还装饰着刀箭具。走出客厅来到房檐下，有一条长长的走廊。庭院里长着一片茂密的山白竹，竹丛中挂着一个鸟笼，里面有白鹇、唐鸠、金鸡等珍贵禽鸟在鸣啭。稍靠左侧，有一座比一般二层楼稍低的楼房，在此可以远眺。书斋是平常的读书室，很典雅。他们在那里坐下。那少年叫来几个用人，吩咐说："这位客僧是我学问上的老师，你们要好好侍候！"他们对源五兵卫多方招待。晚上，那少年与源五兵卫亲切交谈，不知不觉间结下白首之盟。一夜胜过千夜，互相倾诉衷肠。

天明后依依惜别。那少年和源五兵卫约定："您参拜高野山的夙愿一旦实现，回来时请一定光临！"两人都流下了热泪。源五兵卫悄悄离开这座邸宅。村民有人寻问，那少年就说："他是此地的御代官①。"这样那样地敷衍解释一番。

这少年的深情厚谊确使源五兵卫高兴。他进京的旅途也不顺利，想起死去的八十郎，又想起那少年，佛道修行之事全忘光了。他终于来到了弘法大师的御山，只在南谷的宿房住了一天，也未参拜内院的庙宇，便踏上了归途。他如约去那位少年的家，心想那少年还会以不久前见过的那种姿态欢迎自己。他走进了一间房屋，想把近日的离情别绪对他诉说，但由于旅途疲劳反而睡熟了。天明之后，那少年的父亲对这位素不相识的和尚感到奇怪，就盘问家人。睡梦中的源五兵卫被推醒，吃了一惊。接着他把从削发出家一直到今天的详情原原本本地说了一遍。主人听罢，拍手说道："这真是不可思议的事情！虽说他是我的孩子，但我还是想为他生得英俊而自夸。可是浮世无常，他在本月二十日之前，就忽然夭折了。临死的时候，他还喊着：'那位

---

① 御代官：幕府领地的最高官吏。

法师，那位法师！'我原以为那是发烧时说的胡话，原来喊的就是你吗？"不由得由衷悲叹。

源五兵卫听着，更感到自身生命的不足惜了。他想当场死去，但尽管如此，还是不能死。在短短的时间内，他遭逢如此劫难，失掉了两个年轻男友，还在这世上活下去，自己都觉得没有意义了。他想，这两人让自己知道世间的忧伤，这大概不是一般的因缘吧？真是可悲可叹。

三　男色不可恋　如手握残花

再也没有什么像人类这样无耻、薄情的了。在世间若留心观察，有的天真的孩子夭折了，有的可爱的娇妻早死了，碰上这样可悲的灾难时，谁都想当即舍命相随。可是，在他们眼泪未干时，欲望这种东西早就萌发出来，实在可鄙。

有人被各种各样的财宝迷住心窍，生起歹心。在病人尚未咽气时，女的就注意物色后夫，或者依附于死者的弟弟，或在同族当中寻求一个相似于前夫的人。这种女人为此而神魂颠倒，把亡夫抛到了九霄云外，为了义理而念两遍佛，供上香花，这不过是装潢门面而已。焦急等待守丧的三十五天过去，当着人面少涂脂粉，头发上为有香味而擦上发油，却故意不加梳理，披头散发。漂亮的花衣服穿在里面，外穿无花纹的窄袖便服，想不引人注目反而更显艳丽。有时起了无常之心，口说人世虚幻无常，顺便削掉头发，摒弃浮世而久留在野外的寺庙中。一心想着至少得用朝露给九泉之下的丈夫上供，把金银线的刺绣和鹿纹的窄袖便服翻弄得乱七八糟，嘴上说："这些也都是无用的东西了。还是捐献给寺庙做天盖、旗子、布单什么的为好。"心里却为这些衣服袖子稍短些而悲伤。没有像女人这样更可怕的了。她们在担心出事而对她们加以阻止的人面前假装哭泣，借以吓人。所以在这个世界上，妖魔鬼怪和守寡到底的女人同样是不存在的。

连女人都如此，何况是男人。死了五个或三个老婆之后，再迎娶后妻大概不算什么罪恶吧？与此相反，源五兵卫入道①遭逢了两个男友悲惨死亡的灾难，便诚心诚意地到这离开家乡的山间结庐而居。只是一心祈求来世安乐，戒绝色道。这实在是令人钦佩万分的行为。

这时候，在鹿儿岛的滨町，有一个琉球屋某家的姑娘，名叫阿万，年方十六左右，漂亮得令十六日晚上的月亮也生嫉妒。她心地善良，现在正值思春期，没有一个男子看一眼会把她忘掉的。阿万从去年春天起爱上了妙龄男子源五兵卫，写了很多倾诉苦恋之情的书信，悄悄地送去。但源五兵卫一生对女人不予理睬，决无二念。这使阿万十分悲伤，朝朝暮暮不能忘怀，度日如年。别人替她提亲，她感到讨厌，不合情理地硬是装病，说一些令人生气的胡话。别人以为这是发了疯病。她原本不知道源五兵卫出家，有时她听到别人谈论此事，就想："那可真是太无情了。我一直等他何时回心转意，现在是毫无办法了。他出家为僧确实可恨。我一定得到那里找他，要是不能把心中的怨恨向他倾诉无余，我心里不安。"这意味着将与尘世告别。于是阿万深深瞒住别人，自己把头发适当剪短，剃去顶部头发。行囊大概早就准备好了，打扮成男青年的样子偷偷离家出走了。

她踏上了恋爱的山路，掸掉繁茂小竹上的秋霜，探路前进。时值"无虚伪"的神无月②，而自己却装扮成男子，毕竟还是那颗女性之心，感到十分害怕。她走了很远，进入村头一个可闻人声的杉树林中，后面是层层叠叠的岩石，西面有一个深深的洞穴，她觉得可怕，心直往下沉。几根秃零零的朽木摆在河上作为小桥，桥下的湍流激起浪花，

---

① 入道：佛教语，指出家修道。
② 藤原定家的和歌中的话，见《续后拾遗集》。"神无月"是十月。

使人失魂落魄。好不容易来到一块小平地上，眼前有一间一面坡的茅舍，檐端爬上了各种各样的攀缘植物，水珠从上边自然滴落下来，这大概是此地降落的局部阵雨。

屋南面有一个透明的窗户。往里边一看，有一个农家常用的小炉，炉里填着青松叶子。另外，只有两只天目茶碗，没有勺子。这里的生活确是简朴。"只有住在这种地方，才能修成佛心吧？"阿万环视周围，却不见房东法师何在，很是为难。法师到哪里去了呢？她想去寻找，但除了等待别无办法。幸亏门开着，她进去一看书架上放着书籍，便津津有味地翻阅。那是一本写着"待宵①之双袖"的男色要谛之书。阿万想："看来这人如今还未抛弃此道。"于是她焦急地等待他的到来。不久天黑了，字也看不清了，却无法点灯。阿万渐感寂寥，只好独自过夜。她也是为了爱情才这样做的。

半夜时分，源五兵卫手持微弱的火把，循着山路向茅屋这边走来。阿万很高兴，但见从枯黄的荻丛中，出现了两个漂亮少年，年龄相仿，真像鲜花与红叶，竞相比美。其中一人怨恨，一人叹息。都是为了男色之道而固执己见。源五兵卫一个人，却有两个情人，他被双方感情所折磨，为恋爱而郁郁不欢。那苦闷悲伤的神情，阿万见了也不由得心生可怜，继而又感到扫兴。"这真是一个多情的人啊！"不由得觉得讨厌。可是因为她深深爱着源五兵卫，又想："不能这样退出。我自己也要把心迹向他表白！"于是走了出来。源五兵卫看到阿万吃了一惊，那两个少年却一下子消失了。阿万疑惑地想："这是怎么回事？"源五兵卫也奇怪地问："兄弟，你是何处来的？"阿万赶忙说道："正像您说的，兄弟我是一个有些自负的少年。久闻法师大名，只身悄悄来此参见，但不知您是这样一位多情泛爱的人。我左思右想，毫无办法。真让我太失望了！"阿万满腹

① 待宵：夜间不睡等待来人。

怨恨。源五兵卫法师击掌说道："这真是难得的深情厚意啊！"他的感情便移到了阿万身上。他告诉阿万，那两位少年早已成为隔世之人，刚才是你的幻觉。阿万也含泪道："你可不要把我抛弃了呀！"源五兵卫法师流下了感激的眼泪："我现在虽已出家，但此道不能抛弃！"马上与阿万调笑起来。眼下源五兵卫法师还不知阿万是女子，神佛大概也会原谅他吧？

四　男女相倾心　不与往昔同

"我刚出家的时候，向神佛起誓：绝不接近女色。可是对留着前发的美少年却一味爱慕，不可遏止。那时我就向神佛祈求，只求原谅我这么做，如今更没人责备我了。你可怜我，特地找到这里。既然对我如此深情，但愿以后永不见弃！"源五兵卫与阿万戏弄起来。阿万被他胳肢得直发笑，忍受着他拧大腿，抚摸胸部。她说："我说的话请你听着。我过去恋慕你的姿态，现在感到你做法师的姿态更可爱。为了爱你，我心烦意乱，舍弃了生命也在所不惜。从今以后，你别再想和另外的少年结交，你对我这话即使并不情愿，也请在誓约书上写明决不背弃，结下不寻常的二世之盟。"源五兵卫入道不假思索地写了誓约。说："即使还了俗，也不背弃你！"说着就喘着粗气，把手从阿万的袖口中伸进去，抚摸她的皮肤。阿万没穿男人的兜裆布，源五兵卫显出不可思议的神情。这也令人发笑。

然后，源五兵卫从手纸匣里不知取出何物放在嘴里嚼碎。阿万问："你在干什么？"源五兵卫脸红了，就这样隐瞒过去。这大概是男色之道所使用的"练木"吧？阿万更觉得可笑，铺开衣袖躺下了。源五兵卫脱掉衣服，用脚把阿万蹬到一边和她嬉戏。这么一来，谁都会执迷的。阿万一边解着中幅的后衣带，一边说："这里和村庄不同，夜里风刮得很厉害。"把木棉大袖和服穿上了。"枕在这里……"源五兵卫伸出胳膊让阿万枕着，他没躺下时就已经耐不住了。

他战战兢兢地把手放在阿万脊背上，说："大概还没做灸术吧，身上滑溜溜的。"接着又向腰下伸手。阿万很担心，与源五兵卫面面相觑。她假装睡觉，源五兵卫就摆弄她的耳朵。阿万把一条腿靠在他身上，红色绸绸的和服内裙露了出来。源五兵卫吓了一跳。他越注意打量，阿万的面孔越像温柔的女人。他惊呆了，好久说不出话来。他想要爬起来，阿万止住了他。说："根据刚才的约定，你发誓对我的话绝不违背。难道又把这誓言忘掉了吗？我是琉球屋的名叫阿万的女子。几年来给你写了很多书信，你无情得信也不回。我虽觉得可恨，但对你无限爱慕，就这样扮成男子找到这里来了，想必你不会厌恶我吧？"阿万倾诉了真诚的恋心，源五兵卫顿时失去了控制，说道："男色女色不该有区别吧？"说着，厚颜无耻地乱来开了。真是个没准性的人。道心变化无常者，不仅是源五兵卫，世人皆是如此吧？想起来，也许连释迦也会在陷阱边上踏上一只脚而不后悔吧？

五　金钱过分多　令人生迷惑

头发在一年之内就能长齐，脱掉僧衣和以前无何不同，源五兵卫终于还了俗名。他们在山中稀里糊涂地度日。梅花开了始知春天来临，这年正月就停止了修行。二月初，在鹿儿岛的一个偏僻乡间，托昔日的熟人，租借了一处板檐的小房屋居住，但还是无法生活，源五兵卫来到父母的住处一看，这里已经归别人所有，开兑换所时的天平的声音再也听不到了，屋檐上挂着一块卖黄酱的招牌。源五兵卫遗憾地望着这一切。他走近一个陌生男人，问道："在这里住过的源五右卫门呢？"这男人就把听来的事情告诉他："听说源五右卫门起初是个富裕的人。可他的儿子源五兵卫是这一带独一无二的美男子、好色狂。八年之间，他花掉了大约一千贯目的银子，可叹在这浮世上，源五兵卫的父亲败落了。源五兵卫也因恋爱而弃世，当了和尚。"源五兵卫羞愧地说："我正是那个源五兵卫。"他把草笠深深地扣在头上，无精打采地回到了住处。

天黑了，没有灯点，烧早饭的木柴也断绝了，实在可悲。什么恋爱啊色情啊，都是平常人生活时才有的。现在即使同枕共衾，也没有卿卿我的私房话了。明天就是三月三日偶人节，别人家又把艾饼分给孩子们，又看斗鸡，有各式各样的游兴，而自己家里却冷冷清清。虽然有个供神的木方盘，但里面却没有一条鳜鱼，只是折来一枝桃花，插进一个空酒瓶里，这个节日就算过去了。到四日，情况更是悲惨了。

他们两人都考虑如何糊口。结果，源五兵卫想起了在京城所看的戏剧，马上画脸画胡须。恋爱之奴源五兵卫模仿演奴①的戏剧，他长得与六方②演员岚三右卫门十分相似，唱着"奴啊奴啊"扭着腰。"源五兵卫哪里去？前去萨摩山。刀鞘三文钱，刀带两文钱，中间乃粗削之桧木也！"③他用粗鲁的声音边走边唱，讨孩子们的欢心。阿万则演唱晒布狂言④。两个人就靠此勉勉强强地生活。

想起来，他们不愧是相恋一场，可是渐渐形容憔悴，失去了昔日的面影。在这无情的世间，也没有谁来可怜他们，自然只有沦落下去。怨恨亲戚朋友，悲叹身世虚幻无常，心想不如今日一死了之。正在这时，阿万的父母焦急地寻找女儿的下落。好不容易找到了，非常高兴。他们说："反正他是女儿喜欢的男人，就让其结成夫妇，把这个家让给他们吧！"派来很多用人，把他们接去了。人们皆大欢喜。源五兵卫共接管了三百八十三把各种各样的钥匙。

---

① 奴：武士的侍从。
② 六方：（歌舞伎）由花道出台时挥手举足的台步。
③ 源五兵卫唱的歌词。
④ 晒布狂言：两手作晒布姿势的狂言。

选择吉日打开了仓库。写着大判金①二百枚装的箱子六百五十个，装八千两小判的箱子八百个。装八十贯目的银箱都发了霉，压在底部的银子发出巨大的呻吟。东北角有七把壶，新铸的一步金②塞得满满，壶盖都盖不上了。钱像砂子一样堆放着，乱七八糟。一看庭院中的仓库，进口的上等织物堆积如山；沉香多如木柴；珊瑚珠从一目五分重到一百三十目重；无疵无瑕的白玉计有一千三百三十五颗；缠刀柄的鲛皮和青瓷用具多不胜数；飞鸟川的茶叶筒等有名器具放了一堆，破损了也不在乎。另外，人鱼的腌肉③、玛瑙的提桶、邯郸的捣米杵、浦岛太郎④的庖丁箱、辨岁天⑤挂在前边的钱褡、寿星老儿的剃刀、多闻天⑥的短枪、大黑的簸箕、惠比须的小记账簿等等，难以一一记住。世上一切宝物，这里应有尽有。

面对这么多财富，源五兵卫既喜且悲。即使用这些钱把江户、京都、大阪的太夫都赎出来，即使出大价钱筹办戏团，自己这一代也用之不竭。挖空心思花用这些钱，也无何妙法。这又是一种情形呢！

---

① 大判金：江户时代的大椭圆形金币，一枚十两重，与"小判"相对。
② 一步金：江户时代的长方形金币，重四分之一两。又称一分判，一分判金。
③ 以下都不是实在的物品，而是作者滑稽夸张的说法。
④ 浦岛太郎：传说中的人物。他原是渔夫，由乌龟伴随在龙宫过了三年豪华生活。临别时美女给他一个盒子，他破戒打开，变成老翁。
⑤ 辨岁天：七福神之一，掌管口才、音乐、财富、智慧的女神。
⑥ 多闻天：佛教中守护佛陀传道的人，也称"昆沙门天"。

好色一代女

卷
一

一　老妪匿身处

古人亦云：美女乃砍杀男人之斧也。叶落木枯，成为黄昏之薪；生命之花凋零，化作一缕青烟，此命运何人可逃？像被清晨的狂风过早吹落的花儿，沉溺于色情之道而夭折，此举实乃愚蠢。而如此愚蠢者，世间不乏其人。

时值正月初，我因事前往京都西部的嵯峨。春天并未真正到来，梅花已稀稀落落地开放了。在渡梅津河时，遇到了一个男子。此人颇有现代风姿，但无精打采，脸色苍白，因恋爱而形容憔悴。此时他去向不定，看样子不久就会辞世，该把家业继承权交回父母了。这男子说自己有一愿望："我迄今为止无一不满足之处，但愿像这条河的流水一样，恋水不绝。"同行的另一个男子听了此话，显出吃惊的样子，说道："我倒喜欢去一个没有女人的地方，到那里无牵无挂地闲居起来，可以延年益寿，对这变幻无常、形形色色的大千世界袖手旁观。"

这两人在人生观上各持己见，但他们的看法都很乖僻。人之寿命有长有短，此乃人类定数。而这两人一味在幻想中漫游，在梦境与现实中彷徨。他们昏头昏脑，沿着河岸，发狂般地走下去，毫无顾忌地踏碎岸边萌生出的防风草和刺儿菜，进入了远离村庄的一座山的后面。看来其中必有缘由，我便尾随其后观察，只见那边长着茂密的红松，立着用胡枝子树枝结成的稀疏的篱笆。小竹编的门户已破烂不堪，门上有一个备狗出进的窟窿。再往里走，有一个在天然岩洞上面搭上简陋屋顶的幽静的住所。房檐下青苔丛生，去年秋季的常春藤枯叶还原封不动地留在那里。东边的柳树底下，有一根导水的竹管。竹管内的流水声，给人一种爽快之感。

我想，在这样的地方，该住着一位怎样的法师呢？岂知是一位老妪，实乃出乎意料。她腰部弯曲，满头白发，眼睛像将落的月亮一样黯然无光。她身穿一件天蓝色的散乱八重菊鹿纹的古式小袖和服，前面系一条大菱形花纹的中幅衣带。因为有这身装束，虽是老妪，也不使人感到难看。在好像是寝室的横梁上面，挂着一块既挡雨又作招牌的木板，上书"好色庵"三字。不知点了几根香，香气弥漫，这大概就是传说的有名的初音香吧？

我的心仿佛从窗口飞进了屋内，又向里边窥视了片刻。只见刚才那两位男子，像是熟人似的，连一声"有人吗"也不说，径自走进屋内。那老妪微笑道："今日又承蒙你们光临。世间多有烦恼，和你们青年人为伴也很有意思。想我这般枯木朽株，还有些好奇心呢。近来耳朵也聋了，懒得和人会面、听人唠叨，自己说话也嫌麻烦了。我对世间实在讨厌之极，闲居在此已有七年。梅花开了，才知春天已近；青山覆了白雪，才知冬天来临。近来很少见到人，你们怎么屈尊到舍下来呢？"其中一个答道："他被恋爱所折磨，我本人也有种种苦恼。我们还不知爱情之道的奥义。听说您对此所知颇为详细，因此特地拜访。您能把过去的经历详细给我们谈谈吗？"说着，在一个漂亮的酒杯里斟上酒，不容分说地劝诱老妪。老妪不知不觉为酒所动，弹拨着平日玩的琴，唱起了恋歌。唱了许久，就乘着兴致，像做梦一样，谈起了自己放荡的、坎坷多舛的一生——

我本来不是一个出身低微的人。母亲虽不是名家闺秀，父亲却是后花园院①在世时的殿上人②的随身侍从的后代。荣枯盛衰乃世间常理，此后家道中落，穷得无法度日，幸亏我天生丽质，当上了宫中女官，不知不觉地习惯了宫中的风流生活。如果耐心干下去，以后必有出人头地之日。可是，我从十一岁那年的夏天起，就莫明其妙地产生了浮华之心。梳头也不愿请别人代梳了。自己梳成后部不突出的"投岛田"③，或者梳成打暗结的"浮世髻"，以追求意趣。宽永年间的"宫廷染法"④，也是我从早到晚煞费苦心做出样子之后才流行起来的。

要说宫中生活如何，那里无论是吟咏和歌还是踢球游戏，到处都会有一种妖艳的气氛。色情之事随时随地可见可闻。每当这种时候，我都兴致勃勃，心里扑扑直跳，自然而然引起了色欲之念，把色恋看作头等要事。那时候，从各处来了许多情书，哪封情书都诉说了痴情的爱。最后信多得无处可放，结果委托一位少言寡语的卫士，将它们付之一炬。奇怪的是，那些写有向神佛起誓的纸面，却没有烧掉，而飞飘到附近的吉田神社中去了。

再也没有像恋爱这么有意思的事情了。那些向我求爱的人，大都是潇洒的美男子，也有与此不同的平凡男子。有一位年轻侍从，身份低微，最初我感到不称心。但从初次写来的情书看，感情热烈，如痴如狂。此后不断致书倾诉衷肠。我不知不觉为他心荡神驰起来。我和他很难见面，只好挖空心思地寻找时机，委身于他，也不顾是否留下恶名，一直和他保持着关系。有一天早晨，这件事终于败露，我被流放到宇治桥一带我的老家，以接受惩处。可惜我的那位恋人，因此而

---

① 后花园院：日本第一百二十代天皇。永享元年（1429）即位，宽政五年（1465）让位。
② 殿上人：宫中六位官以上的能"升殿"的官员。
③ 投岛田：后髻下垂的一种发式。
④ 宫廷染法：一种上等的带零散花纹的印染。宽永年间（1629—1644）首创于宫廷。

被处死了。此后四五天中，我迷迷糊糊地感到，那人一声不响地几次来到我的枕边。我觉得全身战栗，心想不如干脆一死了之。可是日久天长，我就把他忘到九霄云外了。细想起来，没有像女人这样轻浮而水性的了。

因为那时我年仅十三岁，人们对我比较宽容。他们也许认为那种事情不会再有了，我自己也感到这很可笑。

从前出嫁的姑娘，和父母分别时痛苦悲伤，泪湿衣袖。如今的姑娘聪明起来了，焦急地盼望着和情郎见面，赶快穿上结婚礼服，迫不及待地等着轿子到来，动作麻利地钻了进去。不但不为和父母分别而悲伤，反而兴高采烈，喜悦之情形于脸色。四十年前，女子到了十八九岁，还骑着竹马在房前玩耍。男子一定得到二十五岁才举行冠礼仪式。想起来，世道沧桑，变化得实在太快了。

我也是从花蕾之年、情窦初开之后，经历了种种污浊的恋爱，终至身败名裂。如今嗟悔何及！

二 舞艺与游兴

听消息灵通的人说，上京、下京①，毫无共同之处。七夕节前后，已是凉风习习，穿浅蓝色单衣的人变少了。从这时起，京都当地漂亮姑娘的舞蹈煞是热闹。十四五岁的女子，梳着总角②发型，穿着长袖和服，唱着小曲儿，合着鼓点，沿街遍巷地跳舞。到四条街，舞音安详、舒缓，确是京城风姿。一到下京地区，街道上的声音就杂乱起来，脚步也啪哒啪哒地响，其变化实在太显著了。打鼓也是个难事。

---

① 上京、下京：京都的区域划分，"上京"是京都市北部，为富贵人家居住区，"下京"指京都南部，为商业区。

② 总角：古代未成年者的发型。将头发盘在头顶，左右分开，做成双角状。

一个打鼓的人，也要很准确地配合着舞步。其中那些惹人注目的，都
是有名气的人物。

万治年间①，有一位名叫酒乐的盲人，从骏河国②的安倍川来到
了江户。为了给房东消遣解闷，一个人在纸帐中表演八个人的曲艺。
此后他就要夫京都推广艺道了，这次下功夫演奏风流舞曲，指点别
人，女孩子们都前来学习这种技艺。以前盛行的女歌舞伎③之类的东
西，如今已不太时兴。但酒乐的舞曲与之大不相同。他对美丽的姑娘
传授这种舞曲，每晚去大名的太太那里进行慰问演出。所穿的服装大
体有所规定。红绸的翻里子的内衣，镶金边的白色小袖衬衣，系上衬
领，后面结着三色的向左捻的绳带。佩带镀金木腰刀，挂着印盒、荷
包。把头顶的头发剃去，后面的头发向外突出。她们打扮成男少年的
模样，哼唱小曲，跳着舞陪人喝酒，最后把清汤拿出来招待。在请各
地的侍从和年长者到东山边的菜馆去赴宴的时候，也让五个或七个舞
姬相伴。这是一种难以舍弃的游兴。无奈都是些很年轻的小姑娘，陪
伴成年的男人，总感到稍有不足之处。规定一个人只给"一步"金，
这真是廉价的游伴。

无论是哪位姑娘，都是十一到十二三岁的美丽少女，对艺道十分
娴熟。她们生在城市，善于交际，对客人的招待也比大阪妓馆区里妓
女的小侍女还要高明。逐渐长大成人，到了十四五岁时，客人也就不
让离开了。若是强行调戏，她们也决不轻易服从，有时显出任客人随
心所欲的样子，娇媚地依偎在他们身上，在关键时刻则手段高明地把
客人甩掉了。这么一来，就把客人弄得晕头转向。或说："如果你对
我有意，就悄悄地到老板那边去，然后看准机会，假装酩酊大醉、稀

---

① 万治年间：江户时代年号，公元 1658—1661 年间。
② 骏河国：旧地名，今静冈县中部。
③ 女歌舞伎：由女演员演出的歌舞伎。

里糊涂的样子。在别人要休息的时候，给奏乐的年轻人一点小费，博得他们的欢心，趁众人兴高采烈之机，就能成事！"如此等等，使客人神魂颠倒。她们绞尽脑汁，从远道而来的客人身上榨取了大量的金钱。这些都是良家女子所不知道的事情，她们对谁都这么任性放肆。受人欢迎的舞姬例定收一枚银子①。

我年轻的时候，怎么也没想到会靠这种行当立身。但我很喜欢舞姬的风习，特地从宇治赶来学习那时流行的舞曲，自己也觉得跳得很好，别人都夸奖我，所以我兴致大增，专心致志地学习。有人说学它无用，劝我作罢，我也不听。我终于成了跳舞的能手，时常出入豪华的府邸。无论到何处，都有我母亲跟随，因而像其他舞姬一样干些风流色事。在客人当中，也有人因恋爱不成，相思成疾而死。

那时候，西国的一个贵妇人，在川原镇租借了一座养生的别墅。从在加茂河滩乘凉的时节到北山积满白雪，一直逗留在那里。她并不是一个需要服药的病人，每天乘坐豪华的轿子出游。她在高濑川的岸边看中了我，就捎信让我去她那里。我从早到晚受到这位贵妇人的宠爱，因为我长得好看，她说我如果嫁给她那住在家中的独生子，是不会吃苦的，我也答应了。想必自己的未来，是可喜可贺的。

这位贵妇人的长相，在城市很难见到，在乡下，像那样丑陋的人也许不会有的。与她相反，她丈夫的英姿俊态，在如今的宫廷中也无人可以匹敌。他们以为我还是个乳臭未干的孩子，就让我睡在夫妇两人中间。男女调情，我感到奇妙。那种事我从三年前就懂得了，但只得咬牙忍耐，醒来后觉得寂寞，一碰到他的一只脚，什么都忘记了。我听准妇人发出鼾声，然后挑逗她丈夫，和他如胶似漆。不久，这事被发现了。她大笑说："在城市确实不能麻痹大意。在家乡，这个年龄的女子，还在门前骑竹马玩呢！"于是，我又被赶回父母身边来了。

① 一枚银子：分量不到一两，约43"匁"。

三 诸侯的宠妾

松风不扰江户城。有一位来江户做"参觐交代"①的大名，死了妻子，又无后继者。家臣都为此担心。找来四十多个相貌姣好、门第纯正、具有宫女般才气的女子。看准主人心情愉快的时候，让她们在主人寝室附近侍候。她们个个长得像初樱的花蕾，若被雨水打湿，更会艳丽多姿，有一种让人百看不厌的风情，可是，其中竟没有一位使主人满意。家臣感到为难。原来这都是些在关东地方长大的下贱女子，粗俗而不文雅。平脚板，粗脖子，肌肤发硬。心地很好，但相貌不佳。恬淡无欲，胆子壮，虽有真心实意，但若以她们作为色恋对象，就未免淡乎寡味了。

女人，无论怎么说还是京都的好。如果对京都女子不加问津，那么在何处也找不到胜过京都的女子了。京都女子的特征之一，就是说话时表情神态可爱，这并非特地学来的，而是从古到今王城流传下来、约定俗成的。这话言之有据。出云②地方的人们说话口齿不清，比出云再远一点的隐岐岛，虽然人们长相鄙俗，但口齿措辞与京城毫无二致。那里的人喜爱风雅，女人们嗜好琴、棋、香道、歌道③。这些都是过去那二宫亲王④在岛上流传开的，所以那时的风习至今尚存。

京都也许有令人满意的女子吧？这位大名决定派遣长年在内宅服务的一位老人前去寻求佳人。这老人年逾古稀，看东西时需戴眼镜。

---

① 参觐交代：江户时代的大名轮流到江户侍奉幕府将军一年，其妻子必须经常住在江户，此制度叫"参觐交代"。
② 出云：现岛根县东部。
③ 歌道：创作和研究和歌的一种技艺。
④ 二宫亲王：指后宇多天皇的第二皇子，亦即后醍醐天皇，曾被流放隐岐岛。

前面的牙齿稀疏了，章鱼的美味早就忘却，吃酱菜也只能吃一些山嵛菜、擦碎的萝卜，在世过着毫无乐趣的生活，而且在男女关系方面，虽然身为男子，却和女性同样，充其量不过是张开大嘴说一些挑逗人的淫猥之谈。无论如何他还算是个武士，还穿着武士的礼服，但主人的家事不能参与，腰刀、短腰刀也不得佩带。他脱离了武士的本务而干起了掌管钥匙的差事。这老人被派去挑选京都女子，是因为即便把女子放在他面前，那也就像在猫面前放上一尊石佛一样，丝毫不会动心的。但如果他还年轻，那即便是释迦也不敢将女人交给他的。

老人来到寂光①之城室町②的和服绸缎布匹店，进入一处矮竹葺的住宅，说道："我这次因事前来造访，请不必打搅家中的年轻人，我想和主人夫妇单独谈谈。"主人在他未说明来意之前，不知其为何而来，颇感担心。老人显出神秘的样子，说："我是为我家大人选美来的。"主人说："是啊，这是哪位大名都能干出的事情。那么，希望找到怎样的女人呢？"老人从直木纹的字画箱里，取出了美人画册，说大致按画上的标准挑选。

主人一看这美人画册，年龄都在十五岁到十八岁之间，脸庞具有现代风采，稍有些圆。脸色像是淡樱花，五官端正，毫无缺陷。不要小眼睛，而要浓黑的眉毛，宽阔的眉心，挺直的鼻梁，樱桃小口，洁白整齐的牙齿，稍长的耳朵。耳翼不能过于肥厚，要透明发亮，额部自然而不拘谨造作，颈项光洁舒展，脑后没有拢不上去的头发。手指细长，指甲要薄。脚长八文三分，大脚趾不得翘起，脚板不得扁平。要比一般人长得高，腰部不得呆板，不得肥圆，臀部宽阔，身材体段和穿着打扮漂亮得体，姿态气质皆备。性格和善，精通琴棋书画。身上不得有一个黑痣。那老人说，希望找到这样的女子。主人说道：

---

① 寂光：佛教语，寂静之光的意思。
② 室町：位于京都，足利氏曾在此设立幕府政权。

"京都之大，有女如云，但符合这些标准的女子大概少见。不过，既然是您家大人的尊意，若能以千金相赏，只要世间有这样的人，一定找来献上！"于是就把这事通知了精于此道的老练的经纪人，竹屋町的花匠角右卫门。

一般来说，为大名推荐侧室的人，可拿到一百两预备金。其中只有十两归自己所有。这十两金子中，跑外的老板娘又拿去折合十目银子的数额。在挑选期间，没有衣裳者，可随意租借。有一件白色小袖衬衣或者黑色绫子，清一色的鹿花纹的上衣，中国舶来的宽幅的衣带，还有火红色绉绸的围裙，宫廷染法的带帽单外套，连铺在轿子内的坐垫都具备齐全。这些东西的租金是一天三十目银子。挑选完毕，一旦被选中，经纪人便可得到一枚银子的酬金。如果被选中的姑娘出身于蓬门荜户，可权且找个有钱的町人作义父义母，作为他们的女儿前去服务。其义父母的好处是，从雇主那里得到礼品，姑娘以后生了孩子，在发放禄米的时候，也可以享受到一些恩惠。

参选的人也希望自己能被选中，所以都好好做准备。但被选中的机会是很小的。小袖衬衣的租借费是二十目，二人抬的轿子的乘坐费是二目五分。这个价钱在京都的任何地方都是相同的。十四五岁小姑娘交六分手续费，二十四五岁的大姑娘交八分手续费，两顿饭也得由自己管。好不容易参加一次挑选，若不被选中，就得损失二十四目九分银子。想起来，过日子也真太不容易了。

也有这样的事情：大阪和堺的町人们，在岛原的妓女贩子和四条河原的戏迷们空闲的时候，把帮闲的和尚化装成西国的财主，把愿意参加挑选的女子集中起来，作为玩乐对象。他们把合意的女子留下来，悄悄地向茶馆老板求情，希望在这里玩玩。老板没想到会提出这种要求，左劝右劝，说服他们回去。但他们被下流的欲望所驱使，还是同衾共寝了。姑娘拿到两分金子，就出卖了身体，这也是无可奈何的事情。若是富有之家的小姐，是不会干这种事的。

　　那个经纪人花匠，把他事先选定的一百七十余名美女让那老人过目，结果一个也没看中，弄得花匠很是难堪。这时他们听到了关于我的消息，就委托木幡村的村民来到我居住的宇治，把我接去了。我一点也没有梳妆打扮，就那么自自然然地让他看，结果说是比从江户带来的美人画还漂亮。于是不再寻找他人，按我的希望和要求缔结了契约。像我这样的人，叫做"大名的宠妾"。

　　我被带到遥远的武藏国①，住在浅草的别墅里，昼夜作乐。欣赏着从中国移植来的盛开在吉野的美丽鲜花，过着荣华生活，把堺町的演员请来，欢度通宵。虽然过着世人望而兴叹的奢侈生活，但女人生性浮躁，何时何地也难以忘却情欲。不过，武士家法规严，在家中侍奉的女用人很少与男人相见，更已忘记男人的兜裆布是何气味了。看到菱川②的撩拨人心的画，不由得脸上发烧，无聊地抚弄着脚跟和中指。独自玩乐感觉没有意思，希望有真正的恋爱。

　　总的来说，这位大名的公务很忙，朝夕在身边侍候的侍童，他也随时可以狎戏，他对姬妾又是格外情深，这样，寻找正妻的事不由得疏忽起来。这也是因为贵族家的女子，不像平民家的女子那样善于吃醋。不论社会的上层还是下层，世上没有像嫉妒的女人那么可怕的了。

　　我虽是薄幸之身，但承蒙这位大名的宠爱，快快乐乐地与他同衾共枕。但好景不长，他虽然还年轻，却要暂吃地黄丸来补阳了，但这也无济于事。此事我不能对外人讲，只是整日悲叹。这期间他逐渐消瘦下去，容貌也憔悴不堪了。对恋情一无所知的家臣头儿无端生疑，认为这是主人贪恋城市女子的缘故，马上把我辞退了。我再次被送回娘家。看一看世间，男人天生的羸弱对女人来说，真是一大不幸。

---

　　① 武藏国：旧地名，大部位于今东京都和埼玉县。
　　② 菱川师宣：江户时代"浮世绘"画家，"菱川派"的创始人。

四　美丽的淫妇

在清水寺的西门，有一位弹三弦唱歌的人。倾耳细听，唱的是"浮世苦难，吾身可悲，何惜生命，化为露水"。音调很优美。歌唱者是一个讨饭的女人。夏季时棉衣缠身，明知冬天已到，却只好以单衣御寒。今日正是狂风飞卷的时候，那女人一定十分寒冷。问她过去曾干过什么职业，原来在岛原的妓院迁至室町六条的时候，她曾是被誉为"后葛城"①的红极一时的太夫，如今已沦落到此种境地，这在虚幻无常的世间也是常例。

那年秋天，我去观赏红叶，曾和很多女子在一起，对那位女乞丐指手划脚地嘲笑。但是，人有旦夕祸福，我家里遇到了很大困难，父亲他所担保的那个借债人去向不明，需要他来还债，而款项难以筹集起来。就这样，仅仅因五十两金子就被逼得无路可走，只好把我卖到岛原的上林妓院，干起了我意想不到的贱业。那时我年龄十六，人说在京都无与伦比，妓院老板也认为有了我妓院会前途有望了，因而喜出望外。

如何做妓女，在做妓女的小侍女时，一般就自然地凭耳濡目染学会了，无须特地传授即可理会其中诀窍。而我未当过小侍女，是半路出家，所以得马上改成妓女的打扮。妓女的打扮与一般城镇人所喜欢的不同，剃掉眉毛而用浓墨画眉。留着一个大号的不插发卡的岛田髻，用一根从外面看不见的发绳扎住，上面系着一块折叠起来的丈长纸②。两鬓即使有很少拢不上去的头发也不行，必须全部拔去。穿着袖宽二尺五寸的时髦的长袖和服。腰部不加棉花，衣裾很宽。喜欢把

---

① 后葛城：葛城是六条妓女街著名的妓女之一，"后葛城"指二代葛城。

② 丈长纸：一种优质纸。

扇子打开，平放在身边，漫不经心地系着一条没有内衬布的大幅衣带。围裙有三幅宽，比良家妇女系得高。共穿三层衣服，在花柳街盛装游逛时，赤足而行。起初是身体后仰，脚趾前伸，行走缓慢。一到妓院，步伐加快。在房间里，有的步履轻盈，有的在上楼梯时急急忙忙，发出咚咚的脚步声，各种各样的走法都有。草屐是在别人看不见时穿的，即使对面来了人，也不回避。

有的人站在街头朝这边回首顾盼，使人感到似乎是别有用心的男人。黄昏时分，妓女们在檐下走廊附近，一看到素不相识的人，老远就暗送秋波，若无其事地坐下。若不见有人注意自己，就让镇上的帮闲者握住自己的手，抓住这个机会，夸奖其家徽好看啦，发型和流行扇潇洒漂亮啦等等，在其可爱之处留心打量，说道："你真是个让女人销魂的男人。是谁教你梳理这么漂亮的发型的？"然后"啪"的一声拍一下他的脊梁，抽冷子飘然离去。这么一来，无论怎样精明的人，都会上钩的。心想，如果找个机会好好劝劝她，她一定会归我所有，于是抛弃吝啬节俭之心，用大财主的那套手腕，即便世人有什么非议，也甘愿牺牲自己保护妓女。有时妓女会把一些无用的信撕碎，揉成一团扔向男人。这种讨人欢心的事情，也不需破费金钱，似乎是轻而易举的，但若是呆头呆脑的妓女，连这种手腕也不会使。

长相不比别人差，在例定的节日却不接客，而是在妓馆自费接待自己的情人。虽装作焦急等待熟客的样子，但因妓馆方面知道内情，所以只能冷淡对待之。于是就安排她在房间的一角，食用冷餐，在暴腌的茄子上浇上酱油，也没有菜肴，只要不让别人看见就行了。从妓馆回到老板家里，偷偷窥视一下老板娘的脸色，小声对小侍女说："给我打点洗澡水来吧。"妓女这种行当净是些令人痛苦的事情，虽说实在厌倦了，但对花了钱的客人不加接待，总是过那种逍遥自在的日子，而给老板造成损失，这是不知自己身份的愚蠢做法。

妓女在酒席上，合情合理地耍些手腕，稍稍装腔作势，摆摆架子，这种做法比较合适。熟客又当别论，但对不甚熟悉的客人，要加以提防，不可放纵行事。即使到床上去，那种男人也只顾喘粗气，不转身子，偶尔说句话也带着颤音。虽然是他自己在干事儿，但样子却令人感到难受，就好像让不懂茶道的男人坐在上座一样。

对于那样的男人，也不能怠慢。对一开始以"粹"人自居的人，就故意给他制造一点麻烦，衣带也不解开，好好招待一番，然后就假装入睡。那男人把身子靠过来，伸开一条腿，这边仍无反应。过一会儿再看看他，只见他扭动着身体，急得汗流浃背。听听隔壁房间，无论是熟人还是初次见面，都谈得巧妙而融洽。听到女人说："您比乍看上去要胖一些。"男人在屏风边上的枕头旁毫无顾忌地粗暴行事，女人就哭出声来。头部自然离开枕头，头上插的装饰用的梳子发出了折断的声音。

二楼的床上说道："啊，行了，就到这里吧。"接着听到使用手纸的响声。这个房间的隔壁，女人把正在酣睡的男人胳肢醒了，说"不久就要天亮了，真舍不得你"之类的话。男人似醒非醒地说："请原谅，不能再来一次了。"听来他指的不是喝酒的事。又听见女人解衣带的声音，她真是一个出乎意料的好色者，而这是妓女所具备的一种幸福。

周围都玩得很快活。有一个客人未睡，把身边的妓女叫醒，问道："重阳节快到了，你一定有什么约会吧？"说些女人喜欢的话题，试探她的心意。但这么做显然太天真了。妓女冷冰冰地回答："重阳节和春节，我都承蒙那一位的关照。"这么一来，客人就说不出和她亲近的话了。虽然很遗憾，但表面上却和别人一样起身，把头发梳成圆竹刷式的发型，整好衣带。那煞有介事的样子，很是滑稽。

这位客人恨透了那个妓女。下一次他就把其他的妓女招呼出来，连续玩上五天七天，非常了不起。他大概对那位有倾城之色的妓女还有留恋之情，或者是突然对这个妓院感到讨厌，就下决心自暴自弃了。他的同伴正在和妓女依依惜别，他却急忙把人家喊起来："适可而止吧！快算了吧！"他就这样想抛开妓女离去。妓女还有挽留的办法。在他的同伴能看到的地方，一边用手抚摸他那蓬乱的头发，一边俯在他的耳边说："你这么固执，连一句'咱们解衣睡吧'也不说，就要回去。真讨厌！"说着拍了拍他的脊背，快步到厨房去了。他的同伴把这情景看在眼里，说道："初次见面，就让这位女子如此倾心，你的手段真高明！"这位客人就高兴起来，说道："这么说，我还是一位能让女人迷恋的美男子喽！"又说："特别是昨晚上对我的招待，真是太热情了。我让她给我按摩酸痛的肩膀。她对我这么好，我真不可理解。一定是你们从中周旋，把我的家产什么的告诉她了吧？"同伴怂恿说："不，不！光是贪图你的钱，不会使她这样。无论如何，你可不要放弃她呀！"此后，他就乖乖地上了钩。连这种人缘不好的妓女，都能巧妙地把嫖客笼络住，何况是那些精明的妓女，能使嫖客为自己而舍身，就理所当然了。

对于极平常的客人，并不因为初次见面而拒绝接待，只是客人往往被太夫的气势所压倒，在关键时刻丧失机会，结果扫兴而归。作为妓女，也并不因为男人风度翩翩而倾心，只要是京都人士，有些名气，譬如老年人啦，出家装束的赋闲者啦，都没关系。而年轻人，无论什么场合都馈赠上等礼品，而且长相英俊、出类拔萃这些条件，大概是不可能同时具备的。

如今的妓女所喜欢的客人的装束是：在细条纹黄色无花的衣服外面，套上黑鸟羽的带家徽的夹礼服，衣裾要短；龙纹的浅桦木色的衣带；微红的棕色短外褂，用八丈捻线绸贴边；赤脚而不穿草屐。起坐动作落落大方，腰刀稍向外拔出。摇动扇子，使风从袖口进入。过一会儿再要洗脸水，即使石钵中有水也让人另换新水。静静地洗漱，然后吩咐妓院侍女，把用人带来的用奉书纸①包着的烟草取出，拿过来吸。把小杉原产的手纸放在腿边，随意用完扔掉。把"引舟女郎"叫过来，说想请她帮忙，让她从袖口伸过手，在做过艾灸的部位按摩。太鼓女郎喜欢加贺曲②，但对她的弹唱并不留心听。当太鼓女郎唱到一半时，就对帮闲们夸赞说："在昨天割裙带菜的戏里，配角演得真精彩！那位演员高安也是赤脚的。"接着又说："那戏中的古歌，鄙人已请教过大纳言③老爷。正像鄙人所闻，确是在原元方④。"先说上这么几句得体的话，显得沉着而又富有教养。对这样的客人，就连太夫也被其气势压倒，自然地产生了敬重之心，处处看着顺眼，不由得敬而畏之，拿出太夫的架子已在其次，主要是讨他的欢心。妓女们是否对客人端架子，是由客人的举止决定的。

在江户的花柳街鼎盛的时候，有一位叫坂仓的精通色道的人，和一个名叫千岁的太夫混得很熟。这个人喜欢喝酒，总愿拿东国最上川出产的咸花蟹作酒肴。有一次，坂仓让画家狩野用金粉在蟹壳上画上竹丛形的家徽，画一个出一步金子，在逢节日的时候，送到千岁那里去。

在京都，有一位名叫石子的风流男子，热恋一个名叫野风的太夫。稀世之物和流行之物，他都迅速地为野风备好。野风把小袖衬衣染成淡红色，印上鹿花纹。她极力奢侈挥霍，竟用纸烛把衣服烧出一个个窟窿，从中可以看见里面染红的絮棉，实在是个无与伦比的好奇者。那一件衣服值三贯目银子。

在大阪，有一个名叫二三的男子，一直和现已去世的长崎屋的妓女出羽要好。那时正值枯秋时节，他出于慈悲之心，把别人买剩的妓

---

① 奉书纸：用桑科植物纤维造的一种高级日本白纸。
② 加贺曲：室町时代的小曲。由加贺一带的民谣形成。
③ 大纳言：日本古代官名，相当于副宰相。
④ 在原元方：日本古典戏曲"能乐"的一派。

女买了下来，以此来安慰太夫出羽。庭院里一丛胡枝子开花了，树叶上有水珠。大白天不会有露水，那是洒上去的水。太夫见此十分悲伤，说道："在这花丛中，大概有思念妻子的鹿儿在假眠吧？鹿儿虽然有角，但想必并不可怕。我多想看看活着的鹿儿呀！"二三听到此话，心想这容易做到。马上把内宅拆掉，种了很多胡枝子树，把邸宅变成了原野。整夜吩咐狩猎人，把雌鹿、雄鹿捕来送上，次日再让太夫观看。以后又将邸宅恢复了原状。自身不具备德行，却如此奢侈，迟早会遭天罚的吧？而对于不称心的男人，虽然卖身，但并非真心待之，则使对方感到冷酷无情。

在做妓女期间，我也不知不觉地被人冷落了。白天黑夜的客人减少了，于是我丧失了太夫的资格，徒然缅怀过去的全盛时期。对男人百般挑剔，那是在被人宠爱、春风得意时的事情。客人一减少，杂务小吏、敲钟唱经的人、瘸子、豁嘴儿，不管什么人，只要有客就高兴。想起来，在这世上，没有比妓女更可悲的了。

卷
二

一　中等的妓女

　　走到朱雀的新小路，就会看到岛原的大门口出现了未曾见过的稀奇事。有一个人骑在大津的出租马上，马鞍下挂着的是四斗容量的酒桶。他身穿竖纹的布棉衣，挎着无护手的腰刀，戴着一顶竹笠，右手牵缰绳，左手持马鞭，信步驱马而来，不久就到了妓院街上的丸屋七左卫门那里。赶驮子的人走到前面，把信函递上，信上这样写道："此人特地从越后的村上进京狎妓，请予接待为盼。岛原的游兴结束之后，他还希望去大阪看看，去住吉屋或井筒屋，请派人陪同前往。诸事请多多关照。特此拜托。"写信者是越后有势力的人物，以前是吉野太夫的客人，当代少有的大财主。他一人出资盖成这里的二层楼，其恩德至今不能忘记。因为是他介绍来的，妓院方面不敢怠慢。说声"先请这边来"，把马牵了过去。再看看此人的长相，并没有嫖妓狂的风采。看惯了都城风俗的男人们，见了他那副样子也不由打怵，问他："您喜欢这里的倾城美人吗？"这位乡下财主显出不愉快的神情，说："俺就是来买这里的美人的！"说着把一个皮钱包丢了出来。钱包内装有一步的小判金达三升之多。主人把这些一步金倒出来，一把把地抓着这些很少沾过手的金子，说了声"谢谢您了"，抬头看着黄昏的寒冷天气，心想拿这些钱可以去做抵押了。

　　然后，主人说："请喝酒。"这位乡下财主说："俺平常都喝家乡的酒，不喜欢喝别处的酒。俺从远方带了两桶来。只要有这种酒，俺就可消遣，这种酒很稀罕，请让俺一个人来喝。"主人说："您不喜欢京都的酒，京都的女子也过于柔弱，您大概也不喜欢吧？您喜欢什么样的？无论如何让您过目的都是太夫。"乡下财主笑了："不过是陪着睡觉的，什么样的都行。反正一见面不能太亲，所以用不着俺自己来挑选。不过，你得把这一带独一无二的漂亮太夫献出来！"

可是，为了博得他的欢心，这天傍晚，让他在檐下的走廊附近坐着，观看到妓馆去的妓女。主人用金团扇和银团扇，一个个地示意妓女的名字。若是太夫，就把金团扇打出来向他示意；若是天神，就用银团扇示意。这个办法倒很高明。

我还是太夫的时候，以自己的先祖出身并不低贱而自傲，可是最终也沦落到了乡间，自己是公卿的女儿还是拾废纸的人的女儿，那都是不为人知的往事。尤其是，我依仗自己长得漂亮，面对有钱有势的客人时自视优越，不加理睬，第二天早晨分手时也不出送，无论对怎样的客人都用厌恶的表情对待，于是别人对我的评价自然就变坏了。客人逐渐减少，竟至不能尽到妓女的职责。老板经不起这样，他们经过商量，决定把我降为"天神"。从那天起，我手下就没有"引舟女郎"了，夜具也由三床被子减为两床。一般的女人在我面前也不弯腰了，恭恭敬敬招呼我的是一些男人。排座次时也不让我坐在上位了。窝心的事一天竟有好几次。

我当太夫时，一天也未在妓院的寝室待过。客人从二十天之前，就向妓院的马仔求情，一天有四五处请我去，妓院方面随后派人跟从，从这里到那里，迎送的人熙熙攘攘。如今降为天神，身边只有一个侍女，唯唯诺诺地夹在众人之中。可是到丸屋来的那位越后的客人，刚一看见我，就说："这位很好。"我回答道："跟您说实话，从今天起我降为天神了。"那客人说："俺是为了回家乡炫耀才来招妓的。你不是太夫，这事很难办。在俺看到的很多人当中，还没有像你这么漂亮的人。可你降为天神，是犯了什么过错吗？"看来外面已有我的谣传了，实在无可奈何。

降为天神的那天，和昨天我讨厌的男人相逢，也小心翼翼地接待他了，但旁边马上有人插手捣乱。拿惯了的酒杯也打落在地上，做事说话都不顺心。以前在床上无拘无束，如今也害怕客人了，努力哄他愉快，梳妆打扮也麻利起来。使用沉香时，也尽量节约，不使其全部烧完。坐在座位上的客人喊道："把我领到二楼的床上去！"只喊一两声我就动作麻利地走过去。妓院的老板娘，跟着客人来到门口，对客人说："您休息过了吗？"又快嘴快舌地对我说："你再陪他休息吧！"老板娘在下楼梯时，眼瞪着下女说："在这里点蜡烛不是浪费吗！换上油灯！我说过把盛在描金画箱里的酒肴拿到大房间去，谁自作主张地拿到这里来啦？"这虽然是明摆着的理所当然的事，她却故意大声喊叫，让别人听到。这是因为我的权威减弱了，所以在各个方面对我的态度都变了。

令人不愉快的事情，另外还有不少。我不想听客人唠叨而睡觉，客人却把我弄醒。我听凭他随心所欲之后，他似乎很亲切地询问我的籍贯。为了多赚点钱，我就毫不保留地跟他讲，那时自然就如胶似漆了。春节用的衣服，我也主动跟他要，他一般会答应我，我对此感到高兴。在和有过两次接触的男人分别时，我一直把他们送到门口，站在那里直到看不见为止。然后马上写信，写了三页，托人送去。

我在当太夫的时候，即使和客人愉快地接触过五次七次，也不写信。马仔和引舟女郎加以留心，想让我给客人写信。她们在我高兴时，拿笔研墨，铺上奉书纸。即使如此，我也只是胡乱写上几句陈词滥调，让人叠起来，写上收信人地址后送走。可是，对于这种信，客人还写回信寄到引舟女郎这里。上面写道："来函拜读，不胜感谢。愿您越来越喜欢我，永不变心。"如此等等。给送信人三枚大判金，作为买小袖衬衣的费用。

那时候我对世间所垂涎的金钱，丝毫不觉得珍贵。即使把钱都给别人也不感到可惜。想来，太夫把东西给别人，就像向赌场上投钱一样。而今不名一文，含垢忍辱地向客人讨要，也一无所获。

一般来说，收买倾城美色的女人，往往超出自己的身份。有银子五百贯目以上，可以买太夫；有二百贯目，不妨买天神；有五十贯目，正好可以买围女郎。这些，对于那些不劳而食的人，是想也不敢想的。若观察一下近年来世间情形，有些嫖妓不到半年的人，不顾前后，昏头昏脑，把预扣二成到三成利息借来的钱挥霍掉，给家长和亲戚造成困难。既知后果如此，一时玩乐又有何意思呢？

大千世界，无所不有。我在当天神期间，有三位可以依靠的客人。一是大阪人，以收购槟榔为业，结果破产了；一人出资兴办戏剧，大部分资金都赔掉了；另一人去开矿山，希望落空，竟至失败。三个人在二十四天之内都丧失了家产。这里再也听不到他们的消息，我忽然寂寞起来。再加上霜降期间，耳朵下面长出了栗子般大的肿块，十分苦恼。留下的斑痕很难看，而且又患了流行性感冒，黑发脱落了不少。这么一来，别人就更不理睬我了。我从早到晚对镜悲叹，最后连镜子也不敢再照了。

二 下等的妓女

在一般町人可以身插腰刀的时候，没有牢骚和争吵，问题就可解决。自从规定世上除武士以外不准插腰刀之后，小个子就可以随心所欲地欺负身强力壮的男子汉了。插上一把腰刀既可使别人生畏，自己也可壮胆，无论是多么漆黑的夜晚，都可以行路。

倾城美人喜欢潇洒的男子，得意地让男人争风吃醋，为此即使舍掉生命也不以为苦。虽说我是妓女，但也可以为义理而舍身，决不回避，朝夕都有这个准备。可是即使落到这步悲惨境地，没有敌手加害也难以死掉。

我从太夫降为天神，就很遗憾了，可是又被降为围女郎。没有办法，只好那么干着。那时候，我怀念过去的情景，无论何事都以先前的心情对待。从妓院来的人喊："第一位客人到啦！"即使接待一个客人我也感到幸运，至于客人是怎样的男子，那是毋须看的。如果人家说不需要我去接客，我闲着无事更加痛苦难熬。我急忙去妓院，妓院的混账男人却指桑骂槐地说："像围女郎这种妓女，要是打发到这里来，还是招待我带来的人为好。这么下贱的妓女，只是梳妆打扮的费用，就会让妓院赔钱。别说十八目银子，即使九目，有谁愿出呢？"我听见他大声叫嚷也很难受。老板娘对此装聋作哑，一声不哼。

我闲着无聊就到厨房去。丹波口的茶馆里为妓院拉客的男人坐在那里。他指使我说："你到这个二楼上去！"说着用一只手拧我的大腿。我虽有些生气，还是去了那房间。一看，有几个大财主，就有几个太夫。财主手下的人和天神搭伴儿。还有四五个捧场的年轻人。我被叫到这些人当中，没有指定的客人，坐在末座上。我在手足无措时，伸手去摸酒杯。既没有人为我斟酒，也没有人注意我并与我搭讪，无奈，我就给坐在旁边的太鼓女郎斟酒，急切地等待天黑。

天黑后，我一头钻进被窝里。对方是个年轻人，长得挺俊俏，看着像是镇上的理发匠。这个男人看起来不过是具细町或者上八轩的冶游者，在床上的行为实在是可笑。他把衣带解着，手纸放在手边。我想他大概是要向我显示自己的高明之处，见他凑近枕边的灯火，从前面的钱褡里取出一步金和三十目豆板银①，一遍遍地数着。这实在是个令人讨厌的男人，他一开口就嚷着肚子疼，我也不回话，转过身睡下了。对于这种人讨价还价是没用的。他说："我肚子疼，自己的手不好揉，你给我揉揉，管用。"我一直给他揉到天将亮的时候，他

---

① 豆板银：江户时代的一种碎银，一个豆板银的分量约为一至五匁。

大概觉得有点对不起我，想跟我亲热。刚转过身来，听见那财主的喊声："天快亮了，你先回去吧！要理发的人大概都等急了呢！"毫不客气地把人叫了起来。听到这叫喊，客人也变了主意。他确是我起初判断的那种手艺人，我讨厌和这种男人搞风流韵事，于是我就和他那么分手了。

在我当太夫和天神的时候，就认定妓女这一行是可怜的。可如今的惨境，又岂是那时所能比拟的！我讨厌粗野的客人，而中等的客人又难以遇到。偶尔碰上一个漂亮的客人，一上床，就愣头愣脑地说："你快把衣带解开！"我稍稍拿点架子，回答说："你也太性急了，母亲怀胎还得十个月呢！"我的话还没说完，他就说："怀胎是以后才有的事。自古以来，就拿你这种令人讨厌的妓女没办法！"这么说三道四，又说："没有什么了不起，你干脆回去，我再另换一个！"我看透他盛气凌人，害怕起来。但心想他还算长得漂亮，再说话时就让步了。我说："为这点小事不要生气嘛！让人知道了引起误会多不好啊！"这些话，是围女郎无可奈何时说出来的。

比围女郎更下一级的是端女郎，她们的事情是讲不完的，而且听起来也不会使人愉快。这都是一些入睡之前的老生常谈。不管怎样，客人付给三目嫖资就不算贱了。付钱之后，慢腾腾地入内。然后穿棉衣的侍女来收拾床铺，把手纸叠得整整齐齐的放在中等红绸被子旁边，又把油灯挑细放在一侧，摆好两个长方木匣底座的圆枕头，说道："请到这边来，慢慢玩吧！"说罢从旁门里走出去。虽然同是下等妓女，付三目银的熟客，并不全是粗野的客人。或是花光了钱，在妓院前的黑暗处徘徊的男子，或是富有町人家的伙计。若是武士的话，也是中下级武士。妓女暂且不解衣带，拍手把侍女叫来，柔声细语地说："你把这件衣服拿到床头去，还得穿呀！"又看着客人拿来的扇子上的画，问道："这位用衣袖遮住头顶的朝臣，是在佐野一带黄昏的雪地里吧？"借此机会靠过身去。客人说："你这么一举衣袖，果然显出了雪白的皮肤，让我摸一下吧！"然后就喜欢上了。

一直到走的时候都不问妓女姓名的人，一定是高官显宦。要给这样的人留下印象，就在临分手的时候说："请您以后再来光临。下次相见就成熟人了。"然后久久地目送他离去。即使是这种男人，也有虚荣心。他制造口实和妻子吵嘴，再来和妓女重温旧梦。这样一来，他就成为这边的人了。或者，明明看见客人带了用人，却说："您连个侍从也没带，一个人在路上真叫人担心。"这样没有人会回答"我没带伴儿"。要是对他这么温存，就会加深关系，等到以后跟他要衣物的时候，他就不能说出自己没带人来。这是一种策略。

收二目银的妓女，自己亲手把灯挑细，在枕头上垫上纸。在嘉太夫曲①的精彩之处，暂停说话。然后又说："您平常都遇见什么样的人？您和像我这样不可意的人待在一起，即便是一小会儿，也不惬意吧？您曾到过哪些妓院啊？"这些都是老一套的寒暄之辞。

收一目银的妓女，一边唱着新编的流行小曲，一边从屏风背后把睡席取出来。稍稍把衣带从头解开，不顾客人的议论，就像在家里似的换穿衣服。把内裙脱下收拾起来，不让人看见。说："我以为还是前半夜呢！原来已经四点钟了。您要回到哪里去呢？"她体谅客人的焦急心情，安排好之后，把办事人喊来："请拿两个天目茶碗，给客人沏上茶！"快嘴快舌的，也使人感到好笑。

收五分银的妓女连门都得自己关。用一只手铺开丰岛产的席子，用脚把烟灰缸摆好。把男人弄倒，说道："那一位，绸子束带都旧了还束在身上，真是讲究的人。您是做什么的？就说实话告诉我好吗？在不刮风的月夜，您抽空到堺市去值夜班吗？"客人回答："不，我是大商人啊，是凉粉买卖的经纪人。"妓女说："您说得不错。卖凉粉的在这么热的夜晚可以玩一玩吧？而且今晚是高津神社的夏季祭祀，

---

① 嘉太夫曲：净瑠璃（江户时代盛行的木偶戏）的一种曲调。

即使不怎么叫卖，也得赚八十文钱吧？"随着妓女等级的下降，客人的阶层也变化着，说的都是些圆滑的应酬之辞。

我在京都，从围女郎又降下一等，被卖到新町。在做这种下贱行当期间，我看到了人间种种世相。好不容易熬满了十三个年头，但此后仍然无依无靠，再次乘上淀①的河船，回到了故乡。

三 花和尚娇妇

我把塞起来的和服褪重又放开，恢复了昔日做姑娘时的打扮。世人都称我"女铁拐"，这是因为我天生小巧玲珑的缘故。

那时候寺院兴隆，即使在光天化日之下，也偷偷摸摸地暗藏寺院侍童。我虽感到害羞，但还是把头顶上的头发剃去，扮成少男模样，模仿男人的声音，还大体记住男人的姿态动作，束上束带。真是太像男人了！我又换上了普通的窄衣带，插上腰刀，因不习惯，腰部感到别扭；身穿短外褂，头戴草笠，心里有一种奇妙之感。我让画着假胡须的随从拿着草屐，带着处事圆滑的帮闲者，打听到一座有钱的俗寺②，假装去那里赏花，踏进了土垒的中门。帮闲来到方丈，对神态安闲的和尚窃窃私语。我很快被叫到迎客室。帮闲介绍说："这位是浪人，在未找到奉公地方期间，大概会常常来此散心解闷的。一切请多加关照。"等等。和尚听罢心旌动摇，失口说道："对你们非用不可的堕胎药的制作方法，昨天晚上我跟一个人学会了。"话已出口，却马上掩口而止，实在可笑。

接着是大饮其酒，从厨房里拿出带腥味的菜。规定每夜给女人二分金的报酬。诸山八宗的每座寺庙中，都有色道这一宗派了，无论哪

---

① 上淀：京都市伏见区的一个镇。江户时代有名的港口。
② 俗寺：不守佛规的寺院。

个和尚都破戒了。

其后，有一个和尚对我特别痴心。用三贯目银子和我订了三年的契约，于是我成了和尚的姘妇了。在此生活期间，我渐渐明白了这伙花和尚的滑稽可笑。先前，寺院中有交情的和尚聚集在一块，立下誓文，避开诸佛和祖师的忌日，把每月的八、十四、十五、二十三、二十九和三十这六个斋日，规定为打破五戒的日子。其他日子必须谨慎。在破戒的日子里，食用鸟肉鱼肉，晚上疯狂地玩女人，在三条的鲤鱼店里吃喝玩乐。平常还像出家人那样，远离肉食女色。神佛对此也予以理解，加以许可，这伙和尚也就更加肆无忌惮了。

近年来随着寺院的隆盛，淫乱之事变本加厉。和尚们白天身穿僧衣，道貌岸然，一到晚上就化装成穿短外褂的医生，去花柳街鬼混。而且在自己的寺院里也建造了藏匿女人的地方。在房间的一角挖一个深深的洞穴，外面留着很小的供通风采光的窗口。洞顶上培土，顶壁一尺多厚，以使说话声不致外泄，洞穴做得幽深迴测。我白天也被关在这个洞子里，到晚上才能出来，过着没有自由的生活。一想到这原本是摆脱色恋的权宜之计，更是苦恼不堪。

委身于那讨厌的秃子，昼夜厮混，后来既无趣味，也无兴致。我逐渐地瘦削下去，但那和尚毫不宽容。那副可怕的表情仿佛在说，你就是死了，也得埋在这座寺院里！

不过，奇怪的是，一旦习惯了，就觉得这种生活并非那么讨厌。和尚在忌日的前夜从施主那里回来晚了，我焦急地等待。他早晨去火葬场捡骨灰，和他暂时分别也感到痛苦。他那白色小袖衬衣上的香粉沾到我身上，我也倍感亲切，终于忘记了寂寞。以前听见铜锣、铙钹的声音就捂住耳朵，如今习惯了，成了一种无聊中的消遣。嗅惯了烧死尸的臭气，我竟然高兴地想，人死得越多，寺院收入就越好。傍晚卖菜的商贩来了，我做了脱骨小鸭、河豚汁、素烧鱼肉。为了不让香味飘出去，在火钵上加上盖儿，稍稍避开旁人的耳目。

连小和尚们也学得懒散荒唐。他们把咸沙丁鱼用写着佛名的旧纸包着，藏在衣袖里，烧了吃。所以个个红光满面，体态丰润，干起活来也很有气力。离开城市，闲居山林，食用野果树叶的僧人，或者身为贫僧，只好吃斋苦修的人，往往面露菜色，别人一看就明白。

我在这座寺院里，从春天住到初秋。起初和尚怀疑我会逃跑，外出时关窗锁门。但如今连方丈也敢窥视了，放松了警惕，不知不觉胆子壮起来。即使施主们来了，也不再慌慌张张地逃避。

有一天黄昏，风吹树梢，娑娑作响。芭蕉叶片片摇动，沙沙有声，令人怃然。我一面观察着这夏去秋来的景色，一边在竹廊上曲肱而枕，但未睡熟，迷迷糊糊。这时，一个头发花白，满面皱纹，手脚瘦得如同火箸，腰部佝偻的老太婆，像爬一样地走过来，用难以听清的悲哀的语调说道：

"我名义上是这寺院和尚的母亲，出身也并不低贱，可我故意弄得姿态丑陋。我和这个和尚年龄相差二十岁，虽然觉得难以为情，但为了借以生活下去，就在人所不知的夜晚和他发生了关系，并且山盟海誓，永不离分。但是，他却恩将仇报，说我年老色衰，把我关在一个角落里，拿供佛的饭给我吃。我该死不死，看来他觉得可恨。但是，无论他对我多么残酷无情，我也不那么恨他，而我每天气恼怨恨的，却是你！你不知道，当我听到你和和尚卿卿我我说私房话的时候，就觉得自己虽然到了这个年纪，身体这么老衰，但此道决不放弃。我想咬住你洗雪怨恨，今晚上就让你瞧我的。"听了这话，我只得忍着。心想长此以往，终究也不是办法，决定离开这个寺院。我采用的手段，也很有意思。

我在平日穿的和服底襟处塞上棉花，装作身体笨重的样子，对和尚说："以前没告诉你，我已经怀孕几个月了，说不定什么时候会生下来。"和尚吃了一惊，说："你快回娘家，等身体轻便了就回来！"他把施主布施的东西都集中起来，对分娩前后的事加以准备。他说虽然不知孩子是谁的，但听说若孩子夭折，母亲会哭湿衣袖的，见到遗物也感到悲伤。他把人家布施的小袖衬衣一件不剩地全拿出来，让我做初生婴儿的衣服。还说孩子的名字叫石千代。他在孩子未生之前，就祝贺开了。

我对那座寺院，实在讨厌透了。在那里住了不满三年，就这么一去不复返了。即使如此，他也不能公开加以追究，这是出家人的可悲之处。

四　诸礼女佑笔①

"承蒙惠馈美丽的玉蝉花，十分高兴，定当凝神观赏。"诸如此类的句子，在信上是常有的。京都有一种女佑笔，做女佑笔的人都熟悉上流社会各种礼仪规则，在结束宫仕生活之后，挂起了习字所的招牌，作为安身立命之处。家长们说："去学习写字吧！"让少女到习字所来。

我也曾在贵人身边服务过。因为这个缘故，我决定创办女子习字所。我能在自己家里独立谋生，感到很高兴。在门柱旁边放上《女子习字指南》和纸张，把一间小房子收拾得整洁干净，雇用了一个刚从乡村来的下女。无论如何这是管理人家的孩子，所以并非普遍平常的事情。我每日毫不懈怠，给学生们修改习字，教她们女子使用的技法。行为不端之事全戒绝了，整日清心寡欲地生活着。

这时候，有一个正值钟情期的年轻男子，请我代写情书。我过去当过妓女，深明妓女之道，懂得恋爱之要领。如此这般地写一封恰当的书信，就可使对方神魂颠倒。而且我能看透女人服从男人的心理，追求那些精通世故、富有心计的时髦女子，没有一个人不会

---

① 诸礼女佑笔："诸礼"即各种礼仪做法，"佑笔"在此指教写字的教师。

上钩。

世界上再也没有像书信这样方便的传达感情的手段了，它可以向住在异地他乡的人传递思念。有的信尽管写得冗长，但虚伪之辞颇多，自然使人扫兴，扔掉也毫不足惜。充满真情实意的书信，自然披肝沥胆，使人觉得对方如在眼前。我在妓院期间，很多男子中，也有自己十分喜欢的人。和那人相逢时，便忘掉了妓女的身份，对他罄诉衷肠，对方也不抛弃我。由于频繁来游，金钱拮据，以致不能再相见，非常悲痛。他每天都偷偷地让人送信来。我看着信，仿佛他就在面前。反复读过之后，怀抱这封信独自躺下，不知不觉迷迷糊糊地睡着了。在梦中，这封信化作他的面影，和我彻夜交谈。睡在旁边的人听见了都很惊奇。后来，那个男子手头宽裕了，我们又重温旧梦。我把做梦的大体情形告诉了他，使他知道我每天想他，和他心心相通。理所当然的，我在连续写信的时候，聚精会神，专心致志，决不心有旁骛。

我向那青年保证说："既然托我写信，那么无论对方多么无情，你这恋爱都会如愿以偿的。"我认真地给他写。但在此期间，我不禁方寸缭乱，觉得这青年很可爱。有一次，我一边握着笔，一边显出略加思考的样子，鼓足勇气说出了这样的话："那个女人让你劳神费思，冷酷无情而不以心相许，是个很不懂人情的人。与其去做这种毫无着落的事，还不如索性爱我吧！在此我跟你商量商量。女人是好是坏，不管怎样得有个好的性情。而且我们还能马上结合，这是目前对你有利的。"这青年听罢吃了一惊，沉默良久。以前他对我并不了解，不能立即断定此事合适与否。现在他被我鬈曲的头发、跷起的大拇脚趾、樱桃小口吸引住了，说道："说老实话，这次谈恋爱，若需要花钱，我是力不从心的。对于你，我也无力赠送一条衣带。在关系亲密之后，即使问我：'你知道这里有和服绸缎布匹店吗？'我也不能保证买得起一匹丝绸、半块红绢。如果不事先加以声明，事后要有麻烦。所以为了慎重起见，我有言在先。"

我是为了他好，他却出言不逊。我感到气恼、鄙夷。心想在这偌大的城镇，不会缺少男人，再另找别人吧。此时恰值黄梅雨季，雨静谧无声地下着。树丛中的麻雀从窗口飞进来，扑灭了灯火，屋内一片漆黑。他正中下怀，紧紧地抱住我，气息急促。把小杉原纸取过来，温柔地拍着我的腰窝，说："愿你活百岁。"① 真可笑，命运尚未可知，怎能使自己活到九十九呢？我还在为他刚才说的那些话生气。

不到一年时间，那位青年就拄上了手杖，腮颊瘦瘦。他也许认为自己不久于人世了，于是不分昼夜地寻欢作乐。看他身体虚弱，就让他吃泥鳅汤、鸡蛋、山芋。可是，他已逐渐心力衰竭。第二年四月，人们都换穿单衣的时候，他却弱得身裹棉袄。已经找了几个医生给他看过。他胡须丛生，指甲很长。最后，我把手放在他耳边，说些让他高兴的温存话。他也遗憾地摇摇头。

①《山家鸟虫和歌》："愿你活百岁，我活九十九，白头偕老一生休。"

卷
三

一　町人家腰元

　　据说持续十九天的三伏天特别炎热。今年的三伏天正是十九天，人们难耐酷暑，说："难道没有无夏之国吗？没有不流汗的地方吗？"净是些无用的废话。正在此时，响起了铜锣和铙钹声，送葬的队伍走过来了。跟随灵柩的近亲们并没有呈现出特别悲伤的神情，看起来不像是死者的后代。镇上的人只是出于礼节才穿上礼服。他们一边把念珠拿在手中，一边在谈论有关赊账的诉讼或者米市的行情，以及秋叶三尺坊天狗的传说之类的事情。年轻人却从队列中退出，径直走向花柳街，商谈外出游玩时茶馆的定菜单。后面的那一串长长的人群，看来都是租房住的人。有人穿带里子的冬天用的坎肩和麻布裤裙，也有人穿木棉袜子，却不插腰刀。这些人在手织的麻布单衣上面再穿上棉短外褂，装束就是如此可笑。乱七八糟地高声谈论着鲸鱼油的油灯亮不亮啦，画着猜谜画的团扇好不好啦，净是些无聊之辞。他们哪怕稍微体谅一下别人的悲痛也好。无论在何处，人们从一旁听到那些话，也会感到他们无耻。

　　会葬者大都互相认识。听说他们是御幸町大街誓愿寺以北的镇上的人。如果这样的话，那么死者一定是那个镇西侧的叫做橘屋的店铺的主人，他的妻子是一个非常漂亮的女子。

　　有些人只是为了看她一眼，就到她家店里去买并不需要的花纸。

此事实在滑稽。一个叫祇园甚太的人说过："娶一个女人是为了终生打量玩赏，但长得过于漂亮未必是好事。"这话横竖被人认为是漂亮话，但作为一个男人，娶一个美貌的妻子反倒处处担心。如果只是为了让她守家，大概不必对相貌加以挑剔。

所谓美女、美景，看的时间长了，必然厌足。有一年，我也曾到过松岛①。起初，我情不自禁地拍手叫好。心想这样的地方若让歌人、诗人看到的话，该有多好！但从早到晚观看时，感到那众多的岛屿上也有海腥味，拍打松山末端的波浪声也十分聒噪。到后来，盐龟的樱花在未见时就凋零了，金花山的晨雪也因睡懒觉而错过了观赏机会。长根、雄岛的黄昏时的月亮也不认为特别珍奇。最后，拾了海湾上的黑白石子，给孩子们做摆石子比赛的游戏，只此一点还算有趣。譬如说，在难波一带住惯了的人到京都去，偶尔看见东山，觉得格外新鲜。而京都的人却对海岸感到稀奇，偶尔看一看，也是兴致勃勃。与此相同，别人的妻子，在男人面前，注意礼节、仪表和打扮也还好，而后来她梳头也马虎起来了，肌肤露在外面，暴露了长在侧腹上的黑痣。随意行走时，人家才知道她的左腿稍长，简直一无是处。一生下孩子，更令人厌恶了。想想这些，老婆是不可要的，但既然要过日子，还是不得不要。

有一次，我去吉野的深山，那里连花儿也没有，除了初春轮班去大峰山修行的人以外，知物哀的人，一个也看不到。在那样荒凉的地方，有人沿着绝壁结草为庵，房檐是一面坡的。白天听着杉树枝的摇动声，夜晚看着松明，别无乐趣。问他："世间这么宽广，您不住城市，为何住在这种地方？"那位乡下人笑着说："和我老婆厮守在一起，也就忘掉寂寞了。"事情确是如此。难以舍弃的，还是夫妻之爱。

觉得女人独身生活没有意思。我停办了女子习字所，到一个名叫

---

① 松岛：宫城县松岛湾内外的小群岛，日本三景之一。

大文字屋的和服绸缎布店当了一名腰元。

过去都说十二至十五岁的腰元最好，但近年来出于经济上的合算，更多地雇用中年妇女，说中年的女用人可以铺床叠被，跟随在车轿后面步行也很好看。所以，便开始雇用从十八九到二十四五岁的女人了。

我虽然不喜欢土里土气的后衣带①，但还是打扮成一本正经的样子。把茶褐色闪电状刻纹的中型花纹布料裁得紧瘦，把结得很低的中岛田式发髻放在脑后，处处显出天真姑娘的神态。我问管家的老太婆："雪这种东西是由什么做成的呀？怎么会那样地落下来？"老太婆说："你虽然正值妙龄，但还像躺在母亲怀中的孩子一样天真烂漫呢！"从此之后，她何事都麻痹大意地使唤我。别人一握住我的手，我一下子脸色绯红；一接触我的衣袖，就佯装害怕。即使开玩笑，我也故意大声喊叫。后来，人们不叫我的名字，说我徒有美丽的姿态，却像一只不近人群的树梢上的猿猴。我巧妙地装扮成了良家女子。

世间的愚痴之人是可笑的。自己已经堕胎过八次，心中实在害臊。但是，在主人身旁侍奉，每天晚上听到老板娘的调情，特别是主人品性很坏，常常毫无顾忌地搬动别人枕边的纸隔扇。所以，我就忍耐不住了。晚上没有事情，就起身到厨房去看，那里连个男人的影子也没有。在紧挨厨房的铺木板的房间一角，有一个老年长工因为值班做菜，独自蹲在那里睡了。我想，挑逗他一下吧！故意从他的肋骨上踏过。他一遍遍地念"南无阿弥陀佛、南无阿弥陀佛"，说："明明是点着灯的嘛！不要给上了年纪的人找麻烦！"我说："把您踩伤了，实在对不起，务必请您原谅。我这只该死的脚！"一头扎进他的怀里。他"哎呀"一声，大吃一惊，全身战栗，忙不迭地说："南无观世音，救救我吧！"我看出这事情终究没有希望，便转过脸去，痛苦地扭动

---

① 后衣带：结在背后的衣带。正派女子的装束。

身子，回去了，焦急地等待着天明。

好不容易等到了二十八日。星星还残留在天空时，主人就起床了，吩咐我打扫佛坛。老板娘因昨晚有些疲劳，还未起身。主人是一个身体强健的男人，打碎冰块洗脸，只穿一件信徒用的礼服坎肩。他一面拿着书，一面问我："还没供佛吗？"我走近他的身边，问："这是一本记录男女色恋的书吗？"主人有些厌烦，没有回答。我笑嘻嘻地说："还没见过有谁像您这样厌烦我呢！"我大大咧咧地解着衣带，显出色眯眯的表情。主人按捺不住。一边脱着坎肩，一边不容分说地动起手来。粗暴的动作使正对面的本尊佛像晃动起来，把蜡烛台上的鹤龟弄倒了。佛事抛到了九霄云外。

从此以后，我常常偷偷地勾引主人。渐渐变得骄横起来，对老板娘的吩咐也爱理不理了。最后，竟处心积虑，想让他们离婚。如今想来，连自己也觉得可怕。

我想请求某个山中修行僧把老板娘诅咒死，但没有效果。自己十分焦急，怒火中烧。这念头日益强烈，在染黑牙齿的口中衔一根苦竹的牙签祈祷，但更无效验，反倒搬起石头砸了自己的脚，不知不觉把那件事说出了口。最初的伪装一点不剩地剥掉了，主人的恶名流传开来，长期的不正当关系一下子暴露出来。这是所有的人都应该引以为戒的。

从那以后，我发了疯，今日出现在五条桥上，明日又在紫野如痴如狂。喊着："我想男人，我想男人！"跳起从前小野小町所跳的那种舞步，边跳边唱。所唱的曲子，没有一支不是有关恋爱的。人们议论说，这就是多情侍女的下场！我呼啦呼啦地扇动着舞扇，跳着舞来到了立在茂密杉树林旁边的五谷神牌坊附近，终于清醒过来，才觉察到自己赤身裸体。此后本心复归，祛除了邪念。我实在太卑鄙了，诅咒别人立刻会遭到报应的。我忏悔罪过，回去了。没有什么像女人这么无常的了。这世间真可怕呀！

二 妖孽的女人

踢球本是男人的技艺。我服务于某个大名,担任内外联络的信差。那时,我曾陪同大名的太太到浅草的别墅去。正赶上大院里的杜鹃花开放,平野和山地上红装艳抹,许多穿着红色裤裙的女人迈着轻盈的脚步,飘动着衣袖,唱着"樱花重重"、"山那边"等动听的歌曲,来到了球场。我虽然身为女人,却对这些女子感到新奇。实则这种情景,我也是初次得见。在京都,宫廷的侍女玩"杨弓",被认为是过了时的游戏。可是,相传这是杨贵妃耍所用,所以直到如今,还是一种适合于女子游戏的工具。踢球,为圣德太子所创,女子踢球,则尚无先例。但大名的太太可借此自由自在地显示奢华。

那一天,暮色已深。暴风猛烈地吹动树丛,球也不听人们使唤,被风吹到一边,人们兴趣索然。太太已脱下踢球的服装,脸色愠怒,别人难以使她心欢。随身侍女都屏息静气,小心翼翼,畏首畏尾。这时有一个长年在此服务的名叫葛井局的人,用轻浮的语调,摇头晃脑地建议说:"今晚咱们来个'嫉妒发泄会'①吧!一直讲到长蜡烛烧尽为止!"太太听罢高兴起来,说:"这再好不过了!"

吉冈是侍女的头目。她一拉挂在走廊下带着漂亮缨子的铃绳,连管水的和做屋内零活的女人都毫不拘束地走来。二十四五人围坐在一块,我也夹在其中观看。吉冈对大家说:"什么话都可以讲。请忏悔自己的遭遇吧!男人拒绝求爱憎恶女人,女人嫉恨辱骂男人,恋爱失败之类的事,都非常愿听!"我想,无论如何,这是一种变态的娱乐,但此乃主人之命,所以不能嗤笑。

---

① 嫉妒发泄会:原文"恪气讲"。已婚女子们集合在一起辱骂丈夫及其情妇,发泄怒气。

　　然后，把画着垂柳枝的罗汉松木门打开，将一个和活人十分相似的玩偶女人取出来。这是何人的高明手艺啊！玩偶的姿态优美，面孔美胜鲜花，即使是女人看到它也会心荡神驰。接着，一个人一个人地叙说自己的想法。

　　其中一个名叫岩桥的女人，脸庞长得像妖怪一样，十分丑陋。对此人来说，白天的色情事她不可能有，夜晚的房事也断绝许久。她是一个多年都未见过男人的侍女。她争先恐后地讲述起来："我出生在大和十市的乡村，未曾有过夫妻的枕边私语。那个臭男人到奈良都去，听说春日神社的祢宜①的女儿长得十分漂亮，就不断前去。我偷偷地尾随其后观察，胸中怦怦地跳。那个女人打开房门把他引进去，说什么今晚上我的眉头发痒，想必有什么喜事等等，样子恬不知耻，女人把细腰舒畅地靠在他身上。这时我猛然冲进去，说：'这是我的男人！'张开涂上铁汁的口，咬住了那个女人。"说着，紧紧抓住那个美丽的玩偶。那样子至今历历在目，十分可怕。

　　这是第一个嫉妒的故事。第二个女人又忘我地、跟跟跄跄地走出来。人们常说女人的心地浅薄，她竟能恬不知耻地说出这种话："我年轻的时候，住在播磨国的明石。我给侄女招了个婿。那个男人实在是个不成器的坏种，他连下等使女也不放过，不分昼夜地闭门玩乐。我的侄女对此毫不嫉妒，任他随心所欲。我对侄女的做法不能等闲视之。每天晚上都前去申斥。我把寝室关好，从外面拉上插销，硬是把侄女及其丈夫关在里面，命令他们夜间同寝。我把门上了锁之后便扬长而去。不久，侄女形容憔悴，看见男人的脸就怒形于色，浑身颤抖，看来性命不长了。而且，她是丙午年生的，和男人相克，终至沉疴染身。我真想把那个又臭又硬的汉子当作这个玩偶，一下子杀死他！"说着猛地把玩偶推倒在地。然后，一片骚然，久久不止。

　　———————————

　　① 祢宜：位于"神主"之下的一种神职。

又有一个女人，名叫袖垣，是本地伊势的桑名人，她未婚就善于嫉妒。她干涉下女们的梳妆，梳头时不让她们照镜子，不让她们搽白粉。即使对出身并不低贱的女子，也故意使之相貌丑陋，然后再加以使唤。世人闻及此事，都感到厌恶。因而她嫁不出去，无奈就以老姑娘的身份来此服务了。她对着清白无辜的玩偶痛斥道："这种漂亮女人，鬼心眼儿太多了！所以来夜宿的男人才源源不断。"

这样你一言、我一语地高谈阔论。可是，这种程度的嫉妒，很难合太太的心意。不久轮到我了。我猛然把玩偶打倒，骑在它的背上，说："本人虽身为贱妾，但颇受大人宠爱，不把正妻放在眼里，悠然自得地和他同衾共枕。他可不是轻易抛弃我的人！"我瞪着眼，咬着牙，做出刻骨怨恨的样子。我的话正合太太的心思。她说："噢！原来如此啊！这个玩偶还有如此心肠，丈夫把我看得无足轻重，从故乡召来美女，昼夜与她厮混。我们女人生来不幸，即使怨恨也毫无用处。至少我得按那个臭婊子的样子做一个玩偶，就这样尽情地折腾她！"话音刚落，奇怪的是那玩偶的眼睛睁开了，它伸出双手，环视座中，样子跃跃欲立。众人惊恐万状，没人仔细看清此情此景，就跌跌撞撞地逃之夭夭了。那玩偶上前抓住太太的衣服前襟，好不容易才将它挣脱。好歹总算未发生什么大事。

大概因为出了这种事，太太从此病倒了，一个劲儿地说胡话。人们推测，这也许是因为玩偶在作怪吧？于是大家商定："如果照样把它放在那里，它会继续执着一念，也许会发生不祥之事的。不管怎样，最好把它烧掉吧！"于是，就在屋角把这玩偶烧掉了。然后，连灰也不剩地全部埋入土中。可是，人们却不由得害怕那埋葬玩偶的土冢。传说每天黄昏都清楚地听到女人的哭泣声。此事招致了世人的物议嘲笑。

这事传到了中房①。主人也吃了一惊。他把负责庭院联络的人召

---

① 中房：江户时代武士等家庭建筑分上房、中房、下房。

来，寻问事情的大概。我因职务上的关系，只好进见。如今已经不能隐瞒了，只得如实陈述玩偶之事。"果然如此！"主人听明白了，"没有像女人这样不通情理的了。倘若这样，我的侧室不久就会被这种固执的念头夺去生命。我得把这事好好跟她讲讲，让她回家乡去吧！"

那个侧室长得非常漂亮，婵娟在她面前也甘拜下风。先前的那个玩偶无一处可与她匹敌。我虽对自己的长相多少有些自负，但与她相比，也相形见绌。由于太太的固执，这样的美人也将被"嫉妒发泄会"诅咒死的。主人深深感到，女人是可怕的，从此以后不再到太太那里去，太太成了守活寡的人。

我见此情景，觉得在这里干活不开心，就辞职不干了。我再次回到了上方，心情郁郁不乐，想出家为尼。

嫉妒心万万放纵不得。这是作为女子应引以为戒的。

三　歌船卖春女

书曰："多则不见其污。"① 人的住处尘埃遍地，垃圾堆积，世人多视而不见。

难波津的峡湾也被垃圾埋没。船标不知何时踪影全无了，蛎鹬在陆地上张皇失措，捞取蚬子的河浜也变成了菜田，情况今非昔比了。新开凿的新河一带的黄昏景色很有意趣。铁眼禅师② 的释迦堂也建立起来，佛法大为兴盛。

午后，戏散场了。撑起屋形船，趁着酒兴，从道顿堀的夷桥顺水而下。才到半町③ 左右，船就搁浅了。无论怎样推动也无济于事。

---

① 出典是吉田兼好《徒然草》第七十二节。
② 铁眼禅师：江户时代黄檗宗的僧人。
③ 町：日本长度单位，一町约合 109 米。

今天的娱乐也因此趣味索然，没有什么意思了。在此等待涨潮，所希望的菜肴也落了空。他们在计算烤鱼的数量时，把"三五一十五"误算成"三五一十八"。饭前拿出的萝卜丝中也未拌海参。不知何时才能到达三轩屋。只有在此等待，消磨时间。夕阳渐自暗淡下来，猛然发现插有船篙、无船篷的几艘船疾驶过去。这大概是新造的疏通航道的船。真是一种好办法，看来人的智慧是无穷的，不会像河川一样淤积埋没。疏通航道对以后的游览很有利。正为此高兴的时候，发现在河上垃圾中有一张蹂躞的旧纸，幸而在这条船上伸手可及。一看，是一封从京都写来的请求借款的信，这很有趣。

信上这样写着："我缺少八十目银子，冒昧向您拜借。在奉还之前，我想把早晚祈祷用的弘法大师所做如来佛像，作为抵押保存您处。这浮世的恋爱，情况都相同。长期哄骗某个女人，必遭报应，如今进退两难。生孩子所需费用，请您一定帮忙。平野屋转左卫门先生启。加茂屋八兵卫敬上。"信后还有附言："本书信的十文邮资，我已交给鱼贩兼信差。"

竟有此等事情，信函写得像诉讼状那样郑重其事，到遥遥十三里外的难波索取借款。虽不知结果如何，但最好还是借给他了。不过，大家捧腹大笑说："即使在京都，也还有人没钱花呀！"今日负责接待的助理镇长，他一边拿铜勺子、汤碗，一边说道："如果考虑考虑各自的家产，其实哪一位都比这个京都的借钱人更危险！有的人到下个月月底，因不履行债务而抵押品被没收；有的人用廉价的投标包工；还有的人在北滨做买空卖空的生意。一年到头以谎言、蛮横和贪欲为能事，混世度日，还不断地冶游嫖妓，自以为是。"大家听罢，羞惭难当。认识到今后应该戒除这种超越身份的冶游。但此事是难以戒绝的。

却说在这个河口，停泊着来自西国的船。船上的人想起留在家乡的妻子，旅途中的孤眠倍感寂寥。有一群歌比丘尼①看透行情，在此卖身。载有美女的船只停泊在这个港口，一片混乱。年老的船老大在船尾划桨，比丘尼大都穿着棉内裙，前面结着龙纹的中幅衣带，用黑纺绸头巾包着头，戴着深江一带出产的女式草笠，穿双层棱纹的袜子，丝绸的内裙下摆很短。大家打扮相同。手提箱中，装有熊野的牛王宝印②、醋拌鲍鱼、敲打用的聒人的竹板。小比丘尼手中一定拿着柄勺，化缘的声音拖得很长。唱着流行小调引诱男人，明目张胆地走到停泊中的大船里去。事毕以后，把一串一百文的钱塞进和服袖口袋内，这也是很有意思的事情。人们或者用木料代替嫖资，或者用咸青花鱼代替。虽说同是卖身，而比丘尼的卖身更为下贱，但在此地早已司空见惯，不足为奇。

没有什么像人生这样渺不可测的了。我稀里糊涂地历尽了种种卖身职业，如今又削掉令人可惜的黑发，到了位于高津宫③北部的高原镇，走进竹葺的幽暗小屋，求到多年在此的比丘尼头领的同意当了比丘尼。这个行当十分悲惨，连刮风下雨的天气也不能休息。每个比丘尼每日须向寺院交纳一升白米、五十钱；年轻的比丘尼，也得交纳五合米。因此，比丘尼也是很低贱的。以前并非如此，可如今变得和妓女毫无二致了。其中长相漂亮的也到大阪的住宅区去。不漂亮的到河内、摄津的村落，把麦收和采棉季节作为卖身的大好时机。

我在某些方面还留有当年的风韵，所以从河口的船上被人招下来，权作露水之缘。然后再去客人的私邸玩乐一番。每夜三目嫖资，这是很少的一点钱，算不上什么花费。但随着次数增多，不久三个客人都倾尽钱囊，不名一文了。以后就假装不认识，视同路人。嘴里哼

① 歌比丘尼：唱歌念佛的尼姑，后来卖身。
② 牛王宝印：熊野的三个神社散发的"牛王宝印"，用作护身。
③ 高津宫：东生郡高汓村的高津神社。

着"苦呀、冷呀"的小曲儿，实在是无情无义。无论多么便宜、省钱的冶游，久而久之，也会有花尽之日，所以事先需心中有数。那些好色之徒，如何懂得！

四　金纸翘发髻[1]

你们见过洒满脱落的黑发、摆着梳妆箱和明镜的化妆室吗？人说发型对女人的风姿至关重要。我也情不自禁地学着别人的样子，煞费苦心地赶时髦，把岛田式发髻的底部弄得很低，用布将两鬓包起来，到某一家当上了给女主人梳头的用人。

那时候，发型是不断变化的。如今兵库式发髻[2]已不新鲜，五段式发髻[3]也难看了。可以说以前这些循规蹈矩的发型是妇女的正经发型。近些年，媳妇们都变花哨了，学习妓女和歌舞伎演员的装束，模仿打扮漂亮的男人，把袖口加宽，落座时把衣裾展开。走路也学着太夫们盛装在花柳街游逛时的步法，却不顾自己身体的需要，而是处心积虑地让别人欣赏。把长在侧面的黑痣掩饰起来，脚腕太粗，就用长长的衣裾遮住，嘴大就急忙收缩，想说的话也不说。当今的女子就是愿受这些额外之苦。与之结婚的男人也是能忍就忍，但对丑女就更不称心了。要想到这浮世就是如此，要在性情与漂亮两者之中选择其一，那么漂亮还是首要的。总的说来，九容[4]皆备的女子是凤毛麟角。长相一般，还算好看的女子，须有陪嫁费才能出嫁。这种情况起于何时不得而知，岂有此理之事，莫此为甚。女方凭长相漂亮，向男方索

---

① 金纸翘发髻：中间插发针，端部翘起，饰以金纸的发型。
② 兵库式发髻：把头发在头顶后部高高结起的一种发型。摄津兵库的妓女开创，故名。
③ 五段式发髻：元禄时期流行发型之一，把梳上去的头发分成五段。
④ 九容：足、手、目、口、头、气、立、色、声，谓之"九容"。

要些彩礼，则是理所应该的。

我和雇主讲定，除了四季的工作服以外，一年的工钱是八十目银子。在开始服务的二月二日，我清晨早早地去太太的房间。太太正在早浴，过了一会儿把我叫到最里面的藏衣室，决定对我进行试工。她的年龄大约不过二十，态度和蔼，举止可爱。世上会有如此上品的女子吗？那姿态连女人看了也会心生羡慕。她亲切地谈了种种事情之后，说："最近我有一事难以启口。我想跟你要一份保证书，要写上日本诸神的名字，保证不把秘密泄露出去。"我莫名其妙，但既然从属于主人，对她的话就不好违背，只能服从。我拿起笔来，写的时候也暗暗祈祷：自己如今尚无确定的男人，只求神佛原谅淫猥之罪。我按照太太的意思写完了。

"既然如此，我把事情跟你讲明了吧！我长相并不亚于别人，但头发稀少，长得散乱。这使我无限悲哀。唉！你瞧瞧吧！"她把头发解开，几缕假发脱落下来。她眼泪汪汪怨恨似的说："真头发，还不足十缕哦！"又说："我跟他结婚已四年了。他有时深夜才回家，我想这不是一般的事，有些生气，就把枕头放得远远的，假装入睡。这成了我们夫妇争吵的原因。可是，如果把我的假发弄开，他对我的爱恋就会一扫而光吧？我为此感到悲哀、苦恼。长年隐瞒，十分难受。请你不要把此事告诉别人。女人都是互相同情的呀！"她把一件穿下来的无花纹的小袖衬衣给了我。一想到她是那样含垢忍辱，我更觉得她值得同情。形影不离地侍奉在她的身边，何时何地都不让人发现她的缺陷。

可是，久而久之，太太不知为何对我嫉妒起来。她嫉妒我满头美丽的黑发，让我把头发剪掉。我虽迷惑，但这是主人之命，无奈只得把头发剪得短而难看。她说："即使这样，不久就会长得和以前一样了。干脆，你把额前的头发拔稀了吧！"这种做法过于无情，我因此提出辞职，但也未得许可。从早到晚遭受她的虐待，我的身体虚弱了，怨恨加深，就企图做出不义之事。

我千方百计想把太太头发的事告诉主人，使他厌弃太太。办法是训练一只家猫，整天晚上让它抓挠我的头发。最后，那只猫每夜都到我肩头来抓头发了。

有一次，淫雨凄凄，景象寂寥。主人晚上高高兴兴地和太太在一起。太太连弹琴弦。正在此时，我把猫放了出去。猫毫不客气地抓挠太太的头发。头簪和假发的发卡脱落下来。五年间的爱情毁于一时。太太的美貌也改变了，拉过被子闷闷不乐地蒙上头。后来，主人很少与太太接近。太太托故返回了娘家。

从此以后，我把主人视若己有，寻找机会与他共成好事。有一天黄昏，雨不住地下着，周围不闻人语。我看见主人寂寞地靠在寝室的床边上，迷迷糊糊，似睡非睡。我觉得此时正是接触他的好时机。他并没有喊我，我却故意"哎！哎！"地答应着，来到他的身边，"喂！喂！"地把他叫起来。我问："您喊我，有什么事吗？"他回答："没喊你呀！"我说："那么，也许听错了。"留在那里不肯回去，显出一副含情脉脉的样子。拿来被子给他盖上腿脚，又摆好枕头让他枕好。问道："这儿有人吗？"他说："只有今晚，谁也不在。"就拉住了我。我终于把主人弄到手了。

卷四

一　奢侈的婚嫁

如今的婚嫁，连下等的町人百姓，也耳闻目睹豪门富户的铺张排场，每每超出自己的能力所及，购置衣物嫁妆，企求尽善尽美。这是当今的风习，是不知自己身份地位的做法。一般地说，做母亲的鼠目寸光，想法浅薄，对长相普通的女儿自夸自傲。十二三岁时就让其修饰打扮，自然保养得肌肤细腻，指甲美丽，姿态引人注目了。

把那些五花八门的戏剧剧情和狂言中的艳闻趣事看成实有其事，世间的妇女都变得爱情不专、见异思迁了。离经叛道之心由此生起，而且服装打扮也因此而变。系着一丈二尺的衣带也觉得不舒服。过去的衣带是六尺五寸，而近年来猎奇地流行起长衣带来，久而久之成为习惯，也不觉得难看了。小袖衬衣近来也出了新花样，刺绣成樱花色调的鹿纹的模样，乍看上去像是印染衣物，其实是用百色漂亮丝线刺绣而成。只是这件衣服，就得花五两金子。似这样无论何事都在不为人所见之处花费金钱，这世间，渐渐变得奢侈而猎奇了。

最近，在大阪的下寺町，寺院为了重修奈良东大寺的大佛而选择吉日化缘的时候，人们不分贫富贵贱，摩肩接踵，云集而来。其中，有个女人芳龄已过，色香俱失，而且驴头马面窄长脸。仔细一看，只有耳朵还凑合，其余都令人生厌。可是，看来她是生在富有之家，打扮得风流时髦。贴身衣是白色无纹的绫子；中间的衣服，表里都是紫色鹿纹；外衣是菖蒲色八丈绸的面子、红绸的里子，束着并列条纹的宽幅衣带。女人身上的小型装饰品一样也不缺少。那时正好有一个和服绸缎布店的年轻人，估计了一下她打扮服饰的所需款项，足有一贯三百七十目。那年轻人是个行家，他估计得很正确。人们都仔细地打量着那个女人，心想，这世间真是奢侈透顶了，我若有这一身衣服的钱，就能买下南边那六七间房子。她竟能穿这么贵重的衣服，真是个浮华女人！

我从夏季结束了梳头用人的生活，并没有在大阪的横堀一带找一个临时小屋住下，而是被各处雇用，给新嫁娘当用人。

大阪这个地方，人心比预想的还要轻浮。他们似乎不顾以后的生计，喜欢婚礼的奢侈铺张。女方的父母希望找一个强于自家的女婿，男方的父母喜欢比自己门第更高的儿媳。婚约一旦谈妥，马上毫无必要地装潢门面。男方立刻大兴土木，女方着手购置衣类。这都是女人家的主意，所以万事都打错了算盘。她们把全部家当集中起来，从一百贯目的财产中，拿出私房钱十贯目，结婚花销十五贯目。不仅如此，婚后还需要各种杂费。一年中走亲访友时，挑选丹后出产的大鰤鱼、能登出产的上等咸青花鱼，父母何事都得操心。不久，二女儿也到了出嫁的年龄，即使不能像长女那样铺张，也得花费相当的钱。接着，儿子又该娶亲了。同时，长女的头生子呱呱落地，必须马上准备护身刀和一套婴儿衣服。这里那里的亲戚不断来往，不知不觉间家中金银减少，把女儿嫁出之后，倾家荡产的人不计其数。

男方的母亲也同样，超出自己的身份显示其阔气。平日口口声声要勤俭持家，如今却闭口不言了。油灯换成蜡烛，暖炉上也不盖被子。她儿子也随之奢侈浮华起来，把白头偕老的妻子，看作妓女之类的暂时缘分，将应该开诚布公的事加以隐瞒，处处为自己打算。在妻子面前大耍男子威风，追求虚荣。此乃愚蠢之举。

我在几处地方当过用人。我知道，除了夫妇恩爱之外，还要多方顾忌世间的体面，无论谁都该如此。有一次，我去中之岛的某个店铺当用人，只有他家的儿子对我不加留意，也不想接近我。比起注重外表，更注重处事的小心谨慎，新婚之夜也不加修饰。婚礼结束后，虽觉得有些寒伧，但现在只此一家繁盛起来，其他家庭从那时就衰落下去，其女主人如今也坐不上轿子，只能徒步而行了。

二　墨绘色情袖

女人衣裳的裁缝方法，在人皇四十六代孝谦天皇时期就确定下来。从那以后，日本国的风俗才得纯正。一般来说，贵人家在裁制小袖衬衣时，开始先计算一下扎针数，缝完后再数一数扎针数，处处小心谨慎。而且规定必须洁身，经期的女子，是不得进入缝纫房的。

我不知何时手变灵巧了，所以被雇用当上了女裁缝，于是安下心来学手艺，色恋之事淡漠了。在南窗下，心情舒畅，望着石菖蒲怡神悦目。同事们一块出钱，买安部出产的茶、饭町寺的鹤屋的包子。女人单身生活，没有什么罪过，也没有挂在心头的忧愁。我想，只有如此，才是佛教的"常乐我净"的境界吧？

公子穿的熟绢的带条纹的内衣里子上的图案，是哪位画师的手笔呢？男女相杂，赤裸的身体有胖有瘦。女人的美丽肌肤画得鲜明，脚踵向上，脚趾弯曲，恣意玩乐，看了叫人害羞，使人觉得那不是图画。我仿佛从那不动的嘴里听到了枕边私语，朦朦胧胧地头脑发热，许久靠在针线箱上，生起了恋慕男人之情。顶针、线穗儿也不上手，缝小袖衬衣时心不在焉，只是悠悠忽忽地想着男人。

在值得珍惜的夜晚，孤衾独眠，从此感到寂寞。过去的事情又一幕幕地回想起来，自己觉得可悲可哀。过去，眼含泪水是真实，强颜欢笑是伪装。不管伪装还是真实，只是那些男人并不令人讨厌。爱他长久，却未成姻缘。有的男子，为了淫酒美食而舍身。浮世长久，相见短促，如今想来，实在可悲可叹。

有各种各样的原因，留在记忆中的男子数也数不清。世上有一生之中不曾知道男人的女人；有的死别之后不找后夫，或生别而出家为尼；也有的安下身来才知别离之苦。而我的心地是何等浅薄呀，以前的所作所为都是放荡不羁的，今后一定要改邪归正，忍受寂寞之苦。我暗暗下了这样的决心。

天明了，同室的女人也醒了。叠好被子，然后焦急地等待着吃早饭。找来烧剩的木块，毫不检点地点上烟卷，喷烟吐雾。这姿态，也并非要装给别人看，只是草草地拢住蓬乱的黑发，打一个旧式发髻，匆匆忙忙，发髻松动了也不介意。去倒洗脸水的时候，朝窗外的毛竹丛中一看，有一个男人，好像是住在大杂院里武士所雇用的仆役。他把早晨买的芝浦出产的鱼放进篓子里，一只手提着醋瓶和引火用的木片，也不知有人看他，站着卷起深蓝色的破烂不堪的前衣襟，随地小解，像音羽瀑布①似的冲刷着沟中的石块，平地成了水潭。啊！可惜那枪头儿未在岛原之乱②中发挥作用，无功无名，那么虚度年月，实在令人遗憾。我突然按捺不住了，难以继续在此服务，年限未到就托病辞职，在本乡六丁目的小胡同里住下，然后在路口的柱子上挂起了"里面承做各种衣物"的招牌。这里，我可以自由自在地等待着，什么样的男人来了都算我好运气，可是，偏巧净来些于我无用的女流之辈。她们说喜欢当今流行的衣服款式。我虽不情愿，但权且受理，马马虎虎地给她们缝起来。想来实在无理。

从早到晚被歹心所烦恼，但又不好启齿。有一次，我灵机一动，让下女拿着小袋子到日本桥的本町去，来到以前当用人时经常出入的

---

① 音羽瀑布：位于洛东清水寺内院。
② 岛原之乱：是1637至1638年天草以及岛原的天主教徒发生的内乱，也叫天草之乱。

名叫越后屋的和服绸缎布匹店，说道："我从那家辞职不干了，如今独身生活，家中连只猫也没有。东邻一直不在家，西邻是个年过七十的老太太，而且耳聋，对面是一堵五加木的树墙，人影也没有。你们在去那条大街的住宅区做买卖的时候，请务必到我那里歇脚。"我要了两匹加贺产的丝绸，一只红袖，一条龙纹的衣带，回去了。虽说商店一概不赊卖货物，但被我这样的女人纠缠住，年轻的店员们也不好说出个"不"字，没提货款的事，就把东西给我了。

　　不久，九月十八日的结账期到了。"你去要！""你去要！"十四五个店员对来我这里要账互相推托，争论不下。其中有个上了年纪的男人，对恋情一无所知，睡里梦里也忘不了算盘和砚盒。人家说，他是为京都总店老板效劳的一只白鼠①，凭靠着的顶梁柱，能认准人缘的好坏，是一个独一无二的聪明人。他听到大家争论不休，不耐烦地说，那个女人的欠账，我去要！她胆敢不交，我把她脑袋拧掉带回来！"他找上门来，言辞粗暴，吵吵嚷嚷。我镇静自若地说："为了这点小事，劳您远道前来，实在麻烦您了。"冷不防把红梅色的衣服脱下来，"这个，我自找多事地给染了，只穿了昨天和今天，衣带也在。"说着就扔给了他。"因为眼下没有银子，虽不方便，还是把这些衣服拿去吧！"我含泪说道。衣服脱光了，只剩下一条红色内裙。

　　我的身体白净漂亮，不肥不瘦，也没有艾灸的痕迹，油光滑腻。见到此情此景，这位十分古板的人也瑟瑟发抖起来。说："我怎能拿这些衣服回去呢！脱光了衣服，会着凉的！"说着就给我穿衣服。这样一来，他被征服了。我说："啊！你真是个深情的人！"靠在他身上了。他吓了一跳，赶紧把名叫久六的小伙计喊过来，让他打开随身带的箱子，从中抓出五匁四五分豆板银，对他说："这个给你。你到下谷街的吉原去吧。时间不要太长。"久六听罢大吃一惊，胸口直跳，

---

　　①　一只白鼠：白鼠是大黑天财神的使者，此处是比喻的说法。

怎么也不相信此话当真，面红耳赤，难以回答。好不容易明白过来，暗忖："噢，原来你和她亲热，我在这里碍事呀。对平日小器吝啬的老头子，这时候得敲他一下。"就说："不管怎样，不能穿着木棉裤衩到妓院去呀！"这话言之有理。我大致估摸着裁一块宽幅的日野绢，没有折边缝，麻利地让他穿上。他兴冲冲地跑出去了。

从此以后紧关门户，在窗口蒙上草笠，搞着没有媒人的恋爱。他把生意挣钱全忘掉了，一味沉溺于此，这也不能说是血气方刚所致。江户的分店全垮台了，被京都总店追查。我名义上是女裁缝，四处讨好，一日一步，稳扎稳打。即使把我的针线箱拿去，其结果也只不过是不缝衣服，还能设法生活。这就像是一根拴不住屁股的绳子。

三　武家老仆役

眼下的女子，把边缘呈紫色的鹿纹衣带系得很低，盖在臀部上。这种打扮虽说很流行，但过于显眼，相当令人讨厌。

我随着年龄渐大，身世逐渐沦落，成了武士家茶室中的女用人，期限为一年。平时，里面穿洗褪了色的小袖衬衣，外面穿棉衣。在主人的厨房里，收拾各种餐具，这就是我的工作，天天靠吃糙米和简便酱汤度日，不知不觉间容貌黯然失色，变得连自己都不敢相信，姿态丑陋了。

不过，盂兰盆节和春节的两次假日，还是令人愉快的。临时回去和情夫相会，像牛郎织女一年一度的相会一样，走过里门的板桥时，那喜悦是难以言喻的，兴致勃勃脚步轻快的样子也和平常不同。在黄色无花纹的内衣上面套上有花纹的衣服，打着深蓝色底子的金线织花的锦缎①后衣带，在这上面又紧系着紫色的整幅布截断捋成的和服衣

---

① 原文"今织"，京都西阵出产。

带。把头发梳成翘发髻，额际修成火灯形，眉毛用浓墨涂黑，围着黑色头巾，只露出眼睛。让老仆役拿着用布头缀合而成的袋子，袋中装有不在禄米之内的三升五合米，少量治疗妇科病的盐炒鹤骨粉，盛点心的杉木薄板制作的双层空板盒也收集起来，用这些东西向借宿的房东太太讨好，这也很可笑。

通过樱田门的时候，我从袖子里取出零钱，犒赏雇来的那位老仆役："今日你辛苦了。钱不多，买点烟什么的抽吧！"他说真想不到您这样关照。您要是有吩咐，我收下钱也照样陪伴您。要是不陪伴您，我就得另外去给人打水了。您不要费心了。"这种下人，净说些奇特的话。

然后，通过丸之内的住宅区，来到大街上。我的脚步不麻利，心里着急，稀里糊涂地走着。这位老仆役没有带我到住处新桥去，而是在同一地方来回兜了四五圈。我路不熟，只能悠悠忽忽地跟他走。抬头看时，忽然发现日影西斜，我吃了一惊，注意观察着老仆役。只见他满是皱纹的鼻尖儿，显出有话欲说的样子。"原来如此。"我有所领悟。看准一个无人的时候，走到卡子门的蔽阴处，凑近他的耳朵小声问道："你有什么事吗？"老仆役喜形于色，没有回答。摆弄着破刀鞘里的腰刀，说："要是您有何吩咐，我老头子性命也在所不惜。家里的老婆子怨恨也没关系。我今年已经七十二了，决不说瞎话。您要是认为我是个不要脸的家伙，那就这么一次了。神佛是正直诚实的，以前的念佛都是白费。人就像一根牙签，这话我觉得没错儿。"他从长满上髭的口中说了这么一大套，也很可笑。

我说："既然如此，你早说一句喜欢我不就得了？"他泪汪汪地说："我也想到人家会那么议论，可被存心不良的人说三道四，也太岂有此理了。"他这么无缘无故地诉说起来。我并非不厌恶他，但觉得他那老年人的耿直爽快值得同情，不禁生起邪念。本来到租房里去也能成事，但已迫不及待了。不知羞耻地跑进桥河岸端的小饭馆里，说要点面条，给老板递了个眼色。老板未做盘问，把上楼的梯子指点给我们。

一上二楼，老板娘就提醒说："头！头！"心想这是什么意思？原来因房顶过低，不能随意站立。在铺着两张铺席的地方，用柿漆纸把墙角包起来，从角落的窗口透进光亮。放了一对木枕，使人想到不只今天，以往也有过这种事情。

我刚要隐约地说些让他高兴的话，而他缩着身子，满脸发红，看准机会将系得很结实的衣带结解开，略带冲动地说："请您不要嫌我脏呀，四五天之前洗的。"说这种无聊话也很可笑。他抓住我耳朵把我拽过去，摩挲得使我腰骨发疼。莽莽撞撞地行事但一点也不成。我觉得这样很遗憾，说："日头还高呢！"把手插进他的腋下。他抖动着身子起来了，我急不可耐地问："怎么样？"他说了一句古语："昔日利剑今菜刀，徒入宝山而空归。"我不让他束腰带。在说东道西时，小饭馆的老板爬到第二段楼梯上，焦急地说："喂！好不容易做的面条赶不上啦。"听罢，这老仆役就断念了。

朝楼下一看，剃了头的武士，带着一个二十四五岁的留发帘儿的拿草屐的仆人来了，一眼便可看出，也是色情之事。他听说这房间有人在用，发现果然如此，便从叠着的方绸巾中拿出碎银来，放在圆盆边上，说："谢谢了。"急忙走出去。尚未出门时，就在房中大笑说："今天这个臭老板真像做梦似的交了好运。江户有的是地方呢！"

我与那位老仆役并未发生关系，却让别人认为实有其事，真是窝心。何事都得趁年轻时做，上了年纪将一事无成。我对他并不亏心，只感到他已是风烛残年，生死无常。我到新桥的仆人住处，询问道："他近来还好吗？"哭着回答："你所关照的那位老人，去年冬天，痛苦了两三天就死了。临断气之前，还一遍遍地喊你'大婶'。"我说："我并不懂得男人内心，怎么做都随他的便。我偶尔才有假日，这事没听说过。我以前结识的下等仆人，不都比他年轻吗？"

四 愿转生为男

没有比像女人这样到处流转服务更有意思的了。我也在江户、京都、大阪几处当过用人，这年秋天雇用期满，又到泉州、堺去了。我想在这种地方也许会有什么稀奇事吧？在锦町中滨西侧，住着一个名叫善九郎的介绍用人的人，我请他推荐，每天必须交他六分食宿费。在此期间，听说堺的中央大街上有一位老太爷，托人来打听，要雇我当中居，只做些铺床叠被的事。那人一见我，马上就说："你年龄正合适，长得挺俊，身材举措无一处不好。想必老太爷一定会中意的。"预付金多少也不计较。一位好像长年在他家服务的老婆婆高高兴兴地带我去了。

在路上，老婆婆为了我好，把她当用人的经验讲给我听。她的样子长得令人讨厌，但心地善良。人世间总有好人，我很高兴，认认真真地听她讲。她说："头一条，他家的那位老太太是个很爱吃醋的人。女用人们与正屋的年轻伙计说话，她也不高兴。所以，不用说那些淫秽之词不能讲，连看见公鸡母鸡交尾也得视若无睹。因为她信仰的是法华宗，不念佛也可以。她很珍爱一只戴着项圈的白猫，即使那只猫出来偷鱼吃，也不能追赶。她常常出入内外，即使言辞粗暴无礼，你也得洗耳恭听。她起初是第一位太太带来的名叫阿旬的臭腰元，那位太太因流行性伤风死了以后，老太爷就变得好奇了，觉得这女人也不错。如今她一步登天，十分任性。她的腰骨折不断，却在轿子里铺上几层被子出门，真让人奇怪！"老婆婆一个劲儿地说老太太的坏话。我侧耳细听，越听越觉得好笑。

"早饭，别人家都吃红米①，这里却吃播州的上等米。并让人从她

---

① 红米：一种陈旧的、带红色的下等米。

丈夫的酒房里取出需用的豆酱。这里每日都烧蒸汽浴，而她懒惰不洗澡，对自己是没好处的。大年三十，一门亲戚送来的年糕啦、菜肴啦，那也是很了不起的。堺市很大，从中央大街到市南，没有人不借这里的钱。然后再到二町，东北角的店铺，在这里也被允许使用同一字号开业。

"你大概还没见过住吉神社的祓祭吧？离现在还有一段时间。到了那时候，从宵宫开始，就带领全家前去。此后不久就是观赏藤花。那时候，在大套盒里铺上南天竹竹叶，红小豆米饭盛得像座小山。反正是当用人，在这样的家庭里住着还是幸运的。你以后可以请求在这里安家，只要使老太爷一人满意就行。无论他说什么你也不要违背，秘密的事决不要泄露出去。尤其是，人老了，虽然什么事都性情急躁，但这就像泼在地上的水，一下就消失，马上就能高兴起来。你最好事事都合他的心意。事情虽说难以预料，但他是有很多财产的人，要是明天两眼一闭，结果怎样也未可知。已经是七十岁的人了，身上净是褶皱，他知道自己余日不多，无论怎么说，也是心有余而力不足了。这些事情你都不清楚。因为你招人喜欢，我才把一切都告诉你。"

这些话我大略一听就理解。像那样的老人，我有一个办法对付他。如果有缘连续在此服务，我在外面私蓄男人，要是有了身孕，我就把孩子硬说成是老太爷的，让他在遗书上写明他的遗产归我所有，那么以后就可以享清福了。我边打定主意边走路。只听老婆婆说："啊，到了，请进！"她在前面先进去了。

我在中门处脱去草屐。连着厨房是铺木板的房间。刚一坐下，一个七十岁左右的老太太走出来，看上去身体硬朗。她上上下下仔细打量着我，说："哪儿都很平常，我喜欢。"这话和我预想的大相径庭，我感到后悔。早知道为这位老太太服务，还是不来的好。但我想，她的话有些似乎还有人情味，再说，半年时间很快就会过去的。在这种地方虽然辛苦，也许并不坏，所以决定留在这里。

　　店头和京都的一样宽绰，店内好像很忙。下男踏碓捣米，下女缝布袜子，没有闲暇。总的说来，这是一个家教很严格的家庭。这里有五至七个女用人，各负其责。只有我显得无所事事的样子。到晚上主人命令我铺床，我唯命是听。但老太太要我和她同寝，我难以埋解。因为这是主人之命，不能说个"不"字。我想她也许会抚摸我的腰部吧？但她并未这样，而是把我当作女人，将自己当作男人，彻夜跟我开玩笑。我真倒霉透了。浮世宽广，我也在各种各样的地方当过用人。这位老太太希望来世转生为男人。她说她希望的事情就想做做看。

卷五

一 沦落石垣町

我对卖色这一行讨厌透了，可是在迫不得已的时候，又恢复旧业。跟胡桃屋①茶馆里的女招待学习，之后到京都的一家茶馆做了女招待。

再次穿上衣裉开着的长袖和服，也很不是滋味，但小巧玲珑的女人有个长处，即使年龄大了，好歹还能恢复昔日风姿。中国也好，日本也好，都同样喜欢年轻人，所以苏东坡有诗曰"二八佳人巧样妆"②。的确是"一双玉臂千人枕"，不分白天黑夜地忙于接客。不过，这对于好色的女人来说，又是有乐趣的事情。

有时候，杂务小吏，手工艺人，或者出家人，官吏，客人的身份地位不同，接待他们，也并不那么开心。我想，和各种各样的人厮混不过是烟云过眼。无论是自己喜欢的人，还是并不交心的人，其情分恰似乘坐渡船从此岸到彼岸一样。若是自己满意的人，也跟他们谈上几句，但并不推心置腹；对自己讨厌的人就摇头，一次满足其要求之后，数着天花板上的橡木，把心思转到其他事情上。我像浮世中在浑

---

① 胡桃屋：石垣町的一个茶馆。
② 出典是宋代诗人苏东坡的诗："二八佳人巧样妆，洞房夜夜换新郎；一双玉臂千人枕，半点朱唇万客尝。"

浊的流水中漂荡着的浮萍一样活着。

我在石垣町的时候，也有皮肤白净的有权有势的男人悄悄来玩，虽说是蔽人耳目的游兴，但打扮得很漂亮，浓茶色的结实的肌肤，风情十足。后来向见多识广的人打听，才明白这是京都身份很高的大财主，我自己都感到不好意思。常常也有英俊的客人来访，似乎都是有名气的人物。

虽然名曰茶馆，但在石垣町，每个茶馆都有七八个卖色的女人。对于衣着考究的客人，我记住岛原妓院的风习，在交杯换盏方面做得很出色。所以上京地区的高官显宦们，都说我是伶俐有趣的人。那时我跟号称"四天王"的愿西弥七、神乐庄左卫门、乱酒与左卫门、鹦鹉吉兵卫等，学习应酬客人的方法和做帮闲的要领。斟酒举杯啦，玩笑话啦，自然都学来了。在这方面变得圆滑周到。

可是，不知不觉间，我的姿态又变丑了，被那家茶馆辞退。我想，同样是卖身，没什么差别吧？到祇园町①、八坂②去了。但这里和别处不同，特别忙乱。隔着帘子喊："请到这边来！"声音娇滴滴的，连自己都觉得可耻。

到这里来的人，从清水到坂下，既上坡又下坡，五次七次地对比着嫖妓完了，累得精疲力竭。一起来玩的人，有做白银手工艺品的手艺人和葺房顶的工匠。其中一人是来散心的，另一个人似乎看着天气情况事先商量好了，决定外出游玩，一人只花两目银子。这是千载难逢的机会，可谓"石块上开花了"。

两名女人，要接待五名客人。一坐下就先让他们抽签决定先后。酒未上口，咸腌贝类已先吃完。他们身边有废品筒，把榧子壳扔在烟灰缸内，把梳子插进花瓶的水里浸湿一下来梳头。一喝完酒，就

---

① 祇园町：位于京都祇园神社大街的南侧和北侧。
② 八坂：在京都塔前南侧。

像春节时那样，把酒杯送到原来的地方。这些不懂礼节的人坐在长座位上，不由自主地打哈欠，这实在让人不堪忍受。接着，外面的房间又增加了客人，听到老板娘在跟他们打招呼："里面的客人不久就会出来，请先到这边来！"另外的客人在土间的茶炉旁坐下，说："老板娘，这里的生意很兴隆呢！"老板娘说："您别客气，跟我来吧！"让他上二楼。接着又有两三人走过来说："我们现在去参拜灵山①，回来的时候到这里来！"说罢走了。

这里的生意实在是太忙了。在房间的一角围着廉价的花屏风，放有两个箱形木枕。客人站着解开衣带，快嘴快舌地唱了句"辛苦也得干"②。又装模作样地说："也不用花钱，稍稍洗一洗。这脏手脏脚，实在叫人讨厌！"仓促完事，这个客人起身了。接着又有人喊："不管是谁，总得来个人啊！"话未说完就迷迷糊糊地睡了，打起鼾来。把他弄醒，听凭他随心所欲。好不容易刚洗手，又马上被推给正在等候的客人。完了以后，二楼上又有客人不耐烦地拍着手，说道："酒没喝成，至少也得来个人接待嘛，或者让我回去！同样是花了钱的，却让我孤零零地待着，实在叫人生气！这一带的一百一十九个茶馆，本人无论到哪里，都不曾用蚬子汤和咸海蜇当下酒菜。迄今为止没有用劣质的银子付过款，也没有借了别人的伞不还。今天我的打扮让人看了寒碜，实在遗憾！我穿的虽是木棉棉袄，却从不穿带补丁的衣服！"说着，就炫耀当时流行的八寸五分宽的袖。店里多方安慰他，叫他别生气。这时候楼下又有人在喊："阿龟！晒的围裙掉下来啦！"还有人大声嚷嚷："猫把鮒鳎③偷走啦！"在里屋的先前那位客人，把一包银子放下走出去了。赶紧把这银子拿过来，放在手上掂着分量，还在那

---

① 灵山：京都市贺茂川以东的东山三十六峰之一，为游览地。
② 出典是近松门左卫门的剧本《世继曾我》。
③ 鮒鳎：日本特有的食品"压鲔"的一种。把鮒鱼鳞、腮、内脏去掉，盐腌，把盐味饭填进鱼腹中。

位客人看得见时，就放在秤上称，银子超量了，再到旁边的铺子去。这真比上演独角狂言戏还要忙。

无论是怎样的谋生职业，都没有比这行当更苦、更下贱的了。尤其是工钱虽然三百目、五百目、八百目地逐渐增加，但身边必备的衣物，上衣带和内衣带，甚至内裙、手纸、装饰用的梳子、针签、发油，都得自己买。所以，钱是积攒不下的。不仅如此，还必须往家里寄款。在闲暇的晚上，也合伙出钱吃喝。什么事都得花钱，想节俭一点做些出嫁的准备工作，这事连想也不必想。成年累月从早到晚地喝酒，自己也不知道今后该如何是好。

我的容貌衰老了。茶馆的客人很多，约定在年轻的老板娘生病期间，再雇用我三十天。即使涂脂抹粉，也是筋骨突出，皮肤像鸡皮一样粗糙了。别人问及接触过我皮肤的客人，客人也不屑地说："那种女人还来挣钱，真讨厌！"我听了，心中十分悲伤。难道除此之外就没有谋生之道了吗？我竟痛恨起爱染明王①来。

虽然我相貌渐渐老衰，但人各有所好。有人喜欢我这上了年纪的人。他对我很深情，给我做黑薄绸子的衣服。这也是意料之外的幸运。而且他不抛弃我，让我辞掉茶馆的差事，在门前町的别墅纳我为妾，经常去看望。这位人士，是在偌大的京都无人不晓的大财主。如今还和岛原的名叫高桥的太夫来往，经常让她摩肩捶背。我能和他有缘，是很高兴的。可是，他究竟看中了我什么呢？尤其是，京都是冶游很自由的地方，他选中了我，也许是看错了人吧？就像骗人购买新茶叶筒和新画的画一样，他对我估价过高了。但我在他的别墅中过得很舒适。花钱买女人，要好好留意看准。

---

① 爱染明王：真言密教之神，是恋爱祈愿时的对象。

二　澡堂女招待

　　用六匁银子就可邀请一夜的布谷鸟，也就是"传授女"，这话很叫人费解。我一打听，澡堂中的女招待称为"猿"，有关传授《古今和歌集》①的书也说布谷鸟是猿②，所以才得了这么个名字。

　　澡堂女招待的气质风俗，各地都大体相同。她们很善于打扮，每日都洗身，在根部低垂的大岛田式发髻上，结成一个菱形宽幅的平发髻③，其端部很弯曲。头上插着一把背厚达五分之多的菜板厚度的梳子。为在傍晚以后迷惑客人，使劲地抹白粉，以致脸上的麻子、疙瘩都被埋没了，还拼命涂擦口红。自己系着浅灰色的加贺绢的下衣带，把衣服下襟挽短。在柳色衣服的底子上绞缬染成五个球形图案，袖子则染成黑白两色相间的花纹。每人的浴衣都长得触到脚跟，衣袖很短，把龙纹的衣带分成两部分结在身后，交替着去浴池给客人搓背，喊着来澡堂洗澡的客人的名字，忙不迭地说："请进来！"显出夜间那种娇媚的神情。客人从水中上来，脱衣场的女招待就不管交往深浅，来到客人旁边。客人问："今天是去看戏呢，还是回妓院？"等等，故意让其他人听见，向女招待讨好。觉得这些话未起什么作用，又从手纸盒里取出妓女的信，向别人炫耀：太夫的书信就是与众不同。荻野④、吉田、藤山、井筒、武藏、通路、长桥、三舟、小太夫的笔迹啦，还有三笠、巴、注江、丰等，大和、歌仙、清原、玉髪、八重雾、清桥、小紫、志贺等的笔迹，一点也看不出来，可知这些信

---

①《古今和歌集》：十世纪初的一部敕撰和歌集。
② 布谷鸟是猿：布谷鸟是传说中传授《古今和歌集》的三木三鸟之一，《天正本节用集》："布谷鸟者，猿也。"
③（一种高级日本纸）叠起来作装饰的发型。
④ 以下都是新町的妓女的名字。

是让下等妓女吉野代笔的。这就像让狗去嗅沉香一样，完全搞不清此
乃何物。这些人也没见过太夫和天神，拿着太夫和天神带家徽的梳子
之类，虽说有点难以为情，但年轻时花钱不随便，而现在又想装潢门
面，所以无论谁都会这么做的。不带随从的年轻人，也夸示自己新做
的束带，把专用的浴衣先存在这里，让自己喜欢的女人去取。这种与
身份相称的玩乐，还是可以理解的。

客人从浴池上来，女招待用一只手拿着烟灰缸，让客人喝炒面
汤，站在池边招待客人的样子特别引人注目。她们用画着宫崎友禅[①]
仿作的扇子给客人扇风，再绕到身后换灸盖，又理顺蓬乱的头发。只
有此时客人对女招待才显出不屑一顾的样子，但这是暂时的。女招
待的热情服务使他们心生恋慕，不由得寻找幽会的地点，把女招待叫
去。她们在客人用过的澡水里洗身，然后化妆。这期间茶泡饭也做好
了，一吃完饭马上不介意地穿上租借来的衣裳，让下男久六点上灯
笼，从楼梯口啪嗒啪嗒地走出去。天黑时戴上棉帽子，夜深后拿下帽
子露出头发，走路的脚步也很轻盈，毫不害羞地来到那个房间。一
坐下就说："对不起，我穿了三层衣服，太热了。"脱得只剩下贴身
衬衣，还露出后颈。"喂！请给我喝一杯干净的水，没有像今晚这么
气闷的了。屋顶上没有放烟的天窗，真够呛！"女招待就这样不客气
地说三道四，自由自在，不拘礼节。不管怎样，虽说是澡堂女招待，
这样也太过分了。

不过，女招待并不伸手拿点心，喝酒时也客气地把酒杯倾斜起
来。即使有鲜贝、炒鸡蛋，也只在煮大豆、山椒皮等菜上动筷子。这
似乎是模仿花柳街上的礼貌做法，是很可爱的。每次喝完杯子里的酒
之后，都说："请再来一杯，我给你斟上吧！"尽是些例定的客套话。
无论来的是哪一个，都没有其他不同的做法。

---

① 宫崎友禅：1736 年殁，"友禅扇"的创始人。

这种职业也是一时的权宜之计，只得忍耐着干。想起来，住在难波吃惯了堺海湾中的海鲜鱼，再到熊野的山区去，盂兰盆节的盐腌青花鱼即使到九月份才上市也感到珍奇。倾城美女的眼光在这里也不得不降低了。搓洗烦恼的污垢，用水冲净，这也算是一种游兴。

女招待们争先恐后地谈论着世间流行的话题。这时听得夜半钟声响起。有人说："诸位还没睡吗？我们每夜干活，身体又不是铁打的。累得夜餐也不想吃了。但是要是有荞麦面条的话，还是想吃。"接着听到摆饭桌的声音，饭后上床就寝。三个女人盖一床竖条纹的被子，两件布棉袄，连木枕也不够用。先不说色恋之事，而是谈论开凿新河的消息、自身经历与家乡的事情，然后一定要谈有关戏剧演员的传闻。一接触身体，就觉得手脚很凉，接着鼾声如雷了。自己的身体任别人随意摆布，苏东坡所谓"男女淫乐，互抱臭骸"，大概就是指这种乱七八糟的睡相而言吧？我也沦落到这步田地，心也变得污浊不清了。

三　扇子铺奇遇

挂着在眼睛的图案下面写有"医生"二字的招牌，四条大街新町以南，住着一位女医生。外面镶着竹格子门，屋内幽深而昏暗，盆景里撒着那智石①，根部缠绕的石菖蒲郁郁葱葱。女人们云集而来，她们凝视石菖蒲的叶尖，怡神悦目，戒绝酒色，不是舒舒服服地躺在床上，而是背靠墙壁，以保养眼睛。医生宣称，用平常的声音唱角大夫②和佐夜之助③的小曲，起居动作不慌不忙，不生气，万事心平气和，便可养生。

---

① 那智石：和歌山县的那智地方出产的一种石头。
② 角大夫：即山本角大夫，净瑠璃（木偶戏）艺人。
③ 佐夜之助：当时江户的名演员、名歌手。

百无聊赖时各自讲述自己的经历。有一个人是室町的数间女①。她到各地游客因游山和装病而逗留的租房去，兜销各式各样的染制衣物。这种女人不管有无丈夫，都打扮得不大显眼，根据对方的情况而献殷勤，看准举止轻浮的人，与之对饮，然后，稀里糊涂地听其自然。作为谋生之道，这是合算的。一条本来只值九匁五分银的和服衣带，即使卖十五匁，买主也心领神会地买下来。还有一个人是线铺的，她作为吸引顾客的招牌女店员，招待武士们。根据对方情况，给他们把东西拿到宿舍去，并看准时机，向他们推销名古屋打的衣带和用许多细线织成的刀鞘绦带，成了额外的推销员。还有一个鹿纹布店的女工，她并不公开卖色，身穿着红色、紫色衣服，具有花柳街女人的风味，装得温柔和顺，像是已婚女子。也有的客人珍重、喜爱她，又给衣服又给钱，悄悄与之幽会者源源不断。

此外，这类女人因行为放荡而染上恶病，用山归来②等草药敷上，在三伏天和八专③的日子里发病，痛苦非常。她们随着年龄增大，病情愈重，由于梅毒而生了眼病，非常烦恼，所以大家互相谈说以往的羞耻之事，相互安慰。

我也患了这种眼疾，来看这位眼科医生了。我的头发自然地层层打卷儿，脸上无白粉气味，穿着早川织④的衣服，装饰着衬领。头微微低下，用黄色丝绸布块拭着并不那么难看的泪珠。这种风情，总有些妖艳女人的气味。

这时候，在五条桥⑤一带，有一个无人不晓的大扇子铺。这个铺子的老板很古怪，他不娶有陪嫁的媳妇，摇头说："金银乃身外之

---

① 数间女：当经纪人的女人，有的也卖身。
② 山归来：一种百合科植物，根可入药。
③ 三伏和八专：阴历壬子到癸亥之间的十二天，多雨。
④ 早川织：可能是一种布料，未详。
⑤ 五条桥：京都一地名，此处多扇子店。

物。"在京都，漂亮姑娘多得是，在寻求美色期间，不觉已过五十岁了。他对我却是一见钟情，说："即使没有半个衣箱，没有一个梳妆匣，身无分文也行。我很想娶她为妻。"他苦苦相思，诚心诚意地托媒人说合，又送来酒菜作彩礼。

对女人来说，这是件意外的幸事。如今我被人称为老板娘，和众多折叠扇子的女工来到店铺里。我对自己引人注目的长相很自负，看我的人蜂拥而至。他们将五根扇子骨的薄纸说成三根扇骨的厚纸，也不讲价钱就买了去。连出家人赠答用的扇子也来定做，顺便来看看我。客人络绎不绝，店铺生意十分兴隆。御影堂①的生意因此而萧条了，带有友禅画的扇子也不再流行。画着春画的扇子是这个铺子的新品种，可以使人观赏淑女之美，很受欢迎。

一开始，丈夫就看出了我的意图。我摸顾客的手，拍顾客的腰，他都佯装不见。这时，出现了一个美男子，他每日必来，出一把扇子一步银的高价。从起初无意的戏言，到后来弄假成真，我和丈夫有了隔阂。终日后悔自己身不由己。丈夫看不下去，就把我休掉了。我去找那个男人，但不知他住居何处。做这种荒唐事是可悲的。

从此之后，我一筹莫展，在御池大街②流浪，把身边的衣物都变卖了，权作每日的生活费。我想找个好的工作干，可是在京都比比皆是的是寺院和女人，实在没有差强人意的工作。为了暂时糊口，我又到西阵③去做纺纱工。可是，在那里虽然也有了每月六个斋日④来幽会的男人，但毫无趣味。

在上长者町⑤，有一位出家后在家修行的闲居老人，他收取七八

---

① 御影堂：京都五条大桥西头的新善元寺，世称御影堂，古来以制扇出名。
② 御池大街：京都市东西走向的一条大街。
③ 西阵：京都市上京区堀川以西、一条大街以北一带。
④ 六个斋日：一个月当中的六天时间，男女多相会。
⑤ 上长者町：京都市上京区以东的一个街区，多富裕之家。

间房屋的房租，用来买醋、豆酱和供玩乐，作为一年中的开销。早晚除干鱼以外，不吃别的东西。家中有一个女人，一只猫。我们讲定，我到他家里，既当用人又当妾，白天打水、烧茶，夜间给他搓脚什么的，没什么麻烦事情，另外也无人向我讨来。我有一个非分的愿望，心想，如果这老头子四十来岁，年轻一些，我就能忘掉夜间寂寞了……于是心里很不痛快，想入非非，心生烦恼。

这位老人头戴棉帽子，不分冬夏地裹着砂锅形头巾，起居行动很不灵便，从楼梯口下来也需要一段时间。我想，他年纪不算太大呀，觉得他可怜，马马虎虎地应付他，说："请休息吧，不要感冒了。要是头晕什么的，就把我叫醒。我睡在这儿。"色恋之事已断念了。我想起了九月十五日用人期满，是去还是留的事。可是这位老人却突然精力十足起来，彻夜不眠，说什么即便年轻人他也不在话下，从早到晚地取乐，我多么难受，他也不顾。但是不过二十天，他白天也卧床不能起身，头缠布巾，面色苍白。我害怕地想，至少应在他未死之前……便背着他，回到了用人的住处。倘若把此事告诉吃地黄丸的年轻人，他们一定悔恨得咬牙切齿。

四　桃色批发店

推销各种货物的难波港，是日本第一大港，各地商人汇集于此。有无数上方（京都、伏见）和下方（九州、西国）的专门批发店，为了招待客人，还设置了"莲叶女"。

"莲叶女"比烧饭的女人多少好看一些。里面穿薄棉的小袖衬衣，外面穿染成黑蓝色的无花纹的衣服，束黑色宽幅的衣带，系黑色围裙。她们在鬓发突出的头发上，插着京式头簪，脸擦沉香油，脚穿细带的竹皮草履，一看便知是什么身份。这种人脸皮很厚，在大庭广众之下也不羞怯，久坐不离，走起路来用小碎步，举止妖艳。所以，她们得了"莲叶女"这个名字。人们常常把不好之物称为莲叶，大概就是取这个意思。

她们比妓女行为更荒唐。在老板的批发店里，半点朱唇让万客品尝；在浮世小路①的幽会处，尽情地同衾共枕。有的男人给她们买新年用的盛装；也有的约定在盂兰盆节买麻布单衣；有的熟客给她们小费；也有的送给她们一年中使用的发绳和白粉。她们向同辈的年轻人死乞白赖地索要丝绸的浴衣，即使碰到下等用人久三郎也不白白放过，硬是抢走他们多节的烟袋杆儿，夺去桐油纸制的烟荷包。她们认为值二分钱的东西若不据为己有也是吃亏，因而为了贪欲而卖弄风情。不过，她们并非是为了自己的将来而捞取金钱。

虽说身为女佣，在雇佣期满时的游乐活动，也颇为讲究。吃什么鹤屋的包子，川口屋的蒸制荞麦，小滨屋的药酒，天满的大佛饼，日本桥的吊桶形饭卷，椀屋的鱼糕，樗木桥外送的盒饭。而且还想乘坐横堀的出租船，想坐轿子去看戏，花现钱坐楼座，回来时对演员着了迷。岚三右卫门的角内小字家徽、荒木与次兵卫的舞鹤家徽、大和屋甚兵卫的香图家徽等，尽识记这些无用的东西。这些女人以梳妆打扮度过梦幻般的一生，神思恍惚，连双亲的忌日也不管不问，忙于游乐而不与将死的兄弟见最后一面，一味做不仁不义之事。

一到春天，人心就萌动了。眺望从土佐堀川的淀屋桥到中之岛一带的景色，只见云朵静静地飘游，丝风不动。福岛川的蛙声也悠闲自在。雨丝蒙蒙，不用打伞。这是个难得的天气。很多的交易场所都不营业，米店也无众人聚集。年轻人显出百无聊赖的样子，身倚砚箱，头枕算盘。打开《小竹集》②，击打屁股作节拍，说这剧本中描写风流

---

① 浮世小路：近世位于大阪高丽桥和今桥之间的一条小路，附近有很多情人旅馆。

② 《小竹集》：井原西鹤所编辑的净瑠璃剧本集，内收西鹤的《凯镇八岛》、《历》等剧本。

艳事的段落最有意思。这期间，又津津有味地品评各处的"采莲女"。无论谈什么，都是男女交好之类的下流话——

一看就叫人忍俊不禁的，是"八桥吉"①和在河边演小戏的千岁老；平常酣睡之相也很漂亮的，是"下玉"和难波御堂的海棠；一见就需退避三舍的，是"金平初"的梅毒和高津的冷饮店；夜间闪闪发光、成为稀世之宝的，是"猫玲"的眼睛和装进手杖中的灯笼；乍看有趣尔后乏味的，是"释迦头久米"和座摩神社节日用的彩车；哭泣得令人扫兴的，是"酒壶阿满之床"和今宫神社松树上的乌鸦；冗长而值得一听的，是"越后锅"的枕边私语和道久的《太平记》②；外表优美、可以零售的，是"似紫札"的天真幼稚和谷町观音堂中的藤花；打开一瞧空空如也的，是"合力之旬"的旧衣服里子和春节初次演出谣曲的通知信；臭气难闻的，是"鳄口小吉"的气息和多贫民窟的长町两侧……

就这样，他们把数百个在东、北、南方服务的"采莲女"，不厌其烦地列举出来。这些女人一上了年纪，就像被扔掉的泡桐木屐一样，不知所终。

我从京都的扇子铺出走以后，感到独寝寂寞，就来到了难波，流落到"采莲女"之中。人们把讨人喜欢的人称为"烧人"，因为我能说会道，被称为"火葬场的琉璃"，意即八面玲珑得能把人烧死。起初，我对主人很尽心，给他端酒时也小心翼翼，不洒出来。但学着懒惰之后，蜡烛台倒在被子上也不管不问，在铺席床缘上把核桃砸碎了吃，碗和木方盘坏了也不在乎。忙的时候，撕下隔扇上的纸做纸捻，湿的地方用蚊帐擦拭。家里的钱也不知爱惜，随时随地胡乱花费，主

---

① 八桥吉：莲叶女的名字或绰号。以下加引号的都是莲叶女的名号，并把莲叶女与大阪的名物加以对照品评。

② 《太平记》：十四世纪出现的描写战争的历史小说（战记小说）。

人的损失非同小可。总的来说，这个批发店表面上生意兴隆，实则内部虚空，危机四伏。但不管怎样，主人还是不愿招个女婿进门。

我在这家批发店干了一两年。这期间，我看中了秋田的一位老主顾，昼夜向他讨好，说话时投其所好。他花大钱为我买了许多衣物和夜具。我趁他酒兴正浓，取来砚和纸，研好墨，让他写终生不抛弃我的保证书。然后我要挟这位北方来的乡巴佬儿，说："不管你是否愿意，你回家的时候得带上我，以后我想当北方人。"这男人担心带我回家不方便，多方道歉，我则不予理会。没什么征兆，我却说肚里已有孩子。故作高兴地说："这一定是个男孩儿！就照你的名字新左卫门起名，叫他'新太郎'吧。不久端午节到了，咱就挂出鲤鱼旗，插上菖蒲刀！"他听罢大为懊丧，悄悄地请求一位老谋深算的大管家，让他从结账时交易双方的交割款项中拿出两贯目给我，并跪在地上向我赔罪。

卷
六

一　白昼之怪物

　　秋分前后，太阳坠到西边的大海上，染红了涌起的波浪。从上町①望去，景色尽收眼底。观赏过的藤花，也已花零叶萎。此情此景，不由令人心生悲哀。虚幻无常的钟声一响，敲鼓念佛就开始了。虽然胸中的乌云像清晨的迷雾一般不得消散，但这念佛声却使人生起往生极乐净土之念。合着念佛的节拍敲打的锣鼓也很有意思，听者如云，尤其是住在附近小胡同简易租房中的女人们，都好奇地从狭窄的小巷里成群结队地走出来，看上去并不那么低贱。她们打扮得虽不引人注目，但脸上抹了白粉，画了眉，梳着装饰丈长纸的宽幅平发髻，头发上含有梅花香油，插一把装饰用的象牙大梳子，打扮得细致入微。但是，粗劣的衣服却与头部大不和谐，好像是用竹签串起来的"点头玩偶"一样。问问这些人都是谁家的媳妇？回答是：都是些不为世间所知的暗娼。

　　一听"暗娼"二字就使人讨厌，但我因没有安身之地，就到私娼馆去当"分"了。所谓私娼，是指只在一个固定住处接客，而不外出；所谓"分"，大概是指那些把嫖资收入分出一半作为房费交给房东的娼妓。讲定按月交纳嫖资的客人，每次各是一步金，临时来的客

_____

①　上町：大阪东部的上町。

人由双方商定。但若对方荒唐赖皮，嫖资也有不了了之的。另外，暗娼被人叫到下处，短时嫖狎，给两匁银子。其中长相俊俏者，地位稍高一点，客人给漂亮衣服穿，并给一两银子。嫖暗娼的人，把家务交给儿子，借口参拜寺庙。把家务交给养子的客人，怀着种种顾虑，偷偷前来。他们不涉足公开的游乐场所。明知在大阪可以随便买女人，但他们这么做，想来也是从节俭出发的。

这个房间，面对大街。一间房立着两扇拉门。竹帘处有半新不旧的铁护手和铸器加工的廉价桦钉，还有短外褂的前胸纽带，古式扇的制扇纸，用于装饰的狮子坠子等等。把这些总共只值二百文的东西放在外面，夫妻穿不带补丁的衣服，一家五六口过着宽裕的生活。到五月前后，把冬天用的被褥叠放在长方形大箱内。端午节的花销在初一、初二就筹措好了。包两三串粽子，鲤鱼形旗不带纸条。请外行人画了一幅弁庆①斩千人的图画，弁庆的眼睛画得细小，牛若丸②则画得可怕，处处都搞错了，一切都很无聊。不过，在伸手可及的搁板边上，摆着茶盘和烫酒用的铜壶，堀江烧制的钵里盛着干燕鳐鱼，在带盖儿的茶碗里放有煮大豆，随时都有下酒的菜肴。能够喝一杯，客人是十分高兴的。

到这里玩的客人，无论谁都用同样的话打招呼。他们站在院中问道：“怎么样老板娘，有什么稀罕的便宜货吗？”老板娘捕风捉影、瞎编乱造地说：“京都石垣町的女人啦、浪人家的姑娘啦、在新町当过天神的妓女啦，都可以随心所欲。这情况您大概知道吧？”客人得知此事，不由心荡神驰、兴致勃勃起来。问道：“那个浪人家的姑娘多大年龄？脖子白吗？我要是让您叫一个可做妻子的好女人来，未免有些强求了。只要漂亮就行，叫一个来吧！”老板娘担保说：“要是

---

① 弁庆：镰仓初期的僧人，好武功，跟随源义经，后战死。
② 牛若丸：源义经的幼名，镰仓时代有名的将领。

您不中意，我倒贴一两银子！"听到她对自己的十二三岁的女儿窃窃私语："让阿花打扮一下快来。如有别的人在，你就说要裁麻布单衣，请她来帮一下忙，她会明白的。喂喂，回来时买点醋来呀！"老板娘快嘴快舌，也很有意思。

这家的主人，抱着哭泣的孩子，拿四文八文的钱到邻居家去玩升官图了。女主人收拾里面的一间房子，把厨房附近贴着旧历书的粗糙屏风围上，拿出小仓地方出产的木棉被子和两个新木枕。特意整理了房间，片刻之间即可在一两银子中，赚取一目五分。

不久，听到从后门传来竹皮草屐声。老板娘向来者示意，这女人便在二道门底框处急忙打扮起来。她穿一件浅黄色单层棉布的普通衣袖的礼服，手里抱着一个包袱，打开一看，内有白色麻布单衣，红底的带皇宫车轮家徽的长袖和服，牡丹、蔓草花纹的金线织花锦缎的衣带等等。她刚要把衣带系在前面，老板娘就在一旁提醒说："我已经跟他说好了，你是浪人家的姑娘。"让她把衣带系在后面。这也未免太精明了，令人可笑。

穿上有绸布带儿的菱形花纹的袜子，把压延纸叠成两折，拿一把黑扇骨上镶着铜箔的扇子。迅速打扮完毕，到客人身边来了。口音像是浪人家的姑娘，多少还带点东部地区的土音，不知她何时学会的。她像浪人家的姑娘似的，敞开衣襟坐下。故意把两层白羽的衬衣带显露出来，这是个可耻的动作。喝酒时也像初学者一样躲开身子。在床上则是唯命是从，只是招架那男人，没忘记自己是"武士家的女儿"。说："把这个带小樱花缨的甲胄送到京都重新染染吧！"如此等等。不问，她也喋喋不休，听来无聊之至。客人也在听着，问她："你叫什么名字？"却答曰："净土宗。"虽然身穿长袖和服，年龄大概也有二十四五岁了。客人好像是能看出她的年龄，只是不便询问罢了。她并不急着进寝室，是因为只挣四匁银，想来真让人觉得可怜。

还有和客人只玩片刻，收二匁银的女人。也相应地穿了带条纹的漂白麻布单衣，淡黄色的衣带系得松弛。一到房内，就痛苦地扭动身子，说："今天热得很。我想洗洗澡，到烧小锅的地方去，叫人来烧水。先告辞一下，消了汗就来。"说着脱去上半身衣服，这也让人扫兴。听说在二匁银子中，要交八分给房东。

还有收取百文钱的女人，其中的四分得交房费，自己得八分，这样的女人更为低贱。她们把带补丁的内裙加以掩饰，不让人看见，也是理所当然的。起初，厚着脸皮说："做手工活儿、纺奈良麻，也让人不痛快。没有客人，吃不上饭，就饿得慌呀。"环顾放研钵的地方，说："这会儿是不能吃葱的，肚子受不了。啊！梢瓜，梢瓜！我还是初次见到呢！这是今年的新鲜货。还是一个五文钱吧？"听来也让人讨厌。她接待客人时，虽无悲戚之事，却是哭哭啼啼的，事毕之后，客人尚未系上衣带她就准备离开，说："若有缘分，下次再见。"临走时忙着跟房东要嫖资，总是那么着急忙慌的。

二 骗人的旅宿

旅行是孤独忧伤的，让客人住下来，与之做一夜夫妻，想来，这只是难成温梦的露水姻缘，但这可以消除客人的旅途疲劳，使他们忘掉乡愁。

我历尽坎坷，漂泊至今，被诸佛抛弃，来到神风伊势的古市、中地藏，寄身于旅馆。外称良家姑娘，实则接待当地客人。衣服和从前岛原的太夫穿旧的古式服装无何差别。在不同场合唱的都是"间山曲"①："我身卑贱，往来客人，流传我名。"在哪里唱的都是一个调子，实在可笑。演艺也是跟春天来古市演出的上方演员学会的，并不那么下流，用来添助酒兴。

---

① 间山曲：原文"间山节"，宽文年间（1661—1873）由乞讨歌演变成的俗曲。

　　我在此就业，故伎重演，把粗俗之客看作风流汉加以挑逗，想博取别人欢心。但我侧面的细小皱纹终于被人发现了。世间把年轻姑娘视若鲜花，喜爱不迭，所以后来我便门庭冷落，境况渐渐凄惨。虽然是穷乡僻壤，人们在恋情方面也很精明，上了年纪的女人即便在昏暗中也无人上钩。

　　明野原①一带茶馆的风俗，实在古怪。女人穿着染成仿紫、漆黑等各种颜色的衣服，装饰茜草色的衬领，显露在外。这种打扮从旁边看上去也令人害臊。尽管如此，还要把衣襟稀开，装作姑娘，以招待来自各地的巡礼者。

　　此后我离开了古市，来到松坂。重操旧业，当了客栈中招徕客人的女人。上午尽情酣睡，下午两点左右梳妆打扮。根据不同场合，涂抹伊势出产的白粉。从客栈微暗的门口走出，表面上显得白白净净，将骑马参加伊势法会的人们领进来。"这位是播磨的商店老板，那位是备后的同伴。"我口操方言，把来自外地的人一个不错地说出来，好让他们高兴。我依偎在客人身上，对方即表示无论出多少住宿费都行，这叫我大吃一惊。反正是马马虎虎的逢场作戏，女人喜欢这样。我纠缠着他们，拿进行李，待他们在这客栈安顿下来之后，像风吹松树一般，我对他们的态度就冷淡了。对一般的要求，我都不予理睬了。

　　即使有人喊："给我拿点烟的火！"我也说："纸灯笼就在你鼻子底下。"有人催促说："浴池应该早些开。"我笑着回答："你太性急了，怀胎还得十个月呢！"又有人喊："我有点事！"把我叫到他房间里说："对不起，请给我换一副止痛膏。"他露出肩膀，我却视而不见，说道："这两三天上演的狂言是《空腕》。"有人的浴衣绽了线，说："拿针线来！"我显出意外的神情回答："无论我的工作有多下贱，也

---

　　① 明野原：在今三重县度会郡。

不至于带着针线吧！你把我看成那种女人吗？"起身欲走。客人把我留住，劝道："今夜在这儿喝点酒吧！"他将家乡的名产酒肴拿出来，求得一时快乐。我趁客人大醉，让他把手插进我怀里，说："你虽因旅途劳累，倦容满面，但仍然招人喜欢。"我借抚摸他的笠带触摸他的颧骨，揉搓他被草鞋磨痛的脚踵。这么一来，无论怎样的客人也会忘却白天的精明算计。他拿过来串在一起的一贯钱，把一百文钱包在纸中，放进我的口袋中，这也很可笑。当然，为三文钱而讨价还价、回去不骑马的人，做法又有例外。

所有这样待客的女人，并没有从老板腰包里得到工钱。老板只管饭，以此为交换而让女人招徕客人。有时一个晚上只接一个客人时，老板不收钱，接第二个客人时，就得把客人所付钱的一半交给客栈老板。老板除了发给日常用的工作服外，什么都不给。熟客可以公开把这里的女人邀去。烧饭的下女也耳濡目染地学会了在客人盈门时，打扮一番，到客厅的套间向客人献殷勤。这叫做"二濑女"。

日月逝去，速如流水。我在此干了一段时间。后来我的姿态，在黄昏时看，也十分丑陋。因此我被解雇了。此后我就到附近的桑名海滨，混进码头，做口红和针的买卖，连自己也觉得可笑。我不再去那些让人看出自己是流浪女人的地方，而是到顶上盖着草席的停泊的船上拉客了。在那里不用打开包袱和小口袋，就能和客人谈起生意来。看来世上色恋的手段方式是无穷无尽的。

三　乔装之夜娼[①]

如今我已历尽世间种种职业，年纪大了，皱纹满面。来到可称作

---

① 夜娼：原文"夜发"，夜晚在十字路口等处向过路人卖身的最下等妓女。

色恋之海的摄津①的花柳街，继而又到新町的妓院区。这是我原来待过的地方，道路熟悉。托熟人的情，当上了妓院的杂役。以前身为太夫，一切今非昔比了，可羞可耻。别人一眼便能看出我是杂役。

系着淡柿子色的围裙，在左腋结着中幅的衣带，挂着很多钥匙。从怀里抽出手，把后衣裾稍稍提起，顶着头巾，走路蹑手蹑脚。平常紧绷着脸，以使妓女望而生畏。对她们进行训练和指导，不久便把天生腼腆的妓女训练得机智灵活，为客人所喜爱，让其一刻不闲地接客，为老板出力。我十分清楚妓女们的秘密，对她们与情夫幽会横加干涉。太夫对我心怀恐惧，客人也怕我三分。不到年底，每人就各给我二步金，就像给死人的六文随葬钱似的。

人做坏事，不得长久。这时我被众人所恨，难以在此久留，最后转至名叫玉造②的城郊居住。这一带没有一家像样的商店。小屋里冷冷清清，白昼也是蝙蝠横飞。我住在这偏僻小巷的简陋房间里，生活无依无靠。仅有的衣物卖光了，搁板也劈作明天的烧柴，晚上喝清水，吃煮大豆，境况十分悲惨。

人们害怕晚上打雷，假如雷公知道我内心的悲哀，就落下来把我劈死吧！我已不再珍惜生命了。只有到了现在，我才彻底厌倦了这浮世上的一切。我已经六十五岁了，人说乍看上去好像四十来岁，皮肤纹理细腻，这是因为身材小巧的缘故。如今听到这样的话我也不再高兴了。

我回想着一生经历的种种荡行浪迹，紧闭双眼，进入了幻境。我仿佛看到了披着莲叶形斗篷的婴儿的面影。产妇的腰下被血染红，有九十五六个婴儿并排站着。产妇含糊不清地哭道："完了呀，完了！"我留心观看，这就是人们传说的怀孕女人的亡灵吧？人们都气愤地

① 摄津：日本古地名，今大阪府和兵库县的一部分。
② 玉造：大阪城西一带。

说："残忍的母亲！"我想起过去堕掉的孩子，不由悲从中来。若把他们好好养育起来，要比和田义胜①一个家族的人还多，那该多好啊！往事难以忘怀，但不久这幻景便消失得无踪无影了。每当想起此事，我就觉得世间无非如此而已。日复一日，这条命依然苟活于世，实在遗憾呀！

窥视隔壁，见有三位妇人同居一处，看来年龄皆在五十上下。她们酣睡到日上三竿，不知靠何谋生，实在不可思议，便注意观察她们的情形。她们喜好与身份不相称的美餐佳肴，从堺市买来小海鱼，悠闲自在地少量饮酒，谋生艰辛之类只字不提，却议论新年盛装应染成淡翡翠色，帆船和中国式团扇应染成暗纹，衣带要在夜间引人注目，就要把在左边结扣的灰色衣带的圆形图案染成彩色，如此等等。现在离新年尚早，却商谈此类事情，也许是手头宽裕的缘故吧。

吃过晚饭，就进行梳妆打扮，反复涂抹廉价的土白粉，用砚墨描画额际，口红涂得闪闪发光，颈项收拾得漂漂亮亮。胸部至乳房周围抹上白粉，掩住皱纹。稀疏的头发上添上假发，在结着的岛田式发髻上暗系三条发绳，再装饰宽幅的丈长纸。藏青色长袖和服后面结一条白色木棉带子。穿粗线袜子和稻草草屐，怀揣再生纸，用腰带代替围裙带子。待到人面模糊的黄昏时刻，来了三个健壮的年轻人，穿短外褂，缠头巾，且遮住面部，或缠长头巾，拄粗手杖，穿紧腿裤打绑腿，脚蹬草鞋，看准机会，把女人带走。

南邻有一对夫妻，靠剪裁油布为生，但丈夫也让妻子化妆。买来年糕等物给五岁左右的小女儿，告诉她："爹妈要出门啦，你在家待着呀！"丈夫把两岁左右的孩子抱在怀里，妻子就穿上旧麻布单衣，似乎对附近的人有所忌惮，悄悄出去了。也不知是为何事。

天亮了，一看她回家时的样子，和晚上大不相同。衣着不整，披

---

① 和田义胜：镰仓时代初期的武将。

头散发，浑身瘫软无力，腰也直立不起，气息急促。喝加盐的开水，又狼吞虎咽地吃米粥。接着用水洗身，胸中憋闷终得释放。然后，跟随而来的男人从衣袖里取出零散的钱，每十文里各取五文的佣费，大体心算一下，那男人就拿着回去了。

接着，女人们集中在一起，讲述自己的遭际。一人说，昨晚运气不好，没碰上一位带手纸的男人。又一人说："我遇到的都是血气旺盛的年轻人，当接待第四十六位男人时，我已奄奄一息了，累得浑身酥软无力，不能再干了。可是，欲壑难填，此后我还以有客为幸事，又接待了七八个人才回来。"

另一个女人自己噗嗤一声笑起来，却不言语。问她："怎么啦？"她答道："我从未有过像昨晚那么麻烦的事。刚出门时，我站在天满的菜市那边，打算在河内①的农民船上拉客。大概是些娇生惯养的傻小子吧，年龄十六七岁，发帘上也没留鬓角。虽是乡下孩子，可收拾得干净利落，而且，样子讨人喜欢。好像是对女人感到新奇，被同村的农民带来的。庄户人这个那个地物色着女人，反正例定十文钱，说不定会找到好的。年轻人已迫不及待了，说：'俺喜欢这一个。'就缠上我了。把我领到无篷的小船上，自然是以浪花为枕。反复亲热之后，他高兴地用柔软的手抚摸我的侧腹，问道：'你今年多大啦？'我听罢羞耻难当，轻轻地用假嗓回答：'十七了。'他高兴地说：'这样的话，你和我同岁。'只有在暗夜，才能掩盖真相。已是五十九了，却称十七，少说了四十二岁，真是弥天大谎。若到来世，也许会被鬼惩罚，割掉舌头吧？这也是谋生之计，迫不得已。

"接着我又兴冲冲地来到长町②，被邀到巡礼人的住处。有四五个人，也像举办念佛法会一样，排坐一处。因灯火辉煌，我背过脸走到

---

① 河内：旧地名，今大阪府北、中、南三郡。
② 长町：日本桥南侧的街道，多贫民窟。

一边，大家都很扫兴，并不对我说话。乡下人不会看出我的真相。此时我很难过，无可奈何地说：'哪一位要消遣解闷吗？要留下我吗？否则我得赶紧走了。'听得此话他们更是吓得缩成一团。其中有个似乎很正经的老人，用双手的拇指食指和中指按在席上跪拜致礼。说道：'姑娘，年轻人如此害怕，请不要介意。其实是因为谈论老猫变成老妪，想起此事才害怕的。大家为了祈求来世得福，流转了三十三个地方。年轻人一时血气旺盛，往往会成为色情之徒，这才把你叫来，也是观音菩萨的惩罚。我们对你，既没爱恋，也不悔恨，只请你快快离去吧！'我生气了，心想，这样徒手而归也算吃亏。环顾庭院，见附近有物，便把一顶值十文钱的加贺草笠拿回来了。

"总之，年轻时身价百倍，是长得酷似天神的女人。不管怎样，如今沦为这种女人是不幸的。没有上中下之别，一概收取十文钱，结果只是使长相漂亮的人吃亏。干这一行，但愿能找到没有月光的地方。"

这些话也很有意思。听了这些话，才知道她们也许是人所议论的夜娼，虽说是谋生之道，但到了这个年纪还干那种事是十分可怕的。我嗤笑她们，心想与其那样，不如一死了之。可是，生命尽管不足惜，还是难以舍弃的。

在同一租房的里头，住着一个年过七十的老太婆。她生活无依无靠，脚不能站，腰不能直，终日哀叹。她劝我说："你有这样的姿色，却稀里糊涂地度日，真是愚蠢。你和别人一样，晚上出去挣点钱吧。"我说："已经到了这个年龄，谁还会理我呀？"老太婆红着脸说："只要我不瘫痪，还会在白发上装上假发，扮作寡妇的样子，去骗骗人。可如今身体不灵便了，真是可惜。你一定得去！"我想，反正就这样了，比起没饭吃饿死总要好吧？说："索性出去转转吧！可是我这身衣服无论如何是不行的。"老太婆说，"我有办法，马上就弄一身来。"说话之间，带来一个人品并不坏的人，让他看看我。

这个老板明白了，他说："的确，要是在黑暗中，也许能挣钱吧？"他回到住处拿来一个包袱。内有一件长袖和服、一条衣带、一件围裙、一双棉袜子。这些都是租借的。规定的租金分别为：一件布棉袄一夜三分，一条衣带一分五厘，围裙一分，袜子一分，雨夜用的一把伞十二文，涂漆的木屐，一双五文，干这种事所不可缺少的东西都齐备了。

我片刻之间就打扮成夜娼的模样。这种事我曾有所见闻，唱着《君之睡衣》的小曲儿，声音实在有些别扭。所以让拉客的人用假嗓唱，渡过霜夜中的桥。虽说是为了生存，万般无奈才这么干的，但也实在太可耻了。

现在的人也变聪明了，仅花十文钱买夜娼，也比财主招太夫更用心斟酌。等待着来往的灯笼，或者自己被带到哨棚的纸灯笼照不到的地方。即使这种片刻的消遣，客人也掂斤拨两，斤斤计较。和以前不同，丑女和老女很少有人问津了。眼明的人千千万，眼瞎的人一个也没有了。

天渐渐亮了。七八口钟声响彻拂晓的天空。这使我着急起来。赶驮子的人出发了，铁匠铺、豆腐店开门了。好不容易有人走过来，但他们无论如何也不认为我是在路旁卖身的夜娼。没有一个男人理睬我。

这是我最后一次在浮世上出卖身体。从那以后我下决心决不再干了。

四 观五百罗汉

送走了万木皆眠、樱花树梢上积满白雪的黄昏，又迎来春日的黎明。季节变迁，冬去春来。只有人，一旦年老体衰，就毫无乐趣了。

尤其是回首往事，只觉可羞可耻。至少我还真心希望来世得福，便再次回归京都，来到堪称现世极乐净土的大云寺①，值得庆幸的是恰好赶上了举行罪障忏悔的佛名法会，我也口念佛名，从本堂向外走去。猛然发现有一座五百罗汉堂。我凝视着这些罗汉像。这是怎样的艺人雕刻的呢？每个佛像，姿态不同，各具形象。据传说，从众多的罗汉像中，必能看到熟人的面影，或许实有其事。我注意观看，有的确实与我在妙龄时代与之共枕的男人一模一样。

我再凝神注视。那个罗汉像与长者町的阿吉相似。在我当妓女的时候，他与我交往甚密。他曾悄悄在手腕上文身，那时的事情使我留恋。又有一尊在岩石的背阴处坐着的罗汉像，与我在上京当腰元时的主人一模一样。他和我颇有交情，至今难以忘怀。

再看对面的罗汉，高高的鼻梁与五兵卫分毫不差。他曾一度与我建立过家庭，在一起真心实意地生活了许久，更令我思念不已。

一看这边，有一尊身材矮胖、袒露一臂、穿浅黄色衣裳的罗汉。我想想它像谁。噢，想起来了。他就是我在江户工作时，每月六次定期幽会的男人，名叫团平。这是不会错的。

再看看里面的山头上，有一尊脸色白皙、慈祥和蔼的罗汉。其英姿俊貌使我想起了那位四条河原的演员。他原是艺人出身。我在茶馆干活时，我是他初次接触的女人。此后他放纵行事，不久便倒下了。像一盏熄灭了的灯笼，在二十四岁时一命呜呼，葬身于鸟边野②。他那尖尖的下巴、下陷的眼窝，与这罗汉十分相似。

又有一个留有上髭、脸色发红的秃头罗汉，很像我做花和尚的妍妇时，虐待我的那个寺院的和尚。如果这罗汉没有胡须，我也许会误以为这就是他。我的身体虽已适应，但被那和尚昼夜百般折磨，眼看就要罹患肺病。人生是有限的，那个强壮的人如今也已化为一

① 大云寺：位于京都的天台宗寺院。
② 鸟边野：由京都市东山区的清水寺通向西大谷的一带，多墓地。

缕青烟了。

在枯树之下，有一罗汉，表情显得聪明伶俐，看来额发是自剃的，似乎启口欲语，手脚仿佛也要活动起来，越看越像我曾倾心过的人。我在当歌比丘尼的时候，每天都碰上不同的人，其中有一个在有仓库的邸宅中任职的仆役，对我一往情深，舍身相爱，或喜或悲，皆不能忘却。他把人所珍惜的物品都送到歌比丘尼总管那里，给了我。

这样平心静气地凝视着这五百罗汉。没有一个罗汉不使我想起熟人的面影。一幕幕地回忆过去长年卖身的情景，的的确确，没有比这更不堪回首的了。一生中接触的男人数以万计，而自己则只此一身，苟延残喘至今，既感可耻，也感悲哀。胸中像地狱中的火焰车，隆隆作响；泪水像翻腾的水花，潸潸而下。忽然又像在梦中似的茫然若失，忘记自己身在寺院，扑通一声倒在地上。这时，许多法师走过来，说："快天黑了。"我被寺院的钟声惊醒，渐渐恢复了常态。法师们和蔼地问："这位老婆婆为何哭泣？是看到有的罗汉像自己死去的孩子或丈夫，才落泪的吧？"听了这话，我更感到羞耻。

我没有回答，快步走出门外。那时我想起了自身的一件大事。有诗云："名留貌无松丘下，骨化为灰草泽中。"[1]诚然如此。我走到长满青草的鸣泷山下，无牵无挂地进入菩提山。我想渡过烦恼之海进入彻悟之道，解开佛法之舟的缆索，我愿达到彼岸，投身于那池水之中。我拼命地跑出去。可是，昔日有交情的人阻止了我。劝我盖一个竹葺的简陋小屋，生死由天，抛却虚伪，复归本心，进入佛道。我想这样很好，从此便从早到晚专心念佛度日。偶尔也有人来访，我也乘兴举杯痛饮。酒是乱心之物。我虽领悟到现世短暂，但仍这样喋喋不休地和你们谈了这么多。

---

① 《九相诗》之九，传说为中国苏东坡所作。

唉！如果你们把我这些话看作忏悔，我反倒觉得心中烟消云散，清澄如月光。你们特地造访寒舍，在春夜陪我聊天。我反正就是个"一代女①"，对你们有所隐瞒也毫无益处，所以把自己的兴衰遭际，和盘托出，不加保留。世界何物也不能再搅乱我这清澄的心境了。

---

① 一代女：一生没有丈夫和子女后代，只活"一代"的女人。

卷
一

一　初午①借出钱　寺院交好运

　　苍天不言，赐我国土，此乃大恩大惠。人间虽有诚实，亦多虚伪。人心原本是虚空之物，顺应外界，或变为善，或变为恶，这仿佛镜中之影，不留形迹。在这善恶并存的世间，能过上富裕生活的，决非凡夫俗子。人生第一要事，莫过于谋生之道。且不说士农工商，还有僧侣神职，无论哪行哪业，必得听从大明神的神谕，努力积累金银。除父母之外，金银是最亲近的。人之寿命，看起来虽长，也许翌日难待；想起来虽短，抑或今夕可保。所以有人说：“天地乃万物逆旅，光阴乃百代过客，浮世如梦。”人也会化作一缕青烟，瞬间消失。若一命呜呼，金银在冥土有何用处？！不如石块瓦砾。但是，把钱积累下来，可留给子孙使用。私下想想，世间一切人的愿望，不使用金钱就不可能实现。用金钱无法买到的东西，天地间只有五种，那就是万物之本的地、水、火、风、空，此外别无他物。所以，世上胜过金钱的宝物是不存在的。鬼岛上的鬼虽然头戴隐身笠，穿隐身蓑衣，以此藏形匿迹，不为世人所见。但如若骤雨来临，也不免浑身湿透。还是抛弃那种渺不可及的非分之想，实实在在地操持各自的家业为好。要想得到幸福与财产，必得好好保养身体，朝夕不可疏忽大意。尤其

---

　　① 初午：二月第一个午日。

须重视世间的义理人情，信仰神仙佛陀，这是日本古来就有的风俗。

时值二月初午，春意盎然。不分男女贵贱，很多人前来参拜镇坐在和泉国水间寺的观音。这些人并非为了信仰而来，都有各自的欲望，攀上青苔丛生的山路，踏开烧荒后的原野，来到这个尚未到开花时节的穷乡僻壤，向神佛祈祷。祈求成为和其身份相称的有钱人。神佛如果对参拜的每一个人都一一作答将无法收场，就从帐幔中探出头来说："如今处世辛苦。不劳而获、谋取暴利已经行而不通。你们不必求我。百姓自有百姓本分。丈夫去农田耕种，妻子在家纺织，朝朝夕夕，各自努力劳动。不仅一般平民百姓，一切人都该如此！"对于这样明确的神谕，参拜的人们却充耳不闻，可见心地何等浅薄。

世间债务利息之可怕，莫此为甚。这水间寺有个风习，即很多人都来借债。今年借去一文，来年得还两文；借去一百文，得还两百文。因为这是观音的钱，所以人们都按期不误地偿还。一般的人借五文或者三文，都在十文以下。可这里有一个年龄二十三四左右的男人，生来身体粗大健壮，衣着打扮朴素平常。留着两鬓后面的头发翘起的土里土气的发型。身穿似乎是信长①时代缝制的古式衣服，袖口窄小，衣裾很短。上下衣都是粗纺捻线绸的无花纹浅蓝布，挂着用同色布头儿拼凑的衬领。上田②出产的带条纹的短外褂附有棉布里子，把中型腰刀插在刀把套中，漫不经心地把后衣襟掖在腰带上。他用山椿树枝把盛佛掌薯的竹筐捆起来担着，作为参拜这座寺庙的标志。参拜完毕似要返回之前，他走到神佛面前说道："我想借一贯钱。"寺院的执事僧不假思索地把一串一贯的钱递给了他；还未及询问地址姓名，那人就走得无踪无影了。

---

① 信长：织田信长，十六世纪中期曾一度统一日本全国。
② 上田：长野县千曲流中游的上田盆地的中心市。

　　寺僧们聚集在一起商量说：这寺庙创建以来，从未有出借一贯钱这样巨额款项的先例，此人是第一次。这钱看来是有去无回了。今后再也不借出巨额金钱了。

　　此人的住处在武藏的江户，在小纲町的边上，有一处供各地渔夫停泊渔船的码头，他在那里开办了一所船夫们购物的批发店，家境渐渐繁昌起来，不由得喜上心头。他在有砚台盒的箱子上，写上"幸福号"，把从水间寺借来的钱放在里头。在渔夫要出海时，对他们讲述这些钱的由来，各借给他们一百文。借钱的人都交了好运。此事传到了遥远的渔村。如此年复一年，收入年年增加。用一年一倍的利息计算，到了第十三年，由原来的一贯钱增至八千一百九十二贯。他把这些钱用雇来的直达快马运到了东海道，堆积在水间寺的庭院中。寺僧们一齐击掌感叹。寺院反复商量，为了好让此事流传后世，决定从都城召来许多木工建了一座宝塔，这实在是观音的大恩大德。

　　在这位商人的仓库里，金箱上放有长明灯，昼夜大放光明。取店名为"纲屋"，成了武藏无人不晓的财主。一切都不是继承的父母遗产，而是凭自己的才能挣出来的。

　　有银子五百贯目以上者叫富人，一千贯目以上者叫财主。使金银利滚利，成为腰缠千万贯的财主，就该高唱"万岁乐"[1]了。

二　子辈恋女色　扇铺破了产

　　庭院内宜种之树，乃梅、樱、松、枫。但有个人却认为，与其观赏这些风景树，不如得到金银米谷。庭院中的假山不如仓库来得气派，一年四季买来适时的货物填充仓库。只有这，才是现世的喜见

---

① 万岁乐：中国雅乐之一种。用于即位仪式与贺宴。

城①，是一大乐事！他虽然住在今日繁华的京都，却未曾向东到过四条桥去祇园、八坂一带的茶馆，也未曾涉足过从宫城大街到丹波口西部的岛原的花街柳巷。而且，他不与诸寺的僧侣来往，避开那些浪人，有了伤风感冒、肚子疼的小毛病，吃自己调制的药物，而不去找医生。他白天在家努力操持家务，夜间也不外出，独自低声哼唱着年轻时学会的小曲，也担心会影响两边邻居。这算是他的消遣。他并不是就着灯光看小曲本的，而只是低吟那些记熟了的部分。需要破费金钱的事，他一件也不会干。一生中既没有踏断过草履带，也没有让钉子头划破衣服，万事小心谨慎。他自己一辈子积下了二千贯目的银子，享年八十八岁。人们都想向他学习，在米寿时请他把盛米的斗板切开。

不过，人的生命是有限的。这位老人在那年秋雨潇潇的时候，忽然患病，人们未及悲叹，他就溘然长逝了。身后只有一个儿子，继承了父亲的全部家业，年仅二十一岁就成了财主。他注意勤俭节约，胜过父亲。对众多亲戚，连一双筷子也不肯分给他们。七天的法事一结束，从第八天就吊起了店铺的板窗，开了店门，按部就班地开始营业。哪里发生了火灾他也不急不忙，心想把肚子跑饿了可不上算，一味想方设法地节俭度日。

那年已到年底。新年里他去参拜菩提寺，想起去年此时正是老头子的祥月忌辰，不由得泪湿衣袖。"这件手织的棋盘纹的捻线绸衣服，很结实，说是传辈之物，原是父亲穿的。想起来他死得真可惜，要是他再活十二年的话，正好是一百岁。他死得太早，没把这衣服穿破，实在是太可惜了。"他连寿命也从损益得失上考虑。随身带来的定期雇用的女用人，在紫野路边上的药园竹墙下面，用一只提着放斋米

———————————

① 喜见城：传说为"帝释天"的居城，位于须弥山顶。在四门有四大园，是天人游乐处。

的空袋子的手，拾起了一封密缄的信件。他取过来一看，上面写着：
"花川小姐收"，背面有"二三缄"的字样。信是用饭浆糊封上的，郑
重地盖上了印章。而且那上面还清楚地写着"五大力菩萨"。

他以为这"二三"是前所未闻的朝臣的名字。然后回到家里向别
人打听。别人说："这是给岛原的局女郎的信。"一看完就扔下了。他
想，这可是白得一张旧杉原纸，绝不是吃亏的事。慢慢打开看时，一
枚一步金咕噜一下掉了出来，他"啊"地吃了一惊。首先用试金石划
一划，看看是否真金；然后又放在天平上一称，正好一目二分重。他
欣喜非常，压抑着狂跳的胸口，对用人们说："这可是意外之财，你
们不要告诉外人！"接着，他读那封信。信上没有恋情的句子，一开
始就是"第一第二、如此这般"之类的事务性公文的写法。"由于季
节未到，你的请求很难做到。但念你一心从良，情甚可哀，我将春季
的俸禄提前预支出来，汇寄于你。这一步金中，有两目用于支付以往
的游乐费，所剩归你所有。你可花用年年积累下的借金。一般地说，
人皆有与其身份相称的想法。西国的大财主在重阳节给大阪屋的太夫
野风小姐的费用，就有三百枚一步金，我虽只给你一枚一步金，而心
意并无差别。我若有金银，何不慷慨解囊！"信中所写，令人同情，
他越读越觉得可怜。

无论如何，不能拾金而昧。否则，那男人一定挂在心上，念念不
忘，担惊受怕。不过，即使想还给他，也不知其住处何在，不如先到
熟悉的岛原去，找到名叫花川的妓女面交于她。看来，这确乎成了他
的一桩心事。他把披散的鬓发稍稍整理了一下，便出了家门。

可是，走出家门后，他又觉得好不容易拾到一步金，就这么白白
送回去也很可惜。他三番五次地反复思忖送还是不送，不久来到了岛
原妓院街的入口，不好意思径直入内，站在那里踌躇不决。这时正好
走来一个到妓馆拿酒的男人。他上前问道："这地方，事先未打招呼
可以进去吗？"那人未答，只是点头示意。"那就进去。"他把草笠拿

下来提在手中，佝偻着腰，终于通过出口处的茶馆门前，来到妓馆鳞次栉比的街道。与一字屋①常来常往的太夫"今唐土"②受到邀请，正从妓院出来，他走近问道："哪位是名叫花川的小姐？"太夫把脸转到随从那边，冷冷答道："不知道。"随从指着挂有青色布帘招牌的房子，说："请到那边问问吧！"跟在后面的轿夫粗鲁地说："把那个妓女带来，让我瞧瞧！""要是能带来，就不用打听了。"他到后面四处寻找，终于探得了下落。有人仓促地告诉他：名叫花川的姑娘，是个每次收取两目银嫖资的女郎。近两三天由于情绪不好而闭居了。既然那样，这信也送不到了，就此回去吧。可是他不知不觉地起了色欲之念，心想："这金子本来就不是自己的，今天还是花掉它，玩乐一天，作为一生的回忆和年老后的话题吧！"他这样下定了决心。可是去妓馆街，和太夫一起玩乐，是万没想到的。他到出口处的茶馆那边去，走上了藤屋彦右卫门家的二层楼，让人叫来仅是白天就须交纳九目嫖资的女郎。他喝下那种未曾喝惯的酒，觉得有些醉醺醺了。此次是他放荡生活的开端。他学会了传递情书，以后逐渐升级，最终把这街上的太夫一个不剩地全买下了。

恰在这时，京都有在妓馆街拉客的原七弥七、神乐庄右卫门、鹦鹉吉兵卫、乱酒与左卫门这四人，号称"四天王"，他经过这四天王的训练，很快地也精于此道了。后来，逛妓院的人也都模仿他的服饰打扮。他被人奉承为"扇子铺的恋风先生"。一被吹捧，就忘乎所以了。

人的命运是不可捉摸的，仅仅四五年时间，两千贯目的财产就如烟尘一般地消失了，如今穷困到无法生火的程度。手中只剩下带有家名的古扇。"一度荣华，一度衰衰。"他这样唱着自身境况，苟且度

---

① 一字屋：一家妓馆（游廓）的名称。
② 唐土：一字屋的太夫的称呼，因是该馆的第二代太夫，故称"今唐土"。

日。家境殷实的镰田屋的某人，目睹他的遭遇，耳闻他唱的小曲，以此对自己的孩子们进行教育："看啊！那就是把好不容易积累起来的银子，花得一个子儿也不剩的人。"

三 神通丸①航行 风平又浪静

那些大名们前世播下了怎样的好种？看看他们万事顺心的样子，在这世上除了佛陀以外，其他无可比拟了。所以，大名的俸禄量若共有一百二十万石，释迦入灭以来到现在的好多年间，即使每人每年各领取五百石，也是取之不尽，用之不竭。地位高的人与地位低的人，悬殊如此之大，由此可知世间之宽广。

近几年和泉国的青铜店出了一个有钱人。这个人为了做买卖造了一艘大船，取名"神通丸"。即使装进三千七百石货物吃水也不深，自由自在地穿行于北国的海面上。他在难波港转运北国的大米，逐渐家境繁昌。这也是此人善于经营，计划得当的缘故。

一般地说，因为大阪是日本首屈一指的大港口，北滨的大米市场，一刻之间就有五百贯目银子的大米交易。这些米仓，一座座好似小山，商人们看着晚风晨雨、云彩去向，估摸着天气变化，观察市场价格的高低。经一夜间的斟酌，既有卖出的人，也有买进的人，人们人山人海地麇集在此，一分二分地讨价还价。对于互相认识的人，做千石万石大米的交易，一旦拍手成交，无论发生何事，都不得反悔。世间做金钱交易的场合，都要在借据上盖上保证人的印章，不管借用到何时也得按规定的数目偿还。在延长借用期限问题上，往往引起争执。而在这里的大米市场上，不得违背根据不可靠的天气情况定下的契约。不管吃亏占便宜，须如期完成交易。正因为他们是日本第一流

① 神通丸：船名。

的大商人，气量宏大，所以才会这么大刀阔斧地做生意。

从难波桥眺望西方的景色，只见数千幢批发店鳞次栉比，白色的墙壁好似清晨的白雪。堆积成杉树形的稻草袋子，像一座座小山在移动。用人马把这些草袋运出去，轰轰隆隆，仿佛是地雷在大路上轰鸣。无数货船和茶船在河上漂流，宛如秋天的柳叶撒在水面。检验粮食质量的米探子急急忙忙地来回检查。运送货物的年轻人，威武气派，恰似藏龙卧虎的竹林。翻阅账本好似白云飞卷，拨弄算盘犹如霰雪飞散。敲打天平针口的声音昼夜不停，比报时的钟表还要喧嚣。家家商店的字号布帘随风飘扬，真是市面繁荣，景象非凡。众多的商家中，在中岛，就有冈屋、肥前屋、木屋、深江屋、肥后屋、盐屋、大冢屋、桑名屋、鸿池屋、纸屋，备前屋、宇和岛屋、冢口屋、淀屋等等，都是此地的老财主。即使不再做生意了，也能养活一大帮雇工。

过去曾在各地做小商贩的人，如今也时来运转，被人称作"老爷"了。头戴置头巾①，手拄丁字形拐杖，带着手拿替穿草屐的侍从走路。这些人都曾是大和、河内、摄津、和泉附近乡村农民们的儿子。农家把长子留在家中，次子以下都去当学徒。流着鼻涕的孩子，手脚还带着土腥味，就让他们走街串巷地卖豆腐和花柚子。他们干了数年之后，领了两三身工作服，便挑选家徽，戴上代替家徽的副徽，发型也搞得颇为讲究。随着长大成人，作为侍从被召去陪主人观赏能乐或划船游玩。古歌亦云："流水之上写数字。"他们便在沙子上练习写字，算盘也在看孩子时就用一只手学会了。不知不觉到了蓄角前发②的年龄，便背着要账袋子出门，一个个成了掌柜的代理人。仿效他人的做法，自己做生意，赚了钱则填充私囊，赔了钱就转嫁到主人身上。雇用期满，要独立经营的时候，隐私暴露，给父母和保证人带来

---

① 置头巾：用类似帛妙的布折叠两层围在头上的头巾。
② 角前发：成人之前的一种发型，把前额左右的发际稍许剃掉，留出一个角。

了麻烦。让其赔钱，也无处筹措，结果以私下和解了结。后来也没开成店铺，落身为小商贩了。这种人多得数不胜数。

自己的夙愿就是能成为财主。一般地说，大阪的财主们，并非世世代代都是财主。大部分是被叫做吉藏、三助的学徒工而一步登天、成为财主的。他们有钱有势。连诗歌、踢球、杨弓、琴、鼓、香合①、茶道也自然而然地学会了。和有地位的人来往交际，从前的家乡土话也全改过来了。总之，人是全凭境遇而变化的。公卿的私生子也会沦落，不得不做纸花卖。由此可知，用人有一个好主人是一大福气。

在热闹的地方做雇工，未必是福。北滨过书町一带，住着一个家具商人。他带有两个年幼弟子，总是不断地给新屋、天王寺屋等大兑换所打造可盛放十贯目的银箱。箱子的尺寸他是一清二楚，但是，放在里面的银子他却从未沾手。其弟子长大成人自己开店，也和主人一样，除了锅盖、打火匣以外，什么也不会做。这些弟子倘若在同一地方的大商店里干活，也能各自成为出类拔萃的商人吧？看到这情景，真令人同情。

俗话说："参天大树，生于草种。"过日子也是如此。有一个老太婆，专门扫集从北滨船上卸下时洒落废弃的西国大米过日子。她长得难看，二十三岁就成了寡妇，没能再嫁，只把一个儿子作为将来的依靠，过着凄惨生活。不知从何时起，各地的年贡率改动了，世间买卖兴旺。很多大米运往大阪，进码头的船只众多，昼夜卸船不止。租借的仓库装满了，粮食无处放置，结果就到处转运。这中间，洒落了许多。这个寡妇把这些洒掉的米连同尘土一同扫起来，朝夕食用还有剩余，竟至积累了一斗四五升。此后她欲望大增，省吃俭用，到年终增加到七石五斗。她把这些米悄悄卖掉，第二年又积攒，每年都有增加。二十余年间，私蓄就达到十二贯五百目。

---

① 香合：一种区别、鉴定焚香优劣的游戏。

以后她也不让孩子耽于玩耍，从九岁起就让他拣集废弃的大米袋子，让他用稻草把串铜钱的绳子扎起来，到兑换所和批发店去卖。这是别人意想不到的赚钱方法。她儿子就这么凭自己的一双手挣钱。以后到可靠的地方，把小判金用每日取息、每日偿还的形式贷出，零钱活期贷出。他从中尝到了甜头，想从此发展下去，就到今桥的一角开办了一个钱庄。乡下人都来兑换，每日应接不暇，生意兴旺。从早到晚，数量不多的银子摆在店面上，把丁银①换成零钱，或把大判换成大块的豆板银②，忙不迭地称量银子。每日利润增多，不足十年就成了同行中的第一流人物。向别人贷出的钱记在账簿上，而自己却不向别人借钱。来兑换银子的别家掌柜的代理人，也向他点头哈腰地奉承。即使在小判市场，他若去买进，市价就猛然上涨；他若卖出就忽然下跌。自然而然地，世间的人们都注意着他的说话口气。不管是谁，都垂着手"老板、老板"地恭维他。

其中也有人对他说三道四："干吗向那种人低头啊？他做的算什么生意！简直叫人鄙视！"虽然嘴硬，但这样的人在急需银子的时候也一筹莫展，还得向他死乞白赖地请求贷款。这也是金银的威力所在。以后他专门以大名为对象做金融生意，出入于各处的府邸，因而也就没有人再提起他过去的事情了。他从名门大户娶了妻子，建起了几处家院和仓库。他母亲扫集洒落的米用的稻秸笤帚和涂上柿漆的大蒲扇，被奉为家中宝物。虽有人说它们显得太寒碜，他还是把它们收藏在房间的西北角。

走遍全国各地，看来大阪的北滨至今还是可以赚钱的地方。因为这里金银流通，有所凭靠才能致富。

---

① 丁银：江户时代的小银币。
② 豆板银：江户时代的一种零碎银子，以秤量流通。

四　昔日拨算盘　今日取现金

和从前不同，人们的风俗逐渐奢侈起来，任何事情都喜欢追求与身份不相称的华美。尤其是妻子的服装，奢侈得无以复加。像这种不辨身份的奢侈，实在可怕，该遭天罚。富裕人家和贵人的服装，除了京都织的纺绸之外也没有其他。特别是，色为黑色、印有例定的五个家徽，上从大名下至黎民百姓，都没有什么不同。可是，近几年自作聪明的城市人却开始追新求奇。男女的衣裳争奇斗妍。都先弄好图样，然后依样施加颜色。时髦的小花纹、宫廷染法的百色染布，用绞缬染法染出白花点以后再把布纹洗平的鹿纹花布等等，都特地定购，极端地标新立异。因为妻子妊娠和女儿出嫁而大手大脚地花钱，以致妨碍生活的人，多得举不胜举。妓女平日打扮得花枝招展，是为了度日，出于无奈。一般的妇女，平时穿不显眼的衣服就行了。至于春天赏花，秋天看红叶或举行婚礼和宴会的场合，则又当别论。

有一个时期，室町的一角有一家缝纫铺，铺子前挂一个画有橘子的招牌，裁做当世流行的衣服。在京都的手艺高明的匠人也都蜂拥而至。人们都把绢布和棉布拿到这里来定做，犹如此处成了"挂衣山"①一般。顾客迫不及待地等着绷线、火熨，最后做完衣服。杜鹃初次在宫中啼叫的四月一日是更衣日，看一看刚动手做的漂亮的夹衣，用织出凸纹的白色绢纱做贴边，把火红色的绉绸重叠三层夹在当中，而且，两袖和衣襟处还拉上一层丝绵。这样的情况从前是没有过的。如果比这更奢华一点，大概就要把各种各样的中国织物作为平日的服装

---

① 挂衣山：传说宇多法皇六月里要看山上白雪，便让人在山上挂满白衣服，称为"挂衣山"。

吧？这时官府颁布的禁止衣类奢侈的法令①，是为了各地万姓黎民的
利益，现在想来十分必要。商人身穿华美的绢类衣物其实是难看的，
捻线绸与自己的身份相称，才显得好看。不过武士为了仪表的威严，
即便不带侍从人员，和町人穿同样服装也是不相宜的。

　　近几年江户社会安定，太平无事。千代田城的松树和常绿树郁郁
葱葱。常盘桥大街和本町一带，有不少京都和服绸缎布店的分店，都
是御用商人，其店名的特定纹章都被登记。掌柜和伙计各自出入于作
为自己客户的大名府邸。在生意上与大名相互提携，努力经营，能言
善辩，头脑灵活，足智多谋，为了赚钱，手疾眼快，但决不取劣质的
银子。一清早从远处赶来，叩开画有虎头的大门，不辞劳苦地为大名
服务。披星戴月，把心思专注于秤杆上，从早到晚地讨取用户欢心。
和以前不同，虽说江户很是繁华，但因很多商人从四面八方伸过手
来，难有一本万利的买卖可做了。

　　以前在大名的婚礼或年末分发衣物的场合，承蒙有关官员和小纳
户②的好意，商人可挣得一笔钱。可是，如今各个商人的投标为了微
不足道的利益而竞争，结果投标落空，不能糊口。家中虽如此艰苦，
名义上却是常给官厅送货的商人。而且，数年来积下了巨额赊款，虽
说有利息，但京都兑换所的利率不景气，汇款也办不成，以致手头拮
据，处境困难。即使如此，也不能将先前好不容易扩展起来的生意停
止不干。只得缩小生意，而变为小商人。

　　结果买卖不合算，即使江户的店铺还留着，损失额也要上升到几
百贯目。趁早把红花染的上等布作为下等品销出去吧，人们各自苦思
冥想，这时又有了一个巧妙的经营办法。有一个名叫三井九郎右卫门
的人，决定倾尽所有资本，在骏河小判很热门的骏河町，正面建了九

---

① 天和二年（1682）由幕府颁布。
② 小纳户：江户时代的一种职业称呼，在大名身边执管理发、炊事等事。

间、里面建了四十间屋脊很高很气派的长排房子，开办新店。什么都是现钱买卖，货真价实。驱使四十余名聪明灵活的伙计，让他们每人拿一种物品，譬如说金线织花锦缎类一人，日野绢和郡内绢①类一人，仿绸类一人，纱绫类一人，红绢类一人，麻布裤裙一人，毛织类一人。就这么有所分工，各负其责。连一寸见方的天鹅绒、只够缝制镊子袋的缎子、枪缨大小的红缎子、只有一只袖口大小的粗布，也都可以随便购买。特别是武士等急于谒见主人时所用的、袖和腰都有条纹的丝织礼服及急用的短外褂等等，就让派来的人在这里暂等片刻，由数十名雇来的手艺人一齐动手，当场裁缝完毕交给来人。因而这一家富裕起来，平均每天做一百五十两金子的生意。这的确是个很好的经营方法。

看看这家店主，他生着眼鼻手足，和别人并无不同，只是家业的经营方法和人不同，比人高明，可以说他是大商人的一面镜子吧。标记种类的抽屉里，放有中国和日本的绢布。世世代代各色各样的绢类，例如，中将姬的手织的蚊帐、柿本人麿的绉绸、阿弥陀的围嘴儿、带有朝比奈②的舞鹤纹的布料、达摩大师的褥子、林和靖③的缠头巾、京都三条的刀匠制造的刀袋等等，应有尽有，无一缺少，把所有的东西都登记在账本上。这实在是难能可贵的事情。

五　投标运气好　侥幸得房产

国有盗贼，家有老鼠，寡妇有倾情的男人，凡事必须小心谨慎。寡妇家赘婿不可操之过急，以再三考虑为好。如今的媒人没有热情而

---

① 日野绢和郡内绢：日野（在滋贺县东南部）和郡内（山梨县东部）产的绢。
② 朝比奈：地名，在安房国（今千叶县南部）。
③ 林和靖：中国宋代的隐士。"林和靖的缠头巾"是一种老人用的缠头巾。

真诚的，全看男女双方嫁娶费用的多少而行事。比如，若有五十贯目的嫁娶费，就须拿出五贯目来做介绍费。像这样拿一成嫁娶费给媒人而娶媳妇的家庭，这边把女儿嫁过去，也担心对方的家产究竟如何。婚嫁是一生一次的大事，一次失策则不可挽回，所以应该慎之又慎。

　　看看世间的习俗，财产丰富，外表却显得寒酸的人是稀少的。超出自己的身份，万事追求华美，是近来人们的风尚。这不是值得赞许的事情。有儿子的家庭娶儿媳妇的时候，搞一些力不能及的家庭建筑，既盖新房，又添置各种家具，还要增雇下男下女。看上去阔气，其实是指望那新娘的陪嫁费，要把那笔钱作为生意的补贴。这种想法实在卑劣。只为了外表上排场，迎送媳妇车水马龙，一门亲戚竞相摆阔，无用的开支增多，财产很快拉了亏空。漏雨的房子也无力修葺，最终导致家庭破产。

　　还有的有女儿的父母，总希望对方比自己的身份更气派些。不仅是财产，还要女婿有男子气度，通晓各种技艺。一听到有惹人注目的后生就想与之成亲。可是，会打鼓的人也会赌博，打扮时髦的人却是无节制的倾城狂，被夸赞为会搞席间社交的人却舍得花钱与小伙子们作乐。若想想这些，只有风度翩翩、家境富足、通晓世情、孝敬父母的人，才能使人喜欢。纵然四处打听，要想找到合适的人作女婿，也不会有那么十全十美的。倘若有之，也是好得过分反而令人棘手。上流社会的人都有缺点，何况平民百姓，有十分之五的缺点也应该原谅。不管是小个子还是秃脑袋，只要是善于经商，不让父母遗留下的家产减少的人，就可以赘之为婿。

　　"那一位是哪个店铺的？谁家的女婿呀？"某男子被人这么评头论足，在五个节日①上穿着衣折笔挺的和服裤裙和坎肩，在带花纹的窄袖便服上插一把金属的小腰刀，身后带着伙计、学徒和提箱的人，

---

　　① 日本古时的五个节日：人日、上巳、端午、七夕、重阳。

那样子真是够漂亮的时髦男子。因为看上去仪表堂堂，所以颇得岳母的欢心。可是这样的人也破产了，衣服和腰刀都交给了他人。穿着捻线绸的浅蓝色小花纹衣服，或者又穿着一件带里儿的棉布裤裙，比起丑男人来还难看。姑娘们也是如此，身份高的家庭又当别论。若是普通町人家的女儿，与其学琴，不如抽丝绵；与其焚沉香，不如向灶内添柴。其做法与各自的身份相称，才会显得好看。

在人们一味装潢门面、尔虞我诈的世间，只有晚秋阵雨才不违时节地降落在奈良坂上。①在春天的乡间，有一家帮商人推销漂白布并留宿的批发店，其主人是名叫某某松屋的有钱人。他的家业以前比秋田屋和榑屋还要繁昌，好像奈良的八重樱现在开了九重一样，过着富裕舒适的日子。喜喝当地产的烈性酒，喜吃鲨鱼做的生鱼片。生活奢侈，家境逐渐衰微。到五十岁时，由于平时不注意养生而暴死。给妻子留下了巨额的借债。可见，一个人的财产不到此人死后是不可知的。

松屋的遗孀今年三十八岁，是一个小个子女人。尤其是皮肤细腻白皙，乍一看只有二十七八岁，是一个招人喜欢的时髦女子。看来她忘记凭吊亡夫之灵，难免再嫁，但因幼小的孩子很可怜，就没起那个念头。为了不使世人猜疑，她落了发，不搽白粉，抹上的口红也早已褪了色。穿着男式衣服，系着很细的带子。虽然她的智慧胜于男子，但女人家不会使用铁锹；想用新木材接换朽木脚，也因不会手工细活而作罢。不知不觉之间，漏雨的房檐前萱草丛生，房内也如荒野一般。鹿的鸣声听来也比平常可悲。不禁想到，除了感情之外，在生活上也只有丈夫是可以依赖的。女人独身难以生活，到如今她才有切身感受。

如今女人守了寡，丈夫死后留下很多遗产。亲戚们从私欲出发提

———————————

① 此句化用《谣曲·千手》中的语句。

出异议，女人还很年轻，却硬逼她剃去头发，劝她信奉佛教，让其在亡夫的忌辰为他祈求冥福。可是如此无理强求，其间必会传出恶名。于是把很久前雇来的年轻伙计作为丈夫，这种例子俯拾皆是。比起发生那种事，还是另外再嫁为好。这绝非让人笑话的事情。

那个松屋的遗孀便是世人之鉴。虽然想方设法地过日子，也不能如愿。无法偿还过去借的债，生活逐渐潦倒。她绞尽脑汁，孤注一掷，提出要把住宅移交给债权人。债权人虽表同情，但无人当即接受。借五贯目的银子，可是把房子卖掉只值三贯目还不到，不够还债。于是寡妇便向镇上的人们提出请求，决定把自家的房子用投标方式卖掉。每人各收取四目投标费让其投标。把房子让给中标者。如果投中就会占大便宜。人们都听天由命，交出四目银子投标。一共有三千张条子，这寡妇共收取十二贯目。其中五贯目用来偿还借款，七贯目留在手中，还能再次成为财主。中标者是一个受人雇用的下女，她仅用四目银子就成了房子的主人。

卷
二

一　租房大将军　世界数第一

在租房的保证书上，保证人写着："向室町的长左卫门先生提出租房的藤市，确有千贯目的财产。"这位名叫藤市的人，自以为是这广阔世界上无与伦比的有钱人。之所以这么说，是因为他租借着人家的只有两间①宽的房子，却拥有千贯目的财产。这事在整个京都议论纷纷。原来他曾把位于乌丸大街租借的房子以三十八贯目租金抵押出去了，其租息日积月累，数目很可观。但是却觉得后悔。因为以前他在租房而居的人中还可以说是有钱人，现在他成了房主，一千贯目左右的财产，也不过相当于京都大户人物仓库中的灰尘而已。

这个藤市是一个很精明的人，自己这一代就变成了如此的大财主。首先，他为人稳健，这是度日的根本。他除了经营家传的行业之外，还用旧纸把账本订缀好，握着笔杆终日不离店铺。兑换所的伙计一经过这里，他就打听钱和小判的行情并记在账本上。询问大米批发店的成交价格，还向生药店和和服绸缎布匹店的年轻人询问长崎的情况。江户的分店把皮棉、盐和酒的市价向他函告，他等待着信函一到，便把市价记录下来。这样每天把生意上的所有事情都写下。所以，不明白的事若向这里打听就会明白，这是京都的一大便利。

---

① 间：长度单位，日本建筑柱子和柱子的间距，约为 1.82 米。

再说藤市平时的品行。他穿贴身的单汗衫，外面穿一件中间填了三百目棉絮的大棉袄。在袖口上套上个套袖，是藤市最初想出的办法，此后在世间流传开来。这看来也是很经济的。在皮袜子外面穿竹皮革屐，从来不在大街上行走。一生之中要说穿丝绸，也只是捻线绸，其中一件是浅蓝色的。另一件是不能重染的茶绿色。年轻时不识好歹地染成这种色儿，二十年来他一直很后悔。家徽也不确定，而是成品和服上的普通花纹，或者巴字形图案。三伏天晒衣服也不直接放在铺席上，以免弄脏。作礼服的麻布裤裙和布眼很大的坎肩，即使穿了几年也要折得方方整整地放起来。对于全镇的人共同参加的葬礼，他无可奈何只得去鸟部山送葬。但在回来的路上他有意落在人们后面，以便中途在六波罗的荒道上，和同去的学徒把苦参连根拔起，带回家把它阴干起来可治肚子疼。他决不白白走过某地，在蹲着的地方也要拾一块打火石放进口袋内；一天到晚拉家带口地过日子，对任何事情都要火烛小心。

此人并非天生的吝啬，而是希望万事成为人们的榜样才这么做的。他有这么多的财产，春节时却没有在家捣米做年糕。他认为在年末繁忙的时刻使用人工做年糕，还得备置有关的工具，很是麻烦。基于这个考虑，他向大佛前的年糕铺定做，讲定付出一贯目左右的钱让其代做。十二月二十八日早晨，年糕铺忙不迭地把年糕挑来，摆在藤市的店里，说道："请收下吧！"年糕香气扑鼻，飘溢着春节的气氛。主人装作没听见，在打他的算盘。年糕铺的人再三催促，说年末到了，时间宝贵，请赶快收下。于是知趣的年轻人如数过了秤，收下了年糕让伙计回去了。过了一会，主人问："今天的年糕收下了吗？"回答说："钱也已经交付给伙计了，他回去了。"主人说："你根本就不像这里的雇工！竟买下这种热气还没退的年糕！"再过一次秤，分量出乎意料地减轻了。这位雇工也十分困窘，把还没吃的年糕放在面前，张口结舌，愣在那里。

　　那年也到夏天了，东寺一带的庄稼人把初次结果的茄子放进大眼笼子里来卖。据说食用初次结果的东西可以多活七十五天，所以这也是一生之一乐，家家都来买。买一个两文钱，买两个三文钱，无论谁都是买两个。可是藤市只用两文钱买一个，他说："花一文钱到了旺季能买大的。"他这么用心合计，什么事也不会出错。

　　在宅基的空地上，夹杂种着柳树、梅树、楝叶、桃树、花菖蒲、薏米等等，这是为他的独生女儿而种的。苇墙上自然长起了牵牛花，尽管可以观赏，但说是没有用处，就改种了立刀豆。看什么东西，也没有眼看着孩子长大那样令人快意。藤市的女儿渐渐长大，为她制作出嫁用的屏风。如果在屏风上画上京都所有名胜，女儿一定想去游览没到过的地方吧？又说有关《源氏物语》和《伊势物语》的绘画，会使人轻浮，故不能画，而让画多田银山上的银子大量出产的情景。基于这样的考虑，给女儿唱的歌，他自己创作，让其诵习。他不让女儿去女孩子上的私塾，而由他自己教她写字，培养出了在京都算得上有才能的聪明女儿。女儿也跟父亲学会了勤俭持家。八岁开始习字以后，从不让墨汁弄脏衣袋，她不做摆偶人玩的游戏，不去看盂兰盆舞。每日自己梳头，随便结一个椭圆形稍平的发髻，自己的起居生活不要任何人帮助。往棉袄里填丝绵她也学得很熟练，身长、肥瘦都做得正好。总而言之，让女儿玩耍是不行的。

　　正月七日晚上，附近的人说："让他指教指教，怎样才能成为财主。"便把自己的男人打发到藤市那里。藤市破例地在房间里张灯秉烛，吩咐女儿说："院门一响，马上告诉我！"女儿想，在客人未到之前，点这么多灯太浪费了，便把灯芯减为一根。听到"有人吗？"叫门声之后，再恢复到原来的亮度，于是就站到厨房那边。三个客人落座的时候，她在厨房里弄出研钵的声响。客人听了很高兴，心想用什么好吃的招待我们。一个人推测说："大概是鲸皮吧？"另一个说："不不，因为是年初，大概是年糕小豆汤吧？"另一个人仔细考虑了一下，说："可能是煮面。"话到此为止。认为在这种场合一定有好吃的，这是可笑的事。

不久，藤市来到了房间，向这三人谈起了过日子的秘诀。其中一人问："今日所谓'七草粥'是怎么回事？"回答说："那是神治时代勤俭节约的先例。是告诉人们喝杂烩粥的。"又一个问："把两条干加级鱼放在灶神前面一直到六月，其原因是……"回答说："那是因为整天不吃鱼，看一看干加级鱼心里觉得像吃了似的。"又问起春节用粗筷子的缘由。回答说："那是因为筷子脏了可以削净，不像一顿饭就作废的筷子，可以用一年。这也是从神治时代的二尊神那里学来的。万事小心谨慎，不要浪费。噢，你们从晚上一直谈到现在，已经是吃夜餐的时候了。我不拿出夜餐来，这正是做财主的秘诀。刚才有研钵的声音，那是在搅拌做流水账封皮用的浆糊。"

二　冬日雷声鸣　铁锅成碎片

一升容量的壶即使沉到像近江的琵琶湖那样大的湖里，也只能灌上一升水。在大津町住着一个开酱油店的名叫喜平次的人。这个镇既有北陆地方的码头，更有东海道的驿站，繁荣兴旺。骑马者川流不息，坐轿者你来我往，货车声轰轰作响，千脚万步令人眼花缭乱。在这里，像蛇肉饭卷、鬼角手工品等稀奇物品都能买到。

近年来这里批发店街上的房屋也与从前不同，像财主一样气派起来了。可听到二楼上有妖艳的三弦声。从柴屋召来美貌女郎，客人的游兴不分昼夜，极尽欢乐。在商人家传出敲打天平针口的声音。金银到处都有，在此就像瓦砾石块一样遍地皆是。"没有其他东西像各人的财产那样有多少之分了。"喜平次放下行商的货物，深有感触地说："我自己先前四处经商的时候也曾想，世间为什么有悲喜贫富之差？这是不以人的意志为转移的。聪明的人穿不加柿漆的纸衣裳，愚蠢的人穿几层美丽的丝绸。总之，赚钱无需使用计谋。但是，如果自己不劳动，一文钱也不会从天上掉下来、从地下冒出来的。虽说这样，仅仅正直诚实也不能成事。最终还得慎重地经营适合自己情况的生意。"喜平次对这种生活是满意的。

在关寺边上住着一个名叫森山玄好的人。他和别的医生一样，医术很老练。可是虽不是比睿山的山风所致，像伤风感冒这样的病，吃他的药可从来没有效果。他的门前"拜托您了"的声音也没有了，房中挂着的神农氏画像也不停地摇晃，成堆的药袋、账单盖满尘埃。他冬天也穿纺绸的单层短外褂，像药袋上写的"煎熬如常"的句子一样，他的衣裳一直未换。医生也和妓女一样，别人不请是不能去的。虽说如此，老是在家待着也不体面。所以他每天早晨出诊的时候外出，观赏四宫神社的马画，又去高观音的舞台，还看近江八景。不过，朝夕观看就没有什么兴致了。没有比停止营业、闲暇无事更令人痛苦的了。世人都称他为"看马画的医生"，这实在是使他窝心的事情。有一个人帮助他开了一个棋场，每一盘棋各取三文钱的茶费，可用来糊口度日。像这种人在世上也是有的。

在马屋町这个地方，有一个名叫坂本屋仁兵卫的，以前是大商人，如今已把金银挥霍一空。家中仅有的仓库也卖掉，换了二十八贯目钱退出此地。以后又交替做了三十四五种生意，那些钱也已全部花光，现在是一筹莫展，无计可施了。从前梳的高雅的厚厚的鬓发如今也变薄了，那样子看上去很滑稽。已经到了这步田地必是每况愈下，"让他做一个穷神的头儿吧！"亲戚也对他彻底绝望了。

可是，母亲却想，只这一个儿子，这样太可怜了。她说："真想把自己的十贯目的养老金给他，让他作生活费。但如果把这些钱给了仁兵卫，一年他就花光了吧？把钱存在他姐夫那里，每月给他十八目利息，用这点钱维持五口之家的生活吧！"仁兵卫夫妇有一个孩子，还有弟弟仁三郎，是个伛偻病人。另一个人是孩子的乳母，是个瘸子，另外没再雇人。乳母成了这一家的累赘，环顾家中，谁也不能把谁驱逐出去。可是十贯目银子的利息仅仅十八目，养活五口之家是困难的。

每月月初接受这十八目银子，除去五匁付房租，买来上等白米和豆酱、盐、柴。何时都是只买香味菜，除此之外，即便是三月里的加级鱼、一斤仅值二分钱的松蘑，也是只能看看而已。嗓子干了，便在白水中加点炒面喝。只在房子中间点一盏灯，睡觉时吹灭，老鼠横冲直撞也奈何不得。盂兰盆节、春节的衣服也不是新做的。一年到头节约度日，搓观世纸捻儿①聊以自慰，整天过着拮据困窘的生活。再看看另外一些人，他们懂得经商之道，百事无一不足，七八口之家过着悠然舒适的日子。

还有一个住在松本町的寡妇，让独生女儿穿茶褐色的长袖和服，戴菅草编的斗笠，稍稍学一些乡下方言，装出伊势神宫的人的口气，说："请去伊势神宫参拜的人帮帮忙吧！"在十二三年中，就靠这种谎言生活。还有一个池川的针线店老板，看上去生活并不富裕，却说想把女儿嫁到京都去。做媒人的老太太说："需要二千枚银子的陪嫁费。"针线店家便东奔西走，私下嘀咕道："要是再求求情的话，拿出一百贯目就够了吧？"可见人家的内情旁人是看不透的。在这大津街上，就有各种各样的家庭。

喜平次把以前自己到处卖酱油时的所见所闻，带回到家中讲述。他的老婆是一个聪明伶俐的女人，孩子也长得很漂亮，也没有借债。新年用的东西到十二月初就买齐了。说是每个季节都见不到拿着账簿来要账的人，便叫人高兴，年底的账目算得清清楚楚。可是这几年，把支出后所剩的钱集中起来看看，也只有七匁五分或八匁、七匁六分或八匁九分，从未有过用十目钱过年的事情。即便如此，也像贴在门

---

①　观世纸捻儿：一种细纸捻儿，据说因起于观世大夫故得此名。

口的夷神的护符一样，每年照常祝贺新春。

却说十二月二十九日早晨，天空乌云翻滚，轰轰隆隆，冬雷大作。家里唯一的一口铁锅被雷击成碎片。唉声叹气也没用处，铁锅是一时也不能缺少的，所以买了一口新的。那年只买了一口锅即感手中拮据，仅仅买九匁银的东西就到二十四五个店赊了账，为此店方拼命催促还钱。想想这些，始料不及乃世之常情。他后悔地说："在落雷之前，我还不知道世上有什么可怕的事哩。"

三　大黑戴草笠　才能无人比

"大米先往草袋里装，再建二层大楼房，再建三层大库仓。"[①] 在京都有一个无人不晓的叫"大黑屋"的财主。五条桥在重架石桥的时候，主人买下了从桥西头数第三块石板，刻上了大黑天的像，祈求富贵荣华。心诚则灵，此后逐渐发家。提起大黑屋的新兵卫，无人不知。

他们顺顺当当地生了三个儿子，哪个儿子都很聪明。老头子喜在心里，准备欢度晚年，过闲居生活。可是大儿子新六忽然开始花钱了，毫不在乎地晃荡冶游。不到半年时间，一百七十贯目的大宗款项从收入账上消失了。查账也没有个结果，因为店里的伙计也和新六合谋，把花掉的钱转嫁到了购置的库存品的货款上，混过了盂兰盆节前决算这一关。伙计多方劝说新六："今后还是停止这种奢侈的冶游吧！"可是新六一点也听不进去，那年年底又花掉了足足二百三十贯目。这一次终于无法掩盖，真相毕露。新六在伏见的五谷神社前有熟人，就到那里藏身。心地诚实的老人大发雷霆，新六虽多次从旁赔礼

---

① 这是"大黑舞"中的歌词。"大黑"是财神，也称"大黑天"。"大黑舞"是室町时代产生的假面舞，舞者扮成大黑，唱祝愿歌。

认错，也不能使老人息怒，请镇上的官吏穿着裤裙到场作证，和儿子断绝了父子关系，弃之不要了。似这样引起生身父亲如此憎恶，应该说是罕见的不孝之子。

新六实在是陷入了走投无路的境地。最后也不能租房而居了，想离开京都去江户。但路上没有买草鞋的钱。他感叹像自己这么悲惨的人是再也没有的了，但事到如今已不能挽回。十二月二十八日夜，他偷偷地钻进了家中的浴室。"啊！老爷子在！"他情不自禁地说了一声，他在湿漉漉的身上披上棉袄，左手提着衣带，连兜裆布也来不及穿便落荒而逃。此后他想动身远去，但衣不蔽体，不知如何是好。二十九日，天气变幻无常，白雪降落到阴森的松树上，虽未铺天盖地，但因没戴草笠，脖子根儿冷飕飕的。黄昏的钟声震撼着他的心。他感到害怕，被大龟谷、劝修寺的漂亮茶馆里沸腾的汤锅所吸引，想进去躲避这不堪忍受的寒冷。但身上不名一文，是否落座，犹豫不决。环视四周，发现大津和伏见的轿子进去了很多，便混进其中，偷偷喝一杯茶解渴。临离开时把别人落下的丰岛出产的座席拿下来，开始生起了做贼之心。不久，他来到了名叫小野的村子。

在叶子已落树梢光秃秃的柿子树底下，一伙孩子聚集在那里，后悔地说："真可惜，辨庆①死了。"他上前询问，原来是一条像犍牛似的狗死了。他走过去，把死狗要来，用前不久偷的席子包起来，去音羽山脚下。叫来一个在田野上铲土的男人，说道："这东西是治疗癫痫病的妙药。三年多来，我让它吃了各种各样的药，现在打算把它烧焦。"那男人说："这也是为别人做好事。"把周围的木柴和干草集中在一起，取出火镰袋，点火烧死狗。他稍分些给村人，把剩余的扛在肩上，使用山民的方言，用可笑的声调边走边叫卖："有要狼骨灰的吗？"来去都越过逢坂的关口，不管熟人和生人硬是卖给他们。一

---

① 辨庆：见前注。这里是以狗比人的说法。

路上嬉皮笑脸，连尖刻得心肺上都带刺的卖针和笔的商人也乖乖地上了他的当。在从岔路口、大津至八町的路上，他运气很好，卖了五百八十文钱。不管怎么说，他还是个出类拔萃的聪明人。

他想，在京都的时候如果想出这个好办法，也就无需到这遥远的江户来了。他心中哭笑不得，走近势田的长桥，祈求着自己命好寿长。在草津的旅店里过新年。这里的老太太一边吃年糕，一边远望镜山。他由镜山想起了在家时吃的镜饼①。山上的樱花不久就要开放，自己正是有香有色的盛年，就像樱花一样。追得自己走投无路的穷神也许是个腿脚不灵便的老朽，老曾②的树丛中贺年的稻草绳自然会生出春意，秋天赏月也很有意趣。他这样想着，越过不破之关隘，日夜兼程，通过美浓路、尾张路，走遍东海道的所有地方。出了京都之后的第六十三天到达了品川。

走到这里好歹没有挨饿，还剩下了二贯三百文钱。把卖剩的狗骨灰倒入海边水中，然后急忙向江户赶去。天黑了却无处安身，只好在东海寺的门前过一夜。门口的背阴处有许多贱民盖着粗草席睡在那里。虽说是春天，海风也吹得很猛。浪花涌到身边颇为吵人，难以入睡。乞丐们讲述自己的遭遇，他听到半夜。他们都不是代代相传的乞丐，而是沦落人。

其中一人是大和的龙田村的人。他说："我少许酿点酒，养活六七口之家绰绰有余。等到逐渐积蓄起来的金银达到一百两的时候，我就觉得在乡村做生意不过瘾，想放弃一切，到江户赚一笔。所有的亲戚好友都劝阻我，但我任凭心血来潮，轻率地拒绝了他们的劝说而到江户来了。租借了和服绸缎布店街上的鱼铺子，在'精白米的上等酒'的招牌成行成列的地方，也开了自己的酒店。但无论如何也赶不

① 镜饼：做成镜形的年糕，供佛和祝贺时使用。
② 老曾：地名，在今滋贺县蒲生郡安土町。

上鸿池、伊丹、池田、南都等资力雄厚的老号酒店，开店的资本像水一般付诸东流。如今落到用包四斗酒桶的草席裹身的境地。到故乡龙田去，虽不能衣锦还乡，但至少也该穿件新棉袄回去呀！"这男子汉说着哭了起来，"尽管这样，刚刚做起的生意也不能停了。"事到如今还说蠢话。即使有些好主意，也已经晚了。

另一个人是泉州堺的。他什么事都过于聪明，对自己的才艺颇为自负。他来到了江户，书法接受平野仲庵传授，茶道学习金森宗和的流派，诗文则向深草的元政学习，连歌、俳谐方面师法西山宗因，能乐受教于小畠，鼓则仿效生田与右卫门的打法。早晨在伊藤仁斋处闻道，晚上在飞鸟井先生那里练习踢球；白天出现于寺井玄斋的棋会，夜里在八井检校那里学弹三弦，在中村宗三处当弟子，记住竖笛运气的方法。净瑠璃则取宇治嘉大夫节，舞蹈也练得不逊于大和屋甚兵卫。在嫖妓方面，跟岛原的太夫高桥混得很熟；在玩弄男色上，也对铃木平八为所欲为。冶游时的起哄闹事也受到男色女色街上帮闲们的训练，颇为内行。把人间所有的一切技艺，都跟名人学来。对自己的才能充满自信，以为无论干什么，没有人比得上他。

但是，尽管艺道如此精通，对眼前的生活却难起作用。他现在后悔自己不能打算盘、不会看秤星儿。在武士家服务却不知有关情况，到町人家做雇工也帮不上忙，都被解雇了。如今落得穷困潦倒。他痛切地想道：教我学习各种艺道，为什么不教我经商之道呢？！他怨恨起自己的父母来了。

这里还有一人，从父亲那辈起就是纯粹的江户人。在通町有一所大宅院，每年收取规定的六百两房租，但因为忽视节俭二字，连宅子也卖掉了，以致无家可归。他离开了家，加入了从车善七①的丐帮中脱离出来的流浪乞丐中。

---

① 车善七：浅草的一个乞丐头儿的名字。

新六听着这三个乞丐讲述各自遭遇，大有同病相怜之感。他走到乞丐们的身边说："我也是京都人，被父亲断绝了父子关系，到江户来谋生的。听了你们的话，感到心里很虚啊。"他毫不遮丑地实话实说了。三个乞丐异口同声地说："没有法子向父亲赔礼道歉吗？有姨母吗？还是想想办法不到这里来为好。"新六说："不，已经不能挽回了，都是过去的事情了。现在关键是为将来考虑考虑。不过，像你们这样的聪明人，沦落到这步田地，实在叫人不可思议。想个什么办法，还可以继续做生意。"他们说："哪里，哪里！在这广阔的江户城下，也汇集着全日本的聪明人，即使三文钱也不让轻而易举地挣到手。但不管怎样，这个世界还是可以赚到钱的。"

新六问道："你们长期在世上观察，没想到有什么好生意可做吗？"回答说："是啊！有很多废贝壳，把它们搜集起来，到灵岩岛上烧石灰。或者，因为江户的人很忙，削海带丝或木鱼片，按分量出售也可以。还有，买来棉布匹做成手绢零卖。除了这种事以外，简易的买卖大概是没有的吧？"新六听罢，豁然开朗。拂晓时分离开此地，临别时给三个乞丐三百文钱。他们十分高兴，说："真要时来运转了。马上就会拥有堆积得像富士山那么多的钱啦！"

新六在传马町的衣料店有个熟人，他去访问了此人，把这次的遭遇告诉了他，引起了他的同情，说："江户是男儿的用武之地，你可以在此挣一笔钱！"说得新六兴奋起来。把早有打算的棉布买来，开始做手帕零售。恰逢三月二十五日的天神庙会。他初次到下谷的五条天神庙会，在卖洗脸盆的旁边叫卖。参拜的人像俗话说的"买了图个吉利"，争先恐后地抢购。新六一日之间获利可观。此后每日努力经营，不过十年，外界议论说他已成为拥有五千两金子的富人，他被称为此地最有才智的人，镇上的人万事都听他的意见，将他视若珍宝。因他的布招牌上画着头戴菅笠的大黑画像，便被称为"笠大黑屋"，大黑舞的歌词有："第八使房间更宽敞，第九买来小判家中藏，第十太平盛世正赶上。"新六正是如此，实在可喜可贺。

四　天狗①有计谋　旗上画风车

据说，深通处世之道的唐朝的白乐天，对日本人大海般深广的智慧大吃一惊，中途逃回。这传说很可笑。听人朗诵汉诗，耳朵也有些聋了。但却听清了比汉诗更有意思的拍手小调，便寻问它的由来。原来这是纪伊国的大凑、泰地那些地方女子唱的小曲。这里是个很热闹的地方，在小松林中建着鲸惠比须的神社。在鸟井耸立着鲸鱼骨头，其高度约达三丈左右。因为从未见过，吃了一惊。寻问当地人，他们便讲述了如下故事：

在这里的海滨，有一个用鱼叉刺鲸鱼的名手，名叫天狗源内。他每年运气都很好，以前曾被人雇用制造渔船。有时候，远处海面上好像出现了一块积雨云，潮水翻滚。他便看准这机会，一叉刺去便命中，然后把带有风车图案的旗子高高举起。人们看见这旗就明白：这次又是源内啊！船上的人和着浪声一齐高呼，按着节拍吹笛、击鼓、打钲。把大网卷在辘轳上靠岸了。这条名为背美鲸的大鲸身长三十三寻又二尺六寸，前所未有。捕一条鲸鱼，能使七个乡热闹起来。附近乡村的灶里炊烟不断，熬下的鲸油把千桶盛满，鲸皮和鳍无处弃置。捕一条鲸鱼准能成为财主。把白色鱼肉切下来放在一起，像在无山的海滨出现了一座富士山；红色的肉放在一起，像把高雄的红叶都移到了这里。

人们一直把鲸鱼骨头扔掉不要。而源内却把骨头留着，碎骨成粉，然后榨油，得到了意想不到的好处，一下子成了财主。这种事对平民百姓来说也可以获取巨利，但以前谁也不曾注意到，实在太蠢

---

① 天狗：人名，即下文的"天狗源内"。

了。近年来又想出办法，织捕鲸网。只要鲸被发现，它就无法逃脱。所以，现在到处都在使用这种网。

源内从前住在海边上的破烂不堪的房子里，如今住在桧木造的一栋长房屋内，雇用了两百多名捕鱼人。仅渔船就有八十艘，万事顺利。堆放在一块的金银压得发出呻吟，无论怎样花用也不见减少。因为他家底雄厚，像根深叶茂的大树一般，所以人们称他为"楠木财主"。

俗话说："有信仰之心则有利益。"源内信仰佛陀，从不懈怠祭神。他认为诸神之中，惠比须财神最尊贵，故在每年的正月十日，早于别人前去参拜。

但有一年，因在整理、订缀账本的祝会上喝酒过量，勉强从凌晨起身，把现有的船插上二十根橹出发了。今年晚于往年，不知为何他心怀忧虑。有个本命年的名叫福太夫的人，一本正经地说："二十多年来都是大清早去参拜惠比须神，但今年要到日落时才参拜。主人从此要破财了吧？把灯笼什么的灭了吧！"他开了这个出乎意料的玩笑，更使源内快快不乐。他把手放在短腰刀上，平心静气地想，这正是应该考虑的时候，说道："不，春天的夜晚不打灯笼是无法行进的。"他伸直腿，按着胸苦笑着。船在此时到达了广田的海岸。从船上下来，悄不作声地前去参拜。

松树丛生的海岸很是荒凉。远处灯光微明，那都是往回走的人。来参拜的除了自己以外别无其他的人。他急忙走到神前说："想献纳祭神乐舞。"但神主们团团围坐，正忙着把供钱串在一起。"你去！""他去！"地互相推诿，终于没有起身。因舞姬只在后面敲鼓，他们才勉强接受，仓促应付一下。铃也是走出很远才戴上的。如此了结。

此事虽是神主所为，也让人心生不快。他们粗略地在社内转了转就上了船。源内裤裙也没脱，一头倒下了，不知不觉进入了梦乡。接着，惠比须神连乌帽子掉下来也顾不得，挂着吊衣服的带子，挽着衣袖，抬起一只脚乘上船，从岩石边划过来了。然后对源内说了如下灵验的话："咳！我想起了一大好事却忘记言明。不管对哪位渔民，我都想伺机将此福音转告于他。但如今世人性情急躁，只顾自己说话，匆忙赶回，故无暇相告。你迟来参拜，乃你幸运所在。"惠比须凑到源内耳边，小声说道："捕捞加级鱼的旺季不只是春天。何时何地都有方法将加级鱼放进鱼篓，那便是刺扎软弱的鱼腹。鱼叉须用从头到尾长约三寸的竹子，头部要尖。一叉刺去，便得活鱼。此乃捕获活加级鱼之法，不谓新法乎？"源内顿时醒来，心想这是史无前例的办法。按照惠比须神的忠言试试看。果然，不把加级鱼杀死，即可捕获，源内因此大发其财。像顺风行舟、乘风破浪一样，家境更加繁盛起来。

五　镫屋庭院大　八方人汇集

北国的雪，若用雪杆测量，每年都积一丈三尺。从十月初开始，大雪掩没了山路，人马的交通断绝了。到第二年涅槃会①的时候，不得已只得吃素，咸青花鱼的叫卖声也听不见了。准备咸菜桶，围着炕炉取暖聊天，也不与邻居交往。半年左右无所事事，一天到晚喝着煎茶度日。不过，因为把各种食物提前贮存起来了，所以不至于饿死。只用马背向这样的海滨和山村运输货物，什么都是高价钱，也让人头痛吧？世上没有像船那样便利的运输工具了。

这里的坂田町有一家叫做镫屋的大批发店。过去勉勉强强地开一个客栈，但因经营有方，近几年家境渐渐繁盛。吸引了各地的客人，成为北国首屈一指的买入大米的批发店。提起惣左卫门这个名字，无

---

① 涅槃会：二月二十五日纪念释迦牟尼逝世周年的法会。

人不晓。他家有外面三十间、里面六十五间的大宅院。仓库建得满满的，厨房也相当气派。出纳米酱的，购买柴草的，采购鱼类的，做饭的，收拾餐具房的，掌管水果、烟草、茶室、洗澡间的，还有跑外的，都分工明确，设置齐全。商务上的代理人、家政上的代理人、金银出纳人员、记录收入账的会计等，一人管一事，各负其责，工作进行得很顺利。主人一年之中不曾穿起裤裙伸直腰，内掌柜未曾穿着简易服装离开房间。从早到晚笑嘻嘻的，和上方的批发店大不相同。他总是讨别人的欢喜，认真慎重地操持家业。客厅有无数个，每个客人安排一间。城市的"女招待"，在当地叫做"陪酒"，有三十六七名之多。里面穿丝绸，外面穿棉布的竖条纹的衣服。大多数女招待都结着京都西阵产的衣后带。其中也有一个头儿指挥其他的人。这些女人是为每个客人铺床叠被而设置的。

就像俗话说的"十人十地"，这里的客人既有大阪人，也有播州网干人。山城的伏见、京都、大津、仙台和江户人也相互杂处，在一起聊天。无论听哪一位说话，似乎都是做事妥帖，各有所为。年老的伙计净为自己打算，年轻的伙计耽溺于女色。总之，都不是对主人有利的事。想想看，到远处去办商务的伙计不能太死心眼。过于谨小慎微的人，只能跟着别人的屁股转，所以不会赚大钱。胆量大而损害主人利益的人，却能做好买卖，结果可以把花过了头的亏空很快地弥补上。

这个批发店数年来观察过许多商人。有的人来到这里，刚一下马就打开衣箱，把路上穿的衣服换上京都染的带有家徽的衣服，把蟾蜍纹的腰刀刀鞘取下来，穿上新袜子和草鞋；梳好头发，拿上口衔的牙签。打扮得漂漂亮亮的要给别人观赏似的，说道："我是来游览此地名胜的。"把正在干事的伙计带去当导游。这种人是常有的，以前也看到了几个，但没有一个是有出息的。而现在虽在主人手下，但不久即要独立门户的人，他所关心注意的就不一样。他们一到这里，便走到年轻的伙计们面前，问道："上个月的行李与信上写的真的一样吗？现在各地的天气都在变化，这里的天气情况我不知道。那座山上的云彩，两百天前被风一吹是什么样子？您见过吗？当年做的红花，质量挺不错吧？青苧的行情如何？"净问些有用处的事。这种像干鲑鱼一样无可挑剔的人，不久就会成为比他主人更有钱的人。

总而言之，事情总是有办法的。这个镫屋的生意涵盖整个武藏野。人们认为，因为他向来讲排场，才成了世人皆知的批发商。其实大谬不然。一般的批发店，无论在何地，看起来都像是富有之家，而内情却岌岌可危。这是因为，只是收取规定的手续费就过于迟钝，还做一些批发以外的生意，所以吃亏受损。如果对批发的本业专心致志，好好留心卖出买进事宜，那就无可担心了。一般批发店的生活，与旁观者所看的不同，出乎意料的各种事情都需花钱。如果一味节俭，只管埋头营业，必然衰微而不得长久。一年中的收支结果，不到元旦早晨八点便不知道，可知平时计算不明。而这个镫屋在有钱的时候，来年用的炊具，在前一年的十二月就先买齐了。然后，一年当中只是收入金银。在长方形大箱上打开一个孔，把金银投进去，规定在十二月十一日结账清算。因此，这个镫屋是有信用的批发兼留宿的店家，把钱存放在这里可以安心地蒙头大睡。

卷
三

一　稀奇试用药　煎熬不如常

四百零四种病皆有名医，必能医治。人即使有智慧才能，也有贫病之苦。医治贫病有无方法？向一个富有的人询问，那位富人说："你以前不知医治贫病之法，从盛年到四十岁的初老期，竟是这么稀里糊涂地生活过来的。虽然诊断稍晚了一些，但还有治好的希望。你不嫌弃皮袜子上穿竹皮草屐，时常留心就可能成为有钱人。我给你传授一个'致富丸'的药方吧！'早起'五两，'家业'二十两，'夜班干活'八两，'节约'十两，'健康'七两，一共五十两药。研成细粉，十分小心地称好，仔细调和，不得有错。每天早晚各服一次，必能成为大财主。不过，服药时有如下几个很重要的禁忌：

△ 美食、淫乱、平日穿丝绸；

△ 让妻子乘坐车轿，纵其奢侈；让女儿弹琴和做'小仓百人一首'的纸牌游戏；

△ 让儿子学习打鼓之类的能乐和歌舞伎的伴奏；

△ 耽于踢球、杨弓、香会、连歌与俳句；

△ 建造客厅，做茶道之乐；

△ 赏花、划船、白昼洗澡；

△ 夜游、赌博、下棋、玩双六游戏；

△ 和町人搞无用的聚会，学习剑术；

　△ 参拜神社、寺院，乞求来世再生；

　△ 诸事请仲裁、保证人；

　△ 打算开荒造地，与矿山有关的事情；

　△ 吃饭时喝酒、吸烟，无目的地进京；

　△ 做化缘、摔跤的资助人，帮人制订捐献簿；

　△ 在家业以外做小手工活而浪费时间，为夸耀金子雕刻得精致，而不在刀柄的销钉上卷放其他东西；

　△ 和演员交接，和妓馆靠近；

　△ 借贷月息八厘以上的钱。

"你要明白，以上是比斑猫、砒霜还可怕的毒物。嘴当然不能说，而且也不能用心去想。"富人凑近那人的小耳朵旁，悄悄地说了这些话。

　那人心想，这话实在是金玉良言啊！心中高兴起来。他想按照那位富人的教导，一天到晚，认认真真地过日子。因为身处江户，无论做什么都有生意上的对手。他想寻找一个罕见的事情做，就到日本桥南头，从大清早站着观察了整整一天。这里不愧是各地人汇集的地方。人群的走动仿佛山峦在移动一般，和京都的祇圆祭、大阪的天满祭的人群没有差别。每日的繁荣形成了这个太平盛世，国泰民安。日本桥宽达十二间的桥面上，也是人来人往，川流不息。在这桥上有一个骑马的侍卫、一个出家人、一人持扎枪的仆从，从早到晚没有间断。虽说这么混杂，但人人留心的东西不会掉落。即使是一文钱，无论怎样瞪大眼睛寻找也难以捡到。

　想想这种情况，金银确实是难得的东西，不是可以随便花用的。他想，不管怎样，拼出去做做生意看吧！心里虽这么想，但两手空空所能从事的营生，在当今之世除了教柔术或当接生婆之外，别无其他。不先投入资本，就可挣得小判金、一步金，这是前所未闻的。

　千方百计地寻找，就找不到一个赚钱的差事吗？正当他全神贯注地观察时，发现有这么一种情况。木工和瓦匠到各处去，完成了施工即返回。各自凑在一起，两三百人一边高声说话一边行走。鬈发是朝反向梳的，发型也很可笑。衣襟肮脏，短外褂袖口破裂，上面束着带子。也有把丈竿子当手杖使用的。大部分人把手揣在怀里，取弓腰姿势。一看便知他们是手艺人，无需看其招牌。在这些人后面，学徒工挑着刨花和木屑，桧木木片洒落也不在乎，弃之而去。令人想到，像这么大方的事，只有领主才能做得出。

他注意到这些木片，边走边一一拾起。从骏河町的十字路口到神田的筋违桥之间，拾了一担有余。就这样把木片卖掉，赚了整整二百五十文钱。脚底下有如此好事，以前竟不知道，实在后悔。他从那以后，每天都焦急地等待傍晚的到来。看着木工们回去，把落在路上的木片拾起来，每次都不少于五担。下雨天就用这些木片做筷子，拿到须田町和濑户物町的蔬菜铺里，用批发的方式卖掉。提起做筷子的甚兵卫，镰仓河岸一带都知道。他渐渐成了有钱人。后来由卖木片到卖大木头，经营起了木材店。在木材街购置了一所很大的宅院，光伙计就雇用了三十多人。买下了不次于河村、柏木、伏见山那样的木材山。心情舒畅，悠然自得，财产也像顺风行船，飞速增加。他把船帆柱的用材也买下来，获得了预想之中的利益。在年仅四十岁的时候，就有了十万两的财产。这些，都是因为年轻时服用的那位富人的"致富丸"所起的效验。

他想，已经七十岁了，稍微有点不注意养生大概也无妨。这时他才把上下衣都换上飞骅产的捻线绸，在芝浦一带的海味也分别品尝品尝。每日参拜建在人造陆地上的本愿寺，归来时去看木挽町的戏剧，夜里则召集棋友消遣。下雪时把新茶壶打开举办茶会，或把初开的水仙花用无定型随意投放的样子插起来①。像这种好玩的事情也不知他

---

① 日本独特的"插花"艺术的一种方式。

是何时学会的，只要有钱，什么事都能做。他年老后若和年轻时一样吝啬，即便把富士山变成白银，而人说不定何时化作武藏野的泥土或火葬场上的青烟，那白银还有什么用处呢?！不过，他已领悟到人生的无常，把养老金取出来，过着世间最大限度的快乐生活。八十八岁时，认识他的人都请他切斗板，给自己的孩子起名。他就这样被世人看重，名声也好。人虽死，名犹存，死后能成佛，到来世想必也不错，人们都羡慕他。

为人，重要的是年轻时代挣钱，年老以后向别人施舍。反正钱是带不到来世的，而现世金钱是必不可少的。这真是金钱的世界。

二 奢侈大财主 千里求浴水

家乡的医生不给治了，已经到了死亡的边缘。把送终的水用蛤贝倒入口中，也不能下咽。大家都握住病人的手脚，说："父亲呀，现在只有一条通向西方极乐世界的路了，别处不要去，就去那儿吧!"以此告诉他死期到了。老头子半睁着眼，留下了遗言："我今年六十三岁，已经到定数了。我已决定从浮世的账簿上抹去名字，到阎魔那里报上名。如今什么遗憾的事也没有。你们可不能忘记处世之种啊!"其他什么也没讲就归天了。大家停止悲叹，把尸体送到野外。人死了什么也不需要了，只有一块裹尸布和六文钱。不过，仅这些钱是不够四十九天旅费的吧? 地狱当中的马也骑不上吧? 活着的人还惦记着老头子在冥土中的旅行。

从此以后，儿子便成了家业的继承人。和先前一样住在丰后的大分。世人都知道这位万屋三弥。三弥严守从前延续下来的规矩，三年之间连破损的屋檐也原样不动。怀着悲痛的心情祭悼老人的忌辰。为了父亲的冥福而施慈悲善根，对母亲竭尽孝道。任何事情都是称心如意，进行顺利。父亲的遗言中说："你们可不能忘记处世之种啊!"

他想，菜种可以榨油，父亲指的"种"就是这个吧？他朝思暮想，何时找个机会把菜种包买下来，或者种植它。他反复思考着如何发财。

有一次，他通过远离村庄的广阔原野，这里还像先前那样是茫茫一片荒地。他认为，让这样的地方成为豺狼之穴也是国土的浪费，就悄悄地试着撒上了菜种。菜花应时开放，结了种子。他放心地想，就这么让其自然生长即可。他申请把这片土地作为新田买下，十年间不用交纳年贡，可以随心所欲地开垦。在各处都建了人家，让他们拿着锄锹耕作。每年都有收入，积累了不为人所知的金银。从那以后建造了来往于上方的船，雇用了很多用人。财产逐渐增多，成了西国无与伦比的大财主，万事没有不足之处。

此后，他陪同母亲到春天的京都观光。何处的花色花香都一样，但看花的人却千差万别。这里的确是颇有趣味的女子之城。看到像未飘散在山川上的花一样的美人行走的姿态，心想，是什么恶报使我生在乡下呢？他忘掉了乡下的事情，每日游玩，方寸缭乱。因留京的日数有限，回去时，买了十二名美妾带到了丰后。然后他按京都的样子建造宅院，力求尽善尽美。让人安上镀金的印有"三"字的檐瓦。在四方建造三层楼的宝物仓库。靠着大厅有大书院，建造六十间长的走廊。东、西边筑假山，南边掘泉水。岩石的配置模仿西湖的景致。铺上白玉的铺石，架上热带产硬木的浮桥。在亭子里挂上雪舟①的绘画，点上银骨的琉璃灯。还有掩盖钉子的装饰用的玛瑙，夜光贝的椽子端。在装入丝绵的铺垫上附上天鹅绒的边缘。其他也都尽善尽美，难以尽述。

冬天早晨赏雪，夏天傍晚乘凉。他模仿玄宗皇帝的"花军"搞了一个"扇军"。让许多美女左右分开，自己坐在当中。让两边的人用金扇扇风，以不使他出汗。规定扇风多的女人得胜，负的一方把扇子

---

① 雪舟（1420—1506）：室町时代后期的画家、僧人。

取下投入池中，让其随波漂流，以此取乐。过去丰后的名叫真野的财主也赶不上他的奢华吧？虽说家中内情人不知道，但天之惩罚大概是不可避免的。家人连连叹息，但不可阻止。全靠老管家紧紧地管理着总账，钱库、银库任主人自由使用。三间宽五间深小判库只要有一个库不让主人自由支配，这个家庭就不会破产。

可是人生无常，这位老管家在五十八岁的冬初、一个下霜的早晨伤风而死。此后，主人掌管了全部钥匙，随心所欲，极尽奢侈之能事。他说丰后的水硬，总是比不上京都的水，每日让人汲取从音羽瀑布流下的清水，装上几桶，轮班用船行过遥远的水路运来。在自己的住宅中建上洗澡间，每日沐浴。

从前有一个名叫盐釜大臣源融的人，他把千贺海岸的风景迁到了位于京都六条的自家住宅。因为他把京都的水盛到丰后的洗澡桶里，所以，世人称他"洗澡桶里的大财主"。

人们都议论说，这么奢侈，过不了多久，早晚的炊烟就会断绝的吧？果然，有一年年底算了算总账，出现了五千多贯目的差额，本钱还差一目三分银子。从此以后漏洞越来越大，就像有个比喻所说的"千里长堤，溃于蚁穴"，倒霉的事接连不断，终于一命呜呼。留下的东西，都成了别人的财富。

三　前去观音院　行骗得户帐

有个终日唱歌念佛的人说，从前伏见替城主守城的武士在世时，各位大名的城门鳞次栉比，灿烂辉煌。其中，越前大名的城门，镂刻着金银珠玉。不知出自哪位工匠之手，把珊瑚刻成红梅枝，表现出春天的意趣，让五色彩云静静飘起。龙在飞腾，虎在跳跃。前所未见的中国的二十四孝图雕刻得活灵活现。其美丽之状简直无法言喻。越前大名三年间的五十五万石年贡，据说都花费到这城门上去了。

有一次，京都唱歌念佛的人，在盂兰盆节前后外出化缘，正好看见朝阳映照城门的景象，不由得凝神观赏。在二十四孝图上，有大舜耕作的图景，那头斑牛怎么也看不出是雕刻之物。向淀和鸟羽方向去的拉货的牛，看见城门也停下不走，以为雕刻的牛是自己的伙伴，想同道行走呢。还有老莱子的舞姿，仿佛看到他手舞足蹈，听出舞曲奏鸣。手中拿的风车似在转动，周围草木也随风而靡。看见郭巨[1]挖出的黄金的大锅，令人想到，用那锅不可以煮饭吗？用来烧茶也太可惜了，真想得到它。如果把它打碎做成小判，也能过一辈子舒适生活。正当他心荡神驰、大饱眼福的时候，忽到日暮时分，这是秋日定例。他吃了一惊，说了句"愿以此功德"，提着空袋子回城去了。看到这城门的人，一般被称为"日暮僧"，其末流延续至今，名声很高。

和那时的繁荣景象大不相同了，现在，大名住宅的遗址已变成薯田。看上去凄清的桃林，在开花的春天，也令人想到此非人居之地。平常，即使在大白天，也是蝙蝠横飞，萤虫四闯。京都街道上还有昔日住宅的遗迹，也有靠在一起的店铺。但一到横町等处，则一片荒凉，不见人影。一条街上有三户破破烂烂的人家，夏夜不挂蚊帐，冬夜没有被褥。做柳条箱和吹筒箭的人家倒好一些，大多数人家制作捆扎木板房盖的竹环，或做扇轴、削筷子、搓捆货绳子卖。做这种微不足道的小买卖，大概是不能度过漫长一生的吧？生活在浮世，像这种可悲的人是很多的。

在伏见的街头上，有一家名为菊屋善藏的当铺。里面没有仓库，只有一个放在车上的长方形大箱，这箱子既装货物又作财库。虽然仅以此为生，但因深知经营当铺的诀窍，不足二百目银子的资本逐渐得利，扶养八口之家，尚能撑立门户。

瞧瞧到这当铺来的人们，都有各种悲哀苦楚。有的人被正下着的

---

[1] 郭巨：中国后汉人，"二十四孝"人物之一。

雨淋湿，可是用一把旧伞当了六分银子；有人手提一口烧早饭的痕迹
尚未洗净的铁锅来当一百文钱。到了八月还穿着麻布单衣的家庭妇女
用一件有点脏的围裙来当三分银子，被人看见身子也不管了。还有
八十岁左右的老太婆，虽说活到这么大年纪，可今年的样子却旦夕
不保。她为苟延一日，拿着一尊断了两臂的佛像、一个肴钵，来当
四十八文钱。这实在是凄惨的浮世之相。只有十二三岁的小姑娘和一
个六七岁的男孩，一前一后吃力地抬着一个长梯子，当了三十文钱，
接着马上买了在店铺旁边摆着的五合糙米和一捆柴禾回去。唉！这真
是窘迫之极的生活啊！从旁看一眼，都不由浑身打颤、泪水潸然而
下。而当铺的老板所做的正是这种十分冷酷无情的生意。没有比这更
令人讨厌的了。这么小小的当铺，要求的保证人和图章却和普通的相
同，一板一眼，小心翼翼。而别处借一千贯目盖一个图章即可。使人
觉得这是小题大作，故弄玄虚。

　　利息这种东西，可以积少成多。这个菊屋四五年间赚了二贯多的
银子，但仍是贪得无厌，不讲人情。近在咫尺的高泉和尚的佛国寺也
不去参拜，祭祀的时候也不参拜御香宫，是个无论如何想不到向神佛
祈祷的人。可是不知什么原因，他却信仰很远地方的初濑寺的观音，
急急忙忙上路了。世人都评论说，人心的变化也不能那么快吧！这个
初濑寺的启龛，从先前就规定七日间交纳大判一枚。而菊屋仅有二贯
目的财产，竟然三次启龛。所以住持以及寺院中的人听说了他的名
字，都说："真是独一无二的祈求来世之福的人。从古到今尚无一人
三次启龛的先例。"

　　有一次，他留心观看了挂在神佛前的户帐①，一反②长的竿子上
竟并排挂了十反的户帐。他胡乱上下撕扯，一半以上被损坏，很不好

———————

　　① 户帐：挂在神佛前的帷幕，由绫、锦、缎等做成。
　　② 反：长度单位，"一反"约宽34厘米，长10米。

看。菊屋说："我多次启龛，户帐这么破烂，靠捐款换成新的吧！"僧人都很乐意，从京都取来金线织花锦缎加以更新。此后，菊屋又说："我想把这些旧户帐，挂在京都三十三所寺院的观音前面。"回答说："这事好说。"就给了他。菊屋把这些旧户帐一点不剩地全拿走了。

这些中国舶来的户帐，不用说是传代的古物。柿子色的小蔓、浅黄色的花兔、藏青色的云凤，还有其他的各样各样的花样。这都是贵重的东西，做成放茶叶的袋子和裱褙用的布片来卖，赚了很多的钱，家境繁昌起来。世人估计他已有五百贯目的财产，是靠谱的。菊屋原本不是信仰观音，而是把这作为赚钱的一种手段，实在是个无孔不入的人。他虽然如愿以偿地成功了一次，但因为这本来是违背道德而致富的，所以又沦落到比以前更悲惨的境地。最终到京桥去，向去大阪的船上客人，转卖烧酒和精白米上等酒。甜也好，辣也好，世人不会像醉汉一般上当受骗的。

四　建塔高野山　取名借钱冢

"事物皆有时节。花开花落有时节，人类生死有时节。所以人死了，也不值得悲叹。不过，要延年益寿，就得注意养生之道。有人明知是毒鱼，却食河豚鱼汤。藻鱼和河豚鱼的风味相同，但食用之不必担心生命危险。女人从结婚时变成老太婆，男人把其当作自家池中之鱼，不识好歹地减其池水、耗其精力。这种消耗是不可补偿的，将使一生受损。所以，人对此应该谨而慎之。延年益寿，夫妻要同心协力。"有一位规矩正派的老人如此训诫提醒青年人。

"从前，在难波的今桥大街上，有一个因吝啬而出名的有钱人。他一生独身，为了节俭，丝毫不注意饮食养生。这人在壮年时期就过着毫无意趣的生活，而早死归西了。留下的金银成了寺院的财产。虽说寺院为他念了四十八夜的佛，可毫无用处。他长期藏在内库、不让人见到的银子，如今落入他人之手，用于新町九轩町的每月初二的结账日，也用于道顿堀①的演出主办人的支付款。这些银钱传来传去，上面的'宝'字都被磨光了！"说罢大笑。

"那位吝啬的男人活了五十七岁。是癸辰年生的，又是癸辰年的辰日、辰时死的。这也没有什么不可思议。有一个博学多识的人，翻开《三世相命鉴》一看，这男人原来是镰仓时代的将军源赖朝赐给西行法师的一只黄金的猫。这猫也因奇怪的因缘，偶然托生为人类。他的身体本是黄金，不可使用，因此最后就成了别人的东西。那只金猫，西行法师只是稍微用手触摸了一下，村里的孩子想要，就给孩子了。"根据未亲眼看到的古时的传说，它就是欲念的化身，转生为今世的人类了。

要想致富，除了智慧才能以外，若没有幸运和帮手也很困难。有的很聪明的人却一贫如洗，愚蠢的人却大富大贵。贫富二者当中，即使长了三张脸的大黑天也不可能自由选择。遵守鞍马②寺院的毗沙门天的教诲，像勤劳的蜈蚣那样百爪挠动，也不会得到财产，这毫无办法。对这样的人天也怜悯，人也同情。可是，有的人懒惰懈怠，建造漂亮的住宅，朝夕耽好酒宴美食，制作衣物和腰刀，搞与身份不相称的交际、嫖美妓、玩美男。金钱就像拴屁股的绳子一样，毫无定准地溜掉了。这样，仿佛把小针放在仓库里，即使有多少金钱也显不足。只是支出而不积累，靠装潢门面取信对方。借了人家的东西，决无偿还的希望。这是一开始就处心积虑地想赖账不还。所以这种人比伸出手拿别人东西的光天化日之下的小偷还可恶。

这种人在五或七年之前就意识到，将来可能会破产的，就把弟弟

① 道顿堀：大阪市南区第一大繁华街。
② 鞍马：京都市左京区的地名。

分出去，给他应得的一份。即使把财产分散开了，那财产还是要落入他人之手的。若是京都人就在伏见改名换姓，先在那里找好房子；若是大阪人就让乡下的亲戚买下田地。这样把安身之地事先准备好，然后把空空如也的宅子转让给债权者。枕着旧账本偷懒耍滑。这种行为是可耻的。街坊邻居们从中说和，想用年赋支付，让他保住家宅。他却认为这是找麻烦而加拒绝。为了不丢面子，连同灶中的烟灰一起，全都转让给债主。退出住宅，却喝着桃酒悠然自得地度过三月的节日。

有时候，也有因十一贯目的欠债而破产的人。只剩下二贯五百目财产，于是债主八十六人每天为了清算账目而会合在一起。这伙人没有一个怀有节俭之心。让对方拿出他们喜欢的面条、荞麦切面、酒肴，另外还有各种各样的点心，这些都写进支付账中。耗费了半年时间，该得到的款项全都花用在杂物费上了。计算一下，结果每人只拿走四分五厘，而且还要向街坊们一一点头致谢。这种事情也是滑稽可笑的。

过去大津有一个负债一千贯目的人，据说那是世上独一无二的。而近几年，京都大阪有因负债三千贯目或五千贯目而破产的人。不管怎样，这种事情在偏远的小地方是没有的。正因为是日本首屈一指的大港口，大阪才有借贷如此巨额款项的人；能够借出这么多债，也只有名副其实的商人。平常人怎么有本事，所借出的款项也不能超过一百贯目的。

从前在大阪的江子岛有一个叫做伊豆屋的大财主，逐渐由衰微转至破产。他老老实实地低头向债主道歉，如果把全部财产都转让给债主，才相当于负债的六成半。他说剩下的三成半迟早要找机会偿还。他处理得很妥善，退出了住所，回到了故乡伊豆。依靠亲戚，不分白天黑夜地努力劳动。决心东山再起，恢复原有状况。所以赚了很多钱，再次来到大阪，把过去的零星欠款全部偿还。因为已过十七年之久，债主当中，有的已出走他乡，行踪不知。为了这些债主而向大神宫献上供钱。还有六七人已经作古而且没有子孙。他就用该还给这些人的钱，在高野山建了一座石塔，取名为"借钱冢"，祭悼他们的亡灵。像这样通情达理的人是前所未有的。

五　身穿纸衣裳　终有破裂时

有一个生意衰败的和服绸缎布匹店老板，名叫忠助。以前，他家在骏河府的本町比比皆是的商家当中，写有商号的布帘上染着花菱的大花纹，来表明其家号为"菱屋"，是当地的一大豪商。骏河府不用说，就是在东国和北国也设立简易店铺，雇用的人数不断增加。用大锅烧饭的炊烟像富士火山口的烟云不断升起，水瓶中盛着琵琶湖一样多的水，朱漆的碗如龙田的红叶散开一般成千上万，白色筷子像武藏野的霜柱数不胜数，家境十分繁盛。早晨兴旺晚上衰亡，如此零落也是世间常事。虽说是由于那时运气不佳，但说到底还是因为主人不留心的缘故。

据说这一家在父辈时财产并不多。但是发明了在安倍川的纸衣裳上附上绉绸那样的折皱，又想办法弄上各种各样的小花纹，因而成为这里的名产，各地大量购买。因为起初是他一个人专门经营，所以三十年间已拥有一千贯目的财产。和这位聪明的父亲相比，儿子忠助天生不如。继承家业三十多年间，不算账，也不记账，胡乱花钱。即使放有算盘也无所节制，仿佛风吹柳枝一般，家中收支情况一团乱糟糟。太阳底下的冰要化成水，他终于落到了喝水也无柴烧的境地。衰败到如此程度，是世间少见的。

一般说来，攒钱困难花钱快。忠助把钱挥霍一空，如今才明白这个道理，但为时已晚。没有办法，就在浅间神社前面的街头上，租了无常世界中的一所房子住下了，真是可悲。人情也只是在家境繁盛时才有。现在亲戚朋友也不露面，何况别人，都是一副陌生人的面孔。

即便如此，也不能怨恨他们。到了这步田地，主人倒运，伙计也改变了家号，音信不通，把忠助抛弃了。因而，忠助连盂兰盆节的咸青花鱼、春节的镜饼也见不到，过着悲惨的日子。

即使在世人最繁忙的年关，忠助也闲着无所事事。附近的人凑到一块，因为一年到头忙着过日子，互不熟悉，就询问各自的年龄。大家指着忠助说："你看起来年纪不大，但脸上有老意。并且你的几个孩子也已成年了。我估计一下大概不会错，你有四十八九了吧？"忠助显出不高兴的神情，说："诸位大人看错了，我今年三十九岁。"大家都不理解，说："不管怎样，要说三十九、四十，也难叫人相信。请你照实说了吧！"在大加追问之下，忠助说："我年龄四十七，可实际上只有三十九。"问起其中缘由，忠助回答："过新年吃不上年糕小豆汤，做不起好衣服，也不想着装饰松树枝。①不知岁德神②从东边而来，不知梅花在南边开放，连个历书也没有。这种情况持续八年。八年不长岁数，所以说四十七岁只能算作三十九岁。"众人听罢，哄然大笑。这一年就这么过去了。

"我要是有到远江、新坡去的旅费，一定想办法马上成为财主。"忠助很自信似的说道。东家的人很热情，就给了他一贯零两百文串在一起的钱。忠助很高兴，离开这里出发了。人们都这么推想：忠助大概在那边有亲戚可以依赖吧？或者说明理由把以前贷出而尚未收回的款子要回来吧？不管怎样，用这些钱能做好过春节的准备吧？等候他归来。可是，忠助的想法却与此大不一样，他渡过水位易变的大井川，去参拜立于佐夜的中山山峰的观音。询问后世如何，祈求现世幸福，寻找不知何时已埋没了的无间钟③的所在地，他真心真意地说：

---

① 日本过新年时在门口装饰松树枝。
② 岁德神：历书上写的吉利之神。
③ 无间钟：远江国（今静冈县西部）佐夜中山上的观音寺的钟。据说敲之可使现世富有、来世不下地狱。

"请让我一生做一次财主吧！即便下一代当乞丐，也请救助这一次！"
他怀着诚意敲打无间钟，敲得钟声传入了地狱底层，如果敲这个钟就
能成为财主的话，现世的人们，即使来世托生为蛇岂不也在所不惜
吗？！何况，堕入蚂蟥地狱之类的事就无须害怕了吧？愚蠢的忠助白
白花了旅费来到这里。不管怎么说，眼下仅花了这笔旅费就是一个损
失。他回到骏河把这事一讲，大家用手指着他，大笑道："这么蠢的
人，才干出那种事来！"

在这个骏河府，有一个做桑木家具和竹子工艺品的有名工匠。忠
助向工匠学手艺，制作鬓发砚水壶和花篮子，让自己的十三岁的女儿
到府中的街道上去卖。一天天地听其自然地过日子。这姑娘是当地无
人不晓的孝顺女儿，而且姿容美丽，留心看看，越看越俊。有一次，
江户的财主在参拜伊势神社的归途中发现了她，就征求其家长同意，
把她娶作独生子的媳妇。从那以后，忠助夫妇举家迁往江户。依靠自
己的女儿得到了幸福，可以快快乐乐地安度一生了。

俗话说，美貌乃一大幸运。人们将此事到处传说，悉心扶养自己
的女儿。但是，安倍川的妓女长相如何且不说，在世间不曾见过真正
的美女。总之，十足的美人肯定是没有的。想想这事，那中国的庞居
士①的女儿灵照女一定是个丑女，若是美人，也许不会去卖篮子吧？

---

① 庞居士：唐朝人，名蕴，字道玄，乞食修行。其女灵照女也皈依禅宗，卖篮
子养活父亲。

卷
四

一　跪拜穷神前　祈祷有灵验

一张写着"奉挂佛前"、画着马的大画匾挂在京都清水寺，听说这是和服绸缎布匹店的某人祈求获得一百贯目银子而如愿以偿，才题名挂在这里的。室町的和服绸缎布匹店的同行们都议论说，把这家情况和别家比比看，就知道这家是在一代人中积下那么多金银的。世间人欲横流，因此就向惠比须、大黑天、毗沙门、辨财天等福神祈求，牵住佛堂上的扁平大铃铛的绳子不放，希望获得金钱。但在这个人人精明的时代，这种愿望其实难以实现。

这里有一家名叫桔梗屋的小型染房。夫妻俩努力经营，呕心沥血，精打细算，绝不浪费一点点时间，拼命挣钱。但每年做年糕往往推迟，酒肴没做完，鲕鱼也没买就过春节了，对此感到后悔。于是铺着宝船图①睡觉，口唱"福来鬼去"，立春时向门外撒大豆来驱邪，但是都没有作用。夫妻俩在这窘况中想起了一个奇特的主意。"世间都祭福神。咱就祭被人讨厌的穷神吧！"于是做了一个很可笑的稻草人，让它穿淡茶色的麻布单衣，头戴纸头巾，手拿一把破扇子。把这个难看的稻草人安放在装饰着松枝的家中，从元旦到喝七菜粥的初七日，尽量郑重其事地祭着它。这个穷神在高兴之余，于初七夜里大摇

---

①　宝船图：载有七福神以及各种财宝的吉祥画。

大摆地来到夫妻的枕边，说了如下的话：

"我长年累月地围着穷人家转，藏形匿影，埋没在各种各样悲惨人家的债务里，人们在骂淘气的孩子时，也骂'你这个穷神！'我就这么过日子。虽说如此，我到有钱人家里去，一听到丁银落在秤盘里的声音就感到刺耳，不免怒从中来；一闻到鸭肉的香味和素烧鸡之类的丰盛菜肴即感胸口发闷，很是讨厌。我原来是围着那家的女主人打转的神，走到她里面的寝室，在几层被褥中和吊铺、木棉枕头上一躺，身体刺痒难耐。一身白睡衣上的薰香味也使我讨厌得塞住鼻子。在赏花、看戏时，坐上带有天鹅绒窗的车轿，也是摇摇晃晃、头晕目眩，十分难耐。夜里蜡烛的亮光照在金色的拉门上，觉得刺眼，难以忍受。比起这些来，还是穷人家的十年不重新糊的纸灯笼的微暗灯光要好。夜间灯油烧净了，先把妻子的发油放上点凑合着用。我喜欢看这种拮据的生活情景，就这样长年度日。

"因此，没有一个人做我的伙伴。我豁出去了，越来越固执于贫穷，让那一家日益衰落下去。可是，今年春天你却把我放在心上，祭祀我这个穷神，取跪拜姿势在我前面用餐，这是开天辟地第一次，此恩德我将永志不忘。特将你家穷命，交给奢侈了两代的那个财主家，而让你家快富起来！一般来说，过日子的方法多种多样，但总会柳绿花红。"

穷神如此这般说了两三遍、三四遍。这是一个灵验的告谕，醒后也念念不忘，认定这梦十分难得。心想：咱是经营染房生意的，"红"这个告谕的意思大概是让染红色吧？可是，别人已经建了许多名为"小红屋"的染房，正在满足世人需求，而且，近年来也有人想方设法把砂糖作为原料来染布。在聪明人荟萃的京都，做些普普通通的事情是甭想赚钱的。如此一天到晚地动脑筋、想办法。结果，终于发明了先用苏芳木的染料试染、然后用醋重蒸，与只用红花染料染成的色彩稍有不同。这项发明在世间作为一种秘不传人的技术，染了很多布。自己挑着担子下江户。本町的和服绸缎布店买了这些布。在归途中买进奥州一带的次等丝绵，搞些伸手回手都得利的拉锯式的买卖。不足十年，如愿获得了一千贯目。雇用了很多伙计，诸事托付于他们，自己享乐起来。年轻时付出的辛苦得到了补偿。作为人就当如此。比如，已是腰缠万贯，到了老年仍然劳神费力。这种人不知人生如梦，金银纵多，又有何益！

说起家业来，因为武士和大名各有世袭领地，也就无何愿望了。可是，下等武士，依靠先祖的功劳领取俸禄，如此悠然自得地度过一生，决非武士的本色。只有自己努力服务，以求升官进禄，才有出息。町人也是如此。让双亲挣钱，自己根据转让证书继承家业，算计着上代人坚持信用所带来的商务上的利益或房租和利息，无所事事，稀里糊涂地混日子。二十岁左右就变成了"少老头"，拄着毫无必要的手杖，戴着双层头巾，叫人打着长柄伞走路。不顾别人的评论，过着与身份不相称的奢侈生活。纵然花自己的钱，也是个不知天命的人。人在十三岁以前还是天真无知的孩子，到二十四五岁受父母指使而劳动，然后就要独立谋生。到四十五岁积累供一生享用的财产，从此以后，可以吃喝玩乐了。为什么称作"少老头"呢？就是指年轻力壮的时候四体不勤，将很多用人解雇让其另找主人，令他们毫无着落而落魄倒霉。有出息的町人，应该使手下的用人各安其心，各得其所。把家中的字号布帘分发给他们，这才是作为一个主人应该做的。

一般地说，家中三口人生活，还称不上是过日子；能支撑起五口之家以上的生活，才叫家计。一个用人也不雇用者，不能称为拉家带口的人。连个叫自己"老板"的用人也没有，一日三餐也没有侍候吃饭的托盘，而是用手接取，让老婆给盛饭。虽然这样也照样能吃饱，但却是不体面的事情。同样是过日子，其方法因人而异。若想到这一点，一刻也马虎不得。金银是各处流动之物，如果一心一意地干活，不会得不到它。就像这个桔梗屋的夫妻俩，一开始就自己劳动，如今已成为七十五口之家的主人。如愿以偿地盖起了大房子，有七座仓库和九间客厅。庭院中除了万木千草之外，还栽有可以赚钱的名贵树木。而且，他们所住的街道，也因此而称为"财主街"。

二　屏风有古墨　得之赚大钱

坐惯了船的人，能够预测不违时节的微风和晴朗天气。在西国若有一尺八寸大小的云块挂在山头上，从三天前就知道要闹天气了。没有像今天这样航海如此安全的了。正因为世上有了船，才可以一日行百里、十日行千里远航，办任何事情都很方便。因而，把大商人的心胸比作渡海之舟。若不一步跨过店前的小沟，到宝岛上去看看，便不能成为用"万宝锤"①打出财宝、用小锤叩打天平那样的财主。而一生中仅围着天平盘子来回地转，不知天地之大、世界之广的人是可悲的。

日本暂不必讲，向中国方面投资确是一个气魄宏大的做法。虽然将来能否赚钱尚且不知，然而中国人是正直的，他们决不自食其言。在卷起来的丝绸里面没有以次充好、以假乱真之类的事情，中药材之中不掺杂物。木是木，银是银，分得一清二楚，哪一年去取也不会有变。而狡猾的却是日本的商人。针的长度越来越短，织布的宽幅越来越窄。雨伞上不涂油，无论如何都以省钱为第一；货卖出去不承担责任，只要自己淋不着，甚至可以让亲爹亲娘赤着脚在大雨滂沱中行走。什么事都是雁过拔毛，捞它一把。

以前销往对马的烟草，装进小箱里十分好卖。在大阪，箱子上都让刻上经手人的名字，而现在有人却出了一个狡猾的主意。心想，掺

①　万宝锤：据说用这种小锤一敲，自己喜欢的东西就会出来。

点假大概也不会让人知道吧？便在压在底下的烟草上偷工减料，而且还在烟草里注了水。可是，这些烟草在航海途中结了饼，完全失效了。中国人对此十分不满，第二年就预订了前一年的十倍。利欲熏心的日本商人们争先恐后地把货运来了。中国人却让他们先把货堆放在码头，说道："去年的烟草被水浸湿了，我们不满意；今年是浸了水还是掺了盐，请看一下。"看了的结果是全部拒收，就那样烂掉变成海边上的泥土了。想想这事，骗人是长久不了的。倘若正直，神也颔首；倘若洁白无瑕，佛也安心。

命运往往由天安排。有一个在长崎做买卖的人，住在筑前国的博多，据说名叫金屋。他在海上遭遇大风丧失货物，一年反复了三次，多年的资本全都葬送了，只剩下家中的仓库。松风吹在檐端，如今也觉凄凉。雇用的伙计解雇了，妻子儿女也随之落到了悲哀的境地。如果遇上了那种事情，周围又没有可以停靠的岛子，听着海浪声也感到可怕。他在心中向住吉大明神起誓，决不让自己的子孙后代乘船了。

有一天黄昏，他在檐下附近坐着乘凉，看见四周的群山，云峰重叠，仿佛龙在升腾的样子。天空变化无常，人的家产如何也是不可知的。自己的家如此沦落了，庭院被繁茂的草木落叶所覆盖，不知何时成了猪秧秧草丛生之地。各种各样的夏虫拼命啼鸣，使房间内如同山野，听起来实在使人悲哀。蜘蛛从墙边的大竹子到杉树枝之间结网，刚要把丝扯过去，就被大风吹断了。蜘蛛悬在中间，若掉下去也很危险。它却重新开始扯丝，但又被吹断。就这样三次受难，终于在第四次把丝扯过去了，不久做成了蜘蛛网。然后蚊子落在网上，就捕住它吃掉。他看见蜘蛛这样反复扯丝，由此得到启发，心想："连虫子都那么耐心地织网并以此为乐，何况是人，不能性情急躁，放弃自己做的事情！"他把房子卖掉，看准时机买进了少量的商品。和以前不同，伙计也没雇，自己到长崎去，进入舶来品琳琅满目的宝市。他一边观看中国纺织品、中药材、鲛皮以及其他各种家具，一边想：今天若能把这些东西先买下来，将来市价上涨一定能赚钱。可是，自己没有足够的金银，都让京都和堺市的商人给赚了。光凭智慧才能，不能和有钱人抗衡，没有金银就一事无成。皮包里集中起来也只有五十两，只靠这些钱不能置身于商人行列。

这买卖是可望而不可即了。想到此，他自暴自弃地到丸山的花柳街去了。然后，他想找到自己盛年时熟识的太夫，今夜最后一次享受一生的乐趣。他托以前的人情，见到了名叫花鸟的太夫。从初次相会他们就结下深缘，今夜特别感到亲切。突然，他看到了枕边的屏风。两面都是描金的，剪裁下来的古人字迹贴得满满，看来看去没有不值钱的。其中，有定家①的小仓色纸②，上面记载着茶道的有名茶具。其他的还有六张。越看越是传代的古纸，与真笔无何不同。这是何人送给这位太夫的呢？他不由心生贪欲。下次再来游玩。

此后他一天到晚不断来此，巧妙周旋。不知不觉间花鸟深深地倾心于他，成了为他剪掉黑发也在所不惜的生死之交。因而，一说想得到那架屏风，花鸟便爽快应诺。他拿上屏风匆匆忙忙地不辞而别，到上方去了。靠人情把古人的手笔纸片交给大名们，得到了巨额金子。从此，他成了不亚于以前的大商人，又雇用了很多用人。然后去长崎把花鸟赎出来。因花鸟所倾心的男人在丰前的某码头，金银家具样样不缺，成全了他们的婚事。花鸟十分高兴，说："我忘不了你的恩惠。"虽欺骗了一次妓女，但这做法并不太坏。世人都夸奖说："这男人真有心计！"

---

① 定家：藤原定家（1162—1241），镰仓时代前期著名歌人、学者、书法家，《新古今集》的撰者之一。
② 小仓色纸：据说藤原定家曾在小仓山上用带颜色的纸抄写一百位歌人作品，那种纸称为"小仓色纸"。

三　撒钱施于人　如播幸福种

人皆以正直为本，这是神所坐镇的伊势国的风俗。伊势神宫所属有一百二十个小神社。其神体都是用纸裱褙的粗糙的挂轴，这未免让人觉得不成样子。可是，毫无虚伪的神却像一面镜子显现出来，故而此地的人心也很正直。日本人认为这实在可钦可佩，难能可贵，都特地到此参拜。可不知从何时起，谁耍小聪明，把参拜时撒的钱做成像鸽子眼一样的奇怪的铅钱。说是一百文，实际上只把六十文钱串起来作为香资。这实在是悭吝人的心地，富有的福神对此会加以嘲笑的吧？

这里的繁荣景象无须再说了。在皇大神宫演奏神乐的奉纳金堆积如山。规定祈求成就诸愿的香资为十二贯目，供钱源源不断。出卖笙、笛和贝壳勺子过日子的人，以及出售海带为生的人等等，像海滩上的沙子一般多。另外，身份不高的伊势神社的办事僧，多雇用书写员，给各地的老板书写一张例定的祝愿书，每张一文钱。写一份祝愿书以求一年中养活妻子儿女者，不知有几百人。总之，这里有各种各样的渡世之道。

体察别人的心理而做好买卖，是伊势人的一大特征。像间山的阿山、阿玉这样的乞丐，也耐心地讨参拜者的欢心，不必担心饥馁严寒。穿着绸子衣服合奏三弦琴，唱着"肤浅的一个心儿呀"这样的间山曲调。何时来听都是同一调子，成为内外宫之间一里路上的参拜者的一大乐趣。

世上没有像钱这么有意思的了。伊势有许多进香团前来参拜，可是却从未有人肯拿出一点钱来满足这些乞丐。想想看，只要给一点点钱就会使他们高兴。一个在新院子里铺白石子的老汉曾说："在京都岛原的春节冶游买笑等场合，都是给点赏钱的。但是这里的都很吝啬。"

有一次，江户的町人来参拜。此人用的马并不怎么修饰，轿子中的坐垫也采用并不引人注目的紫色。带着两三个随从，让办事僧所管辖的向导带路。走出山田时，把新铸的二百贯钱准备好，让跟在后面的人拿着，在间山五十町长的路上，把钱撒下来。因此，大路上看不见尘土，好像满山遍野都是串着钱的松枝。乞丐都站起来拾。跳松原舞的女人们的衣袖里装得满满的，过滤豆酱用的筛子也盛不下了。一时间，小曲声、弹琴声都停止了。这一位究竟是怎样的大亨巨贾呢？一打听，原来是江户堺町一带的秤砣店的老板，是个不太出名的财主。世间名不副实的商人很多，可这位人士表面上平平常常，而家产却如此丰厚，就像在暗中牵着鬼似的，达到了令人害怕的程度。他年复一年地不断走运，从二十岁到五十五岁，三十四年间用自己的双手挣钱。把七千两金子传给了自己的独生子。

这个人开始做生意时，在都传内这个剧院附近，租借了九尺宽的店开了一家钱庄。把零钱兑换给看戏买票的人们。兑换二目或三目银子，过秤时在五厘或一分上蒙混对方而赚便宜。虽说赚钱甚微，但久而久之可获大利。此后又扩大成为兑换所。只有这，才是"楠木财主"，树大根深，不可动摇。

他的邻居是个十分聪明的人。制作一些哄人的玩具，把乌鸦胡说成鹭鸶。有一年，他制作了名为"阎魔鸟"的稀奇手工品，每天赚五十贯钱。还有一年，他把一种形状奇特的东西称为"小遍罗"，因而每天卖的钱堆积如山。人们也许要问：要是这样，马上就能建置家内仓库了吧？其实并非如此。现在他仍然注意着深山和大海。心想，万一发现浅黄色的猿猴就好了，是否有长着手脚的加级鱼呢？他正在寻找这些东西。这种想法本来就像水泡一样，所以很快就会化为乌有的。

一般地说，儿童演员的收入只能用于当时。玉川千之丞当女演员，表演《业平河内通》这一场狂言，规定一天给一两小判。虽然一年三百六十两，可是，隐退到伊势国直至去世的时候，连以前穿的舞台服装也没有了。全盛时期享受荣华，以后则两手空空，一无所有。他未想到要积攒金银，以此为资本而做商人。所以人们应该明白何为本业而善自处之，这是十分重要的。

明历三年丁酉年①江户发生大火灾。各种家具什物也化为灰烬。人们都赤身裸体。但不久又重新振兴。酒店还像先前那样把松树叶捆成一团作为商标挂在门口。本町的和服绸缎布匹店各自用锦缎装饰门面。传马町的丝绸店、棉布店也建起了和以前相同的店。大传马町的佐久批发店房间前的大街，有无数个纸张批发店并排在那里。还有日本桥舟町的鱼市、伊势町河岸大街的大米买卖、尼崎町的涂料批发店等等，这种繁荣景象乃当世所有。如今风静云止，在照降町住有穿木屐和竹皮革屐的手艺人，在白银町可听到银匠的锤声。以前见过的人都重操旧业，以前做日工的人如今仍做日工。山中修行的僧侣的面孔一如往昔。卖治肿瘤刀伤膏药的人，现在还是用同样的声音叫卖。变换职业的人一个也没有。穷人依然是穷人，财主依然是财主。那个秤砣店的人曾环视着周围感叹道："没有比这些更奇怪的了。"

那时，在这广阔的街道上，只有一个人想到：趁着混乱可以拣到银子吧？他关闭了已做惯的念珠店，在中桥开了一个经营刀和腰刀的店铺，也曾一度繁荣。但不久，店里的剑也像菜刀一样生了锈，他又恢复了以前的念珠店。此后他十分珍重这个店，把它当作连命珠。这说明，人还是把自己做惯了的事努力干下去为好。

四 十次占便宜 一次遭毁灭

越前国的敦贺港每天有很多的进港船，据说每天平均进港税上升

_____

① 明历三年丁酉年：公元 1657 年。

到大判金一枚，这与河港的收益没有不同。这里是上万家批发店繁荣之地。尤其是一到秋天，市街上商铺林立，看起来简直像京城的街道那么繁华。夹杂在男人当中的女人的模样儿也都不错。这里真不愧北国之都。

流动剧团到这里演出，小偷也麋集而来。不过，眼下的人们警惕性很高，印盒始终不提出来，手纸袋也揣进怀里，扒手们无法下手。在这样混杂的人群中，一文钱也无法搞到，所以，小偷扒手们的日子难过起来了。无论何事都要实实在在地向人鞠躬求助，根据不同场合殷勤待客，这样日子就不会太难过。

在街头上，住有一个名叫小桥利助的人，是一个没有妻子、过独身生活的聪明人。开了一个很体面的茶馆，挑着茶水卖。他自己挂着衣袖带，扎着裤裙，戴着一顶滑稽的乌帽子，辛辛苦苦地早于别人来到市场卖茶，说这是"惠比须的早茶"。因为所处摊位优越，很容易吸引商人过来。连并不口渴的人也喝这个茶，还给惠比须福神上供钱，大抵各自投入十二文。就这样每日生意兴隆，不久就挣得了资本，开了一个卖嫩茶叶的茶庄，扩大了生意，终于成了雇用很多伙计的大批发店。因为这之前是靠他自己的力量成为财主的，所以受到世人称赞。名门大户都希望赘之为婿。他却说："不挣到一万两金子就不娶老婆，即便拖到四十岁也不迟。"他想到，建立家庭，马上就需要破费钱财。他只把攒钱作为乐趣，过着独身孤单的日子。

但是从那以后，利助却起了邪念。他派年轻人到越中和越后去，收购废弃的茶叶渣，谎称是京都染房使用。买回后掺杂在好茶当中，暗中卖给别人。一时占了便宜，家境兴盛。可是，苍天会惩罚这种恶劣行为的吧？这个利助忽然变成了疯子，然后自己把秘密向当地的人们坦白了。到处喊道："那是茶渣、茶渣！"认识他的人都说："已经那么富有了，干吗还要起那样的歹意呢？！"于是没有人再理他了。请医生也没人去，身体逐渐衰弱，连汤水也喝不进去了。在临死的时候，他含着泪说："我也想喝一口茶，解除我今生的苦楚。"

把茶端到他眼前，由于因果报应，他喉咙堵塞，喝不下去。在渐渐咽气时，让人把内库的金子取出来，放在脚旁和枕边。说道："我死了，这些金子都成了谁的呢？想一想，真可惜啊，真可悲啊！"他紧紧地抓住金子不放。泪水中带出了鲜红的血丝，脸色直如长角的青鬼。他像幽灵般在家中乱转。把他按倒在地，却又苏醒过来，到处乱转，寻找金银。这样反复了三十四五次之多。后来，用人们都害怕，不理他了，也没有人到他病房里去。用人们好容易集中在厨房里，手持短棍木棒武装起来，三四天之间没听到利助的动静。然后，他们手拉手地到房间边上向里窥视，发现利助抓着金银，睁着双眼，死去了。见此情景，人们都感到他已经死了，就把尸体原样不动地装进车里，送到了野外墓地。那时恰是风和日丽的春天，可突然间乌云翻滚，大雨像车辐转动似的降落而下。平地成河，大风吹断树枝，电闪雷鸣。这是要在火葬前把利助的尸体夺走吧？看着眼前这现世的苦状，大家都发了菩提之心，把空车撇在那里，各自逃回。

此后，利助的远房亲戚，作为他的继承人，财产可以瓜分继承。可是，他们听到利助生前的事情，都吓得浑身颤抖，连继承一根筷子的人也没有。让下人们分取东西，可他们一点也没有这种欲望。结果，连在利助家干活时穿的布棉袄也放在那里没人要。唯利是图的人们，也这样愚蠢。没办法，决定把所有的东西卖掉，把卖的钱全部交给菩提寺。寺院的僧人得到了一笔意外的收入。却没把这钱用于佛事，而到京都去玩弄男性俳优。这又让祇园和清水寺的妓馆高兴了。

据说，利助死了以后，围着各处的批发店打转，来取多年的赊账。这确是令人不可思议的事。批发店虽也知道利助已经去世，但对利助以生前的姿态出现十分害怕。称货物时绝不敢弄虚作假，缺斤短两。此事被人传说开了，把利助住的房子叫"凶宅"，没有人买它，只任它毁坏、荒芜下去。

　　由此可见，因为有利可图，用废弃的东西以假乱真捞取金钱，用
冒牌货骗人，用不正当手段娶来带有陪嫁钱的女人，借的寺院祠堂的
钱因破了产就不予偿还，参加赌博，购买毫无用处的矿山，强卖人
参，有夫之妇与其他男人通奸以取得钱财，套狗剥皮，买来婴儿却让
其饿死，捞取溺死者脱落的头发而卖给假发店，如此等等的勾当，虽
说是为了生计，但做违背道德之事，一时享用却难以长久度世。这些
事一旦染身，就不知自己的所作所为有多么恶劣，这实在是令人切
齿。所以，过日子还是应当循规蹈矩，这样才不愧为人。试想，人的
一生只有短短的五十年左右，只要不做恶事，做什么不能生活呢？

五　伊势海虾贵　对虾可代替

　　俗话说："人活一口饭。"既然活在世上，无非一口饭，不必太想
不开。连年不景气，人们的日子都不好过。但是要过年了，没有人家
不捣年糕，没有人家不买晒干的青鱼子。而有的人家晒鱼钩上挂着丹
后鲫鱼和野鸡，木棚中堆放着柴禾，土间里准备下了可用到三月份的
米袋。欠账在腊月二十以前都还清了，然后再索要外欠。一看这种提
前做准备的人家，就可明白其生活之富裕。

　　另外，账面上的收支计算正确无误，再去收取赊账。没有比收
取、支付赊账这么令人忙乱的了。过了除夕之夜才给人买来竹皮革
屣和袜子，也是迫于世间常情。有的主人给按年限雇用的下女和学徒
工做工作服，把买下的带条纹的廉价布匹做成棉衣，配上白里子。这
种主人一到开春就不免要露出窘迫之相了。总而言之，应该从春节购
物时就注意节约。还有，更换尚可使用的家具，或者进行家庭施工，
或者换草垫上的席子面、涂抹炉灶等等，万事讲究干净新鲜。这一件
件事情虽不起眼儿，可积累起来，一年中的花费可就大了。聪明的人
把一般的事务留在白昼较长的春夏两季来做，这是很好的做法。

有一年，伊势的海虾和回青橙缺货。到江户的濑户物町、须田町、麴町等地寻找也没有。这种东西在各地大名的祝仪上是不可缺少的。一只伊势海虾可卖小判五两，一个回青橙可卖三两。那一年上方货物不足，大阪等地的伊势海虾一只是二目五分；一个回青橙也是七八分。因为这是过春节所用，无奈只得买来做蓬莱①装饰品。江户的町人度量特别大，他们敢做敢为，不管以后如何。

这时候，位于摄津与和泉边缘地带的大小路一带，住着一个名叫樋口屋的人。他过日子滴水不漏，一生中从不做徒劳之事。他想，做蓬莱装饰品是神代以来的风习，可是买那么昂贵的东西却毫无益处。不买，天照大神未必会责怪的吧？便用对虾代替伊势海虾，用香橙代替回青橙。做出的蓬莱装饰色彩相同，同样具有迎春气氛。人们都认为这是聪明人的新办法。于是那一年整个堺市的人，连一只伊势海虾、一个回青橙也没买。

这里的人都是温柔敦厚。梦中也忘不了算盘，家中过日子精打细算。外观上喜欢华美，做事严守礼节，是一个颇为风雅的地方。不过，这里有些古板，从外地来的人难以久待。从元月到年三十的预算一次完成，不另外多花一文钱。任何物品都在预算之内购置，过日子稳稳当当，踏踏实实。男人的捻线绸短外褂，三十四五年之中不拆洗。一把平骨的扇子使用几个夏天。女人把出嫁时的衣裳原封不动地传给女儿，女儿再传给孙女。连折痕也没改变，小心地保存着。

仅有三里之隔的大阪与堺市竟有天壤之别。只要今日得到了满足，明日如何暂且不管。人们追求一时的奢侈豪华，这也是因为大阪的町人赢利巨大的缘故。女人的气量更大，除盂兰盆和春节的盛装以外，还临时做衣裳，毫不珍惜，穿破就当作布片弃置到针线箱中。堺

---

① 蓬莱：庆祝新年时用的一种装饰品。在方形案上盛上白米，其上装饰着干鲍鱼片、伊势海虾、海带、橙子、橘子等物。

市靠节约过日子，大阪则讲究奢侈排场。人们的风气因地而异，这都
很有意思。

　　无论何地，也都是有钱者到处吃得开。囊中羞涩者，无论显出怎
样一副聪明相，也无人搭理。有钱的蠢人做的事就是好事，而通情达
理的人往往受穷，这确是令人无奈。

　　不讲假话的大黑天福神有这样的神谕："年轻时应呕心沥血，努
力劳作；年老后应享尽快乐。"然而，没有一个时代比当今难以挣钱
了。金银当然比从前越来越多。可是，何人把金银放在何处，都不让
人看见，真是不可思议。既然人们都不肯把金银拿出来，在不必要的
事情上就不应随便花费。攒钱慢得让人着急，花钱却是很快的。

　　有一次，有人深更半夜来樋口屋，敲门买醋。隔着二道门，里面
隐约听得叩门声。伙计睁开眼问："买多少钱的？"回答说："劳驾，
只买一文钱的。"伙计听罢假装入睡，此后再也不吱声了。买醋人无
可奈何只得回去。主人得知此事，天亮以后把伙计叫来，命令道：
"在门口掘地三尺！"伙计久三郎从命，脱掉上衣，光着膀子挥舞铁
锹，使出浑身力气掘开坚硬地面，累得汗流浃背，一点点挖下去。挖
到三尺深的时候，主人问他："应该见到钱了，可为什么还不挖出来
呢？"久三郎回答："除了石子、贝壳，其他什么东西也没见。"

　　于是主人训诫道："你这么累死累活的，一文钱也挖不出来。所
以从今以后，一文钱的买卖也要重视！从前，连歌大师宗祇法师到此
地来过。贫穷的生药铺有一个喜好风雅的人，他把别人召集来，在二
楼房间举行连歌会。轮到这位东道主做歌时，恰巧来了一个买胡椒的
客人。东道主向在座者说明情况，去给顾客称了一两胡椒，收了三文
钱；然后回到原座，平心静气地思考，附上了连歌。所以宗祇特别夸
奖他说：'实在是优雅而又有所用心的人！'人都像他这样不懈怠家
业才算尽本分啊！

　　"我起初底子很薄，一代之间有了这份家业，是因为我持家有方

啊。你好好听着，学着点没啥坏处吧！譬如说，租借而居的人，房租
应按日计算，每日都备下当日的房租。贷款也如此，即使一个月，如
果能不付出无谓的利息而好好运用，无论如何可以在这期间做好买卖。
偿还贷款也有好办法：把贷款的一半留存起来，如果是一贯目的贷款，
每次可还一百目。这样，十年间可以还清。存款不精打细算，而和其
他钱混杂在一块，只在账本上看收支平衡的人，家产会逐渐减少的。
即使花用自己的钱，那也须记在小账本上。买东西时往往会出差错。
不做买卖的日子，一点钱也不能拿出来。万事不赊账。当时不显眼，
不知不觉间积少成多，一看花钱的账单，会大吃一惊的。还有，碰上
拿房产作抵押这种麻烦事，不要顾及面子，应该把它卖掉作抵押。没
有把抵押出去的房屋赎回的先例，因为被利息逼得走投无路，最后才
把房产押上去的。在情况比这稍好的情况下，可以把房屋处理掉，离
开此地。倘若改变主意，就是留下一橱一柜，也好勉强做个生意。"

　　堺市这个地方很少有暴发户。父母从两三代以前承继下来的、从
前买下的东西，现在也不卖掉，而是待价而沽。这是因为他们树大根
深，家底丰厚。专卖朱墨的"朱座"是在幕府的保护之下安居乐业
的，做铁炮的厂家也是御用的，所以基础牢固。药店的老板从不在长
崎交易，不在其他地方赊借，都小心翼翼地保住自己的体面。因情况
有别，别处的人不可仿效。例如，南宗寺从本堂到方丈，是一个人出
资建立起来的，这事确实是难能可贵，其风俗带点京都味。此前，在
京都的北野七棵松，观世太夫①为了化缘而举办引退前最后一次演出。
那时候，堺市的人仅次于京都、大阪，各用一枚判金取得楼座。由此
可知他们好奇到了何种程度。奈良、大津、伏见的人都一样，连一间
楼座也未买。说起来容易做起来难，町人用一枚判金抢购一个楼座，
看戏的人比肩接踵，这真是生活在千秋万岁盛世之幸。

―――――――――――

　　① 观世太夫：能乐四座（"座"是剧团之意）之一的"观世座"负责人，著名演员。

卷
五

一　钟表制作难　三代始成功

中国人平心静气，从容不迫，处理家业也不忙忙碌碌、急于求成。伴随琴棋诗酒度日，秋天在滨边赏月游玩，春天去山里观看海棠开放。三月的节日也不提前准备，过得悠闲自在。这是中国人的风俗习惯。在日本，若想仿效这种做法，是毫无道理的愚蠢行为。

有一个人终年钻研，研制在枕边"嘀嗒"作响的钟表，去世后，他儿子继承了这一工作，再把它传给下一代。到了第三代终于完成。如今为全世界的人视若至宝。可是，似这样耗费三代年月，对过日子来说，是不合算的。

若仔细看看，就会发现有一种从中国南京进口的名叫金饼糖的点心。日本人对其做法进行了反复研究，可无论如何也做不好。先前一斤卖一百六十目，现在用五目银就可买到，价值大大下跌。这是因为原来的货是长崎的女子作为一种手工业制造出来的，现在上方也如法炮制，推而广之的缘故。起初，都城的点心铺绞尽脑汁地观察进口的金饼糖，可是，用芝麻作材料就可制成，这一秘诀，他们无论如何也不知道。

首次考虑到这个问题的，是长崎的生活拮据的一位町人。他在两年多时间里，对金饼糖的制法煞费苦心。去询问中国人，但没有人记得制法，为此很是烦恼。看来即使是正直的外国人，对好事也是保守秘密的。因为胡椒粒是用热水浸过之后才进口的，在日本没有人见过胡椒树是什么样子，所以无论撒下多少种粒也长不出树苗。有一次，高野山的某个寺院，一回就播下了三石胡椒粒，其中只生出了二棵树苗。从此逐渐繁衍，如今世界上到处可见了。

不过，这金饼糖当然没有什么种子。以芝麻作原料，再加上砂糖，慢慢揉成丸状。首先引起注意的是，这芝麻到底起什么重大作用呢？原来，先把芝麻用砂糖熬，再用几天的时间晒干，然后撒在煎锅里炒。随着温度升高，砂糖从芝麻当中脱出，金饼糖就自然而然地做成了。用一升芝麻作原料，可制金饼糖二百斤。用四分银的资本做成一斤金饼糖，可卖五目银。所以不出几年，即可赚得二百贯目。以后，人们学得了这种技术，无论哪个家庭，女人们都把它作为一种工作。发现了金饼糖制造技术的那个男人，关闭了点心铺，开设了一个妇女用品百货店，越来越发挥出其智慧才干。由于他在生意上尽心尽力，一代之间就成了拥有一千贯目的财主。

日本的富贵宝港长崎港，秋季贸易船进港的景色大为可观。生丝、丝绸布卷、生药、鲛皮、沉香和各种工具的买卖投标都在进行。年年输入的货物很多，全都买下来了。例如，雷神的兜裆布、鬼角制的工艺品，什么都买。见此情景可令人想到世界之广。在从各地汇集而来的商人当中，有京都、大阪、江户、堺市的聪明人。什么事都是粗略估摸一下就成交。虽然是向手抓云彩一样靠不住的外国船投资，也不会吃亏。他们各都熟悉经商之道；判断不会有误。那些能挣钱的伙计，收入决算搞得有条不紊，但花钱也是一把好手。老老实实、过于节俭的年轻人，却不通赚钱之道。一句话，好事是不可得兼的。长崎假如没有叫做"丸山"的妓女街，上方的金银大概还会乖乖地归回上方吧？到长崎做生意，海上的风浪使人担心。此外，不知何时就会吹来的"恋风"也是可怕的。

在下雨的寂寥的黄昏，主人雇用的伙计们聚集在一起，谈论各自的主人致富的来龙去脉。听听这些话，便知没有资本即可致富的人绝无仅有。首先，江户的伙计说："听说我的主人曾是传马町的有少量家产的人。他拾到了某位大名的四百两用于被除不祥的金子，以此为资本成了大财主。"京都的伙计说："我的主人原是个小商人，过日子滴水不漏。他想：倘若我做世人所不做的事情……便开了一个葬礼用衣的出租铺。葬礼用的铁灰色乌帽子、白色小袖衬衣、无花纹的裤裙和轿子，都配套齐全，以应急需。用户交的折旧费日积月累，不久他在东山建造了安闲隐居的场所。世人说他有三千贯目的财产，事实上也差不离儿。"

大阪的伙计说："我那老板是个古怪的人。一直没有确定的老板娘，他怕娶老婆花钱。想是他不要了吧，其实不然。他探知有一个过了一生寡居生活的女人，大概年纪也大了。那时他不顾这女人相貌丑陋，说是有一个旧的长方形大箱子就行，便与之成亲了。果然，箱子内放有三十贯目的私房钱。他以此为资本，从开小纸店，轻而易举地改成生药铺。如今已有两千贯目的银子。洋洋得意，威风凛凛。他成了有出息的町人，所以大概不会遭到惩罚吧？"

无论听谁讲，要成为大财主，靠一般的做法是不行的。他们各有特别的与众不同的方法。在这个长崎，先买进进口货。现在价格便宜，过几年也不会损坏，买进来不会吃亏。有的人用二十两金子买进二尺长的鳄鱼，养了十年以后，变得凶猛起来了。而今后如何，令人终日担忧。还有的人用一枚大判金买了一个食火鸡鸡蛋，让其孵化，但到时候会把炭火吃掉的。不管是多么稀奇之物，买来这种东西放着，是家国中的一大浪费。

二　肩挑鲤鱼卖　度日有转机

人们努力经营家业，就应像设在激流中的水车昼夜不停。有人估计，急流一昼夜的流速为七十五里。精通计算的人，也曾估计过年月流逝的情况。

除夕夜的事情，虽在秋季月夜就一清二楚了，但事到临头，却恍然大悟似的忙得团团乱转。在事未临近之前，商人们开动脑筋经商，手工艺人忙着做各自的手工活，但也拖延日数，不能完成预定计划。还有，赊出去的贷款，譬如说十贯目，一般地说打算收取三分之一，即三贯目，以用于自己的支出。倘若如此，在世间也不留尻尾，比狐狸掩饰得还巧妙。这才称得上是处世者的聪明智慧。

有一个善于经商的人说了如下的话。"赊出去的货款，在容易收到的时候先去征收。以为那一家逃不出自己的手掌，何时去取都能取到，一搁置下来，再去取就出乎意料地浪费时间。或者人家说不在家，就得来去数次。总的来说，要债者不能看到人生无常而生起同情之心。即使听到黄昏的钟声也平心静气，全神贯注于钱袋。言辞谈吐彬彬有礼，脸色表情令人生畏。在厨房铺木板地面的中间坐下来，不吸烟，也不喝茶。主妇热情打招呼，也装作没听见。眼盯着晾晒的干鱼和野鸡，说：'你家今年年底搞得很不错。土间里堆放着三石米，而且看得出是本地出产。做年糕也早于往年，连锅盖也换成新的了。你家姑娘节日穿的衣服，紫色小飞鹿花纹还带红里子，只这一点就蛮有春节的气氛喽！而我家，却像过盂兰盆节时跳松原舞似的，手忙脚乱，心神不安。如今我家连装饰门口的一棵里白，一个晒干的青鱼子也没能买。我孩子去年做了一件手织的条纹夹衣，心想，至少得絮上点棉花什么的，但连这点事也做不到。看看你们这里的情况，简直可以说成财主也不过分啊！像这样在季节末期搞得如此好的人家，江户我不清楚，整个京都是没有的。'净夸他家的好事。这样唠唠叨叨地一说，别的支付暂先不顾，自己的钱是应该还自己的了。即使借债的人家说：'今日天气冷得很，喝一杯酒吧！'但在拿到钱之前，是不能喝酒或吃汤泡饭的。"

还有一个几次靠借债过年的历尽艰辛的人，说了这样的话："作为世间的习俗，赊账买东西，买卖双方都是相互权衡利弊的。例如，一石新米值六十目银，却卖到六十五目，而且还是下等米；一升油值二目银，却卖到二目三分。此外，豆酱、酒、柴，什么都这样。所以，一年到头等于为别人而劳动，自己的生活穷困拮据是当然的事情。而支付借款的人，采取少斤短两的方法，很多放债的人都是这么干的。即使手头有银子，还是在大年夜过后再放出去为好。那时借债人一般已经急不可耐了。因事先听到'其余在松之内①支付'的许诺，借钱时放债人捣点鬼、称银子时分量轻一些他都顾不得，觉得借的钱就像白白拣来的一样。一把将银子抓住，一边走出门。借债人心想：'真讨厌！怎能和这种人再打交道！'虽然暗自发誓不再和他来往，可是一到来年，就忘得干干净净，一如既往。干这种事并非人之本意。在家境困难的情况下也只能不得已而为之了。"

却说在山城的淀町的乡间，有一个山崎屋，家业是经营从父母手里传下来的油坊。可是，他讨厌榨油的木桩声，喜好无用的华丽排场。家中的福神满身积尘。也许福神担心用竹扫帚扫它吧？这个山崎屋逐渐萧条，金钱数量年年下降。榨油的木桩声和石臼声自然也听不到了。不知不觉间连点灯的油也没有了。

他仓促参拜附近的宝积寺，祈求再度兴旺，但毫无用处。除身体之外别无长物。无论怎样冥思苦索，也无益于生计。水塘的小桥下面有鱼，可是像谚语所说"平时不结网，莫向水里望"，事先无准备也捕不着鱼。也无法向撒网将阿弥陀佛打救上来的那个弥陀次郎学习而出家为僧。他想，无论如何，如果拼命劳动，像俗话所说"牛走得快慢，迟早都到水边"，自己虽迟钝，早晚也能到达目的地的。要是像水塘的草那么幸运的话，还会衰而复盛、再度发家致富的吧？于是

---

① 松之内：日本新年正门装饰松枝期间（正月一日到七日或十五日）。

改变了生意，开始挑着鲤鱼和鲫鱼叫卖。到京都去，声称这鱼是淀町的河鱼名产。他渐渐被人们所认识，人们给他起了个"淀町的释迦次郎"的绰号。食用河鱼的家庭，都等待他的到来。此后，他空着手从淀町出来，买进从丹波和近江运来的鲤鱼和鲫鱼，然后再倒手卖出，一日间成交甚多。这人买进的鱼风味特别，同是鲤鱼、鲫鱼，人们也不再买其他鱼店的。看来商人长期保持其信用是极为重要的。

从那以后，他做生鱼片，三分五分的小额零售。人们都图便宜，京都又是做事讲究节约的地方。招待客人，也用这种生鱼片来应付。这样，他逐渐家境繁盛起来，不久就成了财主。这次又开设了摆满金货银货的兑换所，雇用了很多伙计。在他家境繁昌的时候，也没有人再提起他以前卖鲤鱼的事情了。穿着打扮也自然变成了京都风格，模仿起世俗人近来的衣裳款式了。把油房绸①的上等纺绸染成黑茶色的带小纹的样子。袖口填入薄棉，同时穿用三件。衣裾很长，也不撩起来。和别人同样的短外裤也穿得肥大宽松。那样子无论在谁眼里都是个显赫的财主。

即使是朝臣的私生子，即使有大名的血统，也得变卖家传的宝剑生活，听天由命。甲胄如果放在当铺里，一般场合是无用的。虽说智慧才能很重要，可假如无益于生计，那也没有价值。

年底是世人的一个关口，没有比这更可怕的了。对此麻痹大意，过了十二月中旬再想办法，就已经晚了。连悠闲无事的神社寺院，也忙着准备护身符和过年赐人的扇子。何况商人和工匠家，恨不得一年当十三个月用。如果不急不忙地过日子，"穷花"盛开的日子大概就在眼前了。

一般家庭在过年的时候，因大地回春而心情愉快。有的家庭，欠了医生的药费也搁置不还；给学徒穿的棉衣服，做成自己染的浅黄

---

① 油房绸：京都室町大街的和服布店、油房太兵卫的店卖出的丝绸。

色。家庭经济状况若是这样拮据，独立门户过日子也没有什么意思。在岁末的京都大街上可以看到各种景象，年底开动脑筋创作初春的和歌等，确实不愧是王都的风俗。可是那样的殷富之家是稀少的，更多的是过着悲惨生活的人。

一家鲤鱼店的伙计独立之后开了一个小米店。仅用五贯目的本钱，磨大豆粉到各处少量赊卖，年底再把赊账集中收回。要账时看到小家小户的寒酸样子，感到人生无常，每每生起了同情之心。

他看到都已经十二月二十八了，马上就三十了，在今明两天准备年关的繁忙时刻，还有的家庭腾出一只手用棉布织机织一反棉花。看来织完了以后，要用卖到的钱来购买春节用品。

又到一家去看。那家叫来收破烂的，有金属的镜台、铜网的捕鼠器、一把拨灰的铁耙子、一只断了一条腿的火撑子。把这些都搜集起来，人家打价一百三十文。夫妇俩也不知别人是否在听，说道："借钱的人从一开始就没打算还，还想至少有五百文钱从天上掉下来就好了。那样的话，本命年的男人撒打鬼豆，就可以宽宽裕裕地过个年了。"一个天真可怜的女儿问道："从现在起再睡几个晚上就过年啊？"家长瞪着她说："有米饭吃的时候就是过年啦！"脸色很吓人。见此情景，他账也没收，就从门口趔回去了。

他再到另一家去，遇到一个撒泼的女人，抖着薄嘴唇说："你已经派了好几个人来催米钱了。借东西是世间习俗，可你却说出那种不讲情面的话来。什么'再不交钱，我就把你的脑袋给拧下来让人看看！'我家小孩他爹听到这话，吓得浑身哆嗦，如今已卧床不起了！仅仅因为四目五分的借款，就要把人家的脑袋给拧下来，实在让人寒心！"她大声地哭叫。费口舌谈判也很麻烦。要债的就说："让他好好地养病吧，没什么事了。来年春天再说吧！"说完就走了。

又到另一家去，见这家主人对着一件浅黄色改染成葱绿色、袖下打了一块补丁的棉袄，捧杯喝酒，高兴地说："这才是结实的衣服啊！这十七八年间，每年冬天都拿到当铺里去。这次回来过年了，真是难得呀！"要账人走过来说："请您结账！"主人对着八目二分的账单，把写有"一目六分，小粒银一个"的碎银的纸包交给他，而且是粗劣的银子。主人说："这是给你准备的，拿去吧。不管你愿不愿意，就这么办了。"说着，在猫身上捉跳蚤，不理他了。收账人想，这没法子，不拿更吃亏，所以收起钱回去了。

此后又去了一家。主人不在。一个长相平常的女人，头发梳结得比一般人好看，衣带也换成出门用的。展开《薄雪物语》和《伊势物语》等插图读物，夹在很多要账的人当中，问道："开春哪里演戏最热闹呀？"那样子实在是悠闲极了。别人问她："你家主人到哪儿去啦？"回答说："嫌弃我是上了年纪的黄脸婆，把我撇下就走啦！"说着还故意做出笑脸。要账人嘲笑说："既然如此，你离婚得了！下面自会有人接上！"心想这份账也甭想要了，只得无功而返。

没有像人这么聪明，也没有像人这么愚蠢的了。借债的人家各个有诡计，对此决不可麻痹大意。例如，赊卖的东西很多，也不能跟对方过于亲热，要始终加以提防赖账。这便是经商人的秘诀。与借贷方太热情亲近可能也有益处，但却是少见的。纵使要取定金卖货，在以前尚未交付的金额过多的情况下，也还是应该放弃进一步交易的念头。如果对此恋恋不舍，继续做生意，以后会吃大亏。因为人皆有利令智昏之病。

这家米店在收取现金、不带米袋称着零售的四五年间，生意兴隆，赚钱渐增。可是，某时候开始向西阵的丝织店出售起袋装米，虽有押金，架不住年年超额，账面上虽正确无误，但款项不能回收，金钱周转不灵。结果，春米的石臼声也断绝了，只剩下了量米的斗。总之，赊做买卖必须仔细周密地考虑才行。

三 撒下一粒豆 满堂生金辉

自己手拿锄头耕地，妻子在东窗下摆一架大和织机织麻布。过这种男耕女织生活的是名叫川端九助的小农。他住在大和朝日的乡间，连头牛也没有，家里也没盖牛棚马厩之类，生活很寒酸。每年量出一石二斗米交纳年贡，到五十多岁了还是老样子。过年那天夜里，在小窗底下像一般人家那样插着沙丁鱼头和刺叶桂花，以避无形的凶鬼，聊以自慰。

天亮之后，把这些东西收拾起来，把其中的一颗大豆留在地上，心想，炒过的豆子也许能发芽开花的吧？就等待着。果不其然，那年夏天，撒下的豆子枝繁叶茂，到秋天自然颗粒饱满，打下的豆子一把还有余。再把豆子撒到河沟边上，每年不忘收割，收获逐渐增多。十年过后已达八十八石。卖掉豆子在初濑街道上建了一个大灯笼，为人们照路。至今还被称为"豆灯笼"而保存下来。看来无论做什么都是积少成多而成就大愿的。

这位九助在这方面用心费神，逐渐致富。他购置田地，成了一个大农户。每个季节都对农田施肥、除草、浇水，自然是颗粒成实，稻穗一串串地垂下头来。棉花也开了美丽的花朵，引来许多蝴蝶落在上面，比别人多有收获。这当然不光依靠自然之力，还是由于终日毫不懈怠、努力干活，以至磨光了锄头的缘故。九助是个对任何事情都用心钻研的人，发明了被世人珍视的农具，制造了把铁爪并在一起的细耙，用来打碎土块。没有比它更好用的东西了。此外，也努力研究扇车和筛子。以前捋小麦都用手，于是他造出了把尖竹子并在一起的名为"寡妇倒"的捋穗器。过去是两个人捋穗，现在使用这种工具不费力气，而且一个人就可做得很快。

女人纺棉花很慢，尤其是弓弹棉花，一天好不容易才弹五斤。从那以后，九助就想方设法，向中国人请教做法，初次制造出了"唐弓"。这是一种秘不传人的技术，用横槌子弹，每天能弹出三贯目，简直像雪山似的。以后又买进了皮棉，雇了好多人。把不计其数的弹过的棉花卷送到江户，四五年之间成了大财主。如今在大和一代是无人不晓的棉花商人。每天向平野村的棉花批发店和大阪京桥的寓田屋、钱屋、天王寺屋等棉花批发店，送去几百贯目的棉花。把摄津、河内的棉花买来，弹完后再运出。在每年秋冬两季不长的时间内都赢利。过了三十年，到八十八岁时去世了。留下一千贯目银子的遗产。自己一生虽未能过轻松日子，但为子孙后代做了好事。

十月十五日，实现了返回净土的夙愿，家人亲属把他送到野外火葬。死后一百天，按照他的遗言，把在原寺的法师作为证人请来，送殡者吃饭时，打开盛医嘱的盒子一看：现银一千七百贯目，留给独生子九之助。另外，还有房产、各种各样的家具，未一一写上。又读了赠给各个亲戚的财物证单。上面写着：赠给三轮乡间的姨母三条纵横方格纹的棉夹衣一件，捻线绸的围巾一条，桑木的丁字形手杖一个；赠给住在吉野下市的弟弟一件三星花纹的棉袄、麻丝织的坎肩；赠给网寺的妹妹一件浅蓝色的棉袄附带一个衬带，再加一件青麻布的单衣。又，给侄女一件竖纹棉袄，让她病中铺在身下，一双半柑色的皮袜子，这袜子应改小一些再穿。把中国竹的烟袋杆、日野绢的头巾这两件东西送给中林道伯老。染成柿子色的夏天穿的短外褂，把袖子上老鼠咬的小洞打上补丁掩盖起来，送给一生亲密无间的伙伴仁左卫汀先生。在长期雇用的两名伙计中，一人赠一只用旧了的算盘，另一人赠一杆用惯了的秤。

在未看遗嘱之前，亲友们以为蛮有指望，都迫不及待地等着开箱。可是，这遗言上无论如何只字未写赠送一目金银，令大家呆若木鸡。富有的亲戚在金银上也不可指靠。他们抹掉流了多日的泪水，放弃了对这家亲戚的希望，各自回家了。那一千七百贯目，是九助一生勤俭节约积累起来的，虽说亲戚们对此垂涎，当然也不能给他们多少。

这个九助一生之中从未穿丝绸，人们在这次整理遗产时才知道此事。在他四十二岁的厄运之年，曾买过一条丝绸的兜裙布，却原样不动、一尘不染地存放在那里。作为这位老人的身边日常用品，多余之物一无所有，柄上缠藤条的带核桃木榫丁的匕首一把，硝好了的有横褶的钱褡上带着一个鹿角的坠子。还有长门①铸造的无花纹的印盒。除此之外的饰身物品一件也没有了。

他儿子九之助认为这样做未免太寒伧了，很快违背了父亲的遗言，连亲戚、伙计也发金银给他们。人们都很高兴，认为他比父亲更懂得亲戚情分，又重新和他家来往了。在一如既往经营的过程中，有一次，九之助知道在多武峰山下的二王堂那个地方，有一个京都、大阪的旅行卖色的男俳优的隐匿处。有个熟人怂恿他前去玩玩。不料他的欲望越来越大，脚踏男色女色两只船。起初他去奈良的花街柳巷，但不久就腻味了。听凭拉皮条女郎的引荐，到京都去，连"和国"、"唐土"②那样的妓院也去。母亲叹息儿子放荡不羁，把十市乡间的姿色姣好的姑娘娶过来。可是，因为九之助看惯了妓院的美人，这种姑娘难以把他束缚住。母亲气极成疾，竟至死去。此后，也无人规劝他。他抛却万事，长期冶游，以至心力衰竭。

结果，连用人们也对主人绝望，干活懈怠起来。不过，夫妻之间不知不觉生下了三个男孩，后嗣是不用担心的。九之助越来越沉溺于酒色，搞垮了身体。八九年间已变得弱不禁风，到了三十四岁那年一命呜呼了。如今觉得吃惊也无法挽回，只把他送到野外了事。

九之助生前也觉得大限即到，早就写下了遗书。伙计们曾在一起

---

① 长门：旧地名。在今山口县西北部。
② 和国、唐土：均为京都七部兵卫开的妓院。

谈论："他的孩子还小，所以他得为以后打算。金银谁先保管着都行，到孩子们长大成人再交给他们吧！"他们真心实意地商量着，别处的人都赞服说："这些伙计真是不忘前恩的人哦！"不管怎样，得看看遗书才好。打开一看，大家吃惊击掌，惊叹不止。其实这是理所当然的事情。九之助把现银一千七百贯目挥霍一空，这遗书是借债的账单，所以大家才那么惊愕了。

这个遗书上写着："借京都井筒屋吉三郎先生小判二百五十两。这笔钱因为妓院急需，借用以便雪耻，所以此乃为了情面而借的钱。我想让长子九太郎长大成人之后，拼命挣钱偿还。在大阪的道顿堀游玩时，有一张未付款的单据，这须由九二郎来偿还。另外，只有赊账买东西欠下的三十贯目银子，因数额甚微，应由九三郎慢慢偿还。房屋及各种家具，用来抵押借用的当地人们的款项，所以希望把它们交付拍卖。葬礼的费用应由遗孀支付。特立此为据。"

四　早晨卖盐笼　傍晚卖油桶

"哎！打扰诸位啦！鹿岛的大明神有金玉良言：'只要有鹿岛神在，要石①则坚不可摧。'这意思就是说，只要守住商神，人的财产也是不可动摇的。归根到底，不懈地追求生计之道，就不会受穷。"鹿岛神的传言者②到处讲着这话。侧耳细听，意思是说即使一分钱也不能胡乱花费。据说从前青砥左卫门打着松明到镰仓河里寻找失落的钱，是可惜世间财富不被淹没，他的思虑是颇深的。那是最明寺③时代的事

① 要石：鹿岛神宫东部的一块石头。据说鹿岛神从天上降下后镇坐在这石上，植入土中，坚不可动。
② 近世，每年春节后一至三天内，有人把一年内的丰歉吉凶转告全国，托称鹿岛神的神谕。
③ 最明寺：为镰仓时代的北条时赖所建。

情。那时，砍伐松树、樱树、梅树，开柴木店，都可赚钱。如今是以银子赚银子的时代，所以稍一疏忽，则难以度日。

却说常陆国有个一生中积累了十万两黄金的财主，住在缪原，姓"日暮"，建有高屋大房，拥有无数人马，田地超过一百町步，家境繁昌，无一不足之处。他怜悯穷人，富有慈悲之心，所以被人尊为当地之宝，人们像风吹草叶一般倾倒于他的德行。他起初也住在一个寒伧的竹茸的房子里，黄昏的炊烟纤细，清晨的米柜空空，衣服也是不分春夏之别，只是勤勤恳恳地干活，夫妇共同过着艰辛日子。早上卖醋和酱油，白天挑着盛盐的笼子叫卖，傍晚则卖油桶，夜里做马掌卖给有马的人家。就这样，从年轻时起，没有浪费一点时间。日子一年年好起来，到五十余岁的时候，已积攒了三十七贯钱。

这个人开始经商以后，从未损失一个钱。虽然年年赢利，但开始时资本微少，要挣到百两黄金是不容易的。好容易达到百两之后，金子就渐渐增多了，最终成为东国的财主。而且他有四个儿子，没有什么不足之处了。

因为他家离江户近。听说他是个可以依靠的人，长期做浪人而无家可归的人们，就拿着有地位的人的介绍信，来到缪原，苦苦央求。他是一个富有同情心的人，便给这些浪人住草房，管他们吃饭。后来，来到这里的浪人增至七八人了。这样虽有种种麻烦，但这时代不能买卖浪人，他们只有在这里生活下去。

浪人当中，有一个名叫森岛权六的，稍有些灵巧，也有学问。他深知房东的恩情，心想，这样承蒙关照，至少得表表谢意。他教房东的四个儿子读《四书》，这是令人赞服的。名叫木冢新左卫门的人，唆使房东的二儿子，带他到吉原去教其嫖妓，花掉了很多金银。名叫宫口半内的人，小刀雕刻很拿手，用水晶花树木刻挖耳勺、小老鼠等，终日努力，毫不懈怠。把这些东西拿到江户的大街上去卖，五六年之间积累了银子。能出息得这样，就算很有才能了。还有一个名叫

大浦甚八的人，对小歌和小舞很着迷，后来自然记住了节拍，把别人
那一套全学会了。又有一个名叫岩根番左卫门的人，是一个出色的大
男子汉，长有胡须，眼光犀利，看来若能做武家的使者也可得三百石
的俸禄，不过，他有一颗和相貌不相称的纤细和善的心，深信佛道，
不杀咬身的跳蚤，不踩脚下的蚯蚓，内心十分素直，只是长相令人生
畏。还有一个名叫赤堀宇左卫门的人，虽然已成为浪人，却保留着铁
炮，密猎禁鸟捕杀山中狼，或寻衅滋事，好斗尚武，一年到头我行我
素、放浪形骸。房东想，人各有别，乃浮世之常情。他任其自由，并
不在乎其善恶好坏。但他们在官府审查浪人时被发现，都被从这里赶
走了。

　　从那以后仔细观察世间情形，看到这些浪人遭遇各异，想来饶有
趣味。喜欢读书的权六在神田筋违桥做《太平记》①的街头讲解。好色
的新左卫门被人称为"十面新吉"，在田町开设了茶馆，平素以熟练
的三弦琴助兴，靠当帮闲度日。善于手工艺的半内，在芝大神宫前，
把柿漆纸铺在大路上，出售化妆品小百货，成了头戴草笠的商贩，这
很有意思。爱好曲艺的甚八受人雇用，加入了坂东又九郎的剧团，领
取一点点糊口的薪水，从早到晚只会念打帮腔的台词"说得对，说得
对"，如今即以此为本业。未放弃武士精神的宇左卫门，如愿以偿地
跨上了马，拿起了十字形的枪，成了可领取五百石俸禄的人。祈求来
世得福的番左卫门，不知何时换上了墨色衣服，依然是那个大块头男
子汉的姿态，他住在大佛旁边，一面反省自责，一面专心致志地念唱
佛号。无论是哪个浪人，结局都令人惋惜。他们以前都是领取俸禄的
武士，正因为命该不死，纵然如此沦落，却也长生无恙。

　　由上可见，人们不应懈怠各自的家业而埋头各种技艺。这些浪人

---

① 《太平记》：描写历史战乱的小说（文学史上称为"战记物语"），成书于
　　十四世纪后半期。

也用平素喜好的技艺来维持生活了。精于诸艺而被人夸赞，必有害于自己。公卿要精于和歌之艺，武士要勤于弓马之道，而町人就要精打细算，不要把天平的指针看错，勤勤恳恳地把一天的出售额记在账本上。那个缪原的财主，曾说这些话来训教孩子。

五　三匁五分银　兑换也不成

婚嫁之前一查万年历，真叫人奇怪，既有合适的，也有不合适的，这也很有意思。看看近来的婚嫁情况，喜欢迎娶丰厚陪嫁的姑娘，而不管脾气相貌如何，这已成为世间一般的风气。所以，眼下的媒人首先打听陪嫁费的多寡，然后再询问姑娘是不是残废。今非昔比了，人们的愿望也因为私欲而变化了。

在时浅时深、精通恋情的和气川上游，有一个叫做"久米更山"的地方。此地有一个杂货店，继美作这地方无人不晓的财主藏合之后，成为世人并不知晓的大财主。一生中积累的银子堆积如山，一到晚上银子精就发出呻吟，但传不到穷人的耳朵里。而且，这人戒绝奢侈，住房也一般。新年时也穿着结婚时缝制的麻布和服裤裙，穿着它已度过了四十个新年。他不管世间时兴什么色、什么条纹的衣服，短外褂是浅黄色七星小花纹带有黑饼纹，和服除了浅蓝色之外，还不知有红叶色和藤色。如此度过了几多春秋。藏合家也就是个拥有九座仓库的富豪，不过是当地名义上的首富而已。

这家杂货店主人本是不为世人所知的土财主。他有一个名叫吉太郎的独生子，十三岁的时候，因为拿杉原纸当手纸用，被父亲发现而将其驱逐出家。孩子在播州的纲干有个姑母，就把他遣送到孩子姑母那里，说是让他向名叫那波屋的财主学习学习，实际上是把亲生儿子抛弃了。后来看中了妹妹家的孩子，要来当作自己的儿子扶养，等长到了二十五六岁，让他一直和伙计们一样干活。这年轻人十分节约，以至把废弃的草鞋拣来，说是用在瓜苗的苗床上，送到双亲家里。主人见此情景，很是满意，便把他作为养子，将家业让给了他，并给他寻找相称的媳妇。他和一般人不同，希望要一个嫉妒心强的女子作儿媳妇。

世间宽广，所希望的那种女子是有的。让养子结了婚，他们老夫妇建造了一个闲居处，把财产全部交给了养子。可是，这个继承人依仗有钱，渐渐开始享乐，寻花问柳，还对旅行演出的儿童演员神魂颠倒。这时候，他妻子像讲定的那样，大发嫉妒、嚎啕大哭。他顾忌体面，自然停止了冶游。夜里除了喝酒睡觉之外别无办法。主人没开店门，伙计们就占下了灯光照到的座位，散心似的打开账本。学徒则学习初步的珠算知识，净干些有益的事情。现在大家才想到，起初所嗤笑的老板娘的嫉妒，已发生效能了。

一般地讲，父亲对儿子过于宽容，是乱家之本。即使父亲相当严厉，可大多数母亲却制造借口，袒护孩子。这也会使孩子干出与身份不相称的坏事来。父母的严厉对孩子有利，娇惯则有害。

这个杂货店的老夫妇死后，儿媳妇去参拜伊势神社。她归途中去大阪观光，学到了城市的豪华风俗，模仿城市人的样子，心也城市化了。认为嫉妒之类是土气不开化的行为，自我谴责起来。而她丈夫这时又开始放荡了。他假装有病，说是在此地不能很好地休养，到上方去了。然后踏上男色女色两条路，每日挥金如土，不知不觉间因冶游而使家产出了漏洞。就像把针放在仓库里，无论有多少也不够用。他被长期在他家待惯了的金银所厌恶，仓库的神也走了。

他终于从享乐的梦中清醒过来，大吃一惊。把生意改成兑换所。从外表看来场面很大，店盖得很宽敞。把人家的金银存了很多，到处伸手，企图再保持以前那么多的财产。这时已届年底。人的家庭内部状况，就像演戏的道具，假象居多。除夕夜来取存款的人提的灯笼多得可怕。如果收支平衡，度过今天晚上，那么明天就轻松自由了。于是一文不剩地全上了支付账。计算完毕，凌晨四时的钟声已经敲响。此后是一文不名了。把卖惠比须神像的人喊来，一看没钱买，就说："要是有不戴乌帽子的惠比须神像，我就买。"把人支走了。

不久，兵库屋的人来敲门。那人拿着一个皮袋，取出钱说："这里有小判一千一百两，想存明年一年。"又说："前不久您交付的利息中，有三匁五分豆板银质量不好，请换一下。"便拿出那豆板银来。可是根本没有银子与他交换。这样，家底就彻底暴露了。

卷
六

一　柊树可摇钱　栽在家门口

据说中国的文王的庭园方圆七千里，但这么宽阔的庭园，里面的千草万木的景色，也不过和在一间见方的狭小空地上栽一棵柊树同样地使人爽心悦目。

现在，在越前国的敦贺大港，有一个名叫年越屋某某的财主。他是这里的老住户，制造豆酱和酱油，起初是个不起眼儿的商人，但家境逐渐繁盛起来。善于生计之道而致富的人，起初都是这样。山村的人来买豆酱，无论哪个店都做好小桶或袋子，把豆酱装在里面出售。每日如此，其费用是不可轻视的。因而这个老板又想出了新办法。他发觉人们把七月祭魂的棚子拆掉，把供神的桃子、柿子倒进河里流走。他到河边把人家废弃的莲叶收拾起来，用它来包装一年中零售的豆酱。人们都模仿这个聪明的做法，如今无论何处都用莲叶包豆酱出售了。

不久他购置了一所大房屋，在庭院中栽上既开花又结果的树木以供观赏。他在树篱旁让枸杞、五加木之类的树木枝繁叶茂，把萩树连根拔掉，用十八角豆取代风车草。同是蔓草，也选种具有实用价值的；在腌海蜇的废桶里也栽上蓼穗。他在这样一些不起眼儿的小事上从不疏忽大意，以前栽的柊树，后来长成大树，成为这家的一个标记。如今"年越屋"已是无人不晓了。

说是在节日夜里用来刺鬼眼，让柊树枝触到房檐上。即使每次多花一文钱，一代之间也会积少成多；直到家产达到一万三千两黄金的时候，还住在房檐低矮的木板茸的房子里。这时，长子有一良缘，定下了婚约。媒人劝说儿子的母亲，从京都买来时兴的衣裳和成卷的绸缎布匹，准备了不会为人嗤笑的桶酒作彩礼，派二十五个英俊男子挑着送去了。然后，对父亲谎称送去了两个角桶①和咸加级鱼、一枚银子。但父亲仍认为即使如此也太过分了。他说："与其送一枚银子，从体积上看，不如送三贯钱为好。"像这样不知世间人情的人，一生小气吝啬，今年已到六十岁了，也还好好的。

这次送彩礼是奢侈的开始。以后儿子希望动工建造新房，父亲无论如何也不同意。于是儿子就向镇上有交情的人们求情，还向与父亲有来世之交同去参拜神社的长辈们求情。他的愿望终于实现，着手施工了。建成了在这一带高大气派的、合乎理想的房子，与以前大不相同。由于每日打扫整理，以至窗明瓦亮。

可是，因为宅院过于豪华了，近乡的老百姓和卖柴的山民不再出入这里，生意骤然停滞。做好的豆酱竟无处弃置，生产的酱油也无河川可以冲走。于是，从店里派了许多人外出叫卖。虽然豆酱的风味与前相同，但在世间的名声却一落千丈，全部滞销。无可奈何只得改换生意。刚着手做的生意是靠不住的，因而，金银数量年年大减。囤积货物则物价下跌，参与开矿则赔钱，不久就只剩下房子了。

好歹把这房子以三十五贯目卖给了别人。父亲不由得长吁短叹，儿子却说："找个好时节再另建，这次卖掉是合适的。"他这么逞强也无济于事。父亲在四十年间挣下的财产，儿子在六年间就挥霍一空了。

金银确确实实是一种难以积累而易于花掉的东西。所以，白天黑夜都不能在算盘上疏忽大意。一位有经验的财主讲过：一般说来，卖

① 角桶：带有两个高把儿的涂漆的酒桶。

鲛皮、书籍或香料、绢布之类奢侈品的商店，可以建得宽敞气派；当铺以及经营食品的店铺，店面则以小而杂乱为宜；长期做一种生意，其店铺已为顾客所习惯，则不必改建。

那个豆酱店从敦贺娶来的媳妇离婚出走了，他又在海边开了一个小店，说是过日子没有女人不方便，就决定从当地娶一个老婆，选择吉日送去了彩礼。所送的彩礼有一担角桶、二条加级鱼，还有一贯钱。他现在想起家境全盛时，曾欺骗父亲谎称要送的彩礼就是这些。过日子的事情，无论谁都必须谨而慎之。

二　学徒很聪明　收之为养子

在日本，商人有一句口头禅："我这买卖一点也不赚钱。"这么睁着眼说瞎话，顾客却放松了警惕，什么都买他的，这是世间的习俗。

神田的明神前面，有一位脾性很好的浪人隐居在那里，已经到了连在家中都需挂拐杖的年纪，大概再也没有找得到主人的希望了。他雇了一个男佣，因为有贮备可供一生使用，所以听其自然地活着。不过，饱食终日无所事事也会被人议论，便把瓷器摆在那里装装做生意的样子。要是有人询问价钱，他就回答"一百文的货卖一百文"，如实打价。即使讨价还价他也决不让步。从开始经商以后，一共九个研钵，十三个肴钵，四十五只碟子，二十只天目茶碗，七把酒壶，两把油壶，三年之中一件也没卖掉。由此可知，经营得靠好手才行。

商人在一年中所撒的谎，可在十月二十日祭财神的"祈神立誓"的仪式上洗刷一净。那一天，所有的商人都停止营业，根据自己的家产，买来各种各样的鱼、鸟，一家人集中在一起喝酒。老板尽量显得高兴，用人们兴致勃勃。既唱小曲，又说净瑠璃，还外出游玩。所以，整个江户的寺社、剧院和此外的游览地都很热闹。和上方的不同点在于，江户见不到银币，一步金像花儿一样落下来，也不用秤称，再没有比这更方便的了。江户人哪一个都是大手笔的，购买各种货物时都像大名那样出手阔绰。

　　如今祭财神，哪个家庭都竞相买鱼。这时恰好是海上气候恶劣的时候，鲜鱼捕获量减少。特别是加级鱼，一条值金一两二分，而且是连头带尾只有一尺三寸的中等加级鱼。把加级鱼作为家庭菜肴，就町人这种身份来说，也只有江户的町人这么做。在京都，连富商麇集的室町，用二目五分买一块加级鱼，而且分为五截，放在大杆秤上、看准秤星儿之后再接受。要在江户，这种小里小气的做法会令人发笑。

　　这里的通町中桥边上，有一个人开了一家钱庄，雇用了很多年轻伙计。他平日以节俭为第一，那一天却买来一两二分金的加级鱼。在祭财神仪式上，每人分给一块鱼。大家什么也没想就吃完了晚饭。在很多年轻人中，有一个来自伊势山田的十四岁的学徒，他是不久前雇来的，雇佣期为十年。他接受饭食时再三致谢，还在用餐之前拨起了算盘，独自小声说："正因为到江户来做工，才能碰上这么奢侈的事情啊。"看样子很高兴。主人看在眼里，上前询问缘由。学徒答道："事情是这样：今天的烧加级鱼价值一两二分。共切成十一块，每一块的价值各是七匁九分八厘。按一两小判金合银子五十八匁五分的市价来计算，吃这鱼简直跟吃银子一样！咸加级鱼也好，干加级鱼也好，原本也是鲜的，用它们来做祝贺同样也是祝贺。而且，今日吃了鲜加级鱼，肚子却和平常的感觉没有一点不同。"老板听罢，击掌感叹，大有同感。说道："你可真是个聪明的小家伙！连年长懂事的伙计也是无所用心，只知道用右手拿着筷子吃，他们不知主人的恩惠。你虽然还年轻，就很通达事理了。真是顺应天道的人呢！"他把所有的亲戚都叫来，把这话一五一十地告诉了他们。决定把这学徒收为养子，把自己的家让给他。夫妻打定主意，要派人去伊势和这个学徒的家长商量。

　　这时候，学徒来到谈话席上。他说："还没有熟悉，您就这样亲切关照,不胜感谢。派人到我家一事就免了吧!事情尚未谈妥,先就支付旅费,就会造成损失。尤其是,谈到您的家产,有句俗话叫'徒有虚名',外表讲究排场,内里不为人所知的家庭有很多。您在金银的使用上做得很好,但不知道是否有大宗的借款。在我没有切实了解这里的情况之前,不能决定做您的养子。"老板越发觉得言之有理。他说:"你的担心是可以理解的。不过,我家一文钱的东西也未向人家借贷过。"便把每年的收支账拿给他看。告诉他,现有金子二千八百两,并说:"另外还有一百两金子,这是妻子以后参拜神社的费用,五年前就不把它计算在内了。"说着把封着的写明年号日期的纸包让他看了。

学徒看罢,说道:"哎呀!您太不善经营了。这样把金子包起来,连一两也不会增多。把这些可爱的小判金放在长柜底下,长期不为世人所见,这样做,不能说是商人的做法。因为您有这种思想,所以不能成为大财主。到您老得秃了顶,虽然住在这江户,勉勉强强能积蓄到三千两,您就会自我满足了。您要是把我收为养子,在四五年之内我就开办一个在江户不下第三位的兑换所,您好好延年益寿,看着我如何做吧!首先,您二老夫妇从今天开始每日参拜传教的寺院。回来的路上去僧人办理金钱出纳的地方,等值兑换香资。这样,对我们过日子、对信佛都有益处。随身侍从本是途中摆排场用的,以后让他们去买浮世山椒装进袋子里,在佛法开讲之前,人们打瞌睡的时候出售。然后,把没带随身侍从的人们的草笠、手杖和草屐,在读经结束之前替他们保管起来,一件东西各收一文钱。"按他说的做,小伙计每天都挣钱,同时又做主人的随身侍从。

似这样任何事情都动脑筋。后来又出了意外的智谋,制造了便于在码头上乘船用的"行水舟"。做海带丝按分量出售,还制造了涂柏油的油研钵和绞纸的烟盒,不需雇用人即可赚大钱。不到十五年就成了拥有三万两金子的财主。在灵岸岛建立了闲居所,对养父母竭尽孝道。

即使在如此繁荣的江户，仅仅做一般性劳动也是不能致富的。三文字屋的人，开始制作新式的可折叠的"怀中防雨斗篷"，以后又想方设法造出了骑马用的防雨斗篷，逐渐发了家。又购进国产的绢类纺织品和中国纺织品，毛纺类有一二百米长的进口猩红色毛纺品，有一千张虎皮，还有黄罗纱、紫罗纱等连京都也没有的东西，被称为"亿万富翁"。提起中桥的九座仓库，无人不知。这种人是在一代之间成为财主的。大部分人若没有父母的遗产，是不能大富大贵的。

京都的室町有一个大人物家的儿子，什么生意也不做，依靠兑换所的善五郎，靠贷出巨额金子生活，其利息每日二百三十五匁。这么多的钱是怎么花光的呢？不到十五年，便坐吃山空，到江户来谋生了。

要说此人的聪明，歌谣会唱三百五十首，棋艺可使名人打怵，踢球时准许穿紫色裤裙①，杨弓二百支中能射中一百五十支以上，小曲可与有绝招的名人比试，净瑠璃可以和山本角太夫相匹敌，茶道是千利休②的流派，说笑话可使神乐、愿西之类的帮闲赤足而逃，枕返③的游戏可使古传内击掌称赞，连歌、俳谐也学习当今谈林派的风格，辨别香味在京都也是数一无二，在大庭广众之下可以侃侃而谈，公家的诉讼状也能写作。似这样无一不通，可是，对过日子的大事却一无所知。

他这样毫无希望地来到江户，寻找职业。人家问他："你能区分银货的优劣吗？会打算盘吗？"他当场就慌了神儿。各种技艺在此时不起作用，于是他重返京都，说是无论如何还是住惯了的地方好，依

---

① 经宗家允许穿紫色裤裙，作为许可踢球的标志。
② 千利休：生于公元1521—1591年，日本茶道大师。
③ 枕返：把重叠的木枕放在手背上，翻过木枕而做各种游戏。

靠一位有交情的朋友，教授歌谣和打鼓，勉强养活自己，平日生活困窘。新年举行谣初①时典当东西，可以应付一时。但是，这是长久之计吗？身体一有病怎么办？他担心将来的事情。活是能活到六十岁的，而要活得体面，连六天也难以熬过。"想到这一点，各自的家业是不能疏忽大意的。"有个财主曾这么说过。

三　商品若买进　须在便宜时

泉州堺住有一个名叫小刀屋的长崎商人。他每年元旦都要书写遗言，认为四十岁以后死也无所谓了，如此耿耿直直地过日子，自然成了富人。

这个港口是藏龙卧虎之处，住着无数财富莫测的大财主。尤其是，有的人从五代先祖的时候就购置了各种有名工具、中国货、中国纺织品等，收藏在内库里。而且，还有人在宽永年间②每日只收入金银，到目前为止一次也未支出。还有的把妻子十四岁出嫁时的五十贯目银子的陪嫁费，原封不动地封在箱中存在那里。女儿出嫁时，再让女儿带走。

比其他地方的人精打细算、过日子门路宽广，乃此地人的风习。这个商人尚未达到与大财主不相上下的程度，他当初写遗书的时候只有不过三贯五百目。二十五年间靠一个人的聪明才智挣钱，使遗书上的银子数额年年增加。到去世时，将八百五十贯目的现银让给了独生子。此人得到了世间的好评。

说说他是怎样致富的吧。那时候，中国船只大量进港，丝和棉的价格下跌。最上等的红绫子可以用十八匁五分银买到一卷。他认定，

---

① 谣初：江户幕府在正月二日或三日举行的盛大游乐仪式。
② 宽永年间：即公元 1624—1644 年间。

如此便宜的东西是空前绝后的。便向要好的朋友谈了自己商务上的打算。从一人那里借到五贯目，从十人那里就可借到五十贯目，把这些绫子买下了。到了第二年再卖出去，获利可观，赚了三十五贯目。可是，在高兴之时，独生子病了，看情况渺无希望，花钱治疗却不见效果。正在他千叹万怨、痛不欲生时，有人给他介绍了一位医生。这个医生虽是江湖行医，据说医道却很高明，有十分之七的把握能使垂危的病人转危为安，但请他医治病情却不见好转。因此，一家人商量，决定另请名医，而病情急剧恶化，死到临头了，这对夫妻想起了最先那位医生。心想，为了更加慎重起见，还应再请他一次。于是，再次忍着羞耻请求曾拒绝不用的人，给奄奄一息的人吃药。经过半年有余，病人神奇地恢复了健康，这位医生的功劳为世人所称道。

家长在高兴之余，到医生的介绍人家里去说："今日是吉日。我想把药费交给您，由您转交，以示感谢大恩大德。"那家夫妻就药费一事闲谈。男人推测说："既然要我们代为转交，看来要拿出相当多的谢礼。大概是五枚银子吧？"妻子说："五枚银子，不管怎么说太多了。可能是三枚。"这样推测一番之后，接过来一看，除了一百枚银子之外，还有丝绵二十捆，斗桶一个，干鱼一箱。真是出乎意料的可观的药费。医生再三辞让，介绍人一定要他收下，对他美言一番。让医生把那百枚银子贷出去，购置一所房屋。从此以后，医生逐渐生意兴旺起来，不久就乘上轿子了。说起来那些银子并不多，但不足四十贯目的家产，却付出一百枚银子的药费。这是自有史以来，在町人中未曾有过的。据说这一家因为这种气量而发了大财，家境繁盛了。

四　河上漂漆块　捞取发大财

人努力于家业，仿佛是急流中的水车，一刻都不得疏怠。急湍的河流流量估计一昼夜七十五里。连水的流速都有限度，人生更是似长实短，不久，就涌起衰老之波了。

在水波涌起的淀①的乡间，有一个名叫与三右卫门的人，起初的营生很寒伧，后来由于偶然的幸运而致富。有一次，梅雨连绵，大浪越过了河岸长堤。村里人鸣鼓报警，集中人力防洪。小桥下面的水位，平日也是深不可测，这次的水势十分凶猛。大水卷着漩涡，在那漩涡当中，有一个小山一般的黑东西轻浮在上面，随着水流漂下去。看见的人都用手指着，说可能是鸟羽的拉车的水牛。与三右卫门想，若是牛，不会有那么大，便追踪而去。那东西被水岸上的一棵松树挂住了。靠近一看，原来是从四十八条川的溪谷里，年年流出并凝固了的漆。

这真是天之恩赐。与三右卫门心中高兴，把漆块打碎载入小船，悄悄卖掉，其中一块即可卖到一千贯目以上，成了本村的财主。这不是靠智慧才能，而是凭运气致富的。以后他轻而易举地以金赚金，其名声在世间传开了。

有的人或继承父母的财产，或靠赌博赢钱，或做冒牌货买卖，或看准有钱的寡妇娶之为妻，或向高野山的祠堂借贷、加以通融而得利，或避人耳目地到秽多②村低三下四。靠这些手段致富决不可洋洋得意。靠普通平常的做法而成财主，那才是名副其实。

不能嘲笑人的吝啬。吝啬也是基于各自的想法。即使不是明火执仗，也有人在世间浑水摸鱼，心怀非分觊觎之想。例如，借款数额过多，最终无力偿还，虽多方筹措也难奏效，家境自然破落。在此情况下，对自己现有财产毫不隐瞒，如数详细清算。如果是这样破产的，债主即便蒙受损失，也不会心生憎恨。可是，如今的商人过着

① 淀：京都伏见区的一个町（街区）。
② 秽多：是明治时代以前贱民的称号，又被称为"部落民"。

与身份不相称的奢侈生活，也向别人借贷。年关渐渐来临，便慌了手脚，采取欺骗手法制订破产的计划。考虑到自己的体面，收买邻居家的家屋，扩大宅院。邀请街坊们划船游玩，请来女子弹琴，招来妻子家的亲戚加以款待。不顾价钱高低，从商店买来初次收获的松茸、御所柿。并不举行茶道仪式，却在品尝新茶之前，铺设通往茶室的甬道。让下男久七整天地收拾加固，让金色屏风发出幽深的光泽，以使别人羡慕。马上就要卖掉的房屋，却给人造成一个长久住下去的假象。院内井筒也换成了新石壁，这样就得一味地借款。另一方面，却四处伸手购买田地，为以后的生活做准备。另外，孩子的养育费也特别筹措好保存起来。到卖宅院时，财产的处理价格只相当于借款的三成半，决定把这些财产转让给债主让其处理。债主们因详细计算十分麻烦，后来厌倦了，大体上处理一下吃点亏就算完了。

破产者只是当时显得悲痛。穿着棉衣服走路，不知不觉忘掉了破产时的饥馁寒冷。不顾世间的议论，穿几件窄袖便服。像俗话说的"不打不成交"，破产后却打着一把长柄的雨伞，装模作样地拄着一根竹拐杖，戴着紫色头巾，向人打听行情："现在是卖小判的时候吗？"看那样子，让人觉得他似乎是收藏了金银什么的。这世间实在是可怕呀！不能轻易地出借金银，不能轻信媒人而嫁出女儿。凡事即使深思熟虑也往往会吃亏上当的。

以前，大津有一个负债一千贯目的人，据说这是前所未有的。可是，近几年在京都大阪，即便看到有人因三千五百贯目、四千贯目的债务而破产，也没有人大惊小怪了。事情越做越过分了。和从前不同，如今在世间流通的金银增多，有赚大钱的，也有赔大本的。现在的生意真有意思。过日子必须十分留心才行。有一个财主说："不买想买的东西，不卖可惜的东西。"如果像这样留心挣钱，戒绝奢侈，一定不错。做生意的人，关键的是要加固根基，放开气量。

淀町的这个与三右卫门，也学到了城市的荣华，引淀川^①的水建造水池，从京都请来大批木工制造水车。水车咕噜咕噜地不停转动，令人想到，这水车是在等待客人吧？厨房的饭碗声稀里哗啦，在伏见也能听得到。烧加级鱼的香味，飘到了桥本、葛叶一带。茶也不断派人到宇治购买，酒滴落在松尾的路上。这么搞下去，即使怎样兴旺的家庭，也会吃尽喝光而破产吧？可有一次，他请了石清水八幡宫的神佛，当了安居^②的头领而举办祭神仪式。灵验的事情是有不少，但这要取决于主办人的心境。而他却心疼诸事的花销，因而祭神仪式立刻失效。大概是他家破产的征兆吧？大灶里的一大捆芦苇烧尽了，庭院中有好多人，却无人去续柴，灶火熄灭了。此后不久，家业也破灭了，只有名字至今还留在舞曲小调里。

五　老翁八十八　为人切斗板

现在才想到世间广阔。近四十五年以来，虽说什么社会闭塞，但白手起家的也不乏其人。而在一石米仅值十四匁五分的时候，也还是有讨饭的乞丐。

仔细看看人们的生活情况，家家都逐渐地添置一些家当，比起以前来物品丰富了。不过，其中也有破产的，但终归还是家境兴旺的人多。不信你看看，不仅是京都，还有江户和大阪的各个角落、空地和原野，房屋鳞次栉比，一点空地方都没有了。不知道他们是靠何谋生。总之，让三个或五个孩子能穿上过新年的棉袄，在盂兰盆节做跳舞用的单和服，把边上带鹿皮花纹的衣带结在后面，打扮得干净利落。

① 淀川：发源于琵琶湖，注入大阪湾的一条河。
② 安居：佛教语，也叫"坐夏"。

男人或做日工，或搓井绳，或做哄孩子用的灵巧的玩具风车。干一整天，好不容易挣到三十七八文到四十五六文钱，至多或许是五十文。像这样养活四五口之家，免于饥寒之苦，都是父母的功劳。同是五口之家，既有一天挣三匁五分银的，也有挣六目银的。谋生手段五花八门、因人而异。既有夫妇共同挣钱却难以糊口的家庭，也有靠一个人的力量养活全家的。町人要发家致富，也不靠一种方法，这要取决于该人的聪明才智。

所有的人都长着眼睛鼻子，也长着手脚。高贵的人或有一技之长的人姑且不说，普通的町人，是因为拥有很多金银而在世上出名的。想想这一点，从年轻时就挣钱却一直未有财主之名，那是没有出息的。家世和血统无关紧要，对町人来说，只有金银才是氏系图。即使有大官显贵的血统，而住在蓬门筚户，穷困潦倒，那就不如一个要猴的人。总而言之，町人希冀大福大贵而成为财主，是头等重要的事情。

要成为财主，其心胸宽若山谷、雇用好伙计是重要的。在大阪，既有人最初造酒销往江户而使全家兴旺，也有人参与开采铜矿而成暴发户；既有人悄不作声地积蓄了巨额金钱，也有人制造小型快船、开办船只批发店而出名；既有人用房屋抵押银子而致富，也有人买下铁矿山，逐渐成为财主。这都是近几年涌现出的商人，奋斗三十年之后的成功者。

作为人的住处，京都、大阪和江户三地最好。外地也有财主，但不为人所知者甚多。尤其是京都的财主，除了金银以外，还拥有世上珍贵的各种家什器具。龟屋的一个茶叶筒，曾以三百贯目的价格转卖给了线屋的十右卫门。还有用年赋偿还二十万两借款的兑换所。总之，京都的人做事慷慨大方，是乡下人所不能模仿的。旧财主一死，新财主纷纷涌现，城市逐渐繁荣下去。人健康无恙，过着与身份相称的日子，就胜于富豪。家境殷实却没有后嗣，或者夫妇离异，做事不顺利，都是世间常见的。

现在，在京都北山的乡间，有一家出名的三代夫妇，令人羡慕。首先，祖父祖母很健康，儿子娶了媳妇，孙子成人以后又成了家。就这样在同一宅院里住着三代夫妇。祖父八十八岁，祖母八十一岁，儿子五十七岁，儿媳四十九岁，孙子二十六岁，孙媳妇十八岁。一生从未患病，大家和和睦睦地过日子。而且，作为农民，家产也如愿以偿了。有地有牛，男女用人住着几排房子。年贡也少，世间太平。生活万事如意。祭祀神灵，笃信佛陀，因而自然积德。在祖父八十八岁那年年初，不知是谁请他切开斗板。把挺拔的竹子都伐尽了，京都的商人们无不来求。据说使用这位老人切开的斗板，生意便会走运，所以此事越叫越响。这叫做"三夫妇之斗"，用它来量草袋中的谷物，可有意外的福财。

听说上京的某个财主，用这种斗量白银分给三个儿子。由此可见，金银自有所在。笔者听到这个传闻，认为把它记在日本的流水账上，对以后的查阅者或许有益，故取本书书名为《日本永代藏》。搁笔之时，国泰民安。

世間胸算用

风静静地吹拂着松枝。元旦清晨，可听到"若夷①！若夷！"的叫卖声。买了这种神符，商人们买物可得利，卖物可赚钱。年关一到，订缀流水账、盘点货物、检查库中金银。初春经商，敲打天平的小锤，就像大黑财神的"万宝锤"一样，万事如愿以偿，全部智慧倾囊而出。从元旦就要周密算计，对一日千金的除夕，必须早有准备。

元禄五申岁初春

西鹤

于难波

---

① 若夷：元旦早晨卖的一种神符。

卷
一

一　店家奢侈女

　　除夕之夜一片漆黑，是世间定例。这在大神居住岩洞①时就是一清二楚的事情了。可是，世人平日对谋生之道皆粗心大意，每年一度的结算都出差错。年关未过，便左右为难。这是由于各自用心不周。除夕一日千金难换，是没有金钱就难以度过的冬春之间的一道关口。而债务堆积成山者难越此关。这也是因为各有家室之累，需要相应的开支才负了债。

　　当时不起眼儿的开销，年积月累会成一笔可观的数额。扔到垃圾堆里的破魔弓，扎线球余下的线头，此外还有三月三日女儿节用过的破研钵，贴金褪了色的菖蒲刀，全都扔掉。盂兰盆节用的破旧鼓，八朔②做的假麻雀被成串地废弃。十月里庆祝亥日③用的糯米，驱邪祭仪上供当地守护神的丸子，十二月一日举行的庆祝用的年糕，立春头一天驱邪用的礼钱，以及为了避免晚上做噩梦而买的貘形的护身符，等等，若将这些费用统计起来看，这是宝船难盛、车也难载的一宗开销。

---

① 据说天照大神曾居住于岩洞中。
② 八朔：阴历八月初一农家庆祝收获新谷的日子。
③ 亥日：阴历十二月一日举行。这天吃年糕可免水灾。

尤其是，近年来所有家庭的妻子也都奢侈起来了，身上穿的衣服本来没有什么不好，却又仿效当地的流行款式裁制新年小袖衬衣。一反纺绸的价格，跟自家纺织的四十五匁银的生丝布不同，还得花大价钱染出各式各样不同颜色的细花纹，一件就需要一两金子。即使这样也未必引人注目，这钱花得实在可惜。衣带也采用以前外国进口的宽达一丈二尺的缎子，就把这条值两枚判银的高价衣带束在腰上。一把装饰用的梳子值二两小判，若把这钱拿到大米市场上，可买到盛在袋中的三石大米顶在头上回家。围裙也是红花染料染制的双重布料，袜子是白色薄绢。从前大名的夫人未能做到的事情，如今町人之妻这种身份的人却做到了。这种幸运真令人吃惊。

如果是金银多得无法处理的人，做这种事还倒情有可原。可是，借了金银，而这金银无论下雨晴天、白天黑夜都毫无差错地要付出利息，但这些女人还要如此奢侈。她若反躬自省，自己也会感到脸上发烧吧。明天破了产，除非把妻子这些东西拍卖处理，否则一旦倾家荡产，以后再拿什么做买卖、养家糊口呢？

俗话说："女人见识短。"女人思虑浅薄，所以直到破产前夕还坐轿子，提着两只灯笼走路。这就像月夜点灯笼，是无用的摆设。在黑夜穿着锦缎上衣，把烧开的水再倒入凉水中，什么作用也没有。

死去的父亲，在佛堂①的一角看到这种情景，说道："浮世之云把现世与冥土隔离开，无论我怎么懊悔也不能规劝你们了。一般地说，如今做生意的方法，像靠谎言和虚伪支撑起来的批发店一样。花十贯目买的东西，明知吃亏却用八贯目卖出，以求资金的周转，但这样做的结局只能使家产减少。来年年底，若在这家门口贴上一张告示：'拍卖房产。十八间宽，内有仓库三座，家具什物原封不动，铺席有上、中二百四十张。另外还有江户船一艘，五人乘重的屋形船附带舢

———————————

① 佛堂：即佛龛，日本人家中供祖先牌位的地方。

板，一并出售。正月十九日在本镇公所开标。'告示贴出来，就会使世人议论纷纷。把这些家产全让给别人，佛陀看在眼里也会悲哀，是因为佛具也一定要交给别人了。其中，也有青铜的花瓶、烛台和香炉，是先祖流传下来的，十分宝贵。所以，在下一个盂兰盆节送魂的时候，把它们用莲叶包起来带到极乐世界来吧！反正，这个家到明年就完了。你大概也会有点思想准备，在丹波买下足量的田地，显出要退隐的样子，这反而是一种轻率举动。你自己耍小聪明，其实债主也是无孔不入的。他们会仔细调查财产，最后都得交给他们。不要打算做那些无聊徒劳的丑事，还是想方设法重振生意，方是道理。人即使死了，还是疼爱孩子，所以来到你枕边，把此事告诉你。"父亲的姿态历历在目，儿子从梦中醒了过来。

　　天亮之后，就是十二月二十九日。早晨，主人大笑着从寝室走出来，说道："哎呀！今明两天是年末了，忙得不可开交，我却梦见了死去的老爷子。他还是贪心不足啊。好啊，那就把供佛的青铜香炉、花瓶和灶台送给寺院吧！看来，即使到了那个世界，老爷子也是个欲壑难填的人啊！"正当他说父亲坏话的时候，各处的要债者蜂拥而至了。

　　他怎样打发这些债主呢？近来有这么一个权宜之计。没有资本的商人们，手头有钱的时候，无利息地存在兑换所，为了在使用的时候取出来，那些聪明人就想出开票据的办法，以此互相谋求金银的周转。这家主人也打算利用开支票的办法，从十一月底就把二十五贯银子存到了有交情的兑换所里。待到除夕付款的时候，米店、和服绸缎布匹店、豆酱铺、纸店、鱼店和有摊款的观音法会、有欠账的妓院，都来人要债了，他就把一张张票据递过去，叫他到兑换所取，以为这样就万事大吉，索性住吉神社过年去了。①可想而知他也还是心神不安的。神虽然接受了这种人的供钱，却必定不得安心。

---

　　①　日本风俗，新年期间住在寺院或神社祈福。

存款只有二十五贯目，却开出八十多贯目的支票。存款人要求支付，兑换所的人说："票据太多了，仔细计算以后才能兑付。"种种交涉之后，债主取也等不及了，在未取出现金之前，大都把票据递了过去。最后各人的票据乱七八糟地混杂在一起，结果不了了之。兑换所决定手握拒付的支票过年。假如今夜过得去，明天就可以轻松地过年了。

二 破旧长刀鞘

元旦出现日食，六十九年前有过一次。如今又在元禄五年壬申之晨出现，实在是珍奇的景观。自从持统天皇四年采用仪凤历[①]以后，以日食月食为基准修改了历书。日食月食的出现与历书上所写正好吻合，对此无人表示怀疑。

从开始翻历书，一直翻到最后，日益接近除夕。这时候，平日热闹的净瑠璃和小曲也听不到了，一天到晚忙得不亦乐乎。尤其是在小家陋巷，吵架斗嘴、洗衣、修缮墙壁如此等等，一切都赶在一起做，混乱不堪。准备过新年，无论如何也做不起一块年糕，买不起一条小沙丁鱼。这和世上走运的人比较，实在可怜可哀。

想一想这六七家同住出租房屋的人，他们该怎样过年呢？原来都有典当东西的打算，一点也不发愁叹气。平时每月月底支付房租，此外各种家具什物，所有的米、豆酱、柴、酱油、盐、油，一切都用现钱购买。如此一天天地过日子，每年年底都不会有提着账本、不用问路也能找上门来的要账人，也无需战战兢兢地向人家赔礼道歉。这真像古人所谓"贫贱之家有快乐"。接受了账单却不付款的人，就像光天化日下混入世间的小偷一样。由此可知，人们都只是大致估摸一下

---

① 仪凤历：唐高宗时代的历书。高宗仪凤年间传入日本，故称。

一年中的收支情况，而不是每月仔细计算，收支是不会平衡的。

穷人过日子，因为家业有限，不必建立零钱账本。他们到了大年夜，也和平日一模一样。要问打算如何过年，原来各家早就指望典当东西。即使早就准备好了，也是很可悲的。其中，一家有旧伞一把、纺车一架、茶炉一个，一共三种抵押品，共当回一匀银子准备过年。其邻居家的妻子用观世纸捻的带子作为衣带，而把平时用的衣带典当出去。此外，丈夫的一条木棉头巾，一对无盖的小套盒，一支能穿三百条线的机杼，一个五合升和一个一合升，五只凑烧①的碟子，连挂在墙上的佛具也取下来，东拼西凑一共二十三件作抵押，共当回一匀六分银子过年。这家的东邻住着一个跳幸若舞②的太夫，从元旦起改演大黑舞，只要有一只值五文银的大黑天财神的假面和一个纸糊的槌子，即可度过新年；于是就说这乌帽子、直垂③、长裙裤都用不着，以二目七分的价格典当出去，舒舒服服地过了年。

太夫的旁边住着一个脾气不好的浪人，长期靠变卖武具和马具生活。他一度做过小刀手工活，用马尾做加级鱼鱼钩，但行情不佳。如今金属包着的刀鞘末端已经生锈。他没想出该怎样度过大年夜的办法，便把一把梨皮花纹的长刀鞘拿到当铺去。当铺说道："这玩意儿有何用处呀？！"还没有好好拿在手中瞧瞧就掷回。浪人的妻子一下子变了脸，拿过刀鞘哭着说："这是我的宝贝东西，干吗给摔坏啦！你不愿要就不要，还说什么没有用处，这话我不想听！这是家父石田治郎少辅在关原之战④中立下汗马功劳的长刀。因为他没有儿子，就留给我了。这是我走运的时候，放在陪嫁的一对衣箱前边带来的。你却说没有用处，这是我先祖的耻辱啊！我生为女人，死活无所谓，只

---

① 凑烧：和泉国大鸟郡凑村出产的陶器。
② 幸若舞：一种中世纪的艺能，现在福冈县尚有遗存。
③ 直垂：镰仓时代一种方领带胸扣的武士礼服。
④ 关原之战：1600年9月15日，德川氏与石田氏争夺天下的激战。

是我丈夫……"当铺老板不知所措，怎么赔礼道歉她也不听。这时，附近的人们围过来，悄悄对老板说："她老公是个浪人，可不好惹。别跟她啰嗦了，打发她走吧！"于是给了她三百文钱和三升糙米，好歹了结了。

真是此一时、彼一时也。这个女人过去是年俸一千二百石的武士家的小姐，曾是富贵荣华之身，如今贫困潦倒，出言无理，向人死乞白赖了。她自己也很明白，做这种事是丢脸的。由此可见，人无论如何也不会为贫穷而死。吵闹终于平息了，浪人的妻子接过三百文钱和三升糙米，说："拿这种糙米回去，明天也用不上。"老板说："幸好这里有石臼。"让她舂好米拿回家了。这三百文钱在世人看来，也是有去无回的吧？

在这家浪人的旁边住着一个年纪三十七八左右的女人。她没有亲戚，也没有可以依靠的儿女。五六年前死了丈夫，剪掉头发、穿着无花纹的衣服，以使仪表服饰不惹人注目。昔日的面影尚存，姿态并不丑陋。平时纺奈良麻度日，借以打发日子。十二月初就提前做好了过年的准备。二三月份的柴禾也贮存下了。挂鱼钩上有一条中等个头的鲕鱼，五条小加级鱼，两条鳕鱼。吃年糕小豆汤用的筷子、漆筷子、纪州碗、锅盖全是新买的。赠给房东老爷一条小个头的大金枪鱼，赠给房东女儿一双绢带儿的小竹皮草屐，赠给房东太太一双棱纹的袜子。还赠给同租一处房子的七家客户年糕附带一把牛蒡。新年过得体面而有礼节。别人不知道她的底细，不明白她究竟靠什么生活。

里面有两个女人住在一块。其中一人年纪轻轻，耳朵鼻子都很一般，可惜的是她一直过独身生活。每次照镜子时，连自己都击掌感叹："真的，这种长相怪不得人家要摇头了。"对镜观照自身的不幸。另一个女人曾到东海道关隘靠近地藏的客栈当拉客的。在客栈值宿时，曾苛待偷偷参拜伊势神宫的自带粮食、只交柴钱的旅客，也许是偷人家的米遭的惩罚，现世就有了报应，如今成了个食不果腹的敲打木鱼托钵念佛的尼姑，面若虔诚、心不在焉地念佛。想想看，这种人就是心如魔鬼的衣冠禽兽。忘掉了斋戒而吃荤腥，还说"精诚所至，金石为开"。穿着墨染的麻布衣服，这十四五年间，托了佛陀的福，每天早晨出去修行。一条街上可以找到两家施主。把从二十个地方要来的米集中起来，好容易达到一合。不走遍五十条街就得不到五合米。道心不坚，修行不到。去年夏天为急性肠胃炎所苦，无奈只得以一目八分银典当了僧衣。此后无法赎回，结果断了谋生之路。其实人祈求来世的信念没有不同，但穿着僧衣可弄到五合米，不穿则连二合的施舍也没有。正像俗话说的"年底无布施，和尚两手空"。腊月忙得不可开交，连自己双亲的忌日都忘了，没有人施舍东西，只得用八文钱过年。

的确，世间的苦状，看看贫家边上的小当铺便可明白。如果有同情心就开不了当铺。连在旁边看看都感到年底诸事，令人伤心。

三　红色伊势虾

新年有装饰神龛的松枝、羊齿以及自古及今每年制作的蓬莱装饰品。蓬莱中如果没有伊势海虾，只有手头现有的平常物，就感觉不到新年的气氛。但有的年份，伊势海虾价格昂贵，贫寒之家和节俭之家，不买伊势海虾也能过年。前几年回青橙缺货，一个可卖到四五分，用香橙取代即可。香橙的色泽、形状与回青橙大体相仿，但用对虾代替伊势海虾，总像是张冠李戴，有些不合常情。可是，对于家境贫困、只是摆摆样子的人家来说，也是迫不得已的办法。在讲究排场、高檐大房的富豪之家，也有相应的景象。任凭北风狂卷，墙壁上的草席也掉不下来。用柿黑色的木板把墙壁包起来，这也不算奢侈。应该享受与身份相称的衣食住之乐，因为除了这三乐以外，人类别无乐趣了。不管什么生业，子辈从父辈继承下来而加以改变，鲜有赚钱得利的例子。无论如何，还是不改老人之志为好。即使怎样聪明、有才能的年轻人，也常常"三五一十八"地把账目搞得一塌糊涂。

大阪的除夕，所有宝物都上市了。商业不景气，东西不好卖。六十年来一直说这话，但货物却倾销一空。买来而供一代人使用的东西不必说，就连传给子孙后代的石磨，也是年年畅销。长此以往，花岗岩的山不久也会开尽的吧？何况包在荷叶中的盂兰盆节的供物，五月男孩节用作装饰的盔和祝贺新年用的各种工具，价格都非常昂贵。尤其是新年用品，仅仅在初一、初二、初三使用，这些图个一时新鲜的东西，也卖得飞快。寺院赠送给施主的礼扇，连开也不开就扔掉了。这是胡乱作践，但他们满不在乎。人们的追求奢华，除了江户就数大阪了。即使花钱一千贯，没有伊势海虾也不能做蓬莱装饰品。每家都买，从十二月二十七八日，各处的鱼店就开始收购，简直像舶来品一样难以进货。到除夕那天，伊势海虾的破头烂尾也被购买一空了。

人们到海边的席棚，一个劲儿地问："伊势海虾没有了吗？真没有了吗？"像红叶一般的红色伊势海虾，竟在哪里也见不到了。在备后大街的中间有一个名叫永来六兵卫的鱼店，那里只剩下一只虾了。价格从一匁五分，上升到四匁八分。但老板说今年脱销，而不卖出。买虾的用人一个人难以决断，急忙跑回家中，说虾子太贵了。主人听罢，很不高兴，说道："我一生从未买过高价钱的东西。买柴在六月，买棉花在八月，买米在造新酒之前，买奈良麻布在盂兰盆节过后，都是看准便宜的时候购买。而且，一年中都用现金买货，都很方便的。上次家父去世的时候，买了一口棺材，店方要价过高，这事我至今仍耿耿于怀。没有伊势海虾，新年总不至于过不去吧？在一只虾三文钱的年份，一次买两只来合算。如果福神硬要吃没法买的东西，那么它不光顾这里倒也罢了。即便他把四匁改为四分，那虾子我也不买了。"

可是，老板娘却跟儿子商量说："体面就不讲了吗？女婿年初第一次到这里来，难道能把没有伊势海虾的蓬莱装饰品拿出来吗？！不管多么贵也得买啊！"再次派用人去了。但那只虾子已经被今桥一带批发店的一个年轻人买走。不过，据说出了五匁八分银子的价钱。买方说："买贺年的东西，找零钱不吉利。"交上五百文铜钱就拿回去了。①此后那用人四处寻求，连画在画上的伊势海虾也没有了。这么贵的东西竟有人买，可想大阪是何等广阔。

用人回到家里说明情况，老板娘显出遗憾的神情。老板却嘲笑说："那个批发店很危险，不久肯定会破产的。不知他家的内情而把银子借给他的人，大概会做噩梦的吧？如果做蓬莱装饰品必须要海虾，那么以后我想办法做一种不浪费的。"他委托手工艺人，让他们做漂亮的红绸糊制的虾子，以二匁五分银钱的价格出售。他说："新年的祝贺仪式结束之后，这可以做孩子的玩具。人的智慧就是这样。用二匁五分可以买到四匁八分的东西，而且用过之后还有用处。"听了老板的高谈阔论，大家都感到言之有理，心想："积下了那么多财产的人，智慧就是特别多。"都倾耳静听着老板的话。

这时老板的母亲露面了。她在家里闲居，今年已经九十二岁了，但耳聪目明，腰腿也麻利。她来到正屋说道："我听了听，到处都说伊势海虾贵。可你们到现在还没买来，实在都是些粗心的人！那么做能养家糊口吗？你们要明白，不管什么时候，都是年内立春的年份海虾价钱高，因为伊势是神国，伊势大神宫以及各家神职，甚至城镇乡村，每家都祭祀日本诸神，需要几百万只海虾，数量无限。每年运到京都和大阪来的海虾，都是些供神剩下的东西。我早就考虑到了这种情况，在本月中旬，就花四文钱买下了两只不折虾须的鲜虾子。"说着把虾子拿了出来。大家拍手叫好，说："不过，您老人家买一只就够了，买两只太破费了。"老太太说："没有用处的事情我是不做的。年底总有人送给我们五把旱田生长的牛蒡，捆粗一点的话就送三

---

① 按当时的银钱与铜钱的兑换，五百文铜钱比五匁八分银钱稍多。

把。而我们必须回赠相应的东西。我打算用这只海虾回赠人家。用四文钱的海虾代替一匁银的牛蒡就行了。年底礼物现在还没有送来，倒是我们的幸运。不管怎样，即使父母与孩子之间，账目也应该算得清清楚楚。谁要是喜欢海虾，就请把五把牛蒡送来。反正拿牛蒡和海虾交换。两样都是贺年用的，不能说没有也行，放弃不取。我并不是说话怀有贪心。总之，在五个节日里互赠礼物，都要把对方送来的东西好好地估估价钱，看准同等价值的礼物，再显得稍微让对方占点便宜的样子回赠。每年从伊势的神主那里得到护符匣，一串调味用的木松鱼，一盒伊势白粉，折本的新年历书，五把上等的绿紫菜。仔细估算一下，共得到了二匁八分的东西。而我们给他们三匁银的供钱，还多出二分银，所以伊势方面没有吃亏。我就这样理了三十年的家，把家业交给你们以后，却交神社一枚银子[①]的供钱，虽说是出于信神之心，也是太浪费了。即便是大神，大概也不会喜欢胡乱花钱的人。我说话有证据。你看神宫把一贯香资串成六百文，制造了带鸽眼的钱，那是为了让人参拜神宫时不必花费太多。"

这真是一个贪欲的世界。在伊势神宫的一百二七个末社中，香资多的是惠比须、大黑、多贺明神这些长寿之神。住吉明神是守海神，出云大社是结缘神，镜宫是使姑娘容颜美丽的神，山王权现是让人雇用二十人的神，五谷神是给人守住家业、不出破绽的神。神社的向导用谈生意的口吻，滔滔不绝地讲述各个神的功德。这些神都是眼前值得礼拜的，所以才给它们供钱。而其他的神则被忽略，供钱就少了。看来在这世上，即使是神，也不能轻而易举地挣钱，何况是人，一刻也不能马虎大意。伊势神社每年向各地的主顾发出贺年状，为数极多，所以就花钱请擅长书法的人来写。写一份贺年状取一文钱，从这年除夕写到那年除夕，一年到头靠此度日，专做这一件事，一天也挣

---

① 一枚银子合四十三匁。

不到二百文。虽说这是为了"神前长久民安全"①，其实也是为了养家糊口而已。

四 老鼠送书信

每年扫灰尘例定在十二月十三日。扫灰用的竹竿，是作为祝贺之物从菩提寺得到的，按一年十二个月领取十二根。有一家扫完灰之后，用竹竿修葺房顶，用竹枝作扫帚。灰尘也舍不得丢掉，非常仔细节约。因为去年十二月十三日很忙，直到除夕才扫灰，然后烧一年一度的洗澡水。他平时把五月过节时用的粽子皮和盂兰盆神的莲叶也都一点点地收藏起来，说是用这些东西一定能烧开一锅洗澡水。这家主人就这样留心微小事情，一点也不浪费。

这家主人的母亲就在同一宅院的里面建了一所闲居处，住在里头。她为人非常吝啬。要把一只不成对的涂漆木屐放到烧洗澡水的灶里烧掉时，痛忆往事："确实是啊！这木屐是我十八岁嫁到这里的时候，放在盛杂物的长箱里带来的。从那以后下雨下雪都穿着，只是换了齿子，穿了五十三年。我本想自己这一生穿这一双木屐就行了，可惜的是，另一只被野狗给叼走了，不成对了。没法子，今天就只好当柴烧掉吧！"她唠唠叨叨地说了四五遍，最后终于下决心投到灶中。如今她显得若有所思的样子，眼泪簌簌地流下来，说："在世间度日像做梦一样。明天就是木屐烧掉一周年了。我做了个后悔不迭的事。"

正当这时，附近有个医生来到她家浴室，说："在可喜可贺的年底，您不要哭了吧。哎，是谁在元日去世了吗？"老太太答道："不管我多么愚痴，都不会为了谁死了这么哭啊。我伤心的是，去年元日，堺市的妹妹来贺年，给我一包银子作礼物。我是多么高兴啊！把

---

① 此乃神社贺年状上的例定文句，原文为汉字。

它放在岁德神架①上。可是那天晚上被偷走了。想来，不熟悉家中情况的人是拿不到的。以后我就向诸神许愿，也没有用。又向山中修行的僧侣请求帮忙。他们说，如果那些银子能在七日之内出来，坛上的御币②就会活动起来，灯火就逐渐消失。这是成就大愿的标志。果然，在祈祷中，御币动了起来，灯火变得幽暗，并且也灭了。我想这是神佛显灵了。这世界还不到末世，真是难得的事。我一狠心拿出一百二十文钱作供钱。等待了七天，可是，银子却仍然没有出来。我向一个人谈了这事，这人说我是'赔了夫人又折兵'。说近来有一种骗人的山中修行僧，在护摩坛上搞了各种装置，让白纸糊的偶人跳土佐的念佛舞。这事上一次名叫松田的魔术师做了让人看过。现在的人都聪明过了分，对眼皮底下的事却不注意而受骗上当。那御币之所以动，是因为在站立的御币台上设有一把壶，里面放有泥鳅，哗啦啦地捋着念珠，唱着'东方有降三世明王，西方有大威德明王'之类，用金刚杵的锡杖使劲地敲佛坛。泥鳅受惊，便上下骚动。一碰到币串，币串就活动一会儿。不知情的人看起来感到害怕。灯光灭掉是因为在台上设了一种类似沙钟一样的装置，是让灯盘里的油漏掉。我听了这话，越感到是损失之上加损失了。我在这之前，可没有丢过一文钱。今年除夕，却因为找不到丢失的银子，方寸大乱了。这新年过得是心神不安，什么都觉得没意思啊！"老太太不顾外面的人听见，大声地哭泣。家里的人们都大为扫兴，各自在心中向神祈祷："如果怀疑到自己头上，那就麻烦了。"

扫房快要结束了。扫到正房顶楼的时候，从屋梁的缝隙间找出了一包用杉原纸包着的东西。仔细一看，原来是老太太所寻找的那包压岁的银子。大家说："人偷不去，东西迟早会出来的！这老鼠实在可

---

① 岁德神架：也作"惠方棚"，祭祀岁德神的棚架。
② 御币：一种供神用具。在细木上扎有白纸，用于供奉。

恨了！"老太太却难以相信他们的话。她拍打着铺席嚷嚷说："我从没见过能走这么远的老鼠。一定是黑头鼠①作的孽。今后一点也不能马虎大意了。"这时有一位医生刚澡堂洗浴完，路过此处，安慰老太太道："这种事从前已有先例。人皇三十七代孝德天皇的时候，大化元年十二月月底，在把大和国冈本的都城迁到难波长柄的丰崎之际，大和的老鼠也跟着都搬了家。有意思的是，老鼠们各自搬走了它们的生活用具。掩蔽鼠洞的旧棉花，遮住老鹰的眼而藏身的纸被，让猫看不见的护身袋，防黄鼠狼的尖木桩，支起捕鼠器用的撑子，扑灭油火的木板，拖木松鱼时使用的撬杠垫木。此外，还有主人结婚时贴在礼品上的色纸，干的小沙丁鱼鱼头，参拜熊野时用的盛米的小袋子。花了两天时间衔着搬走了。何况，您老人家的住处与正房距离很近，老鼠也不会拖不过去吧？"医生这么引经据典地说明老鼠的能耐。老太太仍不相信，她说："这故事是能说会道的人编出来的。我没有亲眼见到的事，就不是真的。"她一说这话，便令人无可奈何了。终于想出了一个办法，长崎水右卫门把驯鼠的藤兵卫请来了。

藤兵卫说："看好啦！现在，那只老鼠听从人的吩咐，表演各种各样的动作。首先，它受年轻人之托，去送情书。"那老鼠衔着密封的信，环顾四周，悄悄地把信放进人的袖口。又给老鼠投去一文钱，对它说："用这钱去买年糕来！"老鼠把钱交给对方，衔着年糕回来了。然后劝老太太说："行啦、行啦！别再闹了！"老太太说："我看到了，老鼠也会拉走钱包的。我的怀疑终于打消了。不过，真不该让这么一只爱偷东西的老鼠住在正房里。这整整一年，老鼠使用这包银子的利息，应当由正房的人如数付给我！"在她的讹赖之下，算定付出一成半的利息，老太太在十二月底的晚上收取了。她说："这回可以安心过年了。"然后心安理得地独自去睡了。

———

① 黑头鼠：暗指偷盗的人。

卷
二

一　一勺银聚会

说别人凭运气发财，那仅仅是说说而已，其实还得靠各自的聪明智慧才挣得家业。这便是福神也左右不了的。

当地的财主聚在一起，举办"大黑讲"[①]这种活动。他们认为商谈向各地大名贷出银子，是比酒宴游兴还有意思的一种娱乐。集会的地点也远远避开花街柳巷，租借了生玉下寺町的寺院的房子。每月都以谈论人家的家产以打发日子。虽然都是些风烛残年的老人，却忘记了后世之事，只谈些长利息、成富贵的事情，乐此不疲。在世上，没有比拥有巨额金银更可喜的了。不过，得从二十五岁时开始留心，三十岁盛年时开始挣钱。五十岁是判断力最强的年龄，使得家业兴隆，万事都转让给长子。在六十岁的前一年舒舒服服地闲居起来，去寺院拜拜佛，是很体面的事情。不过，这些人都到了这个年龄，对佛呀、法呀之类却都无暇顾及，只在人欲横流的世上流连忘返。其实，人若死了，即便有万贯目的家产，除了带走一件麻布衣，其他都得留在世上。而这些参加"大黑讲"的老头子们，两千贯目以下的财主一个也没有。

近几年，又有二十八人，靠自己的劳动，由微不足道的家产，发

---

① 大黑讲：信仰大黑天财神的人举办的聚会。

展成为拥有二百贯目、三百贯目或者五百贯目的财主。他们在一起相谈，举行名曰"一匁讲"的聚会。每月都不确定聚会地点，向饭馆订购一匁银的外卖。能喝酒的和不能喝酒的都不喝酒。游乐之事以节俭为第一，想来无聊至极。从早到晚，不干其他事，只谈生计之道。尤其是调查分析贷出银子的债户的底细，想方设法不使银子闲置哪怕是一天时间。

这些人之所以发家致富，是因为他们依靠收取利钱而致富。当今的生意，没有比放债更好的了。可是，近来有些商人，外面看来不错，其实却很拮据。好不容易借了巨额金银，由于使用不当，出乎意料地蒙受了损失，这种事屡见不鲜。虽说如此，也不能因信不过借债人而不放债，应尽量搞清债户的内情才行。于是放债人之间互相提供情况，然后再决定贷出与否。同时不能抢先订约，光为自己打算。为了使各人心中有数，就很有必要把大阪需借钱的人一个个地写出来，仔细掂量琢磨。有人说，北滨某个店铺的某人估计财产家当可折合七百贯目，也有个人认为，这估计很不正确，这家实则有八百五十贯目的欠款。两种大相径庭的估计，使大家很吃一惊。这就值得追根究底了。大家认为两人的说法都有价值，值得参考。

其中一人说道："首先，我之所以把他看成财主，是因为前年十一月他把女儿嫁到堺市去的时候，嫁妆从今宫一直排到长町藤丸的膏药铺门口。在这后面，还有五个盛有十贯目的银箱，让大汉们用青竹抬着走。那简直就像驱邪祭的队伍一样。我想，他另外还有不少儿子，若不十分富裕是不会给女儿五十贯目陪嫁费的。四月初，我把二十贯目银子存放他家，他还说不要呢！"另一个说："哎呀！糟了，糟了！那二十贯目也只能收回一贯零六百目左右，其余甭想要啦！"有个老人一听这话，脸色大变，手里拿着筷子直哆嗦，却连杂烩汤也喝不下去了，心想："没想到在今天的聚会上听到了这样的坏消息。"眼含泪水问道："那家的家底到底怎样啊！"

那人回答说:"告诉您吧。那家的女婿也苦于没钱,各处借款,那和为戏班演戏而通融的金银一样,是高利息的。想一想,要支付这样高的利息,除了演戏,做什么生意合算呢?定做个盛十贯目的银箱,即便是金属打制的, 只箱子也只需三匁五分。五只箱子共合十七匁五分。但是箱子里放着的,有不少恐怕是石头瓦块吧?没有像人心这么可怕的了。我想,双方是只为名声和体面,私下商量好才放上的。若是我,打开那箱子,即使看到里面放的足色纯银,也不信那就是真正的陪嫁费。像那种人家,有陪嫁费的话,顶多也就二百枚银子,先不办嫁妆,五贯目就够了。诸位,听我的话没错。眼下你们如果向那家放债的话,一两年内先放出二贯目瞧瞧,要是没有妨碍,就在五六年内再放出四贯目。应该在看准内情之后再放出二十贯目。"在场的听者都异口同声地说:"您说得很靠谱。"

这样一桩桩地谈着,那位借出银子的老汉难过得泣不成声。看样子回家时也直不起腰、迈不开步了。他叹道:"我在这以前,从未看错过别人的家产,只有这次出了差错。"他嚎啕大哭道:"难道就想不出什么好办法了吗?"刚才那位颇懂处世之道的人说道:"即使思考一千昼夜,只有一个办法可以把借出的银子如数取回。您若给我一匹上等的捻线绸,我就把这个秘诀告诉您,使您一定把钱取回。"老汉说:"拜托您了,我再加添一套棉絮感谢您。"那人说:"那么,咱们就比以前更亲密了。话说天满宫的船祭①就快到了,这是个意外的好时机。您让太太到架在河岸上的看台上观光,在节日的二十五日那天让太太去。让她和对方的妻子谈些贴心话。在那里玩一天,他的孩子们肯定会出来接待。那时就让太太夸赞他的二儿子:'这脸蛋长得真神气呢!您生的这孩子——恕我失礼,真像老鹰生下了小孔雀,是白璧无瑕的美男。说出来也许有些强求了,我想让您家儿子做我的女婿。

① 六月二十五日举行的驱邪仪式。

我并不是因为喝多了酒才这么说的。我家女儿，长得也一般。可老头子只有这一个独生女，早就打算给她五十贯目的陪嫁费。而且，我也有三百五十两的私房钱。把长堀的两面临街的房屋甩卖出去，也还值二十五贯目。我有六十五件衣裳，做好以后，一次也没穿过。除了给独生女之外，没有别的人了。这孩子天生就是我的女婿哦！'一定要显出诚心实意的样子来。以此为契机，以后瞅空再送些小礼物。对方也会回赠，所以吃不了亏。在这期间看准好机会，请他家那儿子来帮忙。把他安排在称银子的天平旁边，让他读数、在银包上盖印子，再搬到内库里去。使用一天就让他回去。以后，看见对方的亲属，就悄悄地叫过来说：'我妻子不知是怎么想的，一定要把那家的二儿子赘之为婿。这事不是太急。您若有机会，请问一下，娶不娶我家女儿。因为是对你说话，我就不必隐瞒什么了。我打算，女儿无论嫁到哪儿，都让她带走一千枚银子的陪嫁费。'估计这话已传到对方那里的时候，再跟他们说：'早先托付保管的那些银子我家眼下急用。'对方权衡利弊，必得设法筹措，偿还借款。钱一定能回到您手中。除了取回二十贯目以外，别无他事。"说完就分手了。

那一年除夕，那位老汉笑盈盈地迈进这人家门来。说："托您的福、托您的福。银子连本带利在两三天前就接到了。像您这样有头脑的人，是放债的好参谋啊。"他边作揖边说："那时候说好用一匹捻线绸酬谢，可是……请您原谅。"他把两件白石出产的纸衣拿出来，"棉絮过了新年之后再说吧。"放下就走人了。

二　说谎也费钱

所有的人走出家门时，都把前额剃成半月形，扎着发结，身穿盛装，确实像过新年的样子了。可是，过年时还有不为人所知的各种情形。

　　有一个人，筹措金钱一无所获，便下定决心赖账概不偿还。除夕日吃过早饭，他马上穿上短外褂，插上腰刀，对愁眉苦脸的妻子说："凡事得要忍耐。如果咱们生计稍有好转，也还会有坐轿子的时候。还是把昨晚剩下的鸭肉放上料酒煮一下吃了吧。如果有人来收取赖账，先把你的一贯目抽签中彩挣得的钱找地方藏好。以后有钱了再还他们，没钱就是不能还，没有就是没有。你别看要账人的脸，面朝里躺着。"他快嘴快舌地说完就出了门。这种商人怎么能继续兴家立业呢！他虽然也知道自己的日子天天捉襟见肘，但一时也想不出好办法。做这种人的老婆真是女人的恶报，还不等生下孩子时就衰老了。

　　在一文钱都很要紧的除夕，他却拿走放在手纸盒里的两三个一步金和三十目左右的豆板银，到没有欠过账的一家茶馆去，对老板娘说道：

　　"看来您家店里还没有支付完毕，看账单都堆得乱七八糟，都加起来，也就两三贯目吧？家家都有与身份相称的花销，而我，光交付和服绸缎布匹店就得六贯目零五百目。对于喜欢奢侈的太太，我真拿她没办法。我真想干脆休掉她，当个嫖客也好。不过，离婚是不可能的了，她从今年三月就已怀孕了，今天大年三十早晨就要分娩。说是今天生，得提前准备褓褓。要雇乳母，还要来三四个接生婆。平常出入家内的山中修行僧到来，做女胎变男胎的祈祷。还要买保胎的孕妇腹带啦、安产贝①啦，寻找为了安产让产妇握在左手中的海马啦，忙得不可开交。经常就诊的医生在套间里支起了锅，提前准备药物，什么都需要，连松蘑的根都找来了。岳母来帮忙，哎呀！真是麻烦得很呀！不过，说是分娩的时候丈夫不能在家，这倒是合我心思了，我就溜达到这里来了。也许会有些不知情的人，认为我是被债主所逼逃出家门的，这样想就叫我很不开心啦！我在这一带是个连一文钱也不借

————————————

　　① 安产贝：一种分娩时让产妇手中攥着的海贝，以此保平安。

的人。所以，我想在老婆生下孩子之前，支付现金，住在贵店，如何？您这鱼钩上的鲥鱼太小了，不合我胃口，还是去买一条大的来为好。"

说着抛出一枚一步金。老板娘笑着说："这太让我高兴啦，我瞒着丈夫买一条喜欢的腰带去。"又说："今年年底，见到了像您这样大方的客人，我就知道来年的运气一定很好。唔，厨房的酒鬼们在耍酒疯。请到里边来！"这位客人又说："酒菜也喜欢和平常不同的，知道吗？"老板娘快活地从桶里打出酒来烫好，然后她在铺席上坐下，说道："生第三个孩子也一样，一定是个胖小子！"老板娘的谎话和这位客人的胡言乱语，真是一唱一和。

像茶馆这种消遣的地方，除夕夜弹着三弦唱情歌小调，谁也无所顾忌。像情歌小调所唱的那样，叹息度日月，终于到了大年除夕，想把这一天永远延续下去，有这种想法的人是因为有心事，压力大，平常度日如年，今日只担心过得太快。这里的女人身为娼妓，在除夕之日也显得特别开心，本来没有什么高兴的事，却笑嘻嘻地说："一想到这么一岁一岁地长大，就不开心啊！以前的除夕日，说起新年来了踢羽毛毽子，就高兴起来。我今年已经十九岁了，不久就要被人看成缝上腋下衣缝的婆娘了吧？只剩今年一年能穿长袖和服了。"没想到这位客人对往事记得特清楚，他说："以前你在京都的花屋的时候，是穿着圆袖接客的。那时你就说十九岁了，到现在大概有二十多年了吧，算起来你该有三十九了。这个年龄还穿长袖和服，在世间大概就没有什么遗憾的了。你是仗着长得小巧玲珑才瞒岁数。"一下子戳穿了这妓女过去的老底儿。妓女合起双手求饶说："咱别这么算计岁数了吧，怪扫兴的。"于是两人躺下就寝。

正在这时，忽然来了一个人，好像是这个妓女的母亲，她悄悄地把女儿叫出去，说了几句话："没有什么事儿。这是我最后一次见你了。为了十四五匁银子，没办法，就得投河去死了。"女儿含着眼泪，把穿在身上的郡内出产的丝绸小袖衬衣脱下来，包在包袱皮里交给母亲。那客人看着不忍，又给她母亲一枚一步金，打发她回去了。

接着听到有人大声地说话，原来是两个给这个主人提草鞋的伙计追踪到这里来了。他们说："老板在这里呀！今早我们到府上去了四五趟，您都不在家，真作难了！幸好在这里见到了您啦！"老板和那个妓女不知谈了些什么，他把身上所有的银子都拿出来，把短外褂、腰刀、一件和服也预交给了她，说一句"下回正月初五再见"，就回去了。

这种场合实在尴尬。他只好一本正经地跟伙计解释说："被人央求，不施舍一点也不行啊。反正年底出来玩没有好事。"天亮的时候他回到了家里。世人都讥笑说："看来自欺欺人，也要自圆其说。"

三　劝君更节俭

分配遗产有其规则。例如，若有一千贯目的家产，就分给长子四百贯目附加房产；分给次子三百贯目，此外，其房屋另建；分给三子一百贯目，把他送到别人家当养子。如果有女儿，就给她三十贯目的陪嫁费，制作二十贯目的嫁妆，所需费用能轻而易举地承担。如今银子比嫁妆更引人注目，因此应在涂漆的长箱里放入丁银，在杂物箱里放上铜钱。即使新娘的容颜在蜡烛的亮光之下丑陋难看，三十贯目的陪嫁费也会遮丑，新娘子也被啧啧称赞。无论如何，这新娘子生在富有之家，从小只吃美餐佳肴。即便长出一个带把柄的团扇那样的圆脸，也招人喜爱。若是额头前突，那适合于披风衣；鼻孔粗大，呼吸不会急促；头发稀疏，夏天好凉快；腰部肥圆，何时穿礼服都没关系；指尖粗大，分娩时也好挽住接生婆的脖子。十种缺陷每一种都被说成好事。姑娘虽然长得丑，但这也是深思熟虑之后才娶过来的。三十贯目的银子以月息六厘的利率存到可靠的地方，每月平均就有一百八十目的收入。用这些收入可轻松地养活四口之家。新娘子带来了用人"腰元"、"中居"和做针线活的女佣，用自己陪嫁费吃饭，还讨丈夫的欢心。可以认为她是个没有差错也没有贪欲的守家人。如果想看看美女，花街柳巷有专门为此准备的女人，晚上甚至半夜里去看也可以，那实在是极其有趣的事情。不过，次日早晨随着起床分手的钟声，必须交纳七十一匁的嫖资，这多少让人扫兴。

仔细想想，在妓院喝一小杯酒就花四分，在男色茶馆的奈良茶饭一杯值八分。留心看看，就会明白实在是太贵了。这也像俗话说的"砂锅易碎，坏一个赔一倍"，没有什么不可思议的。妓院是缺乏义理的地方，碰上骗吃骗喝、中途溜之大吉的嫖客就要大吃其亏，所以才什么都高价出售。即使中途溜走，也不能把他再叫回来，权且当作这位客人死掉了，把他的名字从账本上抹去。妓院老板用火箸敲着火钵，狠狠地说道："你到冥土变成饿鬼，在现世喜欢吃的炒鸟肉和鸡素等等，一下子着起火，让你害怕，吃也吃不成。你那时大概会想起活着时不交饭钱就溜掉的事吧？"老板此时的神情，和得到飞驒纹的短外褂时截然相反，显得很凶。一般来说，玩乐应该适可而止，过分放荡而结果尚好的人是稀少的。

想到这一点，即使妻子没有趣味也应忍耐。在自己家里，晚饭随便吃点冷饭加汤豆腐、现成的干鱼就行了。然后请住在租房里的父亲讲述板仓①裁判葫芦的故事。也不向谁打招呼，随便高枕而卧。向着腰元伸开脚趾，让妻子把茶端来，不用手去接就喝。因为他是那个家庭的"大将军"，没有谁能比得上他，所以尽管他那样随心所欲，也无人责怪。人的快乐就是如此。因为主人在家，店里的年轻人不会到八坂的茶馆去做出莽撞行动，也不会到御池边的用人宿舍去幽会女

---

① 板仓：京都所司代板仓伊贺守胜重，江户时代有名的审判官，他曾根据坐葫芦的样子判定谁为继承人。

人。他们既然在家，就不会白白待着。查一查从江户来的贸易订货
单，发现忘掉了的事，也对主人有好处。学徒工用废旧纸捻线，还大
声地诵习字帖，在里房也听得见。这归根到底是对他自己有用的事
情。从晚上就想睡觉的久七，把包鲥鱼的草包解开，做成串铜钱的绳
子。下女阿竹说一到次日早晨就忙不过来，先把芜菁准备好。管缝纫
的使女整日整理缠在节木上的日野绢。连家猫也瞪大好像能看透三
寸厚菜板的眼睛，看守着挂鱼钩，一听到动静就叫唤起来。主人即
使在家一晚上，都不知有多少好处，何况在家一年，计算起来是了
不起的。妻子纵然有些不令人满意之处，也应予以原谅。要知道花
街柳巷是欺诈之地的话，就不再涉足了。好好地明白这一点，是年
轻主人治家的根本。京都的一位精通世故的媒人在年底讲了这么一
长串的话。虽然媒人的话不可靠，但是长了耳朵就是听话的，听一
听也没有坏处。

可是如今的女人对妖冶的妓院风习，看看学学久而自通。被称为
京都和服绸缎布匹店的太太之类的女人，都打扮得和妓女毫无二致。
出身于商店伙计的男人的妻子，一般都和澡堂的妓女一模一样。再就
是横町的裁缝铺和金银线刺绣铺的女主人，和茶馆的妓女惟妙惟肖。
各自都显出与身份相称的美丽，这也很有意思。如果注意看看，卖春
的人和良家女实际上并非没有差别。首先，良家女人反应迟钝，做事
啰嗦，长相丑陋，写信出错，不会喝酒，不能唱歌，穿衣松缓，起居
不麻利，走路摇摇晃晃，躺在被窝里还谈论豆酱和食盐，为了节俭而
每次使用一片手纸，把沉香看成内服药，就这样万事招人讨厌。虽说
妓女和良家女人发型大体相似，但如果认为相同就愚蠢了。

倘若是嫖妓狂，没有一个人是不通世故的。那种聪明的家伙，不
把不易挣到的金钱用来还债，而是花大钱在新年期间玩妓女。声称所
有的费用早在十二月十三日就开始准备了，把钱交上。因为玩乐其乐
无穷才如此的。这真是不识好歹的做法。

乌丸大街上的显赫的财主，将现银五百贯目让给了孩子们。其中弟弟逐渐发家。不久，一族人都指手划脚地议论，说他已有两千贯目的财产。可是，哥哥在继承父亲财产的第四年除夕，说："今夜要是有月光，明晃晃地我怎么好意思去叫卖这种东西呢？幸亏是黑夜，别人看不清，可见天无绝人之路。"他把纸头巾戴得很低，到处叫卖花椒粉和胡椒粉，过了一个凄凉的年关。当他糊里糊涂地来到岛原妓院的入口时，天已经亮了。他想起在世上走运的时候，清晨曾早早地走进妓院，往事真是不堪回首啊！

四 门柱亦如借

什么事情如果习惯了，也就不害怕了。京都岛原妓院的入口，是小曲中常唱到的名为朱雀小路的野地。在秋天田里庄稼快成熟的时候，为了吓唬鸟儿而制作了稻草人，让它戴上一个破草笠，挂上一根竹拐杖。但是，由于老鹰和乌鸦见惯了游客带有烙印的大草笠，以为这个稻草人也是个未带随身侍从的大财主，一点也不害怕。最后竟在草笠上歇脚。稻草人硬是给它们看成是风流雅士了。

世上没有比碰上要账人更可怕的了。可是，有个长年借款不还的人，到了除夕也不逃出家门，嘴里咕嘟说："从古至今还没有因为借款被砍头的例子。我又不是有钱不还，而是想还没钱。如果遂我所愿，我真想有一棵摇钱树。唉！不播种哪会有收成呀！"他一边说，一边在树木下朝阳处铺上旧席子、磨菜刀和做鱼用的铁筷子，一边磨一边说："把锈磨掉，反正也没有一条小沙丁鱼可切。不过，人的情绪是难说会怎样的，现在要是突然发生了叫人气恼的事，这把刀在自杀的时候也许用得上吧？我已经上了年纪，五十六岁了，也不在乎死活了。中京那些大腹便便的财主，在不幸早死之前，要是把我的欠账一笔还清，氏神五谷大明神看在眼里，我会义无反顾地替他去死。"

他的眼光仿佛被狐狸迷住了似的，摆弄着菜刀。正在这时，一只公鸡鸣叫着过来了。他对着公鸡说："你要找死啊！就拿你做血祭吧！"说罢把鸡的细脖子一刀砍落下来。外面一拨要账的人见此情景，心惊胆颤，心想，要那种粗暴的人履行诺言实在不可能了。临回去的时候，在土间的茶炉对面停下来，说："这位娘子呀，你嫁给那种没准头的男人，虽说有缘，也很可悲呀。"说罢都回去了。其实这种人在世间屡见不鲜，这是在年底故意耍横，一句赔礼道歉的话也不说，倒是把欠账的事给了结了。

在这些要账人中，有一个木材铺的青年。他还留着十八九岁年轻人的"角前发"发型，而且看上去长得和女人一样柔弱，性子却很强硬。在这家主人装腔作势吓唬人时，他不予理会，坐在竹廊上，从口袋里掏出念珠，一粒粒地捻着念佛。等到没有人了，事情平静下来之后，他说："你这出狂言戏到底是演完了。你给我算完账，我就回去。"主人说："连大男子汉们见景不妙都回去了，你一个人留在后头，煞有介事的样子。干吗说我是演狂言呢？""年底大家这么忙，你却装疯卖傻愚弄人啊！""你别在这里废话啦！""不废话，不把想要的东西要来，我决不回去！""你要什么？""我要银子！""谁能要走银子，我倒要瞧瞧！""谁都要不来的东西，我就是要来！这就是我的本事。这些都是好多伙计没办法要的赊账，我包下了二十七家。请看这个账本，我已经要了二十六家。你这最后一家如果要不来，我就不回去！在你未付欠款之前，这些准备建房的木材就是我的。我要把它们搬回去啦！"说罢，想用大锤把门口的柱子打下来。主人跑过来，叫道："这不行啊！"年轻人说："你这一套欺诈方法已经过时了。看来你不明白如今的做法，我把这柱子拆下来，就是眼下的要账法。"年轻人面无惧色，这主人毫无办法，赔礼道歉，如数交还了借款。

年轻人说："既然我把银子要了回来，就没什么可说的了。不过，无论怎样，你这种蛮不讲理的做法已经过时了。想找碴儿讹赖，采取这种方式无济于事了。我来教你吧！你可以先跟你妻子说好，在大年三十白天开始吵架。让妻子一边换穿衣服，一边说：'我不能不离开这个家了。出门以后就死的，也已经有两三个了，你知道这事吗？人命关天的事啊！你不是非让我滚出去不可吗？滚就滚，让你瞧瞧！'你就说：'怎么也得把债如数还清啊，然后再死个清白。俗话说，人生一世，流芳千载。可是，没法子的事儿啊！那就本月今日一块儿去死算了，不需百年之后。唉！可悲哦！'然后找些纸片来，像宝贝契约似的看着，再依依不舍似的一张张地撕破。见此情景，无论怎样的要账人一刻也待不下去。"主人说："这办法以前我没用过。蒙你指教。来年的除夕日，我和妻子就用这种办法来应付啦！哎呀，你虽然年轻，但你想法很高明啊！今天年关算是度过了，咱们一起互相祝贺祝贺吧！"就把刚才杀死的那只鸡拔毛洗净，做鸡汤，以酒款待，为他送行。然后丈夫对妻子说："无需等到明年年底，每年除夕天黑之后，都会来一些难以对付的要账人哩！"于是马上演出夫妇吵架的"狂言"，巧妙地摆脱了年底的要账人。久而久之，谁都自然而然地称这对夫妇为"大宫街上最爱吵架的人"。

卷
三

一　京都首场戏

如今演戏以"三番叟"①开场，以"所繁昌"②收场，这都是天下町人乐事。京都的町人们被称为"会节俭的人"，但不知何时也显得大方起来。这本是京城人的本色。虽然如此，平日还仔细算计，十分节俭。

去年秋天，在京都时兴加贺的金春表演的"化缘能乐"③的时候，规定四号每间楼座收费十锭银子。票全部售完，座无虚席。而且在演出之前就预交银两。说是这次演出稀有剧目《关寺小町》，人们因为第一次观看，都高兴地哼起小调儿。可是，由于打鼓的演员因故不能上台，改换了节目。尽管这样，观众在天色未明之际就人山人海地蜂拥而来。

其中有个江户人，即便只一人看戏，也将标价十锭银子的楼座包下两间。把猩红色的坐垫儿挂在放物品的搁板上。在矮屏风、枕箱的后面设置一个饮食间，摆上各种各样的鱼，篓子里放上各个季节的果物。在另一间楼座支上了一个茶炉，双层盖的杉木提桶上写上"宇治

---

① 三番叟：戏名。
② 所繁昌：戏名。
③ 化缘能乐：寺社为化缘而演出的能乐，后来仅以化缘名义收入场费。在江户时代需经特别许可。

桥"、"音羽川"这些有名饮水的名称排列着。医生、和服绸缎布店的老板、儒者、经营进口货的老板和连歌师等等交杂在一起。岛原的妓馆、四条的男色茶馆、京都著名的帮闲、推拿士、耍剑术的浪人也都靠在后面。楼座下边有双乘轿子、临时洗澡间、临时厕所。一切都准备得方便周到。这个人不是大名的儿子，但因为他有钱，才能做到这些。所以，人不管怎样应该挣钱，以便能够随心所欲地消遣消费。这人即使如此花销，也有办法不使财产减少，故而其乐无穷。

没有这么多财产的人，在临近年关的时候不能这样浪费金银。人都认为，从九月重阳节过后，到除夕还有很长时间，往往懈怠谋生之道。从十月初天气变化无常，降下晚秋雨，寒风凛冽，人的心情也不安定，因而何事都想拖至明年。只顾当时有点金钱，混混日子。经营奢侈品的人，做各种手工艺品的工匠等，都歇业关张。渐渐地到了早晨降霜、晚风刺骨的时候，人们都在家过冬，到晚上用被炉取暖而卧，家业处于停顿状态。年底越来越近，便日益困窘起来。

其后，法华寺在神佛前上供，净土宗的十夜讲道，东福寺在寺院创始者的忌日举行法会，一向宗①、御取越②法会等等。在庆祝亥日的仪式上还有夜游的风习。五谷神社举行火祭③的时候，换为四条河原的演员，演出首场戏。即使是看同一演员的戏，只要变变剧场也感新鲜，便兴高采烈。今日是这人主办演出，明日是那人主办演出。人们议论说，无论是哪个剧场，大阪的年轻人必去。他们在剧院的茶馆提前定好座位。把花送给在茶馆认识的演员，说："您呢，欢迎欢迎！"以向演员打招呼为荣耀，显示无用的慷慨。

---

① 一向宗：净土宗的俗称。
② 御取越：一向宗的始祖亲鸾的忌日是阴历11月28日，东、西本愿寺从11月22日到28日每日四次举行法事，名为"报恩讲"。门徒们将此提前一个月举行，称为"御取越"。
③ 火祭：京阪地区11月在神前焚火祭祀。

　　提盒里放上酒，喝醉了不能马上从剧场回家，便到石垣町的二楼房间冶游。全体演员跳集体舞是压轴戏，高调的尖啸声音竟传到睿山，喧嚣嘈杂。京都的有名町人，人人出入的和服绸缎布店的老板和给某些大人物送货的商人，也都认为剧场和妓院的欢乐是奢侈的。何况只有少量金银的小商人，即使为了散心来看戏，还是应该寻找一个无人吸烟的地方，借一个圆草垫看戏为好。这也不会因此而记不住演员和年轻人的名字吧？

　　在荒木与次兵卫剧团演出首场戏的第一天，从左侧数第二间楼座上，坐着五六个年轻人。他们显出被父亲赶出家门也不在乎的神情。个个衣冠楚楚，让年轻演员从舞台上向自己眉目传情，以使下面的观众心生羡慕。有的人认识这伙青年，听见他们谈论说：

　　"不知他们的身份倒还好。那些家伙都是堀川西郊区的人。他们却和中京的财主一样，煞有介事似的，真可笑。不知道的人还以为他们出身于名门大户家吧？穿黑色短外褂的人成了米店的女婿，为了金钱而娶了一个半老徐娘，大概与他相差十四五岁吧。让母亲脚踏盛两升粮食的石臼，让弟弟到处叫卖蚕豆，自己却插一把白柄的腰刀。真想让他把这腰刀收起来！下一个穿闪光色短外褂的人，是经营牛皮胶店铺的人，却不知道哪儿弄来的牛骨头。他穿着价格昂贵的衣裳，用家产抵押的借款没还，因而被人起诉，还向东边邻居无理取闹，争夺地皮的纠纷尚未了结，就出来游逛，真是如疯似狂了。第三个穿着煤竹色短外褂的人，借了带利息的五贯目银子。拿着这些银作为入门费，到家具涂漆匠家当了养子。他轻侮养父养母，养父死后不过三十五天，就来看戏。这是个不知世间义理的家伙！作为米和柴都是现用现买的人，在喝酒时请戏子陪酒。可怜的是那些戏子们不会猜算，还以为他是有钱的客人吧。这四五年间他所贷的款压根儿一点也没还。那五人中，身穿染出条纹的短外褂的人，开了一个小钱庄，因为哥哥是三井寺的出家人，可以帮助他，想些办法，总能度过这一天天迫近的年关吧。除他以外的其他人，没有在京都过新年的。"就这样指手划脚地笑着议论，而对方错以为这些人在羡慕夸赞自己，就把山茶花和水仙花放在下面，把两三个金橘用纸包着投过来了。打开一看又笑了："他们被当作座之客了。这金橘在结账时，一个就值二分吧。一碰上这伙人，店家都得蒙受损失。"

话刚说完，戏也正好收场，便回去了。

此后，这几个青年每天都来看戏，衣裳总是不换，穿着一种颜色的短外褂。卖色茶馆也开始注意他们，提起钱的事，他们却完全不搭茬儿，此后形影皆无，催促也无济于事。不久就到了除夕。其中有一个说夜里逃脱不新鲜，来了个白天脱身而去，行踪不明。另一个被当作疯子投进牢房。还有一个自杀，正在调查之中。以前曾把这几个人介绍给茶馆的帮闲，现在作证说他们都是偷盗犯。所以，官厅向镇上发出了严厉的训令。茶馆方面则完全绝望了，认为无论找到哪里也将一无所获，就当噩梦一场，只得算了。以前本打算收取十五两银子，而如今那伙人只留下了三顶草笠。除夕碰了一次大晦气。

二　年内观饼花①

常言道："好事要快办。"除夕收账必须迅速麻利。今日一日踏破铁鞋，商人劲头十足就像韦驮天围着地球跑步一样。

数年间积累了要账经验的人曾说过：一般地，要账先从易要之处要起，知道希望渺茫的家庭，待最后去软缠硬磨。在对方说话不算数又要赖时，更要平心静气地讲道理，其他的事情一概不谈。最好是坐在居室的二道门底框处，让提着袋子的学徒工吹灭灯笼，说道："不知是什么恶报，让我生为这种要账的商人，把头发剃成半月形，新年

---

① 饼花：把年前打出的年糕做成各种花鸟状，粘在柳条上供神。

也不能好好过。妻子被债主作为人质领走了，还得向他家的伙计们献殷勤。难道除此之外就没有办法生活了吗？当地守护神有什么错？我也抱怨。您家的内情我不很了解，您夫人的身份简直像佛一样高贵。一看见插在顶棚上的饼花，就感到春天已经来了。在这里看见挂鱼钩上挂着本地的鸭子、海参和川贝等等。无论拜访哪一家，都先看到挂鱼钩。新年穿的小袖衬衣也已经做好了吧？要说花纹，眼下在世间的妇女当中，流行带叶牡丹和四个圆银杏的图案。这些应时的衣裳，如果能做得起，我真想让妻子穿上呀。对女人来说，衣裳是十分重要的。您家的女用人的工作服，想必是柳色、煤竹色加杂乱泡桐叶的中型花纹吧？同样是当用人，要是能到您家来，可以说是她们的幸运。郊区人穿的天女蔓藤花样的衣服，如今到处可见了。"说些诸如此类的话，等他家女主人开口，这样消磨时间。主人看准没有其他要账人来的时候，就会说："今年底，哪儿的欠账都未支付。但听您一席话，感触至深。这是来年春天妻子参拜伊势神宫的旅费，只把这笔款交给您吧。其余的在三月的女儿节之前还清，要讨您一个笑脸罢啦！"一百目钱还了六十目。

从前，若有一百目赊账，支付八十目。二十年前，交付一半还是靠得住的。可是近十年以来，只支付四十目。近几年只交三十目，而且其中必定夹杂着二粒劣质银子。人是越来越不要脸了。赊账买东西，到时候却不交款。虽说这事十分令人棘手，可是不赊卖就得关门停业。明知年底要账麻烦，到时就忘了，又赊卖起来，把账记在账本上。

一切事物都随时势而变化，这也很有趣。很久以前，债主事先听说账不能付，也就认了。都是在除夕之夜清账。那时候，大凡深更半夜去要账，也没有哪一家不用吵嘴的。近一两年，要账人到夜里很晚才上门，双方不声不响，悄悄了结。想来这很奇怪。留心一看，原来，说没有钱真的就是没有钱，家中的事让邻居听见也不顾忌了：

"当今，即使大名也得借钱。借一千贯目就砍头的先例是没有的。我并不是有钱不还。这口大锅装满金子才好呢！要是那样，我就把账儿一点不留地还你！没有像金银这么偏心眼的了，为什么我被金银所憎恶呢？！"嘴里哼着"一度荣华，一度衰微"，就躺在地上撒泼耍赖。这种人，无论如何难以对付。既然对方无视世间义理和体面，不管怎么请求也毫无用处。要账人绝望了，便把旧账勾销。双方达成协议，只还扣出旧账后的新账，所以不用吵架就能解决问题。世人都变得这么聪明了。

仔细想想世间之事，即便是很中用的伙计，也不会比自己愚笨的儿子强。这是因为，自己的孩子做事自然有诚意。他会想到银子收起来就为自家所有，所以要账时也不马马虎虎地催促一下了事，做事没有私心。而雇来的年轻人，除非很尊重主人、有自知之明、通情达理者又当别论；一般说来，真为主人着想的人是稀少的。他们到一日费千金的妓院玩乐，一旦收上足够的银子，就中饱私囊，或者把收到的小判换成劣质的银子，或者把收到的银子全部用光而用铜钱充代之，欺骗主人。还有的把主人压根儿不知道的赊账转记到不能回收的账本上，想方设法地图谋私利。无论主人如何留心，也不可能没有疏漏，还有的小商人家的年轻伙计，在繁忙的除夕去收取赊账，马马虎虎，敷衍塞责。买一副布袋店的纸牌，一边走路一边"八九十"地做上记号。这种人不会使主人得利，要账的人也是各有所思，而用心良好的人则为少见。见人要防贼，烧火要省柴，如此朝夕有所留心，是处世之要谛。

今有一位名叫古名忠六的人，是承包建筑的工头。平日言语诙谐有趣，被人称为"町内艺者"。在月待、日待①时被请去表演口技，招人喜爱。今年的除夕日穷于支付，就厚着脸皮向一个人借要了五百

---

① 月待、日待：每月十三、十七、二十三日等夜等待月出，一同进食；每年一月、五月、九月的吉日前夜等候天明拜太阳之类的活动。

目银子。那人说数额不多，一口应承。天黑之后，忠六登门造访，说道："啊呀！真是其乐融融也！今宵一听琴声，顿感进入了长生不老的仙境。虽说本地人多地广，可是除了府上别无二家。金银满堂，四方宝藏，隐身草，隐身笠，万宝锤敲得天平响。老板您真是鸿福齐天呢！"主人问道："忠六，你好像有什么事，是为了拿这银子吗？"说着就把一包五百目的银子扔给了他。忠六连说三遍"谢谢"，接受了银子，说："托您的福，我能过年了。天色已晚，鸡快叫了，乞恕告辞。"走出门口，又赶忙走回来，说："腰元们！请转达我对您家太太的谢意。"这时，仲居阿吉说："喂！忠六先生，今儿是喜庆之日，表演一段吧！"忠六说："那么就来一段！"于是喋喋不休地说起吉利之语来。正在这时，大管家从北方回家了，说道："不久之后二百贯目就要入库啦！大米马上就从北方运来，可以赚钱呢！金银啊金银！今天是除夕日，即便是内宅，也不是弹琴唱歌的地方。来吧！快张罗银子。"说话间，他发现了忠六刚才放在二道门底框附近的五百目银子包，就拾了起来，说："这可是一包数额不小的银子呀！为什么扔在这里？这次就需要两百贯目呢！手头有没有？如果没有就设法筹措！金银啊金银！"这管家语气急切。忠六算是倒霉，无可奈何，说一句"不能久留"，徒手而归。

三　梦中见小判

一位财主说过，做梦也不能忘掉谋生之道。日有所思，夜必有所梦。梦中既有高兴之事，也有悲哀之事。在各种梦当中，梦见拾到金银是最无聊的。如今世人无人失落金银，都把金银视为生命，仔细珍藏。无论在万日回向①结束之际，还是在天满的船祭的第二天，都不

---

① 万日回向：一日参拜相当于万日参拜之意，指特定日子在佛寺举行的法会。

会丢失一分钱。总而言之，若自己不劳动，便得不到金钱。

有一个穷人不好好干活儿，妄图一步登天成为财主。前不久他在江户的时候，看到骏河町兑换所里堆积如山的裸露在外的银子，至今不能忘怀，说："今年年底，我真想把那些银块搞到手！那放在皮垫儿上的银子，足有我躺下的身体那么一大堆。"他一心想着银子，在纸被子上躺下身去。

恰好是十二月除夕日的黎明时分，妻子一人醒来。今天无论如何是难以熬过的，该怎么办呢？她考虑着如何筹措银子过年。猛然看到东窗口晨光照进的地方，莫名其妙地有一块小判金。"哎，这是怎么回事？是老天爷的恩赐吧！"她心花怒放道。"你醒醒，你来看！"把丈夫喊起来。丈夫问："什么事儿？"说话间那块小判却一下子消失了，妻子后悔地说："哎呀，可惜呀！"就对丈夫讲了刚才的事情。丈夫说："我在江户看到那些银子，朝思暮想。这心念就化作小判显现一下了。我想哪怕是去敲一敲佐夜山中的无间钟，好快快来钱，享受一下世间的乐趣，来世堕入地狱也无所谓了。这世间真是富人的天堂，穷人的地狱。灶下连烧柴也没有，唉！今年过年真是惨了！"他心生恶念，灵魂改变，迷迷糊糊地睡过去，只见黑鬼白鬼轰隆隆地驱动火焰车，来世和现世之境在梦中显现出来。

妻子见此情景，深深叹气，安慰丈夫说："世间没有长命百岁的人。祈求那些非分的事情毫无用处。只要咱俩互不变心，将来也许会有幸福晚年。你担心我失去体面，也许会懊悔的吧。可是，就这么闲待着，三个人都会饿死的。咱为了孩子的将来要好好想想，有人在就有幸福。我出去当用人，你要亲手照看拉扯孩子，那样，以后就有好日子过了。要把孩子扔掉多残忍啊。这事我求你了。"说着就流下泪来。身为丈夫，心中更是悲伤，竟不言语，闭上眼睛不看妻子的脸。

这时，伏见墨染一带一个做经纪人的女人，带着一个六十余岁的老太婆走进来。她说："就像我昨天说过的，就因为你的奶水好，预先付给你八十五匁银子，还发给你四季的工作服。你应该明白这差事很难得。云集家中的那些做饭的大姑娘，还得织布，半季的佣金只有三十二匁。总之，你要知道这都是因为你的奶水好。如果你不满意，就先到京町去瞧瞧。今天必须决定下来，以后不能反悔了。现在你就要答应我。"

妻子高兴地说："无论去干什么，都是为自家找条活路。主人把宝贝儿子交给我，我能否胜任，心里没底。但我是很想好好做的。"那经纪人也不对这家男主人说话，从邻居借来砚台，说："快，到那边去一下。"就签订了服务一年的合同。把佣金全部交出以后，介绍人又赶紧说："早说晚说都一样，介绍人取一成的手续费，这是规矩。"从写着八十五匁、分成三十七包的银子中，如数取出八匁五分。说道："来吧！用不着打扮了。"就要把人带走。丈夫流下泪来，妻子哭红了脸，对孩子说："阿满，再见吧！妈妈要到主人家里去，过年时再回来看你呀！"说完，到两边邻居家托付什么，又哭了起来。介绍人心肠硬："孩子没有母亲也能活，即使挨打，不该死的也死不了。老板，再见啦。"经纪人带来的这个老太太，见此情景，回过头说道："我的孙儿没有乳母是有不便，可是把吃奶的孩子与母亲分开，也太可怜了。"经纪人说："这世间钱能灭身，毫无办法。她那女儿死活由命吧！"她不顾孩子母亲听见，把人带走了。

没过多久，除夕夜到了，丈夫痛感人生无常。自己以前虽然从父母那里分得一份相当的遗产，但由于不善谋生之道而退出江户，到伏见的乡村居住了。这样做也是为了妻子的情面。即使只喝祝福茶①过节，新年中夫妻俩在一起也是一乐。妻子曾买下了两双吃年糕小豆汤用的筷子，招人喜爱。今日丈夫发现筷子放在架子边上，就拿了下来，说："今年过新年一双筷子也不需要了。"折断放入灶中烧掉了。

———————————

① 祝福茶：除夕、立春等时饮用的加黑豆、海带、酸梅等煮的茶。

夜深之后，孩子啼哭不止。邻居家的女主人走来，教他在米粉里加上地黄烧开，用竹管喂孩子，说："已经有一天了，我总觉得你腮帮子瘦了些。"主人说："可不是嘛！这世道真叫人没办法！"他不由气从中来，把手中的火箸扔到土间。邻居说："您真是可怜呢！孩子她妈也很不幸。听说雇用她的那家主人喜欢使用漂亮女人。特别是您家孩子她妈和他不久前去世的夫人长得有所相似，可爱的背影真是一模一样。"主人不忍听下去，说道："刚才的银子原封未动。听了这话，即使饿死也不能顾忌了。"说罢跑了出去，把妻子领了回来。流着眼泪度过了年关。

四　神也看错人

各地诸神每年十月在出云大社集会，商谈保佑安全事宜，向各地选派岁德神，准备过新年。其中，向京都、江户、大阪选派的岁德神尤为睿智，向奈良、堺市选派的则很老练。派往长崎、大津、伏见的诸神各分其职。然后，选定一国一城的城下町，或者码头、山间城市、繁荣的乡镇而派神前去。除此以外，远离城市的穷乡僻壤，住一间坡形房屋的人家，也都捣年糕，在门口装饰松枝，迎接新年。不过，诸神都希望到上方去，不喜欢到乡下过年。倘若在各地中选择一地，无论如何还是城市比乡村要好。世间日月变迁，仿佛流水一般，不久度过一年时光，到十二月末了。

泉州堺的人们，从早到晚慎重谋生，精打细算，毫不马虎，做什么生意都是小心搏节。外面安着格子门，看上去像是歇业户，家内却深奥莫测。计算一年中收入银子的数额，思考生计之道。例如，生下女孩，痘疮痊愈之后仔细鉴定其长相，如果认为女儿生得一般，但具有当世风采，就从三岁五岁起，每年都添置嫁妆。长相不佳的姑娘，考虑到难以找到婆家，就打算给陪嫁费。另外放债盈利，以备在出嫁时缺钱而早早攒钱做准备。房子也在不断地建，木板房顶尚未毁坏时就加以更新，房柱尚未腐朽时就用石头加固底部，房子上引水的铜管数年前便有所留心，看准铜价便宜的时候购买。平日穿自家纺织的捻线绸，起居动作不慌不忙，所以不易磨破，看起来优美漂亮而且经济合算。各种家具都是上代传承下来的，因而在忘年会上举办茶会招待客人，别人听到了会做风流文雅之誉，其实不会花费太多的钱。堺这个地方真是善于生计之道。

连富有之家都是如此，何况贫家小户，在头枕算盘睡觉时，也忘不了金银收入变化剧烈的除夕之日。看着石臼中的红色糙米，就像观赏红叶一样惬意。心想眼前这些樱鲷①，还是卖给识货的京都人为好，每夜托鱼贩子进京推销。当家中无客人时，就说鲻鱼也有土腥味而不购买。地处山地的京都都能吃上镜鱼，而在近海的此地，吃些小鱼就心满意足了。

有谚语说："丈八灯台照远不照近。"万事皆是如此。大多数店家，在除夕之夜看起来情况良好。岁德神不请自到，来店面排场的商人家中观看，发现虽然挂着岁德神架，却未点灯火，总有一种说不出的凄清阴森之感。但这一家是岁德神自己选定的，就不好再到另一家去和其他神住在一起了。心想，看这家到底如何过年的吧。岁德神观察了许久。每当门声一响，女主人就提心吊胆地说："我家主人没有回来。每次都让您白跑，真是对不起了。"无论对谁都用这句话把人打发走。

不久，已过半夜，即将天亮。要账人汇集在这一家中，凶巴巴地问："你家主人还没回来吗？啊？！"正在这时，家中的学徒工喘着粗气跑回来说："老爷在去助松的半路上，被四五个大汉拽进松林中，我听到他们说'你要是想活命……'就逃回来啦。"女主人大吃一惊，哭着说道："你明明知道他要被杀死，却那么胆小怕事，你白白生为

---

① 樱鲷：在樱花盛开时节捕捞的加级鱼。

男子汉了。不要脸的东西!"于是,待要账人一个个都走了,天色渐亮起来,女主人不再那么哭了。这时,那学徒从怀里掏出一个袋子,说:"乡下也不景气,好不容易收了三十五勾银子和六百铜钱回来。"看来,用人一旦被这种善施计谋的家庭雇用,也变得刁钻狡诈了。

这家的老板躲藏在仓库的角落里,一遍遍地阅读因果报应的故事书。当读到美浓国不破宿的穷苦浪人,因难度年关而杀死妻子的故事时,感到特别悲惨。心想:谁碰上那样的倒霉事,都不再想活下去了吧?他以身自况,不胜同情,偷偷地哭泣。听到外面说:"要账的人都谅解我们,回家去了。"心情稍有平静。颤抖着走出来说:"哎呀!今天一天就把我愁老了!"连连慨叹,后悔莫及。在别人家煮年糕小豆汤庆祝新年的时分,他家却买米备柴,元日也做平常的饭菜。到了初二早晨,好不容易煮了年糕小豆汤供在神佛面前,说道:"这是我家的惯例,已有十多年在初二祝贺新年。盛供品的木方盘破旧了,请多多包涵。"这天的晚饭也没做。

即便是神,以前也没看出这家贫穷到如此地步。在这里熬过了三天,到了初四就走了。去今宫拜会惠比须福神,诉苦道:"哎呀!家境真难从外表看出来呀!我在一户穷人家过了年。"惠比须说:"亏你还长期在各家过年。我告诉你怎样识别家庭贫富:介绍给你的家庭,门上有黑色污垢,女主人向下女讨好,铺席边缘磨破,这种人家是度不过年关的。在偌大的堺市,那样的穷人也有四五家。你去了那地方实在不幸啊。我在世间商人们家里饮酒、吃干加级鱼,受到热情款待。你也该换换口味,回到出云去吧。"遂设宴席犒劳他。初十日,有一个人清晨去参拜惠比须福神,在正殿正好听完这两位神的谈话,心想连神都有贫富之差,何况人间,境遇变幻无常是理所当然的。所以,人们必须努力从事自己确定的职业,不要让一年一度光临家中的岁德神看出困窘之状来。

卷
四

一　暗夜相痛骂

　　作为地方的习惯，在关东，每年除夕日必有庙会。在摄津的西宫，有除夕闲居，在丰前国的早鞆神社有割海藻的神事①。在丹波的山区的村子，除夕日举行婚礼。从前在年底举办祭祖仪式，但除夕很忙，还要备置供佛的香与花、新年供神的木方盘和盂兰盆会的麻秆筷子，样样事情赶在一起，过于忙乱了。所以，那时的聪明人，未预先通知神佛，就把祭祖仪式改在七月十四日。若是今人，也许会改在春分秋分前后几天举行吧。如果这样，兴许会给子孙后代带来很大的益处。大阪的生玉神社祭祀规定在九月九日，这一天正好是重阳节，不管哪家都做生鱼肉丝。因为大家都同样过节，无需另宴宾朋，因而可节省开支。年积月累，数额可观。考虑到子民的花销，神也许会赞成这么做的。

　　另外，京都的祇园八坂神社，在除夕夜举行削挂神事②，各人都去参拜。神前放着幽暗的灯火，在相互看不清面孔时，参拜的男女老少左右分开，尽情地以各种污言秽语骂人，那场面真令人捧腹大笑。

　　"你这小子呀，在新年的三天中，吃年糕堵住咽喉，到鸟边野的火葬场去举行葬礼呢！"

-----

① 神职人员除夕半夜去海中割取海藻，次日供于神前，也施于参拜人。
② 削挂神事：京都祇园八坂神社在除夕夜举行的一种祭仪。

"你这下流坯，是买卖人口的帮凶啊，你和人贩子一块治罪，被捆在马背上到栗田口问斩！"

"你的老婆，新年发了疯，把孩子投到井里去啦！"

"你这东西，是被地狱里的火焰车卷来的呀，被鬼当作咸菜吃掉！"

"你爹是镇上打更的贱种！"

"你老婆是寺院的和尚玩剩了的。"

"你弟弟是骗子手的徒弟！"

"你家老姨是专给人打胎的！"

"你姐姐围裙也不束就去买豆酱，在路上跌个四仰八叉！"

如此骂声一片，聒噪得很。其中，有一个二十七八岁的青年，骂得比别人高明。谁出面都败下阵来，最后无人与他交锋。正在这时，只听得左边的松树底下忽然有人说："我说那边那位年轻人啊，你别那么吹牛皮啦！像刚买过新衣裳的人似的！看看你，大冷天连个棉袄也没穿上，还胡扯些什么！"这话自然击中了那人的要害。他无言以对，在人群中躲藏起来，于是众人哄然大笑。由此可知，没有比自己的贫寒遭遇被别人说穿更可耻的了。

无论如何，应该在天未黑之前，就想到除夕夜漆黑一片，平素多加努力。辛勤干活儿就不会受穷。人们说："唉！虽说这是繁华的都城，可金银到底都到哪儿去了呢？也许年年都被立春前一天的鬼给取回去了？尤其是我们这号人，近年来和金银的关系搞僵了，看不到成箱的银子。"谈论着世间的萧条。

人们散去，走到三条街上，看见有人提着六个山形三星家徽的灯笼，三辆车上装满银箱。两个好像伙计模样的人尾随其后，边走边谈。听到他们说："人家都说没有没有，可是银子还是有的。这些是闲居的祖母作为参拜寺院的银子，分给当老板的儿子的。明历元年①

---

① 明历元年：公元 1665 年。

四月入的库，直到今晚才取出来。这些银箱很久不为世人所见，也许是出来散散心吧？想想看，这银子就像刚刚出世的俊姑娘就出家为尼一样。一辈子没到人手中，没交好运，最后成了寺院的财产。"说罢大笑。

"今天搬出这些银子时，我顺便看了看对面房屋中的内库，仅标有宽永年间字样的箱子就堆积如山。一代之间竟积累了那么多银子呀！世上一般的财主都被人说成小气鬼。如果心中没有什么计谋，是不能富贵的。不过，咱们老板万事都像大名一样慷慨大方，生活豪华，而又能发家立业，实在是个天生的有福之人。在这之前，他在长子家里闲居，现在次子又成了家，他又变了主意，想到次子家闲居。什么事都让他随心所欲为好。从十一月初开始，就搬运各种家具，今天是最后一次搬银子。从正房拨出来的供闲居时使唤的女人有十一个。猫也有七只，和人一样坐上车搬来了。据说本月二十一日像往年一样分发衣裳，家中用人都从各处汇集而来。男式窄袖便服四十八件，女式窄袖便服五十一件，小身材的和中身材的二十七件，一共一百二十六件。都是在笹屋新定做的，各自分发下去。如果得到一件这种窄袖便服，可以用来当资本做一笔好生意。还可以对老板说：昨天有个演出主办人未能在新年举办演出，看准老板高兴的时候说一番，他就会借给五百两金子。京都地广人多，这样的财主也是有的。那些要账人因为没见过大世面，才把一百文钱一个个地数清收起来。自打咱们记事以来，老板兄弟们未曾用手拿过金银。何况是自己的家产，他们更是不知道了。都依靠九个管家处理。"说话间，进入了一处大府邸，说一声："老爷的银子来啦！"把它们收藏在内库里。

他家布置新年点缀的人，在给神佛们点上供灯之后，问道："银库里也要点上供灯吗？"老板手指那人笑着说："哎呀！你是初次布置新年点缀吧！在仓库里点供灯，是只有一千贯目家产的人才干的事。我家有仓库二十五六座，哪能一一点上供灯呢！"哎呀，这真是金银满堂啊！令人眼馋。这时，从各处运来了很多银箱，堆积在宽阔的庭院内，好像是兑换所的伙计模样的人动手帮忙，想方设法地向这家的管家讨好。说道："请把这些银子收到库中吧！"管家说："每年都通知您，您是知道的。除夕日过了四点以后，哪儿来的银子也不接受。这一点早就通知了，您却在夜里运来这些碎银，实在麻烦！"拒不接受。兑换所再三道歉，多方奉承，才接受了三口箱子共计六百七十贯目银子，拿到交付证书回去了。说是仓库已封闭了，就把这些银子堆放在厨房的大灶后面，让它们在土间过了年。在这里，银子和石块瓦砾完全是一个待遇了。

二　奈良之庭灶

自古及今，人都像人，长着同一副模样，真是有点意思。奈良这地方也有一个鱼贩子连续二十四五年间每次都卖同一种鱼的，除了章鱼以外不卖别的，最后，人人称他是"卖章鱼的八助"，都认识了，因而买主不少。他可以靠这生意养活三口之家。可是，他从未拿出五百文钱过年，只煮年糕小豆汤。这个人对生计之道精明算计得很。他的老母托他去买木制圆火盆，他也索取手续费，决不白白跑腿，何况对别人。即使替人家去请接生婆的紧急时刻，不吃完那里的茶泡饭就不肯抬腿。念佛会的伙伴们托他顺便买块奈良麻布，他也贪得无厌地拿人家的手续费。他是个人死了也要抠下眼珠的贪心人。到了这种程度，必遭天罚。

从初次去奈良卖鱼到现在，他总是把章鱼腿偷偷切下一条另卖，而日本的章鱼都是长着八条腿的，这事谁也没发觉。切下的鱼腿，都被松原的小吃铺买去了。人心实在是可怕的。俗话说："做事应适可而止。"事情都有其限度，坏事必有败露之时。去年年底，八助把章鱼腿各切下两条，趁着忙乱出售六条腿的章鱼，也无人追根究底，买了鱼就走了。他走到手贝町中间的时候，被正面结着菱形竹墙的人家叫过去，卖了两条章鱼刚要走，一个出家人装束的老人瞪了一眼，把棋盘盖上走了出来，说道："不知为何，我总觉得这章鱼下面少了点什么。"果然发现章鱼缺腿，问道："你这是从哪个海里捕捞的章鱼啊？神代以来，从未见过六条腿的章鱼。在这之前整个奈良的人都吃你这种缺腿的章鱼吧？卖鱼的！我这次可算看透你了！"八助蛮不讲理地说了句："像你这样除夕还下棋的人家，我才不卖呢！"然后扬长而去。之后，这事不知不觉地传了开去，人所共知了。在小镇的各个角落，都管他叫"切鱼腿的八助"，一生赖以生存的门路堵塞不通了。这也是咎由自取。

这里的除夕夜的景象，比起京都、大阪来，也格外宁静。一切赊账，也都尽手头所有尽量支付。若说今年无力支付，要账人听到此话也不来第二次。整个奈良，收支计算在晚上十时结束，早就是新年气氛了。新年期间，哪个家庭都在土间新建一个"庭灶"，支锅烧火。土间里铺上铺席，家中的老板、用人都快快活活地坐在一起，把平常的居室打开。作为地方的风习，把带有竹环的圆形年糕，放在庭院中的火堆上烧了吃。那情景看上去并不粗俗，却带有一种福气喜气。

且说被称为"城外住户"的贱民们，受大乘院僧人的家臣因幡家的关照，依照惯例开始贺年。然后，口里叫着"招财进宝！招财进宝！"在街上来回跑，每一家都在他们的年糕上放钱。想起来，这与大阪等地的驱邪仪式相同。天色渐白，元日，喊着"迎福神咯！迎福神咯！"四处叫卖的，是印在木板上的大黑天财神的神像；初二天亮时分，喊着"迎惠比须！"出售惠比须的画像；初三早晨，喊"迎毗沙门！"出售毗沙门画像。三天的早晨都卖福神像。而元旦的礼俗是，暂且放下世间杂事，先去春日大明神那里参拜。带领一族亲朋，后代子孙，尽情打扮穿戴，前去参拜。此时，家族的人越多，看起来越体面。到哪里都是富贵人叫人羡慕。

用来出卖的奈良麻布，赊卖给京都的和服绸缎布店全年售卖，到每年除夕日收取货款。算账收款很快完成，收款人除夕夜争先恐后地打着火把出京城，赶回奈良。这样，取回的麻布货款不知几千贯目。到奈良时已是拂晓时分，就先把货款金银原封不动地放进仓库，从正月五日开始在同业者之间进行差额计算。这是每年的惯例。

隐居在大和的穷乡僻壤里的穷浪人们，他们穷得过不去新年，便盯上了这些除夕夜的银货。四人商谈，决心孤注一掷，去拦路抢劫。可是，都是三十贯目或五十贯目的巨额银子，没发现他们所希望的碎银。虽然多方选择拦劫对象，都不敢贸然挡道。失望之余又换了一条路，埋伏在黑暗山路的高处，等待着从大阪归来的人。这时一个小个儿男人扛着一个蒲包来了。他们心想："总觉得有些蹊跷，扛着大包却显得很轻，里面肯定藏有银子。"拦住那人夺下包就要逃走，那人却说："即使把它抢去了，你们明天无论如何也用不上，用不上！"四个人打开包一看，原来是晒干了的青鱼子。"哎呀！这回白抢啦！"

三 互换男主人

时光之波涌上了伏见河滨，听起来连河水也发出急切之声。在十二月二十九日的下行船上，旅客也怀着比平日急切的心情乘上船，大声叫喊道："哎！快开船，快开船！"看样子船老大也知道新年将近，说："我和大伙儿，过一两天都要迎接新年了。无论如何不能出差错！"不一会儿就解开缆绳从伏见的京桥开船。平时的下行船上，世间的色情话、小曲儿、净瑠璃、闲聊、模仿谣曲演员的舞蹈等等，没有一个人不贫嘴饶舌。可是只有今晚静悄悄的。不时地有人若有所思地念佛："浮世不得久长，过了一个个新年，其实是等着死亡。"说一些厌世之辞。其他人都未入睡，一个个显得闷闷不乐。其中，有一个伙计模样的人，声嘶力竭地喊叫着从色情茶馆学来的情歌小调，同时还模仿低劣的、三弦上的小调过门，摇头晃脑地唱着，招人心烦。

不久，船行驶到河湾小桥的急流处，朝着桥桁间点着灯笼的方向逆转而下。这时，有一个似乎通达世故的人，睁开眼睛说道："看呀！请看那边！如果人都像水车那样，一年到头，昼夜不停地干活，年终结算才不会入不敷出。平常游手好闲，到了年底才突然想起来拼命干，什么用处也没有了。"看起来比别人聪明的样子。

船上的人都倾耳细听，觉得此话言之有理。其中，一个兵库客栈街上的人乘坐在这条船上。他说："刚才的话，使我想起了自己的遭遇。住在海边有一个好处：捕捞鲜鱼出售，可以舒舒服服地过日子。可是，我每年年底却都入不敷出，近十四五年一直这样。在大津我有一个姨母，我就向她索要七十或八十目银子，总之，都在一百目之内。因为每年都如此，姨母也不乐意了。她说自己上了年纪，无力相助，一口拒绝。所以，我那种好像是去取存款一样的心情没有了，一下子不知该怎样是好。就这样赶回家里，不知道如何过年。"

另一个人说："我有个熟人是四条的演员，我没有委托介绍人，直接把弟弟带来，想求他把弟弟培养成艺人。于是预支了一点薪水，年底结了账就到京都来了。出乎意料的是，我本以为弟弟长相漂亮，将来可以当第一流的旦角。可是人家说是因为耳朵小，不能当一个像样儿的演员，因而拒绝不收。无可奈何就这么领回来了。唉！这世间人也真多呀！每天都带来二三十个年龄在十二三岁的孩子，有当歌舞伎年轻演员的素质，品貌都相当不错。听介绍人私下议论，那当中有浪人的孩子，也有医生的孩子，出身都不是那么卑贱。可是，今年年底收不下，就让他们去当用人。挑选一些讨人喜欢的孩子，规定十年的期限，佣金从一贯钱到三十目银子。那些孩子在脸色白皙、头脑聪明方面，无论如何也不及上方人。我白白花了路费折回来。"

又有一个说:"我从父辈继承下来的日莲上人①亲笔画的曼陀罗。很久前,宇治就有一个人希望得到它,听说无论多少钱都可以出。那时卖掉觉得可惜,今年年底手头拮据,就千里迢迢来卖。可是,这个人不知为何改弦易辙、信仰净土宗了。看到日莲的名号连手也不沾。我完全没想到,不知所措。另外也没有买主,就只好回到家中,却被要债人催逼。因为和债主打交道很麻烦,我想从大阪径直去高野山参拜。这事在洞察一切的弘法大师眼里,是很可笑吧。"

还有一个人说:"约定货款以后付给,每年年末把米出借给京都的纺织品商店,我从中帮忙,领取佣钱。每年年底都好不容易过来了。一石米在交易场是四十五匁金子,到三月底交款规定交五十八匁。在这之前每年都这样交易,可是,今年好多手工艺人私下商谈:'一石米三个月要交十三匁的利息,这不管怎么说太过分了。无论如何,还是任其自然地过日子为好。这个米不借了。'所以运到鸟羽去的米,只得原封不动地返回。"

听听船上人讲述自身遭遇,没有一个不是有愁事的。这些人虽然各有家室,但除夕日却不能在家。和平日不同,这时人人都忙得不可开交,所以他们不能到人家里造访。白天可以到寺院和神社观看匾额以挨度时光,到晚上则无处可归。因而,有巨额借款的人,都在五个节日里找一个匿身处,在没有拘束的小妾身边度日。那也是可以想出办法筹措金银的人方能做到的,穷人则力不能及。

有一个人整晚哼着小曲。大家想,他的年终支付也许很顺手吧?就羡慕地询问他。这人大笑着说:"除夕日为了自己,也为了别人,不出逃而是住在家里,看来这办法诸位还没想出来哦!我近两三年想出了偷梁换柱之计,以此可以摆脱困境。有交情的家庭,相互交换男主人,留在对方家中。估计要债人要登门的时候,男人就说:'老板

———————
① 日莲:镰仓时代僧人,日莲宗的鼻祖。

娘，我借给你家的钱，和你家其他的欠款可不同啊！就是把你丈夫的五脏六腑挖出来，也得如数归还才行！'其他的要债人见此情景，心想，要他支付给自己，无论如何没有希望，于是都回去了。这办法就叫'除夕日互换男人'，是近几年的新发明。并非镇上每一地方都知道这办法，所以可以叫要债的人上当受骗。"

四 长崎年糕柱

以十一月底为限，中国船全部出港返回，长崎港逐渐萧条起来。不过，这里的人们以春天到秋天入港的外国船为对象进行贸易，赚了很多钱，一年间的生活费一次就贮备下了。不管贫富贵贱，人人都过相应的舒适日子。并非任何事情都精打细算，购买一般的货物都支付现金，没有新年前互相争吵的麻烦事。即使在接近过新年的时候也和平常一样饮酒作乐。这个港口真是个容易谋生的地方。

到了十二月，人们走路也不慌不忙，和上方一样，年底问候①的时候还未到来，只靠查看伊势历就得知春天已近。遵照古老的习惯，十二月十三日必定扫灰。把扫灰用的竹扫帚捆放在屋梁上，一直放到次年扫灰时为止。依照各家的吉例，在特定日子里捣米做年糕。特别有意思的是所谓"年糕柱"，把最后一臼年糕缠卷在顶梁柱上，在正月十五举行焚烧新年装饰物的驱邪仪式时，再烘烤这些年糕以表祝贺。一切都是当地的风习，饶有趣味。把木棒横悬在土间，称为"幸木"，上面挂着鲕鱼、干海参、川贝、雁、野鸭子、野鸡，或者咸加级鱼、红沙丁鱼、海带、大头鱼、鲣鱼、牛蒡、萝卜等物，新年三天间使用的菜肴原料，都挂在这根横木上，厨房里煞是热闹。

一到除夕之夜，乞丐们就把脸涂上红色，把用泥土捏制的惠比须

① 年底问候：新年前，两三人一组，红绸蒙面，互致问候。

和大黑天像，或把粗制的盐放在台架上，说着："潮水从当年福神到来的地方涌上来啦！"挨家挨户地祝贺。这是因为此地是繁荣之港的缘故。一般地，新年互赠的礼物都很少，赠给男人一勾银买五十把的廉价扇子，女人一小包煎茶，十分寒伧。但因是长崎普遍的风习，并不特别可笑。反正住惯了的地方胜似京都，这里的人都是心满意足的。

各地的商人把这里的事宜安排妥当，盼望着回自己的家乡过年。其中有一个来自京都的做生丝买卖的小商人，近二十年间下长崎做生意，万事应对有方，胜人一筹。离开京都时吃饱饭，做好旅途准备。无论走陆路还是海路，决不在不必要的事情上花一文钱。在长崎逗留期间，自始至终不去丸山的花柳街。金山的娇姿可爱啦，花鸟的粉颈迷人啦，那些轻佻之事在梦中也不曾见过。枕边离不开算盘和小账本，终日挖空心思，想方设法企图欺骗中国人中的马虎人，做笔漂亮的生意。可是，如今的中国人也学会使用日语了，即便有多余的银子，除了以房产抵押以外概不出借，而且他们认为首先应购置合算的房产。所以中国人也不是赚大钱的对象。况且日本人在一般的事情上耍心眼儿，无孔不入，中国人是不会净让日本人占便宜的。如果仅凭聪明就能成为财主，这人早就捷足先得了。时乖命蹇，毫无办法。

在和这个人同时下长崎、同样经营生丝生意的人当中，如今有许多成了相当有钱的人。雇用伙计下长崎，自己在城里安常处顺，常常赏花游玩嫖妓，一边积累财富。要问为什么如此一帆风顺？这都叫做"经商有方"。善于仔细观察世间行情，估计来年必然涨价的东西，就下决心买进；结果不出所料，转眼间就顺顺当当地赚钱得利。何去何从倘若不能决断，一生将悔之不及。这个人在长崎办货，在京都推销。因为都是定量的买卖，赚不到额外之利。赚来的钱也包括借款的利钱在内，这利钱其实是为他人劳神费力了。每年除夕，他都在桥本的客栈预订好住处，声称在这里过年是自家的吉例，其实是因为年底不能偿还借账的缘故。其实他何尝不希望打破这种吉例，在京都自己家中过年呢！

　　此人仔细考虑世间行情，心想做小买卖虽然不会冒大风险，但却得不到为世人瞩目的巨大财富。今年无论如何得在生丝买卖以外想想办法，一定要赚钱来。决心下定就到了长崎。他多方观察思考，发现一切都是用金银赚取金银，轻而易举即可获利的事绝无仅有。不管怎样，人们希望来年春天小戏曲上有什么新的杂耍节目。京都、大阪的魔具手工艺人也竭尽全力制作珍奇魔具，可知平常的花样是没有吸引力的。进口品有何不同货色？他追根问底，深感一般的东西不会赚钱。担保能赚钱的东西，都是以前的杂耍节目上未出现过的螭龙子或食火鸡之类。这些东西在长崎也罕见，所以难以搞到手。他悄悄问中国人："外国有什么珍奇东西吗？"回答说："凤凰、雷公之类只是耳闻，未曾目睹。反正沉香和人参，在日本和中国都是稀有的。正由于认识到银子珍贵，才不远万里，凌风劈浪，冒着生命与金银相交换的危险来做生意。你应该明白，世人所希望得到的东西莫过于金银了。"他想，此话言之有理。自己努力经营，把各种进口的鸟儿买来兜售，但因为以前的杂耍节目上曾出现过，所以一点也不赚钱。倒是人们都见惯了的孔雀未受冷遇，用它勉强可以捞回本钱。由此可见，做生意还是不想入非非的为好。

卷
五

一　困窘的夜市

　　都说各行萧条，世间冷清不景气，也是年年如此了。尽管如此，若把市场上零售价为十匁银的货物，削价为九匁八分出售，顷刻之间，就会有买走一千贯目货物的主顾。或者，若有人以十匁的零售价购买，则卖方当即可以脱手二千贯目的货物。由此可知，大城市商人的度量是特别宏大的。卖出和买进都基于深思熟虑。

　　说世间没有金银的人，是因为没到过大地方，眼界不宽，其实世间还是有金银的。这一点，看看各地近三十年来的繁荣景象就一清二楚了。过去的草房顶都变成了板檐，古歌里所描绘的"夜晚漏月光"的不破关守关人居住的小屋，如今也是瓦顶白檐，房内院内都有仓库。大房间的隔扇上也不要闪闪发光的金砂粉，而是喜欢在上面贴满金箔、银箔，再画上水墨画。其风雅无异于京都。晒滩盐的渔家女儿，像古歌所唱"黄杨木梳也不插"，这种渔民如今也喜好小袖衬衣。上方流行的东西，她们就耳闻目染地了解了，说道："衣裾上千棵松的花样已经过时了，今年的新款式是夕阳中的小竹丛图案。"京都和大阪的近郊还蒙在鼓里、穿着萱草和中型泡桐图案的衣服时，乡村早就穿上了京都印染的衣服，颇为漂亮。从肩头处印染出"杜鹃"二字的古色古香的花样，还用茜草染的葡萄架上枝叶蔓延的花样，看上去富有情致，格外好看。无论何地，只要有金银，什么事都可以随心所欲地去做。

和上述人们不同，穷人的除夕之日，无论如何是难以度过的。心想虽说没钱，一文钱总会有的吧。可是，因为本来就没有，无论怎样打量搁板，也不会找到一文钱。由此想到，这是一年中不注意节约的缘故。如果每日在烟草上省下一文钱攒起来，一年就是三百六十匁，十年就成了三贯零六百。若留心计算一下，在茶、柴禾、豆酱、食盐等诸方面，不管是怎样的贫穷之家，一年也可以省出三十六匁，十年就是三百六十。把利息计算在内，三十年估计要增至八贯目之多。平时度日，即使琐碎小事，也须留心。尤其是从前吃饭时爱喝酒的人，正如人所谓"穷花盛开"一样，会变得一贫如洗的。

现今有一个锻打钉子的铁匠，穷得无吹火之力了。冬季火祭仪式上供五谷神用的酒瓶虽小，他却用它买八文钱的零售酒，每日三次，必不可少。一直喝了四十五年。假定每日各喝两合半酒，如今已有四十石零五斗了。每日各花二十四文，日积月累，在一贯铜钱兑换十二目银的交易场上，可换算为四贯零八百六十目银子。有人嘲笑说，这人的酒量如果小一些，也许不会穷到如此地步。而这位铁匠，却显出治家有方似的满不在乎的样子，悠然自得地说："世上不会喝酒的人也没建起仓库来。"继续喝他的酒。那年除夕日，过年的准备大体做好了，蓬莱装饰品也做出来了。可是，二合半的酒钱却无处可求。因此，家中总觉得少了点什么。四十五年以来，没有一天不喝酒。而今天是元日，却没有酒喝，不管怎样这新年要过得毫无兴味了。夫妻俩商量来商量去，但酒钱无处可借，也没有可以典当的东西。绞尽脑汁，终于心生一计。夏天防暑用的草笠，颜色新绿，尚未损坏，明年夏季来时尚早。俗话也说，"身边有宝，可应急需"，把它卖掉，可解燃眉之急，此外别无他法。就把草笠拿到了旧家什铺。混进业已兴隆的旧家具夜市，观察世间状况，看来大部分人都是在除夕夜无路可走的负债人。住在拍卖市场的经纪人因从买卖中取得一成的手续费，所以劲头十足，开始拍卖。

在这除夕夜出卖的东西，都是不堪贫困、无可奈何拿出来的，十分可怜。有件好像是十二三岁的姑娘新年穿的棉袄，黄绿色布料上印染上白斑点，有沙洲形图案，里子是淡红色，絮棉也填得充足，袖口还未缝合。"有想要的吗？有想要的吗？"叫卖着，最终以六匁三分五厘的低价卖了。用这点钱恐怕连里子也做不成吧？然后叫卖丹后小鲥鱼。只卖切成横片的半条鱼，也以二匁二分五厘的价钱全部卖出。接着又有人拿出双人的蚊帐，价格从八匁一直要到二十三匁五分，因而没有卖掉。这东西当然是无利可图了。有人嘲笑说，卖主在除夕日既然不把这蚊帐拿到当铺典当，还是有点指望的。

然后，把十张相连的蜡光纸上写有"御家流"①花押的字帖拿出来拍卖。价格从一分抬高到五分。有人说："这价格太便宜了。仅纸就值三匁银子。""可不是么！那上面什么也不写，能值三匁。写上那毫无价值的字，卖五分也算高价钱了。不管这是谁的手笔，反正很低劣。"有人问："此话怎讲？"笑着回答说："如今生为男人，这种字谁都能写，所以才说它低劣。"

又有人叫道："易碎品，当心当心！"小心翼翼地把货物拿出来，是四十只盛生鱼片用的南京烧制的碟子②。碟子中放的纸，是京都、大阪颇有名气的妓女看完废弃的信。"这是什么？"忙碌中展开一看，原来是十二月份的信。上面都没写温情脉脉的思念之词，净是些"兹有不情之请"之类的讨要金银的内容。有人说："恋情和出家，没有金银都是做不到的。这些碟子的主人也许是所谓大财主。每封信大概

---

① 御家流：日本的一个书法流派，至江户时代已大众化。
② 南京烧制的碟子：即所谓"南京烧"，实为明末至清初年间中国景德镇的瓷器，边缘柿子色，侧面有花鸟山水的彩绘。

能值一枚银子吧？由此可见，这些废纸比碟子还要值钱了。"大家都
笑了起来。接着，一尊不动明王的塑像和金刚杵、花碟、铃、锡杖、
护摩坛等也拿出来了。有人议论说：'哎呀，这个不动明王也不会祈
求自身的富贵呀！'"

这时，上述那位能喝酒的人才把草笠拿出来卖，就有人不顾卖主
在场，说："这草笠可悲啊，可悲！本想戴几个夏季，还用旧杂纸做
了一个袋子装着。哎呀！这卖主真是个吝啬鬼！"从三文钱开始抬
价，卖了十四文。接钱的时候说："这是今年五月花三十六文钱买的，
决不骗你。守庚申时只戴过一次，原样不变。"他说这些出乖露丑的
话令人发笑。

在这次夜市快要收摊的时候，有人花二匁七分银子买了年底用的
二十五个礼扇箱和一个烟草箱。拿回家一看，没想到烟草箱底下放有
三两小判金，得了意外之财。

二　费心做轴帘

年关难过，不可忘记。决心明年过了正月初三以后，初四就努
力经营生意。购买一切东西都付现款，没钱的时候不买鱼吃为好。
一切支出都准备在五个节日里了结，不必害怕债主前来逼债，新年
就来到了。今年要改变以前的惯例，需用十天时间订缀的账本用两
天完成，需用五天时间的盘货用三天完成，赶快改善持家之道。走
出家门，往往意外花费金钱，还会被人劝诱去游山逛景，浪费宝贵
时光。认定这是不识好歹之事，生意以外的人概不与之交往。每天
精打细算，知道世间获利困难，家庭生活以不费钱财为要。从三月
的换班期开始，辞掉厨娘，让妻子戴上围裙烧饭。白天待在店里自
己掌柜。天一黑就把门关起来，帮学徒踏碓舂米。洗脚也不烧热水，
一般使用刚汲出的凉水。虽然如此精打打算，但这也许像俗话所说

的"穷根难拔"，总为贫穷所困。想来想去，不做买卖，金银就会像阳光下的冰块一样渐渐地化掉。正如古人所说，一升容量的柄勺无论如何只能盛一升。熊野的比丘尼即使把写有人间大事件的地狱天堂的图画让人观看，或者声嘶力竭地唱着流行歌曲化缘，别在腰间的盛一升的柄勺也难以要满。

不过，同样是为了来生之事，化缘的意图也因人而大异。去年冬天，为了建立奈良的大佛，龙松院的公庆上人亲自出马，到各地化缘。对没有信佛之心的人不加申劝，默默无言地巡转，仅仅接受自动的施舍。虽然同是一升柄勺，走一步却能得一贯，走十步则得十贯，也有人投进金银。虽说"释迦见钱也眼红"，但和熊野比丘尼不同，布施的人很多。如今是佛法兴隆的时代。这是非同寻常的布施，不问宗派，八个佛教流派的人都有施舍之志，这是无上可钦可佩的。即使在穷乡僻壤，也是富者万贯、穷者一文地各自施舍出来。把这些捐款集中起来，一根需要花十二贯的大佛殿的圆柱就能建造了。若想想此事，世人必须各自有所用心，力求在微小事情上也能有所储蓄。

能成为财主的人，其素质和普通人大不相同。有一个人从九岁到十二岁那年的年底练习写字，这期间收集笔杆，连别人扔掉的也拾起来收藏。不久到了十三岁那年的春天，他凭自己的手艺用废旧笔杆制作轴帘。一张帘子各卖一匆五分，一共卖出三张，第一次赚得四匆五分银子。作为父母，高兴得不得了，认为自己的孩子不同凡响，就向教字的先生讲了此事。可是做先生的僧人对此却不恭维，说道：

"我到了这个年纪，已教过数百个孩子，但像你儿子那种精明的人，最后成为财主有所出息的，却未有先例。你儿子大体能成为中等身份以下的人，不至于沦为乞丐。要成为财主，有多种因素，所以你不要认为只有你儿子才聪明啊！比他更聪明的孩子是有的。有的孩子自己值日那天不必说，就是别人值日的时候他也勤快地拿过扫帚打扫房间。把很多孩子每天用完扔掉的旧纸，一张一张地抹平折皱，每天拿到屏风店去卖。这事虽然比做轴帘的想法来得更机灵，但实在也不值得夸赞。还有的孩子多带纸来，用一天一倍的利息借给用完纸而不方便的孩子。这事到年终估算起来，得利良多。这些都是因为学习了各自父母的处世之才，并不是自己自然产生出来的智慧。

"其中有一个孩子，早晨晚上接受父母教训。他想，父母让我心无二用，努力练习写字，长大成人之后对自己有利，这些话不能当耳旁风。他终日毫不懈怠地读写，最终胜于其他弟子，成为擅长书法的人。有这种抱负，将来能成为财主是显而易见的。原因是他一心一意地致力于生业。一般地说，抛却从父母那里继承下来的家业，再改换生意而善始善终者，是罕见少有的。学写字的孩子不务学业，从小时候就为贪欲油头滑脑，这是没有多大出息的。为贪欲而懈怠习字是浅薄的。虽然是你的孩子，我也不能说他的所作所为是可取的。总之，少年时代，或折花拔草，或放风筝，发育成熟之后再安身立命，这是理所当然的事。我已是古稀之年，所言是否正确，请看将来如何吧。"

这位先生说的话没有差错。他提到的孩子们长大成人之后，虽然多方努力，但都无起色。做轴帘的孩子，因为冬天出太阳时霜柱融化，道路泥泞，他就想办法在草屦里边附上木板，但也未长久流行；拾废纸的那个孩子，制作出涂柏油的研钵出售，但因家产所限，除夕日也只点一盏灯。而专心致志地学习写字的那个孩子，看上去做事好像往往疏于世故，但他自然而然地生成博大胸怀。运往江户去的油在寒冷的途中往往结冰，他想出了不结冰的办法，在油桶中各放一粒胡椒。因而获利良多，快快乐乐地过了新年。同是出主意想办法，研钵上涂柏油与油桶里放胡椒却有很大不同。没有像人的智慧这样有高低之分的了。

三 平太郎法师①

古人亦云："家计佛法。"佛法也为家计服务，今天依然如此。每年立春的前一天晚上，同一宗派的寺院的信徒必有赞颂平太郎法师佛德的法谈。每次去听都是老生常谈，但因法谈尊贵，男女老少参加者甚多。有一年，除夕日与立春的前一天赶在了一块。要账声、驱邪声、敲打天平针口的小槌声和撒豆消灾声等混杂难辨。所谓"鬼在暗中牵"大概就指今宵而言吧！让人觉得有些害怕。

且说寺院中大鼓鸣响，佛前燃烛张灯，等待信徒前来参拜。可是，直到除夕钟声敲响之时，参拜者只有三人。住持僧做完法事，便讲一些世间俗务俗事。说："今晚是一年之末，看来各人都无闲暇，也无人前来参拜。不过，把家业让给了孙子、闲度时光的老妪们，今天也未必有什么活非干不可吧。若佛陀派去迎接之舟，不能说不想乘坐吧？人心实在愚鲁、不敏、浅薄！虽说如此，只为你们三人举办法谈也是无益之事。即便是佛事，其中也有利害得失。倘若只有三人，灯油的花销也不足以补偿，唠叨多了，也只能给你们添负担。请你们各自取回供钱回去吧！人们皆忙于生业，也无人参拜。你们的行动难能可贵，这才是真正的虔信。如来佛对你们在百忙中前来也不会视若无睹，会把这记在善恶簿上，将来一定会给你们相应的报偿，所以千万不要以为徒劳无益。佛陀以慈悲为第一，毫无虚伪，你们应放心为是。"

这时，有一个老太婆流下泪来，她叹道："刚才聆听了您的这番金玉良言，我很羞愧。今夜我来这里并非因信佛而参拜。我有一孙子，平日对生计之道粗心大意，被要账人逼迫，每年年底都制造种种

---

① 平太郎法师：亲鸾的弟子真佛，俗名平太郎。

口实，逃到这里来。今年年底，无论怎样冥思苦想，也无法支吾搪塞。叫我到寺院来，他就嚷嚷丢了奶奶，央告近邻的人打鼓敲钲，到处寻找，借此来混过除夕之夜。从前的做法，都是在除夕日假装去找奶奶，摆脱要账人，我却以为是新办法。虽说是生在浮世的报应，但给近邻添了意外的麻烦，其罪过也太大了。"

又有一个人说："我的故乡是伊势。人的机缘是无法预料的。在此地我无亲无故，我被伊势神主雇用，为神主在搬运货物，见识了此地的繁荣昌盛，心想在这样的地方，无论干什么事情，都可以轻而易举地养活两三口之家吧？正巧有一个去大和卖化妆品小百货的男人死了，他的妻子皮肤白皙，体格也好，他们留下了一个两岁的男孩子。所以，我觉得将来依靠这个儿子可以养老，就和她结婚了。可是不足半年，因为经营的是自己不熟悉的跑脚生意，微少的资本全部耗尽。到了十二月初，我在考虑做什么买卖合适的时候，老婆一边哄儿子，一边对孩子这样说：'你也长着耳朵，人家说的话你听着为好。你原来的父亲虽然个子小，但他是个聪明人。女人做的烧火做饭的事他也会做。天黑之后让妻子睡下，自己做草鞋一直到天明。他自己的事情不当回事，却没忘给妻子孩子添置过新年的好衣服。这件茶褐色的衣服就是那时留下的纪念。无论是谁，都比不上过去的人好。你不是想念你的亲爸爸吗？你就哭吧，哭吧！'就这么指桑骂槐。所以我感到自己入赘遭遇可悲，难以忍受下去。可是无可奈何，只这么一天天地挨下去。

"因为家乡有一点早就借出的银子，我想把它收集来度过年关，就千里迢迢地到了伊势。但一无所获，那些人都已背井离乡。我两手空空，终于在今天晚饭前赶回家里。不知妻子想出了什么办法，年糕也捣，柴禾也买。在供神的木方盘里，供着绿油油的羊齿。我高兴地想，世上的事用不着那么担心，既有嫌弃咱的神，也有拯救咱的神。在我离家期间，一切都给我安排好了。'你平安回来啦？'妻子比以往高兴。先是麻麻利利地给我打来洗脚水，接着又马上把沙丁鱼肉丝盛在破碟里，是烤的咸沙丁鱼，快快活活地给我摆好了饭菜。我拿起筷子刚要吃，她就问：'伊势的银子拿来了吗？'一听我说'事没办成'，她就按捺不住，说道：'你两手空空还有脸回来！这些米规定二月底还清一斗，写明以我的身体作抵押。是以一石九十五匁银子的价钱借来的呀！人们都吃一石值四十匁银子的米，我买来值九十五匁银子的米，都因为你是个窝囊废才干这种事的。你带来的东西只有一件兜裆布，你就这样出去也不吃亏。天一黑就看不清路了，趁着脚下还亮，你快走吧！'她把我刚要吃的饭夺过去，硬是撵我走。于是街坊邻居也都来了，说：'这样做对丈夫来说令人可怜，但入赘上门肯定不幸。出走是男人的本意，也许还能找到好地方吧？'七嘴八舌地把我赶出去了。我悲伤至极，欲哭无声。下决心明天回家乡，但今夜一夜无处栖身。我虽信仰法华宗，却到这里来了。"他诉说遭遇，坦白身世，既可怜又可笑。

还有一个人大笑着说："我的事儿简直说不出口。如果待在家里，要账人不会白白放过我。无论到何处都借不到十文钱。我身体发冷，想喝酒。干了种种莽撞的事，却找不到办法过年。说起来我的想法十分卑鄙，今晚来听平太郎佛德法谈的人或许很多，我打算偷取这些人的草鞋和竹皮草屦，用来作酒钱。可是，不只这里，各处的寺院都是人来人往，没法蒙蔽佛的眼睛。"他讲着自己的境遇，流下眼泪来。

住持僧击掌叹道："唉！因为你们贫穷，才心生种种恶念。你们都是承受佛体生下来的，这浮世却叫人一筹莫展。"正当他深切心悟人间世界的时候，有个女人匆匆忙忙地跑来说："侄女刚才平安分娩了，我前来告知。"不久从女人身后又来一个人说："戒指店的九藏，刚才和要账人发生争吵，上吊死了。半夜过后举行葬礼，劳您大驾，请您去火葬场。"在千头万绪、一片喧嚣中，裁缝铺又差人来打招呼说："您送到铺里的白色窄袖便服眨眼间被人偷走了。要是无论怎么寻找也找不到，就用银子赔偿，不会让您吃亏的。"东邻来人说："实在是不情之请，今夜水井突然坏了。在过新年的这五天中，想从这里打水。"接着，有一个最要紧的施主家的儿子，因过分挥霍金银，弄得狼狈不堪，必须离家出走。按照母亲的主意，在这里寄居到正月初四，住持也不得拒绝。既然居住在浮世之上，腊月的僧人也不得闲暇。

四　永久江户店

天下大治，国土泰平。人人有志于在江户做生意，各在此开了分店。从各地来的货物，或由水路，或由陆路马匹运输，每天有数万驮的货物送到批发店。看此景象，可知世间充满了金银。不过，生为商人，却无法赚得金银，实在是枉作商人了。

且说从十二月十五日开始，大街十分繁荣。所谓世间宝市，大概就对此而言吧？普通的商店暂且不说，看看经营新年用品的商店，有京都产的羽毛毽木拍儿和球棍等等，精雕细刻，镶嵌金银。也有人花二两小判买一张破魔弓，不仅是诸大名的儿子，连町人也买这东西，这是因为江户人任何事情都很大方的缘故。在大街上开店营业，应接不暇，钱似流水，白银如雪。富士山雄姿可望，日本桥上行人的脚步声听似千车万乘在轰鸣。船町的鱼市，每天早晨生意兴隆。人们议论说，本是四面环海，各处海岸的鱼种竟不断绝。神田须田町的青菜市场，每天都用乡下的马匹源源不断地运来数万驮萝卜，其情景简直就像把蔬菜园子移过来一样。并排堆满在浅底的半截桶中的辣椒，仿佛在武藏野看到的深秋时节龙田山的红叶。瓷器町和曲子町的店头摆着的大雁和野鸭，恰似黑色云块在地面蠕动。本町的和服绸缎布匹店里的五色京都染布和适应在家穿用的零散花纹，集四季风景，让人一饱眼福，仿佛美丽花朵的馨香飘逸而出。传马町的棉花批发店的店头摆着的絮棉，看似吉野的黎明时的群山。

到了黄昏，灯笼比比皆是，道上一片光明。一到除夕之夜，就开始一夜千金的大宗买卖。尤其是袜子和竹皮草屐，手艺人们都放在最后购买，天黑后才来市场选购。有一年，整个江户的商店，连一双竹皮草屐、一只袜子也不剩，全部脱销了。虽说是几万人穿用，但之所以出现这种情况，还是因为这里是日本汇集人数最多的地方。天黑时一双值七八分的竹皮草屐，后半夜就是一匁二三分，黎明时涨到二匁五分一双，却是只有买主、没有卖主了。还有一年，两条小的干加级鱼各卖十八匁，一个回青橙卖两步金子，虽然昂贵，却无人嫌贵而不买。

京都大阪，购物习惯并不相同，即便是祝贺仪式所用，一般也不轻易打算购买。相比之下，人们才说"江户儿"具有大名的气度。在京都大阪住惯的鼠肚鸡肠的人，一到江户也变得慷慨大方。他们不会一个子儿一个子儿地数来算去，不在秤盘上锱铢必较。那些小钱零头，左手接过来，右手花出去。金钱流转才是世间生财之道，所以没有人太拘谨。

看看十七八日之前到上方去的银贩子的住处，很多金银的品相成色都未改变，便流转不停，不知转了多少地方了。世间再也没有比金银更辛苦的了。虽然世上有如此多的金银，但在江户也有人身无一两小判就过了新年的。

作为岁末之酬赠，有大刀礼帖①、小袖衬衣、酒桶与菜肴、成箱的蜡烛，无论看其中何物，都有万代荣华、春意盎然之感。稠密的住宅区装饰着的门松，仿佛青山山口，郁郁葱葱；你看那常盘桥上的朝阳，丰裕地、静静地沐浴着万姓黎民。欣逢晴朗无翳之春，煌乎盛哉！

---

① 大刀礼帖：原文"太刀目录"，武士将门以大刀做礼品，往往以马匹相配，并附清单。

译 者 后 记

无论是从翻译，还是从研究的角度来说，我跟井原西鹤是很有缘分的。

1987 年 5 月，我的硕士论文《井原西鹤市井小说初论》在陶德臻教授、何乃英教授的指导下完成并提交答辩。中国社会科学院研究员、中国日本文学研究会会长李芒先生作为答辩委员会主席主持了我的答辩。那年北师大中文系只有十四名应届硕士生毕业答辩，比较文学与世界文学专业只有我和黄师姐两名毕业生，论文答辩被重视的程度，不亚于如今的博士论文答辩，因此至今仍清楚记得。李芒先生很赞同我将翻译与研究结合起来，认为这是一条可靠的稳健的路子。

我原本不是日语专业的科班出身，但在中学时代学校开设了日语课，我就开始学习日语了。因为从小喜欢舞文弄墨，对文字之美有感觉，大学读的是中文系，但也在一直坚持上日语课。记得在大四最后一学期，我在李天昂先生的指导下，用了大部分时光集中精力学习日本古语。为了学习古语，我找了当时还没有译本的井原西鹤的作品作为精读书目。这为后来阅读日本古典文学原典、为翻译井原西鹤的作品，打下了一点基础。

作为文学史常识，那时我也知道，日本学者通常把古典文学分为古代、中古、近世三个阶段。属于古代的平安王朝贵族文学有其代表作《源氏物语》，属于中古的镰仓时代武士文学的代表作是《平家物语》，属于近世的江户时代的町人（市井）文学的代表作是井原西鹤的小说。1980 年代初期，《源氏物语》《平家物语》都陆续出版了中文译本，但作为日本古典小说第三个高峰的井原西鹤作品却迟迟未见翻译出版。我觉得这个翻译空白不能久留，便开始利用课余时间翻译井原西鹤。直到 1986 年，译稿初稿基本完成，并联系了我最崇信的上海译文出版社，希望能在那里出版。

我把我的译稿和自荐信寄给了译文社。不久，该社的日本文学编辑、翻译家吴树文先生回信了，意思是说：井原西鹤在日本古典文学史上是第一流的大家，确实很重要，中国应该有译本，但是他的"好色"究竟"好"到什么程度，我们以前没看过，不好说，现在看来可以出版，而且你的译文文笔很"老辣"，译文社可以考虑出版。……现在吴先生的原信不知藏在何处了，但我至今仍记得他用了"老辣"一词来评价我的译文，使我不由得小吃了一惊。因为当时我才二十三四岁，感觉自己离"老辣"的境界相去甚远。我相信吴先生的话首先是对我的鼓励，于是更来了干劲儿，在研究生宿舍里夜以继日，埋头翻译，终因伏案久坐，在 1986 年春夏之交忽然得了腰椎间盘突出症（这种病称，是后来才弄明白的），但是仍然忍着病痛，坚持每天译出额定的字数，终于按计划完成，并在 1987 年初交稿。后来吴先生似乎离开了译文社去了日本，拙译一直到 1990 年 9 月才得以出版。不过，就当时来说，三四年的出版周期也算是较为正常的速度了。

我当时译出的篇目是《好色五人女》《好色一代女》《日本永代藏》《世间胸算用》四部作品。前两部属于"好色物"，后两部属于"町人物"。说起"好色物"，最重要的当属西鹤的成名作《好色一代男》，照理说应该首先翻译它才对。但 1980 年代中期，改革开放刚刚几年，人们（包括我本人）的思想观念还都比较保守禁锢，我读完《好色一代男》，发现通篇表现"好色"，不知道怎样为我的翻译寻找意义和理由，最终觉得还是不译为好，免得好不容易辛辛苦苦译出来，到时候却被冠之以"黄色小说"而被扼杀。实际上，在汉语的语感上，"好色"一词简直比"黄色"还要黄，当时全国正一波波地进行着所谓"清除资产阶级精神污染"运动，假如"好色"被作为"资产阶级精神污染"来处理，那也是有口难辩。为了避免这样的运命，对于决定译出的《好色一代女》《好色五人女》，在标题的翻译上未用"迻译"，而是采用"创译"的方法，把"好色"二字去掉了，分别译作"五个痴情女子的故事"和"一个荡妇的自述"。社会时代与文化环境有时会决定翻译的策略，对于这一点我是有所体验的。

井原西鹤的作品，在十七世纪的日本，算是市井通俗小说之属，当年的市井之徒都可以轻易读懂。但这种文本到了近三百年后的今天，却变得非常不好懂了。其实，对于我们外国人来说，越是当年人家普通百姓能读的作品，也就越难懂，再跨越几百年后，将更加难懂。例如从前日本、朝鲜的文人对中国古诗和秦汉唐宋风格的古文一般都能够读懂，但对中国的"三言两拍"等通俗白话小说，大部分人却不知所云了。西鹤的作品之于我们中国读者，大体也是如此。市井民间的语言大都非常生活化乃至方言化，加上西鹤的作品，特别是《好色一代男》等早期作品，在语言上受他此前的俳谐创作的影响很大，特点是有时候表达极其简略，通常本来应该用十句话表达的，他就压缩为一句乃至半句话，有时甚至像俳谐那样用名词来结尾，等于是半截话。很多时候在叙事时缺乏主语，需要联系上下文加以揣度。若没有对当时的语言及文化语境的熟知，理解起来非常困难。幸而现代日本学者都对原文做了详细的注解乃至翻译为现代日语，可为我们提供理解上的参照。

翻译井原西鹤这样困难的作品，对于当年作为硕士生的我来说，简直就是一种蛮勇，知其不可为而为之。我觉得一件事情，若太容易做，若谁来做都可以，或者谁都可能会想到要做，那就没有意思了，就缺乏吸引力了。就是凭着这样的执拗的想法，斗胆翻译了井原西鹤。斗胆翻译了，当然也要付出代价。如今重读近三十年前的译文，发现有许多地方译得有缺陷，一些地方不幸译错了，白纸黑字，难以挽回，不胜羞愧。其实，对当时的我来说，是绝对没有试图"叛逆"原文的。相反，我一开始就力图忠实于原文，但水平所限，实际上我没有做到。即便是在今天，我也难以保证自己的译文不会出错。我知道有翻译理论家提出了"翻译总是创造性的叛逆"的说法，但是，我却不觉得自己的那些"叛逆"是"创造性的"，相反，倒可以说全是"破坏性的"。就连把《好色一代男》译成《一代风流汉》，把《好色一代女》译成《一个荡妇的自述》之类，在翻译方法上可以归为我后来提出的"创译"这一范畴，但现在看来也没有体现多少"创造性"，因为把至关重要的"一代男"、"一代女"这样的核心词丢弃了，还不如原样迻译为好。

最近十年来，我展开了对翻译文学理论的研究，同时为了将理论与实践结合起来，我又逐渐把翻译重拾起来。我一直希望把以前翻译的西鹤的四部作品再复译一遍，以弥补我早期翻译的缺憾。同时也想把我以前未译过的《好色一代男》和《好色二代男》两个作品再翻译出来。于是就有了《浮世草子》这一选题。

关于此次新译的《好色一代男》和《好色二代男》两个作品，有必要稍作说明。

此前，《好色一代男》至少出现了两种中文译本。我想，假如已有的译本已经很好了，我就没有必要再复译了，于是对着原文，把有关译本通读了一遍。觉得译文总体上流畅可读，但仍有许多地方逻辑不通、表意不清，显然译错了。尤其是发行量较大的山东文艺出版社1994年出版的译本，前半部分几乎每隔一两页、两三页就可发现一处错或缺陷翻译，还有少量漏译。此外，译者似乎主要是根据现代日语的译文来翻译的，因而在汉译中增加了许多原文中并没有的词句，这些词句是现代日语的译者为了前后文的连贯性而加上去的，而在汉语的语境中，其实完全可以不加，加上了反而累赘。可见翻译时现代日语的译文只能做理解上的参考，而不能成为底本。鉴于这样的判断，对于《好色一代男》，我决定还是要动手加以复译。说到"复译"或"重译"，在林林总总的翻译书中很是常见，尤其是名著的复译本实在不少，但更多的复译似乎是出于商业上的考量，其中不乏伪译或盗译。实际上，"复译"之所以是必要的和合理的，就是复译本一定要有所超越，要尽可能去掉已有译本的硬伤，此外再考虑形成自己的译文风格，以起到更新译本的作用。我的《好色一代男》复译，就是出于这样的考虑。但是究竟是否真正做到了这一点，还有待读者和方家的验证。

至于《好色二代男》（原文另题《诸艳大鉴》），迄今为止一直没有汉译本。这是一部十分重要的作品，也是西鹤作品中篇幅最长的作品。各种日本文学史著作都会提到它或评述它。而且，在"好色"文学、"好色"美学及"色道"的理解与研究方面，《好色二代男》比《好色一代男》更为典型，更为不可或缺。但是，《好色二代男》一直未见中文译本，在这里是首次翻译出版，有着相当的意义和价值。

《浮世草子》是我的日本文学经典翻译系列计划的一种，接下来还有《古今和歌集》《新古今和歌集》《太平记》等翻译选题。这些选题计划都得到了上海译文出版社及策划编辑姚东敏女士的宝贵支持。东敏女士是日本文学科班出身，也有日本文学翻译的直接的成功经验，对日本文学及其翻译出版有着相当的见识与决断。在今天高度市场化的环境下，东敏首先考虑的是作品本身的持久价值。她对一时难以畅销的日本经典作家作品的重视，给了我的翻译以最有力的支援和支持。我想我的翻译工作要首先对得起她，然后才能对得起各位读者。

王向远
2014 年 8 月 18 日于北京

图书在版编目（CIP）数据

浮世草子 /（日）井原西鹤著；王向远译. —上海：
上海译文出版社，2016.10（2023.6重印）
ISBN 978-7-5327-7270-4

Ⅰ.①浮…　Ⅱ.①井…　②王…　Ⅲ.①长篇小说—日
本—中世纪　Ⅳ.①I313.43

中国版本图书馆CIP数据核字（2016）第096456号

井原西鹤
浮世草子

浮世草子
[日]井原西鹤/著　王向远/译
策划编辑/姚东敏　责任编辑/刘岁月　装帧设计/张志全工作室

上海译文出版社有限公司出版、发行
网址：www.yiwen.com.cn
201101　上海市闵行区号景路159弄B座
山东临沂新华印刷物流集团有限责任公司印刷

开本890×1240　1/32　印张19.75　插页13　字数416,000
2016年10月第1版　2023年6月第3次印刷
印数：8,001—9,000册

ISBN 978-7-5327-7270-4/I·4427
定价：75.00元